狼時刻

The Wolf's Hour

羅伯・麥肯曼 著
穆卓芸 譯

鸚鵡螺文化

3　狼時刻

Kwaidan

鸚鵡螺，典故來自不朽科幻經典《海底兩萬哩》中的傳奇潛艇，未來，鸚鵡螺將在無限的時空座標中，穿越小說之海的所有疆界，深入從未有人到過的最深的海域，探尋最頂尖最好看的，失落的經典。

序曲

第一章

戰火綿延。

一九四一年二月，這把火已經從歐洲蔓燒到了非洲西北岸。納粹將領隆美爾驍勇善戰，率軍馳援義大利，攻佔了利比亞首都的黎波里，逼得英軍開始朝尼羅河岸撤退。

這支非洲裝甲軍團沿著利比亞北岸，從班加西、歐蓋萊、艾季達比耶一路攻到了梅契里，繼續頂著酷熱和沙塵暴朝東推進，穿越多年未嚐甘霖的峽谷，通過俯瞰萬里荒原的懸崖峭壁，於一九四二年六月二十日挾著大批軍力、反裝甲機關槍、卡車和坦克從英國人手中奪下了托布魯克要塞，開始朝希特勒垂涎萬分的蘇伊士運河進逼。只要掌控這條關鍵水路，納粹就能扼斷盟軍的船運補給，繼續往東，直搗俄國的脆弱要害。

一九四二年六月下旬，英國陸軍第八軍團橫越熾熱沙漠，艱苦撤退到了埃及阿拉曼車站。士兵幾乎個個精疲力竭，但工兵依然趕著埋設錯綜複雜的地雷，希望拖延來犯的裝甲部隊。據說德軍的燃料和彈藥就快用罄，但英國士兵躲在散兵坑內，還是感覺得到納粹坦克車輾過硬實白沙傳來的陣陣晃動。烈日當頭，禿鷹在空中盤旋，只見西方地平線上揚起滾滾沙塵。隆美爾將軍已經攻到了阿拉曼，鐵了心要在開羅吃晚餐。

夕陽西斜，白濁天空染成了血紅，六月三十日的影子緩緩覆上沙漠。第八軍團士兵屏息等待，軍官們在帳篷裡研究沾滿汗漬的地圖，工兵則繼續在我軍和德軍前線之間設置地雷。群星升起，在沒有月亮的夜空中格外閃亮。中士們檢查彈藥庫存，喝斥士兵清理散兵坑，不去煩惱明天破曉必然展開的殺戮。

往西數英里，地雷區外圍，納粹斥候兵駕駛砂痕累累的 BMW 機車，伴隨偵察車隊摸黑奔馳。一架沙土色鸛式輕型聯絡機揚起兩道沙塵，轟隆一聲降落在兩旁閃著藍光的跑道上，兩側機翼漆著黑色的納粹標誌。

飛機輪子剛停，一輛車燈加了遮罩的敞篷指揮車便從西北方駛來。一名德軍中校步下飛機。他戴著護目鏡抵擋飛沙，右手腕銬著一只老舊的棕色劍橋包，淺棕色裝甲軍團制服上沾滿沙礫。指揮車駕駛俐落敬了禮，替中校扶門。飛行員遵照中校指示在座艙等待。指揮車隆隆駛回來處，飛行員一等車子離開視線，便拿起水壺喝了一口，然後開始小睡片刻。

指揮車爬上一座小丘，輪胎濺起尖石和細沙。越過山丘只見下方滿是帳篷和機動車輛，前進偵察營便駐紮在此。營區一片漆黑，只有帳內提燈的微光，還有值勤機車或裝甲車的遮罩車燈偶爾一亮。指揮車停在營區正中央最大的帳篷外，中校等駕駛替他開了車門才下車朝帳篷走去。他聽見瓶罐碰撞的聲響，發現幾隻骨瘦如柴的狗正在翻弄垃圾。其中一隻朝他走來，肋骨清晰可見，凹陷的眼睛閃爍著飢腸轆轆。狗還沒靠近，中校就抬起靴子朝牠側腹踹了一腳。狗往後退，但沒有發出半點哀鳴。中校知道這些畜生身上都有蝨子，而在這裡水太珍貴，他又不想用沙子洗身體。狗轉頭離開，身上見得到其他靴子留下的瘀青。命運已經宣判，牠註定要餓死沙地。

中校走到帳篷門外停了下來。

他察覺還有另一頭動物。就在漆黑劃出的疆界之外，比那幾隻狗翻找牛肉碎屑的垃圾堆還要再遠一點。

他看見牠的眼，看見那兩隻眼眸映著帳內的提燈微微閃著綠光，眨也不眨盯著他，眼神裡沒有畏懼，也沒有乞憐。雖然他只看得見牠的眼睛，但中校心想，又是當地穆斯林養的狗。這些狗老是跟著營區跑，據說就算用盤子裝尿，牠們也會舔得一乾二淨。他不喜歡那傢伙盯著他瞧的模樣。那雙眼眸既冷酷又狡猾，沒有絲毫恐懼，讓他胃裡好像有螞蟻在爬。中校很想掏出魯格手槍，再送一隻穆斯林死狗上西天。

「佛格特中校，我們正在等您呢。請進。」

帳篷的門掀開，許圖默少校向他敬禮，佛格特點頭致意。許圖默面容粗獷，紅髮平頭，戴著圓框眼鏡。帳裡還有三個人圍桌而立，桌上擺滿了地圖。提燈照亮了他們輪廓分明、曬黑了的日耳曼臉龐，所有人都轉過頭來，一臉期盼望著佛格特。中校站在門口朝右瞥了一眼，掠過那群骨瘦如柴的餓犬。

那雙綠眼睛不見了。

「長官。」許圖默問道：「怎麼了？」

「沒事。」佛格特答得太急了。他覺得自己很蠢，竟然被一隻狗搞得心神不寧。想當初他下令用八八毫米高射砲擊毀四輛英國坦克，都比現在鎮定得多。那隻狗跑哪裡去了？廢話，當然在沙漠裡。但牠為何沒跟著其他同伴，在空罐堆裡翻翻弄弄？呿，想這種事根本是浪費時間。隆美爾是派他來蒐集戰情的，而他也打算拿到情報就回總部匯報。「沒事，只不過我得了胃潰瘍，脖子又長了痱子。再不見到雪，我就要發瘋了。」佛格特一邊說著，一邊走進帳篷。篷布垂下，將門蓋上。

他跟許圖默、克林赫斯特少校和另外兩名軍官站在桌前，低頭用湛藍的眼眸掃過地圖一眼。峽溝處處的沙漠無情橫亙在一六九號據點（就是他剛才越過的小丘）和英軍的要塞之間。紅圈代表地雷，藍色方塊代表防禦工事，還有機關槍和刺鐵絲網穿插其間，全是他們往東推進的障礙。地圖上還用黑色線條及方塊標出德軍部隊與坦克的位置，每張地圖都蓋有偵察營的關防。

佛特格摘下鴨舌帽，用舊手帕擦去臉上的汗，一邊檢視地圖。他身材高大，肩膀寬闊，白皙的皮膚飽經風霜成了咖啡色，有如磨亮的皮革，鬢角金髮開始變白，兩道濃眉更是近乎全白了。「這些應該是最新情報吧？」他問。

「是的，中校，我們的人二十分鐘前才剛巡邏回來。」

佛格特心不在焉應了一聲，察覺許圖默正在等他稱許，讚揚他們對英軍地雷佈署偵察得非常詳盡。「時間有限，隆美爾元帥還在等我。你們的建議是？」

偵察成果沒有得到讚揚，許圖默難掩失望。為了找出英軍的防禦漏洞，他們可是辛苦工作了兩天兩夜。這裡一片荒蕪，他和屬下簡直像是到了世界盡頭。他拿起鉛筆敲著其中一張地圖說：「這裡，魯威塞特隘口南邊，我們認為從這地方突破最容易。地雷埋得不密，您可以看到這兩個方塊的射程範圍之間有一道縫隙。」他用筆敲了敲那兩個藍色方塊。「只要集中火力，應該不難開出一條路來。」

「少校。」佛格特語帶不耐：「在這片該死的沙漠上，沒什麼是容易的。燃料和彈藥補給再不到，我們這週還沒過完就得靠兩腳走路，扔石頭當武器了。把地圖摺好給我。」

一名低階軍官將地圖摺好，佛格特拉開拉鍊，將地圖收進，拉上拉鍊，擦去臉上的汗水，戴上鴨舌帽。接下來就是飛回指揮所，徹夜討論和簡報，然後調動部隊、坦克和補給，到隆美爾元帥決定攻擊的地方。少了這些地圖，戰場指揮官調兵遣將就跟擲骰子沒有兩樣。

劍橋包裡裝了東西，沉沉的讓人心安。「少校，我相信隆美爾將軍一定會希望我讚揚你們表現出色的。」佛格特終於褒獎他了，許圖默一臉欣喜。「讓我們一起預祝非洲裝甲軍團在尼羅河岸旗開得勝，希特勒萬歲！」佛格特迅速舉手敬禮，其他軍官也跟著舉手，只有克林赫斯特沒有動作，毫不掩飾內心對慶賀的嫌惡。會面結束，佛格特轉身離開，快步邁出帳篷朝守在外頭的指揮車走去。司機已經站好定位，等著替他開門。許圖默少校過來送行。

佛格特離車子還剩幾步，突然察覺右方有動靜。

他猛力轉頭，隨即雙腳發軟。

一隻綠眼黑狗出現在他腳跟前，顯然是從帳篷另一頭竄出來的，速度快得司機和許圖默都來不及反應。這頭黑色野獸跟那群挨餓的野狗不同，體型跟鬥牛獒一樣大，幾乎有半個人高，渾身肌肉，有如繃緊的琴弦從背部延伸到臀部，一雙耳朵貼著毛髮柔順的頭顱，綠色眼眸閃閃發亮，彷彿兩盞信號燈狠狠射向他的臉龐。佛格特在那雙眼裡見到了殺手的狡黠。

他發現這東西不是狗。

是狼。

「天哪。」佛格特驚喘一聲，彷彿得了潰瘍的胃部被人揍了一拳。一頭巨狼就在他的面前，張嘴露出一口白牙和血紅的牙齦。他感覺一股熱氣吹在他銬著劍橋包的手腕上，突然明白對方想做什麼，心裡閃過一絲驚惶，左手伸向槍套，握住了魯格手槍。

野狼一口咬住佛格特的手腕，頭顱猛力一甩，佛格特的腕骨應聲碎裂。

一小塊斷骨破肉而出，鮮血劃出一道弧線灑在指揮車上。佛格特大聲哀號，無法解開槍套拿出手槍。他試著將狼拉開，但那傢伙腳爪牢牢抓著地面，動也不動。司機呆若木雞，許圖默高聲呼救，要剛巡邏回來的士兵過來幫忙。佛格特錚亮的臉龐轉為慘黃。野狼收緊下顎，兩排牙齒穿過斷骨和模糊的血肉愈咬愈深，一雙綠色眼眸倨傲地望著他。佛格特大喊：「救命啊！救命！」野狼立刻甩頭回報，讓他全身神經一陣劇痛，只有斷掌毫無知覺。

佛格特頭暈目眩，好不容易將槍掏了出來。司機舉起瓦爾特手槍對準狼的腦袋，佛格特拿槍抵著牠沾滿鮮血的嘴巴。

但兩人剛扣下板機，野狼突然身子一扭，牙齒依然咬著佛格特的手腕不放，將他甩到了司機槍口前方。瓦爾特手槍發出砰的巨響，佛格特的槍則是朝向了地上。子彈射進佛格特背部，從他胸口穿了出來，留下一個邊緣血紅的洞。佛格特仆倒在地，野狼將他的手掌從腕部扯斷。手銬唰的滑落，劍橋包還扣在上頭。狼腦袋一甩，將抽搐著的斷掌從沾滿鮮血的嘴裡吐掉，拋向那群飢餓的野狗。野狗蜂擁而上，開始搶食新的剩菜。

司機又開了一槍。他嚇得張大嘴巴，握著槍的手不停顫抖。野狼左腳旁揚起一道塵土，牠一躍跳開。三名士兵從別頂帳篷跑出來，手上都拿著施邁瑟衝鋒槍。許圖默咆哮：「殺了牠！」克林赫斯特也從大帳篷裡拿著手槍衝出來，但那頭黑色野獸已經撲到佛格特身上，用牙齒找到手銬將它咬住。司機開了第三槍，子彈擊穿劍橋包打在地上啪的彈開。克林赫斯特少校瞄準目標，但還來不及扣下扳機，野狼已經身體一轉朝東狂奔，消失在黑夜中了。

司機打光所有子彈，但沒聽見任何哀號。更多士兵從帳篷裡跑出來。許圖默衝到佛格特身旁，將他翻過來，見到大片鮮血嚇得打了個冷顫。他吃力地吞了口氣，事情發生得太急太快，讓他腦中一片空白。接著他發現問題大了。那隻狼搶走了寫滿偵察情報的地圖，而且往東逃了。

東邊，英軍的防線。

那些地圖還標了隆美爾將軍的部隊佈署位置，要是被英國人拿到……

「所有人上車！」他大聲下令，腰桿像是插了鐵棍似的倏地起身。「立刻出發！動作快！快點！」

我們得攔住那頭野獸！」他繞過指揮車，跑向停在不遠處的黃色裝甲車，車上擋風玻璃架了一挺重型機關槍。司機緊跟在後，其他士兵則是跑向 BMW 機車和邊座，手裡也都拿著機槍。許圖默跳上前座，司機發動引擎，打開車燈，機車引擎從低鳴到怒吼，車燈泛起黃光。許圖默朝司機大吼：「出發！」感覺絞刑的繩圈似乎已經勒在了他的喉嚨上。

裝甲車衝了出去，輪胎揚起飛沙走石。四輛機車轉頭跟上，隨即轟隆加速超越了他們。

狼在五百米的前方跑著，身體就像一部專為了速度和持久而設計的引擎。牠瞇起眼睛抵擋沙礫，嘴巴緊咬著手銬，劍橋包在地上跳呀跳的數著拍子。牠呼吸低沉有力，身體微微朝右偏了幾度，奔上一座遍佈石頭的小丘又跑下來，彷彿一開始就設好了路線。沙子在牠掌下飛揚，蠍子和蟋蟀紛紛走避。

牠兩隻耳朵抖了一下，轟隆聲從牠左方迅速逼近。野狼加快腳步，腳掌啪啪踩過堅硬的沙地。轟隆聲愈來愈近……非常近……幾乎就在牠的左側。探照燈光掃過那頭野獸，隨即掃了回來，鎖定那道奔跑的身影。坐在機車邊座裡的士兵大喊：「在那裡！」隨即打開機關槍的保險，旋轉槍身，槍口對準野狼開始掃射。

狼戛然止步，揚起一片沙塵，子彈瘋狂打在牠前方的地上。機車呼嘯而過，駕駛猛踩煞車，拚命穩住握把。狼改變路線，再次全速前進，依然往東走，還是咬著手銬不放。

機關槍繼續掃射。曳光彈在黑夜中劃出一道道橘光，打在石頭上火花四射，有如亂扔的煙蒂。但狼左躲右閃，身體緊貼地面，雖然子彈咻咻打在牠四周，那傢伙還是越過了另一座小丘，消失在探照燈的光線之外。

「那裡！」槍手迎風大喊：「牠跑到斜坡後頭了！」駕駛調轉笨重的機車，繼續朝野狼追去，車頭燈照亮的地方沙塵飛舞。他將油門踩到底，引擎發出德製機械獨有的沙啞嘶吼。機車衝上山丘開始下坡，沒想到底下是一道兩米半深的峽溝，在車燈照耀下有如一抹冷笑等著他們。

機車衝進溝裡翻了幾圈，機關槍失控亂射，子彈掃出一道瘋狂的弧線，打在峽溝兩側反彈回來，將駕駛和槍手打成了蜂窩。機車倒地，油箱瞬間爆炸。

野狼早就後腳一蹬跳上了峽溝對岸，繼續往前飛奔，閃躲不停打在牠四周的滾燙鉛彈。

陣陣爆裂聲中，另一名進犯者呼嘯而至，這回出現在牠右側。狼轉頭一瞥，看見機車側座的探照燈朝牠射來。機槍開始擊發，子彈啪啪打在狼腿四周，從牠身旁咻咻掃過。野狼匆匆左閃右躲，窘迫地兜圈子，但機車愈逼愈近，子彈也愈來愈靠近目標，一枚曳光彈甚至和牠擦身而過，近得聞得到彈殼上的人汗味。狼突然再次變向，高高躍起，只見子彈打在牠四條腿正下方，而牠幾個亂步，就竄進了往東南延伸的峽溝之中。

機車沿著峽溝巡行，側座士兵抓著探照燈搜尋溝底。「我擊中牠了。」士兵信誓旦旦：「我看見子彈打到——」他話還沒說完，就覺得頸子寒毛直豎，才剛調轉探照燈，那頭黑色巨狼已經從車後方一躍而起，飛越側座撲到了駕駛身上。駕駛兩根肋骨應聲折斷，像筷子被扳斷一樣。狼將駕駛撞出車外，隨即像人一般立起後腳往前一蹬，躍過了擋風玻璃，尾巴輕蔑地甩了側座槍手一巴掌。槍手倉皇跳車，機車往前衝了四、五公尺才翻下峽溝，滾到了溝底。黑狼繼續前行，重新朝東方狂奔。

縱橫交錯的峽溝和山丘消失了，沙漠再度回歸平坦多岩。夜空繁星璀璨，狼依然跑個不停。牠心臟跳得更激烈了，清新的空氣從鼻子灌入肺部。那是自由的味道，生命的芬芳。牠腦袋往左一甩將手銬甩掉，接著一口咬住劍橋包的皮握把，不讓它繼續在地上彈跳。握把沾滿男人掌心的汗臭，牠很想將它吐掉，但硬是壓下了這股衝動。

這時，後方又傳來隆隆聲響，這回比前兩個進犯者都要低沉。狼回瞄一眼，看見兩團月亮般的黃光迅速橫越沙漠，循著牠的軌跡直奔而來，隨即機關槍響，兩團黃月上方爆出陣陣紅光。子彈打在地上激起沙礫，離狼身側不到一米。狼敏捷閃躲，轉身惦了惦自己的速度，隨即繼續往前飛奔。一波曳光彈綿密襲來，燒到了牠背上的毛髮。

「開快點！」許圖默朝駕駛大喊：「別追丟了！」他又打了一輪子彈，激起一道狂沙，發現狼突然轉頭往左跑去。「媽的！」他說：「方向盤抓穩了！」那傢伙嘴裡還咬著佛格特的劍橋包，而且正朝著英軍的防禦線奔去。這匹狼到底是何方神聖，竟然寧可偷裝滿地圖的袋子，也不搶垃圾堆裡的剩菜？他一定要阻止這頭該死的野獸。許圖默掌心冒汗，吃力調整機關槍，想將準星對準那傢伙。但野狼不停閃躲、變換方向，然後加速，就好像……

沒錯，許圖默心想，就好像能思考的人類一樣。

「穩住車子！」他大聲咆哮，但車子輾過一個凸起，準星再度偏了。他只能對著那傢伙前方一陣亂掃，希望牠自己撞上子彈。許圖默站穩身子準備抵擋後座力，隨即扣下扳機。

什麼都沒有。機關槍燙得跟烈日一樣，不是卡彈就是沒子彈了。

狼回頭瞄了一眼，發現機關槍迅速逼近。牠轉頭望向前方，但已經太遲了。只見刺鐵絲網近在眼前，不到兩米就要撞上。狼後腿一蹬，身體凌空騰越。但鐵絲網距離太近，沒辦法完全閃過。狼的胸膛被鐵鉤劃破，雖然身體過去了，右後腿卻被捲網纏住了。

「快點！」許圖默大喊：「撞死牠！」

狼使勁掙扎，全身肌肉扭曲，前爪牢牢扣住地面，但卻徒勞無功。許圖默從車裡站起來，狂風撲面，駕駛將油門踩到了底。裝甲車再過五秒就要撞上狼，用磨損嚴重的輪胎將牠輾過。

但那五秒內發生的景象，要不是許圖默親眼目睹，他可能怎麼也不會相信。只見狼身體一彎，前爪抓住纏著牠右後腿的鐵絲，將鐵絲扳開，直到後腿順利掙脫。接著牠四腳落回地面，揚長而去。裝甲車將鐵絲網碾壓在地上，但黑狼早已不見蹤影。

不過，車燈依然照到了牠。許圖默看見狼一蹦一蹦，不再用跑的，而是忽左忽右往前跳，甚至只靠一條後腿著地使力，扭著身體左閃右跳。

許圖默心臟在胸腔裡狂跳。

牠知道，他發現，那傢伙知道……

許圖默喃喃自語：「這裡是地雷——」

話還沒說完，裝甲車左前輪已經壓到了地雷。爆炸將許圖默少校震出車外，有如會噴血的風火輪一般。接著是左後輪，隨即右前輪的碎片也觸動了地雷。裝甲車扭曲變形，油箱起火爆炸，車身碎裂，下一秒又輾過了另一枚地雷。只見整輛車剩下一團火球，著火的車體碎片四射沖天。

狼在六十米外停了下來，回頭觀望。牠凝視火球，綠色眼眸映照著毀滅的火光，隨即掉頭前行，越過地雷區朝安全的東方奔去。

第二章

他就快到了，伯爵夫人興奮得像是初次約會的少女。他們已經一年多不見，這段期間他去了哪裡、做了什麼，她都一無所知，但也毫不在乎。跟她沒關係。他只跟她說他需要暫避風頭，情報單位利用他執行一項很危險的任務，知道只會讓她不安全。伯爵夫人坐在飄著薰衣草香的更衣室裡，開羅的金黃光線從通向露台的法式落地窗外透了進來，她對著橢圓鏡子小心翼翼塗抹唇膏。晚風捎來了肉桂和荳蔻的香氣，棕櫚樹的綠葉在樓下中庭裡輕聲細語。她發現自己在發抖，便放下唇膏免得塗壞了嘴唇。我已經不是眼睛水汪汪的處女了，夫人想，心中生起一絲遺憾。但或許這就是他神奇的地方。他上回造訪，讓她徹底感覺自己像是愛情裡的小學生一般。夫人心裡沉吟，她會如此興奮，或許是因為從以前到現在，儘管她經歷了那麼多「愛人」，卻從來未曾嚐過他那樣的撫摸，讓她心蕩神馳，留戀不已。

她發現自己成了母親曾經告誡她要避開的女人。那時她們還在德國，在那個瘋子還沒替整個國家洗腦之前。但這也是現在這種生活的一部分，而危險讓她充滿了活力。寧可感受生命，也不要只是活著，她心想。這是誰告訴她的？喔，對了，是他。

她拿著象牙梳子梳頭，濃密的金髮流瀉過肩，髮型跟美國女星麗泰海華絲一個模樣。天生麗質的她身材苗條、骨架纖細，有著高高的顴骨和淺棕色眼眸。住在這裡不難維持身材，因為她不怎麼喜歡埃及菜。她年方二七，結過三次婚，丈夫一任比一任還有錢。她是埃及一份英語日報的大股東，最近隆美爾進逼尼羅河，英軍奮力抵擋納粹海浪般的攻勢，讓她讀報時多了幾分興致。昨天的報紙頭條是隆美爾前進受阻。戰火不會停息，但看來至少這個月納粹是沒辦法在阿拉曼高呼希特勒萬歲了。

她聽見勞斯萊斯銀影發出的輕柔引擎聲。豪華轎車停在前門，她心跳加速。司機是她派去的，按照他的吩咐到牧羊人酒店去接他。他沒住在那裡，只是去開會，聽說叫「匯報」。牧羊人酒店以大廳裡的藤椅和波斯地毯聞名，這些日子擠滿了征戰疲乏的英國軍官、醉醺醺的記者和穆斯林殺手，當然還有納粹的眼線。她的邸宅位於開羅東郊，比酒店更安全，而且高雅得多。

瑪格莉塔伯爵夫人從梳妝台前起身。在她身後立著一面屏風，上頭畫著藍金兩色的孔雀。她拿起掛在屏風上的淺海綠洋裝，放在腳下套進身子，扣好鈕扣，重新瞄了頭髮和妝容一眼，用香奈兒的新款香水噴了噴白皙的頸間。可以走了。啊，還沒。她決定多開一顆「心機」扣，讓飽滿的乳房多露一點。接著她套上涼鞋，等亞歷山大到更衣室來。

過了三分鐘左右，他來了。男管家輕敲房門，她說：「什麼事？」

「夫人，葛勒頓先生來了。」亞歷山大說話帶著濃濃的英國腔。

「跟他說我隨後下去。」她聽著亞歷山大走過柚木走廊的腳步聲漸行漸遠。她還沒那麼急切，迫不及待想下樓跟他見面。這是淑女和紳士之間的遊戲規則。於是她又等了三、四分鐘，這才深呼吸一口氣，優哉游哉地走出了更衣室。

她走過兩旁擺滿盔甲、長矛、刀劍和中世紀武器的走廊。這些陳設是前任屋主的收藏品。他是希特勒的擁護者，一九四〇年於奧康納率領英軍痛擊義大利人之際逃離了埃及。她不怎麼喜歡武器，但這些武士盔甲跟屋裡的柚木和橡木裝潢感覺蠻搭的，而且價值不斐，還讓她有種隨時受到保護的感覺。她走到樓梯口，扶著橡木扶手踩著寬闊的台階來到了一樓。起居室的門關著，亞歷山大遵照她的吩咐將他帶到了那裡。她再次整理儀容，伸手朝掌心吹了口氣聞一聞——很好，有薄荷香——隨即緊張地用略嫌誇張的動作將門推開。

光潔的矮桌上銀燈皚皚，壁爐裡小火閃爍，因為沙漠晚風過了子夜就會變得格外寒冷。水晶杯、伏特加和威士忌映著光線，照在灰泥牆邊的醒酒瓶上閃閃發亮。地毯鏽著橘色和灰色的圖案，壁爐架上的時鐘顯示快九點了。

而他就坐在藤椅上，雙踝交叉、姿態放鬆，彷彿那一塊空間是他的，不准任何人侵擾。他望著釘在壁爐架上方的狩獵紀念品，若有所思。

但他的目光突然發現了她，隨即輕緩優雅地從藤椅上站了起來。「瑪格莉塔。」他一邊說著，一邊將手裡捧著的紅玫瑰遞給了她。

「哦……麥克，這些花真是太美了！」她聲音沙啞，帶著北德平原區特有的莊嚴與輕快。她朝他走去，暗暗提醒自己「不能太快！」她說：「這個季節，你怎麼有辦法在開羅找得到玫瑰？」

他微微一笑，露出白而健康的牙齒。「妳鄰居家的花園。」他說，聲音裡那一絲俄國腔令她著迷不已。英國軍情局在北非僱用一名俄國出生的紳士做什麼？還有他的名字為何一點也不俄國？

瑪格莉塔笑著從他手中接過了玫瑰。他當然在說笑。彼得凡根特家確實有一座漂亮的玫瑰園，但他們兩家之間的圍牆足足有兩米高，麥克葛勒頓不可能翻得過去，再說他的卡其西裝沒有半點髒污。他穿著淺藍襯衫和暗灰色棕條紋領結，皮膚被沙漠豔陽曬得黑亮。她聞了聞其中一朵玫瑰，花上還沾著露水。

「妳好美。」他說：「妳換髮型了。」

「沒錯，是新造型，你喜歡嗎？」

他伸手挽起她一綹秀髮，手指輕撫髮絲，緩緩撫上她的臉頰。他手在她肌膚上的輕柔觸感，讓瑪格莉塔手臂起了雞皮疙瘩。「妳的臉好冰。」他說：「最好站到爐火前。」他輕撫她的下巴，指尖滑過她的雙唇，然後抽開，接著往前一步伸手摟住她的腰肢。瑪格莉塔無法呼吸，但沒有閃躲。他的臉就在她面前，綠色眼眸映著壁爐的火光，彷彿眼眸著了火。他嘴靠了過來，她感覺身體一陣刺痛。但離她雙唇不到五公分時，他突然停了下來，說：「我餓了。」

瑪格莉特眨了眨眼，不曉得該說什麼。

「我早餐後就沒吃東西了。」他說：「只吃了蛋粉餅和牛肉乾。難怪八軍團打得那麼辛苦，大家只想快點回家，吃點像樣的東西。」

「食物。」她說：「喔，對了，食物。我已經請廚師幫你做好晚餐了，燉羊肉。你喜歡羊肉，對吧？」

「真高興妳記得。」他在她唇上輕啄一口，鼻尖貼著她的脖子撫摩，動作輕柔得讓她背部瞬間打了個哆嗦。他放開她，鼻翼搧動品嚐香奈兒香水和她身上的濃烈女人香。

瑪格莉塔牽起他的手，感覺他的掌心就跟搬磚工一樣粗。她帶他往門口走，快到門邊時，他突然說：「那隻狼是誰殺的？」

瑪格莉塔停下腳步說：「什麼？」

「那隻狼。」他指著掛在壁爐上方的灰狼說：「是誰殺的？」

「喔，你應該聽過亨利山德勒吧？有嗎？」

麥克搖搖頭。

「哈利山德勒，他是美國鼎鼎有名的獵人，兩年前在吉力馬扎羅山上殺了一頭白色花豹，報紙上全是他的新聞。」但麥克眼裡還是寫滿困惑。「我跟他是……好朋友。狼是他從加拿大寄來的，很漂亮，對吧？」

麥克低哼一聲，抬頭環視牆上山德勒送給瑪格莉特的其他戰利品（非洲水牛頭和巨大的鹿角，還有花豹和黑豹各一頭），隨即目光又回到狼身上。「加拿大。」他說：「加拿大哪裡？」

「我也不大清楚，我記得哈利說是在薩斯喀徹溫。」她說著聳聳肩。「反正就是一頭狼嘛，不是嗎？」

麥克沒有答腔，只是望著她，眼神像要穿透她似的，隨即微微一笑說：「我改天一定要見見這位哈利山德勒先生。」

「可惜你上星期不在這裡，哈利去奈洛比之前在開羅待了幾天。」她有點故意地拉了拉他的手臂，讓他別再看著狼。「走吧，免得飯菜涼了。」

進了餐廳，麥克葛勒頓在長桌前坐下來，在水晶燈下享受羊肉大餐。瑪格莉特吃著棕櫚心沙拉，品嚐夏布利紅酒，和他閒聊倫敦的種種，兩人從熱門舞台劇、時裝、小說聊到音樂。她好想念那一切。麥克說他很喜歡海明威的新作品，還說那人很有洞見。瑪格莉特一邊聊著，一邊打量麥克的臉。兩人自從上回分別，到現在已經一年又五個星期沒見面了。餐廳燈光較亮，她才發現他這一年多來的改變。改變很細微，但確實不一樣。魚尾紋多了，俐落的平頭也多了幾撮白髮。年齡是他另一個讓人摸不透的地方，看來三十到三十四歲，動作卻非常年輕靈活，肩膀和手臂更壯得驚人。他的手也很奇特，手指結實修長，像藝術家、彈鋼琴的，手背卻覆滿黑色細毛。但那雙手又像工人、幹粗活的，然而用起銀刀和銀叉又那麼優雅。

麥克葛勒頓身材高大，可能超過一米八，胸厚臀窄，腿細而修長。兩人頭一回見面時，瑪格莉塔以為他曾經是田徑選手，但他只說自己「有時會跑跑步，當作娛樂。」

瑪格莉塔喝著夏布利紅酒，隔著杯緣打量他。這人到底是誰？替軍情局執行什麼任務？來自哪裡，又打算往何處去？他鼻子很尖，而且瑪格莉塔發現他吃喝任何東西之前都會先聞一聞。他臉龐黝黑俊俏，有稜有角，鬍子刮得很乾淨，笑起來整張臉會隨之一亮，但他很少讓她見到那樣的笑容。睡著時，他的臉更暗沉了，綠色眼眸也不再放電，黯淡的感覺讓瑪格莉塔想起幽暗的原始森林，隱藏著各種最好別碰的秘密，而且可能很危險。

他伸手拿水，沒碰紅酒。瑪格莉塔說：「我晚上叫傭人們都回家了。」

麥克喝了一口水，將杯子放到一旁，又用叉子插了一塊肉。「亞歷山大為妳工作多久了？」

她完全沒想到他會問這個。「快八個月了，他是領事推薦的。怎麼了？」

「他……」麥克頓了一下，思考該如何表達。他差點就脫口而出，他聞起來有點可疑。「講話有德國腔。」最後他說。

瑪格莉塔不曉得誰比較離譜。亞歷山大不夠英國？難道他得穿米字旗內褲嗎？

「他掩飾得不錯。」麥克說。他先聞了聞羊肉才又起來吃，吃完才接著往下說：「但還不夠好。英國腔是裝出來的。」

「亞歷山大過了安全考核，你應該知道那有多嚴格。你若想知道，我可以告訴你他的祖宗八代。他是在史特拉福出生的。」

麥克點點頭說：「專出演員的地方，誰知道是真是假，怎麼看都是阿勃維爾動的手腳。」瑪格莉塔聽人說過，阿勃維爾是希特勒的情報單位。「明早洞七洞洞會有車來接我，我覺得妳也應該一起走。」

「走？走去哪裡？」

「離開，最好離開埃及，或許去倫敦吧。我覺得妳待在這裡已經不安全了。」

「不可能，我有太多分內的事要做。拜託，我有一間報社要經營耶，不可能說走就走。」

「好吧，那就待在領事館，但我還是覺得妳最好儘快離開北非。」

「我在這裡安全得很。」瑪格莉塔說：「你誤會亞歷山大了。」

麥克不置可否，叉起一塊羊肉吃了，然後用餐巾擦了擦嘴。

過了一會兒，她問：「我們快勝利了嗎？」

「我們還在對抗。」他說：「咬牙苦撐。隆美爾的補給線已經瓦解，裝甲軍團的燃料也快用完了。希特勒的注意力都擺在蘇聯，而史達林呼籲盟軍從西邊攻擊。沒有國家能兩面作戰，就算德國再強也做不到。所以，只要我們能拖住隆美爾，讓他們彈藥和燃料用盡，我們就能將他逼回托布魯克。要是運氣好，還能將德軍逼得更遠。」

「我沒想到你竟然相信運氣。」她挑著淺金色的眉毛說。

「那只是主觀的說法。在我的國家，運氣和拳頭大是同一個意思。」

她趁機發問：「你是哪裡人，麥克？」

「很遠的地方。」他說。從那語氣聽來，顯然不打算繼續討論他的私事。

「我有甜點。」麥克吃完羊肉推開盤子之後，她說：「沙荷蛋糕在廚房，我還能沖咖啡。」她站起來，但他速度更快，她才走兩步就被他攔住。「晚點再吃蛋糕和喝咖啡。」他說：「我想先吃別的甜點。」說完便執起她的手，一根一根緩緩親吻她的手指。

她雙手摟著他的脖子，心跳像擂鼓一樣。他輕輕鬆鬆將她抱起，從桌上藍花瓶裡抽了一枝玫瑰。

他抱她上樓，走過盔甲走廊來到她的臥房。房間裡一張四柱床，窗外的開羅峰巒疊嶂。兩人就著燭光替對方輕解衣物。她記得他手臂和胸膛的毛髮有多濃密，但這會兒卻只察覺他受傷了，胸口纏滿繃帶。她手指撫過他結實的棕色肌膚，問：「你怎麼了？」

「被小東西鉤到而已。」他望著她的蕾絲襯衣褪到腳踝，便將她從腳旁的衣物裡一把抱起，鑽進冰涼的白棉被中。

他身上的衣服也脫了，結實的肌肉映著燭光讓他身形更顯壯碩。他鑽進棉被躺在她身旁，瑪格莉塔聞到淡淡的萊姆古龍水，還聞到另一股氣味，感覺很像麝香，再次讓她想起青翠森林和掃過曠野的寒風。他手指繞著她的乳尖緩緩轉圈，隨即吻上她的雙唇。兩人體溫相連，彼此交流，她感覺靈魂一陣顫抖。

手指換成了別的東西：絲絨玫瑰拂過她立起的乳尖，親吻般的逗弄乳房。他拿著玫瑰滑過她的小腹，在肚臍繞了一周，再往下輕輕騷弄她金黃的恥毛，讓她不禁弓起身子，充滿渴望。玫瑰滑到她濕潤的慾望核心，在她緊繃的雙腿之間撩撥，隨即被他的舌尖取代。瑪格莉塔抓著他的頭髮呻吟出聲，雙臀隨著他的舔弄起伏擺動。

他停下動作，將她從快感邊緣拉了回來，然後重新來過。舌尖與玫瑰，有如撥弄黃金樂器的手指，彈奏著對位旋律。瑪格莉塔發出音樂般的呻吟與喘息，溫暖的浪濤在她體內愈疊愈高，碾壓過她的所有知覺。

接著，總算來了。熾熱的興奮將她沖向了天際，高喊他的名字。她像秋天的落葉飄回床上，色澤飽滿，邊緣凋萎了一些。

他進入她，火熱包住了火熱。她抓著他的背，有如風暴中駕著馬的騎士。他的臀緩慢自制，沒有恣意衝撞。正當她覺得可以接受更多，身體已經自動敞開，渴望將他帶到合而為一的境界，有著兩個名字和兩顆跳動的心。接著甚至連那兩枚結實的丸體也進入了她，而不只是抵著她的濕潤。她想要他的一切，每毫每吋，還有他能給她的所有汁液。然而，即使在這激情的狂暴中，她依然感覺他的疏離，彷彿在他體內有個東西連他自己也無法企及。在情熱的交纏中，她彷彿聽見他嘶吼，不過卻被她自己喉嚨發出的聲音所蓋過。她不曉得那是他的呼吼，還是她的呻吟。

床板說話了。它曾為了許多男人開口，卻從來不曾如此流利。

他身體抽搐，一次、兩次、三次。五次。他顫抖著，手指摳著凌亂的床單。瑪格莉塔雙腿夾著他的背，要他待著。她的唇尋著了他的，舌尖嚐到他奮力衝刺留下的鹹味。

兩人休息片刻，再度說起話來，但這回是輕聲細語，話題也不再是倫敦與戰事，而是喃喃情話。她從床頭桌上拿起那株玫瑰，沿著小腹滑到他尚未安歇的堅硬。這機器真美，她滿懷愛意給它無比的嘉慰。

床單上花瓣片片，燭光也黯了。麥克葛勒頓躺在床上沉沉睡去，瑪格莉塔將頭枕在他的肩窩。他呼吸起伏，帶著淺淺的鼾聲，宛如保養妥善的引擎。

稍後，她從睡夢中醒來，在他唇上輕吻一下，但他睡得很沉，毫無反應。她身體感覺到愉悅後的痠疼，被捏塑成了他的形狀。她凝視他的臉龐，將那有稜有角的輪廓記憶在腦中。她已經過了感受到真愛的年紀了，她想。她經歷過太多身體，太多在此過夜的渡船。她知道自己對軍情局很有用，是需要暫避風頭的情報員的避難所和聯繫站，僅此而已。她當然可以決定和誰上床，何時上床，但終究睡了許多人。那些人的臉都混在一起，只有葛勒頓例外。他跟其他情報員不同，跟她認識過的男人統統不一樣。就當這是小女生的痴戀吧，她想。他和她各有自己的航程，而兩人的終點不大可能是同一個地方。

她小心翼翼下了床，沒有吵醒他，光著身子走過廊式衣櫃，從臥房進了更衣室，打開燈，選了一件白絲睡衣套上，再從衣架上拿了一件棕色棉布長袍（男人的）走回臥室，披在線條婀娜的人形架上。她心裡閃過一個念頭，也許該在胸前噴點香水，梳好頭髮才去睡覺？車子可能七點才到，但她記得他喜歡五點半就起床。

瑪格莉塔拿著那朵功成身退的玫瑰回更衣室，桌上的蒂凡內小燈還亮著。她嗅了嗅玫瑰，聞到他們倆的氣味，將它插到花瓶中。她一定要把這朵玫瑰用絲綢壓花紀念。她滿足地吸了一口氣，拿起梳子望向鏡子。

那人就站在屏風後，臉從上方露了出來。在驚惶來襲前的那平靜的一瞬間，瑪格莉塔看出那是一張殺手的臉：蒼白、面無表情、毫不起眼，很容易混進群眾中，才剛看過就想不起來的臉。

她張口大喊麥克。

第三章

噗哧一聲，屏風上一隻孔雀的眼睛閃出火光。子彈正中瑪格莉塔後腦，正是殺手瞄準的部位。鮮血、骨頭和腦漿濺在鏡子上，瑪格莉塔往前仆倒，腦袋啪的一聲撞在一堆化妝品之間。

那人一襲黑色緊身衣，從屏風後跑了出來。他雙手戴著黑色手套，拿著一把裝了滅音器的小手槍。他瞄了掛在陽台欄杆上的塗膠小鐵鉤一眼，鐵鉤尾端繫了一條繩索垂到中庭。瑪格莉塔死了，任務完成，但他知道屋裡還有一名英國情報員。他看了看腕錶，車子還有十分鐘才會到大門外來接他，夠他將那頭英國公豬送到地獄去了。

他將槍上膛，穿越廊式衣櫃。這裡就是那賤人的臥房。燭光微微，棉被突起一個人形。他舉槍瞄準人形的頭部，另一手穩住持槍的手腕。滅音器發出噗哧一聲，然後又噗哧一聲。每打一槍，人形就跳一下。

就像藝術家完成作品後一定要親自欣賞一番，殺手走到床邊將棉被掀開，想瞧瞧死者是誰。

沒想到不是屍體，而是人形架，兩個彈孔。

他右手邊閃過一道影子。是人，動作很快。殺手驚惶轉身想要開槍，但一把椅子打在他肋骨和背上，他手指還來不及扣扳機，槍就飛了出去，掉進棉被的皺摺裡不見了。

殺手很壯，身高一米九，體重破百，渾身都是吃牛肉生出來的肌肉。椅子的重擊讓他有如衝出隧道的火車頭暴吼一聲，雖然踉蹌幾步，卻沒有被打倒。對方還來不及再次攻擊，他就將椅子從對方手中奪了過來，同時抬腿踹了對方腹部一腳，隨之而來的悶哼讓他心頭大悅。只見那名英國情報員穿著咖啡色長袍，抱著肚子撞到了牆上。

殺手抄起椅子砸了過來。麥克看見那人雙手一甩，知道椅子來了。他側身閃開，椅子砸在牆上斷成了碎片。那人隨即撲上來，手指掐住他的咽喉，狠狠鉗住他的氣管。麥克眼前出現黑點，鼻子聞到血和腦漿的鐵味。剛才他一聽見滅音器致命的低鳴，就聞到了這股味道。瑪格莉塔喪命的氣味。

這傢伙是職業的，麥克心裡明白。這是男人對男人的戰爭，幾分鐘後只有一人能活下來。

來吧。

麥克迅速舉起雙手，架開殺手的鎖喉掌，隨即右掌一揮，朝對方鼻子掃去，想要一掌將殺手的鼻樑打進腦袋裡。但對手動作敏捷，立刻撇頭閃躲，不過鼻子還是被打爆了，痛得他雙眼飆淚，倒退兩步。麥克撲上去左右補了他下巴兩拳。殺手下唇裂了，但趁勢抓住麥克的長袍衣領，將他整個人舉起來，朝臥房門口狠狠甩了過去。

麥克跌到走廊上，撞到其中一副盔甲。盔甲哐啷一聲從架上倒下。納粹殺手雙唇淌血奪門而出，麥克正掙扎著起身，被那人一腳踹在肩上，又在走廊往後彈飛了兩米半。

殺手環視四周，看見兩旁的盔甲和武器不禁眼睛一亮，臉上閃過一絲敬畏，彷彿走進了暴力的聖殿。他拿起一把流星鎚，木把前端用一條一米長的鐵索繫著一顆插滿尖刺的鐵球。他開心甩動鎚子，讓鐵球在頭上旋轉，一步步朝麥克葛勒頓逼近。

那中世紀的武器虎虎生風，朝麥克的腦袋掃來。他迅速閃身後退，避開了鐵球的掃蕩。但他還沒來得及站穩，鐵球已經又從反方向掃來。尖刺擦到長袍，他往後一跳，撞到了另一副盔甲。盔甲倒下時，他趁機抓了一面盾牌，隨即往下一擋，正好擋住掃向他雙腿的鐵球。拋光的盾牌表面迸出一道火光，震動從他手臂竄向受傷的肩膀。殺手甩鎚過頭，由上往下劈向麥克的腦袋。麥克將盾牌猛擲出去，擊中那人的膝蓋。對方雙腿一軟，往前仆倒。麥克正想朝殺手的臉踹一腳，突然改變了主意：把腿踢斷了，對他逃跑可沒好處。

殺手站了起來，手裡依然抓著流星鎚。麥克衝到牆邊從掛勾上抽出一把闊刃劍，轉身面對殺手的下一波攻擊。

德國殺手見到長劍，面露提防之色，拋下比較短的流星鎚，改拿戰斧。兩人對峙數秒，互相尋找縫隙，接著麥克揮劍突刺，但被戰斧鏗鏘一聲格開。殺手朝麥克撲來，閃過長劍揚起戰斧往下一劈。麥克舉劍抵擋，戰斧擊中劍柄迸射出藍色的火光，長劍應聲而斷，他手上只剩一小節劍刃。殺手揚斧朝他的臉部揮來，滿心期待以鐵擊腦的快感。

電光石火之間，麥克算好了角度和衝擊的力道。他知道自己只要後退一步，腦袋就會不保，往左往右閃躲也不例外。於是他不退反進，朝殺手擠去。由於攻擊臉似乎沒什麼用，他便揮拳朝對方門戶大開的腋下打去，指關節毫不留情地對準了血管和動脈。

殺手慘叫一聲，手臂全麻，抓不住斧頭。戰斧脫手而出，嵌進橡木牆裡，足足有五公分深。麥克朝對方斷掉的鼻樑就是一拳，見殺手仰頭後退，又朝對方的下巴補上一拳。納粹殺手發出悶哼，口吐鮮血，身體撞在二樓欄杆上。麥克追上去，揚起手臂準備攻擊對方的喉嚨，但對方突然伸手雙手，再次牢牢掐住他的脖子，將他整個人舉了起來。

麥克死命掙扎，但找不到施力點。殺手伸直雙手掐著他，再過幾秒就會想到可以將他扔到樓下，摔在磁磚地板上了。麥克頭頂上方六十公分處有一根橡木橫樑，但表面又亮又滑，沒地方好抓。他血衝腦門，全身毛孔滲出油膩的汗水，而體內深處開始有東西伸展蠕動，從暗影中醒來。

殺手手指嵌進他的動脈，阻斷了血流。殺手用力搖他，既出於蔑視，又打算掐得更緊。快結束了。納粹殺手看見對方的眼睛開始鼓脹。

麥克舉起雙手，手指掃過橡木樑，身體劇烈顫抖。殺手以為他快死了。

只不過這個他不是麥克，而是牠。

麥克的右手開始扭曲，斗大的汗珠滑落臉龐，露出極度痛苦的神情，手背上毛髮起伏，肌腱抽動，骨骼嗶嗶剝剝，發出微弱的碎裂聲。他手掌隆起，關節腫脹，肌肉變得厚實色雜，黑色毛髮開始往身體其他部位蔓延。

「去死吧，你這個賤貨！」殺手用德文說。他緊閉雙眼，將所有力氣放在手上，想把對手掐死。快了……就快了。

有東西在他手掌底下蠢動，彷彿騷亂的蟻群。被他掐著的身體變重變厚了，而且發出刺鼻的獸臊味。

殺手睜開眼睛，注視他的手下敗將。

他掐著的不再是人。

他驚呼一聲，雙手一甩，想將那東西拋到欄杆外。但那怪獸一雙腳爪緊抓著橡木橫樑，像鎖扣一樣，同時舉起依然像人的膝蓋踹了他的下巴，力道大得幾乎將他踹昏。他放開那怪物，死命退開，嘴裡依然發出驚呼，只不過變成尖細的哀鳴。他踩到散落的盔甲跌了一跤，用爬的朝臥室房門逃去，回頭一看只見怪物鬆開了抓住橫樑的腳爪落在地上，身體抽搐顫抖，從棕色棉布長袍裡衝了出來。

這位殺手中的殺手，頭一回體會到什麼是真正的驚恐。

那怪物站穩腳步朝他爬來。牠還沒完全變形，但綠色眼眸緊盯著他，一副非置他於死地的表情。

殺手抄起一支長矛朝牠刺去。那怪物跳開了，但矛尖掃過牠畸形的左頰，在黝黑的皮上劃出一道鮮紅的口子。殺手慌張亂踢，想逃進臥房到露台的扶手，但突然覺得兩道利齒咬住了他的腳踝，折牙籤一樣輕輕鬆鬆將他踝骨咬斷。那怪物嘴開嘴闔，輪到他另一腳小腿被咬，同樣肉開骨裂，殺手登時瘸了腿。

他呼天搶地，但老天相應不理，只聽得到那怪物肺部規律的呼息。

他揮手想趕走牠，但人手毫無用處。那怪物撲了上來，濕濡的口鼻和怒目逼視的雙眼貼在他面前。接著牠的口鼻掃向他的胸口，利齒閃閃發光。他感覺胸骨像是被人用鎚子敲了一下，接著又一下，幾乎將他劈成了兩半。利爪開始肆虐，指甲劃過鮮血直濺。殺手拚命掙扎反抗，但拚了命也沒用。怪物的爪子刺穿他肺部，扯開起伏脹縮的組織，直搗核心。牠的口鼻和牙找到了怦抨跳動的獎賞，頭甩個兩下，殺手的心臟就從血管之間扯了出來，有如熟透的水果滴著血紅的汁液。

利齒咬破心臟，汁液灌進口中。殺手眼睛依然睜著，身體抽搐，但血不斷從體內湧出，再也無法支撐大腦的運作。殺手顫抖著發出一聲恐怖的呻吟，那怪物仰頭嚎叫應和，聲音有如喪鐘響徹了整間屋子。

接著，那怪物將臉湊進被扒開的胸膛，開始飽餐一頓，怒氣沖沖地將人體內部的奧秘翻攪、撕裂。

當開羅的燈火逐漸熄滅，第一道紫紅色的陽光在金字塔頂端浮現，瑪格莉塔伯爵夫人邸宅裡的半人半獸抽搐、嘔吐，吐出可怕的骨骸與屍塊，形成了一片漫流的紅海，流過欄杆滴在樓下的磁磚地板上。那全身赤裸的怪物像胎兒一樣蜷縮著，身體失控顫抖，在沒有人聽得見牠的死寂屋裡獨自哭泣。

第一部　春之祭

第一章

夢境再次將他喚醒。他躺在漆黑之中，強風掃進屋裡，百葉窗喀喀翻動。他夢見自己是一頭狼，而夢中的狼也在做夢，夢見自己是一個人，而那個人夢見自己是頭正在做夢的狼。層層疊疊的夢境中散落著片段的記憶，有如吹飛打散的拼圖。一張張泛黃的臉龐是他父親、母親和姊姊，彷彿從邊緣焦黃的相片裡取下來的；一棟殘破的白石宮殿，周圍是茂密的原始森林，夜裡有野狼嗥月；一輛疾駛而過的蒸氣火車，車頭燈強光耀眼，一名男孩沿著鐵軌奔跑，速度愈來愈快，朝著前方的隧道口狂奔。

在那記憶的拼圖中，浮現了一張老邁、皺摺、長滿白鬚的臉，張開雙唇低聲道：活得自由。

他坐起身子，發現自己不是躺在床上，而是壁爐前的冰冷石地板上。黑暗中幾點餘燼閃閃發亮，等著被翻動點燃。他站起來，光著結實的身體走到窗台前，俯瞰北威爾斯的丘陵。玻璃抵擋不住三月的狂風，雨點夾雪打在他面前的窗上。他在黑暗中凝望黑暗，知道他們來了。

他們放他一個人太久了。納粹雖然被蘇聯的復仇攻勢逼到了柏林附近，但西歐的大西洋壁壘仍牢牢掌握在希特勒手中。在這一九四四年，大事開始啟動，接下來不是大勝就是慘敗。他很清楚慘敗會有什麼後果：納粹全面掌控西歐，或許加強反擊俄國的力道，柏林和莫斯科的領土鬥爭會更野蠻。雖然部隊耗損了，但納粹依然是全球最有紀律的殺人機器，仍然可以抵擋俄國的重型卡車，再次朝蘇聯的首都進逼。

米凱爾葛勒頓諾夫的祖國。

但他現在是麥克葛勒頓了，住在別的國家，用英語說話，用俄語思考，用比兩者更古老的語言跟自己對話。

他們來了。他可以感覺他們正在逼近，就像他感覺得到有風掃過六十米外的森林一樣。世局的動盪將他們帶來這裡，這棟位於人跡罕至的崎嶇海岸的房子。他們過來只有一個理由。

他們需要他。

活得自由，他心想，嘴角浮現一絲微笑，夾著幾分酸楚。自由是幻覺，只存在於他自己家裡。在這個風強雨驟的地方，最近的安多溪鎮也在南方二十五公里外。對他來說，自由絕大部分來自隔絕。當他監聽倫敦與歐陸之間的短波訊號，解讀透過無線電急促傳來的密電訊息，就愈來愈感受到人性對他的束縛。

因此，他不會拒絕他們進來。因為他是人，他們也是。他會聽他們說什麼，甚至考慮片刻，然後才搖頭拒絕。他們長途跋涉，歷經險阻才來到這裡。他甚至願意讓他們留宿一晚。但他對新的母國的責任已了，接下來是那些年輕軍人的事了。輪到他們滿臉泥濘，手指焦慮地按著卡賓槍的扳機。將軍和指揮官也許很會發號施令，但冒死執行命令的永遠是年輕人。千百年來都是如此。所以，戰事的未來永遠不會改變，人類就是人類。

嗯，把他們擋在門外是沒用的。他可以鎖上路底的鐵閘門，但他們一定會想辦法越過它或剪斷刺鐵絲網走進來的。所以最好不要鎖門，等他們來。也許是明天、後天或下週。無論什麼時候，他都會在這裡。

麥克微微側頭，傾聽狂風譜成的歌曲。接著他走回壁爐前的石板地板躺了下來，雙手抱膝試著讓自己睡著。

第二章

「他住的地方還真他媽偏僻，是吧？」謝寇頓少校點起雪茄，搖下黑色福特轎車的車窗，讓煙飄出去。傍晚光線稀微，雪茄煙頭紅光閃耀。「你們英國佬就喜歡這種天氣，嗯？」

「我想我們沒什麼選擇，非喜歡不可。」休姆塔波特上尉答道。他硬擠出禮貌的微笑，貴族般的鼻翼微微搧動：「至少不得不接受。」

「也對。」謝寇頓說。效力於美國陸軍的他有著一張斧刃般的臉，側頭凝視窗外低沉的烏雲和亂雨。他已經兩週沒見到陽光，凍到骨頭都疼了。年長的英國陸軍司機僵著背坐在駕駛座上，和他隔著一道玻璃，沿著石頭小路穿梭在烏雲罩頂的峭壁和蓊鬱松林之間。上個小鎮（一個叫胡列特的地方）已經是二十公里外了。「難怪你們皮膚那麼白。」他接著說，有如闖進下午茶聚會的推土機。「每個人看起來都跟鬼一樣。你要是來阿肯色，我就帶你見識什麼叫春天的陽光。」

「我的工作恐怕撥不出空來。」休姆塔波特將車窗搖下了一圈半說。廿八歲的他面容蒼白，身材細瘦，在軍中擔任參謀，曾在朴資茅斯遇到一架德軍梅塞施密特戰機從他頭頂上飛過，距離只有二十米，嚇得他鑽到戰壕裡。那是他最接近死亡的一次經歷。不過，那已經是一九四〇年八月的事了，現在德國空軍已經不敢越英吉利海峽一步了。

「所以，葛勒頓在北非立下了不少戰功？」謝寇頓咬著雪茄說話，菸尾巴沾上了唾沫。「不過那已經是兩年前的事，而且他之後就離開戰場了。你們憑什麼認為他仍然寶刀未老？」

休姆塔波特望著他，眼鏡後方的藍色眼眸透著困惑。「因為。」他說：「葛勒頓少校是高手。」

「我也是高手，小伙子。」謝寇頓比這位英國上尉年長十歲。「但不表示我就有本事空降到法國，對吧？而且我這兩年來可是都沒閒著，我他媽的跟你保證。」

「是，長官。」休姆塔波特贊同道，純粹因為他覺得應該這麼做。「但您的……呃……您那邊的人希望我們協助，而且既然對我們雙方都有好處，因此我的長官認為——」

「是啦是啦，那是之前的事了。」謝寇頓不耐地揮揮手，要對方別說了。「我跟我的人說過，葛勒頓——抱歉，葛勒頓少校——的檔案對我沒有說服力。我得說他缺乏實戰經驗，但我想還是先見見他本人再說，儘管我們在美國是不來這一套的。我們美國人是看檔案來決定一切。」

「我們這裡講人格。」休姆塔波特說，語氣有點冷淡。「上校先生。」

謝寇頓淺淺一笑，他總算讓這個僵硬的小伙子有點反應了。「你們的軍情局可能認為葛勒頓是最佳人選，但對我來說——原諒我用法文粗話——一點狗屁意義都沒有。」他從鼻子噴了一口煙，眼裡映著菸頭的火光。「我聽說葛勒頓不是他的本名，他其實叫做米凱爾葛勒頓諾夫，俄國人，對吧？」

「他一九一〇年生於聖彼得堡。」休姆塔波特小心翼翼回答。「一九三四年成為英國公民。」

「嗯，但他骨子裡還是俄國人。俄國人都靠不住，伏特加喝太多了。」他伸手想將煙灰彈進駕駛座椅背上的煙灰缸裡，可是手不夠長，煙灰幾乎全彈到他用口水擦亮的鞋子上了。「所以，他為什麼離開俄國？難道是通緝犯？」

「葛勒頓少校的父親是陸軍將領，沙皇尼古拉二世的好友。」休姆塔波特注視著暈黃車燈照亮的蜿蜒小路，一邊說道：「一九一八年五月，佛伊多葛勒頓將軍夫婦和他們的十二歲女兒被蘇維埃共黨極端份子處決了，只有年幼的葛勒頓逃過一劫。」

「然後呢？」謝寇頓追問道：「誰把他帶到英國來的？」

「他是自己坐船來的，一九三二年。」少尉說：「他在貨輪上工作。」

謝寇頓抽著雪茄想了想。「等等。」他輕聲說道：「你是說他從八歲到二十二歲都沒被俄國暗殺小組的人逮到？他是怎麼辦到的？」

「我不知道。」休姆塔波特坦言道。

「你不知道？天哪，我還以為你們這些傢伙應該對葛勒頓諾夫瞭若指掌呢，管他叫什麼名字。你們沒查核他的檔案嗎？」

「他的檔案有一段空白。」年輕少尉望著穿透松林而出的微弱燈光說。道路蜿蜒曲折，領著他們朝提燈閃閃的地方駛去。「資料是機密，只有軍情局最高層可以查閱。」

「是嗎？光憑這一點，我就得說我不想把任務交給他了。」

「我想葛勒頓少校可能有提到一些效忠王室並幫助他脫困的人，讓那些人的名字曝光，可能……怎麼說呢，可能不大明智。」細雨中，幾間小房子湊合成的小鎮慢慢現出了輪廓。路旁一個白色小看板寫著安多溪鎮。「不過，我倒是聽過一則傳言。」休姆塔波特說，打算扔枚煙霧彈給這個沒品的美國佬。「俄國魔僧拉斯普京一九〇九到一九一〇年待在聖彼得堡，跟一些名媛貴婦……過從甚密。聽說艾蓮娜葛勒頓諾夫也是其中之一。」他轉頭望著謝寇頓：「拉斯普京有可能是麥克葛勒頓的親生父親。」

謝寇頓被煙嗆到，輕咳了一聲。

叩叩叩。司機馬洛伊用指關節敲了敲玻璃，一邊踩下煞車。車子開始減速，雨刷掃開擋風玻璃上的雨雪。休姆塔波特搖下玻璃隔層，馬洛伊用標準的牛津腔說：「抱歉，上尉，但我想我們得停下來問路了。應該就是那裡。」他指著前方右邊一間亮著提燈的小酒館說。

「沒錯。」年輕少尉答道，重新搖起隔層。馬洛伊將轎車停在酒館門前。「等我一下。」休姆塔波特一邊說著，一邊拉起外套衣領裹住脖子，打開車門。

「我也要去。」謝寇頓說：「我可以喝杯威士忌，暖暖身子。」

他們讓馬洛伊待在車上，兩人走上石頭台階。酒吧門口吊著一塊招牌，鐵鍊吱嘎作響。謝寇頓抬頭瞄了招牌一眼，上頭畫了一隻羊，寫著羊排小館。走進店裡，鑄鐵爐燒著火，木頭牆上掛著幾盞油燈，空氣中飄著泥炭沼和燈油的甜香。三名顧客圍著後面一張桌子輕聲細語，喝著艾爾啤酒，聽見有人進來便抬頭望著身穿軍服的兩人。

「軍官大人，歡迎光臨。」吧台後方一名風姿綽約的黑髮女子用濃濃的威爾斯腔說道。她睜著湛藍眼眸迅速打量了兩人一眼，看似隨意，其實很仔細。「想喝點什麼嗎？」

「威士忌，寶貝。」謝寇頓叼著雪茄微笑道：「愈毒愈好。」

女子旋開瓶塞，在一只不大透明的小杯子裡倒滿了威士忌。「扣掉苦啤酒和艾爾啤酒，我們就只剩這瓶毒藥了。」她微微一笑，撩人中帶著一絲倨傲。

「我不喝酒，但有事情想請教妳。」休姆塔波特伸手在鑄鐵爐邊取暖說：「我們想找一個人，他就住在這附近，名字叫麥克葛勒頓。妳聽過——」

「哦，有啊。」她說，兩眼閃閃發亮。「我認識麥克。」

「他住在哪裡？」謝寇頓嗅了一口威士忌，覺得眉毛都燒焦了。

「就這一帶，他不喜歡訪客。」她拿抹布擦了擦酒瓶。「非常不喜歡。」

「我們跟他約好了，寶貝，談公事。」

黑髮女子看了他們金光閃閃的鈕扣一眼，沉思片刻之後說：「你們穿過安多溪鎮繼續往前開十三公里，路會變成泥土或泥巴路，看天氣。遇到岔路後，左邊比較難走的那條會通到他家大門，至於門會不會開，那就看他了。」

「門沒開，我們就自己來。」謝寇頓說完拿下嘴邊的雪茄，朝女酒保露齒微笑，然後一口乾了當地釀的威士忌。

「乾杯。」女酒保對他說。

威士忌有如岩漿熱辣辣地滾下他的喉嚨，讓他雙膝發軟，感覺自己喝的是碎玻璃或剃刀的碎片。他感覺全身毛孔都在冒汗，硬是壓住快發作的咳嗽，因為女酒保正盯著他，一副幸災樂禍的模樣。要是他在女人面前坐到地上，他就別混了。

「好喝嗎，寶貝？」她問，假裝什麼都不知道。

他不敢將雪茄放回嘴邊，深怕菸頭起火，把他腦袋炸飛了。淚水燒灼他的眼眶，但他咬緊牙關，砰的一聲將酒杯放到吧台上。「味道……太……淡了。」他勉強擠出一句，聲音又沙又啞。他聽見後面桌子那三名顧客在笑，不禁面紅耳赤。

「確實是。」她附和道，隨即輕輕一笑，聲音宛如摩挲的絲綢。謝寇頓伸手想掏皮夾，但她說：「本店招待，算你瀟灑。」

謝寇頓點頭微笑，只是虛弱多於瀟灑。休姆塔波特清了清喉嚨，說：「謝謝您的說明和款待，女士。走吧，少校？」謝寇頓發出聽來像是「好」的聲音，隨即僵著腿跟在休姆塔波特後頭朝門口走去。

「少校，寶貝？」女酒保在他離開酒吧前說。他回頭看著她，心裡只想趕快揮走這股悶人的炙熱。「見到麥克的時候，記得謝謝他請客。這是他留在這裡的酒，只有他能碰。」

謝寇頓走出羊排小館的大門，感覺自己跟羊排一樣。

馬洛伊載著他們出了安多溪鎮，天已經黑了。車子行駛在風聲颯颯的樹林和歲月雕刻出來的山巒之間，謝寇頓臉色慘白，逼自己將雪茄抽完，然後將菸屁股彈出窗外。殘餘的雪茄有如流星墜落，在夜裡劃出一道火光。

馬洛伊離開泥濘的馬車幹道，駛進左邊更難走的小路。車輪輾過坑洞，車軸吱嘎作響，座椅彈簧有如排氣閥起伏鼓譟，坐得謝寇頓左搖右晃、推推搡搡。年輕的英國上尉已經習慣爛路了，緊緊抓著車窗上方的把手，讓自己的屁股離開皮座椅三到五公分。

「這傢伙……還真不希望……被人找到。」坐在這麼晃的車上，謝寇頓只能勉強擠出一句。這車比他坐過的坦克還晃。希望老天可憐我的尾椎吧，他心想。小路蜿蜒，在濃密的林間穿梭，簡直像沒有盡頭的酷刑。又捱了三到五公里，車頭燈總算照到了一道高聳的鑄鐵大門。門開著，福特轎車長驅直入。

泥濘的路況稍微好了一些，但差別不大。車子只要經過窟窿，謝寇頓的牙齒就會猛力碰撞。他知道舌頭要是沒捲好，肯定會被咬斷。狂風呼嘯，掃過道路兩旁的樹林，雨雪傾盆，謝寇頓突然覺得自己離阿肯色好遠、好遠。

馬洛伊踩了煞車。「這裡！那是什麼？」休姆塔波特望著車頭燈照出的兩道錐形光線說。只見三隻大狗站在路中央，毛髮隨風飛舞。「天哪。」休姆塔波特摘下眼鏡，匆匆擦了擦鏡片然後戴回去。「我覺得牠們應該是狼！」

「可惡，快把車門鎖上！」謝寇頓吼道。

福特車慢如龜步。謝寇頓剛用拳頭搥下車鎖，那三頭野獸已經抬起口鼻，聞到了發熱的金屬和機油味，瞬間消失在左側的樹林中。轎車重新加速，馬洛伊用滿是老人斑的雙手牢牢握著方向盤，繞了一個大圈穿過樹林，駛上了粗石車道。

麥克葛勒頓的房子就在前方。

那房子感覺很像教堂。暗紅色石牆，縫隙用白灰泥填上。謝寇頓察覺這房子肯定曾是教堂，因為頂端有一座尖塔，塔頂塗成白色，塔周圍還有走道。但整棟房子最令人詫異的，是它竟然有電。一樓窗戶透出燈光，而尖塔的彩繪玻璃也綻放著深藍與深紅的光芒。房子右邊是一間較小的石屋，可能是車庫或工作房。

車道在屋前繞一個圈，馬洛伊將車停好，拉起手煞車。他敲敲玻璃，休姆塔波特搖下隔層之後，他有些不安地說：「上尉，我要在車上等嗎？」

「是的，麻煩你。」休姆塔波特知道這名老司機是軍情局裡的駕駛，但沒有必要讓他知道太多狀況。馬洛伊服從地點點頭，關掉了引擎和車燈。「少校？」休姆塔波特朝屋子撇撇頭說。

兩名軍官下了福特車，拉起大衣縮著身子頂著刺人的雨雪往前走。他們走上三級石台階，來到斑駁的橡木門前，青銅門環做成動物形狀，嘴巴裡啣著一根骨頭。休姆塔波特舉起骨頭，動物的下頜和尖牙跟著抬高。他敲了敲門等候回應，身體開始發抖。

門閂喀啦一聲，謝寇頓感覺羊排小館的巫婆湯讓他膽汁翻攪。上了油的門樞輕輕旋轉，木門開了，一名黑髮男子逆光而立。「請進。」麥克葛勒頓說。

第三章

屋子裡小巧溫暖。橡木地板光潔油亮，屋頂挑高，橫樑由木頭搭成，柴火在粗糙的白石壁爐裡熊熊燃燒。休姆塔波特將「倫敦護照查驗處」瓦倫廷威維安上校的簽名介紹信交給麥克，謝寇頓則是逕自走到壁爐前烘他發紅的雙手。

「這趟路也太遠了吧。」謝寇頓一邊活動手指一邊吼道：「世界上找不出第二個更偏僻的地方了。」

「的確。」麥克讀著信，低聲答道：「要是我喜歡不速之客，自然會在倫敦買間房子。」

謝寇頓感覺血又流回手上了，這才轉身好好檢視他大費周章特地來見的這個人。

麥克葛勒頓穿著黑色毛衣，袖子拉到手肘，卡其長褲褪色而老舊，棕色樂福鞋磨損得很厲害。他黑髮濃密，兩鬢略顯灰白，剪成軍人式樣，兩側和後腦勺剪得很短，臉上布滿黑色短髭，可能兩三天沒刮了。他左頰有一道疤，從眼睛正下方延伸到髮線裡。應該是刀疤，差點就喪命了吧，謝寇頓心想。好吧，所以葛勒頓有肉搏戰的經驗。但又怎樣？謝寇頓推測這傢伙身高大約一米九，頂多差個兩三公分，體重在八十六到八十九公斤之間，身材結實，像虎背熊腰的運動員，可能打過足球，就是英國佬說的橄欖球之類的。他身上有一股沉默的力量，宛如強壓到底準備反彈的彈簧。話雖如此，這不表示他就適合到納粹佔領的法國出任務。葛勒頓需要陽光，他臉上帶著冬眠般的蒼白，可能已經半年沒見到太陽了。呿，這個死地方可能整個冬天都是灰濛濛的。但冬天就快結束了，再過兩天就是三月廿一日，就是春分了。

「你知道你這裡有狼嗎？」謝寇頓問他。

「知道。」麥克將讀完的信折好。他已經很久沒有威維安上校的消息了。這件事肯定很重要。

「我要是你，就不會隨便出門。」謝寇頓說。他伸手到大衣的內口袋裡掏出一支雪茄，用小剪刀剪掉尾端，接著拿火柴在白石壁爐上一劃點了火。「那些大傢伙就愛吃肉。」

「那幾隻是母狗。」麥克將信收進口袋裡說。

「隨便。」謝寇頓點燃雪茄深吸了一口，吐出一縷青煙。「你要是想活動身子，就該買把長槍出去獵狼。你應該會用長槍，是——」

他話沒說完，因為麥克葛勒頓突然竄到他面前，瞪著淺綠色眼眸瞅著他，讓他毛骨悚然。

麥克伸手抓住雪茄，從對方嘴裡抽出來折成兩段，扔進火裡。「謝寇頓少校。」他講話帶著一絲俄國腔，但被英國貴族式的斯文冷靜沖淡了不少。「這是我家，能不能抽煙得先問我，而我一定會說不。您聽懂了嗎？」

謝寇頓滿臉通紅，結巴地說：「那……那雪茄可是值五十分錢呢！」

「它吐出來的煙只值半分錢。」麥克說，接著又瞪了他幾秒，確定對方聽明白了才轉頭望著年輕上尉說：「我已經退役了，這就是我的答覆。」

「可是……少校……您都還沒聽我們說明呢！」

「你不用說我也猜得到。」麥克走到窗台前注視著漆黑的樹林。他剛才在謝寇頓身上聞到了那瓶陳年威士忌的味道。想到愛喝淡酒的美國佬喝下去是什麼反應，他不禁微微一笑。幹得好，莫琳。「盟軍正在擬定聯合作戰計畫，而且對美國人肯定很重要，否則少校不會來這裡。我一直在收聽英吉利海峽兩岸的短波通訊，裡面全是暗語，像是送花給魯迪或小提琴要調音，我不是完全懂，但至少聽得出語氣：非常興奮，又充滿恐懼。我猜這表示盟軍要進攻大西洋壁壘了。」他轉頭望著休姆塔波特。年輕上尉沒有動，也沒有脫下濕透的大衣。「應該不出三、四個月，等夏天風浪小一些。我想邱吉爾先生或羅斯福先生都不希望士兵暈著船上岸面對希特勒吧。所以會是六月或七月。八月太遲，往東邊進攻會遇上最冷的時候。要是能六月建立灘頭堡，就能及時建立補給線，趕在初雪之前在德國邊境設好攻擊據點。」他眉毛一挑說：「我說得對嗎？」

謝寇頓嘖了一聲。「你確定這傢伙站在我們這一邊？」他問休姆塔波特。

「讓我再多猜一點吧。」麥克看了休姆塔波特一眼，隨即將目光轉回謝寇頓少校身上。「跨海攻擊要能成功，得先阻斷德軍的通訊，破壞彈藥庫和油庫，把戰場變成煉獄。不過必須安靜，火也要是冷的。所以我猜某天晚上會有突擊隊員忙著炸毀鐵軌，說不定美國人也會插一腳。空降突襲應該會在前線後方造成混亂，讓德國人多面受敵，應接不暇。」麥克走到上校身旁，伸出雙手到壁爐前取暖。「我猜你們希望我做的事情應該跟戰局有關。我當然不曉得地點和時間，也不想知道。此外，你們還必須明白一件事，納粹高層顯然懷疑盟軍在五個月內會發動攻擊。因為蘇聯正從東邊步步進逼，德國人知道從西邊攻擊的時機成熟了，至少對盟軍是如此。」他搓著雙手往下說：「希望我的推論沒有太離譜，有嗎？」

「沒有，長官。」休姆塔波特坦白道：「全都說中了。」

麥克點點頭，謝寇頓說：「你在倫敦有眼線嗎？」

「我有眼睛、耳朵和腦袋，這就夠了。」

「少校。」休姆塔波特之前一直近乎立正，這會兒終於放鬆腰桿，往前一步說道：「能不能……至少讓我們跟您說明一下任務內容？」

「你這是在浪費自己和少校的時間，我說過我已經退役了。」

「退役？你在北非出了一次不怎麼樣的任務就不玩了？」謝寇頓語帶輕蔑，癟嘴哼了一聲。「聽說你是阿拉曼之役的英雄？」他從華府過來的路上讀了葛勒頓的服役紀錄。「不僅潛入納粹指揮部，還偷了兵力配置圖？算你厲害！但你是不是沒搞清楚，少校，戰爭還沒結束！要是我們一九四四年還沒攻回歐洲，搶下一個據點，想再有下次機會，可不知得在海上晾屁股多久了。」

「謝寇頓少校。」麥克轉頭看他。少校望著逼視他的炯炯眼眸，彷彿見到鼓風爐的綠色小窗，熊熊閃著綠光。「請你別再提到北非。」他雖然輕聲細語，卻帶著肅殺之氣。「我……害死了一位朋友。」他眨了眨眼，綠色火光黯了兩秒，隨即恢復熾烈。「所以不准再談北非。」

這混帳！謝寇頓心想。他真想一腳把葛勒頓踩在地上。「我只是說——」

「我不管你想說什麼。」麥克轉頭望著休姆塔波特，發現這名年輕上尉還是很想說明任務內容，便嘆了口氣說：「好吧，你就說吧。」

「是，少校。我可以——」他停頓片刻，想要脫掉大衣。麥克點點頭，兩名軍官便開始脫大衣，而麥克則是走到黑色高背皮椅前，對著壁爐的火坐了下來。

「其實是安全方面的問題。」休姆塔波特特地繞到葛勒頓少校面前，好觀察他的反應，卻只見到他一臉諱莫，無動於衷。「當然，您猜得非常正確，確實跟進攻有關。我們和美方打算在六月一日之前把事情統統解決，包括撤離我們在法國和荷蘭的幹員，因為他們的身份可能洩漏。巴黎有一名美國幹員——」

「化名叫亞當。」謝寇頓插話道。

「巴黎已經不是伊甸園了。」麥克手指交握道：「被那些四處橫行的納粹毒蛇給破壞了。」

「沒錯。」少校把話搶過去說：「總之，你們的幹員兩個多星期前收到亞當的密電，說有大事正在密謀進行，但他還沒掌握到所有細節，只是不管內容為何，都受到層層保密。他是從柏林一名藝術家那邊聽來的，一個叫提歐馮法蘭克維茲的傢伙。」

「等一下。」麥克身體向前，休姆塔波特看見他眼神專注，有如利刃閃閃發亮。「你說藝術家？為什麼是藝術家？」

「我不曉得，我們挖不到馮法蘭克維茲這個人的半點資料。總之，亞當八天前又發了一則密電，但只有兩行。他說他被監視了，需要有人親自來把他掌握到的消息帶出法國。他還來不及說到細節，發訊就中斷了。」

「蓋世太保？」麥克抬頭看著休姆塔波特。

「我們的情報並未顯示亞當被蓋世太保抓了。」年輕上尉說道：「我們認為對方知道他是我們的人，一直在監視他，可能想藉著他揪出其他幹員吧。」

「所以，沒有別人能查出情報是什麼，並帶出法國嗎？」

「沒有，長官，必須從境外派人進去。」

「他們一定也在監控他的無線電設備，甚至已經找到並破壞了。」麥克眉頭深鎖望著燃燒的橡木。「為什麼是藝術家？」他又再問了一次：「藝術家怎麼會知道軍事機密？」

「我們不曉得。」休姆塔波特說：「您知道我們的處境了。」

「我們非得查清楚怎麼回事不可。」謝寇頓說話了：「第一波登陸作戰會有將近二十萬士兵，而我們預計登陸日九十天後會超過一百萬，要給希特勒好看。我們打算只用一天時間跟他們火力對決，一張牌定生死，所以最好先搞清楚納粹手上有哪些牌。」

「死神。」麥克說，兩名軍官都沒有回話。

柴火嗶剝一聲，火花四濺。麥克葛勒頓等休姆塔波特把話說完。

「我們會派飛機送您到法國上空跳傘下去，地點在巴黎西北方一百公里外的巴藏古鎮附近。」休姆塔波特說：「我們會有人在空降地點接您，然後送您到巴黎，並全力協助您跟亞當取得聯繫。這項任務是特優先級，麥克葛勒頓少校。登陸作戰要成功，我們非得知道敵軍的態勢不可。」

麥克望著柴火燃燒。他說：「對不起，你們另請高明吧。」

「可是，長官……請別這麼快拒——」

「我說過我已經退役了，就這樣。」

「呿，真是太好了！」謝寇頓忍不住開口了：「我們為了來這裡，坐到屁股都快裂了，只因為某個白痴跟我們說你是第一把交椅，結果你卻說你退役了。」講到退役兩個字，他刻意語帶譏諷。

「在我的國家，這兩個字只代表一個意思，就是老子沒種。」

麥克只是淡淡一笑，沒有回應，讓謝寇頓更加火冒三丈。

「少校？」休姆塔波特還不放棄：「請別現在就做決定。可不可以請您至少考慮看看？也許讓我們在這裡住一晚，明天早上再討論？」

麥克聽著雨雪打在窗上的聲響。謝寇頓想到回去還要那麼遠一趟路，就覺得尾骨發疼。「你們可以在這裡過夜。」麥克說：「但我還是不會去巴黎。」

休姆塔波特很想再說下去，但決定放棄。謝寇頓低聲嘀咕：「去死吧。」但麥克只是望著自己升起的柴火沉思不語。

「我們帶了一位司機來。」休姆塔波特說：「您方便幫他準備休息的地方嗎？」

「我會在壁爐前放一張行軍床。」麥克說完便起身到儲藏間拿床，而休姆塔波特則是出去叫馬洛伊進來。

他們倆一離開，謝寇頓便開始在屋裡東窺西探。他看見一台古董玫瑰木維克多拉留聲機，轉盤上還放著唱片，標題為春之祭，作曲家是一個叫史特拉汶斯基的。嘖，俄國人還是喜歡俄國音樂。說不定這裡一堆咿咿啊啊的斯拉夫歌。遇到這種夜晚，他比較想聽平克勞斯貝。葛勒頓喜歡書，這點很明顯。書架上除了《人獸之別》《肉食性動物》《葛利果聖歌史》和《莎翁世界》，還擺滿了俄文、德文和法文書。

「喜歡這裡嗎？」

謝寇頓嚇了一跳。麥克不知何時出現在他身後，跟霧一樣靜。他扛著一張折著的行軍床，將它打開了放在壁爐前。「這房子在一八四〇年代曾是路德會的教堂，一群船難生還者蓋的。海岸懸崖離這裡只有一百公尺。他們還在這裡建了小鎮，但八年後一場腺鼠疫害他們全病死了。」

「喔。」謝寇頓說，趕緊將雙手放在褲子上搓了搓。

「剩下的殘垣斷瓦還很結實，於是我決定試著重建，結果花了我整整四年，還是有很多要做。你剛才可能很好奇這裡怎麼會有電，答案是，我屋子後面有一台石油發電機。」

「我就想你這裡應該沒有電線才對。」

「是呀，這裡太偏僻了。你們今晚睡尖塔的房間，牧師就是在那裡過世的。房間不是很大，但床夠兩個人睡了。」門開門關，麥克轉頭望著休姆塔波特和司機，眼睛眨也不眨地看了他們一會兒。老司機摘下帽子，脫了大衣，麥克指著行軍床對他說：「你睡這裡。」接著對三人說：「想喝咖啡或找東西吃，廚房在那邊。我的作息時間可能會讓你們覺得怪。如果半夜聽到我在走動什麼的……

待在房裡別出來。」他看了三人一眼，那眼神讓謝寇頓頸子寒毛直豎。

「我要上樓休息了。」麥克說完朝樓梯走，中途停下來挑了一本書。「對了……廁所和淋浴間在屋後頭，希望你們用得慣冷水。晚安了，各位。」他上樓，過了一會兒，他們聽見一扇門輕輕關上。

「真是怪人！」謝寇頓嘀咕一句，接著便拖著腳步到廚房找東西吃了。

第四章

麥克在床上坐了起來，將油燈點亮。他沒有睡，一直在等待著。雖然直覺告訴他現在是三點多，他還是從床頭桌上拿起了手錶。三點七分。

他嗅了嗅，眼睛瞇了起來。是菸味。伯利和拉塔奇亞混合款，味道很重。他認得那個味道，而那味道呼喚著他。

他依然穿著衣服，卡其長褲和黑毛衣。他套上樂福鞋，拿起油燈順著昏黃的燈光走下螺旋樓梯。壁爐裡加了兩根新柴，火溫溫燒著。麥克看見一縷輕煙從高背皮椅上裊裊升起，有人正面著柴火抽煙斗。

「我們聊聊吧，麥克。」那個自稱馬洛伊的老人說。

「是，長官。」麥克拉了一把椅子坐了下來。兩人隔桌對坐，桌上擺了一盞燈。

馬洛伊不是老人的本名，也不是他唯一的化名。他咬著煙斗輕笑一聲，火光在他眼裡閃爍，看來完全不似剛進屋時那麼老邁、弱不禁風。「待在房裡。」他說著又笑了。這才是他真正的聲音，帶著一絲沙啞。「好樣的，麥克，你讓那個可憐的美國佬嚇破膽了。」

「他有膽嗎？」

「欸，他其實還蠻有一套的，別被他那副囂張跋扈的模樣騙了。謝寇頓少校不是普通人。」馬洛伊尖銳的目光掃向他。「你也是。」麥克沒有回答。馬洛伊默默抽了一會兒煙斗，接著說：「瑪格莉塔菲利普在埃及遇害不是你的錯，麥克。她知道自己面對什麼危險，而且表現得很出色，又勇敢。你殺了謀害她的兇手，並拆穿哈利山德勒是納粹特務，你也表現得很出色、很英勇。」

「不夠出色。」這件事依然引來遺憾，啃噬他的內心。「要是我那晚警覺一些，或許就能救瑪格莉塔一命了。」

「她的時候到了。」馬洛伊漠然說道，完全是出生入死之徒的口吻。「你為瑪格莉塔難過的時間也該結束了。」

「我一聽到山德勒。」麥克神色緊繃，雙頰滾燙。「聽到瑪格莉塔說那隻狼是他在加拿大獵來送給她的，我就知道他是德國特務。我一眼就看出那是巴爾幹狼，不是加拿大來的，而山德勒有辦法獵到巴爾幹狼只有一種可能，就是跟他的納粹好友一起去打獵。」哈利山德勒，美國來的狩獵高手，上過《生活》雜誌版面的傢伙，在瑪格莉塔遇害之後隨即消失無蹤，沒有留下任何痕跡。「那天晚上，我應該叫瑪格莉塔離開她家的，立刻離開，可是我卻……」他雙手緊緊攫住椅子把手。「她那麼信任我。」他喃喃說著。

「麥克。」馬洛伊說：「我要你去巴黎。」

「那任務真有那麼重要，連你也出動了？」

「沒錯，非常重要。」他吐了一口煙，拿下嘴裡的煙斗說：「搶灘成功只有一次機會，就那麼一次。至於時間，目前看來是六月第一週。這部份可能會變，要看天氣和潮汐而定。所有可能的狀況都必須事先處置。老實說，看那些指揮官們匆忙行事，你會覺得到時一定錯誤百出，再誇張的錯誤都有可能。」老人哼了一聲，隨即漠然淺笑。「我們必須盡我們的職責，先去替他們把房子清乾淨。蓋世太保盯亞當盯得那麼緊，可以想見他手上一定有他們不願意外洩的情報。我們得查出到底是什麼消息。憑你的……呃……天賦，我想應該有機會不被蓋世太保察覺，潛進去將情報帶出來。」

麥克凝視柴火。這世上只有三個人知道他是狼人，坐在他身旁的這名老人就是其中之一。

「還有一件事，你也應該考慮進去。」馬洛伊說：「四天前，我們接到柏林幹員『回聲』的密電，說她見到哈利山德勒了。」

麥克轉頭瞪著老人。「山德勒跟一個叫耶芮克布洛可的納粹上校在一起，那人是武裝親衛隊，曾經擔任柏林附近的法肯豪森集中營指揮官。換句話說，山德勒已經打進高層了。」

「山德勒還在柏林？」

「回聲沒說，所以應該還在。她負責監視他。」

麥克低哼一聲。他不知道回聲是誰，但他記得山德勒在《生活》雜誌上那張氣色紅潤的臉。那傢伙一隻靴子踩在肯亞草原野獅的屍體上，笑容燦爛。

「當然，我們可以提供山德勒和布洛可的檔案給你。」馬洛伊繼續遊說：「我們不清楚兩人的關係，但你到了柏林，回聲會跟你接觸。至於你要怎麼做，就由你決定了。」

我決定，麥克心想。這只是婉轉的說法，意思是如果他想殺哈利山德勒，只能靠自己想辦法。

「不過，你的首要任務是搞清楚亞當知道什麼。」馬洛伊噴出一道細煙。「這事非做不可。你可以將情報交給你在法國的聯繫人，由對方轉交。」

「那亞當呢？你們不是想把他弄出巴黎？」

「可以的話。」

麥克低頭沉思。這個自稱馬洛伊的老人惡名在外，不只因為他說了什麼，更因為他什麼沒說。

「我們不希望遺漏任何細節。」馬洛伊沉默片刻說：「我跟你好奇的事情一樣，麥克，為什麼有藝術家會扯進來？馮法蘭克維茲根本是無名小卒，在柏林當個街頭肖像畫家，怎麼會跟國家機密扯上關係？」馬洛伊望著麥克的眼睛。「你肯接這項任務嗎？」

才不要，麥克心想。但他覺得血脈賁張，有如熱度不斷升高的蒸氣爐。過去兩年他無時或忘自己那晚宣洩慾望之後倒頭大睡，結果害他的密友瑪格莉塔公爵夫人香消玉殞。揪出哈利山德勒或許能平息這一切，或許不能，但追捕獵人至少能帶來滿足，而亞當的情報和箭在弦上的搶灘作戰更是自有其重要性。亞當的情報對登陸日會有什麼影響，又將如何左右六月那關鍵一日搶灘上岸的數千名士兵的命運？

「好。」麥克說，喉嚨有些緊繃。

「我就知道緊要關頭可以倚靠你。」馬洛伊淺淺一笑。「狼就是狼，對吧？」

「我有一個要求。我的跳傘本領已經生鏽了，我想從海底過去。」

馬洛伊沉吟片刻，搖搖頭說：「對不起，英吉利海峽德軍巡邏艇和水雷太多了，小型運輸機是最穩當的選擇。我們可以送你去磨練磨練，試跳個幾回。像美國佬講的，小菜一碟。」

麥克掌心出汗，趕緊握起拳頭。他就怕兩件事：密閉空間和高處。他受不了飛機轟隆作響，雙腳離地則讓他感覺無力和虛弱。但他別無選擇，即使跳傘訓練簡直如同酷刑，他還是得咬牙硬上。「好吧。」

「好極了。」聽馬洛伊的語氣，他一開始就知道麥克葛勒頓會答應。「你狀況都好吧，麥克？睡眠夠不夠？飲食均衡嗎？我希望你沒吃太多肉。」

「沒有。」森林裡鹿很多，還有野豬和野兔。

「我有時很擔心你。你需要討個老婆。」

雖然馬洛伊一片好意，而且一本正經，麥克還是笑了出來。

「呃。」馬洛伊又說：「也許不需要。」

兩人又聊了一會兒，話題當然離不開戰爭，因為那是他們的共同點。火靜靜吞噬椽木，窗外狂風呼號。破曉前，效忠英王的狼人終於起身上樓返回臥房。馬洛伊睡在壁爐前的椅子上，臉龐再度變為老邁司機的模樣。

第五章

清晨跟前一天傍晚一樣灰濛，風雨交加。六點正，管弦樂聲叫醒了謝寇頓少校和休姆塔波特上尉。已故牧師的臥榻又窄又極不舒服，兩人吃力下了床，脊椎喀啦啦地發出呻吟。為了抵禦穿透彩繪玻璃而入的冷冽，兩人昨晚和衣入睡，下樓時神色憔悴，完全失去軍人的挺拔。

雨雪鞭打窗戶，謝寇頓真想尖叫。麥克葛勒頓坐在黑皮椅上，對著新點的柴火說了聲：「早安。」他手裡拿著一杯熱騰騰的唐寧伯爵茶，身上一襲深藍色法蘭絨睡袍，沒穿鞋子。「想吃早餐的話，廚房有茶和咖啡，還有炒蛋和土產香腸。」

「如果土產香腸的味道跟這裡的威士忌一樣濃，那就算了。」謝寇頓皺著眉一臉嫌惡地說。

「不會，味道很溫和，請自便吧。」

「馬洛伊呢？」休姆塔波特看了房間一眼問道。

「喔，他已經吃過早餐，到外面幫車換油了。我讓他去車庫幹活。」

「這是什麼鬼玩意兒？」謝寇頓覺得那音樂聽起來跟地獄裡鬼打架一樣。他走到留聲機前，望著不停轉圈的唱片。

「史特拉汶斯基，是嗎？」休姆塔波特問。

「沒錯，春之祭，我最喜歡的一首樂曲。現在演奏的這段，謝寇頓少校，是村裡舉行異教犧牲儀式，長者們圍成一圈，望著一名年輕女孩跳舞至死。」麥克閉眼凝視瘋狂跳躍的深紫和血紅音符，過了一會兒才又睜開眼望著少校。「最近似乎很流行犧牲這個主題。」

「我哪知道。」葛勒頓的目光讓謝寇頓坐立難安。那眼神專注犀利，穿透人心，而且擁有一種力量，讓少校覺得自己像是沒有骨頭的軟腳蝦。「我喜歡的是班尼固德曼。」

「喔，我聽過他的歌。」史特拉汶斯基的音樂有如雷鳴一般澎湃激昂，描繪世界陷入爭鬥，對抗自身的野蠻，但野蠻顯然佔了上風。麥克又諦聽了一會兒，隨即起身端起唱針，完全沒讓七十八轉唱片發出刮擦聲。留聲機緩緩停止。「兩位，我決定接受任務。」他說：「我會查出你們想知道的情報。」

「您要去？我是說……」休姆塔波特結結巴巴。「我還以為您心意已決了呢。」

「我是，但我改變主意了。」

「喔，我懂了。」其實他不懂，但他不打算追究對方到底是何動機。「嗯，真是太好了，少校，太好了。當然，我們會先安排您接受一週的訓練。雖然我覺得您應該不需要，但我們還是會讓您跳幾次傘，並安排語言課。另外，我們一回倫敦就會替您整理好所有資料。」

「好的，麻煩你了。」想到搭飛機跨海到法國，麥克就覺得頸子發麻，但這件事到時非面對不可。他深吸一口氣，高興自己終於做了決定。「容我告辭，我要去晨跑了。」

「我聽說你愛跑步！」謝寇頓說：「我也是。你都跑多遠？」

「八公里上下吧。」

「我曾經跑過十一公里，而且是全副武裝。如果你有多的熱身服和運動衫，我就跟你去跑，免得血都結凍了。」尤其在那張折磨人的床上輾轉難眠了一晚之後，他心想。

「我不穿熱身服。」麥克告訴他，隨即脫下睡袍，裡頭一絲不掛。他將睡袍折好放在椅背上說：「春天快到了。謝謝你的提議，少校，但我習慣一個人跑步。」謝寇頓和休姆塔波特驚詫得目瞪口呆。麥克走過兩人身旁，出了門迎向雨雪不斷的清冷晨光。

謝寇頓抓住快關上的門，不可置信地望著赤裸裸的麥克大步沉穩地跑過車道，穿越草坪奔向森林。「嘿！」他大喊：「森林裡有狼耶！」麥克葛勒頓沒有回頭，轉眼便消失在林中。

「您不覺得他很怪嗎？」休姆塔波特站在他身後望著屋外說。

「管他怪不怪。」謝寇頓說：「我認為葛勒頓少校應該能完成任務。」雨雪打在他臉上，雖然穿著制服，他還是打了個哆嗦，隨即將門關上。

第六章

「馬丁？快過來看！」

被喊到的男人立刻從書桌前起身，走向裡面那間辦公室，兩隻鞋踩得混凝土地板喀喀作響。他肩寬體壯，穿著昂貴的咖啡色西裝、無瑕白襯衫和黑領帶，頭髮從前額往後梳，夾著幾撮白髮。他臉龐飽滿，輪廓柔和，感覺就像孩子最愛的大叔叔，喜歡在孩子睡前跟他們說故事。

裡間辦公室牆上貼滿了地圖，上頭畫著紅色箭頭和圓圈，有些劃掉了，有些畫了又畫，還有許多圓圈被氣沖沖打了叉。大桌上還有地圖，外加幾疊待簽的公文。桌上一只小鐵盒打開著，裡面是水彩瓶和各種尺寸的馬毛筆，排列得整整齊齊。房裡沒有窗，角落擺了個畫架，原本擺在桌前的硬背椅移到了畫架前，架上放著一幅未完成的水彩畫：雪白農舍，後方是紫色的峰巒疊嶂。還有幾幅畫擱在畫家腳邊，全是房舍和鄉間的景緻，沒有一張是畫好的。

「這裡，在這裡，看到了沒？」畫家戴著眼鏡，用水彩筆敲了敲農舍邊緣的一抹陰影。

「我看到……陰影。」馬丁答道。

「陰影裡面，就在這裡！」畫家又敲了敲，比上回更用力一些。「靠近點看！」他拿起畫推到馬丁面前，手指沾到了水彩。

馬丁吃力地瞧了瞧。他只看見影子，如此而已。但這件事似乎很重要，必須謹慎以對。「有。」他回答道：「我……我好像看到了。」

「啊！」畫家露出微笑。「啊！果然有！」他用帶著濃濃奧地利腔（有些人覺得聽來很笨拙）

的德文說。「有一隻狼，就在陰影裡！」畫家用水彩筆的木柄指著一團黑色，馬丁分不清那是頭是尾。「潛行的狼。還有這裡！」畫家拿起另一幅畫得很糟的畫，指著蜿蜒的山溪說：「看到沒有？在岩石後面？」

「噢，元首，真的有。」馬丁鮑曼望著岩石和凌亂的一兩條線說。

「還有這裡，這幅畫。」希特勒拿起第三幅畫，畫中是一片雪絨花。他用抹紅的手指指著陽光花叢間的兩個黑點說：「狼的眼睛！你看，牠愈溜愈近了！你知道那代表什麼，對吧？」

馬丁遲疑片刻，緩緩搖了搖頭。

「狼是我的幸運符！」希特勒說，話中帶著一絲激動。「所有人都知道這一點。現在狼來了，出現在我每一幅畫裡，而且是不請自來！你說還有比這更明顯的暗示嗎？」

原來如此，希特勒的秘書心想，錯亂的象徵和暗示來了。

「我是狼，你不懂嗎？」希特勒摘下眼鏡，啪的折起來放進皮盒子裡。只有接近權力核心的極少數人看過他戴眼鏡。「這是象徵著未來，我的未來。」他眨了眨專注的藍色眼眸。「當然，應該說帝國的未來。我已經知道會是如此，這個暗示只是證實了而已。」

馬丁沒有答腔，只是望著農舍陰影裡的凌亂線條等待著。

「我們會痛宰斯拉夫人，讓他們夾著尾巴滾回巢穴裡。」希特勒接著說：「列寧格勒、莫斯科、史達林格勒、庫爾斯克……圖上那些名字。」他抓起一張地圖，留下紅色的指紋，隨即嫌惡地將圖推出桌外。「腓特烈大帝從不言敗，從來不！將領對他忠心不貳，手下對他唯命是從。我這輩子從來沒遇過這樣的公然抗命！他們想要傷我，何不拿槍抵著我腦袋就好？」

馬丁沒有開口。希特勒臉頰漲紅，眼睛發黃濕潤，不是好徵兆。「我說我們需要更大的坦克。」

元首繼續說：「結果你知道他們怎麼說？大坦克需要更多油料。這是藉口，他們千方百計想讓我跛腳。大坦克需要更多油料。噴，俄國不就是個大油槽？但我的手下卻從斯拉夫落荒而逃，拒絕為德國的命脈戰鬥！少了油料，我們怎麼擋得住斯拉夫佬？更別說破壞滾珠軸承廠的空襲了！你知道他們是怎麼告訴我的？元首——他們喊這兩個字的語氣像是吞了太多糖一樣，讓我聽了就想吐——我們的高射砲需要彈藥，載運高射砲的卡車需要油料。你看出來他們是怎麼搞我了嗎？」他又眨了眨眼，馬丁見他眼中寒光一閃，似乎想起了什麼。「喔，對了，你今天下午也在，對吧？」

「是的，元……我在。」他回答道：「昨天下午。」他看了懷錶一眼。「現在快半夜一點半了。」

希特勒心不在焉地點了點頭。他穿著羊絨織錦睡袍和皮革拖鞋，睡袍是墨索里尼送他的。柏林總部行政大樓裡只有他和鮑曼兩人。他望著自己的作品，望著線條紊亂的房舍及透視歪斜的田野，將水彩筆放進水裡沾了沾，把顏色洗掉。「這是預兆。」他說：「我無意間畫了狼，這表示我將勝利，馬丁，徹底消滅德意志的敵人，從裡到外一個也不放過。」他說完意味深長看了秘書一眼。

「您應該清楚，元首，沒有人能違抗您的命令。」

希特勒似乎沒聽見，忙著將顏料和畫筆收回鐵盒裡，準備鎖進保險箱。「我今天有什麼行程，馬丁？」

「早上八點，跟布洛可上校和希爾德布蘭特博士共進早餐，九點到十點半是幕僚會議。下午一點，戰場指揮官隆美爾將軍要來做大西洋壁壘強化計畫的簡報。」

「啊。」希特勒的眼睛又亮了起來。「隆美爾。他才是有腦袋的人。我已經原諒他在北非的挫敗，一切都沒事了。」

「是的，元首。傍晚七點半，我們將和戰場指揮官搭機前往諾曼第海岸。」鮑曼接著說：「然後轉往鹿特丹。」

「鹿特丹。」希特勒點點頭，將顏料盒收進保險箱。「工程應該按進度進行吧？這很重要。」

「是的，元首先生。我們在鹿特丹停留一天，接著就回貝格霍夫停留一週。」

「貝格霍夫！對了，我都忘了！」希特勒面露微笑，出現兩個黑眼窩。貝格霍夫位於巴伐利亞省貝希特斯加登村的阿爾卑斯山區，打從一九二八年夏天以來便是希特勒唯一能稱作家的地方。山上風大，景色連諸神見了都會震撼，很容易在人心中留下回憶。當然，蓋莉除外。他就是在貝格霍夫遇到蓋莉勞芭的。她是他唯一的真愛。蓋莉，親愛的蓋莉，有著金髮和會笑的眼睛。她為什麼要一槍打穿自己的心臟？蓋莉，我愛妳，希特勒心想，難道這還不夠嗎？艾娃會在貝格霍夫等他。有時光線對了，而艾娃又將頭髮往後梳攏，他只要瞇起眼睛就能見到蓋莉的臉，見到他逝去的愛人與姪女。她在一九三一年結束了自己的性命，只有二十三歲。

他頭隱隱作痛。他望著桌上一團凌亂之間的月曆，望著三月。

「春天了。」他發現。

牆外，柏林市一片漆黑，忽然一聲嗥叫。是狼！希特勒心想，張嘴倒抽一口氣。不對，不是……是空襲警報。

聲音愈來愈響，近乎哀鳴。隔著總理府外牆，那聲響更像震動，而非音波。遠方有炸彈爆炸，彷彿巨斧劈砍大樹一般劈啪爆裂。接著又是一枚炸彈，然後兩枚，接著連爆兩枚。「快叫人來！」希特勒下令道，臉頰浮出冷汗。

馬丁拿起桌上電話撥了號碼。

更多飛彈落地，天崩地裂的聲響此起彼落。希特勒手指緊扣桌緣，感覺炸彈落在南邊，天普霍夫機場附近。雖然離這裡還遠，不必擔心，可是……

遠方的爆炸和碎裂聲止息了，只剩狼嗥般的空襲警報在市區各角落迴盪。

「只是騷擾式空襲。」馬丁跟柏林安全指揮官通過電話之後說。「機場炸出幾個大坑，還有幾排房子起火，就這樣。轟炸機已經走了。」

「該死的豬玀！」希特勒搖搖晃晃起身說：「去死吧他們！我們需要夜航戰鬥機的時候，他們在哪裡？所有人都睡死了嗎？」他大步走到一張地圖前，望著圖上諾曼第海岸的防禦工事、地雷和水泥碉堡。「感謝隆美爾。邱吉爾和羅斯福那個猶太佬一定會進攻法國，遲早的事。我們會好好招待他們的，對吧？」

馬丁點頭贊同。

「等派砲灰出來送死之後，他們就會坐在倫敦辦公室裡，圍著擦亮的桌子喝英國茶，吃那個……他們吃的那種餅乾叫什麼？」

「小圓烤餅。」馬丁說。

「喝茶和吃烤餅！」希特勒盛氣凌人。「但我們會讓他們嚐嚐別的東西，對吧，馬丁？」

「是的，我的元首。」馬丁說。

希特勒低哼一聲，走到另一張地圖前。這張圖更為迫切，是斯拉夫人有如翻騰的污泥，準備衝破俄羅斯邊界湧進德國佔領的波蘭和羅馬尼亞。小紅圈是被包圍的德軍師，每一師一萬五千人，但人數愈來愈少。

「我要這裡再增加兩個武裝師。」希特勒指著其中一個熱區說。此刻，德國士兵正在數百公里外浴血奮戰，抵抗俄國人的屠殺。「我要他們二十四小時之內完成備戰。」

「是，我的元首。」三萬人和將近三百輛坦克，馬丁心想。這些人員和裝備要從哪裡來？西線作戰的指揮官聽到部隊要再少人，肯定會大發雷霆，而東線作戰的將領則會被文書工作壓得喘不過氣來。唉，人和坦克一定會生出來的。這是元首的旨意，沒得商量。

「我累了。」希特勒說：「我想我可以去睡了。把門鎖上，知道嗎？」說完他便拖著腳步離開辦公室，走過長長的走廊，罩著浴袍的身影是如此矮小。

馬丁也累了。真是漫長的一天，所有人都累了。關上桌燈之前，他繞過書桌拿起那幅農舍畫，盯著那抹暗影瞧了很久。或許……只是或許……那真的是狼，匍匐繞過農舍牆角。沒錯，馬丁這會兒看見了。就在那裡，就在元首說的地方。這是預兆。馬丁將畫放回架上。希特勒可能不會再碰這幅畫了，而誰曉得這些畫最後都去了哪裡？

元首總是比誰都先看到這些預兆，這當然是他的魔力之一。

馬丁鮑曼關上桌燈，鎖上房門，穿越長走廊回到了自己的公寓。他的妻子葛妲在臥房裡睡得正香，她頭頂上方掛著一幅希特勒像。

第七章

「葛勒頓少校？」螺旋槳轟隆低鳴，黑髮副機長大聲說道：「再六分鐘就到空降點了！」

麥克點點頭，抿著嘴站了起來。他將開傘索的夾箍高舉過頭，勾在運輸機頂棚的鋼索上，走到關閉的機門前。門上方的紅色警示燈閃著微光，將機內染成了一片血紅。

這天是三月廿六日，腕表顯示的時間為兩點十九分。麥克刻意不去理會 C-47 運輸機的傾斜與搖晃，開始檢查降落傘帶，確定跨下兩條繩索受力相等。在三百米的高空一邊罣丸被繩索勒著，可不是什麼愉快的享受。

他檢查胸帶扣環，然後檢查主傘包的頂折，確定傘張開時不會被傘繩纏住。傘面應該是黑色的，因為今天晚上有月光。

「少校，再三分鐘。」副機長是來自紐澤西州的小伙子，說話客氣。

「謝謝。」麥克感覺飛機微微向右舷傾斜，可能是機長為了躲避探照燈或高射砲而調整航向。他深吸長吐，將呼吸放緩，注視著機門上方的紅燈。他心如擂鼓，深綠色跳傘裝的裡層都被汗水沾濕了。他戴著黑色針織帽，臉上塗著黑綠兩色的迷彩偽裝，暗自祈禱那迷彩很好洗掉，否則走在香榭大道上可就會引起不必要的注目了。

他身上綁著折疊鏟、鋸齒刀、點四五自動手槍和一盒子彈，外套拉鍊口袋裡塞了一只小盒子，裡面是兩條巧克力棒和幾根鹽醃牛肉乾。他覺得巧克力棒應該已經被他緊張發燙的身體給融化了。

「一分鐘。」紅燈熄了。紐澤西小子拉動門閂，機門應聲滑開，狂風瞬間呼號著湧入了艙內。

麥克立刻站到定位，靴尖踩在門邊，雙臂抵著門的兩側。他腳底下一片漆黑，可能是茂密的森林，也可能是深不可測的海洋。「三十秒！」副機長隔著強風和螺旋槳的噪音大喊。

下方遠處亮光一閃，麥克頓時停止呼吸。亮光再閃，有如發亮的手指從地面指向天際，左右搜尋著。

探照燈朝天空打來。他們聽到引擎聲了，麥克心想，所以開始找人了。強光左右擺盪，有如利刃劃過漆黑的天空，離他腳下只有三十米。麥克站得很穩，但腸胃翻騰。探照燈左方爆出一道紅光，隨即一聲轟天巨響，一道白光劃過運輸機上方一百五十到兩百米的地方。震波讓飛機劇烈搖晃，但沒有偏向。第二枚高射砲彈打得更高，而且偏右，但探照燈又掃了回來。紐澤西小子臉色發白，抓住麥克的肩膀大喊：「少校，我們慘了！你要放棄降落嗎？」

「喔哦。」副機長說。

運輸機加速了，打算急轉彎離開空降點。麥克知道沒時間考慮了。「我要去。」他說完便從機門跳了出去，滿臉都是汗水。

他墜入黑暗之中，感覺心臟腫脹，腸胃頂到了肺部。他咬緊牙關，雙臂交叉抱著手肘。他聽見飛機呼號而過，隨即感到骨頭一陣撕扯。只見開傘索一抽，降落傘輕輕啪的一聲，從傘包裡竄了出來。

主傘一開，麥克葛勒頓不再急速下墜。他感覺五臟六腑、肌肉和骨骼彼此劇烈碰撞，膝蓋骨被猛力往上扯，都快撞到下巴了。他好不容易才打直雙腿，抓住了操縱帶，心臟依然因為強風衝擊而狂跳著。他又聽見一聲高射砲響，但位置高而偏右，碎片不可能波及到他。探照燈朝他掃來、停住，隨即朝另一個方向掃去。麥克望著底下的漆黑大地，尋找他們說的標記。他記得應該在東邊。月亮的光芒打在左肩上，麥克在張開的絲質主傘下緩緩轉動身體，尋找地面。

那裡！綠光亮起，信號燈匆匆閃了幾個信號。

隨即又是一片漆黑。

他導引降落傘朝燈光飄去，同時抬頭確定傘繩沒有打結。

傘面是白的。

該死！他心想。事情交給後勤準會搞砸！要是地面上的德軍看見白降落傘，他就死定了。操作探照燈的士兵可能已經用無線電呼叫偵察車或重機隊了。這下子不只他有危險，連閃動信號燈的人也身陷險境，雖然他不知道對方是誰。

高射砲再度出聲，遠方傳來雷鳴般的巨響。但運輸機早就走了，橫越英吉利海峽返回英國。麥克心裡暗祝兩名美國駕駛好運，隨即將心思拉回自己的處境。眼前除了降落什麼也不能做。一旦落地，他就能採取行動，但此刻只能隨著白降落傘左搖右晃。

麥克抬頭上望，傾聽強風吹得絲質傘面沙沙作響。回憶湧現。好久以前……彷彿前世、另一個世界……他還天真爛漫的時候。

剎時間，回憶閃現，天空變得湛藍，他的頭頂上方不再是白降落傘，而是白色的絲風箏，乘著俄羅斯的微風從他手中掙脫，扶搖直上。

「米凱爾！米凱爾！」一名女子呼喊著，在遍地黃花的原野中。

八歲的米凱爾葛勒頓諾夫笑顏逐開。五月陽光照著他仍全然為人的身軀，灑在他的臉上。

第二部 白石宮殿

第一章

「米凱爾！」女子穿越時空呼喊著：「米凱爾，你在哪裡？」轉瞬間，艾蓮娜葛勒頓諾夫見到了風箏，接著綠色眼眸找到了她的兒子，發現他站在原野彼端，幾乎就要進到茂密的森林裡了。這天是一九一八年五月廿一日，微風從東吹來，帶著淡淡的煙硝味。

「回家囉！」她喊著小男孩，看見他朝她揮手，開始收線。風箏有如白魚咬住餌輕點著。艾蓮娜高佻黑髮，肌膚柔美如搪瓷，葛勒頓諾夫的宅第矗立身後，兩層樓的俄羅斯建築棕牆紅頂，屋頂尖斜，矗立著幾支煙囪。宅第周圍種滿大朵向日葵，碎石車道從屋前到鑄鐵大門，轉接通往莫洛克鎮的泥土路。莫洛克是離宅第最近的小鎮，往南大約十公里。距離最近算得上是城市的地方，是明斯克，往北八十多公里，路況很糟。

俄羅斯幅員遼闊，佛耶多葛勒頓諾夫的宅第只是針尖上的一粒沙。但這片佔地五公頃半的草原森林卻是葛勒頓諾夫的世界，從沙皇尼古拉二世一九一七年三月二日遜位之後便是如此。儘管沙皇在親自署名的遜位宣言祈禱「天佑俄羅斯！」結果他自己卻死在祖國手上。

然而，年幼的米凱爾對政治一無所知，對俄國的紅白內戰及名叫列寧和托洛斯基的冷血份子毫無概念。在他收回風箏之處的兩百公里外，村莊被敵對勢力剷成了平地，飢荒四起，婦孺被吊死樹上，身體抽搐，手槍沾滿了死者的腦漿。而這些他都僥倖地一無所悉。他只知道父親是戰爭英雄，母親美麗動人，姊姊有時會捏他臉頰，喊他小無賴，而今天是他期盼已久的野餐。他頂著風將風箏收了下來，輕輕夾在腋下，越過原野朝母親奔去。

米凱爾不知道的事，艾蓮娜知道。三十七歲的她一襲春天的亞麻白長洋裝，額頭與兩鬢開始灰白，眼睛和嘴角也爬滿了深紋。不是因為年紀，而是內心長久來的苦悶。佛耶多離家參戰太久了，並且在一個叫考威爾的沼澤殺戮戰場受了重傷。別了，聖彼得堡的歌劇與燈光燦爛的慶典。別了，莫斯科的熱鬧市集，還有沙皇尼古拉和皇后亞麗珊德拉的皇家庭園派對與宴會。

「媽媽，我讓風箏飛起來了！」米凱爾跑近了喊道：「妳有看到它飛多高嗎？」

「喔，那是你的風箏呀？」他母親故作驚訝。「我還以為是雲被線綁著呢！」

米凱爾發現母親在逗他，便又強調一次：「是我的風箏！」母親握著他的手說：「我的小雲兒，快點下來，我們還要野餐呢。」她摁了摁兒子的手——他興奮得跟燭火一樣——帶他朝宅第走去。受雇的迪米屈已經備好馬車，並從馬廄裡牽了兩匹馬到車道上，十二歲的艾莉西亞則是拎著野餐籃站在門口。常陪艾蓮娜一起縫紉的女僕蘇菲拎著另一只野餐籃走了出來，協助艾莉西亞將兩只籃子放進馬車後面。

佛耶多也從宅第裡出來了。他一隻手臂挾著捲起來的棕色毯子，另一手拄著鷹頭拐杖。他右腿被機關槍子彈擊中，不良於行，而且明顯比左腿細，但已經練習得可以走得很優雅。他將毯子放進馬車後面，抬起鬍髭灰白的臉龐迎向陽光。

即使相識多年，艾蓮娜見到他依然會臉紅心跳。他高而結實，體格如劍士一樣，儘管四十有六，身上帶著刀傷和子彈留下的疤痕，卻仍然顯得年輕，擁有旺盛的好奇心與生命力，有時讓她覺得自己才是老人。他鼻子細長，下巴方正，深邃的棕色眼眸，一張臉曾經給人感覺粗獷而嚴峻，是衝撞極限的男人的臉龐。如今，這張臉已經被現實磨平了。他不再為祖國效命，此後將在這裡，在這片遠離風暴核心的土地上度過餘生。沙皇遜位迫使他離開軍旅，雖然很不好受，但他不再有感覺了，就像被截去的肢體一樣。

「天氣真好。」他望著微風輕撫樹梢這麼說。他穿著仔細熨過的棕色制服，胸前綴滿勳章和綬帶，頭上的黑色鴨舌帽依然繡著沙皇尼古拉的紋章。

「我讓風箏飛起來了！」米凱爾迫不及待對父親說：「幾乎到天頂上了！」

「很棒。」葛勒頓諾夫說完伸出手來，對艾莉西亞說：「我的小天使，可以扶我上車嗎？」

艾蓮娜望著女兒扶她父親上了馬車，而米凱爾抱著風箏站在一旁。她拍拍兒子的肩膀說：「走吧，米凱爾，我們去看看東西是不是都帶了。」

兩人將風箏放進馬車後面，迪米屈關起行李廂，將門閂扣上。艾蓮娜和兒子上了馬車坐在佛耶多和艾莉西亞對面，四人從鋪滿紅絲絨的車廂裡朝蘇菲揮手道別。迪米屈馬鞭一揮，兩匹栗色駄馬便拉著車出發了。

米凱爾望著橢圓窗外，艾莉西亞在畫圖，父親和母親低聲交談，談些什麼他幾乎都不記得了：聖彼得堡的春祭、他出生時他們住的地方，還有一些熟悉的人名，因為他之前聽過。他望著平緩的原野變成了高聳的森林，有橡樹和其他常綠樹，聽著車輪吱嘎作響和韁繩叮叮噹噹。馬車經過花開遍野的草地，甜甜的芬芳飄進車廂。艾莉西亞抬起頭來，米凱爾看見森林邊緣出現一群野鹿。他從十月中就被關在了宅第裡，一直到四月底，每天耐心做著他和艾莉西亞的家教瑪各妲教他的功課。此刻，春意大舉襲來，讓米凱爾所有感官都鼓譟難耐。冬天的慘白已經從大地洗去，至少眼前當下，米凱爾的世界再次披上了細緻的新綠。

五月的野餐是他們家的年度旅行，也是讓他們跟聖彼得堡的往日生活保持連結的儀式。今年，迪米屈替他們找了一個好地方，不用趕路，距離葛勒頓諾夫的宅第約一小時車程，在一處湖邊。

湖水澄藍，風起漣漪，迪米屈將車開上一處草地，米凱爾聽見一群烏鴉在一棵高大多瘤的橡樹上呱呱鳴叫。湖邊森林環繞，翠綠的大自然完整無暇，東南西方一百五十多公里內沒有村落，不受人類打擾。迪米屈將車停妥，放好輪楔，讓兩匹馬在湖邊喝水，而葛勒頓諾夫一家則是從車上取出野餐籃，在可以眺望湛藍湖水的地方鋪了毯子。

他們吃了烤火腿、炸洋芋、黑麥麵包和灑了糖霜的薑餅蛋糕。其中一匹母馬焦躁騰越，嘶鳴了幾聲，但被迪米屈安撫了。「牠聞到野獸的味道了。」佛耶多面向森林，一邊替自己和艾蓮娜倒酒一邊說道。「孩子們！」他警告他們：「別跑得太遠！」

「是的，爸爸。」艾莉西亞說，但她已經脫下鞋子、撩起裙擺，準備去玩水了。

米凱爾跟著姊姊走到湖邊。艾莉西亞踩著淺灘，他尋找美麗的石子。迪米屈就在附近，坐在倒木上注視浮雲飄過，長槍擺在身邊。

午後悠悠，陽光普照，米凱爾的口袋裡裝滿了石頭，躺在草地上望著父親和母親坐在毯子上聊天。艾莉西亞躺在父親身旁熟睡著，父親不時伸手撫摸她的手臂或肩膀。米凱爾突然察覺，父親從來沒有碰過他。他不知道為什麼，也無法理解，但父親和他四目交會時，眼神總是森冷得宛如冰寒的一月天。他有時覺得自己彷彿岩石下的小生物，有時又不以為意，但心底深處沒有一次不覺得受傷。

過了一會兒，母親將頭倚在父親肩上，兩人在陽光下沉沉睡去。米凱爾看見一隻烏鴉在空中盤旋，黑色翅膀閃著青色的光芒。他起身走到馬車去拿了風箏，在草地上來回奔跑，讓線從他指間捲開。一道微風抓住了風箏，箏面展開，緩緩升向空中。

他想喊爸爸媽媽，但他們都睡了。艾莉西亞也睡了，背倚著父親的身側。迪米屈坐在倒木上若有所思，長槍擱在他大腿上。

風箏飛得更高了。線不停捲動，米凱爾搬弄手指將線抓牢。強風掃過樹頂，一把抓住了風箏左拉右扯，絲線有如曼陀林丁丁出聲。風箏還在往上，這時他開始覺得風箏飛太高了。他開始收線，但一陣風從奇怪的角度吹了過來，將風箏帶高同時翻轉，絲線剎時拉撐緊繃，隨即在輕木翼骨下方兩米處扯斷了。

不要！米凱爾差點喊了出來。風箏是他的八歲禮物，是母親在他三月七日生日那天送他的，這會兒卻隨風遠颺，越過樹梢朝森林深處飛去。不要！他望著迪米屈，想喊他幫忙，但迪米屈雙手摀臉，不知在苦惱什麼。其他家人還在午睡，米凱爾想起父親非常討厭被人叫醒。風箏再過一會兒就要飛過樹林了，他必須立刻決定是要站在這裡眼睜睜望著風箏消失，還是追上去，希望風變弱了它會落回地上。

孩子們！他記得父親這麼說，別跑得太遠了！

但那是他的風箏，要是不見了，母親一定會心碎的。他又瞄了一眼迪米屈，發現他仍然動也不動。寶貴的時間正一秒秒流失。

米凱爾決定了。他跑過草地鑽進了樹林裡。

他抬頭張望，風箏隔著綠葉和糾結的枝幹依稀可見。他一邊信步跟隨風箏，一邊從口袋裡抓了一把鵝卵石撒在腳邊，作為回程的記號。風箏在前頭飛，小男孩在後頭追。

米凱爾離開草地不到兩分鐘，三名男子騎馬從大路來到了湖邊。三人都穿著深色的補丁農夫裝，一人肩上掛著長槍，另外兩人背著彈鏈和手槍。三人一路騎到了葛勒頓諾夫一家午睡的地方，其中一匹馬鼻息一噴，低嘶一聲，迪米屈驚得起身回望，臉上的汗珠閃閃發亮。

第二章

人影逼近，佛耶多葛勒頓諾夫醒了過來。他眨眨眼睛，看見馬上的三人便立刻坐起身子。艾蓮娜也醒了。艾莉西亞揉著眼睛，抬頭往上看。

「午安，葛勒頓諾夫將軍。」帶頭的騎士說。他有著一張馬臉，眉毛又紅又密。「自從在考威爾一別，就沒再見過您了。」

「考威爾？你……你是哪位？」

「那時候我是塞爾蓋謝德林中尉，禁衛軍的。您可能不記得我了，但您一定記得考威爾。」

「我當然記得，沒有一天忘記。」葛勒頓諾夫拄著拐杖說，吃力站了起來，氣得臉一陣青一陣白。「你到底想說什麼，謝德林中尉？」

「喔，你說錯了。」那人搖著手指說：「我現在是謝德林同志了，而這兩位朋友安東和達納洛夫，他們那時也在考威爾。」葛勒頓諾夫的目光射向了另外兩人。安東長得腦滿腸肥，達納洛夫左眉到額頭有一道刺刀留下的疤。兩人目光冷酷，彷彿拿著放大鏡檢視蟲子，幾乎不帶好奇。「我們把其他人也帶來了。」謝德林說道。

「其他人？」葛勒頓諾夫搖搖頭，一臉困惑。

「聽著！」風呼號著掃過樹林，謝德林昂頭道：「他們來了，在竊竊私語。您聽他們喊著：正義！正義！您聽見了嗎，將軍？」

「我們在野餐。」葛勒頓諾夫凜然回答：「我希望各位能離開。」

「是啊。」謝德林說：「我想也是。您一家人還真和樂。」

「迪米屈。」將軍大喊：「迪米屈，快朝他們對空鳴——」他轉頭望向迪米屈，隨即心頭一涼。

迪米屈站在十五米外，非但沒有舉槍或準備開火，反而垮著肩望著地面。「迪米屈！」葛勒頓諾夫又喊了一聲，但他知道不會有回應。他喉嚨乾澀，抓起艾蓮娜冰冷的手緊緊握著。

「謝謝你把他們帶來這裡，迪米屈同志。」謝德林對他說：「你的功勞會被記上一筆，並得到獎勵的。」

米凱爾追著風箏在樹林裡飛快穿梭，似乎聽見父親叫喊。他心臟狂跳，心想父親可能醒了，正在找他。他待會兒又得挨鞭子了。但風箏正在下墜，線卡在一棵橡樹的頂端，只是隨即一陣風來，解開了線，風箏又開始高飛。米凱爾推開茂密的灌木叢，踩過柔軟又有彈性的落葉和青苔，繼續往前追。三米、六米、九米。頭髮被刺鉤著了，他甩頭掙脫，垂首閃過有刺的枝幹，隨即又扔了一塊鵝卵石，標示回程的路線。

風箏往下墜，落進一棵常綠樹的懷裡，不久又氣人地掙脫了。它突然朝藍天直竄而去，米凱爾仰頭觀望，臉龐光影斑駁。

草叢裡有動靜，離米凱爾的腳邊不到四米。

米凱爾停下腳步，風箏加速遠去。剛才動的東西不再窸窣，蓄勢等待著。

草叢裡又有動靜，這回在他右邊。落葉受到輕踩沙沙作響。

米凱爾嚥了嚥口水。他很想喊媽媽，但她太遠了聽不見，而且他不想發出太大的聲音。

森林裡一片靜寂，只有樹葉婆娑。

米凱爾聞到獸類的氣味，濃郁而腥羶，呼吸帶著腐肉的惡臭。他覺得有東西——兩個——一左一右盯著他。他心想要是逃跑，牠們可能會從後面撲上來。他很想尖叫，埋頭逃出森林，但拚命克制住了。跑是逃不掉的。不行，不可以。葛勒頓諾夫家的人從來不逃，父親曾經這麼對他說。米凱爾感覺背上一滴汗水順著脊椎往下滑。兩隻野獸正在等他決定，而且牠們非常靠近。

他轉過身，雙腳顫抖，開始沿著他從湖邊撿來的石頭慢慢往回走。

葛勒頓諾夫家的人從來不逃，佛耶多心想。他朝草地掃了一眼。米凱爾。米凱爾到哪裡去了？

「我們的人在考威爾被殺光了。」謝德林彎身向前，雙手緊緊抓著鞍角。「被殺光了。」他又說了一次。「我們受命穿越沼澤，結果自投羅網，遇上了刺鐵絲和機關槍，你一定記得。」

「我記得打仗。」葛勒頓諾夫說：「記得發生了一樁樁悲劇。」

「對您是悲劇，對我們卻是屠殺。我們是沙皇的好屬下，當然會服從命令，怎麼可能抗命？」

「我們那天聽的是同一道命令。」

「是啊，沒錯。」謝德林點頭同意。「但有些人犧牲了別人的鮮血去執行命令。將軍，您的雙手依然是紅的，我看見還滴著血。」

「你看仔細一點。」雖然艾蓮娜試圖攔阻，葛勒頓諾夫還是無畏地往前一步說：「上頭也有我的血！」

「喔。」謝德林點點頭。「是沒錯，但不夠多，我覺得。」

艾蓮娜倒抽一口氣，安東已經從槍套裡掏出手槍，扳上扳機。「叫他們走開！」艾莉西亞說，兩眼泛淚。「求求你叫他們走開！」達納洛夫掏出手槍，同樣扳上扳機。

葛勒頓諾夫擋在妻子和女兒身前，深色眼眸燒著怒火。「你們竟然拿槍指著我和我的家人！」他舉起拐杖。「該死的，把槍放下！」

「我們有一份聲明要讀。」謝德林不為所動，從鞍袋裡拿出一張捲好的紙，將它打開來說：「禁衛軍倖存者致佛耶多葛勒頓諾夫將軍，沙皇尼古拉二世愛將，考威爾之役功臣。」他淺笑一聲。「禁衛軍指揮官：吾等因沙皇及皇室之無能而慘遭屠殺，既然無法拿沙皇開刀，便拿你來祭旗，以慰吾等之傷痛。」

所以他們是行刑隊，葛勒頓諾夫心想。天曉得他們已經跟蹤他多久了。將軍匆匆環視左右。沒有出路。米凱爾。這孩子跑到哪裡去了？他心臟猛跳，雙手出汗。艾莉西亞開始啜泣，但艾蓮娜很安靜。葛勒頓諾夫望著瞄準他們的槍口和眼睛。逃不掉了。「你們放我的家人走。」他要求道。

「葛勒頓諾夫家的人一個也不能活著離開。」謝德林回答道。「我們很清楚完成任務有多重要，同志。就當這裡是……您家人的考威爾吧。」說完他解下長槍，後拉槍機，塞了一枚子彈。

「你們這群該死的狗輩！」葛勒頓諾夫將軍說著往前一步，準備拿拐杖痛擊對方的臉。拐杖還沒揮出去，安東已經朝他胸口開了一槍。扳機的喀擦聲讓艾蓮娜和她女兒嚇了一跳，槍響有如詭異的雷鳴迴盪在草地上。樹頂上一群烏鴉驚惶而起，振翅逃離。

子彈的力道讓葛勒頓諾夫猛往後倒，跪坐在草地上。鮮血在他胸前湮開。他吃力喘息，怎麼也站不起來。艾蓮娜尖叫著趴在丈夫身旁，雙手摟著他，彷佛能替他擋住下一顆子彈。艾莉西亞轉身朝湖邊跑去，但還不到十步，就被達納洛夫朝她背後開了兩槍。艾莉西亞仆倒在地，皮開骨斷，血肉模糊。

「不！」葛勒頓諾夫吼道，將沒受傷的腳收到身下。

他嘴裡含血，眼神充滿驚恐，掙扎著想站起來，艾蓮娜依然緊抱著他。

謝德林扣下扳機，子彈擊中葛勒頓諾夫的臉，破碎的顱骨和腦漿濺在了艾蓮娜的洋裝上。葛勒頓諾夫抽搐著往後翻倒，拖著艾蓮娜一起跌在野餐毯、酒瓶和沾滿食物碎屑的盤子上。達納洛夫朝他腹部開槍，安東又朝他腦袋開了兩槍。艾蓮娜不停尖叫。

「喔，天哪。」迪米屈驚哽難言，衝到湖邊開始狂吐。

米凱爾聽見幾聲尖銳巨響，然後是一聲尖叫。他停下腳步，追著他的野獸也停止不前。是他母親的聲音。他怕得臉龐緊繃，不再理會後方的危險，開始朝森林外狂奔。

藤蔓抓住他的上衣，想絆倒他。他循著石頭記號穿越林中的草叢，靴子踩過覆滿青苔的滑溜石頭，踏進淹到足踝的枯葉泥淖。他衝出森林回到草地，看見三個人騎著馬，旁邊倒著屍體，綠草閃著暗紅色的光芒。他腸胃一絞，膝蓋僵住，只見其中一人扳動槍機，槍口對準他的……

「媽媽！」他大喊道，驚恐的聲音在草地上迴盪。

安東和達納洛夫轉頭望向男孩。艾蓮娜葛勒頓諾夫跪坐在地，白洋裝滴著血，看見兒子站在遠處，便尖叫道：「快跑，米凱爾！快——」

子彈打穿了她的額頭，米凱爾見到母親頭顱爆裂。

「逮住那個男孩！」謝德林下令道，安東舉起還冒著煙的手槍。

米凱爾目瞪口呆望著黑色的槍眼。葛勒頓諾夫家的人從來不逃，他心想。他看見那人手指扣動扳機，黑色槍眼冒出火光。他聽見一聲呼嘯，感覺左頰熱辣辣的。他肩膀後方一根枝椏啪的斷成兩截。

「可惡，殺了他！」謝德林一邊咆哮，一邊又塞了一枚子彈到槍膛裡，並且調轉坐騎。達納洛夫舉槍瞄準米凱爾，安東也準備扣動扳機。

葛勒頓諾夫家的人逃了。

他轉身就跑，母親的尖叫在他心裡繚繞。他衝回森林，子彈打中他右側的樹幹，木屑如雨點般落在他髮上。他被藤蔓絆到，踉蹌了幾步差點跌倒。長槍的開火聲比較粗啞，他掙扎著站穩腳步，子彈從他頭顱上方掃過。

他愈跑愈快，在矮樹叢裡東擠西鑽，踩過滑溜的落葉，推開糾結的棘刺。他摔進溪溝裡，站起來吃力地爬出溪溝，繼續朝森林深處逃。

「快點！」謝德林對兩名同夥說：「我們不能讓那小鬼跑了！」他雙腳猛蹬坐騎的側腹，策馬衝入了林中，安東和達納洛夫緊追在後。

米凱爾聽見雷鳴般的馬蹄聲。他手忙腳亂爬上石坡，半跑半滑地溜下石坡背面。「在那裡！」他聽見其中一人高喊：「我看見他了！走這裡！」

荊棘掃過米凱爾的臉龐，撕扯他的上衣。他眨眼擠去淚水，雙腳使勁狂奔。一聲槍響，子彈打在樹幹上，離他不到五步。「省點子彈，白痴！」謝德林喝令道。他瞥見男孩的背影，隨即被枝葉隱去了。

米凱爾不停地跑。他垂肩弓背，提防著子彈的衝擊。他肺如火燒，心臟在胸腔裡劇烈鼓動。他冒險回頭瞄了一眼。那三人三馬還追在後頭，馬蹄踏得落葉翻騰。他轉頭望前，朝左方偏轉，奔進長滿匍匐植物的蓊鬱樹叢中。

安東的坐騎踩到了地鼠洞，長嘶一聲翻倒在地。安東摔在尖銳的岩石上，右膝蓋有如熟瓜瞬間爆裂。他痛得哀號，坐騎扭動身軀想站起來，但謝德林和達納洛夫沒有理會，繼續追趕男孩。

米凱爾擠過樹叢，下坡滑進一處綠意盎然的谷地。他很清楚被殺手抓到會有什麼下場，恐懼為他添了翅膀。他踩到松針溜了一下，整個人滑過陰暗處長著血紅色蘑菇的地方。他站起來繼續跑，聽見後方有馬嘶鳴，還有一個人大喊：「那小鬼在這裡！正往下坡跑！」

前方是茂密的樹林，常綠樹一棵挨著一棵，還有密實的荊棘和野莓樹。他朝樹林最濃密處奔去，希望跳進荊棘叢裡一路闖到坡下，讓騎馬追趕的殺手無法靠近。他伸出淌血的雙手推開翠綠的樹叢，眼前卻赫然出現一頭野獸的口鼻。

是狼。深棕色眼睛，赭紅色毛髮柔順光滑。米凱爾跌坐在地，張開嘴卻嚇得叫不出來。

狼一躍而起。

牠張開大口，利齒在米凱爾左肩鑿出幾道深溝，將男孩撲倒在地。米凱爾被撞岔了氣，只覺得天昏地暗。狼牙緊緊咬住他的肩膀，眼看就要扯掉他的皮肉，搗碎他的骨頭，這時塞爾蓋謝德林的坐騎突然從樹叢裡衝了出來，一見到狼便嚇得抬起前腳，眼裡閃著驚恐。謝德林長槍脫手，看見狼就在他腳邊不遠，慌得死命抱住馬的脖子。

狼放開米凱爾的肩膀，優雅一個轉身就朝馬腹狠狠咬了下去。馬瘋狂蹬踏，發出脖子被勒般的哀鳴，側身倒在了地上，將謝德林的雙腿壓在底下。

「天哪！」達納洛夫驚呼一聲，勒馬停在山坡上。但不出兩秒，跟著他的另一頭大灰狼便撲上了馬的側腹，連抓帶爬翻上了馬鞍，張嘴將尖牙埋進了達納洛夫的頸後。牠咬著他像布娃娃一樣左搖右甩，拗斷他的脊椎，將他從馬鞍甩到地上。馬暴衝翻倒，裹著落葉和松針滾下了山坡。

第三隻狼毛髮金黃，眼眸冰藍，衝出來攫住了達納洛夫揮舞的右臂。牠甩頭猛力一扯，達納洛夫的右臂便從手肘斷開，碎骨穿肉而出。達納洛夫身體抽搐扭動，將他撞下馬的灰狼咬住他的咽喉，輕輕一咬便撕碎了他的氣管。

謝德林掙扎著想把腳從馬身下抽出來，赭狼已經撕開馬的腹部，冒著熱氣的腸子從開口流了出來，馬淒厲哀號。第四隻狼毛髮淺棕帶灰，從矮樹叢裡蹦出來撲向馬的脖子，用爪和牙將喉嚨扯開。謝德林尖叫著，但聲音微弱，手指深埋進土裡想讓自己脫身。幾步之外，米凱爾驚魂未定、神智模糊地站了起來，肩上的傷口淌著血和狼的唾液。

安東在坡頂聽見打鬥聲。他抓著報廢的膝蓋，試著匍匐爬出灌木叢。他的馬腳踝斷了，吃力地想站起來。他爬了大概兩米半，已經痛得全身神經都在慘叫，這時兩隻體型較小的狼從矮樹叢裡鑽了出來，一頭深棕、一頭暮紅，分別咬住安東的一邊手腕，腦袋一甩便將他的腕骨折斷。安東呼天搶地，但在這荒郊野外，天地不仁，而且牙尖齒利。

兩隻狼齊心協力，扯斷了安東的肩膀和肋骨。接著紅狼咬住他的咽喉，棕狼咬住他腦袋兩側。安東顫抖呻吟，成為失去意識的空殼，兩隻狼咬斷他的喉嚨，彷彿破陶一般鑿開了他的頭顱。謝德林雙手抓地，已經從顫抖的馬身底下掙脫了一半。他嚇得飆淚，手摸到一株小樹便抓著不停地拉。小樹啪的斷了，他聞到帶著銅臭的血腥味，感覺臉上一陣燥熱。他轉頭一望，正好對著淺棕狼的大口。

牠嘴滴著鮮血，直直望著他的眼睛，看了大概有可怕的三秒鐘。謝德林啜泣道：「求求你……」

狼縱身向前，兩排利牙咬住謝德林的臉，將肉從顱骨上扯了下來，彷彿摘下一張面具。只見臉皮下的血紅肌肉抽搐蠕動，裸露的牙齒有如獰笑，上下打顫。狼用雙掌踩住他的肩膀，囫圇吞下咬爛的臉肉，興奮得渾身顫抖。謝德林的頭顱鮮血淋漓，兩顆眼珠茫然無神。肌肉賁張的大灰狼上前扭斷謝德林的脖子，赭狼扯斷他的下顎，咬出他孤垂的舌頭，而淺棕狼則是扒住他的腦袋，撬開頭骨開始大快朵頤。

米凱爾低咽一聲。他努力維持清醒，所有感官都震懾得失去了作用。

咬傷他肩膀的赭狼轉過頭來，開始朝他逼近。

牠走到離他四步的地方停了下來，仰頭嗅聞米凱爾的氣味。牠睜著深色眼眸盯著米凱爾的臉，全神凝視。幾秒鐘過去了。幾近昏厥的米凱爾回望著狼，痛和驚嚇讓他意識錯亂。朦朧間，他彷彿聽見狼開口發問，問的好像是：你想死嗎？

米凱爾盯著狼逼視人心的眼眸，伸手到身側拾起一根樹枝，顫抖握著它，準備狼撲上來時攻擊牠的頭顱。

狼停止動作，動也不動，眼睛有如兩潭深不可側的黑色漩渦。

這時，灰狼蹭了蹭赭狼的胸脯，死亡的魔幻便消失了。赭狼眨眨眼睛，鼻子嗤的噴了一聲，表示知道了，接著便轉身繼續大啖塞爾蓋謝德林的屍體。灰狼踩碎他的胸骨，將嘴鑽進胸腔裡找尋心臟。

米凱爾緊緊握著樹枝，握得關節都白了。在坡頂啃食安東屍體的狼發出一聲低沉的嗥叫，隨即加大音量，在森林裡迴盪，嚇得鳥群紛紛逃離樹梢。金毛藍眼的狼放下達納洛夫破碎的屍體，抬頭迎風嗥叫回應，讓米凱爾脊椎一陣顫抖，掃除了他昏沉的頭痛。淺棕狼也開始叫，接著是赭狼，幾張血腥大口發出令人毛骨悚然的唱和。最後灰狼抬起頭來，發出與眾不同的淒鳴，其他同伴立刻安靜。牠抖著嗓子，力道和音量愈來愈強，音調也跟著改變，不停拔高，下一瞬卻戛然而止。叫聲一停，其他狼又開始啃食馬肉和人屍。

遠處傳來一聲嗥叫，持續了大約十五秒，隨即漸弱消逝。

米凱爾眼前浮現黑點，他伸手摁住肩膀，傷口的肌肉組織粉紅光滑。他差點脫口呼喊爸媽，但腦中隨即湧現屍體和謀殺的景象，讓他陷入顛狂。

但還沒顛狂到愚癡，他知道這群狼遲早會將他碎屍萬段。

這不是遊戲，也不是母親就著昏黃燈光說給他聽的床邊故事，更不是安徒生童話或伊索寓言。這是生死攸關的瞬間。

他搖頭甩掉腦中的混沌。快逃，他心想。葛勒頓諾夫家的人從來不逃。但他非逃不可……非逃……

淺棕帶灰的狼和金毛狼開始搶奪達納洛夫的肝臟。兩隻狼互咬一陣，金毛狼敗下陣來，讓贏家獨享大餐。大灰狼在一旁撕扯吞食馬的側腹。

米凱爾靴子蹬地悄悄後退，眼睛一直盯著狼群。金毛狼注視了他一秒，藍色眼眸閃過寒光，接著又繼續嚼吃馬的內臟。米凱爾退進樹叢，肺部起伏喘息。他一直退到荊棘和矮叢深處，隨即失去了意識，世界剎時黑暗。

下午過去了，太陽開始西斜，林中出現深藍暗影，寒氣隨之浮現。幾具屍體愈來愈小，被啃得只剩骨幹。骨頭碎裂，彷彿槍聲，血紅骨髓袒露在外。

狼群飽餐一頓，將剩的肉塊含在咽喉裡，晚點再來反芻。牠們鼓著肚子，一隻隻消失在漸暗的林中深處。

只有一隻沒走。大灰狼嗅了嗅，來到男孩身旁。牠用鼻子探弄米凱爾肩上淌血的傷口，在血腥味裡聞到了狼的唾沫。牠低頭久久凝視男孩的臉龐，彷彿認真思考什麼，身體動也不動。

牠嘆息一聲。

太陽幾乎下山了。東方天色漸暗，森林上方出現幾點星光，一彎新月掛在俄羅斯上空。

灰狼彎身向前，用沾著乾涸血塊的口鼻推推揉揉，讓男孩翻身仰躺。米凱爾低低呻吟一聲，身體動了動，隨即又昏迷過去。灰狼伸出雙掌，輕輕牢牢摟住男孩的頸子，憑著結實的肌肉一下子便抬起他癱軟的身體。牠大步穿越樹林，琥珀色的眼眸左右逡巡，啟動感官留意敵人。男孩的靴子在牠後方拖著，在落葉間留下了兩道鞋痕。

第三章

朦朧恍惚間，他聽見狼嗥唱和。叫聲穿越夜空，掠過了森林與丘陵，飛過湖泊和屍體橫陳的蒲公英草地。狼嗥震天，音調參差不齊，隨即再次整齊劃一。米凱爾身體一陣劇痛，他聽見自己發出呻吟，有如拙劣的狼嗥。他感覺臉上冒汗，眼皮卻被乾涸的淚水黏著了，無法睜開。他鼻子裡有血和肉的腥味，而且感覺有熱氣吹在他臉上。有東西在他身旁活動，宛如起伏的風箱。

慰人的黑暗再次覆上了他。米凱爾鑽進那柔軟如天鵝絨般的黑暗裡沉沉睡去。

清脆甜美的鳥鳴聲喚醒了他。他知道自己醒了，但一時間不曉得自己是不是到了天堂。如果是，那神便忘了治好他的肩傷，天使也忘了吻去黏住他眼睛的淚水。他差點用扯的才將眼皮扒開。

陽光、陰影、冰冷的岩石、久遠黏土的氣味。他坐起來，肩膀一陣劇痛。

不，他發現自己不在天堂，還在昨天墮入的地獄裡。他敢說至少隔一天了。金黃璀璨的晨曦在枝葉和藤蔓間熠熠生輝，框在沒有玻璃的橢圓大窗外。部份藤蔓爬進窗裡攀在了牆上。牆上的馬賽克捧燭人像早已褪成了斑駁的殘影。

他仰頭張望，脖子的肌肉僵硬發疼。高聳的天花板上木樑交錯，而他則坐在一個大房間裡的石板地上，陽光從多扇窗外透了進來，其中幾扇還留著暗紅色的玻璃破片。藤蔓沈浸在溫煦的春陽裡，有如墜飾點綴著牆面和天花板。一根橡樹枝幹從其中一扇窗外伸了進來，幾隻鴿子在椽上咕咕叫。

他直覺意識到自己在離家很遠的地方。

媽媽、爸爸、艾莉西亞。想起他們讓他心亂如麻，淚水又再次滑落雙頰。他覺得眼睛灼熱，彷佛被視覺燒傷了一樣。全死了，不見了。他前後搖擺，眼神空茫。全死了，不見了，沒了。

他吸了吸鼻子，鼻水汩汩而出。他再次坐起身子，心裡燃著恐懼。

狼群。狼群呢？

他覺得可以待在這裡，直到被人找到。不會太久的，一定會有人來的，是吧？

他聞到一絲金屬味，便朝右方望過去，發現身旁一塊長了青苔的石頭上擺著一片血淋淋的肉，感覺像是肝臟，旁邊還有十幾顆莓果。

米凱爾感覺肺部一縮，像是結凍似的，尖叫聲卡在了瘀青的喉嚨裡。他連拖帶爬避開那駭人的餐點，發出動物般的哀鳴，找了一個角落縮在那裡。他顫抖抽搐，把野餐吃的東西統統吐了出來。

沒有人會來了，他心想，不可能了。他顫抖呻吟。狼群來過這裡，或許很快又會回來。要想活命，就得想辦法離開這裡。他抱膝坐著，瑟瑟發抖，直到有力氣了才站起來。他雙腳不穩，隨時就要癱軟，但還是勉力站直了。他一手按著被狼牙咬傷而抽痛的肩膀，蹣跚走出房間來到一條長走廊。走廊兩側同樣是馬賽克畫，還有長滿青苔、缺頭缺手的雕像。

米凱爾看見出口在左邊，便走了出去，發現自己來到幾年前或甚至幾十年前應該是花園的地方。地上長滿了秋麒麟草，並覆著厚厚的枯葉，但還是有些強韌的花朵從土裡竄了出來。這裡也有雕像，有如哨兵沉默佇立著。交錯的小徑中央有一座白石噴泉，池裡滿是雨水。米凱爾停在噴泉邊，雙手捧水喝了幾口，接著又潑了潑臉和肩上的傷。傷口露出的肉像火燒一樣，讓他淚濕了雙頰。但他咬牙撐著，隨即四下張望，想了解自己身在何處。

陽光照得白石宮殿的牆壁與塔樓光影斑駁。石材色澤有如漂白的骨頭，尖塔屋頂和蔥形圓頂則是淺綠的古青銅。塔樓直入樹頂，螺旋石階往上走會通到觀景台。大多數窗戶都破了，被橡樹的枝幹戳穿，但有些還完好。窗子由多種顏色的玻璃拼貼而成，除了深紅還有藍、綠、赭、紫四種顏色。宮殿已是荒廢的國度，雖然花園四周豎著白石圍牆，卻擋不住森林的進犯。新生的橡樹截斷了幾何交錯的小徑，有如大自然的重拳搗毀了人造的秩序。藤蔓鑽入牆縫，瓦解了上百斤重的石磚。黝黑的荊棘從一尊雕像的腳下破土而出，讓雕像倒地折斷了頸子，再將它緊緊摟住。米凱爾走過翠綠的荒蕪，看見前方出現一道歪斜的青銅大門。他蹣跚走到門前，使盡全身力氣將沉重的雕花銅門推開。門樞吱嘎作響，他來到另一道牆前，一道由茂密森林搭成的牆。這座牆裡沒有門，也沒有路跡指出回家的路。這座牆裡什麼也沒有，只有樹木，而米凱爾心裡清楚，這道牆可能有十幾公里，每一公里都可能遇上死神。

鳥鳴啾啾，充滿了傻氣的歡樂。米凱爾聽見另外一個聲音，啪啪啪的，感覺意外熟悉。他回頭望向宮殿，朝樹頂看去，果然就在那裡。

他的風箏線纏在了蔥形圓頂的尖端上，而風箏迎風翻飛，有如白色的旗子。

有東西在動，在地上，他的右邊。

米凱爾倒抽一口氣，往後退了一步，身體撞在了牆上。

一名穿著黃褐長袍的女孩站在十米外，噴泉的另一邊。

女孩比艾莉西亞大，可能十五或十六歲，金髮垂肩，一雙冰藍色的眼眸凝望了他幾秒，隨即不發一語飄到噴泉邊，彎身以口就水。米凱爾聽見砸嘴聲。女孩抬頭提防地望了一眼，又繼續喝水。之後她用前臂擦了擦嘴，撥開垂到臉上的髮絲，直起身子轉頭就朝米凱爾剛才經過的大門走去。

「等一下！」米凱爾大喊，但女孩彷彿沒聽到，隨即消失在白石宮殿裡。

米凱爾再次落單。他一定還在睡覺，他心想。剛才只是夢境從他眼前走過，然後又回去睡了。

但他肩膀的抽痛是那麼真實，其他瘀青也痛得要命，而他的回憶，那些影像更是無比真實。所以，他認為那個女孩也不是幻影。

他走過雜草蔓生的花園，一步步走得小心翼翼，回到了宮殿。

他左右張望，但是都沒見到女孩的蹤影。「哈囉！」他在長走廊上大喊：「妳在哪裡？」沒有回應。他走過之前睡的房間，見到了其他房間。天花板拱頂挑高，大多數沒有家具，有些只擺了粗糙的木桌和長椅。其中一個房間似乎是大餐廳，但白鑞盤子和酒杯棄置多年，米凱爾一出現便嚇得蜥蜴們驚惶奔逃。「哈囉！」他不停高喊，但力氣很快就用完了，變得氣若游絲。「我不會傷害妳的。」他保證道。

他走到另一條走廊，又暗又窄，通往宮殿正中央，水從潮濕的石面上往下滴，牆壁、地板和天花板都長了青苔。「哈囉！」米凱爾大喊，嗓子啞了破了音。「妳在哪裡？」

「這裡。」聲音從他後面傳來。

米凱爾旋即轉身，心臟狂跳，身體緊貼牆壁。

說話的男子身材精瘦，頭髮淺棕帶灰，鬍鬚蓬亂，跟金髮少女一樣穿著黃褐色的長袍，是毛剃光的獸皮。「你在嚷嚷個什麼勁？」男子有些惱怒地問。

「我……我不知道……這是……哪裡。」

「你在我們這裡。」男子答道，好像這麼說就夠了似的。

有人走到男子身後，拍了拍他的肩膀。「這孩子是新來的，法蘭可。」是女人的聲音。「溫柔一點。」

「人是妳挑的，妳溫柔就好。這小子一直咿咿嗚嗚的，要人怎麼睡覺？」法蘭可嘆了一聲，接著便突然轉身離開了。米凱爾眼前出現一名矮小豐滿的女子，留著紅棕色長髮，臉上爬滿了很深的皺紋，他覺得應該比他母親年長，而她農婦般的肥潤身材、粗壯的手臂和雙腿，也跟他苗條的母親完全不同。她指甲還留著農活與泥土的痕跡，身上同樣披著獸皮長袍。

「我叫蕾娜蒂，你呢？」

米凱爾說不出話來。他靠著青苔牆面，嚇得不敢動彈。

「我不會咬你。」蕾娜蒂說道，那雙疲憊的棕色眼眸匆匆瞥了男孩的肩傷一眼，隨即又望著他。

「你幾歲了？」

「七——」不，不對。「八歲。」他記起來了。

「八歲。」她覆誦了一遍。「如果我要唱生日快樂歌給你，總要有名字吧。」

「米凱爾。」他說，微微揚起下巴：「米凱爾葛勒頓諾夫。」

「哦，看來你是個驕傲的小不點嘛。」她笑了，露出參差不齊但極潔白的牙齒。她笑得很淡，但不是不友善。「嗯，米凱爾，有人要見你。」

「誰？」

「會回答你問題的人。你很想知道自己在哪裡，不是嗎？」

「我在……天堂嗎？」他掙扎了一番還是問了。

「可惜不是。」她伸出一隻手。「來吧，孩子，我們一起走過去。」

米凱爾猶疑不定。她的手等著。狼群！他心想，狼群呢？他將手伸進女子手裡，被她粗糙的手掌握著。她帶著他往宮殿深處走去。

兩人走到一處往下的石階前，光線從沒了玻璃的窗外透進來照亮了階面。「小心看路。」蕾娜蒂說，兩人開始下樓。樓下漆黑一片，煙霧瀰漫，走道和房間狹窄密集，飄著墓穴的土味，隔幾步就有一小堆松果燃燒著，在這座地下墓穴裡標出路徑。走道兩側都是墓穴，死者的姓名和生卒月日都被時光抹糊了。男孩和女子走出墓穴來到一個較大的房間，松木柴薪在爐篦裡吐著火舌，嗆鼻的濃煙在空中飄盪，尋找出口。

「他來了，威克托。」蕾娜蒂說。

數團身影蜷縮著圍在火旁，身上都穿著類似鹿皮的長袍。他們挪動身子，朝拱門看來。米凱爾見到幾雙發亮的眼睛。

火光邊緣擺著一張椅子。「帶他走近一點。」坐在椅子上的男子說。

蕾娜蒂感覺男孩在發抖。「勇敢一點。」她低聲說道，隨即領他向前。

第四章

名叫威克托的男子面無表情，望著男孩被帶到豔紅的火光前。他穿著繡有雪兔毛高領的鹿皮斗篷和鹿皮涼鞋，脖子上掛著一條用小骨頭串起來的項鍊。蕾娜蒂停下腳步，一手放在米凱爾沒受傷的肩膀上說：「他叫米凱爾，姓──」

「姓什麼在這裡沒用處。」威克托打斷蕾娜蒂。從語氣聽來，他習慣別人乖乖聽話。他琥珀色的眼眸映著火光閃閃發亮，他從下到上打量了米凱爾一番，從骯髒的靴子到蓬亂的頭髮。米凱爾也偷偷打量這個應該是地下君王的男人。威克托身材壯碩，肩寬頸粗，橡實形的頭顱沒有頭髮，灰色胸毛從厚實的胸膛一路長到大腿。米凱爾發現他斗篷底下不著寸縷，顴骨突出，五官線條分明，鼻子很尖，鼻翼外張，兩隻眼睛深陷在眼窩裡，眨也不眨望著他。

「他太小了，蕾娜蒂。」另一人說：「扔他回去吧。」火光旁一陣訕笑，米凱爾望向其他人影。說話的人自己也是小鬼，只有十九或二十歲，臉龐稚嫩，暮紅色頭髮往後梳，髮長及肩。他骨架瘦小，一臉病容，幾乎被斗篷吞沒了，還好意思批評米凱爾。他旁邊坐著一名年紀相仿的纖細少女，深棕色大波浪頭髮，鐵灰色眼眸，目光沉穩。金髮少女坐在他們對面，望著米凱爾。另一名男子蜷伏在爐篦不遠處，可能年近四十或四十出頭，黑髮，有著亞裔稜角分明的五官，輪廓肖似蒙古人。火光後方還有一個人影縮在一堆長袍裡。

威克托傾身向前。「米凱爾，告訴我們。」他說：「那些人是誰？還有你為什麼會闖進我們的森林？」

我們的森林，米凱爾心想，這麼說真怪。「我母親和父親。」他囁嚅道：「還有我姊姊，他們都……都……」

「死了。」威克托淡然說道：「被殺了，看來是這樣。你有其他親人嗎？會有誰來找你嗎？」

他第一個想到的是迪米屈。不對。迪米屈就在湖邊，而且長槍在手，卻沒有舉槍瞄準那些殺手，因此一定也是同夥，只是沒有出手。蘇菲呢？她不可能一個人來這裡。迪米屈會殺了她嗎？或者她也是同謀？「我不……」他話不成聲，但努力振作。「我不認為會有人來，先生。」他答道。

「先生。」紅髮少年故意模仿他，然後又笑了。

威克托瞪了一眼，目光有如晶亮的銅幣，那少年笑聲立刻止住。「米凱爾，告訴我們出了什麼事。」

「我們……」要說出口很難，回憶如剃刀般鋒利，割得又長又深。「我們……來野餐。」他開口道，接著敘述了風箏飛走、槍聲、他逃進森林和遇到狼群攻擊的經過。他淚流滿面，空腹翻攪。「我醒來發現自己在這裡。」他說：「我身旁……擺了一樣東西……血淋淋的……我想應該是從某人身上拿下來的。」

「可惡！」威克托氣沖沖說：「貝爾義，我不是叫你要弄熟！」

「我忘了怎麼弄嘛。」紅髮少年無助地聳聳肩說。

「把它放在火上到它燒起來！這樣血就不會流了！難道什麼事都得由我親自來做不可？」威克托又望著米凱爾。「但你有把莓果吃了吧？」

那些藍莓，米凱爾想起來了。這又怪了，他完全沒提到莓果，這人怎麼會知道，除非……

「你沒有碰，對吧？」威克多揚起濃密的灰眉毛說道：「嗯，也許我不該怪你。貝爾義是大笨蛋。但你應該吃點東西，米凱爾，吃很重要，才會有力氣。」

米凱爾覺得自己倒抽了一口氣。也許沒有。

「把上衣脫了。」威克托命令道。

米凱爾麻痺的手指還沒找到小木鈕扣，蕾娜蒂已經上前替他解開了扣子。她小心翼翼不讓衣服碰到他肩上的傷，將上衣脫了，隨即將那件骯髒的衣服拿到鼻子前嗅了一大口。

威克托從椅子上起身。他很高，將近一米九，巨人般的走到米凱爾面前。米凱爾倒退一步，但蕾娜蒂抓住他胳膊不讓他動。威克托想辦法抓住了他受傷的肩膀，檢視沾著血塊還在滲血的傷口。

「真慘。」他對蕾娜蒂說：「應該會感染。要是再深一點，他這條手臂就廢了。妳知道自己做了什麼嗎？」

「不知道。」蕾娜蒂坦承道：「他看起來很好吃。」

「那我得說，妳還真夠狠的。」他說完手指一摁，米凱爾咬緊牙關不讓自己哀號出聲。威克托目光炯炯。「瞧瞧他，唉都沒唉一聲。」說完他又摁了一下，傷口流出膿汁，味道又腥又臭。米凱爾眨眼流淚。「所以你不怕痛，是吧？」威克托問道。「很好。」他放開男孩的肩膀。「能跟痛做朋友，這輩子就不孤單了。」

「是的，先生。」米凱爾沙啞地說。他抬頭望著男子，雙腳扭捏。「我什麼……什麼時候可以回家？拜託。」

威克托置若罔聞，自顧自說。「我要你見見其他人，米凱爾。你已經認識貝爾義那個白痴了。旁邊是他姊姊鮑莉。」他朝纖瘦少女揪揪頭。「這位是尼契塔。」那個蒙古人。「火對面是艾蕾克莎。妳牙齒露出來了，小姑娘。」金髮少女淺淺一笑，飢腸轆轆的。「我想你該見過法蘭可了。他喜歡睡樓上。你認識蕾娜蒂，也認識我。」某人乾咳一聲，威克托指著縮在長袍堆下的身影說：「安德烈今天身體不舒服，應該是吃壞肚子了。」那人咳個不停，尼契塔和鮑莉走過去跪在他身旁。

「我想回家了，先生。」米凱爾還不放棄。

「喔，對。」威克托點點頭說，米凱爾發現他目光黯了。「回家的事。」他走回火旁，屈膝伸出雙掌取暖。安德烈咳嗽稍微停息，威克托輕聲說：「米凱爾，你很快就會……」他頓了一下，斟酌字眼。「需要安適……」原來是這個。「需要……嗯……家人。」

「我……有家……」米凱爾話沒說完。他家人死了，在草地上。他的肩膀又開始抽痛。

威克托伸手到火裡抽出一根著火的樹枝，握著還沒燒著的地方。「真相就像火，米凱爾。」他說：「不是治癒，就是毀滅。但無論治癒或毀滅，只要接觸了它，什麼都會改變，絕對。」他緩緩轉頭，注視著男孩：「你受得了真相的試煉嗎？米凱爾。」

米凱爾沒有也無法回答。

「我覺得你可以。」威克托說：「要是不行……你早就死了。」

他將樹枝扔進火中，站起來脫掉涼鞋，從斗篷下伸出肌肉結實的手臂，雙手按著米凱爾的肩膀，閉上了眼睛。

「退後。」蕾娜蒂將米凱爾往後拉，語氣緊繃。「給他空間。」

原本蜷坐在火對面的艾蕾克莎直起身子，金髮垂在腿上有如流金閃閃發光。鮑莉和尼契塔跪在安德烈兩旁專心望著，貝爾義伸手摩挲嘴唇，神情焦慮，白皙的臉漲紅著。

威克托睜開眼睛，目光像夢遊一般望著遠方，或許凝望著心靈的原野。他的臉和胸口滲出汗珠，彷彿心裡正在使力。

米凱爾說：「這是怎麼回——」但蕾娜蒂立刻制止他。

威克托再次閉上眼睛。他肩膀肌肉顫動，雪兔高領的黃褐長袍滑落在地。他弓身向前，脊椎拱起，指尖觸地，長嘆一聲後立刻吸一口氣，鬍鬚碰到地面。

前一年六月，米凱爾和姊姊跟著爸爸媽媽搭火車到明斯克去看馬戲團。其中一名表演者的才藝古怪極了，讓他久久難忘。那個叫「橡皮人」的傢伙彎身的姿勢就跟威克托一模一樣。他脊椎不停拉長，發出劈劈啪啪的爆裂聲，像是被腳踩到似的。威克托的脊骨現在也發出同樣的聲響，但他看了幾秒就發現威克托的脊椎不是伸長，而是縮短，肋骨周圍冒出一束束肌肉，一路延伸到大腿，有如繃緊的琴弦不停顫動。他肩膀和背部冒出汗珠，閃閃發亮，光滑的皮膚突然冒出一撮撮黑色細毛，有如烏雲罩上陽光飽滿的田野。他肩膀前拱，皮膚下肌肉暴凸，骨骼喀喀作響，聲音輕快愉悅，肌腱彎折重組，有如沒上油的門閂吱吱嘎嘎。

米凱爾倒退一步，撞到了蕾娜蒂。她抓住他的胳膊，要他看著來自冥界的惡魔跟人類的肉身纏鬥。

威克托的頭顱、頸後、手臂、臀部和大小腿都冒出灰色短毛，臉頰和前額也湧出毛髮，鬍鬚更像變幻多端的藤蔓纏上了他的喉嚨和胸膛。他鼻子滴下汗珠，隨即繃裂、變形，讓他低號一聲。他雙手摀臉，米凱爾看見他爬滿灰髮的手指表皮下的肌肉開始扭攪。

米凱爾想轉身逃跑，但蕾娜蒂說：「別動！」並將他抓得更牢。米凱爾已經看不下去了。他感覺自己的大腦就要撐爆頭顱，流出來的腦漿會跟沼澤爛泥一樣黑。他舉起一隻手，用手指摀住眼睛，但留了一道細縫注視威克托的身影在牆上映著火光扭曲變形。

那身影還是人形，但很快就變得似人非人。米凱爾閉不了耳朵，骨骼崩裂和肌腱吱嘎聲快將他逼瘋了，煙霧瀰漫的房裡飄著野獸的腥臭，有如置身獸欄。他看見那變形的身影舉起雙臂，狀似哀求。

他聽見一聲急促輕淺的呼吸，連忙閉緊指間的縫隙。呼吸聲變深變緩，隨即變得沙啞刺耳，最後隆隆作響，宛如鼓動的風箱。

「你看他。」蕾娜蒂說。

米凱爾嚇得兩眼泛淚，低聲說：「不要……拜託……別叫我看！」

「我不會逼你。」蕾娜蒂鬆開他的胳膊。「你想看再看，不想……就別看。」

米凱爾依然用手遮眼。風箱般的鼻息聲朝他靠近，熱風拂過他的手指，但那東西隨即退開，鼻息聲也隨之變弱。米凱爾打個冷顫，將衝到嘴邊的哽咽壓了下去。真相就像火，他心想。他已經感覺自己成了一團灰燼，燒得再也認不出之前那個自己。

「我就跟你說他太小了。」貝爾義在房間另一頭哼了一聲說。

他的嘲諷讓灰燼裡竄出一道火苗，原來柴火還沒燒完。米凱爾深吸一口氣，屏住呼吸，身體顫抖。接著他緩緩吐氣，將手從臉上移開。

只見一隻毛皮光滑的灰狼端坐在十步之外，瞪著琥珀色眼眸炯炯望著他。

「喔！」米凱爾低呼一聲，雙膝發軟跌在地上，覺得天旋地轉。蕾娜蒂想要扶他起來，但灰狼喉嚨發出低吼，蕾娜蒂立刻退了回去。

米凱爾只得自己起身。灰狼微微側頭望著他，看他勉強用膝蓋坐了起來。他只能做到這樣了。他肩膀痛得厲害，腦袋就像亂轉的風箏，亟欲找到穩定的箏線。

「你瞧！」貝爾義說：「他連該尖叫或該尿褲子都不曉得。」

灰狼一個轉身衝到貝爾義面前，張開嘴巴猛地一咬，離少年的鼻子不到五公分。貝爾義的訕笑瞬間瓦解。

米凱爾站了起來。

威克托轉頭看他，朝他走來。米凱爾後退一步便停了下來。如果死了，他就能到天堂跟爸媽和姊姊團聚了，將這裡遠遠拋在腦後。他等待命運降臨。

威克托走到他面前停下腳步，嗅了嗅米凱爾的手。米凱爾動也不敢動。灰狼似乎很滿意他手的味道，抬起後腿開始朝他的左靴撒尿。酸臭的溫熱液體噴到米凱爾褲子上，沾濕了他的皮膚。

完事之後，灰狼往後退開，張大嘴巴露出森冷的尖牙，抬頭朝向天花板。

米凱爾努力不讓自己再次昏厥，感覺蕾娜蒂的手緊緊抓住他的胳膊。「走吧。」她說：「他要你吃點東西，我們都從莓果開始。」

米凱爾隨她走出房間，雙腳像木棍一樣僵硬。「沒事了。」她說，感覺像是如釋重負。「他已經標記你了，表示你從此受他保護。」

兩人走出拱門不久，米凱爾回頭一望，看見火光在牆上塗抹出一道身影。他看見那身影搖搖晃晃站了起來。

蕾娜蒂握著他的手，兩人走上石階。

第三部　華麗登場

第一章

石階，麥克心想，腳踝撞上就碎了。他眨眨眼，將自己從回憶旅程中拉了回來。

四下一片漆黑，白色降落傘在他頭頂上方，風撥弄緊繃的傘繩叮叮作響。他低頭前後左右看了一眼，都沒看到綠色閃燈。

摔斷腳踝可不好玩，對他執行任務更不是好的開始。他會落在什麼上面？沼澤？森林？還是堅硬的坡地，會讓他的膝蓋像太妃糖一樣扭斷？他感覺地面正在快速接近，便抓住傘繩微微調整身體的角度，同時屈膝提防著地的衝擊。

到了，他心想，開始準備著陸。

他先撞上某個表面，被他靴子一踩便像發霉的紙板陷了下去，接著又撞上較硬的平面。雖然那表面震得吱嘎作響，但還是撐住了他，沒讓他繼續下墜。他腋下的背帶猛然收緊，降落傘被上方某個東西纏住了。他抬頭張望，發現上方出現一個不規則的破洞，星光閃爍。

原來是屋頂。他跪坐在木材腐朽的屋頂下，兩隻狗在外頭的漆黑中吠叫。他匆匆卸下背帶，甩脫了降落傘，隨即瞇眼打量，發現周圍堆了幾堆東西。他伸手抓了一把，是乾草。他應該是跌進穀倉的閣樓裡了。

麥克起身解開降落傘，將它從洞外往內收。快點！他告訴自己。他這會兒可是在納粹佔領的法國境內，巴黎西北方一百公里，到處有哨兵駕著機車或裝甲車四處巡邏，說不定無線電正在通報：警戒！巴藏古發現降落傘！搜查附近所有農莊和村落！情勢很快就很危急了。

他將降落傘收進閣樓，絲繩和傘包埋在其中一堆乾草裡。

不到四秒，他便聽見門閂拉動的摩擦聲。他身體緊繃，動也不動，下方傳來門樞輕旋的吱嘎聲。一道紅光侵入了棚屋。麥克輕輕悄悄將匕首從鞘裡拔出來，藉著油燈的光線看見自己就站在閣樓邊緣，再往前幾公分就會摔下去。

油燈左右窺探，燈光四溢。接著有人用法文說：「先生，您在哪兒？」

女人，聲音很沙啞，問他人在哪裡。麥克沒有動，也沒有收起匕首。

「您怎麼不說話？」女人又說，希望他回答。她高舉油燈，用鄉下人那輕快活潑的諾曼第腔法文說：「他們說您會來，但我可沒想到您會直接落在我家頭上。」

麥克又等了幾秒才從閣樓邊緣探出頭來。女人一頭黑髮，穿著灰色毛衣和寬鬆的黑長褲。「這裡。」他低聲說。女人嚇了一跳，舉起油燈對著他。「別照我。」他警告道。女人將燈稍微拿低幾公分。他瞄了瞄她的臉：顴高顎方，寶藍色眼眸上方兩道沒修過的濃眉。她身材苗條結實，必要的時候行動應該很敏捷。「這裡距離巴藏古多遠？」他問道。

她看見他頭頂上方一米處的屋頂破洞了。「您自己看吧。」

麥克照做了。他將頭伸到洞外。

不到一百米外，幾棟茅草屋圍著一大片應該是農田的土地，燈光從茅草屋的窗裡透了出來。

麥克心想，等他完成這趟任務，一定要讚許 C-47 運輸機的機長定位很準。

「快點！」那名年輕女人匆匆催促道：「我們得送您到安全的地方！」

麥克正想回到閣樓，忽然聽見引擎噗噗聲從西南方傳來。他心跳加速，只見三組車燈迅速逼近，車輪輾過鄉間道路塵土飛揚。應該是偵察車，他心想，車上可能載滿了士兵。三輛車後方跟著一輛車，速度較慢，噸位較重。麥克聽見履帶哐啷作響，瞬間心頭一凜，知道納粹絲毫不敢輕敵。他們帶了一輛輕型戰車，所謂的豹式坦克。

「太遲了。」他說。他望著偵察車分頭散開，從西、北、南方圍住巴藏古，同時聽見指揮官用德文高喊：「下車！」車輪還沒停止，黑色人影已經紛紛跳下車，坦克則是轟隆隆駛向穀倉，堵住村子的東側。麥克很清楚自己被包圍了。他低身返回閣樓，問那名法國少女說：「妳叫什麼名字？」

「蓋布莉艾兒。」她說：「小名蓋比。」

「好，蓋比，我不知道妳有多少經驗，但這回妳得全部用上才行。這裡有人支持納粹嗎？」

「沒有，他們都恨透了那群豬玀。」

麥克聽見摩擦聲，坦克已經靠近穀倉後方，砲塔正在轉動。「我會盡量在這上頭躲好，要是——妳一看到火光四射，就快躲開。」他掏出點四五手槍，塞了一排彈匣進去。「祝好運。」他對她說，但燈光已經不見蹤影，少女也是。穀倉門閂嘎地拉上。麥克從牆板縫隙往外望，看見士兵正拿著手電筒挨家挨戶把門踹開。一名士兵拋出閃光彈，刺眼的白色強光照亮了整座村莊。納粹士兵用槍抵著村民將他們趕到了屋外，圍著亮光站好。一名頭戴軍官帽的高瘦男子在村民前方來回走動，身旁跟著另一名男子，肩厚體壯，兩條腿像樹幹一樣。

「注意！」麥克聽見那名德國軍官用法文朝村民大喊。他又爬上破洞，悄悄移動身子好看得清楚。德國軍官站在村民前方，大個子在他身後幾步。閃光彈的強光照亮了舉起的手槍、長槍和機槍，全都對準了村民。「我們知道有人搭風箏降落在這一帶！」德國軍官用自己瞎謅的法文往下說：「我們現在希望親手抓住這名侵入者！我問你們，你們這些住在巴藏古的人，我們想逮住的人在哪裡？」

想得美，麥克心想，一邊扳上槍機。

他回到牆板縫隙前。裝甲部隊的士兵們倚著坦克大聲說笑，有如一群出來狂歡的小伙子。他有辦法撂倒他們嗎？麥克暗忖著。他可以先用衝鋒槍打死幾個，然後打死離艙口最近的士兵，免得那混球跳進坦克大開——

他聽見另一個引擎的轟隆聲，還有履帶哐啷的聲響。士兵們揮手高呼，麥克看見另一輛坦克停在了泥土路上。兩名士兵爬出座艙，開始討論無線電上聽到的那名空降入侵者。第一輛坦克上的一名士兵拿刀似的揮著菸，信誓旦旦說：「看我們拿他當香腸烤。」

穀倉的門閂吱嘎移動，麥克原地蹲下，身體靠著閣樓的後牆，只見倉門被人猛地推開，兩三道手電筒的光左右掃射。「你先！」他聽見一名士兵說，接著是另一個傢伙：「安靜點，白痴！」士兵們隨著光亮走進了穀倉，麥克隱身在暗處動也不動，手指輕輕放在自動手槍的扳機上。

過了幾秒，麥克發現他們根本不曉得他是否藏在這裡。德國軍官在村裡的廣場上大叫著：「跟敵人同住在一起的人，肯定會被嚴重滲透！」三名士兵在閣樓下方四處檢查，踢踢罐子和機具證明自己有認真搜索。接著一名士兵突然停下腳步，舉起手電筒朝閣樓照來。

燈光掃過麥克的肩膀隨即向右，朝屋頂破洞掃去。燈光掃過瞬間，麥克覺得肩膀一陣刺痛。

他聞到嚇出冷汗的味道，不曉得來自德軍還是他自己。

燈光打在屋頂上，開始緩緩朝破洞移去。

愈來愈近，愈來愈近。

「天哪！」其中一名士兵喊道：「魯迪，你看！」

手電筒的燈光停住了，離破洞不到一米。

「什麼？」

「這裡。」一瓶罐碰撞聲。「蘋果白蘭地！竟然有人在這裡藏了一堆酒！」

「可能是哪個該死的軍官藏的，幹！」燈光再度移動，但離破洞愈來愈遠。雖然麥克的膝蓋被光線掃到，但魯迪已經朝同伴發現蘋果白蘭地的地方走去。「別讓哈澤發現你把酒拿走了！」第三名士兵警告道，聲音還很稚嫩，充滿恐懼，可能不到十七歲，麥克心想。「誰曉得你腳上的靴子會不會出賣你！」

「沒錯，我們走吧。」第二名士兵說，瓶罐哐啷作響。「等一等，得先辦完事情才離開。」

喀擦一聲。這回不是大門，而是衝鋒槍。

麥克身體緊貼牆板，臉上冷汗直流。

衝鋒槍開火了，在閣樓下方的牆上噠噠打出一排彈孔。另一把槍跟著開火，發出粗魯刺耳的聲響，打穿了閣樓的地板，乾草和木屑齊飛。第三名士兵也朝著閣樓開槍，來回掃射地板，將木頭打下了一大塊，離麥克右腳只有六十公分。

「嘿，你們是白痴啊！」槍聲停息後，穀倉外一名裝甲兵大喊：「要打靶也別把穀倉打穿！外面這裡有油罐！」

「去你媽的親衛隊！」魯迪低聲咒罵一句，接著便和兩名同伴拿著戰利品（蘋果白蘭地）走出穀倉了。倉門還開著。

「村長是誰？」那名德國軍官（哈澤？）氣急敗壞咆哮道：「這裡誰負責管事？立刻站出來！」

麥克又從牆板縫隙朝外看了一眼，尋找出路。他聞到汽油味。停在路上的第二輛坦克上，一名士兵正拿著罐子將汽油倒進油箱中，旁邊還擺了兩罐汽油。

「這下我們可以好好說話了。」閣樓下方有人說道。

麥克悄悄轉身蹲下，屏息等待。油燈的光照亮了整座穀倉。

「我是哈澤上尉。」那聲音說：「這位是我的副官，綽號靴子。你應該看得出來他人如其名。」

「是，長官。」一名老人畏懼答道。

麥克撥開乾草，從地板上的彈孔往下窺視。

五名德國人和一名白髮的法國老翁站在穀倉裡，其中三名德國人是裝甲兵，穿著深灰制服和炭黑頭盔待在門邊，手裡拿著殺傷力驚人的黑色施邁瑟衝鋒槍。哈澤身材細瘦，姿態古板僵硬，麥克覺得死忠的納粹黨都是這副德性，彷彿背上插了一根鐵條，從屁股直達鎖骨。他身旁站了一個男的，應該就是靴子。剛才閃光彈燃燒時，麥克見到的樹幹腿壯漢就是他。靴子身高可能有一米九，體重大約一百二十公斤上下，身著副官制服、灰色帽子，短髮有如鬍碴，腳上一雙擦亮的黑色皮靴，鞋底至少有兩吋厚。兩名裝甲兵提著油燈，靴子的大方臉映著昏紅燈光，神情自信沉著，一看就是以奪命為樂的殺手。

「現在這裡只有我們，傑維瑟先生，你就不用擔心其他人了。我們會處理的。」哈澤來回走動，踩得乾草沙沙作響，繼續用他瞎湊的法文說道：「我們知道那個飛風箏的降落在這附近，而且我們認為你村裡有人是他的接觸……呃……接應。傑維瑟先生，你覺得可能是誰？」

「求求您，長官……我不……我什麼都沒辦法說。」

「喔，話別說得太早。你叫什麼名字？」

「亨……亨利。」老人顫抖著說。麥克聽得見他牙齒打顫。

「亨利。」哈澤覆誦一遍，他說：「我希望你想一想再回答，亨利：你知道那個飛風箏的落在哪裡？還有，誰幫助他？」

「不，求求您了，上尉，我發誓我不知道！」

「喔，天哪。」哈澤嘆了口氣，麥克看見他朝靴子撇了撇手指。壯漢靴子往前一步，朝他左膝踹了一腳。骨頭喀的碎了，法國老翁尖叫一聲跌進乾草裡。麥克看見那傢伙鞋底的防滑釘閃閃發亮。

傑維瑟抱著碎裂的膝蓋呻吟，哈澤彎身拍了拍老翁白髮蒼蒼的頭顱說：「你沒想就回答了，對吧？用點大腦！那個飛風箏的落在哪裡？」

「我不……喔，天哪……我不……」

哈澤說：「去你的。」說完後退一步。

靴子猛踹老翁的右膝，骨頭爆出槍響般的碎裂聲，傑維瑟淒厲哀號。

「你學會想一想了沒有？」哈澤問道。

麥克聞到尿臊味，老翁的膀胱失守了。空氣中還飄著疼痛的氣息，有如狂風暴雨來臨前的辛澀。他覺得肌肉在表皮下顫動抽搐，迷彩裝下的身軀開始滲出汗水。想的話，他隨時可以變身。但他在發狂的邊緣止住了自己。這麼做有什麼好處？衝鋒槍對付狼就跟對付人類一樣簡單，輕鬆就能將他碎屍萬段，而且三名裝甲兵站得很開，他不可能一口氣搞定他們和兩台坦克。不行，不可以。有些事人類做得更好，其中之一就是知道自己的極限。麥克按捺住變身的衝動，感覺那股力量有如針刺形成的迷霧，從他體內遠離散佚。

老翁啜泣求饒，哈澤說：「我們懷疑巴藏古是間諜中心已經有一段時間了，我的工作就是逼出他們。你了解這是我的工作嗎？」

「求求您……別再傷害我了。」傑維瑟低聲道。

「我們會殺了你。」哈澤像是陳述事實般，不帶感情地說：「把你的屍體拖出去給其他人看，然後問他們問題。你知道，你的死其實會救了他們，因為他們之中會有人開口。要是沒人開口，我們就一把火將你們的村子夷為平地。」哈澤聳聳肩說：「反正你也不在乎。」說完便朝靴子點了點頭。

麥克全身緊繃，但知道自己愛莫能助。

老翁張嘴發出驚恐的呼喊，拖著兩條斷腿想要爬開。靴子猛踹老翁的肋骨，聲音有如桶子打凹一般。傑維瑟呻吟哭號，抓著戳出皮肉的斷骨。靴子又揣了一腳，這回防滑釘踢在了老翁的鎖骨上，骨頭應聲斷裂。傑維瑟像是魚叉刺中的魚抽搐扭動。靴子又踹又踢，開始將老翁送上西天。他動作緩慢精準，這一腳攻擊腹部震碎內臟，那一腳猛踏手掌踩碎手指，下一腳對準下顎踢斷關節，老翁的牙像是發黃的骰子從嘴裡迸射而出。

「這是我的工作。」哈澤對著老翁血流滿面、不成人樣的臉龐說：「我拿錢就是負責幹這件事，懂嗎？」

靴子狠踹老翁喉嚨，踢斷了他的氣管。傑維瑟開始窒息。麥克看見靴子因為使力滿臉是汗，隱隱發亮。那傢伙毫無笑容，面如頑石，但淺藍色眼眸卻閃著愉悅。麥克緊緊盯著靴子的臉，想將它烙印在腦海裡。

傑維瑟困獸猶鬥，掙扎著朝門爬去，鮮血沾上了乾草。靴子讓他爬了幾秒，接著右腳狠狠踩在老翁背上，折掃帚一樣踏斷了他的脊椎。

「拖他出去。」說完哈澤轉身離開，大步朝穀倉外的村民和士兵走去。

「我發現一顆銀牙！」其中一名裝甲兵舉著一顆牙說：「還有嗎？」

老翁抽搐著。靴子朝他側臉踹了一腳，又踹掉幾顆牙。士兵們彎腰在乾草裡東翻西找。接著靴子也走了出去，兩名士兵抓著傑維瑟的腳踝，將屍體拖出穀倉。

黑暗中只剩麥克一人。他鼻內滿是鮮血和驚恐的氣味，不禁全身顫抖，頸後寒毛直豎。「注意聽著！」他聽見哈澤大吼：「你們的村長已經一命嗚呼，拋下你們走了！我要問你們兩個問題，你們最好想一想再回答……」

夠了，麥克心想，該他出手了。他起身走到牆板縫隙前，汽油味變重了。第二輛坦克上的士兵正在倒最後一罐汽油。麥克知道該做什麼了，而且現在就得動手。他走到破洞底下，從破洞攀上了屋頂，然後低身蹲著。

「那個飛風箏的落在哪裡了？」哈澤問道：「還有，誰在幫忙他？」

麥克瞄準開了一槍。

子彈正中裝甲兵手上的汽油罐，兩件事同時發生：汽油灑到了裝甲兵身上，火星從彈孔邊緣竄了出來。哈澤的咆哮聲戛然而止。

汽油罐爆炸了，裝甲兵瞬間成了火球。

裝甲兵瘋狂扭動，油箱周圍的油漬起火燃燒，發出青色火焰。麥克目光轉向穀倉下方坦克上的三名士兵。其中一人見到他剛才開槍的火光，正舉起衝鋒槍。麥克一槍擊中他的咽喉，衝鋒槍朝空中掃出一排子彈，有如輪轉焰火。另一名裝甲兵想要躲進座艙，麥克開了一槍，但子彈鏘的一聲打中車身。他又開了一槍，只見那人大聲哀號，抓著背從坦克側邊摔到地上。麥克知道自己的柯爾特手槍還剩下三枚子彈。第三名裝甲兵驚慌奔逃，尋找掩護。麥克跳下屋頂。

他落在坦克的主艙門旁，衝擊力震得他兩腿發麻。他聽見哈澤喝令機槍手攻擊，並要士兵包圍穀倉。艙門還開著，邊緣沾著裝甲兵的血。麥克察覺右方有動靜，幾乎就在他背後。他剛轉身，就聽見士兵開槍。子彈穿過他兩膝之間，擊中艙門彈開。麥克沒有時間瞄準，也沒必要，因為下一秒鐘那名士兵的胸膛就被打成了蜂窩，整個人飛起來再重重摔到了地上。

「進去。」蓋比拿著她從麥克最先射殺的士兵手上奪來的衝鋒槍喊道，槍口還冒著煙。「快一點！」說完她伸手抓住鐵把，將自己拉上坦克。麥克還怔在原地。「你聽不懂法文嗎？」蓋比問道，眼裡滿是怒火。長槍聲響，兩顆子彈砰砰打在坦克裝甲上，麥克不用蓋比再次提醒，立刻跳進艙口鑽入狹窄的座艙。艙裡亮著一盞紅色小燈，蓋比跟著下來，伸手將艙門關起，牢牢鎖上。

「那裡！」蓋比將麥克往前推，讓他一屁股坐在不舒服的皮椅上，面對儀表板、看來像手煞車的把手和幾支操縱桿，腳下有幾個踏板，眼前則是狹窄的觀瞄窗。他從左邊的觀瞄窗看見第二輛坦克旁倒著全身是火的裝甲兵，另一名士兵從艙口探出頭大喊：「砲塔向右旋轉六十六度！」

坦克的砲塔和粗短砲管開始嘎嘎旋轉，麥克將手槍槍口架在觀瞄窗上摁下扳機，士兵的肩膀瞬間被轟掉一塊。士兵跌回坦克座艙內，但砲管還在轉動。

「快點發動！」蓋比大喊，聲音夾著恐懼。「轟了他！」

子彈乒乓打在坦克兩側，有如匪徒不耐煩地掄拳攻擊。麥克在北非見過這款德國裝甲車，知道如何操作，只要用操縱桿就能控制履帶的轉動及速度，但從來沒有實際駕駛過。他手忙腳亂想發動坦克，卻摸不著門路，最後是蓋比伸手到他面前摁了黑色的發動鈕，坦克才噹啷啷地發出金屬撞擊聲，接著引擎逆火砰的一響，坦克開始震動，引擎發動了。麥克隨便踩了一個踏板，希望是離合器，同時試著打檔。這東西顯然不是捷豹牌轎車，齒輪吃力摩擦，慢得跟瀝青固結一樣，好不容易才順利咬合。戰車往前暴衝，害麥克的後腦重重撞在座椅頭枕上。蓋比坐在麥克上方裝填手的位子上，從觀瞄窗發現幾個人影跳上了坦克，立刻將衝鋒槍管伸出窗外，餵了兩名德軍的大腿一排子彈。

麥克將油門踩到底，扳動其中一根操縱桿，右邊履帶瞬間停止，只剩左履帶繼續轉動。坦克開始右轉，這可不是麥克想去的方向，於是他扳了另一根桿子。這回輪到左履帶停止，右履帶往前，使得坦克往左猛轉，朝敵人直撲而去。戰車聽命行事，但誰的話都聽，不管是盟軍或軸心國的士兵。麥克看見第二輛坦克的砲塔就快轉到六十六度角了。

他猛踩煞車，第二輛坦克的火砲同時開火。

只聽到砲彈尖銳的呼嘯聲有如女妖嘶吼，烤爐般的高溫從觀瞄窗襲來，掃過他的臉頰，讓他天旋地轉，不曉得自己是否炸成了億萬碎片。爆炸是幾秒鐘後，落在巴藏古村外三百米的農地上。

麥克沒空意外，更無暇驚慌，他再次踩下油門，坦克又猛朝左轉，履帶掀起數呎泥土。第二輛坦克隨即佔滿了他觀瞄窗前的視線，砲塔依然閃著火光。

「你後面的盒子！」蓋比吼道：「用手去拿！」機關槍子彈咻咻掃過砲塔，蓋比下意識低頭閃躲。

麥克伸手從盒子裡撈出一枚鋼套砲彈。蓋比拉下操縱桿，轉動另一支，艙裡傳出金屬滑動聲。「放到這裡！」蓋比說著幫他將砲彈放進砲後膛，封閉後膛，臉上滲著汗。「保持這個方向！」她吩咐麥克，接著拉下另外一支操縱桿。某樣東西發出低鳴，開始裝填。

第二輛坦克往後退開，砲塔嘎嘎轉動，準備再次開火。麥克操縱拉桿，讓裝甲車保持方向，追著敵人跑。有人從第二輛坦克的艙門探出頭來大聲叫喊，但引擎聲太吵，麥克聽不清楚，可是猜得到對方的意思：砲塔旋轉九十八度，給他們致命一擊。

砲管開始旋轉，準備鎖定目標。

麥克正想再踩煞車，突然打消了念頭。他們可能猜他這回也會減速。於是他續踩油門，這時一顆子彈打在觀瞄窗右側，他眼前火花四射。

「抓穩了！」蓋比警告道，隨即按下用德文寫著「發射」的紅色按鈕。

那一瞬間，麥克覺得他耳膜被震出了耳朵，骨頭也全脫了臼。但他立刻明白比起第二輛坦克上的那群傢伙，他的難受根本不算什麼。

爆炸火光四射，烈焰沖天，麥克看見砲塔像刀切豆腐一般，從敵人的坦克上連根拔起。砲彈射出，砲塔往後翻倒，轉了兩圈砸在地上。兩個火球人影從機械怪獸體內跳了出來，尖叫著想快點死。

麥克聞到煙硝和皮肉的燒焦味。敵人的坦克再次爆炸，金屬碎片轟天四濺。麥克踩下煞車，將坦克猛向右轉，閃開肚破腸流的戰車殘骸。

德軍士兵大喊大叫，紛紛走避。麥克從觀瞄窗瞥見兩個人影。「射擊！射擊！」哈澤拿著魯格手槍咆哮道，但命令都打水漂了。靴子在他身後幾步，無動於衷地望著一切。

「那王八蛋在那裡！」蓋比說著站了起來，麥克還來不及阻止，她已經推開艙門將頭和肩膀伸了出去，拿起衝鋒槍瞄準哈澤，將他的腦袋轟掉了大半。哈澤身體退了三步才頹然倒下，靴子立刻趴在地上。

戰車轟隆駛過，麥克攫住蓋比的腳踝將她拉回座艙。蓋比關上艙門，槍口還冒著青煙。「橫過農地！」蓋比指示道，麥克全速前進。

他抿嘴一笑。轟了他是蓋比的工作，他想哈澤上尉應該能理解才對。

履帶揚起濃濃黃沙，坦克越過田野，遠離村莊和零星的砲火。「他們會派偵察車來追捕我們。」

蓋比說：「他們可能已經呼叫求援了，我們最好趕緊脫身。」

麥克沒有異議。他從座椅後方的木盒子裡又撈出一枚砲彈，拿它抵住油門。蓋比爬出艙門，等麥克出來之後便將衝鋒槍往外一扔，隨即跳下坦克。麥克等了兩秒也跳下坦克，踩在黑土上。他總算降落在法國了。

塵土飛揚，他一時見不到她的蹤影。他察覺左邊有動靜，便悄悄摸過去一把抓住蓋比的胳膊，嚇得她倒抽一口氣。蓋比拿著衝鋒槍，示意他往前方走。「森林在那邊，你準備好要跑了嗎？」

「永遠準備好了。」麥克答道，兩人開始朝三十米外的森林奔去。麥克刻意放慢速度，免得超過她。

兩人輕鬆來到森林。麥克和蓋比躲在林中望著兩輛偵察車呼嘯而過，跟他們拋棄的戰車還有一段距離。那坦克至少還會讓他們追上好幾公里。

「歡迎來到法國。」蓋比說：「你喜歡華麗登場，是吧？」

「只要能活著，就是華麗了。」

「別高興得太早，我們還有很長的路要走。」她將衝鋒槍的背帶甩上肩膀，牢牢握著。「希望你心臟夠強壯，我腳程是很快的。」

「我會盡量跟上。」他保證。

蓋比一個轉身，毫不耽擱又視死如歸地開始悄悄穿越樹叢。麥克跟在她後方四米左右，留意有沒有人或東西跟上來。沒有。哈澤死了，少了發號施令的人，也就沒有士兵進行地毯式搜索。麥克想起穿著裝了防滑釘的亮皮靴的傢伙。殺死老人很容易，他心想靴子面對難纏的對手不知本事如何。

唔，人生充滿各種可能。

麥克跟著法國女郎，森林掩護他們。

第二章

兩人往西南直奔，只要遇到田野或馬路，蓋比就會將槍上膛，麥克則是豎耳留意任何動靜。他們疾行了一個多小時，蓋比說：「我們在這裡等。」

他們停在一處空地的邊緣。兩人隱身林中，麥克看見前方有一棟石頭農舍，已經斷垣殘壁，屋頂也塌了，可能是盟軍誤轟、迫擊砲或武裝親衛軍掃蕩游擊隊員的結果。連房子周圍的地都被火燒黑了，果園裡也只剩幾根焦黑的殘株。

「妳確定是這裡？」麥克問。廢話。她冷冷的目光說明了一切。

「我們來早了。」蓋比跪坐著說，衝鋒槍擺在腿上。「得待會兒才能進去……」她頓了一下，看了看手錶上的螢光指針說：「再十二分鐘。」

麥克在她身旁蹲下，對她的方向感佩服得五體投地。她是怎麼認得路的？顯然靠星星，不然就是她把整條路背下來了。不過，雖然他們應該是在約定的時間來到了約定的地方，但這一帶就只有這一間廢棄的農舍。「妳開過坦克吧。」他說。

「也不算，我之前交過一個德國情人，他是裝甲車長。他教了我很多。」

麥克揚起眉毛。「很多？」

她匆匆瞄他一眼，隨即撇開視線。他一雙眼眸宛如她錶上的指針，炯炯望著她。「我只是不得不跟……為了我的國家。」她有些不安地說：「那傢伙手上有後勤車隊的情報。」她覺得麥克還盯著他。「我只是做了我該做的，就這樣。」

麥克點點頭。她稱呼那個人叫那傢伙，沒有名字，不帶感情。這場戰爭就跟刀割咽喉一樣乾淨俐落。「剛才村子裡發生的事，我很抱歉——」

「別提了。」她打斷他。「不是你的錯。」

「我眼睜睜看著那個老人被踹死。」麥克往下說。他當然見識過死亡，很多次，但靴子踢踹之精準與冷血，還是讓他五臟翻攪。「殺死他的那個傢伙是誰？哈澤叫他靴子。」

「靴子是哈澤的侍衛，武裝親衛軍出身的殺手。哈澤死了，他們可能會把他派給其他軍官，或許調到東線。」蓋比頓了一下，望著衝鋒槍管上微微閃耀的月光。「那老人叫傑維瑟，是我叔叔，也是我僅存的血親。我的父母親和兩個哥哥都在一九四〇年被納粹殺了。」她平鋪直述，不帶絲毫感情。麥克心想，她就算感受再深，也和果園裡的果樹一樣被燒光了。

「我要是知道。」麥克說：「一定會——」

「不，你不會。」蓋比厲聲道：「你還是會做同樣的事，否則你的任務就完了，你也會沒命。我的村子反正會被燒光，村民統統會死。我叔叔很清楚風險，是他帶我走入地下活動的。」她轉頭望著他。「你的任務更重要，死一個人、十個人或整個村子都無所謂，我們有更大的使命要完成。」她轉頭避開麥克穿透人心的炯炯目光。她心想，只要這麼反覆告訴自己，就能讓死亡更無所謂。但在她燒成灰燼的靈魂深處，她不確定是否這樣。

蓋比再次看了看錶。「可以進去了。」她說。

兩人穿越空地，蓋比舉槍預備，麥克左右嗅聞。他聞到乾草和燒焦的野草，還有蓋比頭髮的蘋果酒香，沒聞到皮膚的汗臭味，表示沒有伏擊的士兵。他隨著蓋比走進傾圮的農舍，聞到一股陌生的油味。還有金屬味，他想。帶油的金屬？蓋比帶他穿過盤根錯節的斷垣殘壁，來到一堆灰燼前。

他又聞到帶油的金屬味，就在灰燼周圍。蓋比蹲下將手伸進灰燼裡，麥克聽見小門的門樞轉動聲。灰燼不全是灰燼，還包括偽裝成灰燼的塑膠塊，上色很逼真。蓋比手指摸到上了油的飛輪，向右轉了七圈，接著手往外拉。麥克聽見地板上門閂吱嘎作響，蓋比起身將暗門緩緩拉開，塑膠灰燼還堆在上頭。金屬門樞和齒輪閃著油光，底下一排木階鑽入地下。

「請進。」一名臉色蠟黃的黑髮青年用法文說道。他示意麥克往下走，真的走入地下。

麥克走下台階，蓋比緊隨在後。另一名年紀稍長的男子手上提著油燈站在前方的密道裡。他蓄著灰色鬍鬚，顏色有些斑雜。青年關上暗門，從裡面將飛輪旋上，鎖好三道門閂。密道又低又窄，麥克必須駝背才能跟著提燈的男子。

他們來到另一段樓梯，這回是石階，牆壁是古老粗糙的岩石。樓梯走到底是一個大房間，連接數條甬道，蛇一般向外延伸出去。應該是中世紀建造的碉堡，麥克心想。天花板上牽了電線及燈泡，發出微弱的光芒。某處傳來沙沙聲，感覺像是縫紉機。房裡大桌上擺了一張地圖，在燈泡下方，麥克走到地圖前，發現是巴黎市街圖。聲音變大了，有人在另一個房間交談，還有打字機或密碼機噠噠作響。一名風姿綽約的年長女子捧著檔案夾走了進來，放進其中一座檔案櫃裡。她匆匆瞄了麥克一眼，朝蓋比點了點頭，便回去做事了。

「嘿，小伙子。」忽然有個人用英文說，聲音跟鋸子一樣粗和利。「你不是蘇格蘭人，不過也只能將就了。」

那人講話之前，麥克就聽見重重的腳步聲了，所以沒有被嚇到。他轉身只見一名穿著蘇格蘭裙的紅鬍子巨人站在他面前。

「博利麥卡倫，在此聽候差遣。」壯漢說道。蘇格蘭腔獨有的捲舌音讓他口沫橫飛，在冰寒的地下室裡吐出一口白霧。「我是蘇屬法蘭西國王，領土從這道牆到那道牆。」說完哈哈大笑。「嘿，安德烈！」他朝提油燈的男子說：「替我和客人開一瓶好酒來喝喝，如何？」男子消失在其中一條甬道。「那傢伙其實不叫安德烈。」麥卡倫一手摀著嘴對麥克說，彷彿透露什麼秘密似的：「只是我老是發不出他們的名字，乾脆統統叫安德烈算了。」

「原來如此。」麥克說，應付地笑了笑。

「你們遇到了一點小麻煩，是吧？」麥卡倫轉頭對蓋比說：「那些畜生這一小時快把無線電給灌爆了。他們差點就逮到你們的狐狸尾巴了，對吧？」

「差點。」蓋比用英文回答。「傑維瑟叔叔死了。」她不等對方表達哀悼之意，立刻接著說：「哈澤也死了，還有幾名納粹士兵。我們這位夥伴槍法很準。我們還解決了一輛戰車。那是一輛二號坦克，上頭有武裝親衛軍第十二裝甲師的徽章。」

「幹得好。」麥卡倫在小記事簿上匆匆寫了幾筆，撕下那一頁，然後摁了地圖桌椅子旁的小鈴鐺。「咱們最好讓夥伴們知道親衛軍裝甲師的小鬼正在四處搜索，二號坦克是舊玩意兒了，他們肯定快沒招了。」他將字條遞給剛才拿檔案進來的女子，女子接過字條又匆匆離開了。「很遺憾妳叔叔遇害了。」麥卡倫說：「他做得非常好。你們撂倒靴子了？」

蓋比搖搖頭：「哈澤是首要目標。」

「沒錯。不過，想到那個狗娘養的還活蹦亂跳，我還是像成語說的痛心疾首。」他臉圓如月，白得像多佛產的石堊，下顎寬厚，瞇起淺藍色眼眸注視著麥克說：「過來瞧瞧你要跳進去的圈套吧。」

麥克繞過桌子走到麥卡倫身旁。麥卡倫比他高了至少八公分，身體就和穀倉的門一樣寬。他穿著棕色毛衣，手肘補丁，蘇格蘭裙是深藍和綠色條紋，黑衛士兵團的顏色。他鬍鬚蓬亂，色橘近似火花，頭髮比鬍鬚深色一些。「咱們的朋友亞當住在這兒。」他伸出粗厚的手指，指著迷宮般的街道巷弄間的某個地方。「托巴路上的一棟灰石樓房。呿，巴黎的房子全是灰的，對吧？總之，那傢伙住在轉角那棟，門牌八號，職業是檔案管理員，替一名低階德國軍官工作。那名軍官負責納粹在法國的後勤業務，包括食物、服裝、書寫紙、燃料和彈藥。從高層的補給內容，可以了解不少德軍部隊的事。」他用手指敲了敲地圖說：「亞當每天走路上班，沿著這條路線。」麥克望著麥卡倫的手指從托巴路轉到聖法古路，最後到龔貝塔街。「他在這裡工作，周圍是高牆，牆頂裝了刺鐵絲。」

「亞當還繼續工作？」麥克問：「蓋世太保不是知道他是間諜了？」

「沒錯，我猜他們什麼都不會透露給他，只是讓他有事做。你看這裡。」麥卡倫從地圖旁拿起一份檔案夾翻開，裡面是一疊畫質粗糙、放大過的黑白相片。他將相片遞給麥克。相片裡有兩名男子，其中一人西裝領帶，另一人穿著輕便夾克和貝雷帽。「亞當去哪裡，蓋世太保就跟到哪裡。不是這兩個，就是其他人。他們在他家對面的樓房租了一間公寓，隨時監控他的住處。我們推斷電話線應該也被他們動過手腳，以便監聽他的電話。」麥克抬起頭，麥卡倫望著他說：「明白吧？他們在守株待兔。」

麥克點點頭：「等著一箭雙鵰。」

「沒錯，甚至從雙鵰摸到整個鳥巢，逼得我們在關鍵時刻功虧一簣。總之，他們得到消息說亞當掌握了一些情報，當然不希望情報外流。」

「你知道情報內容嗎？」

「不知道，地下單位沒有人曉得。蓋世太保一旦查出來他知道什麼，就會像對付狗毛上的蝨子一樣除掉他。」

那個被麥卡倫稱為安德烈的灰鬚法國人回來了，手裡拿著一瓶覆滿灰塵的勃艮第酒和三只杯子，放在地圖旁便離開了。麥卡倫替麥克、蓋比和自己各倒了一杯酒，接著舉杯說：「殲滅納粹，同時紀念亨利傑維瑟。」麥克和蓋比也舉杯致敬。麥卡倫一口將酒喝乾。「所以你清楚自己的麻煩沒有？」他問麥克：「蓋世太保將亞當關在隱形的牢籠裡了。」

麥克一邊啜飲又濃又嗆的紅酒，一邊研究地圖。「亞當每天都走同一條路線上下班嗎？」他問。

「對，需要的話，我可以給你詳細的時間。」

「我會用到的。」麥克目光循著交錯的街道。「我們必須在亞當上班或下班途中接觸他。」他結論道。

「甭想了。」麥卡倫又倒了一些酒到杯裡。「我們已經討論過了。我們打算開車經過，射死蓋死太保那群混蛋，救他遠走高飛，可是——」

「可是。」麥克打斷他說：「你們發現要是除了這兩個傢伙，還有其他蓋世太保跟著亞當，他們一定會先開槍斃了他。就算他活著上了你們的車，也不可能逃出巴黎，而且車上的接應不是全身彈孔，就是被蓋世太保抓去，這對地下活動可不大好，對吧？」

「差不多。」麥卡倫聳聳他壯碩的肩膀說。

「那我們要怎麼在途中接觸亞當？」蓋比問：「只要攔下他，就算幾秒也會馬上被抓去問話。」

「我不曉得。」麥克坦承道：「但我覺得必須分成兩步才行。首先必須通知亞當有人來幫他了，接著才是把他弄出這裡，這部份嘛……」他低哼一聲說：「有點麻煩。」

「對極了。」麥卡倫說。他拋下酒杯，直接拿起酒瓶朝嘴裡灌了一口。「四年前納粹將咱們逼到敦克爾克海邊時，我和我那群黑衛士弟兄就這麼說了。要逃出去有點麻煩，能不能做得到，就看神的意思吧。」他苦笑一聲。「嘖，那群弟兄大半都在九泉下了，而我還在法國。」他又灌了一口酒，將酒瓶重重放回桌上。「老兄，我們什麼方法都想遍了。誰找上亞當，一定會被蓋世太保纏上，就這麼簡單。」

「你們一定有他的相片吧。」麥克說。蓋比翻開另一個檔案夾，遞給他一疊黑白相片，全是正面和側面照，製作身份證的那種。裡面的男子沒有笑容，身材修長纖瘦，金髮，四十多歲，面容蒼白憔悴，細圓框眼鏡。亞當是那種會混入白壁紙的人，身上沒有任何明顯的標記，五官沒有個性，一張臉見過就忘了。會計師，麥克心想，或銀行員。麥克瀏覽打字機撰寫的法文檔案，了解代號亞當的傢伙。身高一米七八，體重六十二公斤，雙撇子，興趣包括集郵、園藝和歌劇，有親戚在柏林，一個妹妹住在……

麥克回頭盯著兩個字：歌劇。「亞當在巴黎會去聽歌劇嗎？」他問。

「愛去得很。」麥卡倫答道：「他沒什麼錢，但幾乎全砸在那個像貓叫春的無聊玩意兒上了。」

「他和另外兩個人共用一個包廂。」蓋比看出麥克問話的用意了。「需要的話，我們可以查出是哪一個。」

「我們有辦法傳訊息給他那兩名票友嗎？」

蓋比想了想，然後搖頭說：「不行，太冒險了。就我們所知，那兩個人不算他的朋友，只是跟他合租包廂的公務員，也許其中之一是蓋世太保的手下。」

麥克將注意力轉回亞當的相片，直到確定自己記下了那張面無表情的平淡臉龐的所有細節。他想，那張臉龐底下藏著非常重要的情報。他已經聞到了，就像聞到麥卡倫口中的酒味和蓋比皮膚上的硝煙味一樣清楚。「我會想辦法接觸他的。」他說。

「大白天嗎？」麥卡倫揚起火紅粗眉說：「在納粹的監視下？」

「對。」麥克答得斬釘截鐵。麥卡倫瞪眼看著他，麥克不為所動。麥卡倫瞪了他幾秒，隨即低哼一聲撇開目光。麥克還不曉得該怎麼達成任務，但非得想出辦法不可。他心裡想，他跳下那架該死的飛機可不是為了臨陣喊卡，就只因為任務看來不可能達成。「我需要身份證和路檢用的通關文件。」他說：「我可不想還沒到巴黎就被逮了。」

「跟我來。」麥卡倫帶他走過其中一條甬道來到另一個房間。房裡一台相機架在三腳架上，還有兩人在桌前幹活，小心翼翼用墨水替偽造的納粹通關證和身份證收尾。「你在這裡拍照，我們會把你的證件弄得像使用很久了。」麥卡倫向麥克解釋：「這兩個小子都是老手。好了，下一站。」他走到另一個房間，麥克看見架子上擺滿了納粹制服、深灰和草綠色布料，還有帽子、頭盔及軍靴。三名婦人坐在縫紉機前忙著繡縫扣子和佩章。「你的角色是通訊官，負責維持通話暢通。你必須對德軍電訊系統瞭若指掌，連睡夢中都能正確報出單位和地點，才能離開這裡。你只有兩天密集特訓，同時等上頭的德軍搜索結束。司機會載你去巴黎，照例是安德烈。我們有一輛人事車保養得亮晶晶的，就藏在這裡不遠。老大說你德文說得很溜，所以從么八洞洞開始，你就只能講德文。」說完他拿出懷錶啪的翻開錶蓋。

「換句話說，你只剩四小時左右盥洗和睡覺，你應該蠻需要的。」

麥克點點頭。四小時睡眠對他來說綽綽有餘了，而他只想趕快洗掉臉上的偽裝和泥土。「你們這裡有淋浴設備？」

「也不算。」麥卡倫似笑非笑，瞄了跟著他們過來的蓋比一眼。「這地方是古羅馬人興建的，凱撒還在當大王的時候。他們就愛泡澡。蓋比，妳可以照顧咱們的新朋友嗎？」

「這裡來。」蓋比說著走出房間，麥克跟在後頭。

「蓋比。」麥卡倫等蓋比停下腳步回頭看他才說：「妳做得非常好。」

「謝謝。」蓋比用法文回答，完全不帶得到稱讚的喜悅之情。她輪廓鮮明的臉上滿是塵土，一雙寶藍色眼眸顯得格外突兀。她注視著麥克葛勒頓，目光裡只有冷靜的、純屬公事上的崇敬。殺手對殺手的眼神，麥克想，心裡暗自慶幸兩人是同一國的。「跟我來。」她對他說，兩人一起走進冰寒的甬道中。

第三章

「浴缸在這裡。」蓋比對他說。麥克打量眼前五米長、一米多深的石槽，槽裡水很滿，飄著幾根野草和落葉。「這是肥皂。」她說著從木架子上抓了一塊又白又硬的磚頭扔給他，架上還有幾條破舊但乾淨的浴巾。「水是兩天前才放的。」她朝石槽牆上一個大出水口撇撇頭說：「希望你不介意用過的水。」

麥克擠出最親切的笑容說：「如果這水只用來洗澡的話。」

「放心，喝的水在另一個地方。」

「真有家的感覺。」麥克話剛說完，蓋比突然脫下髒兮兮的毛衣，開始解開上衣的鈕扣。麥克望著她寬衣解帶，不知如何是好。蓋比脫下上衣，露出胸罩，抬頭望著他。「希望你別介意。」她一邊說著，一邊伸手到背後解開胸罩，沒有絲毫猶豫。「我也得洗澡。」胸罩落地，她的乳房一覽無遺。

「喔，不會。」麥克說：「我完全不介意。」

「很好，就算介意也沒用。有些男人……你知道……不好意思跟女人一起洗澡。」她脫掉靴子和襪子，開始解開長褲的扣子。

「我無法想像。」麥克說，不過更像是自言自語，而非回答。他脫下帽子，解開跳傘裝的鈕扣。

蓋比毫不遲疑地脫下身上最後一件衣物，裸身走向通往水裡的石階。水從她大腿淹到腹部時，麥克聽見她吸了一口氣。應該是泉水，他心想。也許這一帶有古羅馬時代某種神殿的遺跡，而這個公共浴池的水就是從那裡透過當時的水道系統流過來的。蓋比走下最後一級石階，水深剛過她的胸房，她將憋著的氣全吐了出來。這裡光是站著就很冷了，但他可不想兩天沒有洗澡就直赴巴黎。他脫掉內衣走下石階，冰水先麻痺了他的腳踝，然後是膝蓋，然後……呃，那感覺他可能一輩子都忘不了。

「痛快。」他咬著牙說。

「了不起。你常泡冷水澡，是嗎？」麥克還沒回答，她已經走到水池中央，將頭潛到水裡又冒出來，將濃密的黑髮從臉上撥開。「麻煩，肥皂給我。」他將肥皂扔給她，蓋比一把抓住，開始搓頭髮。肥皂飄出獸脂和燕麥味，顯然不是在巴黎精品店買的。「你在巴藏古反應很快。」她說。

「還好，我只是抓到了機會而已。」他將脖子以下浸到水裡，試著適應那冰冷。

蓋比頭髮滴著肥皂水，問：「你常這麼做嗎？」

「我只會這麼做。」狼的做法，他心想，有什麼就利用什麼。

蓋比用肥皂抹了手臂、肩膀和乳房。她動作敏捷簡練，絲毫不拖延或曖昧。這裡可沒什麼機會，麥克想。蓋比只是洗澡而已，似乎完全沒有察覺自己緊緻柔嫩的身軀離他不到兩米，而這份無動於衷（她相信不管遇到什麼自己都有辦法應付）讓他深感誘惑。不過，冷水只會讓人發抖，而非興奮。麥克看她努力伸長手到背後擦肥皂，沒有請他幫忙。接著她用肥皂洗臉，再次潛到水中，起來時雙頰紅潤。她將肥皂扔給他說：「換你了。」

麥克洗去臉上的偽裝，粗糙的肥皂刺痛他的皮膚。「那燈。」他朝牆上電線連著的兩盞燈泡點點頭說：「你們在地底下怎麼會有電？」

「三公里外有一座城堡，我們偷接了他們的電線。」蓋比淺笑說，頭髮上還沾著肥皂泡。「納粹用那座城堡作為指揮站。」她又沖了一次頭髮，將肥皂洗乾淨，肥皂泡有如蕾絲花冠在她身旁圍成一圈。「我們只有半夜到凌晨五點用電，而且不用太多，免得德軍起疑。」

「可惜這裡沒有熱水器。」麥克腦袋浸到水裡弄濕頭髮，抹上肥皂洗去頭髮裡的沙礫。他刷洗胸膛和手臂，然後又洗了臉，將肥皂泡沖乾淨，發現蓋比正盯著他沒有偽裝的臉龐。

「你不是英國人。」她望著他洗去油彩的面孔，端詳了幾秒後說道。

「我是英國公民。」

「也許……但你不是英國人。」她朝他走近一步，他聞到她沐浴後的體香，腦中瞬間浮現春天陽光下白花盛開的蘋果園。「我一九四〇年見過許多被德軍俘虜的英國人，你長得不像他們。」

「哪裡不像？」

蓋比聳聳肩，又朝他靠近了一兩步。他那雙綠眼一不小心就會讓她癡迷，所以她盯著他的嘴說：「不曉得，可能……他們跟納粹打仗感覺就像小孩玩遊戲，根本不曉得對手是誰，可是你……」她頓了一下，冰冷的水滑過她的乳房。蓋比努力捕捉心裡的感覺。「你感覺已經打了很久。」

「我去過北非。」他說。

「不是，我不是那個意思。你看起來……你的戰爭在這裡。」蓋比手指摁著自己的心。「你的內心在打仗，對吧？」

這回換他避開她的目光了，因為她看得太透了。「大家不都是嗎？」他說，接著便朝石階走去。該是擦乾身子，將心思放回任務上的時候了。

燈泡閃了一下，接著又閃了一下，隨即變得昏黃然後熄掉了。麥克站在黑暗中，水深及腰。「空襲。」蓋比說。他聽見她語帶顫抖，察覺她不喜歡黑暗。「德軍把電關了。」

遠方傳來悶響，有如鎚子敲打枕頭，不是炸彈爆炸，就是大口徑火砲開火，麥克心想。之後又是幾次爆炸，但感覺多於聲響，麥克腳下的石頭微微震動。「這下不妙了。」蓋比說，再也掩藏不住聲音裡的恐懼。「大家趕快扶東西穩住身體！」另一個房間有人用法文大喊。轟然巨響，地動天搖，麥克聽見屋頂裂開了，聲如槍響，碎石落在水裡，水花四濺。不是炸彈很近，就是高射砲群正對空開火。古羅馬的塵土灌進麥克鼻中，接下來的爆炸感覺離他的腦袋只有五十米不到。

一個溫暖顫抖的身軀貼上了他。蓋比緊緊摟著他的肩膀，麥克抱住了她。

石頭碎片在他們兩旁四散飛濺，六七個鵝卵石大小的石頭砸在了麥克背上。外頭又是一聲爆炸，蓋比貼得更緊了，手指掐進麥克肉裡。在爆炸之間的安靜片刻，他聽見她喘息呻吟，唯恐再有下一枚炸彈。他肌肉緊繃站著池中，撫摸她濕漉漉的頭髮，聽著炸彈不斷落地，高射砲發出如雷巨響。

一分鐘後，房裡只剩他們的呼吸聲。兩人心如擂鼓，麥克感覺蓋比的身軀隨著她劇烈的脈搏而顫動。其他房間有人咳嗽，還有人（是麥卡倫）大喊：「有沒有人受傷？」其他人陸續回應，答說沒受傷。「蓋比？」麥卡倫喊道：「妳和英國佬還好吧？」

蓋比張口欲答，但喉嚨和鼻子裡都是土，而且感覺就要昏倒了。她討厭黑，討厭禁錮的感覺，還有巨鎚般的爆炸，在在讓她想起四年前和家人躲在地下室裡聽著德軍轟炸機將她的村莊夷為平地的恐怖經歷。

「蓋比？」麥卡倫大喊，語氣有些驚慌。

「我們沒事。」麥克鎮定答道：「只是稍微嚇到了。」

蘇格蘭佬如釋重負吁了口氣，就繼續查看其他人的情況了。

蓋比抖個不停，因為水冷，身體也冷。她頭靠著麥克的肩，突然想起自己不知道他的本名——也不該知道。這是規矩。但在塵土飛揚散發的霉味之間，她聞到他的體味，忽然覺得他皮膚飄著淡淡的臊味，有如野獸——但不會，當然不可能。那味道並不難聞，只是……很不一樣，她說不上來。

燈泡再次閃爍，暗了又亮、亮了又暗，顯然有人（某德國佬）對著電流按鈕開開關關。不久後燈又亮了，而且不再熄滅，只是變得非常昏黃。「沒事了。」麥克說。蓋比抬頭望著他。他的眼眸微微發亮，彷彿吸收了僅有的光線，讓她覺得莫名地害怕。這男人不一樣，有個地方不同，難以言喻。她望著他的目光，時間隨著心跳逝去。她覺得似乎瞥見了什麼，某種稍縱即逝、原始的東西，有如結凍玻璃後的火焰一般，在那雙綠色眼眸的深處閃動。她感覺到他的體溫，熱氣開始從他的毛孔散出，她想張嘴說話，只是不曉得該說什麼，而且她知道一開口聲音肯定會顫抖。

麥克先說話了，用身體說。他放開她，轉身走上石階，從架子上拿了一條浴巾給自己，一條給她。「妳會冷死的。」他對蓋比說，同時遞出浴巾讓她離開冰冷的水中。蓋比走出浴池，麥克望著水珠順著她的乳房滑過平坦的小腹和閃著水光的大腿，發覺自己身體有了反應。她站在他面前，全身滴水，黑髮濕而滑順，麥克溫柔地用浴巾裹住她。他口乾舌燥，但還是把話擠了出來。「我最好睡一下。」他望著她的眼說：「今晚還真刺激。」

「沒錯。」蓋比說：「我也覺得。」她抓著浴巾走到自己的衣服旁，在石板地上留下濕漉漉的腳印。她拾起衣服說：「你的房間在甬道盡頭。」一邊指了方向。「過第二道拱門在右手邊。希望你不介意睡行軍床，不過毯子很厚很暖。」

「聽來不錯。」累的時候，他連泥巴裡都能睡。他知道現在只要倒在行軍床上，不要兩分鐘就會睡著了。

「時間到了我會喊你起床。」她對他說。

「麻煩妳了。」他一邊擦頭髮一邊說。他聽見她走出房間的腳步聲，等他解開身上的浴巾，蓋比已經離開了。他擦乾身體、拾起衣服，便朝蓋比告訴他的甬道走去。第二道拱門外的地上擺了一支蠟燭、黃銅燭台和一盒火柴。他停下來點了蠟燭，藉著火光走進房間。房裡飄著霉味，牆壁潮濕，一張狹窄的行軍床看起來就不舒服。牆上一根鐵桿掛著幾根衣架，麥克掛好衣服，衣服上冒著汗臭、土味和德軍坦克廢氣的味道，還飄著一絲皮肉燒焦的惡臭。麥克心想，戰爭結束之後他也許能靠嗅覺維生，替香水製造商工作之類的。他曾在倫敦街頭撿到一只女用白手套，聞出上頭有鑰匙的銅味、檸檬茶香、香奈兒香水、昂貴白酒的甜土香、不只一個男人的汗味、玫瑰殘留的淡香，當然還有被車輾過留下的登祿普輪胎的橡膠味。多年經驗和練習讓他意識到，他的味覺感應力幾乎和視覺一樣強。當然，這個能力變身後會更強，但有大半已經滲入他的人類體內了。

麥克掀起毯子，躺到床上。彈簧刺著他的背，但他被更利的刀子刺過。他在毯子底下安頓好，吹熄蠟燭，將燭台放到床邊石頭上，頭靠著鵝毛枕頭。他身體疲憊不堪，腦袋卻睡不著，有如籠裡的野獸不停來回。他望著眼前的漆黑，傾聽牆上水珠緩緩滴落的聲音。

你的內心在打仗，蓋比說，是嗎？

沒錯，麥克想。他忽然想到，從他童年自那片森林出來後，每天每晚都會思考的一件事：我不是人，也不是動物。我到底是什麼？

狼人。這是一位精神病醫師發明的詞。他研究精神病院裡身體前後擺動的病人，他們的眼神在滿月照耀下空茫呆滯。俄國、羅馬尼亞、德國、奧地利、匈牙利、南斯拉夫、西班牙和希臘各有詞彙稱呼這樣的人，但都是同一個意思：狼人。

不是人，也不是動物，麥克心想，在神的眼中，我到底是什麼？

啊，紛亂思緒中還有另一個想法。他常想像神是一頭巨大的白狼，大步走過滿天星斗下的雪白大地，金色眼眸澄清透徹，白牙非常非常尖。穹蒼之下任何謊言與背叛都逃不過祂的鼻子，不忠之人會被祂剜出心臟，活剝生吞。祂是狼中之王，誰都躲不過祂冷酷的審判。

然而，人類的神是如何看待狼人的？視之為瘟疫，還是奇蹟？麥克當然只能憑空揣想，但他很確定一件事：他幾乎無時不希望自己終生為獸，在神的綠色大地上自由馳騁。兩腿站立讓他害怕，四腿奔走讓他翱翔。

該睡覺了，為明天和接下來的差事養足體力。他還有許多要學、要留意。巴黎是牙尖齒利的美麗陷阱，脖子很容易被它咬斷，人或狼都一樣。麥克閉上眼，慢慢將房裡的漆黑轉到心裡。他聽著水滴、滴、滴的聲響，深吸一口氣，緩緩吐出，接著便離開了這個世界。

第四部 改變

第一章

他坐了起來，聽見水從古石塊砌成的牆上滴答滴落。剛睡醒頭昏腦脹，讓他眼前一片模糊，但房中央有一小堆松枝悶燒著。就著微微火光，他看見一個人影站在他身旁。他脫口而出：「爸爸？」

「孩子，我不是你爸爸。」是威克托，語氣略帶惱怒。「你不准再那樣叫我。」

「我……爸爸。」米凱爾眨了眨眼想看個清楚。威克托灰髯垂胸，披著那件雪兔毛領鹿皮長袍矗立在他身旁。「我……媽媽呢？」

「死了，他們都死了。你明明知道，為什麼還一直喊著死人的名字？」

小男孩伸手摀住了臉。他在流汗，體內卻覺得冷，彷彿皮膚正值盛夏，血液卻是寒冬。他骨頭抽動，有如鈍斧劈砍鐵刀木。這是哪裡，他心想。爸爸、媽媽還有姊姊……他們在哪裡？他想起來了，往事開始從晦暗的記憶中幽幽浮現。野餐、槍擊、血跡斑斑草地上的屍體，然後是追殺他的匪徒、馬蹄掃過灌木叢、狼群。狼群。往事突然斷裂，記憶有如見到墓園的孩子一哄而散。但內心深處，他知道自己身在何處（白殿），也知道眼前這個蠻王一般的傢伙，說是人卻又不能算是人。

「你已經來我們這裡六天了。」威克托說：「什麼也沒吃，連莓果都不吃，你想死嗎？」

「我想回家。」米凱爾回答，聲音虛弱。「我想跟爸爸和媽媽在一起。」

「你已經在家了。」威克托說。有人劇烈咳嗽，威克托轉頭望去，琥珀色的銳利眼眸瞥向躺在地上蓋著層層斗篷的安德烈的身影。咳嗽轉為嘶喘，安德烈的身體抽搐了一下。重病引發的噪音平息後，威克托再度回頭望著男孩。「你很快就會生病了，很快。想要病好，你需要體力。」

米凱爾捧著肚子，覺得腹部又熱又脹。「我現在就病了。」

「你現在還早得很呢。」紅光微微，威克托的雙眼有如晶亮的銅幣。「你這小子太瘦了。」他說：「你爸媽難道沒給你吃肉嗎？」但他不待回答，就用爪子般的手指攫住米凱爾的下巴，抬起他的臉對著火光。「白得跟牛奶布丁一樣。」他說：「你承受不了的，我一看就知道。」

「承受什麼，先生？」

「承受改變，承受你將得到的病。」威克托放開米凱爾的下巴。「那就別吃吧，免得浪費那麼好的食物。你沒救了，對吧？」

「我不知道，先生。」米凱爾坦白道。他脊骨一寒，不禁打了個哆嗦。

「我知道，我有經驗。我知道哪支草強壯，哪支草虛弱，我們花園裡就有很多虛弱的草。」威克托朝房外撇撇頭，安德烈又是一陣猛咳。「我們生來都是弱者。」威克托對男孩說：「但必須變強，否則就會滅亡。非死即生，就這麼簡單。」

米凱爾累了。他想起迪米屈拿來擦拭馬車的破布，覺得自己就像那塊又濕又舊的抹布。他再次躺下，躺在草葉和松針鋪成的褥墊上。

「孩子。」威克托問道：「你知道自己身上發生了什麼嗎？」

「不知道，先生。」米凱爾闔起眼睛，緊緊閉著。他曾經將燭淚滴在手上，看它變硬。他感覺自己的臉就像蠟塊。

「每個人都不知道。」威克托說，像是自言自語。「你知道微生物嗎？」他再次對男孩說。

「微生物？」

「微生物、細菌、病毒，你聽過嗎？」說完他又不等男孩回答，朝自己掌心啐了一口，將手上的唾液伸到米凱爾面前：「你看。」米凱爾乖乖瞧了一眼，但除了唾液之外什麼也沒見到。「這兒。」威克托說：「瘟疫和奇蹟都在這兒，在我的掌心裡。」他收手回去，米凱爾見他將唾液舔回嘴裡。「我全身都是。」威克托說道：「從血液到內臟，心肝脾肺腎，還有腦。」他敲敲自己寸草不生的腦袋，說：「統統被它們寄生了。」他目光炯炯望著米凱爾：「就跟你現在一樣。」

米凱爾不確定他有聽懂那傢伙的意思。他再次坐起身子，頭劇烈抽痛，冷和熱侵佔了他的身體，輪流狠狠虐待他。

「蕾娜蒂的唾液裡也有。」威克托碰了碰米凱爾的肩膀說。蕾娜蒂在米凱爾肩膀發炎流膿的傷口上抹了她調配的咖啡色草藥，再用葉子當繃帶包紮。威克托雖然只是輕輕一碰，米凱爾卻痛得身子一縮，倒抽了一口氣。「現在你體內也有了，所以你不是被它們殺死，就是……」他頓了一下，聳聳肩說：「知道真相。」

「真相？」米凱爾搖頭說道，腦中一片困惑與混沌。「什麼的真相？」

「生命。」威克托答道。他的呼吸吹在男孩臉上，飄著血和生肉的味道。米凱爾看見他鬍鬚上沾了紅色斑點，還有草和葉子的碎屑。「至於是夢想或夢魘，就看你怎麼想了。有些人覺得是苦難、疾病和詛咒。」說到最後兩個字他哼了一聲。「我卻覺得是貴族血統。要是生命重來，我寧願過另一邊的生活。我希望一出生就只懂得狼的生活方式，對這個叫人類的野獸一無所知。你了解我在說什麼嗎？孩子？」

米凱爾心裡只有一個念頭。「我想回家。」他說。

「天哪，我們竟然接納了一個蠢蛋！」威克托站了起來，近乎大吼道：「你除了這裡，除了跟我們在一起，已經沒有家了！」他用涼鞋推了推褥墊旁地板上沒吃的肉。是兔肉。雖然蕾娜蒂已經用火烤了幾次，卻還是滲著血水。「不要吃！」威克托暴跳如雷：「不對，我命令你不准吃！你愈早死，我們就愈早能把你撕成碎片吃了！」米凱爾嚇得全身發抖，汗水在臉上閃閃發亮，但硬裝得無動於衷。「你別碰這塊肉，聽到沒有！」威克托將兔肉朝他踢近了幾吋。「我們要你虛弱到死！」安德烈的咳嗽打斷了他的咆哮。威克托離開男孩，橫越房間跪在安德烈身旁掀起毯子。米凱爾聽見威克托咬牙低噺，嘟囔一聲，輕聲溫柔地說：「可憐的安德烈。」接著猛然起身，朝米凱爾怒視一眼就大步走出石室了。

米凱爾躺著不動，傾聽威克托涼鞋踩著台階上樓的窸窣聲。小火劈啪一聲，吐出幾許火花。安德烈的呼吸有如遠方隆隆馳騁的貨車。米凱爾凍得發抖，轉頭望著帶血的兔肉。

我命令你不准吃，威克托說。米凱爾望著那塊肉，一隻蒼蠅緩緩繞著肉飛，然後停在肉上歡喜爬著，彷彿想找軟一點的部份吸一口血水。我命令你不准吃。

米凱爾別過頭去。安德烈紊亂咳了幾聲，身體抽搐，隨即再度沈寂。他怎麼了？米凱爾心想。為何病得這麼厲害？米凱爾目光滑回兔肉上。他想起滴血齜張著的狼牙，腦中浮現一堆啃噬乾淨的骨頭，白得有如十月的雪花。他的胃喵喵叫著。米凱爾再度轉頭不看兔肉。它太血淋淋，太……可怕了。這麼生的食物絕對不會出現在葛勒頓諾夫家的餐桌上，擺在鍍金餐盤裡。他什麼時候才能回家？爸爸和媽媽到底去哪裡了？喔，對，死了，他們都死了。他心裡有東西收緊，宛如拳頭握住一個秘密，無法再想著他的爸媽和姊姊。他望著兔肉，口水直流。

嚐一口，他想，一口就好。又能糟到哪裡？

米凱爾伸手摸了摸兔肉。蒼蠅嚇得繞著他腦袋嗡嗡飛舞，被他揮手趕開。他收回手指，望著指尖上的淺淺血紅聞了聞，那金屬般的腥味讓他想起父親為銀劍上油的往事。他舔舔手指，嚐到了血水，味道還不壞，但也不算好，淡淡的煙燻味中帶一點苦。但他的肚子還是叫得更響，口水也流得更兇了。他要是死了，那群狼就會將他碎屍萬段，包括威克托。所以他得活著，就這麼簡單。而他要是想活，就得逼自己吞下那塊血淋淋的肉。蒼蠅還不放棄，他再次將牠趕開，接著拾起了兔肉。肉夾在他指間感覺有點油膩滑溜，可能還帶著一些毛髮，但他沒有細看。他緊緊閉著眼睛，張大嘴巴，感覺胃部翻攪，但在它餓壞前必須被填滿。他將肉塞進嘴裡，咬了下去。

血水在舌頭奔騰，味道又甜又腥，獸味四溢。米凱爾腦袋抽痛、脊椎酸疼，牙齒卻像主人一般發號施令，讓身體其他部位乖乖服從。他咬下一塊肉咀嚼著。兔肉又老又硬，纖維很粗，不肯輕易被吞下肚。他咬著嚼著，血水從下巴滴了下來。米凱爾葛勒頓諾夫徹底變了一個人，不再是六天前的那個男孩。他用牙齒咬斷兔肉，狼吞虎嚥，還將骨頭啃得乾乾淨淨，甚至敲斷骨頭吸吮骨髓。一根較小的骨頭裂了露出骨髓，他用舌頭舔出裡頭的血塊一口吞下，有如擺在金盤上的山珍海味。

他手指沾著血，骨頭吸乾啃淨了就丟。飽餐之後，他坐在那一小堆骨頭前舔了舔嘴唇，心裡突然一驚：他竟然喜歡帶血的生肉，非常喜歡，而且不只如此，他還想再吃。

安德烈又是一陣猛咳，最後發出勒斃似的嘶咽聲。他身體動了動，虛弱地喊道：「威克托，威克托！」

「他離開了。」米凱爾說，但安德烈還是不停呼喊威克托，聲音忽高忽低，而且帶著恐懼，還有墮壞般的疲憊。米凱爾趴在石板地上爬到安德烈身旁，臭味撲鼻而來，帶著酸敗腐爛的氣味。「威克托？」安德烈呢喃道，臉被層層斗篷遮著，只有汗濕了的淺棕色頭髮露了出來。「威克托……求求你……幫我。」

米凱爾彎身拉開遮住安德烈臉龐的斗篷。

安德烈可能只有十八、九歲，臉上閃著汗珠，面色死灰有如破舊的抹布。他睜著凹陷的棕眼望著米凱爾，消瘦的手指攫住他的胳膊低聲道：「威克托。」他很想抬起頭，但頸子力氣不夠。「威克托……別讓我死掉。」

「威克托不在。」米凱爾想要抽身，但安德烈抓得更緊了。

「別讓我死掉，別讓我死掉。」那年輕人哀求道，眼神翳白呆滯，說完又輕咳了一聲，米凱爾看見他蠟黃枯瘦的胸膛微微抖動。接著他咳得更厲害，下一聲咳嗽更是全身顫抖，從哮喘變成了窒息。米凱爾試著掙脫手臂，但安德烈死抓著他的胳膊不放，胸腔裡發出駭人的嘶鳴，聲音潮濕、凝滯，彷彿有東西在滑動。他張大嘴巴猛烈咳嗽，淚水奪眶而出。

某樣東西從安德烈嘴裡溜了出來，長長白白，不停蠕動。

米凱爾眨眨眼睛，覺得自己的臉瞬間失去了血色。他看見一隻蟲在安德烈腦袋旁的石板地上扭動著。

安德烈又咳嗽了，肺部冒出重物的爆裂聲，隨即從他嘴裡一湧而出。白蟲們糾結纏繞在一起，前一百隻乾淨得潔白晶亮，接下來的卻沾了深紅色的鮮血。安德烈顫抖抽搐，眼睛望著目瞪口呆的男孩，卻無法將嘴張得更大，讓所有的蟲出來，於是蟲子開始從他鼻孔湧出。不停的「卸貨」讓安德烈喉嚨哽住，無法呼吸，然而蟲子還是源源不絕，而且顏色更深，動作也變得遲緩，水柱一般湧到了石頭上。米凱爾尖叫著掙脫手臂，被安德烈的指甲摳了幾塊皮下來。他想要起身，但沒有站穩又跌回了地上，尾椎重重撞了一下。安德烈伸手抓他，想攫住他的手，身體從斗篷堆成的床上抬了起來，血黑色的蟲子有如唾液從他嘴裡汩汩而出。米凱爾也開始呼吸困難。他倉皇逃開，覺得肚子裡的兔肉直往上衝，但想到自己被狼牙撕成碎片的景象，便硬是嚥了回去。安德烈跪坐起來，接著發出痛徹心肺的一聲巨咳，吐出一坨拳頭大的黑蟲。蟲蛆從他嘴邊滑到胸口，後面拖著一條緞帶般的暗黑血漬。安德烈仆倒在地。他全身赤裸，屍體一般蠟黃發黑，精瘦的身軀不停抽搐，皮膚滲汗閃閃發亮，底下肌肉沸騰似的震盪鼓動。米凱爾看見黑影覆上了安德烈的背：棕色毛髮從毛孔竄出，不出幾秒就覆滿了安德烈的肩膀和背，向下蔓延到臀部和大腿，染黑了他的手臂，從手和手指冒出。安德烈抬起頭，米凱爾發現他的臉變到一半，拉長了的下巴還淌著血，眼窩更深了，眉毛突出，頭顱的毛髮變得柔順光亮，喉嚨也冒出一圈黑毛。安德烈脊椎開始崩裂扭曲，身體隨之顫抖。他張開牙尖齒利的嘴巴發出淒厲的哀號，聲音像人又像獸。

這時，米凱爾的頸背被人一手攫住，整個人舉了起來，臉則被另一隻手抓著往旁邊轉，不讓他目睹眼前的慘狀。那手指粗糙，動作果斷，將他壓向某人的肩窩。他聞到鹿皮的麝香。「別看。」是蕾娜蒂。「孩子，別看。」她用手緊緊壓著他的後腦勺說。

但他還是聽得見，這樣就夠可怕了。半人半狼的尖叫繼續著，伴隨著骨骼爆裂的聲響。有人走進石室，蕾娜蒂大吼：「出去！」那人便急忙離開了。尖叫變成了尖細的狼嗥，米凱爾聽得皮膚發麻，就快發瘋了。他緊閉著眼，蕾娜蒂牢牢抓著他的後腦勺。米凱爾發現自己摟住了她的脖子。哀號聲在房裡迴盪。

有如機器失去動力緩緩停止的哽咽呻吟，接著是幾聲沙啞的喘息，隨即一切歸於寂靜。

蕾娜蒂將米凱爾放回地上，他還是不敢回頭。蕾娜蒂走到屍體旁跪了下來。褐眼黑髮的蒙古人尼契塔走進房裡瞄了米凱爾一眼，接著望著蕾娜蒂，描述事實一般淡淡地說：「安德烈死了。」

蕾娜蒂點點頭說：「威克托呢？」

「去打獵了，為這小子。」他伸出拇指比了比米凱爾。

「那好吧。」蕾娜蒂彎身捧起一坨血淋淋的蟲子扔進火裡，蟲子蜷曲扭動，焦黑變硬。「威克托不想看他死掉。」尼契塔上前走到蕾娜蒂身旁，兩人低聲交談，聊著某個園子。米凱爾好奇心起，走到兩人中間低頭打量安德烈的屍體。

地上癱著棕毛狼的屍體，眼珠晦暗無神，舌頭外露，周圍一灘血漬，右後腿還是人腿的形狀，毛茸茸的兩隻前腿尾端接著人的手掌，手指抓著石地板，彷彿想將它扳開。米凱爾不覺得恐懼，而是錐心地傷痛。那手指蒼白枯瘦，幾分鐘前還抓著他的胳膊。死亡的無情力道重擊了米凱爾，打在他下巴和頭頂之間，卻也清明了他的視線。那一瞬，他看見父親、母親和姊姊永遠離開了，抓著風箏尾巴做夢的日子也徹底結束了。

蕾娜蒂看到他，氣沖沖地說：「退後！」米凱爾乖乖聽話，接著才發現自己剛才踩在了蟲子上。

尼契塔和蕾娜蒂用鹿皮斗篷裹住屍體，將安德烈抬出石室，朝白殿的陰暗處走去。米凱爾坐在火旁，血液有如帶著浮冰的河水在血管裡流動。他望著石板上安德烈的發黑血漬，不禁打了個哆嗦，伸出雙掌靠近火光。你很快就會生病了，他想起威克托這麼跟他說，很快。

米凱爾暖不起來。他朝火坐近了些，但就算熱得臉頰發燙也傳不到骨頭。他胸口發癢，忍不住咳嗽，聲音亮得有如槍響，在潮濕的四壁間迴盪。

第二章

日子模糊了，昨日今日混雜交錯，石室裡沒有太陽也沒有月光，只有柴火和有人——蕾娜蒂、法蘭可、尼契塔、鮑莉、貝爾義或艾蕾克莎——加松枝到火堆裡時竄出的火花。威克托從來不照看火，彷彿所有人都同意這麼卑下的差事不該由他來做。米凱爾昏昏沉沉，幾乎都在睡覺，但只要醒來，身旁總是擺著莓果和一塊烤得很生的肉，石凹裡也會倒滿水。肉和莓果他想也不想拿了就吃，但石頭太重舉不起來，他只好低頭舔水喝。他還注意到一件事：不管肉是誰料理的，都愈烤愈生，而且不一定每回都是肉，偶爾會是紅中帶紫的玩意兒，很像動物的內臟。那些恐怖的雜碎，米凱爾起初碰也不碰，但除非他吃下去，否則絕不會換上新的食物，因此他很快就明白，再生再可怕的東西都不能擺太久，否則蒼蠅就會來。另外他還明白，吐掉是沒用的，不會有人替他清理。

有一回他被遠方此起彼落的狼嗥吵醒，身體冷得發抖，皮膚下卻熱得發燙。起先他嚇壞了，驚惶了幾秒，只想起身爬出石室，越過森林奔回父母親陳屍的草地，一槍打爆自己的腦袋。但恐懼不久便消散了。他坐著傾聽，感覺狼嗥宛如歌唱，樂音直衝天際，有如夏日蔓生的藤草繚繞交纏。他忽然覺得自己聽得懂狼嗥了。那感覺很怪，彷彿他瞬間學會了中文。那嗥叫同時訴說著喜悅與渴望，有如孩子站在遍地黃花之間，手裡握著斷了的風箏線，對著無垠藍天發出的嘆息；明知道生命是一場殘酷的美麗，卻說著對永生的渴望。米凱爾聽得淚流滿面，感覺自己無比渺小，宛如風中飄零的一粒沙，底下盡是懸崖與深淵。

有一回他醒來，發現自己正對著一頭金毛狼的咽喉，一雙犀利的冰藍色眼眸炯炯望著他。他心臟狂跳，不敢移動。狼嗅聞他的身體，他也嗅聞牠，聞到淋過雨的毛髮飄著甜甜的麝香，呼吸還留著鮮血的腥味。他全身發抖，像是被人綁住似的躺著不動。狼緩緩嗅聞他的胸膛與喉嚨，接著腦袋一甩，張嘴將十一顆莓果吐到米凱爾頭旁的石頭上，每顆莓果都完好無恙。狼退到火光邊緣蹲坐著，看米凱爾吃下莓果，舔石凹裡的水喝。

他骨頭開始隱隱抽痛，朝全身擴散。移動成了苦差事，連呼吸都很難受。但疼痛依然持續加劇，分分秒秒，日夜不斷。有人幫他脫衣，擦拭身體，另一人像照顧嬰兒一般用鹿皮斗篷裹住他。他冷得發抖，流竄神經的疼痛頓時更加劇烈，讓他呻吟啜泣。光影朦朧間，他聽見有人說話。是法蘭可在說：「我就跟妳說他太小了，太小的活不下來。蕾娜蒂，妳就這麼想要孩子？」蕾娜蒂氣沖沖的說：「我沒問白痴的意見。你最好閉上嘴巴，少管我們。」威克托，聲音慢而清晰：「他氣色不好。妳覺得他是不是有蟲？餵他東西，看他會不會吃。」一塊血淋淋的肉塞到米凱爾嘴邊。米凱爾痛得神智恍惚，想到那一句「不要吃，我命令你不要吃。」瞬間一把怒火撬開了他的嘴。疼痛再度撕裂全身，淚水滾滾滑落臉頰，但他還是接受了食物，而且用牙齒咬住免得被搶走。尼契塔的聲音飄了過來，夾帶著一絲欽佩：「他沒看起來那麼弱嘛，小心手指別被他咬掉了！」

他們給什麼，米凱爾就吃什麼。他的舌頭開始渴望血水，並且能分辨自己吃到了什麼——兔子、鹿、野豬、松鼠，連鼠臊味都分得出來，還知道獵物是新鮮的或已經死了幾個小時。想到帶血的肉不再令他作嘔。他吃是因為肚子餓，因為沒有別的東西可吃。他們有時只給他莓果或某種粗草，但他一律吃進肚裡，不曾發出絲毫抱怨。

他視線變得模糊，看什麼邊緣都灰濛一片。他眼球抽痛，就算看見微弱的火光也成了酷刑。後來有一天，他發現黑暗佔據了他的眼，他從此失去了視力。他不知道那是哪一天，因為時間早已扭曲。

疼痛始終不散，而且跳了一大級，讓他肌肉僵硬、撕裂，有如快要內爆的屋子的牆板。他張嘴困難，無法順利吃肉，不久他就察覺有人用手指將咬過的肉塞進他嘴裡，還用冰冷的手掌按著他額頭。即使只是這麼輕輕一碰，他還是痛得倒抽了一口氣。「我要你活下去。」是蕾娜蒂的聲音，在他耳邊輕輕說：「我要你對抗死亡，聽到沒有？我要你撐下去。只要撐過了，孩子，你就會經歷奇蹟。」

「怎麼可能？」法蘭可的聲音，聽得出他是真的擔心。「他愈來愈瘦了。」

「他還沒變成皮包骨。」蕾娜蒂不耐回答，接著米凱爾聽見她語氣變柔：「他會活下來的，我知道他會。這孩子是個戰士，法蘭可，瞧他咬牙奮鬥的樣子。他會活下去的。」

「他還有很長的路要走。」法蘭可說：「更糟的還在後頭呢。」

「我知道。」她說完沉默良久，米凱爾感覺她手指輕輕梳理他汗濕的髮。「之前有多少人沒能撐得像他這麼久？我得用十隻手才數得完。但你瞧瞧他，法蘭可，瞧他多麼奮戰不懈！」

「這哪是奮戰。」法蘭可說：「我覺得他快掛了。」

「嘿，他的器官還在運作！這是好現象！只有器官停止運作而且腫脹，你才知道沒救了。不會的，這孩子有鋼鐵般的靈魂，法蘭可，我看得出來。」

「最好是。」法蘭可說：「希望妳對他的判斷是對的。」他轉身離開，走了幾步又說：「萬一他死了……妳也不必怪自己。那就是……命。妳懂嗎？」

蕾娜蒂嘟囔一聲，表示知道了。後來，她摸著米凱爾的頭髮，手指輕輕撫過他的額頭，他聽見她低聲哼唱。是俄國搖籃曲，描述一隻青鳥尋找家園，終於在冬雪春融之際找到了棲所。她歌聲甜美輕快，只為了他一人哼唱。他想起有人也對他唱過類似的歌，但感覺好遙遠。是母親。沒錯，是母親，她躺在草地上睡著了。蕾娜蒂繼續哼唱，有幾次米凱爾聽著聽著，身體不再覺得痛了。

時間跳接，宛如長夜。疼痛、疼痛、疼痛。米凱爾從來沒經歷過如此劇痛，要是小時候遭遇這般折磨，他一定會鑽到角落，尖叫求神出手將他帶走。他感覺牙齒在顎裡移動，在淌血的牙齦上彼此碾磨。他感覺關節斷裂，有如萬針穿身的布偶，脈搏像是受詛的鼓聲。他想張嘴尖叫，但下巴肌肉絞死了，像刺鐵絲一樣。疼痛起了又落，然後衝上新高。前一秒置身火爐，下一秒又宛如冰窖。他感覺身體抽搐、扭曲、凹折成前所未有的姿勢，骨頭彎曲拗折，像糖包一樣。這些變化他完全無能為力。他的身體成了一架古怪的機器，似乎一心想摧毀自己。他眼睛盲了，嘴巴無法說話和尖叫，心跳急促，肺部疼痛得幾乎無法呼吸。他感覺脊椎開始變形，全身肌肉都瘋了，背桿突然挺直，雙臂後伸，脖子扭曲，臉像是被兩根鐵柱夾住一樣。隨即肌肉一鬆，他整個人倒回地上，接著肌肉又像曬乾的皮革再度繃緊，將他拉了起來。置身苦痛的泥淖，米凱爾葛勒頓諾夫一直負隅頑抗，不讓自己失去求生意志。身體和肌肉被這麼擊打扭扯，讓他想到了橡皮人。要是他大難不死，或許可以加入馬戲團，成為世上最偉大的橡皮人。但疼痛再度咬住了他，扭絞他的腸胃，猛力搖晃他。米凱爾感覺脊椎脹大拉長，神經驚惶尖叫。他聽見聲音從地府飄來：「按住他！按好！他快把自己脖子扭斷了！」

「……身體燙得快燒起來了……」

「撐不過的……太虛弱了……」

聲音颳也似的飄散了。米凱爾感覺身體扭曲，卻無力阻止。他縮著身子，膝蓋貼著胸膛側躺在地上，腦袋像一只沸騰的茶壺。疼痛集中在脊椎。他膝蓋緊緊抵著下巴，咬緊牙關，腦中聽見有如暴風般的號哭，撕裂了維繫過去的一切根基。風從號哭變成了怒吼，蓋過了所有聲響，威力加倍再加倍。米凱爾在心裡看見自己，看見他跑過遍地黃花的原野，漫天烏雲朝他家的邸宅撲去，他停下來轉身大喊：「媽媽！爸爸！艾莉西亞！」但邸宅裡沒人回應，而烏雲就像餓虎撲羊。他繼續往前跑，心如擂鼓，隨即聽見撞擊聲，回頭只見邸宅碎成片片，隨風四散。烏雲開始追他，眼看就要將他吞沒。他拚命奔跑，卻不夠快。快點，再快一點。暴風追到了他腳跟後。再快一點。他心臟狂跳，預告死亡的女妖在他耳邊尖叫。再快一點……

改變從他體內爆了出來。他感覺脊椎隆起，肩膀下彎，雙手碰到了地面，手臂和手掌生出黑毛，不再是手的模樣。他速度變快了，身體一縮一伸，撐破了衣服。碎片被暴風和烏雲吞噬，隨即吐向天際，米凱爾踢掉鞋子，腳趾劃起朵朵泥土與黃花。暴風窮追不捨，但他現在用四隻腳奔跑了，從過去衝向未來。大雨襲來，冰冷而滌清，他仰望天空，然後——他醒了。

黑上加黑，他眼皮被乾涸的淚水黏住了。他努力睜開眼睛，一道微弱的深紅光芒透了進來。小火堆還燃燒著，空氣中飄著濃烈的松煙味。米凱爾坐起身子，每個動作都在跟疼痛奮鬥。他肌肉依然抽痛，彷彿被人拉扯重組了似的，大腦、背部和尾椎都疼。他想站起來，但脊椎立刻尖叫。他很想呼吸新鮮空氣，呼吸風吹過森林的芬芳。這股出自身體的渴望，讓他堅持下去。他裸著身子往前匍匐，爬過粗糙的石板地面，離開火堆。

他幾次試著站立，但骨頭卻沒準備好。他膝手並用爬到階梯前，像動物一樣爬上石階。接著他爬過青苔處處的走道，走道上堆了許多鹿骨，他只瞄了一眼就繼續往前。不久他便看見前方有光，顏色昏紅，不知是晨曦還是晚霞。光從沒了玻璃的窗外透進來，為牆和天花板抹上了顏色，所到之處都沒有青苔。米凱爾聞到新鮮空氣的味道，腦袋裡有東西像是懷錶齒輪似的，開始喀擦轉動。空氣中不再帶著暮春的濃郁花香，而是別的氣味，外乾內寒，有如火焰對抗冰霜。是夏日將逝的味道。

時間過了很久，至少他能確定這一點。米凱爾愣愣面對感官恢復的衝擊，一隻手朝左肩伸去。他手指摸到隆起的粉紅肉疤，痂屑有如雪花般從皮膚落到了地上。他膝蓋開始痛了，感覺最好先站起來再往前走。他試著起身，要是骨頭有神經，肯定會著火。他幾乎能聽見肌肉彎曲的聲音，有如年久失修的門樞。他的臉龐、胸口和肩膀都是汗水，但他沒有放棄，也沒有哀號。他感覺自己的骨骼很陌生。這到底是誰的骨頭，在他身體裡支離破碎？站起來，他告訴自己，站起來往前走……像人一樣。

他站了起來。

第一步像嬰兒一樣，欲進又止、猶疑不決。第二步也好不了多少。但第三、四步讓他確定自己還知道怎麼走路。他沿著走道來到一個挑高的房間，陽光照得椽柱金黃閃亮，鴿子在屋子上方輕聲嗚唱。

米凱爾右方陰暗處有東西在地上動，他聽見葉子窸窸窣窣。兩個身影躺在地板上交纏起伏，難捨難分。米凱爾眨眨眼睛，甩掉最後一絲睡眼矇矓，其中一個身影發出呻吟，是女人的聲音。米凱爾看見裹著動物毛髮的人類皮膚隆起顫動，隨即再度消失在潮濕的毛髮中。

一雙冰藍色眼眸從陰暗處盯著米凱爾。艾蕾克莎抓著某人肩膀，而那人肩上的淺棕毛髮波浪起伏。法蘭可轉過頭來，看見男孩站在陽光和陰影的交界處。

「天哪！」法蘭可驚聲低呼：「他撐過來了！」隨即推開艾蕾克莎，急急忙忙站了起來。推開的瞬間發出了濕漉漉的抽離聲。「威克托！」他大喊：「蕾娜蒂！」聲音在白殿的走道和房間裡迴盪。「快來人啊！快！」

米凱爾望著艾蕾克莎裸裎的身軀，她大喇喇躺著，絲毫沒有遮掩的意思，皮膚上覆著一層薄薄的水珠閃閃發亮。「威克托！蕾娜蒂！」法蘭可叫個不停：「他還活著！他還活著！」

第三章

九月下旬的某天早上，威克托對米凱爾說：「跟我來。」於是他便踩著威克托的影子，兩人一齊離開了陽光飽滿的房間，來到白殿裡一處還很陰涼的地下。米凱爾穿著蕾娜蒂替他做的鹿皮袍子，拉了拉肩膀將袍子收緊，跟著威克托繼續往下走。過去幾週，米凱爾察覺他的眼睛很快就能適應黑暗，陽光下看東西更是清晰異常，連一百米外的橡樹上有幾片葉子紅了都數得出來。然而，威克托還是有東西要給男孩看，在這漆黑的地下深處。他停下腳步，拿起一支用熊脂和破布作成的火把，放進他之前生好的小火堆裡將它點燃。火光閃爍，脂肪燃燒的香味讓米凱爾口水直流。兩人往下走到一條甬道，兩邊滿是長袍修士留下的壁畫，依然沒有褪色。狹窄的甬道直通一道拱門，過了鐵門便是一間寬敞的廳室，米凱爾抬頭見不到天花板。威克托說：「到了，在那裡別動。」米凱爾聽話照辦，威克托開始繞著廳室走。火把照亮了石書架，架上擺滿了厚重的皮革書，足足有幾百冊。不，米凱爾想，不只幾百冊。房裡所有空間都塞滿了書，連地上也堆了好幾疊。

「這就是。」威克托輕聲說：「一百年前住在這裡的修士在做的事，抄寫和儲存手稿，總共三千四百三十九卷。」他語帶驕傲，彷彿提到心愛的孩子。「神學、歷史、建築、工程、數學、語言、哲學……統統都有。」他拿著火炬往橫一揮，微微笑道：「看得出來，修士沒什麼社交生活。把手伸出來。」

「我的……手嗎？」

「沒錯，你知道，就是長在手臂尾端的東西。伸出來。」

米凱爾抬起雙手對著火光。

威克托細細打量一番，咕噥一聲點點頭。「你這是讀書人的手。」他說：「顯然出身尊貴，是吧？」

米凱爾聳聳肩，不知道他在說什麼。

「你被照顧得很好。」威克托接著說：「生在貴族之家。」他見過米凱爾的雙親和姊姊穿的衣服，都是高級品，不過這會兒都成了火把用的破布了。他舉起自己修長的手對著火光。「我曾經在基輔大學教書，很久以前了。」他說，話裡沒有哀傷，只是回憶過往。「教語言，德文、英文和法文。」他眼裡閃過一道陰冷的光芒。「其實就是用三種語言討生活，養活妻兒罷了。俄國人對心靈這東西不怎麼講究。」

威克托繼續往前，用火把照亮架上的書，接著說道：「當然，要殺人有更省事的方法，但我想所有政府都幾乎一個樣，全都貪婪短視。擁有心靈卻不知道要用，是人類的詛咒。」他停下腳步，從架上輕輕取出一冊書，沒有封底，羊皮紙頁也跟書背分家了。「柏拉圖的《理想國》。」他說：「俄文的，謝天謝地，我不懂希臘文。」他嗅了嗅裝幀，彷彿在聞高級香水，接著將書放回原位。「凱撒大帝編年史、哥白尼地動說、但丁的《神曲》、馬可孛羅遊記……這些大門就在我們身邊，帶我們通往三千年來的世界。」他用火炬小心繞圈，舉起手指到嘴邊低聲說道：「噓！只要安靜，你就能在黑暗中聽見鑰匙轉動的聲音。」

米凱爾豎耳傾聽。他聽見試探式的刮擦聲，但不是鑰匙插入鎖孔，而是老鼠在這大房間裡走動。

「唉。」威克托聳聳肩說，繼續瀏覽架子上的書。「現在這些書都是我的了。」他又露出那抹微笑。「我可以不客氣地說，我是世上藏書最多的狼人。」

「你的太太和小孩。」米凱爾問：「他們在哪裡？」

「死了，兩個都死了。」威克托停下來撥掉幾本書上的蜘蛛網。「在我失去教職之後餓死的。你知道，政治立場的問題。我的想法激怒了某人，於是全家人四處漂泊了一陣子，乞討維生。」他凝望火把，米凱爾看見他的琥珀色眼眸映著火光閃閃發亮。「我不是很擅長乞討。」他低聲說：「他們死後，我就剩一個人了。我決定離開俄羅斯，或許去英國，那裡的人比較有教養。我途經這座森林，結果……被一隻狼咬了。他叫做古斯塔夫，是我的老師。」他移動火把，讓火光照著米凱爾。「我兒子頭髮也是黑色的，跟你一樣，不過年紀大一點。十一歲。他是很好的孩子。」火把飄移，威克托跟著火光在廳室裡走。「你已經經歷了許多，米凱爾，但還有很長的路要走。你聽過狼人的故事嗎？所有小孩都應該聽過這個故事，嚇得睡不著覺。」

「聽過，先生。」米凱爾答道。父親曾經跟他和艾莉西亞說過狼人的故事，告訴他們有些人受到詛咒變成了狼，會將羊碎屍萬段。

「那些故事都是假的。」威克托說：「滿月根本沒有關係，夜晚也是。我們想要變身隨時都行……但需要時間和練習才能控制自如。你已經完成第一步，接下來就是第二步。我們當中有些人可以選擇式改變，你知道是什麼意思嗎？」

「不知道，先生。」

「我們可以控制哪個部位先改變，例如手先變成腳爪，或臉和牙齒先變。重點是控制身體和心靈，米凱爾。失控對狼來說是很恐怖的，對人也是。就像我說的，你必須學會控制，而這件事一點都不簡單，就算學得會，也得花上好幾年。」

米凱爾一心二用，一邊聽威克托說話，另一邊聽老鼠在暗處窸窣走動。

「你有讀過解剖學的書嗎？」威克托從架上取下一本厚書問道。米凱爾一臉茫然望著他。「解剖學，研究人體的學問。」威克托翻譯道：「這本書是德文寫的，有大腦的插圖。我們體內的病毒，還有我們為什麼能變身，一般人卻不行，這一切我一直在思考。我覺得病毒影響了我們大腦內部，某個埋藏很久、應該要被遺忘的部份。」他語氣開始興奮，彷彿重新站到了大學講台上。「這本書——」他將解剖學的書放回架上，拿下另一冊說：「是心靈哲學，中世紀的手稿。作者認為人的大腦有許多層，最核心是動物本能，你也可以說是獸性——」

米凱爾無法專心。那老鼠窸窸窣窣、窸窸窣窣。他飢腸轆轆，肚子像空洞的銅鈴咕嚕嚕響個不停。

「病毒解放的就是那個部份。米凱爾，我們對自己頭皮底下這部神奇機器的了解實在太少了！你懂我的意思嗎？」

米凱爾其實聽不太懂。這些野獸啊、大腦的，統統在他心裡留不下印象。他四下張望，所有感官都在搜索：窸窸窣窣、窸窸窣窣。

「只要你想要，就能擁有三千個世界。」威克托說：「只要你想學，我就當你的鑰匙。」

「學？」他暫時放下飢餓。「學什麼？」

威克托的耐心用完了。「你又不是白痴！不要一副白痴樣！注意聽好：我想教你這些書裡的東西！還有我對世界的理解！教你語言，法文、英文、德文，然後是歷史和數學，還有——」

「為什麼？」米凱爾插話道。蕾娜蒂跟他說他這輩子跟他們其他人一樣，都要以白殿和這片森林為家了。他問：「既然我要永遠待在這裡，學那些東西有什麼用？」

「什麼用！」威克托模仿他的語氣，恨恨哼了一聲。

「他竟然問有什麼用！」他大步逼到米凱爾面前，揮舞著火把說：「當狼是一件美好的事，是奇蹟。但我們出生時是人，不可以放棄人性，即使人這個字有時是丟臉的代名詞，我們也不能放棄。你知道我為什麼沒有一直當狼嗎？為什麼不從早到晚窩在森林裡？」米凱爾搖搖頭。威克托接著說：「因為一旦變成狼，就會以狼的速度老化，當狼一年，變回人就會老七歲。我雖然很喜歡狼的自由、氣味和……各種神奇，但我更愛活著。我希望活得愈久愈好，而且我想求知。我的腦袋渴望知識。沒錯，我們要學會像狼一樣跑，但也要學會像人一樣思考。」他拍拍自己光禿禿的腦袋。「不這麼做，就是糟蹋奇蹟。」

米凱爾望著火光照到的書，感覺每一本都很厚、很髒。怎麼可能有人讀得完那麼厚的書，更何況全部看完？

「我是老師。」威克托說：「讓我教你。」

米凱爾陷入長考。那些書感覺又大又嚴厲，讓他不由得有些害怕。父親也收藏了許多書，但比較薄，而且書名是燙金的。他想起了他和艾莉西亞的家教瑪各妲。那位豐滿的灰髮女士總是搭著輕便馬車到他家，上課時諄諄告誡他們，認識世界很重要，這樣迷路或迷失了才找得到方向。米凱爾從來不曾像現在這麼地迷惘。他聳聳肩，還是有點擔心。他向來不喜歡作業。他又猶豫了一會兒，才點頭說：「好吧。」

「很好！呿，真希望那些穿著亞麻上衣的大學董事們就在這裡。」威克托牙癢癢地說：「我一定把他們的心臟剜出來，要他們瞧瞧自己的心臟怎麼跳！」他聽著房裡那位不速之客窸窣走動。「第一課不在書上。你肚子在咕嚕叫，我也餓了。把那隻老鼠找出來，我們好好吃一頓。」他拿起火把敲打地面，打得火星四濺，直到火把熄了。

廳室裡一片漆黑，米凱爾努力豎起耳朵，但心跳聲如轟雷，讓他無法專心。老鼠只要夠大，將是肥美多汁的佳餚，這隻應該夠吃兩餐。雷娜蒂拿老鼠給他吃過，嚐起來像精瘦的雞肉，而且鼠腦很甜美。他在黑暗中緩緩四下張望，側著頭留意細微的聲響。老鼠依然窸窸窣窣，但很難確定牠的位置。

「降到老鼠的位置。」威克托建議道：「學老鼠思考。」

米凱爾匍匐前進，肩膀碰到了東西，是一疊書。書翻倒在地，他聽見老鼠從對面牆邊跑過，爪子劃過石地板沙沙作響。從右往左跑，米凱爾心想。希望是。他的肚子咕嚕叫，聲音大得嚇人，他聽見威克托笑了。老鼠停下來靜觀其變。米凱爾仰起頭趴在地上，一股刺鼻的酸味朝他撲來。老鼠嚇得失禁了。那味道清楚點出老鼠的位置，簡直跟提燈一樣亮，但米凱爾不曉得為什麼。他看見身旁還有很多疊書，邊緣微微發著灰光。雖然還是看不到老鼠，但他看得見對面牆上的書本和石架。假如我是老鼠，米凱爾心想，我一定會鑽到角落，背部不受攻擊的地方。米凱爾匍匐向前，慢慢……慢慢……

他聽見十米外傳來低沉而規律的砰砰聲——是威克托的心跳，他自己的脈搏更是震耳欲聾。米凱爾待在原地，直到脈搏聲不再喧騰。他左右轉頭，仔細諦聽。

那裡。答答答地急促響著，有如小型的手錶，在他右側大約六米。不用說一定在角落，在一疊凌亂堆置、邊緣微亮的書本後方。米凱爾朝那角落爬去，動作安靜迂迴。

他聽見老鼠的心跳變快了。老鼠有第六感，而且聞得到他。不久，米凱爾也聞到老鼠毛髮上的塵埃味，非常確定牠在哪裡。老鼠動也不動，但心跳聲顯示牠打算衝出掩蔽處，沿著牆邊逃走。米凱爾繼續一吋吋慢慢逼近。他聽見老鼠爪子窸窣作響，隨即一道模糊的光影閃過，老鼠拚命往前，想要穿越房間到對面角落。

米凱爾只知道自己餓壞了，想抓到那隻老鼠，腦袋卻早已自行運作，依據冷酷的動物理性算出了老鼠的方向與速度。他朝左撲去，老鼠尖叫一閃，從他的指尖前閃開，隨即轉變方向，有如一道灰色火光從他面前跑過。米凱爾直覺朝右方伸手一抓，攫住了老鼠的脖子。

老鼠拚命掙扎，張嘴想咬米凱爾。牠體型龐大，而且強壯，眼看再過幾秒鐘就要掙脫了。米凱爾決定痛下殺手。

他張嘴用牙齒鉗住老鼠的頭，從牠又小又硬的頸子咬了下去。

他的牙齒發揮了作用。他心裡沒有憤怒與氣恨，只有飢餓。他聽見骨頭碎裂聲，隨即感覺溫熱的鮮血湧進嘴裡。他將最後一條肌肉咬斷，老鼠頭滾進了他嘴裡，老鼠雙腿抖了幾下，但力氣愈來愈小。這場不公平的戰鬥就這麼結束了。

「很好。」威克托說，但語氣很快轉回嚴厲。「那老鼠慢得跟肚子裡塞滿糕餅的老太婆一樣，你竟然差五公分就要讓牠逃掉了。」

米凱爾將咬下的老鼠頭吐到手上，看威克托朝他走來，身影微微發亮。識相的人就會將最好的肉獻給威克托，米凱爾舉起手掌。

「頭是你的。」威克托拿走溫熱的無頭鼠屍，這麼跟他說。

米凱爾東咬西啃，最後總算撬開了老鼠的頭顱。大腦的滋味讓他想起曾經吃過的蕃薯派。那已經恍如隔世了。

威克托從脖子根到尾巴一把扒開老鼠屍體，深吸了一口肉和血的濃烈氣味，接著用手指剜出腸子，將脂肪和肉跟骨頭分開，分了一部分給米凱爾。米凱爾感激地接下了。

兩個男人一長一幼，在漆黑的房裡品嚐鼠肉，書架上的文明之聲在他們身旁悠悠迴盪。

第四章

流金韶光浮現了銀白的色澤，森林白霜閃閃，樹木葉子落盡，光禿禿地迎著強風兀自矗立。今年的冬天會很難熬，蕾娜蒂看著變厚的樹皮這麼說。第一場雪落在十月初，為白殿覆上了一層雪白。

十一月寒風呼嘯，大雪如散彈飛射，威克托一幫人躲在宮殿深處，圍著柴火依偎取暖，火不能太大，也不能熄。米凱爾覺得四肢無力，很想多睡一點，但威克托一直拿書裡的問題塞滿他的腦袋。他沒想到這世界上竟然有這麼多問題，連做夢都會夢到問號。不久，他開始夢到外語，德文和英文，因為威克托不斷逼他反覆練習，不給他任何喘息。但米凱爾的腦袋變靈光了，本能也是。他在學習。

艾蕾克莎大腹便便，經常整天蜷縮著，其他同伴捕到獵物總會多分她一點。他們從來不在米凱爾的面前變身，總是雙腳直立走上石階和走廊，出了宮殿才會四腳奔跑。他們有時會帶回血淋淋的肉，有時則是一臉鬱悶空手而歸。但宮殿裡老鼠很多，常被柴火的溫暖吸引過來，很容易捉。米凱爾知道自己是他們的一份子，也接受了，卻還是覺得他是原來的那個自己：感覺寒冷，經常難受到可憐的人類男孩。他的大腦和骨頭還是不時劇痛，幾乎讓他飆淚。幾乎。他有幾次痛得猛吸脖子，但威克托和蕾娜蒂的目光告訴他沒資格哭，除非他腸裡也長了蟲子。

但改變對他依然是個謎。跟這群人住在一個屋簷下是一回事，但徹底成為他們就另當別論了。他們是怎麼改變的？米凱爾滿腹疑問，讓他要回答的問題更多了。他們會像跳進冰冷黑暗的水裡一樣，先深吸一口氣嗎？還是拉長身子撐破人類的皮膚，讓體內的狼破繭而出？他們是怎麼辦到的？沒有人主動告訴他，而米凱爾身為菜鳥，又膽小得不敢問。他只知道每回聽見他們捕獲獵物後發出狼嗥，聲音迴盪在下雪的森林之上，總是聽得熱血沸騰。

暴風雪從北方襲來，在牆外的遠方咆哮。鮑莉用尖細的嗓音唱起民謠，描述鳥兒在群星之間翱翔，而她的紅髮弟弟貝爾義則拿著棍子敲打節拍。風雪壓境，日日夜夜怒吼高唱，柴火失去了熱度，所有人節衣縮食，肚子也開始唱歌。威克托、尼契塔和貝爾義不得不頂著風雪出去狩獵。他們去了三天三夜，威克托和尼契塔帶回了一頭半結凍的公鹿屍體，但貝爾義沒有回來。他去追獵一頭馴鹿，威克托和尼契塔最後見到他，他正忽左忽右追著獵物，就這樣消失在了風雪中。

鮑莉哭了很久，其他人讓她盡情發洩。不過，她沒哭到食不下嚥，拿到帶血的肉還是和大夥兒（包括米凱爾）一樣狼吞虎嚥。這讓米凱爾學到另一課：無論遇到多大的悲劇、多慘的折磨，日子依然要過。

某天早上，米凱爾醒來聽見四下一片靜寂。暴風雪走了。他跟著其他人走上石階穿越房間，地板上堆了殘雪，頭頂上方的樹枝也是。殿外陽光耀眼，雪白大地上天色蔚藍。威克托、尼契塔和法蘭可在雪中剷出一條通道通往宮殿中庭，米凱爾隨著其他人一起走出去享受凜冽清新的空氣。

他用力呼吸，直到肺部發燙。陽光熾烈，卻無法融化白雪分毫。暮冬森林的絕美景緻讓米凱爾看得如癡如醉，突然一顆雪球擊中他的腦袋，嚇了他一跳。

「丟得好！」威克托大喊：「再來一顆！」尼契塔面帶微笑，又捧起了一把雪，弓起手臂準備攻擊，但扔的瞬間忽然轉身將雪球朝六米外的法蘭可扔去，打中了他的臉。

「混帳！」法蘭可大罵，開始挖雪做雪球。蕾娜蒂揮手一扔，雪球擦過尼契塔的腦袋，鮑莉則是正中紅心，雪球打在了艾蕾克莎臉上。艾蕾克莎跌坐在雪地上，捧著大肚子一邊吐雪，一邊哈哈大笑。

「妳想打仗是吧？」尼契塔咧嘴笑著朝蕾娜蒂喊道：「我奉陪到底！」說完便拿雪球朝蕾娜蒂砸去，擊中了她的肩膀。米凱爾躲在蕾娜蒂背後偷襲法蘭可，雪球砸在他兩眼中間，讓他踉蹌後退了幾步。「你這個小……畜生！」法蘭可大吼，威克托面露微笑，冷靜低頭一閃，雪球從他頭上飛過。法蘭可和鮑莉同時出擊，蕾娜蒂身上連中兩球。米凱爾將凍麻的手伸進雪裡，準備再次發動攻擊。尼契塔低身閃過蕾娜蒂的轟炸，手忙腳亂爬到新雪還沒被人碰過的地方，兩手深深插進雪裡，準備一次做兩顆雪球。

但他撈出來的不是雪，而是冰凍發紅、嚴重受損的東西。

蕾娜蒂的笑聲戛然而止。法蘭可的雪球打在她肩膀上，但她只是愣愣望著尼契塔拿著的東西。米凱爾手上的雪滑落地面，鮑莉驚呼一聲，臉上和頭髮都在滴水。

尼契塔從雪裡撈出來的，是一隻被肢解的斷手，青得有如拋光的珠寶，而且少了兩根手指。大拇指和食指萎縮內彎，還殘留著腳爪的形狀，手背上覆著一層紅色細毛。

鮑莉上前一步，然後又往前一步，膝蓋以下陷進雪裡。她眨眨眼睛，一臉震驚，接著哽咽著喊了一聲：「貝爾義……」

「帶她回殿裡。」威克托對蕾娜蒂說。蕾娜蒂立刻抓住鮑莉的手臂，想帶她回到殿裡，但鮑莉掙脫了。「進去。」威克托對她說，同時向前一步擋住她，不讓她看見尼契塔和法蘭可從雪裡挖出什麼。「快點！」

鮑莉雙腳發軟，艾蕾克莎抓住她另一隻手臂，和蕾娜蒂一起攙著眼神宛如夢遊的鮑莉走回殿裡。

米凱爾正想跟著回去，但威克托厲聲說：「你想去哪裡？快過來幫忙！」說完便跪下來跟尼契塔和法蘭可一起挖雪，米凱爾也湊到旁邊，發著抖貢獻自己微薄的力氣。

埋在雪裡的骨頭凌亂暗紅，沾滿了乾涸的血塊。肉幾乎都被扯掉了，只剩下幾片肌肉。威克托很快察覺當中有些是人骨，有些是狼骨。直到死前，貝爾義的身體還在人狼之間拉扯。「你看。」法蘭可舉起一塊鎖骨殘骸說。骨頭上有幾道很深的刮痕。

威克托點點頭說：「獸牙。」他們又看到更多證據，肱骨有很深的鑿痕、脊骨的斷面凹凸不平，顯示攻擊者的下顎非常有力。

最後，尼契塔撥開了夯實的積雪，找到了頭顱。

貝爾義頭皮沒了，顱骨碎裂，大腦也被挖空了，但臉還在，只是缺了下顎，被扯掉了，舌頭也被連根拔斷。他兩眼圓睜，臉頰和額頭覆著紅毛。尼契塔將頭顱拿開前，那雙眼就這麼瞅著米凱爾。米凱爾在那茫然的眼中見到了徹底的驚恐。他撇開頭後退了幾步，全身顫抖，但這回不是因為冷。

法蘭可拾起一根腿骨檢視缺口，骨頭上還黏著幾絲凍結的肌肉。「對方力道很強。」他默默地說：「一口就把腿咬斷了。」

「兩隻手臂也是。」尼契塔說。他坐在雪地上，望著陳列身旁的骸骨。陽光照得貝爾義臉上光影斑駁，僅剩一隻的眼皮上的雪開始融化。一滴雪水有如淚珠滑落他發青的臉頰，讓米凱爾看得恐懼又著迷。

威克托起身，兩眼閃著怒火，雙拳緊握緩緩掃視四面八方。米凱爾很確定威克托心裡在想什麼：他們不再是森林中唯一的狩獵者了。有人在注意他們，而且知道他們棲身何處。那東西咬斷了貝爾義的骨頭，拔舌挖腦，還將遺骸送回這裡奚落他們，甚至意圖挑釁。

「把屍體裹好。」威克托脫下鹿皮斗篷遞給法蘭可說。「別讓鮑莉見到。」說完便刻意裸著身子，昂首闊步朝森林走去。

「你要去哪裡？」尼契塔問道。

「追人。」威克托答道，雙腳踩在雪上窸窣作響，隨即拔足狂奔，在雪地上留下長長的身影。米凱爾見他穿梭在樹木和多刺的灌木叢之間，灰髮在他壯碩白皙的背上飛舞，看見他脊椎開始彎曲，接著便消失在林中。

尼契塔和法蘭可將骸骨收到斗篷裡，最後才將缺了下巴、無聲尖叫著的頭顱放了進去。法蘭可起身，將裹著骨頭的斗篷挾在腋下，臉色憔悴陰暗。他癟著嘴望著米凱爾，嘲弄地說：「你拿吧，毛小子。」說完便將斗篷塞進米凱爾懷裡。男孩被那重量一壓，立刻跪在了地上。

尼契塔想伸手幫忙，但法蘭可抓住那蒙古人的手臂說：「讓毛小子扛吧，誰叫他這麼想成為我們的一份子！」

米凱爾望著法蘭可，在他眼中見到了訕笑，等著看他出糗。他感覺一把火從心底竄起，爆裂成滿腔怒氣，讓他肌肉緊繃，捧著斗篷站不起來，才起身一半就腳底打滑又跌回地上。法蘭可往前走了幾步，不耐地說：「快點！」尼契塔不情願地跟了上去。米凱爾咬牙掙扎，手臂痠痛，但他嚐過痛的滋味，這點痠疼根本不算什麼。他不要讓法蘭可看笑話，不要讓任何人看笑話，絕不。他一口氣站起來，將貝爾義的骨骸抱個滿懷，搖搖晃晃往前走。

「別人說什麼就做什麼，這才是乖小子。」法蘭可說。尼契塔伸手想接過骨骸，但米凱爾不肯，堅持抱著沈重的斗篷朝白殿走去。他聞到貝爾義遺體上結凍血塊發出的銅味，還有鹿皮的味道，比血腥味更重、更甜一些，加上威克托帶著麝香的鹹鹹汗臭。但冰冷的空氣中還有另一個味道，在他走到殿門口時飄過他的鼻前。那氣味原始狂野，帶著殘酷與狡詐。是動物的氣味，但跟米凱爾這群人的味道不同，天差地遠。他發現味道是從貝爾義的骨骸上發出的，是屠殺他的那頭野獸的臊味，而威克托此刻便是循著這股氣味，在暴風雪雕鑿出來的平緩大地上追捕兇手。

一場惡鬥是免不了了。米凱爾感覺背上像是被人抓了一爪。法蘭可和尼契塔也感覺到了。他們左右逼視樹林，張大所有感官急速蒐集和研判訊息，這已經是他們的第二天性了。貝爾義不是他們當中最壯的，但動作敏捷、頭腦機靈，將他碎屍萬段的傢伙顯然比他更快、更聰明。那野獸就在某處，森林裡的某個地方，靜靜觀察他們，看看他們對他送上的死亡大禮會是什麼反應。

米凱爾蹣跚跨過門檻走進殿裡，看見鮑莉跟蕾娜蒂和艾蕾克莎站在一起。她望著他懷裡的斗篷，發出無言的喘息。蕾娜莉立刻上前接過裹著骨骸的斗篷，挾著它離開了。

日落星出，在夜空中熠熠生輝。白殿地底，一小堆柴火劈啪燃燒，米凱爾和其他人圍在火前依偎等待。殿外風起，呼嘯掃進走道。他們繼續等待，但威克托始終沒有回來。

第五部　捕鼠器

第一章

三月廿九日清晨六點，麥克葛勒頓穿上深灰色德軍制服、長統靴和繡有通訊連徽章的軍帽，在胸前別上該有的勳章：挪威、列寧格勒前線和史達林格勒勳章，披上深灰色軍大衣。他的證件看得出來出自專家之手，用酸劑讓大頭照由新變舊，紙張發黃，上面註明他官拜上校，負責維持巴黎及諾曼第沿岸各據點的通話線與轉接暢通。他在奧地利南部一個叫布勞格多瑙的小鎮出生，和妻子拉娜育有二個兒子，完全服膺希特勒的政治主張，就算不崇拜納粹主義，也對德意志帝國忠心不二。他曾在戰場上負傷，一九四二年遭到一名俄國游擊隊員伏擊，被手榴彈的碎片炸傷，眼睛下方的疤痕便是明證。他在大衣下佩了皮革槍套，還有一隻使用多年但保養得當的魯格手槍，口袋裡塞了兩支彈夾，貼著心臟。他帶著一只瑞士銀質懷錶，上頭刻著獵人槍殺公鹿的圖案，身上沒有一處出現英國羊毛，連襪子都沒有。其餘需要知道的都在他腦袋裡：進出巴黎的路線、亞當住處附近的複雜街道、亞當上班的辦公樓，還有亞當其貌不揚的會計師長相。麥克跟博利・麥卡倫享用了豐盛的培根蛋早餐，灌了一杯濃烈的法式黑咖啡，接著便預備出發了。

麥卡倫套著黑衛士蘇格蘭裙，有如圍著長巾的巍峨大山，身旁跟著一名黑髮法國青年（麥卡倫叫他安德烈），兩人帶著麥克走過狹長潮濕的甬道。長統靴是某位陣亡德國軍官的，踩在石頭上喀喀作響。三人在甬道裡走著，麥卡倫低聲說話，把握最後時間交代細節。他語氣緊張，麥克不發一言專心聽著，這些細節都已經在他腦中了。他很高興一切都照計畫進行。接下來就是如履薄冰了。

銀懷錶是個有趣的機關。輕敲兩下上鍊柄軸，假的錶背就會掀開，裡面的小空格藏了一顆小膠囊，看起來小得不足以致命，但氰化物的毒性又快又急。麥克同意攜帶膠囊，原因很簡單，這是軍情局的不成文規定。雖然他可不打算被蓋世太保活捉，但帶著膠囊似乎讓麥卡倫放心一些，因此他還是帶著了。說來意外，他和麥卡倫兩天下來竟然成了不錯的夥伴。麥卡倫是撲克牌高手，只要沒在抽考麥克關於假身份的細節，就是拚命贏他德州撲克。不過，有一件事讓麥克頗為失望，就是他今天沒見到蓋比。由於麥卡倫沒提到她，因此他想蓋比應該回到前線去出任務了。再見了，他在心裡用法文說，祝妳好運。

蘇格蘭人和年輕的法國游擊隊員帶麥克走上石階，來到一個小洞穴。洞穴裡點著幾盞綠色罩燈，一輛黑色賓士旅行車閃閃發亮，美到極點，麥克完全看不出彈孔補過和烤漆的痕跡。他用戴著手套的手撫過擋泥板。「漂亮吧？」麥卡倫看穿了他的心思，這麼問道。「德國人真是會做車，沒話講。呿，那些混球滿腦子齒輪和傳動裝置，忘了裝大腦，你還能期待什麼？」他比了比駕駛座，只見裡頭坐了一個人。「安德烈，好司機一個，對巴黎瞭若指掌，簡直像在那裡出生一樣。」說完他輕敲車窗，司機點了點頭，隨即發動引擎。引擎發出沙啞的低吼，麥卡倫打開後車門讓麥克上車，年輕的法國人則是拔掉門閂，推開洞穴入口的雙開門。剎時晨光大亮，年輕的法國人迅速將賓士車前方的釘刺移開。

麥卡倫伸出手，麥克緊緊握住。「小子，你自己多保重了。」蘇格蘭人說：「替黑衛士軍團好好教訓他們，懂嗎？」

「行！」麥克用德文答道，說完便靠在高貴的黑色皮座椅上。司機鬆開手煞車，將車駛出洞穴。車子一走，釘刺立刻擺回原位，棕綠色迷彩大門再次關上，重新變回凹凸不平的山壁。賓士車在林間小路穿梭，接到一條車轍明顯的鄉間道路，司機往左轉。

麥克嗅了嗅，聞到皮革、新上的烤漆、機油和一絲火藥味，還有蘋果酒香。啊，太好了，他心想，臉上浮現了微笑。他望向窗外，打量著藍天和海浪般的卷雲。「麥卡倫知道嗎？」他問蓋比。

蓋比從後照鏡瞄了他一眼。她將黑髮紮好藏在駕駛兵帽裡，並在制服外披了一件寬外套。他用那逼人的綠色眼眸回望著她。「不知道。」她說：「他以為我昨晚就回前線了。」

「妳怎麼沒回去？」

蓋比想了一會兒，操縱方向盤駛過一段顛簸的路面。「我的任務是帶你到你要去的地方。」她說。

「妳帶我見到麥卡倫，任務就結束了。」

「那是你的看法，不是我的。」

「麥卡倫替我安排了司機，他人呢？」

蓋比聳聳肩。「他覺得……這任務太危險了。」

「妳熟巴黎嗎？」

「夠熟了，不熟我可以查地圖。」說完她又從後照鏡瞄他一眼。他依然望著她。「我可不是從小到大都待在鄉下。」

「要是遇到臨檢，德國佬會怎麼想？」他問她：「我想漂亮女孩開軍車應該不常見吧？」

「許多軍官都有女駕駛。」她將注意力放回路上。「不是秘書，就是情人，包括法國妞。有女司機會讓你更受尊敬。」

他很好奇蓋比是何時下定決心的。她任務已了，顯然不需要這麼做。是他們一起泡冰水澡的那天晚上？還是後來，他們一起享用餿掉的麵包和紅酒的時候？唔，她是專業的，很清楚此行面對著何種危險，萬一被逮了又會下場如何。麥克望著窗外翠綠的鄉間景緻，心想她的氰化物膠囊不知道藏在哪裡。

蓋比開到一處路口，泥巴路和鋪了瀝青的碎石路在此交會。通往「燈火之城」的馬路。她右轉經過一處農田，法國農人們正在捆紮乾草。他們停下手邊的工作，倚著耙子注視德軍黑頭車從眼前駛過。蓋比技術很好，車速很穩，目光不時掃向後照鏡，隨即回到路前方。她開車的樣子彷彿後座載著德軍上校要去某處，卻不急著趕到一樣。

過了六、七分鐘，她默默地說：「我不漂亮。」

麥克伸出戴著手套的手摀嘴偷笑，靠回座椅上繼續享受旅程。

兩人不再交談，只有賓士車上了油的引擎客氣低鳴著。蓋比不時瞄他一眼，試著搞清楚他身上哪一點讓她想要——不對，是需要和他同行。沒錯，她必須承認，但當然不是對他，而是對收藏秘密的樹洞講。很有可能，她推想，是她已經很久沒有熱血沸騰了，而對付納粹坦克讓她再次情緒激昂。當然還有其他小事，不過這才是導火線。因為她在一個行動果決的男人身邊，很有本事的男人，一個……好人。她還年輕，還不到看不穿人格的年紀。後座坐著的這男人很特別。他身上有種殘酷……甚至獸性，這是他工作性質的一部分，但她看出他冷若冰霜的眼裡帶著溫柔，帶著某種優雅，和決心。蓋比覺得他是紳士，如果這世上還有配得上這稱號的人的話。總之，他需要她的協助。她可以帶他進出巴黎，這才是重點，不是嗎？

她瞄了左後照鏡一眼，心臟差點沒跳出來。

一輛德國寶馬雙座機車從後方急速駛近。

她雙手握緊方向盤，賓士車因為這個動作微微晃了一下。

車身一晃，麥克立刻挺起腰桿，聽見機車高昂的引擎聲。聲音很熟悉，上回聽見是在北非的沙漠。「在後面。」蓋比語氣緊繃，但麥克已經回頭窺望，發現機車就快追上了。他手伸到魯格槍上。不行，還沒，他心想，要冷靜。

蓋比沒有減速，也沒加重油門，而是維持原速。以她脈搏狂跳的速度來看，算是成就驚人了。她看見機車駕駛戴著頭盔，和副座乘客一樣戴著有色護目鏡，兩人像殺手一般緊追不捨。她腳邊藏了一把上了膛的魯格手槍，必要時可以立刻拔槍朝窗外射擊。

麥克說：「繼續開。」說完又靠回座椅上靜靜等待。

雙座機車開到賓士車後方，離他們大約兩米。蓋比看了看後照鏡，發現側座乘客揮手示意。「他們要我們停車。」她說：「要嗎？」

麥克只考慮了兩秒。「好。」這決定是對是錯，他很快就會知道了。

蓋比開始減速，雙座機車也慢了下來。她將笨重的賓士停到路邊，機車駕駛開到他們旁邊才熄掉引擎。麥克說：「別說話。」隨即氣憤搖下車窗。側座乘客制服沾滿塵土，從繡章看是中尉，已經從座位裡抽出一雙長腿，打算下車。麥克將頭探出車外，用德文咆哮：「你這白痴在搞什麼？想把我們逼出馬路是不是？」

中尉愣住了。「不，長官。抱歉，長官。」他看見麥克的上校徽章，講話結巴了起來。

「嘖，別站在那裡發呆！有什麼事？」麥克一手按著魯格手槍說。

「對不起，長官。希特勒萬歲！」中尉畏畏縮縮地行了納粹禮，麥克連舉手回禮都省了。「您要去哪裡？」

「問這個幹嘛？中尉，你想調去挖壕溝是嗎？」

「不是，長官！」年輕中尉滿臉塵土，面色憔悴發白，戴著深色護目鏡讓他眼睛鼓得像凸眼昆蟲。「抱歉打斷您的行程，但我職責在身，必須——」

「職責在身？什麼職責？當個蠢蛋嗎？」麥克尋找槍的蹤影。年輕中尉身上沒有槍套，武器可能擺在側座裡；機車駕駛手上、身上也沒看到槍。這樣最好。

「不是，長官。」看到年輕中尉微微顫抖，麥克突然可憐起他來。「我受命警告所有士官兵，往亞眠的道路今天凌晨被轟炸了，不曉得您聽說沒有？」

「我聽說了。」麥克說，決定賭它一把。

「敵軍炸了幾輛補給車，損失不重。」年輕中尉接著說道：「但有消息說，天氣這麼晴朗，肯定會有更多空襲。您的車……呃，蠻亮的，長官，很容易成為敵人的目標。」

「所以我該潑泥巴嗎？還是豬糞？」他繼續維持冰冷的口氣。

「不，長官，我無意冒犯。但是，長官……美軍的戰機……俯衝速度很快。」

麥克瞪著他。年輕中尉立正站好，像平民見到王室一樣。這小子絕對不到二十，麥克心想。死德國佬，拉砲灰連娃娃兵都拉來了。他將手從魯格槍上移開。「嗯，你說得對，這是當然。我很感謝你的關心，你叫……」他等對方回答。

「我叫克拉貝爾，長官！」年輕中尉渾然不覺自己剛在鬼門關前走了一遭，驕傲地說。

「謝謝你，克拉貝爾中尉，我會記住你的名字的。」麥克腦中浮現盟軍登陸後，小傢伙的名字草草刻在木十字架上，留在異鄉的小土堆上。

「是，長官！一路順風，長官！」年輕中尉再次敬禮，像人偶一樣，接著便坐回機車上。駕駛發動引擎，機車揚長而去。「等一下。」麥克對蓋比說。他等機車離開視線之後，才拍拍蓋比肩膀說：「好了，走吧。」

蓋比再次出發，依然維持剛才的車速，但除了不時檢查後照鏡，還會留意天空中有沒有銀光朝他們俯衝而來，機關槍砰砰連發。盟軍戰機通常會轟炸道路和補給據點，還有任何閃過眼前的敵軍。像今天這樣的晴朗天氣，不難想像他們會出來尋找獵物，當然包括亮晶晶的德軍黑頭車。蓋比腸胃糾結，感覺有點想吐。兩人超過幾輛乾草車，還有田裡幹活的農人，終於見到標示巴黎位置的第一個路標。過了路標再往東開了七公里左右，他們拐一個彎，發現前方出現了檢查哨。

「別緊張。」麥克悄聲說：「不用忙著煞車。」他看見八、九名拿著步槍的士兵和兩名拿著衝鋒槍的安全士官，於是再次伸手按著手槍。他捲下車窗，準備再次佯裝憤怒。

但沒必要。兩名士官見到他的軍階和亮閃閃的黑頭車就已經夠震撼了，發現駕駛是女人更是肅然起敬。例行公事，主官滿臉歉意聳聳肩說，上校應該知道這一帶有游擊隊出沒吧，所以還是得斬草除根。可以看一下您的證件嗎？安全士官說，我們會儘快查好。麥克嘀咕抱怨，說他趕不到巴黎開會了，一邊遞上證件。兩名安全士官翻閱證件，應付了事的成份多於認真檢查。麥克心想，這兩個小子要是在盟軍底下，我一定把他們踢進牢裡。大概才過三十秒，兩名士官便將證件交還給他，同時俐落敬禮，麥克和他的美女便繼續朝花都出發了。士兵移開木製路障，蓋比驅車前行，麥克聽見她終於輕吁了一口氣。

兩人離開檢查哨後，麥克說：「他們在找人，但不知道是誰。他們推測之前空降潛入的傢伙可能要去巴黎，所以派了小嘍囉出來守著。但要是都像剛才那兩個，等於把我們直接送到亞當家門口。」

「我可不敢說。」蓋比再次檢視天空，沒看到銀光。還沒。馬路也沒問題。鄉間田野平緩，不時出現零星的蘋果園和闊葉樹。拿破崙的國家，她怔怔地想。她的心跳已經不像剛才那麼劇烈了，檢查哨比她想像得容易打發。「亞當呢？」她問麥克：「你覺得他想夾帶出境的是什麼？」

「我沒想過。」

「才怪。」後照鏡中，兩人四目交會。「我敢說你一定想過很多，就跟我一樣，對吧？」

這樣的對話很不謹慎，兩人都很清楚。知道愈多、折磨愈多，萬一兩人落到蓋世太保手中的話，但蓋比就是想知道。麥克說：「對。」這麼說還不夠。蓋比默不作聲，繼續等待。麥克雙手交握說：「我想，亞當顯然認為自己找到的東西非常重要，就算犧牲許多人的性命也要偷運出來。我的上級也這麼想，否則我就不會在這裡了，更別提妳叔叔也不會犧牲了。」他看見她身體微微一震。她很堅強，但不是鐵石心腸。「亞當是專業的，他知道自己在做什麼，也曉得哪些情報值得為之而死，好打贏這場仗，或打敗。部隊調動和補給路線很容易掌握，只要解讀全法國十幾名幹員的無線電密碼就行了。但亞當手上的情報只有他知道，而蓋世太保死命封鎖，這表示那情報比我們平常弄到的消息重要好幾倍，至少亞當這麼認為，否則就不會求援了。」

「那你呢？」蓋比問道。他眉毛一挑，不懂她的意思。「你會為了什麼而死？」蓋比又從後照鏡瞄了他一眼，隨即撇開視線。

「我希望我這輩子都不會知道。」他朝她微微一笑，但她的問題刺一樣地扎穿了他的心。他當然願意為任務而死，這很明白，但那是訓練有素的機械回答，不是人性的反應。身為一個人，或半人半獸，他願意為什麼而死？人類的政治糾葛？某種狹隘的自由觀？愛情？還是勝利？他仔細思考，但找不到簡單的答案。

忽然間，他回過神來，聽見蓋比低低「喔」了一聲。只見兩人正前方，通往巴黎的筆直大道上出現了一處檢查哨，十幾名士兵荷槍實彈，一輛裝甲車載著火砲，還有一輛黑色雪鐵龍停在路旁。除了蓋世太保，還有誰會開那種車？

一名手持衝鋒槍的士兵揮手要他們停車。所有人轉頭眺望，一名頭戴黑帽、身披嗶嘰長大衣的男子走到路中央站著。蓋比踩下煞車，有點太用力了。「穩住。」麥克說。賓士車放慢速度，麥克摘下手套。

第二章

站在搖下的車窗外打量麥克葛勒頓的男子有著淺藍色眼眸，淡得彷彿褪去了顏色，雕像般的臉龐帶著北歐運動員的俊美，可能是滑雪選手，麥克心想，或者是標槍或長跑選手。男子眼角有細細的魚尾紋，金髮鬢角略微發白，黑皮帽側邊別了一支鮮艷的紅羽毛。「早安，上校。」他說：「恐怕要耽擱您幾分鐘，麻煩出示證件。」

「最好別耽擱太久。」麥克冷冷地說，對方依然保持客氣的淺笑。麥克伸手到大衣裡拿證件，發現一名士兵逕自站到了賓士車的另一邊，微微舉起衝鋒槍對著車窗。麥克覺得喉嚨一緊。那士兵用槍設下了防火線，麥克只要探手掏槍，肯定會被打成蜂窩。

蓋比雙手放在方向盤上，蓋世太保接過證件，從車窗外看著蓋比說：「還有妳的證件，謝謝。」

「她是我的秘書。」麥克說。

「當然，但我必須檢查她的證件。」男子聳聳肩。「您知道的，規定就是規定。」

蓋比伸手從外套裡取出證件。昨天變造的，在她決定跟麥克去巴黎之後。她略略點頭，將證件遞了出去。

「謝謝。」蓋世太保開始檢查相片及文件。麥卡觀察男子的臉。冷酷的表情下是藏不住的聰明與狡黠。這傢伙不是笨蛋，而且見多識廣。麥克朝路旁瞥了一眼，發現克拉貝爾中尉和機車駕駛站在一旁。駕駛埋頭檢查引擎，而另一名蓋世太保正在檢查克拉貝爾的證件。

「出了什麼事？」麥克問。

「您沒聽說嗎？」金髮男子放下證件，露出徵詢的目光。

「聽說了就不會問了。」

「您負責通訊勤務，沒聽說還真是奇怪。」男子淺淺一笑，微微露出獵殺者般的方正白牙。「但您一定知道三天前的晚上有人空降在這一帶，並且在巴藏古村的游擊隊員協助下脫逃了，其中還包括一名女性。」他目光飄向蓋比。「小姐，妳會說德文嗎？」他用法文問道。

「一點點。」蓋比回答，語氣冷靜沉著。麥克敬佩她的勇敢。她直直望著對方，毫不畏縮。「你要我說什麼？」

「妳的證件會替妳說話。」男子繼續檢查，不急著看完。

「你叫什麼名字？」麥克決定主動出擊。「這樣我們到了巴黎要申訴你，才知道要寫誰。」

「海因茲。海因茲約爾曼，別名里希特。」男子繼續檢查證件，絲毫不受威脅影響。「上校，您長官是誰？」

「希特勒。」麥克說。

「喔，那當然。」男子又露齒微笑。那牙齒看起來很能撕肉。「我是指您的直屬長官。」

麥克手心冒汗，但不再心跳劇烈。一切都在他掌控之下，不必著急。他匆匆瞄了車子另一邊的士兵，看見他依然舉槍待命，手指扣著扳機。「我的長官是十四區通訊指揮官腓特烈波姆少將，駐紮在艾伯維爾，無線電代碼高帽。」

「謝謝，我現在就用無線電聯絡波姆少將，大概要十分鐘。」男子比了比裝甲車說道。

「請便，我敢說他一定很想知道我為何會被盤查。」麥克抬頭瞪著約爾曼，兩人目光交會，就這麼盯著對方，沉默的對峙逼得蓋比就快尖叫了。

約爾曼微微一笑，撇開了視線。他低頭檢視上校和秘書的相片，森冷的眼眸突然一亮，對麥克說：「啊，您是奧地利人！從布勞格多瑙來的，對吧？」

「沒錯。」

「喔，天哪！我知道那個地方！」

蓋比覺得肚子像是挨了一拳。她的槍。就在腳邊。她有辦法在士兵朝她掃射之前拿到槍嗎？她覺得沒辦法，所以沒有動作。

「我有一個表弟住在埃森！」約爾曼說，臉上依然掛著笑。「就在您老家西邊。我路過布勞格多瑙幾回，那裡的冬季嘉年華非常棒。」

「的確。」這傢伙是滑雪的，麥克心想。

「那兒山上雪況很好，雪很密實，不大需要擔心雪崩。謝謝妳，小姐。」他將證件還給蓋比。蓋比接過證件收好，發現車旁多了兩名士兵，湊過來想瞧瞧她。約爾曼小心翼翼將麥克的證件折好。「對了，我還記得布勞格多瑙的噴泉，冰王和冰后的雕像就在那裡。」他露齒微笑。「是吧？」

「你可能記錯了，約爾曼先生。」麥克伸手去拿證件。「布勞格多瑙沒有噴泉。我想我該繼續趕路了。」

「是嗎？」約爾曼聳聳肩說：「那我想我可能真的搞錯了。」他將證件交到麥克手上，麥克暗呼好險，幸好麥卡倫交代布勞格多瑙的地理和歷史時，他沒有心不在焉。他手抓著證件，但約爾曼沒有鬆手。「我沒有表弟在埃森，上校。」他對麥克說：「撒個小謊，希望您原諒我的放肆。不過呢，我曾經去那一帶滑過雪，很漂亮的地方。那裡有一個滑雪道赫赫有名，在埃森北方二十公里左右。」他的笑容又回來了，散發著恐怖的愉悅。「您一定知道，祖父峰，對吧？」

他知道了，麥克心想，他嗅出我身上的英國味了。麥克覺得自己如臨深淵，走錯一步就是千刀萬剮。可惡，他為什麼沒把槍拿出來放座椅上，身體旁邊？約爾曼在等他回答，頭微微側向一邊，紅色羽毛隨風搖晃。

「約爾曼先生？」拿著衝鋒槍的士兵說道，語氣很緊張。「約爾曼先生，您最好——」

「對。」麥克答道，覺得胃部搐縮。「祖父峰。」

約爾曼笑容一凜。「喔，不對，我說錯了，是祖母峰。」

「約爾曼先生！」那名士兵喊道，另外兩名士兵放聲大叫，朝樹林奔去。裝甲車引擎發動，隆隆作響，約爾曼抬頭張望。「到底怎麼——」話沒說完，他便聽見尖銳的嗚嗚聲，麥克也聽見了。

約爾曼轉頭一看，發現一道銀色閃光對著檢查哨直撲而來。

是戰機，麥克意識到，俯衝得極快。拿著衝鋒槍的士兵大喊：「找掩護！」說完便奔向路旁。約爾曼氣急敗壞吼道：「等一下！等等！你們！」但士兵繼續逃向樹林，裝甲車像鐵做的蟑螂慌忙閃躲。約爾曼大聲咒罵，伸手到大衣裡拿手槍，隨即轉身瞄準冒充的上校。

但麥克手上多出了一把魯格槍。約爾曼才剛舉槍，麥克已經槍口對準約爾曼的臉扣下扳機。

空中傳來「呼」的一聲，有如雪崩來襲，機翼的機關槍噠噠掃射，魯格槍的聲響就這麼被更大的噪音蓋了過去。兩排子彈打在路上，掃過賓士車兩旁，打得路面火花四射。海因茲里希特約爾曼，這位前蓋世太保，額頭上多了一個冒煙的彈孔，就在時髦的皮帽下方。麥克一手抓著證件，戰機的影子掃過路面，約爾曼往後踉蹌幾步跪在了地上，鮮血開始滑下他寫滿驚詫的臉龐。他往前仆倒，沾滿灰白腦漿的帽子掉在地上，戰機的熱氣流吹飛了紅羽毛，配著皮帽有如血淋淋的驚嘆號。

「克拉貝爾！」麥克大喊。機車駕駛發不動引擎，年輕中尉正往樹林跑。他轉頭望向賓士車。

「這人中彈了！」麥克說：「快叫醫護兵過來！但先把該死的路障移開！」

克拉貝爾和駕駛兵猶豫不決，很想先找掩護躲避戰機的下一波低空掃射。「動作快！」麥克大聲喝令，那兩名德國官兵連忙跑了過去，將路障拉到一旁。克拉貝爾戴著護目鏡抬頭張望，麥克聽見戰機發出了死神般的嗚嗚，再次俯衝攻擊。「快走！」他對蓋比說。蓋比猛踩油門，車子衝了出去，從克拉貝爾、駕駛兵和路障前呼嘯而過。那兩名德國佬朝樹林奔去，其他士兵都已經躲到了那裡。蓋比全速前進，麥克回頭窺看，只見兩道機翼映著陽光閃閃發亮。是美軍，P-47雷霆戰鬥機，而且似乎瞄準賓士車而來。他看見機關槍閃出火光，子彈沿馬路射來，濺起兩道砂石。蓋比猛往左轉，車從馬路衝向草地，麥克覺得尾椎「砰」地重重撞了一下。蓋比努力控制方向盤。我們中彈了，她心想，但引擎依然隆隆作響，於是她繼續加速。沙土灌進車裡，讓麥克眼前朦了幾秒。視線恢復後，麥克發現兩道陽光從車頂破洞射了進來，後擋風玻璃也缺了一塊，跟他拳頭一樣大，玻璃碎片散落在他身旁的座椅上，還有一些在他大衣皺摺裡閃著光。蓋比看見雷霆戰機急旋迴轉，機翼劃出兩道光芒，她大喊：「戰機回來了！」

他千里迢迢來到這裡，可不是給美軍戰機當靶子打的。「去那裡！」他攫住蓋比肩膀，指著右方的蘋果園說。

蓋比猛轉方向盤，車子橫越馬路衝向一道單薄的木籬笆，前保險桿砰的一聲撞了上去，籬笆應聲碎裂。他們掠過廢棄的乾草車，衝到果園的樹蔭下。三秒鐘後，雷霆戰鬥機從空中呼嘯而過，子彈打得樹枝和白花苞四散飛濺，但沒擊中車子。蓋比停下賓士，拉起手煞車。她心臟猛跳，喉嚨沾了沙又刺又癢。她望著車頂的彈孔，還有副座及車地板上的兩個洞，心中有股模糊、做夢般的感覺，她想或許是驚嚇後慢慢浮現的悚慄感。她閉上眼睛，低頭靠著方向盤。

戰機再次隆隆掃過他們上空，但這回沒有槍聲。麥克肌肉放鬆下來。他看著雷霆戰鬥機掉頭向西，鎖定下個目標，可能是士兵或裝甲車，隨即加速俯衝。機關槍噠噠作響，接著戰機迅速拉高，朝西對準海岸直飛而去。

第三章

「沒事了。」確定戰機離開後，麥克說。他深呼吸幾口氣讓自己鎮定下來，聞到泥土、自己的汗味和蘋果花苞的甜香。車外白花遍地，還不停飄落。蓋比不停地咳嗽，麥克傾身向前抓住她肩膀，將她從方向盤上拉開。「妳還好嗎？」他語帶憂心，蓋比點點頭，兩眼迷濛泛著淚光。麥克鬆了一口氣。他很怕她中彈了，這樣一來任務就麻煩大了。「還好。」蓋比稍微恢復了一些，她說：「我沒事，只是有土卡在喉嚨。」說完又咳了幾次。剛才這場遭遇，最可怕的就是她只能聽天由命，完全無法開槍反擊。

「我們最好快點出發，他們很快就會發現約爾曼頭上的彈孔是手槍打的，不是機槍打的。」

蓋比提起精神，用意志力熨平了焦躁的神經。她放下手煞車，順著原路將賓士車從草地倒回碎石路上，朝東駛去。散熱器輕輕喀啦作響，但其他指針顯示汽油、機油和水箱都沒問題。麥克像狼一樣全神凝望天空，但不再見到飛機劃過藍天，後面也沒有追兵。他心想（其實是希望）那些德國士兵和另一名蓋世太保還沒從驚嚇中恢復過來。道路在車輪下迤邐連延，路面突然就從碎石變成了柏油，路標指示此去巴黎還有八公里。他們沒再遇到檢查哨，兩人都如釋重負，但還是遇到不少輛進出巴黎的運兵車。

不久，路旁開始出現高大優雅的行道樹，路也由小變寬。最後一間木造農舍過了之後，先是石造和磚造平房，接著是灰色的樓房，上頭的雪白雕飾有如糕點上的糖霜。前方，陽光照得巴黎璀璨明亮，教堂尖頂和紀念碑有如金黃的長針，精雕細琢的樓房叢聚簇擁，跟所有大城一樣，卻帶著數百年的榮光。艾菲爾鐵塔巍峨矗立，背後的浮雲如法國蕾絲般細緻，蒙馬特的拱頂經年曝曬後深淺不同，有如畫家的調色盤紅紅棕棕。賓士車駛上立著小天使像的石橋，橫越淡綠的塞納河，麥克聞到青苔和魚的土味。過了貝赫提耶大道，人車變多了。花都有幾條環形大道，貝赫提耶是其中之一，依拿破崙麾下的一名元帥命名。但蓋比面不改色，直接加入雪鐵龍汽車、馬車、單車和行人的混戰中。不過，大多數人見到氣派的黑頭車，都自動讓出路來。

蓋比駕車在巴黎街道上穿梭。她一手握著方向盤，另一手揮趕路人和車輛，麥克則是恣意品嚐花都的芬芳。煙味、路旁咖啡館飄來的牛角麵包和咖啡清香、清潔隊員剷除馬糞時撩起的草味，上千種氣息混合交融，有如嗅覺的饗宴，令人心神蕩漾。麥克幾乎被巴黎的氣味淹沒了，跟他造訪其他城市一樣。這裡的生活氣息濃烈而懾人，跟他在倫敦聞到的潮濕多霧完全不同。他看見許多人交談，卻少有笑容，遑論開懷大笑，因為街上有德國士兵荷槍巡邏，咖啡館裡坐著納粹軍官。軍官們斜靠座椅啜飲濃縮咖啡，散發著征服者的自在。許多樓房掛著納粹標語，在大理石像高舉的手臂和乞憐的臉孔上方迎風翻飛。路口有德國士兵指揮交通，還有幾條街道設了路障，德文告示寫著：小心，禁止進入。麥克心想，故意不用法語不只傷人，更是羞辱，難怪賓士車駛過時，許多人一臉慍怒。

除了一般人車，街上還有許多繪有卐字的卡車，炸彈開花似的衝開單車車陣蝸速前進，使得馬路更壅塞了。麥克見到幾輛軍卡，車上滿載士兵，甚至還見到兩輛坦克停在路邊，士兵們抽著煙曬太陽。所有景象都表示德國人自認為不會走了，法國人可以照常生活，但韁繩牢牢抓在征服者手中。他看見一群年輕士兵跟幾名女孩搭訕，一名軍官挺直腰桿讓小男孩擦皮靴，另一名軍官大聲斥罵，旁邊一名侍者拿著抹布驚慌擦拭，因為裝著白酒的水瓶打翻了。麥克靠著座椅，消化自己見到、聽到和嗅到的一切，感覺燈火之城籠罩著一道沈重的陰影。賓士慢了下來，蓋比摁喇叭催促騎著單車的市民讓開。麥克聞到馬臊味，轉頭看見一名憲兵騎馬在他左方，馬的眼罩上繡著納粹圖案。憲兵朝他敬禮。

麥克草草點頭回禮，心裡希望把這傢伙拖到林子裡，一分鐘就好。

蓋比往東走巴蒂尼奧勒大道，穿過公寓和洛可可建築密佈的街區繼續直行，過了克利希大道改往北走，接著右轉進入昆東街。這一帶的馬路由粗糙的棕石鋪成，住戶窗外繩子上掛著衣服，建築外牆的粉臘褪色了，有些還有裂縫，露出一塊塊古老的黏土磚，有如發黃的肋骨。這裡單車少了，也沒有露天咖啡館或梵谷們在街頭賣藝。房子喝醉似的歪歪斜斜靠在一起，孤苦相依，連空氣中都飄著苦澀的酒味。蔭涼角落有人影望著黑頭車駛過，眼神跟偽幣一樣黯淡。車身揚起的微風吹動了水溝裡的舊報紙，泛黃的紙頁在骯髒的人行道上空飛舞。

蓋比迅速開過這些街道，到了視線不佳的路口也幾乎沒有減速。她左轉、右轉，幾條街後再次左轉。麥克看見扭曲的路牌上寫著拉法吉街。「到了。」蓋比說完放慢車速，打了方向燈。

兩名中年男子拉起入口的門閂，將門打開。進去是一條石子巷，只比賓士車寬個幾吋。麥克以為車會刮花，但蓋比俐落駛進巷裡，兩側都沒碰到。兩名男子關上入口，蓋比繼續往前，將車駛入屋頂微凹的綠色車庫，對麥克說：「下車吧。」隨即關掉引擎。麥克下了車，一名棕臉白髮、滿臉皺紋的男子大步走來，用法文說了句：「請跟我來。」說完便急忙往前。麥克跟了上去，回頭發現蓋比正打開後車廂取出一只棕色手提箱，關上車廂蓋，再將車庫關上。先前開門的其中一名男子拴上鐵鍊和掛鎖，將鑰匙收進了口袋。

「麻煩快點。」白髮男子催促麥克，聲音親切但很堅決。麥克的長統靴踩在鵝卵石上喀喀作響，在寂靜中大聲迴盪。他四周的歪斜房子裡沒有人打開窗戶。白髮男子肩膀寬闊，手臂和粗工一樣壯。兩人來到一道鐵門前，門的頂端焊了矛尖。白髮男子拉開門閂，麥克跟著他穿過一座小玫瑰園，從後門走進一棟跟知更鳥蛋一樣藍的樓房。門裡是一條狹窄的走道和搖晃的階梯。兩人上到二樓，打開另一扇門，白髮男子示意他進去。麥克走進房裡，地板上鋪著五顏六色的百納地毯，空氣中飄著濃濃的新鮮麵包和水煮洋蔥的味道。

「歡迎來我們家。」忽然有人說話了，麥克立刻轉頭去看，發現是一位嬌小柔弱的老婦人，花白頭髮紮成長辮子，淺藍洋裝、紅方格圍裙，圓框眼鏡下一雙深棕色的眼眸，看盡一切卻什麼也不透露。她面帶微笑，心形臉上爬滿了皺紋，牙齒是淡茶色。「請把衣服脫了。」

「衣服……脫了？」

「對，那套噁心的制服，請脫掉。」

替車庫上鎖的男子帶著蓋比走進門。老婦人看了蓋比一眼，麥克發現婦人臉色一變。「他們說是兩個男的。」

「她沒問題。」麥克說：「麥卡倫——」

「不准說出名字。」老婦人厲聲打斷他：「他們說是兩個男的，司機和乘客各一個，為什麼不是？」她兩眼有如槍管指向了蓋比。

「計畫變了。」蓋比對她說：「我決定——」

「計畫變了就會壞了計畫，妳有什麼資格做決定？」

「我說了，她沒問題。」麥克對老婦人說，這回輪到他被瞪了。跟他們上來的兩名男子站在他背後，麥克覺得他們一定有槍，心裡想，兩人一左一右，要是他們掏槍，我就各給他們一肘。「我敢替她擔保。」他說。

「那誰又能替你擔保呢，綠眼先生？」老婦人問：「這麼做太不專業了。」她反覆打量麥克和蓋比，最後盯住了那女孩。「哈！」老婦人點點頭。「妳愛上他了，是吧？」

「才沒有！」蓋比滿臉通紅。

「嘖，也許現在人不用這個詞了吧。」老婦人又露出微笑，但笑得很淡。「但愛就是愛。綠眼的，我叫你把制服脫了。」

「如果橫豎要被槍抵著，那我寧可穿著褲子死。」

老婦人啞然失笑道：「我看你的槍通常都是脫了褲子的時候用的吧？」說完朝麥克撇撇手。「脫吧，沒有人會開槍打死誰，至少今天不會。」

麥克脫下大衣，其中一名男子接了過去，將內裡撕開。另一人拿走蓋比的手提箱放到桌上，將鎖打開，翻弄她帶來的便服。老婦人扯下麥克胸前的史達林格勒戰役勳章，拿到燈下仔細檢查。「這玩意兒連瞎子都騙不過！」她冷笑道。

「那是真貨。」蓋比冷靜地說。

「哦？妳又知道了，小甜心？」

「我知道。」蓋比說：「因為是我割斷對方喉嚨，從他身上拔下來的。」

「妳厲害。」老婦人放下勳章。「他就慘了。妳也把制服脫了，小甜心。快點，我年紀大了，沒時間跟你們耗。」

麥克脫了，脫得只剩內衣，蓋比也是。「你毛真多。」老婦人打量道：「你父親是動物嗎？」接著對其中一名男子說：「幫他拿新的衣服和鞋子來。」男子走到另一個房間，老婦人拿起麥克的魯格手槍嗅了嗅槍管，皺起鼻子。她發現槍最近用過。「你們在路上有遇到麻煩嗎？」

「出了點小狀況。」麥克說。

「我不想知道細節。」她拿起銀懷錶，摁了上鍊柄軸兩下，錶背掀開後，她望著裡頭的膠囊，嘴裡嘟囔一聲，蓋上錶背將懷錶還給麥克。「你可能想帶著這個，這年頭知道時間很重要。」

白髮男拿了一疊衣服和一雙磨損的黑鞋回來。「我們用無線電問了你的身材大小。」老婦人說：「但以為來的是兩個男的。」她指了指蓋比手提箱裡的東西。

「妳自己帶衣服來了，是吧？很好。我們沒有替你們準備平民證，在巴黎太容易追查了。不管你們哪一個被逮到……」她目光嚴厲望著麥克。「別忘了用那只錶。」她等麥克點點頭表示懂了才接著說：「你們不會再見到這些制服和那輛賓士，我們會準備單車。非得要車的話，我們再談。我們錢不多，但朋友很多。你們一律叫我卡蜜兒，而且只能跟我交談，不准跟這兩位先生說話。」她指了指那兩名法國男子。兩人正在收拾制服，放到有蓋的籃子裡。「手槍拿著。」她對麥克說：「那東西很難弄到。」她瞪了蓋比幾秒，彷彿在惦她的斤兩，接著轉頭看著麥克。「我想你們兩個都不是新手了。我不在乎你們是誰、做了什麼，重點是許多人的性命寄望在你們身上，寄望你們在巴黎行事用大腦，而且小心。我們會盡力幫忙，但只要你們被逮，一切跟我們無關，這樣清楚嗎？」

「非常清楚。」麥克答道。

「很好。你們需要休息的話，房間從這裡去。」卡蜜兒指了指走廊和盡頭的門，接著說：「我正在煮洋蔥湯，想喝的話請便。」

麥克拿起放在桌上的衣服和鞋子，蓋比關上手提箱拎了起來。卡蜜兒說：「你們兩個小毛頭安份點。」一說完便轉身走進小廚房，照顧鑄鐵爐上的鍋子去了。

「妳先請。」麥克說。兩人一前一後從走廊步向新的落腳處。蓋比推門而入，門樞吱嘎作響。房裡一張四柱床鋪著白色被子，一張相形之下顯得遜色的行軍床，床上擺了綠色毯子，空間雖小但很乾淨，除了天窗還有一扇對外窗，正對著那些醉得東倒西歪的粉蠟樓房。

蓋比理所當然地將手提箱放在四柱床上，麥克看了看行軍床，彷彿聽見自己的背在哀號。他走到窗邊將窗子打開，深吸了一口巴黎的空氣。他仍然只穿著內衣，蓋比也是，但似乎沒什麼好急的，不用急著穿上衣服，也不必急著脫掉——如果進展到那一步的話。蓋比躺到床上，用乾爽的亞麻被子蓋著身體，望著麥克站在窗邊的背影，讓目光在他肌肉、光滑的背和黑毛濃密的修長雙腿上遊走。

「我想睡一會兒。」她將被子拉到下巴說。

「請便。」

「這張床上躺不下兩個人。」

「當然躺不下。」麥克同意道。他瞄了她一眼，發現她黑髮已經不再挽好塞在帽子裡，而是披垂下來，有如細緻的扇子覆在鵝毛枕頭上。

「就算我縮著身子也沒辦法。」蓋比說：「所以你一定得睡行軍床。」

「嗯，我會的。」

她挪好位置，底下的鵝毛墊服服貼貼，被子涼爽，飄著淡淡的丁香。麥克一進房就聞到了。蓋比這才察覺自己有多疲憊。她清晨五點就醒，前一晚也睡不安穩。她心裡想，我為什麼會跟這個男的來這裡？她對他幾乎一無所知，或者應該說，根本就一無所知。他對她算什麼？她想著這些事，眼皮漸漸闔上，張開時赫然發現他就站在床邊低頭望著她，近得讓她肌膚顫慄。

她一隻腿從被子下溜了出來。麥克手指滑過她的腳踝，讓她起了雞皮疙瘩。接著他輕輕握住她的腳踝，將她的腿推回飄著香氣的被子裡。那一剎那她感覺他的手指彷彿在她皮膚留下了烙印。「睡飽一點。」他說，接著套上一條膝蓋有補丁的咖啡色長褲。蓋比坐起身子，拉高被子遮著胸部說：「你要去哪裡？」

「去喝碗湯。」麥克答道：「我肚子餓了。」說完他便轉身走到門口，將門輕輕帶上之後離開了。

蓋比躺回床上，但睡不著，體內一團火燃燒著，神經煩躁。一定是之前躲避戰機餘悸猶存，她這麼告訴自己。經歷過那種事之後，誰還睡得著？他們能活著實在走運，明天……嘖，明天的事明天就曉得了，總是這樣的。

她伸手到床邊將行軍床拉近了一些。他不會發現的。蓋比心滿意足，裹著羽毛被讓她昏昏欲睡，不由得閉上了眼睛。戰機的影子和機關槍的聲響在她腦中迴盪了幾分鐘，隨即像不好的白日夢一般煙消雲散。

她睡著了。

第四章

麥克跳下單車，彈簧低鳴了幾聲。他將生鏽的寶獅牌單車靠在路燈上，站在貝勒維爾街和庇里牛斯街口就著昏黃燈光看了看懷錶。九點四十三分。卡蜜兒說宵禁十一點正開始，那些粗魯凶悍的混帳德國憲兵就會在街上巡邏。他低頭看著錶，蓋比緩緩從他面前騎過，彎入庇里牛斯街繼續往東南騎，隨即消失在黑暗中。

他周圍的公寓樓房之前幾乎都是優雅的住家，牆面綴著雕飾，此刻只有幾扇窗子透著鬼祟的燈光。街上很安靜，只有幾輛三輪車和一兩輛馬車。麥克和蓋比一路從蒙馬特穿梭街道而來，途中見到不少德國士兵鬧哄哄在街上走著，或像喝醉的地主在露天咖啡座高聲喧嘩。兩人還見到幾輛運兵車和裝甲車匆匆駛過石子鋪成的路面，但換上了新偽裝的他們，從頭到尾都沒人注意。麥克穿著那條補丁褲、藍襯衫、曾經時髦的深棕色燈芯絨外套、那雙磨損的黑皮鞋和棕帽子。蓋比穿著寬黑褲和黃上衣，外加一件臃腫的灰毛衣蓋住她的魯格槍。兩人看起來就像生活拮据、只想著下一餐、無暇引領歐洲時尚的巴黎老百姓裝扮。

麥克又等了幾秒鐘，接著才跨上單車朝蓋比的方向騎去。他經過一個個年老憂傷的石美人，發現許多雕像都殘缺不全，有些從底座被連根拔起，可能被偷去裝飾納粹的住處了。麥克緩緩前行，一輛馬車從對面駛過，馬蹄踏在路上喀喀作響。麥克騎到路標顯示為托巴街的路口，右轉繼續騎。

這裡的建築密集擁擠，幾乎見不到燈光，雖然曾經富有，如今卻飄著凋敗崩毀的氣象，有些窗子破了用膠帶貼補，許多外牆雕飾不是掉落就是被取走了，讓麥克聯想到雙腿腫大、青筋暴露的芭蕾舞孃。幾尊無頭雕像立在噴泉中央，水池乾了，只有些許垃圾和舊報紙。一面石牆上塗著囂張的卐字標記，還有幾個德文大字，DEUTSCHLAND SIEGT AN ALLEN FRONTEN，意思是德軍全面勝利。麥克從大字前經過，心裡嘀咕一句：等著瞧吧。

他認得這條街，之前在地圖上仔細研究過。往前右方會出現一棟灰色樓房，石階從路邊直上大門，過去曾經氣派，現在台階都裂了。他也認得那棟房子。他一邊騎著一邊抬頭張望，看見二樓角窗的百葉縫隙微微透著燈光。八號。亞當就住在那間公寓裡。麥克沒有轉頭看，但曉得對面灰石樓房裡有蓋世太保派來的盯梢。街上沒有行人，蓋比已經騎到前面去等他了。麥克從亞當的公寓前方騎過，感覺有人在監視他。

可能從對面樓房屋頂，也可能在某扇漆黑的窗後。這是捕鼠器，麥克心想。亞當是乳酪，而貓群正摩拳擦掌。

他停止踩踏，讓單車滑過龜裂的路面，眼角瞄到左手邊火光一閃，有人站在一道門前劃了火柴點煙。火柴熄滅，白煙飄起。喵，麥克想。他低著頭繼續騎，發現右前方有一條小巷，便騎到巷口彎了進去，接著又往前騎了六米左右才停下來，將單車靠在灰磚牆上，走回巷口，蹲伏在一堆廢棄瓶罐旁，望著站在門前抽煙的那個蓋世太保。夜色中，小紅光點亮亮暗暗，麥克看見那人黑衣黑帽，身影泛著微微的藍光。七、八分鐘過去，一道亮光吸引了麥克的注意。他抬頭望向三樓的窗戶，只見有人將黑窗簾撩開五、六公分，幾秒後隨即放下，燈光也跟著消失。

麥克推斷蓋世太保應該是分組盯梢，廿四小時監視亞當的住處。從三樓窗戶可以清楚看見整條托巴街，還有進出對面公寓的任何人。他們可能還在亞當住處裝了竊聽裝置，電話也一定受到監聽。因此，亞當和他的接頭一定是在他上班途中碰面，但有蓋世太保一路跟蹤，他們是怎麼辦到的？

麥克起身退回巷子裡，眼睛還是盯著抽菸的傢伙。那人沒看見他，神態輕鬆甚至有些百無聊賴地在街上左右張望。麥克又往後退了兩步。這時，他聞到了。

冷汗的味道。

有人在他背後，動作很輕，但麥克察覺到了，因為他聽到了淺而急促的呼吸聲。

突然，一把刀抵在了他背上。「錢拿來。」男子用德文腔很重的法文說。

是搶匪，麥克心想，暗巷搶劫。他身上沒有皮夾，而打鬥只會撞翻瓶罐引起蓋世太保的注意，於是他當機立斷，挺直身子用德文低聲說道：「你想死嗎？」

對方愣了一下，接著說：「我說……錢拿……」

他沒把話說完，因為嚇啞了。

「別用刀子抵著我。」麥克鎮定地說：「否則三秒內你就沒命了。」

一秒、兩秒，麥克繃緊肌肉，準備回身突襲。

抵著他的刀不見了。

他聽見小偷拔腿狂奔，朝巷子另一頭的中國路跑去。他起先想說別追了，但心裡突然念頭一閃，一發不可遏制，便轉身追了上去。小偷跑得很快，但還不夠快，來不及跑到中國路就被麥克伸手一抓，抓住了他骯髒大衣的擺盪衣擺，害他連人帶衣往後摔，差點連鞋都掉了。小偷身高不到一米六，轉頭咒罵一聲，拿刀隨便亂刺，麥克一個手刀打在他手腕上，打得他手指發麻，刀子應聲掉落。麥克抓起小個子搶匪重重一推，將他架在灰磚牆上。

小偷兩眼暴凸，有如兩灘淺藍死水被一頭棕色髒髮遮著。麥克抓著他領子，一手摀住他的嘴和鬍碴斑駁的下巴，低喝一句：「安靜！」巷子裡一隻貓尖叫一聲，逃到了角落裡。「別掙扎。」麥克依然用德文說：「你哪兒都別想去。我要問你幾個問題，你給我老實回答，聽懂沒有？」

小偷嚇得渾身發抖，點了點頭。

「很好，我現在要鬆開你的嘴巴，你要是敢叫，我就扭斷你脖子。」說完他猛搖對方幾下以示警告，隨即放開手。小偷低聲呻吟。「你是德國人嗎？」麥克問，小偷點點頭。「逃兵？」小偷沉默片刻，然後點點頭。「你在巴黎多久了？」

「六個月了。拜託……求求你放我走，我沒有捅你，對吧？」

這傢伙竟然有辦法躲過其他德國人，在巴黎呆了六個月。這是好現象，麥克想。「別唉。這六個月你除了捅人還做了什麼？到市場偷麵包？隨處偷些水果？偶爾偷派吃？」

「對，沒錯，就是這樣。求求你……我當兵不行，神經衰弱。求求你放了我吧，好嗎？」

「不行。你還會扒東西嗎？」

「偶爾，必要的時候。」小偷瞇起眼睛。「等等，你是誰？你不是憲兵，你想做什麼？」

麥克置之不理。「你扒東西厲害嗎？」

小偷咧嘴微笑，露出不該這時顯露的凶狠。在鬍碴和混跡街頭的污垢下，是一張年近五十的臉。納粹真的沒人了。「我還活著，不是嗎？你到底是誰？」他突然眼神一亮。「啊，我真笨，你是地下組織的，對吧？」

「只有我能問問題。你是納粹嗎？」

那人冷笑一聲，朝巷子的石頭路面啐了口痰。「你喜歡被狗幹嗎？」

麥克淺淺一笑。他和小偷或許立場不同，有些看法倒是一致。他放下對方，一手仍然牢牢抓著他骯髒的衣領。這時，蓋比騎著車從中國路彎進巷子裡，壓低嗓子焦急地說：「嘿，出了什麼事？」

「我逮到一個人。」麥克說：「或許對我們有用。」

「你說我？對地下組織有用？哈！」小個子想扳開麥克的手，但麥克手指掐緊。「你們兩個去死吧！我才不管咧！」

「我要是你就會小聲點。」麥克朝托巴街撇了撇頭說：「那條街上站了一名蓋世太保，大樓裡說不定還有一大票。我想你應該不希望惹他們注意，是吧？」

「你們也一樣！」那人反駁道：「你想怎麼樣？」

「我有件差事要給扒手做。」麥克說。

「什麼？」蓋比跳下單車問：「你想怎麼樣？」

「我需要某人靈活的手指。」麥克狠狠瞅著小偷接著說：「但不是拿東西，而是放東西。」

「你瘋了！」小偷說道，臉上露出譏諷的表情，讓他眉毛深鎖的醜臉更醜陋了。「或許該叫蓋世太保的不是你，是我，好甩掉你這個瘋子！」

「請便。」麥克說。

小偷滿臉怒容，看了看蓋比又看了看麥克，最後肩膀一垮說：「唉，管他的。」

「你多久沒吃飯了？」

「我不知道，一天吧。怎樣？你有啤酒和香腸嗎？」

「沒有，只有洋蔥湯。」麥克聽見蓋比倒抽一口氣。她知道他在打什麼算盤了。「你是走路來的嗎？」

「我的車停在那邊巷口。」小偷用拇指比了比中國路的方向。「這一帶是我幹活的地方。」

「你要跟我們一起走。我們會騎在你左右兩邊，你要是敢叫警察或惹什麼麻煩，我們就會殺了你。」

「我幹嘛跟你們走，反正你們橫豎會殺了我？」

「也許。」麥克說：「也許不會，但至少你死的時候不會餓肚子。再說……我們或許能在費用上做一點安排。」他看見那人凹陷的眼裡閃過一絲興趣，知道自己押對寶了。「你叫什麼名字？」

小偷沒說話，還是不放心。他左右看了小巷一眼，彷彿怕有人偷聽，接著才說：「茂森菲爾德，艾爾諾茂森菲爾德，之前是伙房兵。」

茂森，麥克心想，德文的發音……「我就叫你老鼠吧。」他說：「讓我們趁宵禁之前上路吧。」

第五章

卡蜜兒氣壞了，原本的慈祥模樣消逝無蹤，眼裡閃著怒火，臉龐更是從白髮尾端到下巴都氣得通紅。「你竟然帶德國佬來我家！」她近乎痙攣似的尖叫：「我要把你當叛徒宰了！」她瞪了麥克一眼，接著狠狠盯著艾爾諾茂森菲爾德，彷彿那小個子是她從鞋底刮掉的髒污。「你！給我滾出去！我這裡不是納粹流浪漢的收容！」

「夫人，我不是納粹。」老鼠義正詞嚴反駁道。他拚命挺直身子，卻還是比法國老婦人矮了七、八公分。「也不是流浪漢。」

「滾！滾出去，否則我——」卡蜜兒轉身跑到衣櫥前，將衣櫥打開，從裡頭拿出一把又舊又重的勒貝爾左輪手槍。「我就把你骯髒的腦袋轟掉！」她憤怒咆哮，高盧女性的優雅一掃而空，舉起手槍瞄準了老鼠的頭。

麥克抓住她的手腕往上抬，從她手裡搶下手槍。「別這樣。」他喝斥道：「這把老古董只會把妳自己的手打掉。」

「你故意帶納粹爪牙來我家！」卡蜜兒齜牙咧嘴吼道：「置我們的安全於險境，為什麼？」

「因為他可以幫我完成任務。」麥克說道。老鼠走進廚房，身上的衣服在燈光下顯得更髒更破。「我需要有人替我傳話給我要找的人，而且動作要快，不能吸引太多注意。我在找扒手，他就是了。」他朝那德國小個子點點頭說。

「你瘋了！」卡蜜兒說：「瘋過頭了！喔，天哪，我家裡竟然來了個瘋子！」

「我不是。」老鼠說，那張爬滿皺紋和污垢的臉龐對著卡蜜兒。「醫生說我絕對沒瘋。」他打開鍋蓋吸了一口氣。「不錯。」他說：「但味道有點淡。如果妳有辣椒粉，我可以幫妳加一點。」

「醫生？」蓋比皺眉問道：「什麼醫生？」

「瘋人院的醫生。」老鼠說。他用髒兮兮的手指撥開遮住眼睛的頭髮，再將手指伸進鍋裡。「沒錯。」他說：「最好加點辣椒粉，說不定再加點大蒜。」

「什麼瘋人院？」卡蜜兒聲音刺耳，像顫抖走音的笛子。

「就是我六個月前逃出來的地方。」老鼠說完拿了一支杓子舀起湯喝，喝得淅哩嘛嚕。所有人愣愣望著他，卡蜜兒目瞪口呆，彷彿隨時就會發出足以震碎盤子的尖叫。「在市區的西邊。」老鼠說：「專門收留腦袋壞掉或拿槍打自己腳的人。徵兵的時候，我跟他們說我神經衰弱，他們有聽嗎？」他又大聲喝了口湯，湯汁從下巴滴到衣服上。「沒有，他們完全沒聽。他們說我是伙房兵，不會見到打打殺殺，但那些混帳有提到空襲的事嗎？沒有，一個字也沒提！」他喝了一口湯，弄得兩頰都是。「你們知道希特勒的鬍子是塗上去的，對吧？」他問：「真的！那個沒屌的混蛋長不出鬍子，晚上都穿女人的衣服。大家都知道，不信去問。」

「喔，救命哪！納粹瘋子！」卡蜜兒低嘆一聲，臉色變得跟頭髮一樣白。她往後踉蹌幾步，差點跌倒，蓋比扶住了她。

「這湯要再加一顆大蒜。」老鼠咂咂嘴說：「這樣就完美了！」

「你打算怎麼做。」蓋比問麥克：「你得設法甩掉他。」說完她匆匆瞄了他手上的左輪槍一眼。

麥克葛勒頓這輩子很少犯傻，但此刻他覺得自己真蠢，竟然病急亂投醫，而且遇上的還是庸醫。老鼠拿著勺子開心喝湯，一邊打量廚房，顯然很習慣這環境。叫一個被空襲嚇得逃離精神病院的德國瘋子去找亞當，實在不大牢靠，但他還能找誰？可惡，麥克心想，我剛才為什麼不放走這傢伙？這人根本難以預測，萬一——

「你剛才提到什麼費用，我記得。」老鼠將勺子放到湯鍋裡說：「你大概是怎麼打算的？」

「費用就是把你的屍體扔到塞納河的時候，在你眼睛上放兩枚銅板啦！」卡蜜兒吼道，但蓋比要她安靜。

麥克猶豫了。這傢伙到底有用沒用？或許只有瘋子才敢執行他的計畫。不過他們只有一次機會，要是老鼠犯了錯，他們可能全會喪命。「我是英國軍情局的。」他低聲說道，老鼠繼續在廚房裡東摸西弄，卡蜜兒卻倒抽一口氣，又快昏倒了。「蓋世太保正在監視我們一名幹員，而我必須傳話給他。」

「蓋世太保。」老鼠說：「可惡的混蛋。他們人很多，到處都是。」

「我知道，所以我才需要你的協助。」

老鼠看著他，眨眨眼睛說：「我是德國人。」

「這我也知道，但你不是納粹，而且你不想回醫院了，對吧？」

「對，當然不想。」他端詳起一把平底鍋，敲了敲底部。「那裡食物太爛了。」

「還有，我猜你也不想當賊了。」麥克接著說：「如果你扒東西很行，那我要你做的事可能只需要兩秒鐘，但要是不行，就會被蓋世太保逮個正著，到時我就得把你殺了。」

老鼠望著麥克，兩隻眼睛對照他骯髒皺摺的臉顯得藍得出奇。他放下平底鍋。

「我會給你一張折好的紙。」麥克說：「你要將那張紙放到某人的外套口袋裡。我晚點會跟你描述那個人，在街上指給你看。你必須速戰速決，好像只是不小心撞到他一樣。就兩秒，不能再久。

蓋世太保會派一組人跟蹤我們的幹員，很可能沿路尾隨。你只要稍有可疑，就會被他們盯上。我和我朋友——」他朝蓋比點了點頭。「我們會在附近，有狀況會想辦法幫你，但幹員才是我的第一優先，萬一必須射殺你和蓋世太保才能保住他，我絕對不會遲疑。」

「我想也是。」老鼠說著從陶碗裡抓了一粒蘋果，邊啃邊問：「你是英國來的，對吧？恭喜了，你德文說得很好。」他目光掃了整齊的廚房一圈。「沒想到地下組織過得這麼好，我還以為你們一群法國佬都躲在臭水溝裡呢。」

「臭水溝是你這種人用的！」卡蜜兒反唇相譏，依然咄咄逼人。

「我這種人。」老鼠說著搖了搖頭。「唉，夫人，我們從一九三八年就住在臭水溝裡了，久到都愛上那股味道了。我當兵已經當了兩年四個月又十一天。他們說這是愛國情操的表現！是思想正確的德國人擴張帝國、創造新世界的機會！唯有信念堅定的血性男兒才能……嘖，你們都聽過了。」他咬到一口酸的果肉，不禁揪起臉孔。「不是所有德國人都是納粹。」他輕聲說道：「只是納粹聲音最大、勢力最強，把德國人的理智都燒壞了。所以，夫人，我知道臭水溝是什麼滋味，清楚得很。」他眼裡閃著火焰，將果核扔到桶裡，隨即盯著麥克。「但我仍然是德國人，先生，也許瘋是瘋了，卻依然熱愛祖國。或者說記憶中的祖國，而不是眼前這一個。所以，我憑什麼要幫你，讓你殺害我的同胞？」

「我是要你幫我拯救我的同胞，別讓他們被殺。要是我接觸不到那個人，死的人可能成千上萬。」

「是啦。」老鼠點點頭。「不然登陸作戰就毀了。」

「天哪！」卡蜜兒低嗚道：「這下完了！」

「所有的德軍都知道盟軍遲早會登陸。」老鼠說：「這是公開的秘密，只是沒有人知道，至少現在還沒人曉得確切的時間和地點。但登陸是跑不掉的，連我們這群幹伙房的白痴都知道。有一點很清楚，英國佬和美國佬一旦登陸，再厚的大西洋壁壘也擋不了他們。他們會一路殺到柏林，而我只能拜託上天，他們會比該死的俄國人先到。」

麥克沒有答腔。是呀，俄國人。他們從一九四三年就在東線戰場大肆反撲了。

「我老婆和兩個孩子在柏林。」老鼠輕嘆一聲，伸手抹了抹臉說：「老大參戰時才……十九歲，直接被派到東線戰場，送回來的屍骨連一個盒子都裝不滿。部隊寄了他的勳章給我，我掛在牆上，漂亮得很。」他說到這裡已經眼眶泛紅，不過隨即恢復冷酷。「萬一俄國人攻入柏林，我老婆和孩子們……嘖，不會的，他們一定會被擋住，連德國邊界都到不了。」那語氣顯然連他都不相信自己的話。

「只要照我說的去做，你或許能縮短這場戰爭。」麥克對他說：「從法國海岸到柏林可還有上千公里。」

老鼠沒有說話，只是頹然垂著雙手望著前方。

「你要多少錢？」麥克試探道。

老鼠沉思片刻，接著低聲說：「我想回家。」

「好，你需要多少錢才能回家？」

「不，我不要錢。」老鼠望著麥克說：「我要你送我去柏林，回到老婆和孩子們身邊。我從醫院逃出來後，一直想找方法離開巴黎，但每回出城沒多遠就會遇到巡邏隊。你需要扒手，我需要嚮導。這就是我的條件。」

「不可能！」蓋比說話了。「絕對辦不到！」

「等等。」麥克打斷她。反正他本來就計畫事後前往柏林，聯繫「回聲」並找到殺死瑪格莉塔公爵夫人的獵人兇手。自從夫人遇害之後，哈利山德勒在相片中踩著死獅子露齒微笑的模樣，便一直在麥克心裡徘徊不去。「我要怎麼把你送到柏林？」

「那是你的工作。」老鼠說：「我的工作是將一張紙放進某個人的口袋裡。我會辦到，而且不會出錯，但我事後要去柏林。」

這下輪到麥克陷入長考了。他自己潛入柏林是一回事，但帶著一個瘋人院的逃犯同行可是另當別論。他的直覺大聲說不，而且直覺很少出錯，但命運就是如此，再說他也沒什麼選擇。「一言為定。」他說。

「你也瘋了！」卡蜜兒哀號道：「而且跟他一樣瘋！」但語氣已經不如剛才那麼挫折，因為她看出了背後的端倪。

「我們明早行動。」麥克說：「我們的幹員早上八點三十二分離開住處，走大約十分鐘的路去上班。我會查地圖找出下手的地點，你就好好在這裡睡一晚。」

卡蜜兒又開始發怒，但沒有用。「他只能睡地板！」她咆哮道：「別想弄髒我的被子！」

「我就睡這裡吧。」老鼠比了比廚房地板說：「反正我晚上可能會肚子餓。」

卡蜜兒從麥克手中搶回左輪槍。「我要是聽到半點聲音，就格殺勿論！」

「夫人，這樣的話。」老鼠說：「我最好先說一聲，我會打呼。」

該睡了，明天大夥兒還有得忙。麥克正想回臥房，老鼠喊住他說：「嘿，慢點！你要我把紙條放進那人外套的哪裡？外口袋還是內口袋？」

「外口袋就可以，內口袋更好。」

「那就是內口袋了。」老鼠又從碗裡抓了一顆蘋果啃了一口，接著瞥向卡蜜兒。「不知道有誰能賞我一點湯喝？還是讓我餓得捱不到明天早上？」

卡蜜兒嘴裡唸唸有詞，可能在罵人，接著打開櫥櫃替他舀了一碗湯。

回到臥房，麥克脫下帽子和上衣，坐在床邊就著白蠟燭的火光研究巴黎地圖。床的另一側還有一根蠟燭亮著，麥克抬頭注視蓋比更衣的背影。她將頭髮往後撥，麥克聞到一股蘋果酒的香氣。他繼續研究地圖，決定最好在亞當住處和辦公室的中點動手。他找到確切的位置，用指甲做了記號，接著再次抬起頭來，尋找蓋比的身影。

他感覺寒毛直豎，從頸子直竄背脊。明天將是如履薄冰，甚至生死關頭。他心跳加速，望著蓋比脫下便褲。明天或許就剩死亡與毀滅，但今晚他們還活著，而且……

蓋比撩起被子鑽了進去，麥克聞到淡淡的丁香芬芳。他折起巴黎地圖放到一旁。

他轉頭凝視蓋比。蓋比寶藍色的眼眸閃著燭光，一頭烏黑秀髮披垂枕上，被子只勉強遮住了胸部。她望著他，心頭小鹿亂撞。她將被子往下拉，雖然只有毫米，但麥克看到了，明白了她的心意。他俯身低頭吻了她。先是輕輕一啄，在她唇邊，一察覺她張開雙唇，便立刻長驅直入，勾起天雷地火。兩人不停吻著，吻得濕熱火辣，他彷彿聽見兩人的毛細孔不停冒氣。她想用雙唇勾住他，但他抽開身子望著她，柔聲說道：「妳對我一無所知，而且明天過後，我們可能再也不會見面了。」

「我知道……但今晚我想要你佔有我。」蓋比說：「而我也要佔有你。」

她將他攬過來，麥克撩開被子，被子下的她一絲不掛，身體散發出渴望，肌肉緊繃。她摟住他的脖子，兩人雙唇相貼，他低下身子，一邊解開皮帶、褪下衣褲。燭光在牆上照出兩個巨大的身影，兩人身體貼著身體，在鵝毛床墊上緊緊相擁。她感覺他的舌尖滑過她的喉嚨，動作溫柔卻又強烈，讓她不禁喘息。接著他低頭向下，舌頭在她雙乳之間遊走，緩慢而精準地繞著小圈。她抓著他的頭髮，感覺脈搏在體內暴走，愈來愈熱、愈來愈強。麥克察覺她在顫抖，嘴裡是她肌膚的甜香。他雙唇滑過她的小腹，直驅她兩腿間的黑色幽林。

他的舌尖停在那裡攪動著，讓蓋比興奮得拱起身子，咬牙忍住呻吟。他手指溫柔地撥開她，有如撥開粉紅的花瓣，舌尖在蓋比帶領他的路徑上來回遊走。他的撫摸讓她喘息，只想低喊他的名字，卻想起自己不曉得他叫什麼，也永遠不會知道。但此時此刻，這種感覺，此等愉悅，這樣就夠了。她兩眼迷濛，兩腿間的慾望核心也是濕潤氾濫。麥克用滾燙的唇吻了她喉頭，接著調整姿勢，緩緩進入了她。

他很大，但她身體自動容納了他。他以柔滑的炙熱填滿她，她抓著他的肩，感覺他皮膚底下的肌肉抽動著。麥克用手掌和腳趾穩住身子，趴在她上方一次次挺入她的身體深處，臀部緩慢律動，讓她喘息呻吟。兩人身體交纏撞擊，分分合合。麥克曲體弓身，使勁動作，蓋比和他骨貼著肉，有如陶土任他揉塑。他的神經、肌肉和血液齊聲唱和，譜出一首感覺、氣味與肌理的樂章。丁香的芬芳從糾結的被子裡裊裊升起，蓋比渾身散發著熱情的氣味，濃烈而迷醉。她頭髮濕了，汗珠在雙乳之間微微發亮。她兩眼迷濛，凝望心底深處，雙腿緊扣他的臀，將他留在體內，任他身體溫柔擺動。接著換他躺著，女上男下，蓋比身體抵著他的堅挺，閉上眼睛，烏黑的秀髮有如瀑布披垂而下。麥克抬起她的臀舉起了她，蓋比俯身貼著他的胸膛，在他耳邊輕輕說了一句。那三個字沒有任何意義，只訴說了當下的狂喜。

麥克曲身貼著她，蓋比雙手往後抓住了鐵床架。一開始兩人結合的姿勢有點勉強，但很快就融合為一體。他們跳著激情之舞，鋼鐵與絲綢的芭蕾，高潮時蓋比不由自主的發出銷魂的呻吟，已經管不了別人會不會聽見，而麥克也拋下自制，拱起身體承受她抽搐的抓扯，壓力化為幾道激流迸射而出，讓他頭暈目眩。

蓋比飄然忘我，宛如滿帆的白船，由一隻強壯的手領著在海上徜徉。她軟綿綿地窩在麥克懷中，兩人並肩躺著，一齊呼吸，遠方一座教堂響起了夜半鐘聲。

破曉前，麥克撥開她臉上的髮，吻了她額頭一下。他下床，小心不吵醒她，走到窗前眺望巴黎。晨光替墨藍的夜抹上了一道淡紅。此刻，史達林的家園已經日上三竿，希特勒的帝國也是烈日當空，而他的一天才要開始。他從威爾斯遠渡而來就是為了這一天。接下來的廿四小時，他不是取得情報就是橫死街頭。他呼吸著早晨的空氣，聞到蓋比在他身上留下的體香。

自由的活，他想起某位國王的臨終遺言。

空氣凜冽舒爽，讓他記起了多年前的那片座森林和白殿。回憶撩起一股燥熱，給他再多女人，再多愛，再多人類打造的城市也平息不了。

他皮膚刺痛，彷彿身上千針百孔。野性強襲而來，力道迅猛，他背上冒出一簇簇黑色毛髮，往下直竄股間再伸向小腿。他聞到體內飄出狼臊味，黑色毛髮夾雜著幾絡暗灰，雨後春筍般從他胳膊和手背冒出，滑順顫抖，有如活物。他舉起右手望著手指一根根改變，黑色毛髮波浪般從指背湧現，竄上手腕繞了一圈再蔓延到前臂。他手開始變形，手指內彎，硬骨軟骨劈啪爆裂，痛徹神經，讓他臉上滲出汗珠。兩根手指變成了指甲發黑的彎鉤腳爪。他脊椎彎折、擠壓，發出輕微的剝裂聲。

「怎麼了？」

麥克慌忙收回右手緊貼身側，轉頭望向蓋比，心砰砰直跳。蓋比坐在床上，激情過後和熟睡讓她雙眼浮腫。「怎麼回事？」她開口問道，雖然聲音慵懶，卻帶著一絲緊張。

「沒事。」他說，聲音粗啞。「沒什麼，繼續睡吧。」蓋比朝他眨了眨眼，躺回床上，被子夾在腿間。他背上和兩腿的黑色毛髮褪去了，變回光滑柔潤的肌肉。蓋比說：「抱我，好嗎？」

麥克又等了幾秒，接著舉起右手，見到手指變回了人手的形狀，僅剩的幾綹狼毛正從手腕朝前臂褪去，消失在皮膚底下，只留下微微的刺痛。他又深吸一口氣，感覺脊骨由緊變鬆。他的腰桿再度拉直，變身的衝動也從體內散去。「當然。」他躺到床上抱住她，變回人手的右手摟住蓋比的脖子。她將頭枕在他肩上，睡眼惺忪地說：「我聞到落水狗的味道。」

麥克微微一笑，蓋比呼吸變沉，再次墜入了夢鄉。

雞鳴聲起，夜走了，命運之日來了。

第六章

「你確定可以相信這傢伙？」蓋比問。她和麥克騎著自行車在庇里牛斯街上緩緩往南，看著個頭矮小的老鼠披著骯髒大衣，踩著破單車經過他們面前，朝北邊的梅尼蒙當路騎去。他到了街口就會右轉，進入龔貝塔街。

「不確定。」麥克答道：「但我們很快就會知道了。」他摸了摸大衣底下的魯格手槍，隨即彎進一條巷弄，蓋比緊跟在後。稍早的晨曦只是曇花一現，白蠟般的雲層遮住了太陽，街道上冷風直吹。麥克看了看暗藏毒藥的懷錶。八點廿九分。再過三分鐘，亞當便會一如往常離開住處，從托巴路走到龔貝塔街，接著朝東北走到貝勒維爾路，到那棟掛著納粹旗幟的灰石樓房工作。老鼠必須趕在亞當走到龔貝塔街和聖法古路口之前就定位。

麥克五點半叫醒老鼠，卡蜜兒老大不爽地替他們做了早餐，麥克向老鼠描述亞當的長相，並且反覆測驗，直到他確定（盡量確定）老鼠在街上一眼就能認出亞當為止。八點多街上依然半睡半醒，只有少許路人和單車族正要上班。老鼠口袋裡放著折好的紙條，上頭寫著：今晚歌劇院第三幕包廂見。

麥克和蓋比騎出巷子來到中國路，麥克差點撞上兩名並肩而行的德國士兵，蓋比閃身避開，其中一名士兵大聲叫嚷，朝她吹了口哨。蓋比想起昨晚腿間的濕潤，從座墊上冷冷站了起來，拍拍屁股要那兩個德國佬去死吧。兩名德軍哈哈大笑，朝她飛了響吻。她跟著麥克往前騎，輪胎壓過石子路面軋軋作響，不久麥克車頭一轉，彎進他昨天遇見老鼠的小巷，蓋比則是照著計畫繼續往南騎。

麥克停下單車開始等待。他面朝托巴路望著十米外的巷口，見到一名男子從巷口走過，但那人黑髮駝背，而且方向不對，肯定不是亞當。麥克看了看懷錶。八點卅一分。一男一女走過巷口，親暱交談著。應該是情侶，麥克想。男子留著深色鬍鬚，也不是亞當。一輛馬車經過，馬蹄聲在街上迴盪，幾名單車騎士優哉游哉騎過巷口，牛奶車的駕駛大聲攬客。

這時，一名身穿深棕大衣的男子手插口袋從容走過巷口，朝龔貝塔街走去。那人身材宛若雕像，鼻如鷹勾，雖然不是亞當，但戴著一頂插著羽毛的黑皮帽，麥克想起那名蓋世太保也戴著同樣的帽子。男子走到巷口邊突然止步，麥克立刻背靠牆壁，躲到一疊破條板箱後方。那人背對著巷口左右張望，接著朝巷子匆匆打量幾眼，麥克一看就知道男子常幹這種事。那人摘下帽子，假裝拍掉帽緣的灰塵，隨即戴上帽子，朝龔貝塔街漫步而去。麥克察覺那是暗語，可能是向街上的某人打信號。

他還沒來得及多想，一名身穿灰大衣戴著細框眼鏡的金髮瘦子就出現了，提著黑手提箱走過巷口。麥克心跳加速，亞當果然準時。

麥克靜觀其變。亞當剛過巷口約三十秒，就有兩名男子一前一後跟著閃過，間隔八、九步左右，前者身穿棕色西裝和軟呢帽，後者穿著嗶嘰夾克、燈芯絨長褲和褐色貝雷帽，手裡抓著報紙，麥克知道裡面一定藏著槍。他又等了幾秒鐘，接著深呼吸一口氣，跨上單車出了巷口來到托巴路。他右轉朝龔貝塔街騎，將前方的態勢盡收眼底：皮帽男健步如飛走在馬路左側，和麥克有一大段距離，亞當則在馬路右側，後面跟著西裝男及報紙男，和亞當刻意拉出間距。

這一小組人還真有效率，麥克心想。再過去可能還有其他蓋世太保，在龔貝塔街等著。這些傢伙盯上亞當之後，每天至少這樣行禮如儀兩次，反射神經或許早被習慣磨慢了。他騎車超過報紙男，速度不快不慢，後方一名單車騎士迅速逼近，朝他氣憤摁了喇叭。麥克超過了西裝男，這會兒蓋比應該在他後方一百米左右，以便有狀況時立刻支援。亞當快到托巴路和龔貝塔街口了。他左右張望，停下來讓卡車轟隆駛過，接著穿越馬路朝東北走。麥克跟了上去，隨即發現皮帽男走進一扇門內，另一名身穿深灰西裝和雙色鞋的蓋世太保從同一扇門出來，沿著街道往前走，一邊緩緩掃視馬路對面。龔貝塔街和貝勒維爾路口就在路底，納粹旗幟迎風飄揚。

麥克加速騎過亞當身旁，前方浮現一道身影，破單車的前輪左搖右晃。麥克等到幾乎和老鼠並排了才朝他微微點頭。他望著老鼠的眼睛，發現他眼神迷濛惶恐，但麥克已經沒時間喊停，現在不動手就沒機會了。他騎過老鼠身旁，讓老鼠自己想辦法吧。

老鼠見到麥克點頭，心裡的驚恐便一劍刺破了他的膽量。他真不曉得自己怎麼會答應這種事？不對，他很清楚自己為何會答應。他想回家，回到老婆孩子身邊，如果他必須這麼做才能回家……

他看見一名穿著雙色鞋的男子犀利瞪了他一眼，隨即撇開視線，而男子身後六米左右跟著另一個男的，金髮加圓框眼鏡，長得就是他烙印在腦中的模樣。他看見那名黑髮女子踩著單車緩緩靠近。她昨晚發出那聲音，連死人聽了都會硬。喔，他好想老婆！金髮男一襲灰大衣，提著黑手提箱，就快走到聖法古路口了。老鼠稍微加速，想趕到定位。他心跳如雷，一陣強風差點讓他失去平衡。他右手緊緊捏著那張紙。金髮男走下人行道，準備穿越聖法古路。老鼠怕得臉龐緊繃，心裡默想：天助我吧！忽然一輛三輪車從他身旁呼嘯而過，讓他失了準頭。單車前輪猛烈搖晃，老鼠驚惶失措，覺得輪子就要掉了。這時，金髮男已經快要過到馬路對面了，於是他一咬牙猛朝右轉，車輪撞上了人行道邊，而他整個人摔了出去，肩膀擦過了金髮男的胳膊。他雙手在空中猛抓，想找回平衡，右手趁機伸進那人外套裡面。他摸到羊毛襯裡和口袋褶邊，立刻手指一鬆，接著便連人帶車摔在了人行道上，讓他跌岔了氣。他右手冒汗，掌心裡空空如也。

金髮男已經向前走了三步。他回頭望著摔在排水溝裡的男子，見到他衣衫襤褸的模樣，便停下來用法文說：「你還好嗎？」老鼠笨拙微笑，朝他揮了揮手。

金髮男繼續往前，這時一陣強風刮來，老鼠看見那人大衣翻動，一小張紙從大衣內裡飛了出來。老鼠嚇得倒抽一口氣。紙條有如飄忽的蝴蝶迎風翻飛，他伸手去抓，但紙片呼的從他指間飛過，落在了人行道上，隨即又被往前吹了幾吋。老鼠再次伸手去抓，頸後滿是汗水。一隻上了蠟的深棕色皮鞋踩住他的手指，狠狠往下踩。

老鼠抬頭張望，臉上依然掛著拙笑。踩他的男人穿著深棕色西裝和軟呢帽，同樣面帶微笑，只不過面容枯瘦，目光森冷，兩片薄唇抿成一線，見不到絲毫笑意。他從人行道上抽起紙條，將它打開。

蓋比離他們不到十米。她龜速前進，一手按著毛衣下的魯格槍。

棕衣男讀著紙上的字，蓋比發現頭戴貝雷帽的蓋世太保正快步朝同伴走去，而且改成雙手拿報，於是她伸手到腰帶準備掏槍。

「先生，賞點錢吧？」老鼠聲音顫抖，硬擠出法文說。

「你這個髒鬼。」棕衣男將紙條揉成一團。「我賞你跨下一腳還差不多，騎爛車要看路。」他將紙團扔進排水溝裡，朝同伴搖搖頭，兩人便大步追向金髮男了。老鼠頭昏想吐，蓋比驚詫不已，手放開魯格槍，掉頭彎向了聖法古路。

老鼠左手從溝裡拾起紙團將它打開，感覺手指不聽使喚。他眨了眨眼，開始讀起紙上的法文。藍西裝，中間鈕扣遺失。白襯衫，輕漿洗。他色襯衫，不漿洗。附領保留。

是洗衣清單。老鼠恍然明白這紙條一定塞在金髮男的大衣內口袋裡，被他伸手指進去放字條時不小心勾了出來。

老鼠笑了，但聲音卡著出不來。他彎了彎右手，雖然有兩片指甲瘀青了，但手指應該沒斷。我做到了！老鼠心想，發覺自己熱淚盈眶。老天幫忙，我做到了！

「站起來，快點！」麥克已經折了回來，跨立在單車橫桿兩旁，對幾步外的老鼠說道：「快起來！」他轉頭面向龔貝塔街，看著亞當和他的蓋世太保跟班朝貝勒維爾街上的納粹建築走去。

「我辦到了！」老鼠興奮說道：「我真的辦——」

「快點騎上單車跟我走，快！」麥克踏板一踩，朝他們的會合點騎去，就是潦草寫著德軍全面勝利的地方。老鼠從排水溝裡爬了起來，騎上前輪不穩的單車跟在後頭。他全身顫抖，可能因為自己背叛了國家該當吊死，但回家的念頭讓他心花怒放，一時讓他覺得自己其實打了勝仗。

第七章

這晚劇目是《托斯卡》，描述一對不幸殞命的戀人。麥克和蓋比坐著老舊的藍色雪鐵龍駛過劇院街，歌劇院巍然在前，宛如宏偉的巨石碑。老鼠負責開車，他洗了澡、刮了鬍子，整個人體面許多，但眼神依然空洞，臉上滿是皺紋，即使抹了髮油又換了衣服（感謝卡蜜兒），仍舊毫無紳士的優雅派頭。麥克身穿灰西裝，蓋比一襲深藍晚禮服，兩人一起坐在後座。她下午在禮拜堂大道買了這套洋裝，顏色跟她眼睛很搭。麥克覺得她毫不比他見過的美女遜色。

天已放晴，夜空星光點點，路燈在街上灑下溫和的光芒。歌劇院雕樑畫棟，頂飾精巧，石砌牆面由淺灰到海青，屹立於歲月風霜而不搖。圓頂兩側各有一座飛馬石雕，而手執七弦豎琴的阿波羅神像矗立正中，象徵著這裡音樂才是君王，不是希特勒。劇院正門有如石穴口，門前停著汽車與馬車放下乘客。麥克說：「在這裡停。」老鼠將車靠向人行道，傳動齒輪輕刮出聲。「你知道幾點來接我們嗎？」他看了看懷錶，忍不住想起錶裡的膠囊。

「知道。」老鼠說。卡蜜兒問了售票處，查到第三幕開始的確切時間。老鼠必須準時出現在劇院門口。

他和蓋比都想過老鼠可能開著車一走了之。蓋比不是很放心，但他安撫她說老鼠會出現的，因為他想回柏林，而且單憑他之前替他們做的事，就已經夠他被蓋世太保刑求了，因此不管他是不是德國人都已經無法回頭，必須和他們同進退了。再說，就算老鼠真的瘋了，他們也無從判斷他什麼時候會發作，又會發作成什麼樣子。

麥克下了車，繞到另一側替蓋比開門，接著對老鼠說：「晚點見。」老鼠點點頭便驅車離開了。麥克張開手臂，讓蓋比挽住他的胳膊，兩人從一名德國騎兵面前悠哉走過，宛如來歌劇院打發夜晚的法國夫婦，只不過麥克懷裡拽了一把卡蜜兒給他的魯格槍，就挾在左邊腋下，而蓋比則是在黑色亮皮手拿包裡放了一把又小又利的短刀。兩人相偕穿越劇院街來到了歌劇院，走進宏偉的門廳。鍍金室內燈照得韓德爾、盧利、葛路克和拉摩的塑像黃澄澄的，麥克看見人群中有幾名納粹軍官，身旁有女伴同行。他帶著蓋比穿過人群，走上十級瑞典綠大理石階，來到售票的前廳。

兩人買了票，後排靠走道的座位，隨即繼續往廳裡走。麥克這輩子沒見過這麼多雕像、各色大理石柱、鍍金飾鏡和水晶燈。他們扶著大理石欄杆，沿著寬大優雅又氣派的台階上到了表演廳，放眼望去又是無數的台階、走廊、雕像與水晶燈。他希望蓋比認得方向，因為置身這座藝術殿堂，連他狼一般敏銳的方向感都覺得無所適從。最後他們總算進了表演廳，裡面的空間規模又是令人驚嘆。觀眾不斷湧入，一名年長的接待員領他們到座位上。

香水味紛雜刺鼻，麥克察覺寬闊的表演廳裡冷得出奇，因為燃料配給使得劇院的鍋爐被迫停用。蓋比隨意四顧，看見座位上有十幾名德國軍官和女伴並肩而坐。廳裡共有四層包廂，由鍍金眺台和槽紋飾柱支撐，有如蛋糕層層相疊，感覺壯觀卻略顯俗氣。蓋比目光飄向三樓，找到了亞當的包廂。裡面沒人。

麥克已經看到了。「別急。」他低聲說道。亞當若有見到紙條一定會出現，要是沒有……那也就這樣了。他牽起蓋比的手輕輕一握，說：「妳很美。」

蓋比聳聳肩，麥克的恭維讓她有些不自在。「我很少穿成這樣。」

「我也是。」麥克穿著筆挺的白襯衫，搭配灰西裝、低調的灰紅條紋領結和珍珠別針。卡蜜兒給他別針時，說那是「幸運符」。他抬頭瞄了三樓一眼。樂隊已經開始調音，亞當依然沒有出現。有太多地方可能出差錯了，麥克心想。蓋世太保可能趁亞當工作時檢查他的大衣，紙條可能掉了，亞當可能直接掛好大衣，完全沒看口袋。不，不會的，麥克告訴自己，等下去就對了。

燈光暗了，厚實的紅布幕緩緩退開，普契尼的《托斯卡》開始了。

第二幕結束前，女主角托斯卡危急之下手刃了凌虐她的惡人，麥克發現蓋比摁著他手的力道變大了。他又瞧了瞧三樓的包廂，亞當不在。可惡！麥克暗罵一聲。嗯，亞當知道自己被監視，或許今晚有什麼原因不能來劇院。第三幕開始了，場景換成了監獄。時間一分一秒過去，蓋比匆匆瞄了亞當的包廂一眼，麥克感覺掌心被她手指掐了一下。

他知道亞當來了。

「有人進了那個包廂。」蓋比湊到他耳邊低聲說道。麥克聞到她頭髮飄著的蘋果酒香。「但我看不清他的長相。」

麥克稍待幾秒，接著抬頭望向包廂，見到了裡頭坐著的人影。舞台上，托斯卡到監獄探望愛人卡瓦拉多希，腳燈散發著哀愁的幽光，麥克看見包廂那人眼鏡鏡片微微發亮。「我到上面去。」麥克低聲道：「妳在這裡等我。」

「不要，我要跟你去。」

「噓！」坐在他們後面的男人低聲道。

「妳待在這裡。」麥克又說了一次。「我會儘快回來。萬一出事，妳就馬上離開這裡。」蓋比正想反駁，麥克已經湊上來吻了她的唇。兩人之間竄過一道電流，讓神經有如觸電般酥麻了幾秒。

麥克起身大步邁向走道，離開了表演廳。蓋比望著舞台，看不到、聽不進任何東西，所有心思都懸在即將展開的玩命行動上。

麥克踩著寬大的台階拾級而上，一名身穿白外套、黑長褲和白手套的年輕接待員在三樓待命。「需要幫忙嗎，先生？」他見麥克走近，便開口問道。

「不用，謝謝你，我來找朋友。」麥克從他身旁走過，找到標著六號包廂的花梨木門，輕輕敲了一下，然後等待。有人拉開門閂，黃銅門樞緩緩轉動，門開了。

那個叫亞當的男子站在門口，眼鏡後方雙目圓睜，滿是驚恐。「我被跟蹤了。」他說，聲音尖細顫抖。「四處都是他們的人。」

麥克走進包廂，將門關上，扣上門閂。「我們時間不多，情報呢？」

「等等，慢著。」他舉起一隻手，皮膚蒼白，手指修長。「我怎麼知道你不是跟他們一夥的？不是設圈套陷害我？」

「你要的話，我可以念出一串你在倫敦的熟人，但我想應該沒什麼幫助。你只能相信我，不然就當沒這回事，我就自己游過英吉利海峽回去了。」

「對不起，只是……我誰也不敢相信，一個也不敢。」

「那你只好從我信任起了。」麥克說。

亞當頹然坐回紅座椅上，彎身向前用顫抖的手摀住了臉。他一臉憔悴，彷彿就快暈過去了。舞台上，卡瓦拉多希被獄卒押著正從牢房走向刑場。「喔，天哪！」亞當低呼道。他眨眨眼，眼鏡閃過一道濕濕灰灰的光芒。他抬頭望著麥克，深吸一口氣說：「提歐馮法蘭克維茲，你知道他是誰嗎？」

「柏林的街頭畫家。」

「嗯，他是我……我朋友。二月時……他被人找去做一份很特別的差事，一個叫耶芮克布洛可的親衛隊上校，之前曾經擔任指揮官，執掌——」

「法肯豪森集中營，一九四三年五月到十二月。」麥克插話道：「我讀過這傢伙的檔案。」不過資料很少，是馬洛伊替他準備的，裡頭只說耶芮克布洛可四十七歲，出生於軍人貴族世家，是納粹狂熱信徒。檔案裡沒有相片，然而麥克這時像是被人踩到了痛處：布洛可曾被人目擊跟哈利山德勒在柏林。他們兩人有何關聯？那位大獵人在這其中又扮演什麼角色？「繼續說吧。」

「提歐……被人矇著眼帶到某座小機場，搭機往西飛。他覺得是往西，因為陽光照在臉上的角度。藝術家也許都記得這種事。總之，布洛可和他一起，還有其他親衛隊員。飛機降落之後，提歐聞到海的味道。他被帶到一間倉庫，在那裡停留超過兩週，讓他畫畫。」

「畫畫？」麥克站在包廂後側，刻意隱身在樓下看不到的地方。「畫什麼？」

「彈孔。」亞當緊摁扶手，抓得指節都白了。「他在金屬板上畫彈孔，畫了整整兩週多。金屬板只是某個東西的局部，因為上頭還有鉚釘，而且已經有人把板子漆成橄欖綠了。」他瞄了麥克一眼，目光隨即回到舞台上。管弦樂團演奏著送葬進行曲，卡瓦拉多希拒絕矇眼受刑。「他們還要提歐在玻璃上作畫，要他畫特定形狀的彈孔，讓它看起來像玻璃裂痕。提歐畫完後，布洛可不滿意，要提歐全部重畫。事後他們將提歐送回柏林，還付了他一筆錢，就這樣。」

「好，你朋友在金屬和玻璃上畫了東西，所以呢？」

「我不曉得，但總覺得不對勁。」亞當用手背揩了揩嘴。「德國人明知盟軍就快搶灘登陸了，為何還花時間在綠色金屬板上畫假彈孔？還有一件事，那兩週有人來過倉庫，布洛可帶那人看了他畫的東西。布洛可稱呼那人希爾德布蘭特博士，你聽過這個名字嗎？」

麥克搖搖頭。舞台上，行刑隊開始替毛瑟槍裝子彈。

「一次世界大戰德軍用的化學毒氣是這人的父親發明的。」亞當說道：「有其父必有其子，希爾德布蘭特擁有一家化學製造公司，是德意志帝國最大力鼓吹化學和細菌戰的人。如果他在進行什麼……有可能拿來對付搶灘的盟軍。」

「原來如此。」麥克腸胃一緊。要是盟軍搶灘時被化學毒氣攻擊，士兵死傷將會成千上萬。更慘的是，搶灘一旦受挫，光復歐洲的行動可能延宕數年，讓希特勒得以趁機鞏固大西洋壁壘，並研發新武器。「但我不了解，法蘭克維茲在這裡頭扮演什麼角色？」

「我也不懂。蓋世太保發現我的無線電設備，將它破壞之後，我和外界所有聯繫都中斷了。但這件事一定得追蹤下去，不然……」亞當沒有把話說完，因為麥克很清楚後果會是什麼。「提歐聽到布洛可和希爾德布蘭特的對話，兩人兩次提到一個詞：Eisen Faust。」

「鐵拳。」麥克說。

有人敲門，亞當嚇了一跳。舞台上，行刑隊舉起長槍，卡瓦拉多希預備受死，管弦樂隊奏起輓歌。

「先生？」是那名白衣接待員。「有您的口信。」

麥克聽出接待員語氣緊繃，表示他身旁有人。麥克知道口信會是什麼：蓋世太保想邀他們去上一堂哀號課。他對亞當說：「站起來。」

亞當站了起來，這時花梨木門被人用粗壯的肩膀撞開，舞台上槍聲大作，卡瓦拉多希倒在台上。槍聲蓋過了撞門聲，兩名身穿蓋世太保黑色皮大衣的男子闖進了包廂。先進來的男子拿著毛瑟手槍，麥克撲了上去。

他抄起紅座椅往男子頭上一砸。椅子撞成碎片，男子臉色慘白，血從斷掉的鼻子噴了出來。男子顛簸幾步，舉起手槍摁著扳機使勁一扣，子彈呼一聲從麥克肩上掃過，但被女高音的哭號給淹沒了。妮儂瓦林飾演的托斯卡趴在卡瓦拉多希的屍體上哀痛失聲。麥克伸手抓住那人的手腕和衣襟猛力一扭，將男子舉了起來，接著衝向鍍金眺台前，將男子扔了出去。

男子淒厲尖叫，從十六米高的眺台摔到了觀眾席，那聲音就算托斯卡吼啞了也比不上。兩人的聲音譜成了詭異的合唱，接著傳來更多尖叫，在觀眾席間有如瘟疫擴散開來。管弦樂團七零八落停止演奏，英勇的妮儂瓦林在舞台上不肯放棄，高潮的結尾就在眼前，她怎麼也想把自己的角色演完。

但麥克可不想替自己唱輓歌。第二名男子伸手到大衣裡，但還來不及掏槍，麥克已經一拳打在他臉上，接著又揍了他喉嚨一拳。男子氣管塌陷無法呼吸，整個人往後撞在了牆上。但這時門口又出現了第三個傢伙，身穿細條紋西裝，右手拿著魯格槍，背後站著一名帶長槍的士兵。麥克朝亞當大喊：「趴到我背上！」亞當依言行事，雙手從麥克的腋下繞到胸前，手指緊扣。他身體很輕，應該不到六十公斤。麥克看見那人瞪大眼睛，似乎看出他想做什麼，隨即舉起了槍。

麥克往右一蹬，揹著亞當縱身一躍翻過了眺台。

第八章

麥克無意重蹈覆轍，跟前一個蓋世太保一樣摔到觀眾席上。他手指抓住包廂旁的鍍金槽紋飾柱，肩膀肌肉使勁出力，揹著亞當往最上層的眺台爬。觀眾席上傳來更多吼聲與尖叫，連妮儂瓦林都開始高聲呼喊，不曉得是擔心有人喪命或氣憤光彩被人奪走了。麥克往上爬，手能抓哪裡就抓哪裡。他心臟狂跳，血脈賁張，但頭腦異常冷靜。接下來是生是死，很快就會揭曉。

果然。他聽見手槍「砰」的發出邪惡聲響，朝上方開了一槍。麥克感覺亞當身體一抖，隨即變僵，原本就抓得很牢的雙手頓時掐緊，像鐵柱一樣。濕熱的液體從麥克腦後的頭髮流到了脖子，浸濕了西裝外套。他知道子彈轟掉了亞當大半邊腦袋，神經斷裂造成的突發癱瘓讓屍體瞬間硬化。麥克吃力攀爬，一個死人扣在他背後，鮮血滴在了尖頂飾上。他翻進了最上層包廂，另一枚子彈打得眺台金漆四濺，離他右肘不到十公分。

「在上面！」他聽見蓋世太保大吼：「快！」

包廂裡空無一人。亞當的手依然扣在他胸前。他扳了幾秒，像折枯枝一樣弄斷了其中兩根，但剩下的手指怎麼也扳不開。他沒時間對付死人的纏抱了。麥克蹣跚步出包廂來到鋪著緋紅地毯的長廊，面對亮著燈的錯雜走道與台階。「這裡！」他聽見左方有人大喊，便右轉拖著腳步走進一個掛滿中世紀狩獵畫的走道。屍體掛在他背上，鞋尖在地毯留下兩道凹痕，麥克想到一定也留了血跡，於是停下來想擺脫屍體，但只是白費寶貴的力氣，屍體依然像連體嬰一樣黏著他。

槍聲響起，子彈從麥克肩上幾吋飛過，月神戴安娜雕像手上的燈應聲爆裂。麥克看見兩名士兵追了上來，手裡都拿著長槍。他想伸手去拿魯格槍，但被屍體抱著無法動作。他轉身跑進另一個向左彎的走道，兩名追逐者用德文咆哮通知夥伴，吼聲有如獵犬狂吠。六十公斤的屍體感覺像千斤重。麥克逼自己往前，屍體在華美的走道留下了斑斑血跡。

前方出現上樓的台階，扶手上立著抱著豎琴的小天使像。麥克朝台階走去，突然聞到陌生人的汗酸味。一名德國士兵從他左方的拱道暗處閃了出來，揮了揮手上的槍說：「把手舉起來。」

士兵才剛舉槍，麥克就朝他右膝踹了一腳，膝骨應聲碎裂。手槍開火，子彈砰的打在天花板上。德國士兵痛得臉孔扭曲，蹣跚退靠著牆，但沒有鬆開手上的槍，而是再次瞄準。麥克拖著背上的亞當撲了過去，抓住德軍的手腕。手槍再次冒出火光，但子彈擦過麥克的臉頰，打碎了走道另一側的某個東西。德軍一邊用手指摳麥克眼睛，一邊大喊：「我抓到他了！快來幫忙！我抓到他了！」

雖然膝蓋碎了，德國士兵仍然頑強抵抗。兩人在走道纏鬥，爭奪手槍。士兵打了麥克下顎一拳，震得他眼冒金星，但他還是沒有放開士兵拿槍的手。他回敬了一拳在士兵嘴巴上，士兵斷了兩顆牙齒卡在喉嚨裡，堵住了呼救聲。士兵用膝蓋頂他腹部，麥克喘不過氣，被屍體往後一拖站立不穩，狠狠撞在大理石牆上，撞碎了亞當剩下的頭顱。士兵使勁靠單腳維持平衡，舉起魯格槍對準麥克，準備近距離斃了他。

麥克看見士兵背後閃過一道墨藍，有如颶風來襲，刀鋒映著水晶燈光閃閃發亮，隨即刺進了士兵頸後。士兵窒息踉蹌，扔下手槍握住了喉嚨。蓋比想拔出匕首，但刀插得太深了，於是她鬆開匕首，士兵發出可怕的呻吟，隨即趴倒在地上。

蓋比被眼前的景象嚇得眨了眨眼。麥克頭髮沾滿鮮血，一邊臉頰滿是血塊，背上扣著一個張大嘴巴的屍體，右邊太陽穴不見了，血肉糢糊。蓋比腸胃翻攪，拾起手槍，剛才拿刀的手染成血紅。

麥克站了起來。

「蓋森！」走道盡頭有人大喊：「你到底在哪裡？」

蓋比幫麥克扳動屍體的手指，但聽見更多士兵朝這裡奔來，他們只能往上。兩人拾級而上，但亞當的重量壓得麥克的腿開始痙攣。台階蜿蜒爬升，通到一扇門著的門。蓋比拉開門閂將門推開，巴黎的晚風迎面而來，兩人到了歌劇院的屋頂。

麥克跟著蓋比走過屋頂。亞當腳上的黑亮皮鞋還在，鞋尖刮過瀝青鋪石地板沙沙作響。蓋比回頭張望，發現逃生門邊閃過幾道人影。她知道下樓還有其他的路，但德軍恐怕很快就會封鎖所有出口。她想加快腳步，卻不得不等待麥克。他力氣愈來愈弱，背也開始彎了。「快走！」他怒吼道：「別等我！」

但蓋比選擇等待。她心跳如雷，留意追趕他們的人影。麥克跟上後，她轉身再度前進。他們來到屋頂前端，城市在他們腳下星羅棋布，熠熠生輝。巨大的阿波羅神像矗立於圓頂中央，蓋比和麥克一走近，鴿子紛紛驚飛。麥克覺得雙腿無力，自己正在拖累蓋比。他停下腳步，倚著神像底座分攤自己和亞當的重量。「別停下來。」他看見蓋比又停下來，便對她說：「找路下去。」

「我不會拋下你的。」她睜著寶藍色眼眸直直望著他說。

「別傻了！現在不是爭論的時候。」他聽見幾個男人彼此呼喊，聲音愈來愈近。他伸手到大衣裡，但不是拿槍套裡的手槍，而是裝有毒藥的懷錶。他手指抓著錶，卻下不了決心拿出來。「快走！」他對蓋比說。

「我不走。」蓋比說：「我愛你。」

「錯了，妳不愛我，妳愛的是某一瞬間的回憶而已。妳對我一無所知，也不會想知道的。」他瞄了人影一眼，看見他們在三十米外的地方，謹慎地朝這裡靠近。他們還沒發現他和蓋比在神像底下。懷錶滴答作響，快沒時間了。「別糟蹋自己的生命。」他說：「別為了我或任何人這麼做。」

蓋比猶豫不決，麥克看出她神色緊繃。她看了逼近的德國士兵一眼，接著又望著麥克。或許她愛的確實是一瞬間的回憶，但生命說穿了不就是一刻刻的回憶嗎？麥克掏出懷錶將錶打開，氰化物膠囊靜候著他的決定。「妳已經盡力了。」他對她說：「快走吧！」說完便將膠囊扔進嘴裡。蓋比看見他喉嚨一動，將膠囊吞了下去，臉上露出痛苦的表情。

「這裡！他們在這裡！」其中一人喊道。槍聲響起，子彈打在阿波羅大腿上揚起火光。麥克葛勒頓全身顫抖跪在地上，身上依然負著亞當的重壓。他抬頭看著蓋比，臉上滲出汗珠。

蓋比受不了麥克死在她面前。又是一聲槍響，這回近得讓她雙腿回過神來。蓋比淚流滿面拋下麥克葛勒頓轉身就跑，留他靜待死亡。跑了大約十五米，她鞋子踢到活板門的把手。她打開活門，望著底下的梯子，接著又看了麥克一眼。人影已經包圍了麥克，一副狩獵成功的姿態。蓋比真想朝他們開槍，但這麼做只會被他們打成蜂窩。她爬下梯子，將活門關上。

六名德軍士兵和三名蓋世太保圍著麥克，轟掉亞當腦袋的傢伙冷笑道：「這下被我們逮到了吧，你這個混球。」

麥克吐掉含在嘴裡的膠囊，壓在亞當底下的身體開始顫抖，神經彷彿千針萬刺。冷笑的蓋世太保彎身抓他，麥克讓自己順從變身的力量。

那感覺就像從安穩的庇護所踏進狂風暴雨之中。是他有意為之，而且一旦決定了就難以逆轉。他感覺四肢百骸發出原始的咆哮，脊骨拱起，腦中爆出轟天巨響，臉和顱骨開始變形。他全身顫抖，無法抑制地呻吟。

蓋世太保的手僵在原地。其中一名士兵笑了。「他嚇得在求饒了。」他說。

「起來！」蓋世太保後退一步說：「站起來，你這頭豬！」

呻吟聲變了，不再像人，而是成了獸的低嗥。

「拿燈來！」蓋世太保喊道。他不曉得趴在他腳邊的這傢伙怎麼了，但不敢往前靠近。「誰拿燈來照一下——」

衣服劈啪綳裂，骨頭喀喀作響，士兵紛紛後退，剛才出言揶揄的士兵臉上的笑容垮了。一名士兵拿來手電筒，蓋世太保慌忙尋找開關，只見跟前的東西壓在僵硬的屍體下起伏著。他雙手顫抖，推不動卡住的開關。「該死的！」他罵聲剛歇，開關就動了，手電筒亮了起來。

他看清楚腳邊的東西，呼吸瞬間停止了。

地獄睜著閃耀的綠眼，結實柔滑的身軀覆著夾雜灰色的烏黑毛髮。地獄露出雪白的利齒，用四肢行走。

那野獸猛烈搖晃身體，力道驚人，甩斷了屍體的手臂，像折火柴棒一樣，將屍體拋到一旁，同時擺脫了自己身上最後的人類裝扮：沾滿血跡的灰西裝、白襯衫、依然繫在殘留衣領上的領帶、內衣和鞋襪。裝著魯格槍的槍套也被甩在破衣破布之間。那野獸身上的武器更致命。

「噢……天……」蓋世太保來不及呼天喚地。希特勒不在這裡，而神知道什麼叫正義。那野獸張開血盆大口撲了過來，才剛襲到他身上，牙齒已經咬住了他的喉嚨，扯斷皮肉和動脈，讓他血流如注。

其他人尖叫逃命，只剩下兩名士兵和另一名蓋世太保。一名士兵跑錯方向，想找逃生門卻朝街道的方向奔去，果真啪的墜到了街上。沒逃的蓋世太保蠢得大膽，見到野獸撲來竟然舉起手槍想要還擊，卻被野獸炯炯的綠色眼眸給迷住了。雖然不到半秒，但已經來不及了。野獸跳到他身上，腳爪將他的臉抓成了血肉糢糊。蓋世太保沒了嘴唇，發出瘖啞的嘶吼，驚醒了呆立原地的兩名士兵。他們也開始逃命，但其中一人摔倒了，絆住了另一人的腿。

麥克葛勒頓殺得興起。他對空揮爪，雙顎喀嚓張闔，口鼻淌著血，溫熱的腥味讓他獸性大發。狼的頭殼下是精明的人腦，他眼前不是漆黑不見五指的夜，而是微亮的灰濛，幾個泛藍人影奔向逃生門口，有如閃躲追獵的老鼠一樣淒厲尖叫。麥克可以聽見他們心臟驚惶跳動，有如瘋狂擂鼓的軍樂隊，汗水飄著杜松子酒和香腸味。他跳躍向前，肌肉和肌腱宛如殺人機器的零件靈巧動作著，撲向掙扎著想站起來的士兵。他注視士兵的臉，瞬間判斷對方還年輕，不超過十七歲，又是被步槍和《我的奮鬥》污染的受害者。麥克咬住少年的左手，扭斷指骨但沒咬破皮肉，讓少年再也不會被槍污染，接著便鬆開尖叫揮打他的少年，穿越屋頂去追其他人了。

其中一名士兵停下來朝他開火，子彈打在麥克左方的石頭上，但他絲毫沒有放慢速度。士兵轉身就跑，麥克高高躍起撞向他的背，將他像稻草人一樣掃到一旁，隨即敏捷著地，繼續往前飛奔，迅如鬼影。他看見其他人擠在通往樓下的門口，再過幾秒就能關門上閂了。最後一名士兵就快擠進門內，門已經開始關了。其他夥伴高聲叫喊，想將他拉進來。麥克埋頭全速衝刺。

他一躍而起，凌空一個側身猛力撞上逃生門。門應聲彈開，幾個士兵手腳纏成一團滾下樓梯。麥克撲到他們中間，見人就一陣瘋狂撕咬猛抓，讓他們骨斷血流，隨即衝下樓去，穿越依然留有亞當鞋尖拖痕的走道。

他跑到主表演廳的迴旋梯，衝進人群裡。觀眾有的跟著別人困惑前進，有的高呼退票。他連蹦帶跳奔下樓梯，嘈嚷聲突然停了，但沉默沒有維持太久。一波尖叫響徹了劇院的大理石廳，衣著優雅的紳士淑女急忙翻過扶手，有如一群海軍小兵跳開被魚雷擊中的船艦。麥克一口氣躍過六級台階，腳掌落在青大理石地板上滑了一下。一名手持象牙拐杖、留著鬍鬚的貴族臉色發白，踉踉蹌蹌倒退幾步，褲襠濕了一片。

麥克發足狂奔，血液裡歡唱著力量與興奮。他心跳沉穩，肺部起伏，肌腱彈簧般彎曲伸縮。他忽左忽右，嚇得愣住不動的人群紛紛後退。他穿過最後一個門廳，在尖叫聲中開出一條道路來到了街上，接著衝向一輛馬車，從馬腹部底下鑽過，嚇得馬仰足亂踢。他回頭望了一眼，發現有幾個人追了上來，但被那頭驚惶的馬給擋住了，只能低頭閃避馬蹄亂蹬。

又是一波尖叫，只不過換成了緊急煞車和輪胎緊抓石頭路面的嘎嘰聲。麥克眺望前方，看見兩道燈光朝他衝來。他毫不遲疑凌空而起，躍過了車子的前保險桿和引擎蓋，看見擋風玻璃後方兩張嚇壞的臉，隨即在車頂滾了幾圈落到車子後方，繼續加速穿越劇院街。

雪鐵龍抖了幾下停在路上。老鼠驚呼一聲：「天哪！」他轉頭望著蓋比。「怎麼回事？」

「我不知道。」蓋比一臉震驚，腦袋似乎生鏽了。她看見人群衝出歌劇院，包括幾名德國軍官。她說：「快走！」

老鼠猛踩油門，車子一個掉頭駛離了歌劇院，只留下一道逆火和藍煙，作為最後的告別。

第九章

半夜兩點多，卡蜜兒聽見有人敲門。她立刻坐起身子、全神戒備，伸手到枕頭下拿出了致命的瓦爾特手槍，豎耳諦聽。那人又敲了一次門，聲音更急切些。不是蓋世太保，卡蜜兒心想，那些傢伙只會捶門，不會用敲的。她點起油燈，白睡袍沒換便朝門口走去，手裡依然握著槍，結果差點撞上了老鼠。那小矮子嚇得兩眼發直站在玄關，開口正想講話，但她手指按著嘴唇要他安靜，接著便拋下他來到門前。真是太扯了！她忿忿地想。那個蠢英國佬害死了自己和亞當，她廿分鐘前才讓那個傷心欲絕的小姑娘睡了，這會兒又得處理這個納粹瘋子！神人才能創造這種奇蹟，而她又不是聖女貞德。

「誰呀？」卡蜜兒裝出昏昏欲睡的聲音。她心跳加速，手指貼著扳機。

「我是綠眼的。」門外的人說道。

她開門的速度肯定創下了巴黎史上最快的紀錄。

麥克滿臉鬍髭，兩眼無神站在門口，身上的棕色燈芯絨褲小了兩號，白襯衫大了三號。他腳上套著深藍色襪子，但沒穿鞋。他踏進公寓，走過目瞪口呆的卡蜜兒面前，老鼠呃了一聲。麥克輕輕將門關好、上了鎖，接著說：「大功告成。」

「噢！」有人驚呼一聲。只見蓋比眼眶泛紅、臉色發白站在臥房前，身上依然穿著那襲藍色晚禮服，只是又皺又醜。「你……明明死了。我看見你……吞藥。」

「藥沒生效。」麥克說著走過他們面前。他肌肉瘦疼拉傷，頭也陣陣抽痛，全是變身的後遺症。

他走進廚房拿了一碗水潑臉，接著抓起蘋果咬了一口。卡蜜兒、蓋比和老鼠像影子一樣跟著他。「我拿到情報了。」他大口啃著蘋果，一直啃到果核，除了充飢還順便潔牙，去掉嘴裡的血塊。「但還不夠。」他看著卡蜜兒，綠色眼眸映著油燈閃閃發亮。「我答應老鼠會帶他去柏林，我自己也有理由要去一趟。妳願意幫助我們嗎？」

「這小姑娘說她看見你被納粹包圍了。」卡蜜兒對他說：「就算氰化物沒有效，你又是如何擺脫他們魔掌的？」她瞇眼瞪著眼前的男人。這傢伙不可能還活著，不可能！

麥克定定望著她，眼睛眨也不眨。「我跑得比較快。」

卡蜜兒還想再說點什麼，但不知從何說起。他離開時穿的衣服呢？她望著他身上偷來的襯衫和長褲。「我得換衣服。」他用從容、令人心安的語氣說：「德國佬窮追不捨，我只好從晾衣繩上抓了幾件衣服。」

「我不……」她瞄了他沒穿鞋的雙腳一眼。麥克吃完蘋果，將果核扔進垃圾桶，伸手又拿了一顆。「我不懂。」

蓋比依然愣愣望著他，無法從震驚中恢復。老鼠說道：「嘿，我們聽廣播說了！有狗闖進歌劇院裡搞得天翻地覆！我們也看到了，就在車裡！對吧？」他戳了戳蓋比。

「嗯。」蓋比說：「沒錯。」

「我今晚拿到的情報。」麥克對卡蜜兒說：「必須進一步查證，因此我們得儘快趕到柏林。妳可以安排路線，幫我們達成任務。」

「時間這……這麼短，我不曉得有沒有辦——」

「妳可以的。」麥克說：「我們需要新的衣服，可以的話還要身份證，並且安排回聲在柏林跟我會面。」

「我沒有權限——」

「權限我可以給妳。我和老鼠要去柏林，愈快愈好。妳想找誰查證都可以，該做什麼就去做，反正送我們去柏林就是了，了解嗎？」他露齒微笑。

「等一下，那我呢？」蓋比終於甩掉驚嚇了。她往前一步碰了碰他的肩膀，確定不是做夢。他真的還活著。她抓住他的手臂說：「我要跟你一起去柏林。」

麥克望著她美麗的雙眸，笑容變得更溫柔。「不行。」他柔聲說：「妳要回西邊戰線去。在那裡，妳很清楚自己的任務，而且做得非常出色。」她想反駁，但麥克一隻手指按著她的唇說：「妳已經為我盡心盡力了，但妳往東走只會喪命，我沒辦法當妳保母。」他想起自己指甲裡還卡著血漬，便立刻收回手指。「我帶他去柏林是因為之前商量好了。」

「沒錯，你答應過了！」老鼠尖聲說。

「我會信守承諾。但我獨自行動最自在，妳懂嗎？」他對蓋比說。

她當然不懂，現在還不明白，但她遲早會懂的。等這場戰爭打完，等她年紀再大一些，有了孩子，在德軍坦克輾過的土地上種起葡萄，她就會明白了，並且感謝麥克葛勒頓放她一馬。

「我們多久之後可以出發？」他轉頭望著卡蜜兒。她的大腦早已瘋狂運轉，尋找巴黎到德意志帝國病重心臟的可能路線。

「一週後，最快就是這樣了。」

「四天。」他說完就不再講，最後卡蜜兒終於嘆了口氣，點頭答應。

回家！老鼠興奮得飄飄然，心想：我就要回家了！

我這輩子沒遇過這麼扯的事，卡蜜兒想。蓋比天人交戰，雖然渴望眼前這個奇蹟脫逃的男人，但她更愛自己的國家。麥克心裡掛著兩件事，一是柏林，另一件是兩個字，破解謎題的關鍵：鐵拳。

回到臥房，蓋比躺在鵝毛墊上，燭光昏暗，麥克俯身吻了她的唇。兩人火熱交纏片刻，麥克便躺回行軍床上，思索未來。

蓋比伸出手，麥克輕輕握住。

夜緩緩而逝。破曉了，晨曦如火一般。

第六部　巴薩卡

第一章

我的手！米凱爾從乾草床上坐起身子，心裡很驚慌，想著：我的手怎麼了？

白殿深處陰沉昏暗，他感覺右手灼熱抽痛，彷彿血管裡流的是熔漿，而不是血液。痛醒他的疼痛愈來愈劇烈，從手臂竄到了肩膀。他手指扭曲變形，必須咬牙才能忍住尖叫。他抓著手腕，看著手指抽搐張開又痙攣緊握。他聽見微弱的劈啪聲響，每一聲都伴隨著新的刺痛。他臉上開始冒汗，但不敢哀號，免得被其他人嘲笑。折騰了幾秒之後，他右手完全變了樣，粗糙多節，連接在他不停抽動的蒼白手腕上有如黑色的怪物。他痛得想尖叫，但聲音卡在喉嚨裡，只剩虛弱的低吠。他皮膚冒出幾綹黑色毛髮，有如滑順的緞帶纏上了他的手腕與前臂，手指內縮，指關節開始變形，發出碾碎聲。米凱爾倒抽一口氣，幾近昏厥。他手上覆滿黑色毛髮，手指變成彎曲的利爪和柔軟粉紅的腳掌。濃毛沿著前臂往上奔流，淹沒了手肘。米凱爾知道自己下一刻一定會跳下床，尖叫著跑去找蕾娜蒂。

但那一刻並沒有來。黑色毛髮一陣顫動開始縮回皮下，留下針刺般的劇痛，手指再次喀喀作響，重新伸長，彎曲的利爪收進肉裡，變回了人類的指甲。人掌再度出現，跟月亮一樣白皙，手指鬆垂有如陌生的肉塊。疼痛愈來愈輕，終至消失，全部變化大概持續了十五秒。

米凱爾深吸一口氣，差點哭出聲來。

「你開始變化了。」威克托說。他蹲坐在男孩左方兩米外，身旁石頭上擺著兩隻淌血的大野兔。

米凱爾嚇了一跳，尼契塔、法蘭可和艾蕾克莎蜷在一旁，聽見威克托的聲音立刻醒了過來。鮑莉依然沈浸在失去貝爾義的哀痛中，只是在乾草堆上動了動，懶懶睜開眼睛。蕾娜蒂站在威克托背後。自從他去追趕殺死鮑莉弟弟的兇手，她已經不眠不休等了三天。威克托站起身子，氣勢莊嚴，長袍覆滿白雪，飽經風霜蓄滿鬍鬚的臉上滿是皺紋，映著融雪微微發亮。柴火已弱，正在咀嚼最後幾枝松節。威克托對他們說：「你們睡著的時候，死神出現在森林裡了。」

威克托繞著他們走，呼出的白霧在凜冽的空氣中有如幽魂。野兔的鮮血已經開始結凍了。「巴薩卡。」他說。

法蘭可依依不捨離開懷孕的艾蕾克莎的溫暖懷抱，起身說：「誰？」

「巴薩卡。」威克托又說了一次。「為殺而殺的狼，就是那傢伙殺了貝爾義。」他用琥珀般的眼眸望著鮑莉，鮑莉依然哀傷得猶如行屍走肉。「為殺而殺的狼。我發現了他的腳印。」他說：「從這裡往北兩公里半的地方。那混球個頭很大，可能超過八十公斤，一直往北去，所以我就跟著他。」威克托蹲在微弱的柴火旁暖和雙手，紅澄的火光洗著他的臉龐。「那傢伙很機靈，竟然聞到了我的味道，而我一直很小心迎著風走。他不想讓我發現他的巢穴，便帶我穿越沼澤，還故意弄裂沼澤上的冰，害我險些跌了進去。」他望著火微微一笑。「要不是我在冰上聞到他的尿味，早就一命嗚呼了。我知道他是紅色的，因為我看見他被荊棘勾掉的毛髮。我離他就是這麼近。」他搓著雙手，按摩瘀青的關節，接著站了起來。「他地盤上的獵物變少了，所以看上了我們的，但他知道必須殺光我們才搶得到地盤。」威克托環顧同伴。「從現在開始，所有人都不准單獨外出，連只是舔雪也不行。出去打獵一定結伴，而且隨時注意夥伴的行蹤，懂嗎？」他等尼契塔、蕾娜蒂、法蘭可和艾蕾克莎都點頭了，才轉頭看著米凱爾。鮑莉依然睡眼惺忪，棕色長髮沾滿了乾草屑。「懂嗎？」他對米凱爾說。

「懂了，先生。」米凱爾立刻回答。

時間幻化成日夜，有如夢境般飛逝。艾蕾克莎肚子愈來愈大，威克托繼續拿地下室裡滿佈灰塵的書教導米凱爾。拉丁文和德文對米凱爾不成問題，但英文卻讓他有口難言。對他來說，英文真的是外語。「發音要清楚！」威克托火道：「這是鼻音，發出來！」英文就像一片荊棘，但米凱爾慢慢開始鑽出路了。「我們今天來讀這個。」某天，威克托翻開一大冊附有插圖的手寫本，看起來很像木刻版的卷軸，對他說：「聽好了。」說完便開始朗讀。

我覺得自己是剛受靈感激動的先知
故於臨死前預言他的命運：
他輕躁狂暴的亂行必不能持久
因為火勢愈猛，愈容易傾刻燒盡
細雨綿長，暴雨驟短
欲速只會太快力竭
暴食終將臉白氣噎。

威克托抬起頭問：「你知道這是誰寫的嗎？」米凱爾搖搖頭，威克托說了作者的名字，接著道：「你重複一遍。」

「莎……莎斯……莎斯比亞。」

「莎士比亞。」威克托糾正他的發音，接著又用敬畏的語氣讀了幾行。

這豪傑的誕生之地，小小的世界
鑲嵌在銀色大海中的寶石

那海水就像一堵牆，又像護城河
杜絕了不幸者的覬覦
這幸福之地，這國土與家邦，我們的英格蘭。

他望著米凱爾的臉說：「那個國家不會處決老師，至少還沒有。我一直想去英國瞧瞧，那裡的人呼吸著自由的空氣。」他兩眼映著遙遠的火光微微發亮。「英國不會焚書，也不會為殺而殺。」說完突然回過神來。「我是不可能見到了，但你或許有機會。你要是能離開這裡就去英國，去看看那兒是不是真的是幸福之地，好嗎？」

「好的，先生。」米凱爾不大明白什麼意思，但還是說好。

最後一場風雪橫掃森林，陰霾退去之後，春天降臨俄國了。先是一場大雨，隨即綠意燎原。米凱爾的夢境愈來愈怪。他夢見自己趴著奔跑，身體在黑暗中奔馳，之後總是滿身大汗，顫抖著醒來。他有時會瞥見自己手臂、胸口和腿上長出黑色毛髮，迎風搖擺，骨頭像是斷了又重新接上一般抽痛著，聽見威克托、尼契塔或蕾娜蒂狩獵時回音繚繞的美麗呼號，就會心癢喉躁。變化開始出現在他身上，毫不留情地緩緩佔據他。

五月初的某天晚上，艾蕾克莎縮著身子大聲哀號，鮑莉和尼契塔緊抱著她，火光閃耀間，蕾娜蒂淌血的手上多了兩個嬰兒。她朝威克托低語幾句，接著便用毯子將屍體裹了起來。但米凱爾已經看見了。兩坨癱軟的皮囊，一個是小小的人形，少了左臂和左腿，身上佈滿咬痕，另一個被灰色臍帶勒著脖子，有爪子和利牙。蕾娜蒂用毯子緊緊裹住死嬰，不讓法蘭可和艾蕾克莎看見。艾蕾克莎滿臉是汗，抬起頭低聲問道：「是男孩嗎？是男孩嗎？」

米凱爾沒等蕾娜蒂開口就離開了。艾蕾克莎的哭號從他身邊掃過，他在走道差點撞上了法蘭可。法蘭可將他一把推開，衝了進去。

日出後，他們帶著毯子裹著的嬰兒離開白殿，往南走了快一公里。米凱爾問這是哪裡，蕾娜蒂說是墓園，所有孩子安葬的地方。

墓園周圍樺樹參天，軟土上覆滿落葉，石頭標示著屍體長眠的位置。威克托抱著兩個嬰兒，艾蕾克莎和法蘭可跪在地上用手挖掘墓穴。米凱爾起初覺得很殘忍，因為艾蕾克莎淚流滿面，邊哭邊挖。但她一會兒之後便不再啜泣，而且挖得更加認真。米凱爾這才明白，這是他們埋葬死者的方式：用肌肉取代淚水，手指拚命挖掘。法蘭可和艾蕾克莎挖到他們覺得可以了，接著威克托將屍體放進墓穴裡，然後重新覆上泥土和落葉。

米凱爾環顧四周的方形小石堆，這一帶安息的全是嬰兒。遠方陰暗處的石堆比較大片，他知道安德烈就葬在那兒，還有米凱爾被咬前就喪命了的其他人。他數了死了多少嬰兒，發現超過三十個，突然想到這群人一直努力生育，但嬰兒卻接連死亡。會有半人半狼的嬰兒活下來嗎？和煦的微風拂過樹梢，他心裡這麼想著。他無法想像嬰兒承受那樣的疼痛，如果能熬過，肯定擁有堅強的靈魂。

法蘭可和艾蕾克莎找了石頭鋪在墓塚四周。威克托從頭到尾都沒開口，對神和他們倆保持沉默，完事之後轉身就走，涼鞋踩過樹叢沙沙作響。米凱爾看見艾蕾克莎想牽法蘭可的手，法蘭可卻匆匆抽身獨自走開了。艾蕾克莎默默看他走遠，陽光灑在她金色長髮上熠熠生輝。米凱爾看見她雙唇顫抖，心想她又要落淚了，不料她卻微微挺直腰桿，瞇眼露出冷酷的厭惡。他發現她和法蘭可之間沒有愛，所有情感都隨著嬰兒一起埋葬了。也可能法蘭可看不上她了。他望著艾蕾克莎，感覺她似乎長大了，接著她轉過頭來，冰藍眼眸緊盯著他。米凱爾動也不動回望著她。

艾蕾克莎說：「我會生個男孩的，一定會。」

「妳的身體累了。」蕾娜蒂對她說道。米凱爾這才明白艾蕾克莎是盯著他背後的蕾娜蒂看。「再等一年吧。」

「我會生個男孩的。」艾蕾克莎語氣堅定又重複了一次，接著瞥向米凱爾，眼光上下打量他。米凱爾覺得心底深處打了個哆嗦，接著她突然轉身離開墓園，去追尼契塔和鮑莉了。

蕾娜蒂站在新造的墓塚旁，搖頭說：「小不點呀，小不點，希望你們在天堂能當好兄弟。」她回頭看了米凱爾一眼。「你恨我嗎？」她問。

「恨妳？」他沒想到蕾娜蒂會這麼問。「不會。」

「你如果恨我，我可以理解。」她說：「畢竟是我把你拉進這個世界的。我很恨咬我的那個人。她就埋在那兒，墓園邊上。」蕾娜蒂朝陰暗處點點頭。「我先生叫提歐姆基，是個鞋匠，我們正要去參加妹妹的婚禮。我跟他說我們轉錯彎了，結果他有聽嗎？當然沒有。」她指著其中一處比較大的墓塚，接著說：「提歐姆基變身時死了。那已經是……哎，十二年前了吧。反正他也不是什麼好傢伙，變成狼只會很可悲，但我愛他。」她微微一笑，但笑容很快就褪去了。「這裡每一個墓都有故事，但有些在威克托之前就存在了，所以我想應該是永遠的謎了，是吧？」

「這群人在這裡多……多久了？」米凱爾問。

「喔，我也不知道。威克托說我來的隔年去世的那個老人，已經在這森林裡二十多年了，而那個老人認識的一些同伴又比他還早二十年。所以誰曉得？」蕾娜蒂聳聳肩道。

「有人在這裡出生，並且順利活下來嗎？」

「威克托說他聽說有七、八個人在這裡出生，並且順利長大，但當然都已經陸續過世了。不過，大多數嬰兒不是死胎，就是出生後幾週就夭折了。鮑莉已經放棄希望了，我也是。艾蕾克莎還年輕，還在堅持，但她已經親手埋葬了太多孩子，她的心肯定跟這裡的石頭一樣了。唉，我同情她。」蕾娜蒂環顧墓園，接著抬頭凝望透著陽光的參天樺樹。「我知道你要問什麼。」米凱爾還沒開口，她就說：「答案是沒有，從來沒有人離開森林。這裡是我們的家，直到永遠。」

米凱爾點點頭。他依然穿著去年那套破爛衣服，過去那個人類世界已經恍如往日回憶般的模糊了。他聽見鳥在林中鳴唱，看見幾隻鳥在枝枒間飛翔，很美的鳥，他心想不知道好不好吃。

「走吧，回去了。」算是葬禮的儀式結束了，蕾娜蒂開始朝白殿走，米凱爾跟在後頭。兩人才走不遠，他就聽見遠處傳來尖銳的呼哨聲。他推斷在東南方，離這裡大約一公里半。米凱爾駐足傾聽，不是鳥，是——

「啊。」蕾娜蒂說道：「這表示夏天來了。那是火車聲，鐵軌經過森林，離這裡不遠。」她說完繼續往前，但發現米凱爾沒有跟上，便又停下腳步。呼哨聲再次響起，聲音短而刺耳。「應該是鐵軌上有鹿。」蕾娜蒂研判道。「有時那裡會有死鹿，如果沒被陽光或禿鷹捷足先登，倒是不壞。」火車笛聲漸漸遠去。蕾娜蒂催促道：「米凱爾？」

他還在聽。笛聲讓他內心騷動，但不曉得為了什麼。蕾娜蒂在等，巴薩卡潛伏在森林裡，他該走了。米凱爾又回頭望著墓園，看了石頭圍成的墳塚一眼，接著便跟著蕾娜蒂回家了。

第二章

葬禮後過了兩天，米凱爾下午跪在白殿外挖土找蟲子吃，突然被法蘭可抓住手臂拉了起來。「走吧。」法蘭可說：「我們要去一個地方。」

兩人走進森林，往南出發。法蘭可回頭瞄了一眼。很好，沒人看見他們。「我們要去哪裡呀？」米凱爾被法蘭可拽著走，這麼問道。

「墓園。」法蘭可回答：「我想去看我的孩子。」

米凱爾試著掙脫，但法蘭可抓他手臂抓得更緊了。他想大聲叫，因為他不喜歡法蘭可這傢伙，但如果他真的大叫，其他人會瞧不起他，包括威克托。自己的問題要自己解決。「你帶我去要做什麼？」

「幫忙挖土。」法蘭可說：「閉上你的嘴巴走快點。」

兩人離開宮殿走進森林，綠樹有如大門在他們身後闔上。米凱爾突然想到法蘭可不應該這麼做。說不定這群人有規定，嬰兒下葬了就不能掘墓，父親不准見死去的孩子。他不曉得原因，但很確定法蘭可要他做的事，威克托不會喜歡。他故意拖著腳步，但法蘭可拽著他的手臂拉他往前走。

要跟上法蘭可很難。他步伐又大又急，米凱爾的肺很快就喘不過氣來。「你怎麼弱得跟雞一樣！」法蘭可朝他吼道：「我叫你走快點！」

米凱爾踢到樹根跪在地上，法蘭可一把將他拉起，兩人繼續趕路。棕眼的法蘭可臉色蒼白，神情卻帶著一股兇殘，即使戴著人類的面孔，依然藏不住狼的神色。米凱爾想，挖墓也許會帶來厄運，所以墓園才會離宮殿那麼遠。但法蘭可的人性佔了上風，讓他跟其他人類父親一樣，只想見見自己的骨肉。「快點，快點！」他對米凱爾說，兩人已經從快步變成狂奔了。

幾分鐘後，他們衝到了石頭墓園所在的空地。法蘭可突然停下來，害米凱爾一頭撞到他，但法蘭可沒有勃然大怒，而是無力地低呼一聲。

「天哪。」他喃喃道。

米凱爾看見了。墓園裡的墳塚被翻開了，骸骨四散遍地。大大小小的頭骨，有些是人類的，有些是動物的，還有些半人半獸，散落在米凱爾的腳邊。法蘭可走進墓園裡，雙手變成了腳爪。幾乎所有墳塚都被挖開，骨頭被掘了出來，弄得支離破碎，隨意扔棄。米凱爾低頭注視著獰笑的頭顱、尖銳的利牙和頭蓋骨上那幾撮灰毛，附近還有手骨和臂骨。一節小而扭曲的脊骨吸引了他的目光，接著是被人猛力碾碎的嬰兒頭骨。法蘭可繼續往前，朝不久前才埋下屍體的地方走。他跨過幾塊舊骨踩到了一個骷髏，骷髏的下顎像是發黃的木片飛了出去。他停下腳步，顫抖著望著兩天前埋下嬰兒的墓塚被挖出了兩個洞，旁邊是扯破的毯子。法蘭可拾起毯子，一塊停滿蒼蠅的血紅物體從毯子裡流了出來，滴在落葉上。

那嬰兒被撕成兩半，上半身連同頭和腦都不見了。法蘭可發現利牙的咬痕，蒼蠅在他臉龐四周飛舞，散發著血和腐肉獨有的銅味。他轉頭往右，望著地上另一抹血跡。那是一條長滿棕色細毛的嬌小大腿。法蘭可發出嚇人的低嗚，從血淋淋的屍塊前退開，踩碎了旁邊的舊骨。

「巴薩卡。」米凱爾聽見法蘭可呢喃道。鳥在樹頂快樂鳴唱，對眼前的一切渾然不覺。墓園裡到處是翻開的墓穴和碎裂的骨骸，大人嬰兒、狼和人都有。法蘭可轉身面向米凱爾，米凱爾看見對方的臉孔，看見他臉上肌肉貼著骨頭收緊，眼睛凸起無神，嗆人的腐臭味撲鼻而來。「巴薩卡。」

法蘭可又說了一次，聲音尖細顫抖。他四下張望，鼻翼賁張，臉上滲出汗珠。「你在哪裡？」他大吼，鳥叫聲立刻停了。「出來啊，你這個混蛋！」他左腳往一邊走，右腳往另一邊跨，彷彿想將自己撕成兩半。「出來！」法蘭可齜牙咆哮，胸口劇烈起伏。「我跟你打！」他抓起狼的頭骨朝樹幹扔去，頭骨啪的裂成碎片，有如槍響一般。「去死吧你，出來！」

蒼蠅撞上米凱爾的臉，隨即被法蘭可的暴怒嚇開。法蘭可一臉猙獰，蠟黃臉頰上紅點斑斑，身體有如緊繃得駭人的彈簧不停顫抖。他大吼道：「出來跟我打！」嚇得樹梢間的鳥群振翅飛逃。

法蘭可的挑釁毫無效果。地上獰笑的骷髏靜靜旁觀眼前的殺戮，成群的蒼蠅宛如黑幕撲向死嬰的血肉。米凱爾還來不及自衛，法蘭可已經朝他撲來。他一把抓起米凱爾，將他狠狠推向樹幹，撞得他岔了氣。「廢物！」法蘭可怒吼：「你聽見沒有？」他猛力搖晃米凱爾。「廢物！」

米凱爾眼眶泛淚，但硬忍著不流下來。巴薩卡蹂躪了法蘭可的孩子，啟動了他的毀滅慾。他又抓著米凱爾撞樹，力道更大。「我們不需要你！」他咆哮道：「你這個軟弱的小毛——」

事發突然，米凱爾也不清楚是怎麼開始的，一切都很模糊。他感覺體內竄出一道火苗，延燒全身，接著是令人恍惚的劇痛，他右手變成狼爪，滑順的黑毛從手背竄向前臂，一路蔓生到接近手肘的地方。他抬起右手掃過法蘭可的臉頰，法蘭可頭往後仰，臉上出現血淋淋的爪痕，嚇得鬆開米凱爾往後跳開，眼中閃現恐懼的神情。鮮血從他臉上的爪痕往下滴。米凱爾站起身子，心如擂鼓，跟法蘭可一樣驚詫。他望著自己的狼掌，看見雪白指甲上沾著鮮血和法蘭可的皮膚。黑毛已經竄上胳膊，他感覺骨頭受到擠壓開始變形，手肘啪的一聲脫臼了。他手臂變短、骨頭變粗，皮膚變得濡濕多毛。黑色毛髮沿著胳膊朝肩膀蔓生，在陽光下閃耀著墨藍色光芒。米凱爾感覺顎骨和前額抽痛，彷彿頭骨被老虎鉗用力夾住。他眼底迸淚，滿臉淚水，左手也開始變形，手指斷折縮短，長出毛髮和生嫩白爪，牙齒也不同了，頂住舌頭，牙齦像裂開了一樣。他嚐到嘴裡有血腥味，嚇得焦急望著法蘭可，求他幫忙，但法蘭可只是兩眼無神看著他，鮮血滑落下巴。米凱爾覺得那味道很像爸爸媽媽用高腳水晶杯喝的紅酒，那記憶已經恍如隔世。他肌肉緊繃顫抖，肩膀和背部變厚，跨下冒出濃密的黑色毛髮，被骯髒的衣服遮住。

「不要！」米凱爾聽見自己發出動物懼怕時急促的呻吟。「求求你……不要。」他不想這樣。他受不了了，但還沒結束，骨骼扭曲和肌肉變粗壓得他跪坐在落葉之間。

幾秒鐘後，覆滿他右肩的黑色毛髮開始褪去，沿著手臂往後退，腳爪凹折，重新長回人類手指的模樣。他骨骼拉直，肌肉再次變回男孩般纖細，下巴和臉骨重新組合，發出微弱的劈啪聲。他感覺牙齒縮回齒槽裡，痛到了極點，應該沒有比這還痛的了。改變只發生了不到四十秒就完全逆回原狀。米凱爾眨眨眼，淚水灼痛眼角。他低頭望著自己光滑無毛的手，指甲下滲出血來。肌肉變粗的陌生壓迫感消失了，舌頭觸碰到的是人牙，唾液裡摻雜著血味。

結束了。

「你這個小混球。」法蘭可說，但火氣已經差不多消了，感覺像洩了氣的皮球。「還是辦不到，對吧？」他摸了摸被抓的臉頰，看見手上沾了血。「我該殺了你才對。」他說：「你害我臉上留疤，我應該把你碎屍萬段，你這個小無賴。」

米凱爾掙扎著想站起來，但雙腳無力，怎麼也做不到。

「你根本不值得我動手。」法蘭可說：「你還太像人，我該把你留在這裡，你連回去的路都找不到，對吧？」他抹去傷口滲出的血，再次看了看手。「可惡！」他厭惡地說。

「你為什麼……這麼恨我？」米凱爾鼓起勇氣問：「我又沒對你做什麼。」

法蘭可沉默不語，米凱爾以為他不會回答了，但他開口了，語氣很酸：「威克托覺得你很特別。」最後兩個字他講得很含混，彷彿那是髒字。「他說他沒有見過求生意志這麼強的人。喔，他對你寄望很高。」法蘭可忿忿哼了一聲。「我說你弱得很，但我得承認，你很好運。威克托從來不為別人打獵，卻為了你這麼做，因為他說你身體還沒預備好，還無法改變。我說你要嘛變成我們的一份子，要嘛就是被我們吃了。到時我要咬破你的腦袋，啃你的大腦。你覺得怎麼樣？」

「我……我想……」米凱爾又試著起身，弄得滿臉是汗。他靠著意志力和瘀青的肌肉努力支撐，雙腿差點再次無力，但終於站了起來。他氣喘吁吁，看著法蘭可說：「我想……我以後只好殺了你。」

法蘭可目瞪口呆望著他，兩人陷入冗長的沉默。遠方烏鴉互相呼喚。法蘭可笑出聲來，但聽起來更像低哼。緊接著他皺起臉孔，用手指摁著被抓破的臉頰，眼神冰冷，帶著堅決的殘酷。「我今天就饒過你。」他說，彷彿突然大發慈悲，不過米凱爾覺得他是害怕威克托。「就像我說的，你很好運。」他環顧左右，瞇著眼豎耳傾聽，努力嗅聞，但四周沒有巴薩卡的蹤影，只有刨開的墓穴和支離破碎的骨骸。巴薩卡用腐肉遮去了自己的味道，凌亂的泥土和落葉上沒有腳印，樹叢間也沒有勾落的毛髮。法蘭可推斷這番大不敬發生在六、七小時前，而那傢伙早就離開了。他往前走了幾步，彎身趕走蒼蠅，拾起一隻小手臂，手掌還在。他直起身子，溫柔觸摸斷臂的手指，有如檢視陌生花朵的花瓣。米凱爾聽見他低聲說：「這是我的。」

法蘭可再次彎身，用手挖了個洞，將被咬斷的小手臂放進去，接著小心翼翼覆上泥土，將土拍實，蓋上枯黃的落葉。他蹲立良久，任由蒼蠅在他腦袋四周飛舞，尋找消失的腐肉。幾隻蒼蠅停在他淌血的臉頰上大快朵頤，但他動也不動，只是怔怔望著眼前落葉和泥土湊成的墓塚。

接著他突然站了起來，轉身離開殘破的墓園。他大步匆匆走進森林裡，連看都沒看米凱爾一眼。

米凱爾沒有跟上去。他知道回家的路，要是找不到方向，還可以靠法蘭可留下的血腥味回去。他的力氣正在恢復，腦袋和心臟也不再狂跳了。他望著骨骸遍地的墓園，好奇自己將會埋在哪裡，誰會替他覆上泥土。接著他拋開這些念頭，轉身離開墓園，循著凌亂土地上的腳印去追法蘭可。

第三章

又過了三個春天，米凱爾迎來了人生第十二個夏季。烈日籠罩森林，蕾娜蒂吃了得病長蟲的野豬肉差點喪命。威克托親自照顧她，為她打獵，直到她恢復健康，證明鐵漢也有柔情。鮑莉替法蘭可生了一個女娃。女娃兩個月大時，某一晚突然身體扭曲，身上的淺棕色細毛也跟著顫動，就這麼死了。尼契塔在艾蕾克莎肚裡播了種，但不到四個月就流掉了，只是一團組織和血肉。

米凱爾穿著蕾娜蒂替他做的鹿袍和涼鞋，因為舊衣服已經太小、太破了。他身材抽高，變得瘦瘦長長，濃密的黑髮垂到了背上。他的心智也在成長，從威克托的藏書裡擷取食糧，像是數學、俄國史、外語和古典文學，全是威克托為他準備的精神饗宴，有時容易入口，有時很難下嚥，但在火光搖曳的地下室裡，威克托的如雷嗓音總是不容許他片刻分心。米凱爾甚至愛上了莎翁的戲劇，尤其是《哈姆雷特》裡的陰森與鬼魂。

他的感官也愈來愈敏銳。他的世界不再有真正的黑暗，夜最深時對他也是微明的墨灰，物體暗紅，帶著詭異的淺藍輪廓。只要非常專心，摒除所有雜念，他就能憑著心跳的節奏認出白殿裡的每一位夥伴，例如艾蕾克莎的心跳就像小鼓，永遠跳得很快，威克托的心跳則是緩慢精準，有如仔細調校的樂器。顏色、聲音和氣味都變得更清晰了。他白天能在濃密的樹林裡發現百米之外鹿的身影，同時明白速度的重要，輕鬆就能抓到老鼠、松鼠和野兔，對其他人的餐點小有貢獻，但大一些的動物就沒辦法了。他常常醒來發現自己一隻手或腿覆滿了黑色毛髮，彎曲成狼腳的形狀，但變身這件事還是讓他怕得要命。他的身體雖然預備好了，心理顯然還沒做好準備。其他人自由穿梭在兩個世界，彷彿說變就變，讓他嘆為觀止。速度最快的當然是威克托，從人皮變成覆著灰色狼毛不到四十秒。尼契塔第二，四十五秒多就能變身完成。艾蕾克莎的毛皮最美，法蘭可的狼嗥最大聲，鮑莉最害羞，蕾娜蒂最仁慈，常放過最小最弱的獵物，但還是會先追得獵物精疲力竭。威克托罵她無聊，法蘭可皺眉努嘴，但她還是樂此不疲。

墓園被毀，威克托氣得一臉冷峻，帶著尼契塔和法蘭可萬里長征，尋找巴薩卡的巢穴，最後徒勞無功。之後三年，巴薩卡不時在白殿四周留下小堆排泄物，宣告自己沒有走遠。還有一回，他們夜裡聽見他在嚎叫，聲音低沉粗啞，帶著奚落，位置隨著他敏捷變換方位而移動。他在挑釁，然而威克托沒有回應，他不想落入巴薩卡的圈套。十一月初某個下雪的夜晚，鮑莉跟尼契塔去追捕馴鹿，回來信誓旦旦說她見到巴薩卡的身影。那傢伙一身血紅朝她撲來，眼睛有如兩個黑洞充滿冰冷的恨意，近得讓她聞到對方身上惡臭的瘋狂。牠張開垂涎大口，想咬斷她的喉嚨，但尼契塔及時回防，那傢伙便消失在大雪中了。鮑莉說得斬釘截鐵，但她有時會混淆惡夢與現實，而且尼契塔只記得那晚夜黑風高，飛雪漫天，其餘都沒印象了。

七月中某一晚，米凱爾和尼契塔以人的模樣走過森林。兩人沒有激起雪花，而是滿坑滿谷的金黃螢火蟲。天氣乾燥讓動物變少了，上個月更是斬獲慘淡。威克托命令米凱爾和尼契塔不准空手而歸，任何獵物都好。這會兒兩人一前一後，相隔二十多步，尼契塔在前方開路，米凱爾努力跟上，兩人飛奔往南，但尼契塔不久便放慢速度，變成了輕快的漫步。

「我們要去哪裡？」米凱爾低聲問。他環顧昏暗的四周尋找獵物，但連一雙映著星光的松鼠眼睛都沒看見。

「鐵軌附近。」尼契塔答道：「看看那裡能不能撿到寶。」他們常在鐵軌旁找到被火車撞死的鹿、馴鹿和小動物。每年五到八月，運貨列車每天兩次穿過森林，白天由西往東，晚上由東向西。向南的森林開始出現巨石和峭壁，兩條鐵軌從粗削的隧道裡竄出，沿著青翠隘谷蜿蜒而下六百多米，再次鑽進往西的隧道中。米凱爾隨著尼契塔走下邊坡，沿著鐵軌前進，睜大眼睛尋找屍體的影子，張大鼻孔尋覓溫熱的血腥。今晚，鐵軌上沒有屍體，兩人繼續邁向東側的隧道。忽然間，尼契塔說：「你聽。」

米凱爾豎起耳朵，隨即聽見了：遠方傳來微弱的雷鳴。然而夜空清澈，星星隔著蒸騰的熱氣明暗閃爍。是火車。

尼契塔彎身將手放在鐵軌上，感覺到鐵軌的震動。火車正準備加速長下坡，再過幾秒就要從他們前方幾米的隧道口衝出來了。

「我們最好走了。」米凱爾對他說。

尼契塔沒有動，手依然放在鐵軌上。米凱爾看見他望著鑿壁而出的隧道口，接著望向西側遠處的隧道。「我以前常一個人來這裡。」他低聲說道：「看火車轟隆經過，沒想到被巴薩卡破壞了，該死的傢伙。但我看過火車經過許多次，我猜是往明斯克吧，從這個隧道出來——」他朝隧道點了點頭。「再鑽進那邊的隧道。有時夜班司機為了早點回家，兩個隧道之間只花不到三十秒，喝醉了或有踩煞車大概是三十五秒。我都知道，因為我有算過。」

「為什麼？」米凱爾問道。火車的轟隆聲有如雷雨來襲，愈來愈近了。

「因為我總有一天要快過它。」尼契塔起身道：「你知道對我來說世界上最偉大的事情是什麼嗎？」他睜著蒙古人的杏眼，穿透黑夜瞪著米凱爾。男孩搖搖頭。「就是快。」尼契塔說，掩不住語氣裡的興奮。「快過你們其他人，快過世界上所有人，改變火車從隧道出來再進隧道相隔的時間。

你懂嗎？」

米凱爾搖搖頭。

「看好了。」尼契塔說。西邊的隧道口已經亮起，鐵軌也因為蒸氣引擎的力道而震動。尼契塔脫下長袍，裸裎面對世界，接著火車突然從隧道裡衝了出來，宛如張著黑色大口、鼻息大作的獨眼巨人，一隻眼睛黃得發亮。米凱爾被火車冒出的熱氣包圍，立刻往後跳開，尼契塔卻站在鐵軌邊動也不動。車廂轟隆駛過，火紅煤渣隨著熱氣翻騰，米凱爾看見尼契塔身體緊繃，肌肉顫動，皮膚生出烏黑柔亮的細毛，接著開始在鐵道上奔跑，背和雙腿長滿了狼毛。他朝東邊的隧道跑去，脊椎瞬間彎曲，腿和手臂一陣顫抖之後往上向軀幹收攏。米凱爾看見尼契塔臀部覆滿黑毛，脊椎尾端生出深色疣狀物，隨即舒展成狼的尾巴，有如船舵擺盪著。他脊骨啪的下彎，身體貼地狂奔，前臂變粗，雙手變形成腳爪。他衝到火車前，和它一起朝東邊的隧道口跑去。司機踩下煞車，但火爐依然竄出火花。車輪摩擦發出吱嘎巨響，離尼契塔的後腿只有半米。他心臟狂跳，兩腿一彎失去了平衡。重新站穩讓他浪費了寶貴的幾秒，但火車已經離他而去，留下黑煙與火花繚繞在他四周。他吸著人類製造的廢氣，覺得肺中毒了。濃煙中，尼契塔從米凱爾眼前失去了蹤影。

火車轟隆駛進東側隧道，繼續朝明斯克前進，最後一節車廂欄杆上掛著一盞紅燈前後搖晃。隘谷裡濃煙密佈，帶著生柴燃燒的嗆鼻酸味。米凱爾沿著鐵軌走進煙裡，感覺到火車駛過留下的熱氣。煤渣依然漫天飛舞，遮蔽了夜空中的星星。「尼契塔！」米凱爾大喊：「你在哪——」

話沒說完，一道黑影便狠狠撲向了他。

一頭黑狼雙掌壓住米凱爾的肩膀，將他撲倒在地，接著踩在他胸口上，一雙鳳眼盯著他的臉，張嘴露出潔白的獠牙。

「住手。」米凱爾說著抓住尼契塔的口鼻，將他的頭推開。黑狼齜牙怒視，朝他臉上咬來。「住手好不好？」米凱爾說道：「你快把我壓扁了。」

黑狼再次露出獠牙，離米凱爾的鼻子只有幾吋，接著便伸出濕潤的粉紅舌頭舔他的臉。米凱爾尖叫一聲，想將黑狼推開，但尼契塔太結實了。後來，尼契塔總算離開了米凱爾的胸口。男孩坐起身子，知道明早他胸口一定會出現掌印。尼契塔繞著圈子，追著自己的尾巴玩，隨即跳進隘谷一側的高草堆裡翻滾取樂。米凱爾站起來說：「你瘋了！」

尼契塔在草叢裡翻滾，身體又開始變了。肌腱劈啪伸長，骨頭喀喀重組，尼契塔痛得低嗚，米凱爾走到幾米之外，替尼契塔保留一些隱私。

過了三十秒左右，米凱爾聽見尼契塔低呼一聲：「可惡。」

蒙古人長相的尼契塔走過米凱爾面前，上坡去拿他剛才脫下的長袍。「我被自己的腳給絆倒了。」他說：「我的腳老是礙路。」

米凱爾跟了上去。黑煙緩緩飄離隘谷，文明世界的鐵焦味也淡了。「我不懂。」米凱爾說：「你剛才到底想做什麼？」

「我說了，就是求快。」他回頭瞄了火車消失的方向一眼。「火車明天晚上還會回來，後天也是，我要再試一次。」說完他伸手拾起長袍披在肩上，米凱爾一臉茫然望著他，還是不大理解。「你問威克托，他會跟你說個故事。」尼契塔說：「他說他剛來這裡時，領頭的老人記得有人可以在廿四秒內變身。你能想像嗎？廿四秒內從人變成狼？威克托自己都得半分鐘以上！我呢，唉，我可慢了。」

「哪裡，才沒有。你很快。」

「但還不夠快。」」尼契塔說得果決：「我不是最快的，不是最強壯的，更不是最聰明的，而我從小，從我還是你這個年紀，在礦坑裡拼死拼活的時候，就希望自己與眾不同。在礦坑裡工作久了，就會渴望成為自由的大鳥。也許我還有夢，希望自己的雙腿能變成翅膀。」

「是不是最快或最什麼的又怎——」

「對我來說很重要。」尼契塔打斷他道：「讓我活得有方向，你懂嗎？」他不等男孩開口就繼續往下說：「我夏天常來這裡，不過都是晚上來，不想讓火車司機見到我。我愈來愈快了，只是雙腿還沒學會怎麼飛。」他朝通向東邊隧道的鐵軌點點頭。「我總有一天會跑過火車的。我要從這裡以人的形體起跑，在火車抵達另一邊隧道前變成狼，從火車前穿越鐵軌。」

「穿越鐵軌？」

「沒錯，而且是四腳著地跑。」尼契塔說：「現在，我們最好找點獵物帶回去給夥伴吃，否則晚上就有得瞧了。」他說完便開始下坡往東走，米凱爾跟了上去。兩人離開剛才追火車的地方不到一公里，就發現鐵軌上有一隻壓扁的兔子。兔子剛死不久，兩眼圓凸，彷彿還被獨眼怪獸的閃耀黃眼震懾著。當成食物雖然小，至少是個開始。尼契塔捏著兔子耳朵將牠抓起來，繼續往前搜尋獵物。兔子有如壞掉的玩具，在他身側晃呀晃的。

兔血的腥味讓米凱爾垂涎欲滴，感覺一股氣衝到了喉間，差點就要發出野獸般的嗥叫。他愈來愈像這群人了，改變有如邪惡的朋友等著他自投羅網，他只要伸手相迎，坦然接受就好。改變就是這麼近、這麼急切。但他不曉得怎麼做。其他人似乎都曉得，只有他不知道如何「啟動改變」。是用命令的？還是想像？他很怕失去最後一絲人性，徹底變身將帶他走上一條他不敢走的路。還沒，他就是還沒準備好。

他口水直流。嗥叫聲起，但不是他的喉嚨，而是肚子。他終究還是人多於狼。

夏日漫漫，大地乾涸，米凱爾有許多夜晚跟著尼契塔到鐵軌旁狩獵。八月初某天晚上，他們發現一頭小鹿受傷了，兩條腿被火車車輪碾斷。尼契塔彎身凝望小鹿閃著驚惶的雙眼，米凱爾看他伸出雙手溫柔撫摸小鹿的頭，對牠輕聲細語殷殷安撫，接著雙手按住小路的頭顱猛力一扭。小鹿身體一癱頸子斷了，不再受苦。尼契塔告訴他，這才是慈悲。

火車總是準時出現，有時俯衝下坡，從這邊隧道飆向那邊隧道，有時急煞減速，火花四射。米凱爾會坐在松樹遮蔽的邊坡上，看尼契塔沿著鐵軌奔跑，看他扭著身體維持平衡，不讓變身妨礙他。感覺總是腿在礙事，黏著地面不放，讓他無法飛翔。尼契塔不斷進步，但還是不夠快，總是被火車超過，率先衝入東側隧道，留下尼契塔被濃煙籠罩。

八月過了，最後一班開往明斯克的列車轟隆遠離，車尾吊燈搖搖晃晃，有如血紅的訕笑。尼契塔垂頭喪氣走回扔下長袍的地方，米凱爾看見烏黑的毛髮從他身上褪去，尼契塔再度恢復人形。他穿上長袍，深深吸了一口嗆鼻的濃煙，彷彿呼吸可敬惡敵的汗味。「嘖。」過了一會兒，他說：「夏天還會再來的。」

兩人朝著宮殿和秋天走去。

第四章

冬天是殘酷的白色女郎，牢牢攫住了森林，用雪禁錮。嚴寒凍裂了樹木，將池塘變成雪白的圓板，陰森的天空雲霧密佈。夕去朝來，太陽成了局外人，世界成了冰雪鑄成的大海，只有大片的暗沉禿樹，連羽毛墨亮的烏鴉使者也待在樹上，或鼓起凍僵的翅膀朝陽光飛去。森林白茫靜寂，只有雪兔急促奔跑，但西伯利亞的寒風吹來，連雪兔也在窩裡顫抖。

白殿裡的夥伴也是。他們偎在一起，吐著悠悠白氣圍著松節柴火取暖。但米凱爾的課沒有中斷。威克托毫不放鬆，一邊和米凱爾挨擠著暖和身子，一邊聽他背誦莎士比亞和但丁的作品，朗讀歐洲史和解答數學題。

元月某一天，鮑莉和尼契塔出去撿柴。威克托囑咐他們不要遠離白殿，並且待在對方的視線範圍內。濃霧瀰漫，能見度很低，但柴火不能斷。尼契塔不到半小時就回來了。他步履踉蹌有如夢遊一般，眉毛和頭髮沾滿白雪，抱著一把柴薪走到圍火取暖的夥伴身邊，將柴薪甩在地上。威克托起身問道：「鮑莉呢？」

她本來離我不到二十步，尼契塔說，二十步。兩人聊著天，用文字取暖，但鮑莉忽然就沒聲音了。沒有呼救，也沒有掙扎聲，只有濃霧。前一秒還在，下一秒就……

尼契塔帶威克托和法蘭可去查看，三人在冰雪覆蓋的宮殿外不到四十米的雪地上發現了鮮紅的血跡。鮑莉的袍子在附近，同樣濺了血。雪上有幾根木柴，像極了乾枯的白骨。鮑莉的足跡就停在巴薩卡從荊棘裡竄出來留下的掌印前。雪地上有屍體拖行的痕跡，越過小丘進到森林的深處。他們找到鮑莉的部份內臟，在雪上紫如瘀青。巴薩卡的掌印和鮑莉屍體拖行的痕跡一路出了森林，威克托、法蘭可和尼契塔脫下長袍，在濃霧中顫抖著身子變了身。三隻狼一灰一黑一淺棕，頂著飛雪循著巴薩卡的足跡而去。他們東行了一公里半，發現了鮑莉一隻手臂，斷在肩臂交接處，青得像大理石，卡在兩塊岩石之間。接著在懸崖邊，強風吹得岩石裸露，沒有半點白雪。巴薩卡的足跡就消失在這裡，還有鮑莉屍體的拖痕。

接下來幾個小時，三隻狼繞著圈向外搜索，離白殿愈來愈遠。期間，法蘭可一度覺得一處突出的岩石上站著一個巨大的紅色身影，但大雪遮蔽了他的視線幾秒，等他再次看得清周圍時，那身影已經消失了。尼契塔在變換飄忽的強風中嗅到了鮑莉的味道（帶著麝香的夏日青草），三隻狼循著味道往北追了快一公里，發現鮑莉的頭掉在溝壑裡，顱骨被撬開了，大腦不知去向。

他們追著巴薩卡的腳印來到一處峽谷邊，足跡在岩石上消失了。峭壁邊上有幾處洞穴，爬下去很危險，但不是沒辦法。巴薩卡可能就在其中一處洞穴裡，但要是沒有，威克托、法蘭可和尼契塔只會白白摔得粉身碎骨。雪下得更大了，鐵鏽味濃郁的暴風雪遮蔽了天空。威克托哼了一聲甩頭示意，三隻狼便掉頭回家了。

回到白殿，威克托對著圍在柴火前的夥伴描述經過，說完便離開夥伴，獨自一人坐在角落。他啃著疣豬的骨頭，望著鮑莉習慣窩著、如今空空如也的床墊，一雙眼睛在冰冷的幽暗中熊熊閃耀著。

暴風雪在殿外呼嘯，法蘭可吼道：「我說咱們出去揪出那個王八蛋！我們不能光坐在這兒，像……像……」

「像人一樣？」威克托輕聲說道，一邊從火裡拾起一根小樹枝看它燃燒。

「像懦夫一樣！」法蘭可說：「先是貝爾義，然後墓園毀了，現在鮑莉也死了！他沒殺光我們是不會罷手的！」

「風雪這麼大，我們沒辦法出去。」尼契塔坐在地上說：「巴薩卡也不可能出來。」

「我們非得找到這傢伙，殺了他不可！」法蘭可在柴火前走來走去，差點踩到了米凱爾。「要是他的喉嚨被我的爪子抓住，我一定——」

蕾娜蒂哼了一聲：「你一定會變成他的早餐。」

「妳這個老太婆，給我閉嘴！誰問妳了？」

蕾娜蒂立刻起身朝他走去，法蘭可也轉身面向她。蕾娜蒂手背上冒出黃褐毛髮，隨著肌肉擺動，手指也開始彎曲成腳爪。

「住手。」威克托說。蕾娜蒂轉頭看他，臉骨已經開始縮小變形了。「別這樣，蕾娜蒂。」他又說了一次。

「讓她殺了他吧。」艾蕾克莎說道，美麗的臉龐上一雙藍眼冷酷異常。「他自己找死。」

「蕾娜蒂？」威克托站了起來，蕾娜蒂的脊椎開始下彎。

「來呀！來呀！」法蘭可冷笑道。他舉起右手，手背覆滿淺棕色毛髮，而且開始長出尖爪了。

「我準備好了！」

「住手！」威克托厲聲大吼，讓米凱爾嚇了一跳，以為老師發怒了。威克托的吼聲在房裡迴盪。「我們互相殘殺，巴薩卡就贏了。我們死了，他就能正大光明進來佔了我們的窩。所以給我住手，你們兩個。我們應該像人一樣思考，而不是像動物一樣行動。」

蕾娜蒂眨了眨眼，嘴巴和下顎都變形了，一小道唾液從下唇滑到覆著黃褐毛髮的下巴，懸在那裡半秒後才滴到地上。她的臉開始恢復人形，肌肉在皮膚下扭動，尖牙退回齒槽，發出濕潤的喀擦聲，狼毛縮成細鬚而後消失。蕾娜蒂搔搔手背，撫去最後一撮毛髮縮回體內留下的刺癢，接著說：「你這個小混球。」目光依然瞪著法蘭可。「給我放尊重點，聽懂沒有？」

法蘭可嘀咕一聲，朝她冷漠一笑。他右手已經恢復了原有的形狀與白皙。他朝她嫌惡地揮了揮手，隨即離開了火前。空氣裡飄著動物激憤時散發的麝香味。

威克托站到了蕾娜蒂和法蘭可中間，等兩人氣都消了才說：「我們是家人，不是敵人。巴薩卡就希望我們自相殘殺，這樣他的工作就簡單多了。」他將燃燒著的樹枝扔回火裡。「不過，法蘭可說得對，我們得找到巴薩卡，殺了他才行，否則他會一個一個殺了我們。」

「妳看吧。」法蘭可對蕾娜蒂說：「他說我說得對！」

「我邏輯上同意你。」威克托糾正道：「問題是你做事不一定有邏輯。」他頓了幾秒，聆聽狂風從樓上破窗吹進來的咻咻聲響，接著說：「我認為巴薩卡就住在我們發現的其中一個洞穴裡。」

「尼契塔說得對，這種天氣巴薩卡不會出來，但我們會。」

「外面根本伸手不見五指！」蕾娜蒂說：「你聽那風聲！」

「我聽見了。」威克托踱步繞著柴火，一邊摩挲雙手。「風雪一停，巴薩卡就會再次出來狩獵。我們不曉得他的行事作風，但他只要在洞穴裡聞到我們的味道，就一定另覓巢穴。不過……要是我們在風雪大作的時候找到他的巢穴，來個甕中捉鱉呢？」

「不可能！」尼契塔搖頭道：「你也看到那個峭壁了，冒險下去會摔死的。」

「巴薩卡就下去了。他下得去，我們也可以。」威克托刻意沉默片刻，讓所有人接受這一點。「最難的是怎麼找到他的巢穴。假如是我，我一定會在每個巢穴留下自己的味道，但他或許沒這麼做，或許我們爬下峭壁之後會聞到他的味道，循著味道找到他。他可能在睡覺。換成我就會這麼做，因為我吃得很飽，又覺得在洞穴裡很安全。」

「沒錯，就這麼辦！」法蘭可興奮說道：「趁他睡著殺了那個王八蛋！」

「不行，巴薩卡個頭又大又壯，我們沒辦法跟他直接對決。我們先找到那傢伙的巢穴，用石頭封住洞口，封得又密又牢，讓他沒辦法挖出來。只要我們動作快，就能在他發現之前把巢穴封住。」

「假如巢穴沒有其他出口的話。」蕾娜蒂說。

「我沒有說這個計畫萬無一失，天下沒有完美的計畫，但巴薩卡是瘋子，想事情跟一般的狼不一樣。他覺得自己贏得過任何兩條腿和四條腿的生物，所以為什麼要逃？我敢說他的洞穴一定溫暖舒服，沒有其他出入口，他可以好好窩著，一邊啃骨頭一邊思考接下來怎麼對我們下手。我覺得值得冒險。」

「我不覺得。」雷娜蒂皺眉說：「風雪太大了，從這裡到那裡已經很難了，何況還要找到他的巢穴。不行，風險太大了。」

「不然該怎麼辦，嗯？」威克托說：「等風雪過了，巴薩卡又出來獵殺我們嗎？他剛飽餐一頓，肚子裡都是肉，反應變得很慢，我們應該把握機會。我覺得非去不可，否則大夥兒都會被殺。」

「沒錯！」法蘭可贊同道：「現在就去宰了他，趁他覺得很安全的時候！」

「我決定了，我要行動。」威克托環顧夥伴，目光在米凱爾身上停留片刻，隨即撇開。「法蘭可，你要跟我去嗎？」

「我？」法蘭可瞪大眼睛。「嗯，當然了，我跟你去。」他聲音不穩。「只是我……我不想拖累你。」

「拖累我？怎麼會？」

「呃……我之前沒提，當然這沒什麼，不過……我這邊腳丫子踩到石頭瘀青了，你看！」他說著脫下鹿皮涼鞋，露出瘀青的部位。「我腳踝也有一點腫，不曉得哪時候弄的。」他摁了摁瘀青，身體縮了一下，但動作有點太大了。「但我還是能去。」他說：「雖然不像平時那麼敏捷，但你還是可以靠我沒問題。」

「靠你個屁。」蕾娜蒂接話道。「別管法蘭可和他的跛腳了，我跟你去。」

「我需要妳待在這裡，照顧米凱爾和艾蕾克莎。」

「他們可以照顧自己！」

威克托已經決定了。他轉頭望著尼契塔。「你也腳掌瘀青嗎？」

「整隻腳都麻了。」尼契塔說著站起身子。「我們哪時出發？」

「是腳踝害我的！」法蘭可反駁道。「你們看，它都腫起來了！一定是我那時候踩錯了——」

「我明白。」威克托說道，法蘭可不再講話。「我和尼契塔去，你想待在這裡就待著。」法蘭可還想反駁，但後來決定放棄，閉上嘴巴。「我們愈早出發就能愈早回來。」威克托對尼契塔說：

「我已經準備好了。」尼契塔點點頭，威克托轉頭望著蕾娜蒂說：「我們要是找到巴薩卡的巢穴，並且把他封住，就會在那裡待一陣子，確定他沒辦法挖洞出來。我們會盡量在四十八小時內回來，要是風雪太大，我們會找地方睡覺。妳可以顧好大家吧？」

「嗯。」蕾娜蒂悶悶地說。

「妳和法蘭可不要咬得一嘴毛。」這是命令。威克托看著米凱爾說：「你會看著他們，不讓他們自相殘殺，對吧？」

「是，先生。」雖然他不曉得雷娜蒂和法蘭可真要打起來，他該怎麼辦，但還是這麼回答。

「我回來之前，你要把我們昨天開始的功課讀完。」威克托指的是羅馬帝國滅亡的歷史。「我會問你問題。」

米凱爾點點頭。威克托脫下長袍和涼鞋，尼契塔也是。兩人裸身站立，嘴裡呼出陣陣白霧。尼契塔率先變身，黑色毛髮有如藤蔓爬滿全身。威克托望著蕾娜蒂，眼睛映著微光閃閃發亮。「聽著。」他說：「萬一……我們三天後還沒有回來，妳就當大家的老大。」

「你要一個女的當我的老大？」法蘭可嚷嚷道。

「當大家的老大。」威克托又說了一次。灰色狼毛有如海浪從他肩膀湧起，撲向胳膊，他身體變得光滑油亮，前額滲出汗水，眉毛湊在一塊兒，全身冒著熱氣。「你有意見嗎？」他聲音變得沙啞，臉骨位移，獠牙從嘴角竄了出來。

「沒有。」法蘭可立刻回答：「沒意見。」

「祝我們好運吧。」這話已經不是人的聲音了。只見威克托身體顫抖，長出佈滿灰毛的獸皮，尼契塔的頭和臉幾乎變形完成了，口鼻喀喀伸長，同時吐著大氣。米凱爾以前覺得那聲音很可怕，現在卻覺得宛如奇特樂器奏出的天籟。尼契塔和威克托身體扭曲，表皮生出獸毛，手指腳趾變成腳爪，牙齒變成獠牙，鼻子拉長變黑，骨頭、肌腱和肌肉變形重組成為狼形，發出樂音般的聲響，夾雜著兩人的哼嗚。接著威克托「嗤」了一聲，奔出房間朝樓梯跑去，尼契塔緊跟在後。幾秒鐘後，兩隻狼便消失了。

「我腳踝腫了。」法蘭可又露給蕾娜蒂看：「妳看，我沒辦法跑遠，對吧？」

蕾娜蒂不理他。「我們需要乾淨的水了。」她拿起僧侶留下的陶碗說。碗裡覆著一層骯髒的薄冰，幾乎沒水了。「米凱爾，你可以跟艾蕾克莎去裝點雪回來嗎？謝謝。」她將碗遞給米凱爾。他們只需要上樓到窗邊裝一點吹進來的雪就行了。「法蘭可，你要先站哨，還是我先？」

「妳是老大。」法蘭可說：「妳說了算。」

「很好，那你先站哨，時間到了我會去替你。」蕾娜蒂說完便像新立的女王一樣在火前坐了下來。

法蘭可嘴裡嘀嘀咕咕。這時候到塔上可不是什麼舒服的事，窗戶沒有玻璃，冷風直貫。但站哨很重要，非輪流不可，因此他還是大步離開了。米凱爾和艾蕾克莎上樓裝雪，蕾娜蒂一手托腮，滿心掛念她的心上人。

第五章

那天夜裡，風雪戛然而止，消散前在森林裡留下了兩米多的積雪，樹木都被極地裡的寒冰壓彎了。風雪過後是刺骨的嚴寒，破曉時大地一片花白，雲層色如沾濕的棉花，將太陽遮了起來。

早餐時分，法蘭可和米凱爾走過原本是荊棘的白雪荒漠，法蘭可說道：「天哪，有夠冷的！」米凱爾沒有答腔，講話太費力氣，而且他下顎凍僵了。他回頭看了大約五十米外的白殿一眼，發現它幾乎隱匿在一片白茫之中。「我恨這裡！」法蘭可說：「我恨這個國家！該死的威克托，該死的尼契塔，該死的艾蕾克莎，還有最該死的蕾娜蒂，她以為她是誰呀？竟然把我當傭人使喚。」

「你再這樣嘰嘰喳喳。」米凱爾低聲說道：「我們就什麼也抓不到了。」

「拜託，這裡沒有半點東西，我們怎麼找得到吃的？自己生嗎？我又不是上帝，搞什麼！」他停下腳步左嗅右聞，鼻子被寒風一刺，嗅覺變差了。「蕾娜蒂不是老大嗎？怎麼不是她來找獵物給我們吃？你說說看啊！」

這一點根本沒什麼好爭的。他們抽籤決定，看誰從火堆裡抽出的樹枝最短，誰就出去找早餐。米凱爾抽到的樹枝最短，再來是法蘭可。「就算有獵物。」法蘭可接著說道：「牠們也都躲在洞裡取暖了，我們也該學學他們。你自己聞。聞到沒？什麼都沒有。」

這時，一隻毛尖泛灰的野兔突然竄到他們眼前，彷彿要讓法蘭可出糗似的。兔子朝半埋在雪裡的樹叢跳去。「那裡！」米凱爾說：「你看！」

「我眼睛凍壞了。」

米凱爾停下腳步，轉頭望著法蘭可說：「你到底要不要變身？變身的話還有機會逮到牠。」

「去你的！」法蘭可臉頰都凍出紅斑了。「現在變身太冷了，我的卵蛋要是還沒準備好，變身只會凍到脫落。」說完他便低頭看了私處一眼。

「你不變身，我們就什麼也捉不到。」米凱爾提醒他：「追一隻兔子是有多難，只要——」

「怎麼，現在連你也對我發號施令了，是吧？」法蘭可朝他大吼：「你這小混球給我聽好了，你抽到的樹枝最短，你變身去幫我們找吃的。你也該跟大夥兒一樣出點力了！」

米凱爾心頭一刺，知道對方說的有理。他低頭往前，兩手抱胸取暖，涼鞋踩在結冰的雪上沙沙作響。

「嘿，你怎麼還不變身？」法蘭可用手戳他，一副挑釁的模樣。他大步走在男孩後頭說：「你為什麼不變身去追兔子，跟瘋子一樣對著月亮嗥叫？」

米凱爾無言以對。他尋找剛才的野兔，但兔子早已消失在茫茫白雪之中。他回頭看了白殿一眼，發現白殿懸浮在天地之間混成一色，有如遙遠的幻象。森林裡再度飄起大片雪花，要不是他又冷又可憐又沒用，或許會覺得美呢。

法蘭可在他身後幾步停了下來，捧著雙手朝掌心呼氣。雪花飄在他頭髮上，眉毛也像黏了白蕾絲。「威克托可能很喜歡這種生活。」他鬱鬱說道：「尼契塔或許也是，但他們是什麼出身的？我爸爸很有錢，我是有錢人家的小孩。」他搖搖頭，雪花從他發紅的臉上滑落。「我們坐馬車去找爺爺奶奶，結果遇到暴風雪，就像昨天那樣。我媽媽先凍死了，但我和爸爸、弟弟在離這裡不遠的地方找到了一間小木屋。那間小木屋已經不在了，幾年前被雪吹倒了。」法蘭可抬頭尋找陽光，但沒找到。「我弟弟是哭著死掉的。」他說：「到最後他連眼睛都睜不開，眼皮都凍住了。爸爸知道我們不能待在木屋裡，必須找到村莊才能活命，所以就帶我離開了。我記得……我和他都穿著毛皮大衣和昂貴的靴子，我襯衫上有花押字，爸爸圍著喀什米爾羊毛圍巾，但都不夠暖，抵擋不了呼嘯的寒風。我們找了一個窪地想生火，但枯枝都結冰了。」他看著米凱爾。「你知道我們後來燒什麼嗎？爸爸皮夾裡的鈔票。火很亮，但一點都不暖。我們寧可有三袋煤，也不需要那些鈔票！最後爸爸坐著凍死了，我十七歲就成了孤兒。我知道除非找到遮風避雪的地方，否則必死無疑，因此就繼續走，穿著兩件大衣。但我沒走多遠，就被狼群發現了。」他又朝掌心吹氣，同時活動關節。「其中一隻狼咬了我的胳膊，嘴巴被我狠狠踹了一腳，掉了三顆牙齒。那傢伙叫喬瑟夫，被我這麼一踹，腦袋後來一直有問題。他們把我爸爸撕來吃了，我媽媽和弟弟可能也是同樣下場。我從來沒問。」法蘭可再次掃視白茫茫的天空，看雪花飄落。「他們帶我加入，培養我成為種狼，他們讓你加入也是這個原因。」

「種……種狼？」

「就是播種生小孩。」法蘭可解釋道：「狼群需要後代，否則無法延續，但嬰兒就是活不了。」他聳聳肩。「也許神還是知道自己在做什麼。」他望著野兔藏匿的樹林。「你要是聽威克托的，他會一直說這種生活有多高貴，我們應該對這樣的自己感到驕傲。我覺得屁股長毛和啃帶血的骨頭一點也不高貴。去他媽的這種生活。」他攢了攢口水，啐在雪地上。「一旦變身。」他對米凱爾說道：「就是趴著跑步，朝樹幹撒尿。神讓我生而為人，我就該當個人。」說完他轉身就走，回頭朝白殿走了快七十米。

「等一下！」米凱爾大喊：「法蘭可，等一下！」但法蘭可沒有放慢速度。

他回頭看著米凱爾，酸溜溜地說：「替我們捉一隻又大又肥的兔子回來吧。要是運氣好，說不定還能挖到幾隻大肥蟲。我要回去暖暖——」

法蘭可話還沒說完，右方幾步外的雪堆就突然爆開，只見一隻大紅狼衝了出來，張開血口咬住了法蘭可的腿。

巴薩卡將法蘭可扯倒在地，法蘭可的腿骨有如中槍應聲碎裂。他張嘴試著呼救，卻只哽噎了一聲。米凱爾呆若木雞，腦中一片空白。巴薩卡不是把自己埋在雪裡只露出鼻子呼吸，就是從雪底下鑽地道偷襲。他根本沒時間去想威克托和尼契塔怎麼了，只能眼睜睜看著巴薩卡咬開法蘭可的腿，血濺雪上。

米凱爾終於大聲呼救，但就算蕾娜蒂和艾蕾克莎聽到聲音，等她們趕到，法蘭可也已經死了。巴薩卡鬆開法蘭可的斷腳，一口咬住他的肩膀。法蘭可拚命閃躲，不讓對方咬到他的咽喉。他臉色死白，兩眼圓睜，眼神充滿了驚恐。

米凱爾抬頭觀望，發現頭頂上方一米左右有一根樹枝覆滿了白雪。他跳起來去抓樹枝，樹枝被他一拉就斷了。巴薩卡完全不理他，牙齒咬著法蘭可的肩膀不放。米凱爾兩隻腳跟在雪裡用力一蹬，身體往前猛衝，將樹枝尖端刺進巴薩卡的灰眼珠裡。

樹枝將紅狼的眼珠剜了出來。巴薩卡鬆開法蘭可的肩膀，發出疼痛的怒吼，一邊踉蹌後退，一邊甩頭擺脫疼痛。法蘭可掙扎著爬開，但才爬不到兩米就全身顫抖暈了過去，腿和肩膀血肉模糊。巴薩卡發狂似的對空亂咬，用剩下的一隻眼睛找到了米凱爾葛勒頓諾夫。

一股異樣的感覺開始在兩人之間醞釀。米凱爾感覺得到，就跟他感覺心臟狂跳、血脈賁張一樣清楚。也許是恨意，也許是原始的直覺，意識到廝殺在即。無論如何，米凱爾都瞭若指掌。他像拿著長矛一般抓著尖銳的樹枝，巴薩卡踩著白雪朝他撲來。

紅狼張開血盆大口，有力的後腿準備彈跳。米凱爾站穩腳步，神經緊繃，人類的本能叫他快逃，體內的狼性卻決定靜待時機。巴薩卡佯裝往左，但米凱爾一眼就看穿了，接著紅狼一個跳躍朝他襲來。

米凱爾身體一蹲，鑽到對方張牙舞爪的巨大身軀之下，舉起樹枝往上刺，刺穿了巴薩卡長滿白毛的腹部。樹枝斷成兩截，尖端深深戳進巴薩卡的肉裡，紅狼凌空翻騰，一隻前腳重重打在了米凱爾背上，兩根利爪刺穿了他的鹿皮長袍。米凱爾感覺像被重鎚擊中，整個人趴進雪裡。他聽見紅狼摔在幾米外痛苦呻吟。他趕忙起身，肺部猛吸凜冽的空氣，在巴薩卡撲上他背部之前及時轉過身來。獨眼巨狼已經站穩身子，腹部的樹枝插得太深，幾乎看不見了。米凱爾站起來，胸膛劇烈起伏，感覺溫熱的血流下背部。巴薩卡往右跳，擋在米凱爾和白殿之間。米凱爾緊握在右手上的樹枝只剩十五公分，跟一把廚刀差不多。巴薩卡嗤嗤噴氣，忽前忽後佯裝攻擊，堵住米凱爾回家的去路。「救命！」米凱爾朝白殿大喊，但聲音被降雪蓋過了。「蕾娜蒂，救救——」

紅狼撲了上來，米凱爾舉起樹枝刺向牠另一隻眼，但巴薩卡急停跳開，腳掌撩起大片雪花，讓樹枝刺了個空。牠轉身衝向米凱爾沒防備的一側，米凱爾還來不及舉起樹枝自衛，牠已經衝了過來。

巴薩卡撞倒了他。米凱爾眼前閃過獨眼強光火車轟隆下坡的景象。他像布偶一般摔在地上，要不是地上覆滿白雪，肯定當場骨折。他岔了氣，腦袋被衝擊的力道震得七葷八素。他聞到血和野獸唾液的味道，無情的重量壓在他肩上，鉗住他的手和樹枝。他痛得視線模糊，眨了眨眼看見巴薩卡趴在他正上方，張開獠牙大嘴準備咬住他的頭一口扭斷，像扯破布一樣讓他身首異處。他肩膀動彈不得，骨頭感覺就要裂了。巴薩卡俯身攻擊，側腹肌肉繃成一束束的，米凱爾聞到牠呼息裡有法蘭可的血的味道。巴薩卡張開嘴巴，準備咬碎他的頭顱。

這時，一雙長著棕色毛髮的人手抓住了巴薩卡的下顎。是法蘭可。他起身跳到了紅狼背上，覆著棕毛的臉龐痛苦扭曲，喘氣大吼：「快跑！」隨即抓著巴薩卡的腦袋死命一扭。

巴薩卡甩身掙脫，但法蘭可緊抓不放。紅狼下顎一咬，法蘭可的手掌當場被獠牙咬穿。米凱爾肩膀的重壓卸去，他舉起手臂，忍著骨頭抽痛將樹枝刺進巴薩卡的咽喉。樹枝戳進咽喉三吋才撞到東西又斷了。巴薩卡哀號一聲，痛得顫抖，噴出帶血的鼻息。牠仰起身子，想將法蘭可甩掉，米凱爾趁機從牠身下掙脫。法蘭可滿手是血緊抓著紅狼，又喊了一次：「快跑！」

米凱爾滿身是雪站了起來，拔腿就跑。只剩一小截的樹枝從他手中滑落。他四周白雪翻飛，有如跳舞的天使。他肩膀抽痛，肌肉嚴重瘀青，回頭看見巴薩卡瘋狂甩動身體，法蘭可把持不住，被牠甩了出去。巴薩卡繃緊全身，準備撲到法蘭可身上將他解決了，但米凱爾停下腳步喊了一聲：「嘿！」巴薩卡轉頭看他，僅存的眼裡閃出火光。

米凱爾體內也竄起了火。他感覺那火在他心底燃起，為了救法蘭可和自己一命，他必須伸手去捉那白熱的火焰，取出裡頭鍛造的東西。

我要，他心想，開始全神想像自己的手變成腳爪，讓那景象在心裡發亮。他感覺心底響起一聲呼號，有如脫韁的狂風。針刺般的疼痛從他脊骨尾端竄起。我要。他的毛孔冒出熱氣，五臟受到巨壓，心臟狂跳，全身顫抖。他感覺手臂和腿肌肉痠疼，頭骨收縮痛得要命，上下顎喀喀崩裂，他聽見自己呻吟出聲。

巴薩卡目瞪口呆望著他，大嘴依然開著，準備咬斷法蘭可的喉嚨。

米凱爾舉起右手，發現手上覆滿光滑的黑毛，手指變成白色的腳爪。我要。黑色毛髮竄上手臂，他的左手也開始變形，腦袋感覺像被老虎鉗夾住，下顎拉長發出碎裂聲。我要。已經不能回頭，不能逆轉改變了。米凱爾脫去鹿皮長袍，任長袍滑落雪上。他手忙腳亂去脫涼鞋，差點因為腳掌變形來不及脫，結果站立不穩，一屁股坐在雪上。

巴薩卡嗅了嗅，咕噥一聲，望著米凱爾身形遽變。

黑色毛髮竄上米凱爾的胸口和肩膀，順著喉嚨覆上了臉頰。他的嘴和鼻子拉長成動物的形貌，獠牙竄出，力道大得劃傷了他的嘴巴，口水混著鮮血直流。他脊骨彎曲痛徹骨髓，四肢變短，長出厚實的肌肉，肌腱和軟骨啪啪繃裂。米凱爾全身顫抖抽搐，彷彿想甩掉最後一絲人形，尾巴從覆滿黑毛的脊椎尾端冒出來，沾滿體液。他四肢著地，甩動尾巴，肌肉繼續顫抖像琴弦一般，神經亢奮燃燒，毛皮滲出帶著麝香的液體，睪丸上縮變得堅若硬石，並且覆滿粗毛，右耳毛髮滋生，開始變成三角杯狀，左耳卻沒變完全，依然是人耳的形狀。疼痛愈來愈強，逼近愉悅的底線，但隨即散去。米凱爾開口想喊法蘭可，要他爬開，但卻發出尖銳的吠叫，嚇了自己一跳。

他感謝老天，讓他看不見現在的自己，但巴薩卡的眼神說明了一切。他想變身，於是真的變了。

米凱爾膀胱一鬆，在白雪上留下一灘黃漬。他看見巴薩卡決定不理他，再次撲向法蘭可。法蘭可已經暈了過去，無法自衛。米凱爾縱身向前，結果前腳絆到後腿跌在了雪地上。他像新生兒一樣搖搖晃晃站了起來，朝巴薩卡咆哮，沒想到聲如蚊蚋，紅狼壓根沒察覺。米凱爾笨拙前撲，再次失去平衡摔在雪上，但已經到了紅狼身旁。接著他想都沒想就做了，張開嘴巴用獠牙咬住巴薩卡的耳朵。巴薩卡嘶吼一聲扭身跳開，米凱爾將對手的耳朵扯了下來。

紅狼腳步踉蹌，被新的劇痛嚇到了。米凱爾咬著巴薩卡的耳朵，喉嚨一縮，鮮血流進嘴裡，隨即將狼耳吞了下去。巴薩卡瘋狂轉圈，對空嘶吼，米凱爾轉過身，尾巴甩動差點讓他再次跌倒。他拔腿就跑。

他的腳不聽使喚，害他摔了個狗吃屎，瞬間天旋地轉。他絆了一跤，趴在雪地上往前爬，隨即掙扎著站起來，想要繼續逃，但四隻腳跑步簡直無法想像。他聽見巴薩卡喘著大氣就在他身後，知道牠就要撲上來了，於是他假裝向左，接著突然往右，但再次栽了跟頭。巴薩卡撲了空，使勁掉轉身子，揚起大片白雪。米凱爾勉強站起來，背上毛髮豎直，隨即猛然轉身，脊椎不可思議地柔軟。他聽見牙齒喀擦一聲，巴薩卡差點咬中他的側腹。米凱爾四肢顫抖，轉頭面對紅狼，風雪在他們之間翻騰。巴薩卡衝了過來，鼻子呼呼噴氣，摻著血滴。米凱爾張大四條腿站穩腳跟，感覺心臟快爆炸了。巴薩卡以為他會往左或往右閃，便突然減速站住不動。米凱爾揚起前腳像人一樣站著，隨即撲了過去。

他張開嘴巴，動作直覺到他不記得是為什麼。他狠狠咬住巴薩卡的口鼻，將獠牙刺進對方毛皮，直達骨頭與軟骨，同時舉起左掌猛力一抓，腳爪劃過巴薩卡沒有受傷的那隻眼。

全盲的巨獸淒聲哀號，扭動身體想將小狼甩開，但米凱爾咬著不放。巴薩卡仰起身子，稍稍遲疑片刻，隨即往後將米凱爾壓在身下。米凱爾感覺肋骨斷了一根，錐刺般痛徹全身，但雪再次救了他的脊骨。巴薩卡再次起身，米凱爾等對方站直立刻鬆開嘴巴，連滾帶爬地逃開，肋骨斷裂的疼痛讓他差點無法呼吸。

巴薩卡對空胡亂揮爪，拚命繞圈想逮到米凱爾，結果一頭撞在了橡樹上。牠頭昏眼花轉了個圈，對著沒人的地方齜牙咆哮。米凱爾從紅狼眼前退開，退得很遠，站到法蘭可身旁，垂著肩膀舒緩肋骨的疼痛。巴薩卡怒吼幾聲，鼻子噴血，接著左搖右擺，張大被咬爛的鼻子搜尋氣味。

一道黃褐色的身影從雪地上閃過，狠狠撞向紅狼的側腹。蕾娜蒂腳爪一揮，幾道血柱有如緞帶飛揚，巴薩卡栽進了荊棘叢裡。牠想捉住蕾娜蒂，但她箭步閃開，小心翼翼回過頭來。這時，另一隻金髮藍眼的狼從巴薩卡另一邊撲了上去，一爪劃過牠的側腹。巴薩卡轉身捉她，艾蕾克莎敏捷跳開，蕾娜蒂趁機衝過去咬住了紅狼的後腿，腦袋一甩便將那條腿扭斷了。艾蕾克莎再度撲上去抓住紅狼剩下的耳朵，直接扯斷。巴薩卡揮爪攻擊，但動作已經變得遲緩，艾蕾克莎往後跳開。巴薩卡前進幾步，停下來換個方向，身後雪地上滿是鮮紅的血漬。

但牠還不放棄。米凱爾往後站，看蕾娜蒂和艾蕾克莎對付牠，狂咬猛抓企圖置牠於死地。紅狼拖著斷腿試著逃脫，但艾蕾克莎咬住牠的尾巴，蕾娜蒂從側邊將牠撞倒在地，咬斷他的前腿，巴薩卡想要起身，蕾娜蒂一爪戳進牠的腹部，用優雅近乎美麗的動作撕開肚皮。巴薩卡一個顫抖，倒在血淋淋的白雪中抽搐。蕾娜蒂俯身向前，一口咬住紅狼袒露的咽喉。巴薩卡毫無反擊。米凱爾看見蕾娜蒂肌肉一收，隨即鬆開巴薩卡的咽喉往後退開，和艾蕾克莎一齊望著米凱爾。

他起初沒有意會過來。蕾娜蒂為什麼不咬斷牠的咽喉？但看見兩隻母狼面無表情望著他，忽然明白她們希望他來動手。

「上吧。」法蘭可沙啞地說，一邊用受傷的雙手抓著肩膀坐了起來。米凱爾再次震驚不已，他耳中的人聲竟然如此清晰。「殺了他。」法蘭可對他說：「那傢伙是你的了。」

白雪紛飛，蕾娜蒂和艾蕾克莎靜靜等著。米凱爾在她們眼裡看到了，她們期待他這麼做。他往前走，腳步笨拙不停打滑，來到敗北的紅狼面前。

巴薩卡的體型大他兩倍有餘，年紀已大，有些毛髮都白了。牠肌肉厚實，是長年打鬥的結果。牠抬起頭，彷彿在聽米凱爾的心跳，剜空的眼窩汩汩出血，重傷的腳掌在雪地上無力滑動。

米凱爾發覺，牠在求死。牠躺在雪上，一心冀望死亡。

巴薩卡發出低沉的呻吟，宛如受禁錮的靈魂。米凱爾感覺心中一跳，不是兇殘，而是憐憫。

他低頭張牙咬住巴薩卡的咽喉，深深咬住。紅狼一動不動。米凱爾雙掌壓住牠的身體往上扯。他不曉得自己力氣這麼大，巴薩卡的咽喉像包裝紙一樣唰的撕開，彈出白花花的肌肉。紅狼顫抖一下，揮動腳爪，似乎不是抗拒死亡，而是求死。米凱爾踉蹌後退，嘴裡咬著皮肉，眼中閃著驚惶。他見過其他夥伴撕咬獵物，但直到此刻才真正體會那種徹底宰制的力量。

蕾娜蒂仰頭嗥叫，艾蕾克莎跟著唱和，聲音更高、更年輕。狼嗥響徹雪白大地，米凱爾覺得自己聽懂了，她們在唱敵人被殺了，夥伴勝利，又有一隻狼誕生了。他吐掉嘴裡的皮肉，但血味激奮了他所有感官。一切都變得更清晰，顏色、聲音和氣味變得強烈萬分，讓他震撼、讓他恐懼。他發現變身前的自己只是影子般的活著，不像現在，他感覺切實存在，充滿了力量，這一身黑色毛髮和肌肉才是他真正的樣貌，而不是那擁有蒼白人類皮囊的男孩。

米凱爾熱血沸騰，隨著兩隻母狼的凱旋曲雀躍蹦跳，接著也仰頭張嘴嗥叫。雖然五音不全，遠非天籟，但他會學會的。有的是時間。歌聲漸息，最後的樂音迴盪消散之後，蕾娜蒂開始變回人形。她大概花了四十五秒從毛髮光滑的狼變回乳房下垂的裸體女子，隨即跪在法蘭可身旁。艾蕾克莎也開始變回人形，米凱爾看得入迷了。她四肢伸長，頭顱的金毛變回金黃長髮，手臂和腿上的毛皮也消失了。她光溜溜的站了起來，乳頭因為寒冷而翹起。她也走到法蘭可身旁。米凱爾四腳站著，感覺跨下有東西硬了。

蕾娜蒂檢查法蘭可血肉模糊的傷腿，皺起了眉頭。「情況不妙，是吧？」法蘭可問道，聲音無力。蕾娜蒂說：「別說話。」她打了個哆嗦，裸裎的身子起了雞皮疙瘩。他們得趕緊將法蘭可帶回室內，否則所有人都會凍死。她看著依然是狼的米凱爾說：「快變回來，我們現在需要人手，不是獠牙。」

變回來？米凱爾心想，在他經歷到這一切之後，要他變回去？

「幫我抬他起來。」蕾娜蒂吩咐艾蕾克莎，兩人吃力抬起法蘭可。「快點！還不來幫忙！」她對米凱爾說。

米凱爾不想變身。他害怕回去，回復那無毛柔弱的身體，但他知道自己非得變身不可。光是這麼想，他便感覺改變開始了，從狼變回男孩。他發現改變總是起自心裡。他看見自己的皮膚變得光滑白皙，手掌前端從腳爪變回手指，身體拉直，重新雙腳站立。他腦中閃過什麼影像，身體便跟著改變，身上的黑色毛髮、爪子和獠牙都消失了，斷骨變回男孩的肋骨，但依然是斷的，斷面摩擦讓他一度痛得跪在地上，手指抓著變白的胸口。疼痛消逝後，他站了起來，雙腿像要跌倒似的搖晃顫抖。他顎骨喀嚓一聲重回骨槽，最後一撮黑色毛髮縮回毛孔，搔癢難當。米凱爾站穩腳跟，渾身冒著熱氣。

他聽見艾蕾克莎笑了。

他低頭一看，發現寒冷和疼痛都沒讓他軟掉。他伸手遮住私處，滿臉通紅。蕾娜蒂說：「沒時間害羞了，快來幫忙！」她和艾蕾克莎想抱起法蘭可，米凱爾蹣跚上前，奉獻自己的微薄之力。

三人抱著法蘭可返回白殿，途中米凱爾拾起長袍匆匆披上，蕾娜蒂和艾蕾克莎的長袍則在殿外牆邊的雪地上。兩人先將法蘭可吃力扶下階梯，讓他躺在柴火邊，接著蕾娜蒂才回頭去拿長袍。蕾娜蒂離開後，法蘭可睜開充滿血絲的眼睛，抓著米凱爾的衣襟將男孩拉到面前。

「謝謝。」他說完手便垂了下去，再次昏厥。這對他是件好事，因為他的腿已經被截斷了。

米凱爾感覺身後有人。他聞到對方的味道，清新一如早晨。他回頭，臉差點貼在艾蕾克莎大腿間的金色恥毛上。

她低頭看他，眼睛映著火光閃閃發亮。「怎麼樣，喜歡嗎？」她輕聲說道。

「我……」他跨下再次起了反應。「我……不知道。」

艾蕾克莎點點頭，朝他曖昧一笑。「你很快就會知道了，我等你。」

「喂，艾蕾克莎，別貼著那孩子！」蕾娜蒂走進房裡說：「他還小！」她將長袍扔給艾蕾克莎。

「才怪。」艾蕾克莎依然低頭望著他。「他才不小。」她披上長袍，動作嬌媚，讓衣襟敞露著。米凱爾凝視她的眼睛，隨即滿臉通紅撇開頭去。

「在我那個年代，妳腦袋要是有這種念頭，早就送上火刑架了。」蕾娜蒂對艾蕾克莎說，隨即將米凱爾推到一旁，再次蹲在法蘭可身邊，將一把雪摁在他碎裂的腿骨上。艾蕾克莎十指靈巧繫好長袍，伸手去摸米凱爾背上的兩道爪痕。她舉起沾了血的指尖看了幾秒，然後將血舔掉。

四小時後，威克托和尼契塔回來了。兩人原本打算坦承自己失敗了，因為巴薩卡每個洞穴都用足跡做了記號，他們被風困住，縮在狹窄的岩架上過了一晚。他們原本打算這麼說，但一看到躺在雪中的紅狼屍體和四周的斑斑血跡，兩人就決定別開口。威克托專心聽蕾娜蒂描述事情經過，說她和艾蕾克莎聽見巴薩卡的咆哮便衝了出去，發現牠和米凱爾扭成一團。威克托雖然什麼都沒說，但眼裡寫滿了驕傲。從那天起，米凱爾在他眼中再也不是無助的男孩。

法蘭可就著火光伸出右腿接受治療。骨頭已經斷了，尖銳的打火石只能替他剜除綻破的肌骨與皮肉。他全身冒汗抓著蕾娜蒂的手，牙齒咬著木棍，讓威克托處理傷口。米凱爾幫忙壓著他。威克托截去他的右腿，擺在石板地上。其他人圍坐在他們身旁竊竊私語，房裡瀰漫著血腥味。

白殿外狂風又起，暴風雪再次席捲俄羅斯這個冬之國度。威克托收起雙腿，下巴靠在膝蓋上輕聲問：「在神的眼中，狼人是什麼？」

沒有人回答。沒有人答得出來。

過了一會兒，米凱爾站起來，一手摀著受傷的腰上了樓。他站在大房間裡，任由破窗外呼嘯而入的寒風吹打。雪花染白了他的頭髮，堆在肩膀上，讓他瞬間成了花甲老翁。他抬頭注視天花板，望著住在天花板上的褪色天使，伸手抹去唇上的血漬。

第七部

硫磺俱樂部

第一章

德國是撒旦之國，麥克葛勒頓非常確定這一點。

他和老鼠坐著乾草車，身上衣服髒髒臭臭，皮膚更骯髒，滿臉鬍髭，已經兩週多沒刮。麥克看見道路兩旁有戰俘在砍樹，幾乎個個面黃肌瘦，老態龍鍾，但戰爭就是能將小伙子變成老頭。戰俘們穿著寬鬆的灰色工作服，機械似的疲憊揮舞著斧頭。一群納粹士兵，人數大約一卡車，拿著步槍和衝鋒槍，全副武裝監視戰俘勞動，一邊抽煙聊天。遠處有東西起火，灰濛的東方地平線上飄著黑煙，應該是空襲，麥克心想。登陸作戰在即，盟軍加強了轟炸的力道。

「停車！」一名軍官站到馬路中央攔住他們，用德文下令。乾草車車伕拉了拉韁繩，將車停住。車伕名叫鈞特，身材瘦小結實，雖然是德國人，卻從事反納粹地下活動。「叫那兩個沒事的下來！」軍官大喊。他是中尉，很年輕，一副老氣橫秋的模樣，紅潤的臉頰鼓得跟餃子一樣。「這裡有活讓他們做！」

「他們是志願兵。」鈞特解釋道。雖然穿著褪色農服，但語氣頗有威嚴。「我帶他們到柏林接受分派。」

「我派他們在這裡幹活。」中尉反駁道：「快，叫他們下車，快點！」

「可惡。」棕色鬍髭、蓬頭垢面的老鼠暗罵了一句。麥克靠著老鼠，身體往乾草裡縮，旁邊的迪茲和腓特列也是德國地下組織成員，老鼠和麥克四天前抵達蘇林根鎮後就一直陪著他們。乾草堆底下藏了三把衝鋒槍、兩把魯格手槍、六枚柄式手榴彈和一門裝好榴彈的反坦克迫擊砲。

鈞特正想反駁，但中尉已經繞到車後頭吼道：「下來！統統下來！快一點，屁股別黏在車上！」腓特列和迪茲知道最好別跟年輕的納粹軍官爭辯，便乖乖地下了馬車。麥克也下了車，老鼠最後。中尉對鈞特說：「你也一樣！把破馬車停好，然後跟我走！」鈞特用韁繩抽了馬腹一下，將車停在一排松樹旁，接著中尉便帶麥克、老鼠、鈞特和另外兩人走到卡車前，發給他們斧頭。麥克左右瞄了一眼，算出除了年輕中尉之外還有十三名德軍，而砍樹的戰俘超過三十人。「好了。」中尉像一隻剛剃毛的雪納瑞犬咆哮道：「你們兩個去那裡！」他示意麥克和老鼠往右走。「其他三個到這裡！」鈞特、迪茲和腓特列往左邊。

「呃……長官，對不起。」老鼠膽怯地說：「嗯……我們要做什麼？」

「廢話，當然是砍樹！」中尉瞇起眼睛，打量這個身高不到一米六、棕色鬍鬚、渾身污垢的小矮子說：「你是瞎了還是傻子？」

「沒有，長官，我只是在想為什麼——」

「我叫你做什麼你就做什麼！快點去幹活！」

「是，長官。」老鼠緊握斧頭拖著腳步從中尉面前走過，麥克跟著他，其餘三人往反方向走。

「嘿！」中尉突然喊：「矮子！」老鼠停下腳步，心裡一陣恐懼。「你去當兵只有一個用處，就是塞進砲管裡當砲彈！」幾名士兵笑了，似乎覺得很逗趣。「是，長官。」老鼠答道，繼續朝變稀疏的松樹林走去。

麥克走到兩名戰俘之間，開始揮動斧頭。戰俘毫無反應，沒有停下動作，也沒有點頭致意。凜冽的晨風中木屑飛揚，松脂和使力的汗臭味混在了一起。麥克發現許多戰俘的工作服上都別著黃色六芒星。在場沒有女人，所有戰俘都一樣骯髒，神情一樣憔悴，眼神一樣木然，沈浸在回憶之中，一邊機械式的揮動斧頭，至少此刻如此。麥克砍倒一棵細松樹，後退一步用前臂擦了擦臉，背後一名士兵喊：「前面的，不准偷懶！」

「我不是戰俘。」麥克對他說：「我是德國公民，你需要放尊重點……小子。」他補上這兩個字，因為這名士兵頂多十九歲。

年輕士兵怒視他，兩人沉默對峙，只有斧頭颯颯作響。接著士兵嘀咕一聲，懷裡抱著施邁瑟衝鋒槍朝其他戰俘走去。

麥克繼續幹活，刀斧揮舞有如銀色快影，鬍鬚底下卻咬牙切齒。這天是四月二十二日，他們離開巴黎已經十八天了。他和老鼠照著卡蜜兒和法國地下組織安排的路線走，橫越希特勒統治的土地，十八天來搭過馬車、牛車、運貨列車和小船，也曾步行，睡過地窖、閣樓、洞穴與森林，甚至躲在牆壁之間，靠協助他們的人提供的餘糧果腹。有時多虧麥克找到機會脫衣變身，捉些小獵物，兩人才不至於餓肚子，但還是都瘦了將近五公斤，眼神空洞，臉上經常飢腸轆轆。不過，麥克路上見到的平民莫不如此。糧食都送到挪威、荷蘭、義大利、法國、波蘭和希臘去給德軍了，當然還有在俄國搏命的納粹官兵，而德軍人數正一點一滴在減少。希特勒或許對自己的鐵血意志得意不已，但他的鐵石心腸正在毀滅他的國家。

鐵拳呢？麥克一邊用斧頭鑿得木屑翻飛，一邊想道。從巴黎到蘇林根，他一路上跟幾名幹員提到這個詞，但沒有一個知道是什麼意思。不過他們都同意，這個詞作為代號倒是很符合希特勒的風格。他不只心腸和意志是鐵做的，腦袋也是。

不管鐵拳所指為何，麥克都非查出來不可。六月將至，登陸在即，盟軍沒有徹底摸清楚狀況就貿然搶灘，絕對是自尋死路。他又砍倒了一棵樹。柏林離這裡東去不到五十公里，他們好不容易通過被夜間空襲炸得火光沖天、坑坑洞洞的大地，躲過親衛軍和裝甲車巡邏，避開疑心的平民，好不容易都闖到這裡了，卻被一名愛砍松樹的菜鳥中尉給攔住了。到了柏林，回聲會跟麥克接觸，這也是卡蜜兒的安排，稍有延誤都可能出大紕漏。就剩不到五十公里，而他還在砍樹。

老鼠終於砍斷了一棵樹。他望著樹倒下，兩旁的戰俘照樣幹活，空氣裡都是扎人的木屑。老鼠倚著斧頭，肩膀已經開始僵硬了。森林深處一隻啄木鳥喀喀喀啄著樹幹，戲謔般模仿這群斧頭工。

「快點，繼續砍樹！」一名手拿步槍的士兵走到老鼠身旁說。

「我只是休息一下，我——」

老鼠話還沒說完，士兵就踹了他的右腿，雖然沒重得讓他倒地，卻肯定會在腿上留下瘀青。老鼠縮了一下，看見他朋友（他只知道這朋友叫綠眼）停止砍樹遠遠望著他。

「我說繼續幹活！」士兵喝令道，似乎不在乎老鼠是不是德國人。

「好啦，好啦。」老鼠拾起斧頭，往森林裡走了幾步。士兵緊跟在後，想找藉口再踹這小矮子一腿。松針掃過老鼠的臉，他推開枝葉朝樹幹走去。

兩隻乾枯暗灰的腳赫然出現在他面前。

他抬頭一看，整個人嚇壞了，心臟停了一拍。

樹枝上吊著一個死人，身體跟鉛一樣灰，折斷的頸子纏著繩索，嘴巴大開，手腕綁在背後，衣服褪成了春泥的顏色，遇害時的年紀無法判斷，但頭髮紅中帶捲，是年輕人的頭髮。他沒有眼珠，被烏鴉叼走了，臉頰也被啃掉幾塊，整個人只剩枯瘦的表皮，脖子上用鐵絲掛著一個小牌子，字都褪色了，寫著：我棄營脫逃。底下有人用黑筆潦草寫上：被惡魔抓去作伴。

老鼠聽見有人哽了一聲，察覺出聲的是他自己。他感覺繩索就套在自己脖子上。

「怎麼?別站著發呆,把他弄下來。」

老鼠回頭望著士兵。「我?不行……拜託……我沒辦法……」

「快點,小矮子,別偷懶。」

「拜託……我會吐……」

士兵肌肉緊繃,準備起腳踹人了。「我說把他弄下來,你這個小矮子,我不會說第三——」

他話沒說完就被頂到一旁,腳下踩到殘幹跌坐在地上。只見麥克上前抓住屍體的腳踝猛力一拽,幸好先裂開的是腐爛的繩索,不是屍體的頭。麥克又拽了一次,這回繩索斷了,屍體應聲落地,有如一張油亮的皮革躺在老鼠腳邊。

士兵從地上跳起來,氣得滿臉漲紅。「去你的!」他扳開步槍的保險,槍管指著麥克胸口,手指貼著扳機說。

麥克無動於衷。他凝視對方的眼睛,只見到一個憤怒的毛孩子。他說:「把子彈留給俄國人吧。」他盡力用巴伐利亞腔德文說,因為新證件載明他是巴伐利亞的豬農。

士兵眨了眨眼,但手指依然貼著扳機。

「曼納海姆!」中尉大步過來,咆哮道:「你這個死白痴,把槍放下來!他們是德國人,不是斯拉夫仔!」

士兵立刻放下步槍關起保險,但還是狠狠望著麥克。中尉走到兩人之間,對曼納海姆說:「走吧,去監督那邊的人。」他指了指另一群戰俘,曼納海姆便悻悻然離開了。餃子臉中尉轉頭看著麥克,說:「你不准碰我的手下,聽到沒?我剛才可以叫他開槍,我有權叫他斃了你。」

「我們是同一國的。」麥克提醒中尉,目光不為所動。「不是嗎?」

中尉沉默不答，但也太久了。難道他察覺口音不對勁？麥克這麼想著，不禁心頭一涼。「你的通行證呢？」中尉問道。

麥克從沾滿泥巴的棕外套裡掏出證件，交給中尉。德國軍官打開證件，檢查上頭用打字機打的註記。文件右下角蓋了官印，上方有承辦官簽名。「豬農。」年輕軍官喃喃自語，搖搖頭說：「天哪，有這麼慘嗎？」

「我能打仗。」麥克說。

「我知道，可能也非打不可，看俄國戰線會不會被突破。那群齷齪的敗類不打到柏林不會干休。你自願擔任什麼勤務？」

「屠宰。」麥克答道。

「我想你應該經驗不少，對吧？」中尉望著麥克一身髒汙，嫌惡地說：「有用過步槍嗎？」

「沒有，長官。」

「為什麼現在才自願入伍？」

「我在養豬。」麥克說，隨即察覺有動靜。他看見中尉後方一名士兵正走向鈞特的乾草車，裡頭可是藏著武器呢。他聽見老鼠低咳一聲，知道他也發現了。

「不會吧。」中尉說：「你跟我爸一樣老了。」

麥克見士兵愈來愈靠近乾草車，不禁頸毛直豎。那士兵一躍跳上板架，躺在乾草堆上睡起覺來。其他士兵噓他吼他，但那士兵一笑置之，摘下鋼盔，雙手枕著頭閉上了眼睛。麥克看見運兵車後頭坐了三名德軍，其餘士兵則是守在戰俘身旁。他瞄了馬路對面的鈞特一眼。鈞特已經停止砍樹，望著躺在槍砲上卻渾然不覺的士兵。

「你看起來很結實，我想伙房應該不會介意你跟著我砍幾天樹吧。」中尉將證件折好還給麥克。「我們打算拓寬這條路，方便坦克通行。所以別擔心，你不但能為祖國效力，雙手還不必沾滿血腥。」

哪來的幾天啊，麥克悶悶地想。不成，這絕對不行。

「你們兩個繼續幹活。」中尉命令道：「事情做完了，就會送你們上路。」

麥克看見乾草車上的士兵動了動身子，想躺得更舒服。他伸手順了順乾草，萬一摸到底下的武器……

他已經沒時間愣在這裡，看士兵會不會發現槍了。中尉大步走回運兵車，對自己剛才這番高論很得意。麥克抓住老鼠的手肘，拉著他往馬路走。「嘴巴閉緊。」麥克警告他。

「嘿，你們兩個。」另一名士兵大喊：「誰准你們離開的？」

中尉停下腳步。「我們口渴了。」麥克說：「乾草車上有水壺，喝幾口水再開始幹活，應該不犯法吧？」

中尉揮手放行，隨即跳上運兵車的板架讓腿休息。戰俘繼續砍樹，松樹繼續斷折倒下，麥克和老鼠穿越馬路，鈞特望了麥克一眼，目光膽怯恐懼，麥克看見那名士兵伸手到乾草裡東摸西撈，想搞清楚是什麼讓他躺得不安穩。

老鼠焦急低語：「他會發現——」

「啊哈！」士兵高呼一聲，將手指摸到的東西撈了出來。「切勒中尉，你瞧這些狗崽子藏了什麼東西！」他舉起戰利品，原來是半瓶杜松子酒。

「農夫就愛埋東西。」切勒說著站了起來，其他士兵都拉長脖子。「還有嗎？」

「我看看。」那名士兵又開始在乾草裡摸索。

麥克已經走到車旁，老鼠離他六步左右。他放下斧頭，雙手伸進乾草深處，握住他知道藏在那裡的東西。他說：「我這裡有東西可以幫大家解渴。」說完便撈出衝鋒槍，開了保險。

車上的士兵目瞪口呆望著他，一雙藍眼有如北歐的冰峽。

麥克想也不想就朝士兵開槍，士兵胸口瞬間多了一排彈孔，身體像牽線木偶扭擺舞動。搞定之後，麥克一個轉身，瞄準運兵車後頭的士兵就是一輪掃射。斧頭的動作停下了，戰俘和德軍頓成木雞，宛如彩色雕像動也不動。

地獄來了。

三名士兵倒下了，全身彈孔。切勒中尉趴在板架上，子彈從他上方飛過，他伸手到槍套裡拿槍。鈞特身旁一名士兵舉起步槍瞄準麥克，鈞特一斧頭砍在對方兩根鎖骨中間。另外兩名地下組織成員也舉起斧頭各自朝一名士兵砍去。迪茲一斧頭砍下對方腦袋，但腓特列還來不及動手，心口就被近距離開了一槍。

「快趴下！」麥克朝呆立在火線上而不自覺的老鼠大吼。老鼠瞪著一雙藍眼望著死在乾草堆上的士兵，沒有移動。麥克無計可施，只能上前一步用衝鋒槍的槍托重擊老鼠的腹部。老鼠彎身跪在了地上。一顆手槍子彈飛過麥克身旁，打在乾草車上木屑齊飛，接著擦過馬的側腹，嚇得馬長嘶一聲，抬起前腳。麥克蹲下身子朝運兵車掃射，打破了輪胎和前後擋風玻璃，但切勒始終匍匐在板架上。

一名士兵舉起施邁瑟衝鋒槍瞄準鈞特，鈞特再次斧起斧落，砍斷了對方手臂。士兵痛得在地上翻滾，鈞特拾起衝鋒槍瞄準逃往森林的兩名士兵開了槍。兩名士兵顛簸幾步仆倒在地上。一顆子彈咻地掃過麥克頭上，但切勒根本沒有瞄準。麥克繞到車旁，手伸進乾草裡摸索。又一枚子彈打中乾草車，木屑有如暴雨打在他臉上，其中一片刺進肉裡，離左眼只有兩公分。但麥克已經拿到要找的東西了。他抽出右手，蹲低身子，拔出柄式手榴彈的插銷。切勒朝還能聽到他說話的士兵大喊：「殺了馬車旁的那傢伙！宰了那王八——」

麥克扔出手榴彈，那東西落在運兵車前跳了一下，滾到了車底。他撲到老鼠身上蓋住他，然後雙手抱住自己的腦袋。

手榴彈發出「砰」的一聲悶響，將爆胎的運兵車炸離地面。橙色和紫色火光竄向空中，火灶將車猛力推翻，輪胎向上倒在地上。金屬碎片四散飛濺，接著汽油和機油引燃了第二次爆炸，中央火紅的黑煙直衝天際。切勒沒再開槍了。燃燒著的衣服和鐵片從天而降，拖車的馬匹掙脫了鈞特綁在樹枝上的韁繩，沿著馬路瘋狂逃命。

迪茲也從死掉的士兵身旁撿了一把步槍，跟鈞特一起蹲在松樹殘幹後方，朝閃過第一波掃射的四名士兵開槍。其中一名士兵慌了，站起來拔腿就跑，但沒跑三步就被迪茲一槍射中頭部。兩名戰俘揮著斧頭衝向其餘士兵，準備大開殺戒，還沒得手就被殺了，但立刻又有三名戰俘接替了他們的位置。斧起斧落，鋒刃見紅。一名士兵倒下前一槍偏向了天空，另一名士兵慘叫。接著槍聲不再響起，慘叫聲也停了，斧頭停止動作。

麥克站起來，拾起剛才扔下的衝鋒槍。槍還熱著，跟暖爐一樣舒服。鈞特和迪茲離開掩蔽處，開始迅速巡視屍體，見到傷兵就補上幾槍。麥克彎身拉了拉老鼠的肩膀說：「你沒事吧？」

老鼠坐了起來，眼眶帶淚，依然驚魂未定。「你打我。」他抽噎道：「你為什麼要打我？」

「被槍托打總比被子彈打好吧，你能站嗎？」

「我不知道。」

「你沒問題的。」麥克說著將老鼠拉了起來。老鼠仍然拿著斧頭，手指緊緊抓著斧柄，關節都發白了。「我們最好趁其他德國人出現之前離開。」麥克對他說，說完看了看四周，心想戰俘應該都躲進森林了，沒想到大多數戰俘都坐在地上，彷彿在等下一批納粹官兵來。麥克橫越馬路，老鼠隔了幾步跟在後頭。麥克走到剛才狂揮斧頭的一名黑鬍子戰俘身邊，看著身材細瘦的他說：「怎麼了？你已經自由了，想走隨時可以離開。」

那人的臉宛如一張黏在骨頭上的棕色老皮。他微微一笑，用很重的烏克蘭腔喃喃說道：「自由。」說完搖搖頭：「自由，沒有，並沒有。」

「森林就在旁邊，為什麼不去？」

「去？」旁邊一個人站起來說。他比剛才那人更瘦，戽斗臉，頭髮幾乎剃光了，口音是北俄羅斯人。「去哪裡？」

「我不知道，只要……離開這裡就好。」

「為什麼？」黑鬍子男揚起濃眉問道：「到處都有納粹，這是他們的國家，我們要躲到哪裡才不會又被納粹逮到？」

麥克無法理解。他無法想像鎖鏈斷了，為何不想永遠脫離魔掌，這完全不符他的本性。他心想，這些人當戰俘太久了，已經忘了自由的意義。「你們不覺得自己說不定有辦法——」

「不可能。」禿頭男插話道，黑色眼眸神情冷漠。「絕對沒辦法。」

麥克跟戰俘交談時，老鼠靠在附近一棵松樹上。他很想吐，覺得血腥味就快讓他昏倒了。他不是善戰之人。帶我回家吧，他向神禱告，帶我回——

一名死掉的德國士兵突然坐了起來，離老鼠只有兩米左右。那人腰側中槍，面如死灰。老鼠看出他是誰了，曼納海姆。他還看見他伸手去抓身旁的手槍，舉起來對準綠眼的背。

老鼠張口大叫，但渾身無力，只發出沙啞的低鳴。曼納海姆手指摁著扳機，拿槍的手搖搖晃晃。他用另一隻手穩住槍，手上滿是血跡。

曼納海姆是德國人，綠眼是……某國人。他的祖國是德國。我棄營脫逃。矮子。被惡魔抓去作伴。

老鼠腦中一瞬間閃過這種種念頭。曼納海姆摁著扳機的手指開始用力，綠眼還在跟人說話。他為什麼不轉頭？為什麼不……

沒時間了。

老鼠聽見自己發出動物般的嚎叫，接著大步往前，舉起斧頭朝曼納海姆頂著棕髮的頭顱砍了下去。

曼納海姆手腕一抖，槍擊發了。

麥克聽見嗡嗚般的聲響從他頭上掃過，一根樹枝啪的斷了落在地上。他回頭看見老鼠握著斧頭，斧刃鑿在曼納海姆的腦門上。曼納海姆往前仆倒，老鼠像是燙到一般甩開斧柄，跪在地上動也不動。他半張著嘴，一條細細的唾沫從下巴垂下。麥克過去扶他起來。

「天哪。」老鼠眨了眨眼，兩眼佈滿血絲，喃喃道：「我殺了一個人。」說完淚水奪眶而出，滾落雙頰。

「你們還是可以逃呀。」麥克撐著老鼠，對黑鬍男說。

「我今天不怎麼想動。」黑鬍男回答。他抬頭望著鑞白的天空說：「明天再說吧。你們走吧，我們會告訴他們……」他頓了一下，接著想到了。「我們會跟他們說盟軍來過了。」說完做夢似的笑了笑。

麥克、老鼠、鈞特和迪茲告別了戰俘，沿著馬路貼著森林走了大約一公里，看見乾草車就在前頭，馬正在沾滿露水的草地上悠閒吃草。

他們火速離開。不只東方，連西方地平線都竄起了死神旗幟般的黑煙。老鼠眼神茫然，嘴巴喏喏蠕動，但沒發出聲音。麥克注視前方，試著甩掉腦海中那名年輕士兵被老鼠砍死前的神情。那瓶杜松子酒歷經槍戰安然無恙，他們四人輪流喝了，藏回乾草堆裡。這種時候，酒是無上珍品。

四人繼續趕路，車輪每轉一圈，他們就離柏林更近一些。

第二章

麥克見到巴黎陽光燦爛，碰上柏林陰霾灰暗。

柏林幅員遼闊，空氣中飄著霉味與土味，有如終年不見天日的地窖，而且古老，厚實的樓房跟天空一樣晦暗，讓麥克想起潮濕墓園裡長滿毒菇的墓碑。

他們在斯潘道區穿越哈維爾河，一過河就遇到西行的德軍水桶車及運兵車，只好趕緊避開馬路。寒風從河上吹來，吹得路燈上的褪色卐字旗啪啪作響。坦克履帶壓得路面四分五裂。市區各處都有煙囪冒著黑煙，被風吹成了一個個問號。連棟樓房的石牆上點綴著破海報和標語，例如：莫忘史達林格勒之役，前進莫斯科，德軍戰無不勝。墓誌銘吧，麥克心想，柏林是鬼城，是墓園。當然街上、車裡、花坊、戲院和裁縫店都有人，但卻死氣沉沉。柏林是沒有笑的城市，而且他發現人們不斷回頭張望，畏懼著東方逼近的威脅。

鈞特駕車帶他們駛過夏洛滕堡的優雅街道，那裡的樓房有如薑餅城堡，裡面住的公爵與貴族一樣華麗。他們朝飽受戰火蹂躪的市中心前進，連棟樓房擠成一團，外觀陰鬱，窗戶被窗簾遮得密不透光，這裡王公貴族的權力鞭長莫及。麥克發現一件怪事：這裡只有老人小孩，除了機車和運兵車，見不到半個年輕人，而坐在機車和運兵車上的年輕人，個個有著老人的眼神。柏林哀悼啜泣，因為年輕人都死了。

「我們先送這位朋友回家。」麥克對鈞特說：「我答應過他。」

「我奉命帶你們到藏身處，我只會去那裡。」

「拜託。」老鼠說話了，聲音顫抖。「求求你……我家就在附近，滕珀爾霍夫區那裡，離機場不遠。我會告訴你怎麼走。」

「很抱歉。」鉤特說：「我接到的命令是——」

麥克一手箝住鉤特的頸後。鉤特人很好，但麥克沒打算爭辯。「我現在下達新的命令，先送我朋友回家再去藏身處，否則就由我來駕車。」

「你根本搞不清楚風險！」迪茲火冒三丈說：「還拖累我們！你才害我們失去了一位戰友！」

「那就下車，看你們想去哪裡。」麥克對他說：「走啊，快下車。」

迪茲猶豫了，他也不熟柏林。鉤特低聲咒罵一句：「媽的。」隨即甩動韁繩說：「好吧，滕珀爾霍夫的哪裡？」

老鼠興奮說了地址，麥克鬆開鉤特的脖子。

車行不遠，他們開始看見轟炸過後的樓房。美軍的 B-17 和 B-24 重型轟炸機登門踏戶，街上滿是斷垣殘壁，有些房子已經面目全非，成了瓦礫堆，有些被炸彈的威力炸開了洞或傾倒崩塌，馬路上煙霧瀰漫。這裡氣氛更加陰沉，光線朦朧間，殘磚破瓦燜燒發紅，有如地獄的火光。

他們看見居民在瓦礫堆間尋尋覓覓，身上的衣服和臉上的神情一樣晦暗。傾倒的樑木被火舌吞噬，一名老婦人哽咽啜泣，一名老翁在旁安撫。屍體蓋著布在殘破的人行道上擺得整整齊齊，維持德國人向來的精準。「殺人兇手！」老婦人破口大罵，麥克分不清她是對著天空，還是市中心的希特勒住所。「你們這些兇手，下地獄吧！」她淒吼一聲，隨即承受不了眼前的隳壞，再次掩面哭了起來。

馬車前方盡是殘破的景象，道路兩旁的樓房炸了燒了倒了，黑煙層層疊疊，沉得連風都吹不散。

工廠的煙囪依然矗立，但廠房都像鐵靴下的蟲子被踩扁了，斷垣殘壁高得堆到了街上，鈞特只好另尋他路往南駛進滕珀爾霍夫。西邊大火熊熊，火花迸射，濃煙翻騰。麥克心想，昨晚一定有轟炸。老鼠一臉頹喪，眼神黯然，麥克伸手想拍拍小個子的肩膀，但很快就收了回去。他不知道能說什麼。

鈞特找到老鼠住的那條街，不一會兒便將車停在他家門前。

連棟樓房是紅磚造的，火已經滅了，灰燼也冷了。老鼠下了馬車，站在前門殘餘的台階前，灰燼拂過他的臉龐。

「不是這裡！」老鼠對鈞特說，臉上冒著冷汗。「你看錯地址了！」

鈞特沒有說話。

老鼠望著曾是家園的殘骸。兩道牆和大部分地板都塌了，樓梯火燒得厲害，有如扭曲的脊椎伸向屋內，前門燒得只剩鋸齒大洞，旁邊一個告示寫道：危險！禁止進入！上頭蓋著納粹房屋稽查官的鋼印。老鼠真想大笑。天哪，他心想，我千辛萬苦回到這裡，他們竟然不准我進家門！他在瓦礫堆裡看見藍花瓶的碎片，想起瓶裡曾經插著玫瑰。老鼠熱淚盈眶。「露易莎！」他大喊，厲鬼般的嘶吼讓麥克靈魂一陣斛悚。「回我話呀！露易莎！」

對街一棟燒過的樓房的一扇窗開了，一名老人探出頭來。「嘿。」他說：「你們想找誰？」

「露易莎勞叔菲德！你知道她和她小孩去哪裡了嗎？」

「他們把所有屍體都運走了。」老人聳聳肩說。老鼠沒見過他，那房間從前住著一對年輕夫妻。

「那場火很可怕，你瞧磚都燒成這樣了，看到沒？」他拍拍磚頭強調道。

「露易莎……兩個小女孩……」老鼠聲音顫抖。他覺得天旋地轉，世界轉瞬成了煉獄。

「她先生也死了，在法國過世的。」老人又說：「至少我聽說如此。你是他們的親戚嗎？」

老鼠沒有回答，但張開了嘴巴，悲慟的號哭在未倒的牆垣之間迴盪。麥克剛想跳下馬車，老鼠已經拔腿奔向搖搖欲墜的樓梯，燒過的台階在他腳下啪啪崩裂。麥克立刻追了上去，闖進滿是灰燼的陰暗裡。他聽見老人大喊：「你們不能進去！」接著就唰的一聲將窗關上了。

老鼠還在爬樓梯，左腳踏穿一階脆弱的梯板卡住了。他將腳抽出來，抓著燒黑的扶手繼續奮力往上爬。「停下來！」麥克大喊，但老鼠沒理他。樓梯晃了一下，其中一截扶手突然斷了，砸到地上摔成了碎片。老鼠在樓梯邊緣站穩身子，隨即抓著另一側的扶手繼續往上爬。他爬到離地十五米左右那一層，踢到一堆燒剩的樑木絆了一跤，脆弱的地板吱嘎尖叫。「露易莎！」老鼠大吼：「是我啊，我回來了，露易莎！」他走進被炸穿的一排房間，裡頭擁擠雜亂，殘存的器物透露了再難復返的家庭景況。沾滿煤渣的爐灶、破碎的陶器、一兩個奇蹟度過劇烈震盪的杯盤，一張松木桌燒得只剩下桌腳，一把椅子剩下骨架，生鏽的彈簧有如絞曲的大腸。牆上燒剩的壁紙色如黃斑，像得了痲瘋病一般，顏色較淺的方塊是之前掛相片的所在。老鼠巡視小房間，一邊呼喊著露易莎、卡拉和露西拉。麥克阻止不了他，試也沒用，因此就只是跟著老鼠走過一個個房間，跟近一點，萬一那小個子踩破地板摔下去，還能一把抓住。老鼠走進曾是起居室的地方，地板被樓上掉下來的著火殘骸燒穿了幾個洞。露易莎和兩個女兒愛坐的沙發燒得只剩糾結的彈簧，鋼琴剩下琴鍵和琴弦慘不忍睹，那可是露易莎的爺爺奶奶給她的嫁妝呀。不過，陪伴老鼠一家度過無數寒夜的白磚壁爐還在，書架也沒事，雖然架上只剩幾本書。他最喜歡的搖椅竟然也逃過一劫，還在他當年擺放的位置，只是被燒成焦黑了。老鼠抬頭看著壁爐旁的牆壁，麥克聽見他倒抽一口氣。

老鼠呆立片刻，接著緩緩走過龜裂的地板，來到裱框的鐵十字動章前。是他兒子的動章。框玻璃已經碎了，但動章完好無缺。老鼠將框取下來，動作充滿敬畏，讀著上頭兒子的名字與陣亡日期。他全身顫抖，眼裡閃著瘋狂，骯髒鬍鬚上方的慘白臉頰瞬間漲紅。

他將裱框的勳章砸到牆上，玻璃碎片四濺，勳章哐啷落在地上。他立刻衝上前去撈起勳章，臉紅脖子粗地轉身就要將勳章扔出窗外。

麥克伸手扣住老鼠的拳頭，緊抓不放。「不要。」他堅定地說：「別丟了它。」

老鼠訝然望著他，緩緩眨了眨眼，腦袋因為絕望而掉了拍子。他低嗚一聲，有如掃過他殘破公寓的風，接著舉起另一隻手，握緊拳頭使勁朝麥克下巴揮了過去，麥克腦袋後甩，但他沒有鬆手，也沒有還擊。老鼠又打了他一拳，接著再一拳。麥克只是睜著炯炯綠眼望著他，下唇一道口子汩汩出血。老鼠揚拳想再來一擊，忽然察覺麥克收緊下巴，準備挨打。他肩膀頓時力量全失，肌肉頹軟，鬆開拳頭朝綠眼臉上甩了一掌，力道很輕。接著他手臂一垂，兩眼泛淚，雙腿無力，身體開始下沉，但麥克一把抱住了他。

「我想死。」老鼠喃喃道：「我想死，我想死。老天哪，讓我——」

「站好。」麥克對他說：「快點，站好。」

老鼠的腿彷彿沒了骨頭，只想倒在地板上躺著，直到雷神用巨鎚毀滅地球。他在麥克衣服上聞到刺鼻的硝煙味，之前松林裡的恐怖情景瞬間回到眼前。老鼠甩脫麥克的攙扶，踉蹌退後咆哮道：「你離我遠一點！去死吧，離我遠一點！」

麥克沒有開口。風暴已至，只能等它自己平息。

「你是殺人兇手！」老鼠尖叫道：「是野獸！我在森林裡看到了你的臉，看到你殺死那些人的模樣。德國人，我的同胞！你把那個年輕人打成蜂窩，連眉頭都沒皺一下。」

「我沒時間皺眉頭。」麥克說。

「你明明喜歡！」老鼠繼續嘶吼道：「你喜歡殺人，對吧？」

「沒有，我不喜歡。」

「喔，天哪……神哪……你害我也殺死人了。」老鼠面孔扭曲，感覺快被內心的波濤給撕裂了。「那個年輕人……我殺了他。我砍了他，砍了一個德國人。喔，天哪！」他環顧炸毀的房間，彷彿聽見炸彈送她們上西天時，妻子和兩個女兒的慘叫。家人遭到盟軍轟炸屠殺的時候，他在哪裡？他連家人的相片都沒有。他在巴黎時，證件、皮夾和相片都被沒收了。殘酷的打擊讓老鼠跪在地上，趴在瓦礫堆中開始急切翻找露易莎和女兒的相片。

麥克用手背揩去下唇的血。老鼠將不要的殘骸扔到兩旁，手裡仍然牢牢抓著十字勳章。「你要做什麼？」

「是你害的，都是你。盟軍、轟炸、他們對德國人的恨。希特勒說得對，全世界都害怕德國、討厭德國人。我以為他瘋了，其實他一點也沒錯。」老鼠趴在瓦礫堆上繼續往下挖，但只挖到灰燼，沒有相片。他翻找燒剩的書冊，還有原本擺在書架上的相片。「我要舉發你，一定會去。我要舉發你，然後到教堂乞求寬恕。天哪……我殺了一個德國人。我殺了德國人，用我這雙手。」他啜泣出聲，淚水滑落臉頰。「相片呢？相片在哪裡？」

麥克在離他幾步外的地方蹲下來，對他說：「你不能待在這裡。」

「這裡是我家！」老鼠大吼，連沒了玻璃的窗框都為之震動。他兩眼血絲，眼窩凹陷。「這裡是我住的地方。」他說，但已經啞得只剩低嗚了。

「沒有人住在這裡。」麥克起身道：「鈞特在樓下等，我們該走了。」

「走？走去哪裡？」他的語氣就跟那個覺得逃也沒用的俄國人一樣。「你是英國間諜，我是德國人。天哪……我怎麼會被你說動，做出這些事來？我良心不安，主啊，寬恕我！」

「炸彈是希特勒害的，是他害死你的家人。」麥克說道：「你覺得納粹轟炸倫敦沒有人死，沒有人悲傷嗎？你覺得樓房被炸，只有你妻子和女兒罹難嗎？是的話你還真蠢。」他語氣輕柔鎮定，但一雙綠眼逼視老鼠。「華沙、納維克、色當、鹿特丹、敦克爾克、克里特、列寧格勒、史達林格勒，希特勒到哪裡，無論東南西北，哪裡就是屍橫遍野。數十萬人死了你不難過，卻為了一個小房間毀了哭成這樣。」麥克搖搖頭，感覺同情又厭惡。「你的國家快毀了，被希特勒弄垮了，但他打算拖其他人下水，愈多愈好。你兒子、你妻子和兩個女兒，他們在希特勒眼中算什麼？重要嗎？我不認為。」

「你閉嘴！」老鼠鬍鬚沾著淚珠，有如晶瑩的假鑽。

「我很遺憾炸彈落在這裡。」麥克接著說道：「也很遺憾炸彈落在倫敦，但納粹掌權、希特勒開戰之後，就有人註定要倒楣。」

老鼠沒有說話。瓦礫堆裡沒有相片，他坐在燒焦的地板上前後搖晃。

「你在柏林有親戚嗎？」麥克問。

老鼠思索片刻，搖了搖頭。

「有地方去嗎？」

他又搖搖頭，擤了擤鼻子，擦去滴下的鼻水。

「我得完成任務。你想的話，可以跟我到藏身處，鈞特或許能送你出國。」

「這裡是我的家。」老鼠說。

「是嗎？」麥克刻意停頓片刻，但老鼠沒有接話。「你想住在墓園裡就待著吧，想跟我走就快站起來，我要走了。」說完他便轉身離開，穿越慘遭祝融的房間，下樓回到了街上。鈞特和迪茲在喝杜松子酒，外頭的風變強了。麥克在連棟樓房門口附近等著，決定給老鼠兩分鐘。要是那傢伙沒下來，他就得決定該怎麼做。他並不希望如此，但老鼠知道的太多了。

一分鐘過去，麥克望著兩名孩童在燒焦的瓦礫堆裡撈寶，挖到了一雙靴子，其中一名孩子立刻把另一名孩子趕跑了。這時麥克聽見樓梯吱嘎作響，感覺肌肉放鬆下來。老鼠走出公寓來到陰沉的戶外，抬頭望著天空和周圍的樓房，彷彿頭一回見到似的。「好吧。」他說，聲音疲憊而漠然，眼睛泛紅腫脹。「我跟你走。」

麥克和老鼠回到車上，鈞特韁繩一甩，跛腳的牧馬便開始前進。迪茲將杜松子酒遞給麥克，麥克喝了一口之後遞給老鼠，但那小個子搖搖頭，只是低頭望著張開的右掌。他手上是那個鐵十字勳章。

麥克不知道萬一老鼠沒出來，他會怎麼做。殺了他嗎？也許。雖然他不想。他是這行的專家，專幹齷齪事，永遠以手邊任務為第一。鐵拳、法蘭克維茲、希爾德布蘭特博士、布洛可和毒氣戰，當然還有亨利山德勒。這些人事物到底有什麼關聯？在綠鐵板上畫彈孔又是什麼意思？」

他必須搞清楚。萬一失敗，盟軍的登陸歐洲作戰也可能功虧一簣。

麥克在馬車的一側坐定，感覺衝鋒槍在乾草堆裡抵著他的身體。老鼠望著鐵十字勳章，無法想像如此小而冰冷的金屬，竟然是他生命中僅存有意義的東西，接著他握著勳章，將它放進口袋。

第三章

藏身處在柏林的新克爾恩區，鐵路兩旁盡是陰沉的工廠與擁擠的連棟樓房。鈞特在一棟樓房前敲了門，門後出現一名纖瘦青年，棕色平頭、戽斗臉，感覺這輩子沒笑過。迪茲和鈞特帶著麥克和老鼠進屋上到二樓，將兩人安置在起居室之後便離開了。十分鐘後，一名灰髮鬈曲的中年婦人端著盤子走進來，給了他們兩杯茶和幾片黑麥麵包。她什麼都沒問，麥克也沒有問她什麼，兩人拿起茶和麵包狼吞虎嚥了起來。

起居室窗戶掛的窗簾密不透風。茶和麵包送來大約半小時後，麥克聽見一輛車子停在了屋外。他走到窗邊，微微拉開窗簾往下窺探。天色暗了，街燈還沒亮起，樓房是黑的，夜幕也是黑的，但麥克看見人行道旁停了一輛黑色賓士，駕駛下車走到另一邊，替後座乘客開門。他先看到女人的優雅小腿，接著才是全身。女人抬頭看了從窗簾縫隙漏出的昏黃光線一眼，麥克見不到她的臉。駕駛關上車門，麥克放下窗簾。

他聽見樓下有人交談，是鈞特和一名女子，德文說得很文雅，口音用詞都是，咬字也很貴族，但卻有些古怪，麥克一時難以明述。他聽見有人上樓，那女人來到了關著的起居室門前。

門把轉動，門開了，無臉女子走了進來。

她頭戴黑帽，面罩黑紗，黑手套、黑手提箱、黑絲絨大衣，裡頭一襲深灰色條紋洋裝，幾綹長捲金髮從帽子邊鑽了出來，垂在肩上，身材高而苗條，可能將近一米八。她先看了麥克一眼，然後看了看老鼠，接著又望著他，面紗下的晶亮眼眸隱約可見。她關上門，麥克聞到她的香水，帶著肉桂和皮革的淡香。

「是你。」她用貴族德文說道。不是問句，是直述，對麥克說。

麥克點點頭。她口音有點怪，到底怪在哪裡？

「我是回聲。」她說著將黑手提箱放在桌上，拉開拉鍊。「你同伴是德國士兵，該怎麼處置他？」

「我不是士兵！」老鼠反駁道：「是伙房，之前是。」

回聲望著麥克，面紗下的臉毫無表情。「怎麼處置？」她又說了一次。

麥克知道她的意思。「他沒問題。」

「上一個這麼說的人已經死了，你這樣是帶了一個危險的拖油瓶。」

「老鼠……我同伴……想離開德國，能幫忙安——」

「不行。」回聲斷然道：「我不會為了你的朋友讓我朋友身陷險境。這位……」她匆匆瞄了小個子一眼，麥克幾乎感覺得到她的恐懼。「這位老鼠是你的問題。你要處理，還是我來解決？」

這是委婉的說法，想知道麥克要自己動手，還是由她手下代勞。「妳說得對。」麥克答道：「老鼠是我的問題，我會處理。」女子點點頭。「他跟我一起走。」麥克說。

女子默不作聲，房裡陷入森冷的沉默。「絕對不行。」

「可以。我在巴黎叫他幫忙，他也辦到了。對我來說，他已經過了考驗。」

「對我沒有，你也一樣。你要是拒絕照規矩來，我就拒絕與你共事。」說完她便關上手提箱，轉身要朝門口走去。

「那我只好自己來了。」麥克說完突然發覺她口音哪裡怪了。「反正我本來就不需要老美幫忙。」

女子戴著黑手套的手停在門把上。「你說什麼？」

「我說我不需要老美幫忙。」麥克又說了一次。「妳是美國人，對吧？聽口音就知道了。這裡的德國佬一定耳朵灌鉛，才會聽不出來。」

這似乎惹毛了她。回聲冷冷答道：「告訴你，英國佬，這裡的德國人都知道我在美國出生，目前住在柏林，你滿意了吧？」

「疑惑解決了，滿意倒是沒有。」麥克朝她淺淺一笑。「我猜我們在倫敦的朋友應該跟妳交代過我的背景。」除了他擅長趴著跑之外，他很確定這一點。「我是專家，因此如我剛才說的，如果妳拒絕幫忙，我就自己來——」

「你會把命玩掉。」回聲打斷他道。

「也許吧，但我們那位朋友一定跟妳說過可以信任我。我能在北非活下來，靠的可不是愚蠢。我說我會照顧老鼠，就是會這麼辦。我會處理他。」

「那誰來照應你？」

「這個問題我從來沒遇過。」麥克說。

「等一下！」老鼠滿臉怒容，眼睛依然哭腫著。「我能說幾句話嗎？誰說我需要你照顧的？我有開口求你嗎？拜託，我待在瘋人院還比較好。那些瘋子至少還講道理！」

「閉嘴！」麥克火了。老鼠再多講一句，就等著當槍下亡魂了。小矮子口中唸唸有詞，麥克重新望著面紗女。「老鼠之前幫過我，這次也能幫忙。」回聲嘲諷地哼了一聲，但麥克不為所動，他說：「我來柏林可不是為了這個，殺死曾經冒著生命危險幫我的人。」

「什麼？……殺死？」老鼠這才恍然大悟，倒抽了一口氣。

「老鼠跟著我。」麥克瞪著面紗女。「他由我負責。任務結束之後，妳再幫我們兩人離開德國。」

回聲沒有回答。她手指敲著黑行李箱，心裡忖度著。

「如何？」麥克問道。

「我們那位朋友要是在這裡，一定會罵你愚蠢。」她又說了一次，但也曉得眼前這位蓬頭垢面、滿臉鬍鬚的綠眼男子心意已決，不會更改。她嘆口了氣，搖搖頭回到桌前，將手提箱放在桌上。

「怎麼樣？」老鼠害怕地問：「我會被殺嗎？」

「不會。」麥克告訴他：「你剛加入了英國軍情局。」

老鼠嗆了一聲，彷彿喉嚨裡卡到了雞骨頭。

「你要換一個新身份。」回聲打開手提箱，從裡頭拿出一份檔案遞給麥克。麥克上前去拿，回聲立刻伸手捏著鼻子說：「天哪，好臭！」

麥克接過檔案翻開內頁，裡面是幾份德文打字文件，簡述腓特列馮范吉男爵的生平大略。麥克忍俊不住，說：「是誰的主意？」

「我們那位朋友。」

果然，麥克心想，看起來就像那個化名馬洛伊的司機愛搞的把戲。「一天之內從豬農變成男爵，雖然貴族頭銜可以用錢買，但感覺還是不壞。」

「馮范吉是真有其姓，名人錄裡找得到。不過，你名字像貴族。」她說：「身上還是豬臊味。這是另一份你要求的資料。」她遞了另一份檔案給他，麥克翻了翻新的文件。他來柏林之前，卡蜜兒已經用無線電密碼通知回聲，要她蒐集親衛隊上校耶芮克布洛可和古斯塔夫希爾德布蘭特博士的資料，並調查博士的化學製造公司。她做得非常好。檔案裡有兩人的黑白相片，雖然模糊但夠用了，她還打了一頁哈利山德勒的資料，附上一張他和一群納粹軍官同桌的相片。那傢伙腿上坐著一名黑髮女子，前臂上停著一隻戴著眼罩的老鷹。

「資料蒐集得很完整。」麥克讚許她。他望著山德勒笑著的冷酷臉龐，覺得腹部一縮。「山德勒還在柏林嗎？」

回聲點點頭。

「柏林哪裡？」

「我們的優先要務。」回聲提醒他道：「不是亨利山德勒。你現在只需要知道山德勒短時間內還不會離開柏林就好。」

當然，她說得對。先搞定鐵拳，再來處理山德勒。「法蘭克維茲呢？」他問。

卡蜜兒也有提到這個人。「我認識這個人，他住在維多利亞公園附近，卡茲巴赫街上。」

「妳會帶我去找他？」

「明天。我想今晚你應該把資料讀一讀，做一點功課。」她指了指馮范吉的個人檔案。「還有，拜託你把鬍子刮一刮，身體沖乾淨。德意志帝國沒有男爵走波希米亞風。」

「那我呢？」老鼠一臉受傷。「我要做什麼？」

「對啊，做什麼？」回聲問，麥克感覺得到她盯著他。

他匆匆瀏覽了馮范吉男爵的檔案：在奧地利和義大利置產，在薩爾布呂肯河畔有家族城堡，純種賽馬、跑車、昂貴的訂製服，全是有錢人的標準配備。麥克讀完資料抬起頭說：「我需要一名侍從。」

「一名什麼？」老鼠尖聲問道。

「侍從，專門幫我掛昂貴衣服的人。」他轉頭望著回聲。「對了，衣服在哪裡？既然要我扮男爵，我想妳肯定不希望我襯衫上有豬糞吧？」

「衣服他們會處理，還有你的侍從。」她似乎笑了，但隔著面紗很難看得清楚。「明天早上九點我會派車來接你，我司機名叫威廉。」她關上手提箱，貼著身體拿好，接著說：「我想就這樣了，沒別的事了吧？」說完不等麥克回答，就邁開優雅修長的雙腿，大步朝門口走去了。

「等一下。」麥克說，回聲停下腳步。「妳怎麼知道山德勒計畫待在柏林？」

「我就是負責知道這種事的，馮范吉男爵。耶芮克布洛可也在柏林市。這完全不是秘密。布洛可和山德勒都是硫磺俱樂部的成員。」

「硫磺俱樂部？什麼是硫磺俱樂部？」

「喔。」回聲輕聲說：「你到時就知道了。晚安，兩位先生。」她開門走出屋外將門關上，麥克聽見她喀喀喀走下樓梯。

「侍從？」老鼠氣急敗壞地說：「天殺的，我這輩子只有三套西裝，哪知道怎麼當侍從啊？」

「侍從只負責做事，不負責說話。做好你該做的，我們也許就能毫髮無傷地離開柏林。我說你加入軍情局是當真的。你只要在我身邊，就乖乖照我的話做，這是在保護你，懂嗎？」

「懂才怪！我要怎麼做才能擺脫這一堆狗屁？」

「唔，很簡單。」麥克聽見賓士車引擎發動的聲響。他走到窗邊微微撩起窗簾，望著轎車駛進夜色中。「回聲打算殺了你，我想她用一顆子彈應該就能解決你的問題了吧。」

老鼠不說話了。

「你晚上好好想一想。」麥克對他說：「只要照我的話做，或許可以趕在俄國佬蜂擁而入之前逃離這個快死的國家，不然……」他聳聳肩。「你自己決定。」

「這哪算什麼選擇！不是腦袋吃子彈，就是被蓋世太保拿火鉗燙卵蛋！」

「我會努力避免這兩件事。」麥克說，心裡明白要是蓋世太保抓到他們倆，火鉗燙睪丸只是最基本的開胃菜。

灰髮婦人走進起居室，帶著麥克和老鼠下樓從後門離開了公寓，接著又下樓走進一間掛著蜘蛛網的地下室。裡頭房間有如鼠窩，油燈昏黃閃爍，不是空空蕩蕩，就是堆滿破家具和廢棄物。他們來到一間酒窖，裡面有兩名男子等著。男子推開大紅酒架，後方磚牆上出現一個方孔。麥克和老鼠跟著中年婦人走進地道，來到另一棟樓房的地下室，裡頭房間明亮整潔，擺著成箱的手榴彈、衝鋒槍、手槍、子彈、雷管和引信等等。婦人帶著老鼠和麥克走到一個大房間，房裡有男有女，都在踩裁縫機，身旁堆滿衣褲，大多數是德軍制服。捲尺掏了出來，西裝和襯衫挑過、比過，鞋子也端出來供男爵和他的侍從挑選。替老鼠量尺寸的女裁縫嘖嘖抱怨，心想夜裡改短褲子、襯衫和外套袖子有得忙了。一名男子拿著剪刀和剃刀走進房間。

另外一人拿來幾桶熱水和幾塊粗糙的白肥皂，連蟾蜍身上的疣粒都刷得掉。經過剪刀、剃刀和肥皂一番侍候，麥克葛勒頓（變身對他來說並不陌生）開始化身為他剛拿到的新身份。然而，肉桂和皮革的淡香始終在他腦中，他發現自己實在好奇面紗之下究竟是何許人的臉龐。

第四章

翌日早晨九點，黑色賓士車準時出現。天色依然陰霾，太陽躲在濃密的烏雲後面不見影蹤。納粹高層最愛這種天氣，只要烏雲密佈，盟軍轟炸機就會取消任務。

兩名男子從鐵道旁一棟公寓走了出來，容貌跟昨天傍晚進房時判若兩人。馮范吉男爵鬍子刮得乾乾淨淨，黑髮修剪整齊，一夜安眠洗去了他眼裡的疲憊。他身穿灰西裝和灰背心，搭配淺藍襯衫、灰紋細領帶及銀別針，黑皮鞋擦得油亮，肩上披著駝毛嗶嘰短大衣，最後再加上一雙黑色羊羔皮手套，旁人看了一定覺得衣服是訂製的。他的侍從矮小粗壯，鬍子同樣刮得乾乾淨淨，頭髮剛剪，完全藏不住他那雙難看的招風耳。他穿著深藍西裝和素黑領結，整個人慘不忍睹。襯衫領子漿得太硬，勒得他喘不過氣，黑亮的新皮鞋跟鉗子一樣夾腳。他還發現侍從必須搬行李箱，裡頭塞滿男爵和他的衣物。不過，當他將小牛皮製的行李箱從公寓裡搬進賓士車的後車廂時，不得不讚嘆裁縫們對細節的認真。男爵每一件襯衫上都繡了姓名縮寫的花體字，連手提箱都不忘印上姓名縮寫的渦卷裝飾。

麥克向鈞特、迪茲和其他人道別之後，坐進了賓士車的後座。老鼠正想跟著坐進後座，肩膀寬闊、留著上了蠟的灰色鬍髭的威廉說：「侍從只能坐前座。」說完便用力將門關上。老鼠嘀咕抱怨，坐進了前座。麥克聽見鐵十字勳章在小個兒的口袋裡哐啷作響。威廉發動引擎，賓士車平穩離開了人行道旁。

車子的前後座隔著一道玻璃，麥克聞到回聲的體香，味道令人沈醉。車裡清潔得很徹底，沒有紙，也沒有手帕，見不到任何洩漏回聲身份的東西。麥克起先這麼以為，但當他掀開前座椅背上擦得晶亮的煙灰缸時，卻發現裡頭沒有煙灰，而是一張綠色票根。麥克仔細打量上頭的德文：埃萊克特拉戲院。他將票根放回去，關上煙灰缸，接著推開他和威廉之間的小橡膠摺板，問：「我們要去哪裡？」

「有兩個地方，先生。先去造訪一位藝術家。」

「之後呢？」

「您停留柏林期間的寓所。」

「女士會來嗎？」

「或許，先生。」威廉答得言簡意賅。

麥克關上摺板，瞄了老鼠一眼。老鼠正忙著用食指拉寬襯衫的衣領。他們倆昨晚同睡一間房，麥克聽見老鼠在哭，看到他摸黑下床在窗邊站了很久。他聽見老鼠不停翻動鐵十字勳章，發出輕輕的叮噹聲。之後老鼠長嘆一聲，舉起袖子擤了擤鼻子，爬回床上。叮噹聲停了，老鼠握著勳章沉入了夢鄉，靈魂的掙扎終於暫時告一段落。

柏林的道路簡直夢魘。馬車、軍卡、坦克和電車塞成一團，更別提某些路段還有燜燒的瓦礫堆擋路。幸好威廉駕駛技術一流，穩穩載著他們朝提歐馮法蘭克維茲的住處前進。途中下起了小雨，麥克聽著雨滴打在擋風玻璃上，一邊在心裡複習檔案裡的資料。

耶芮克·布洛可的檔案都是舊聞。他是希特勒的狂熱信徒、忠誠納粹黨員，離開法肯豪森集中營指揮官一職之後就像消失了，從此動態不明。古斯塔夫希爾德布蘭特博士是德軍毒氣戰之父的兒子，家住波昂附近，旗下的化學製造公司也在那裡。不過，檔案裡倒是有一項新資訊：博士在挪威卑爾根市南方五十公里外的史卡帕島上有房子和實驗室。從波昂去史卡帕島避暑實在遠了點，去避冬嘛……嘖，那座島那麼北方，冬天既冷又長，跟極區沒有兩樣，他想找到更舒服的渡假地點絕不是問題，為何非去如此偏僻的島上？這一點值得深究。

大雨掃過萌芽的路樹，威廉沿著維多利亞公園緩緩前行。這一帶同樣是連棟樓房和小店聚集，行人撐著傘匆匆趕路。

麥克再次推開摺板。「對方知道有訪客嗎？」

「不知道，先生。馮法蘭克維茲先生昨天半夜才到家，我們要去了才知道他在不在。」威廉龜速前進，應該在等候信號，麥克想。他看見花店窗內有一名女子在剪玫瑰，一名男子在公寓門口和不聽話的雨傘纏鬥。女子將玫瑰插進花瓶擺在窗邊，男子總算把傘撐開，出門去了。威廉說：「先生，法蘭克維茲先生在家，那一棟就是他的寓所。」他指著右方一棟灰色磚牆建築道：「五號二樓。」說完便將車停在路旁。「我會在這附近兜圈子。祝好運，先生。」

麥克下了車，豎起大衣領子遮擋風雨。老鼠也想下車，但威廉抓住他的手臂說：「男爵自己去。」老鼠氣急敗壞想掙脫，但麥克說：「沒關係，你待在車裡。」說完便大步跨上人行道，走進威廉手指的公寓。賓士車揚長而去。

公寓裡飄著霉味，有如潮濕的墓穴，牆上塗滿了納粹標語與口號。麥克察覺眼前閃過一道暗影，但不曉得是貓還是大老鼠。他走上二樓，找到了要找的那扇門。門上的「5」黯淡無光。

他敲了敲門。走廊盡頭有嬰兒嚎啕大哭，還有兩人在吵架，一男一女，聲音愈來愈大。他又敲了一次門，感覺背心暗袋裡的短筒手槍貼著自己的胸膛。槍是那些德國人送的。沒人應門。他握拳再敲了一次，心想威廉到底有沒有把話傳到。

「走吧。」門後傳來男人的聲音。「我沒錢給你。」

那聲音疲憊嘶喘，感覺呼吸有問題。麥克說：「馮法蘭克維茲先生嗎？我有話跟您說，請開門。」

門後靜默片刻，接著：「我沒辦法說話，你走吧。」

「這件事很要緊。」

「我說我沒錢了。走吧……別吵我，我生病了。」

麥克聽見拖著腳步窸窣離開的聲響。他說：「我是您巴黎朋友的朋友。他很喜歡歌劇。」

腳步聲停了。

麥克靜靜等待。

「我不曉得你在說誰。」法蘭克維茲沙啞答道，聲音離門很近。

「他說您最近去畫過畫，畫在金屬上。可以的話，我想跟您談談這件事。」

又是一陣靜默。馮法蘭克維茲要嘛非常謹慎，要嘛怕得要命。接著，麥克聽見喀擦聲，鎖開了，門閂扳起，房門微微開了五公分，露出半張白皙的面孔，彷彿地窨裡鑽出的鬼臉。「你是誰？」法蘭克維茲低聲問道。

「我大老遠來見您一面。」麥克說：「可以進去談嗎？」

法蘭克維茲猶豫不決，蒼白的臉在幽暗的屋裡宛如彎月。麥克看著那隻佈滿血絲的灰色眼眸、白皙的高額頭和額頭上那一綹油膩的棕髮。只見灰眼眨了眨，接著門就開了。法蘭克維茲退後一步，讓麥克走進房裡。

公寓昏暗封閉，狹小的窗戶覆著一層煤渣，是柏林工廠的傑作。木頭地板上鋪著黑金兩色的波斯地毯，麥克踩上去覺得不大堅固。家具厚重俗麗，塵封的博物館地下室經常見到這種東西。靠枕隨意散置，海綠色沙發的扶手鋪了蕾絲。房裡的味道撲鼻而來：廉價菸、花香古龍水、油畫、松節油，還有病人獨有的酸苦味。房間一角擺著一張椅子、一個畫架和一幅未完成的風景畫，就在狹小的窗戶邊。畫裡的樓房由骨頭建成，樓房上是火紅的天空。

「你坐這裡，這裡最舒服。」法蘭克維茲掃開堆在沙發上的髒衣服說。麥克坐在沙發上，脊骨被彈簧刺了一下。

法蘭克維茲骨瘦如柴，穿著藍絲袍和拖鞋，繞著房間一一扶好燈罩、相片和銅花瓶裡的幾朵枯花，接著坐在黑色高背椅上，翹起二郎腿，伸手拿了一包煙和黑檀煙嘴，緊張地將菸旋進煙嘴裡。他的腿細瘦白皙。「所以你見過威爾納了。他還好嗎？」

麥克發現他說的是亞當。「他死了，被蓋世太保殺了。」

法蘭克維茲張大嘴巴，低低驚呼一聲，拿著火柴盒的手指一陣慌亂。第一根火柴受了潮，只擦出一小道火光就熄了，第二根才把菸給點著。他含著黑檀煙嘴深深吸了一口，咳聲從肺裡湧了出來，隨即是第二、第三聲，緊接著一陣狂咳，肺部發出潮濕的嘶聲，但咳嗽平息之後，這位畫家立刻又吸了一口，凹陷在眼窩裡的灰色眼眸泛著淚光。「真遺憾，威爾納非常……紳士。」

該跳入主題了。麥克說：「您知道您朋友在替英國軍情局工作嗎？」

法蘭克維茲默默吸著菸，菸頭在昏暗中綻放出一點紅光。「知道。」過了一會兒他才開口。「威爾納跟我說過。我不是納粹黨員，納粹對我的國家做的那些事，還有對我朋友……唔，我對納粹沒有任何好感。」

「您跟威爾納說，您曾經到一處倉庫去，在綠色金屬板上畫彈孔。我想知道您是怎麼接到這份工作的，僱用您的是誰？」

「一個男的。」法蘭克維茲藍絲袍底下的單薄肩膀聳了聳。「我不知道他叫什麼名字。」他吸菸吐煙，又是一陣猛咳。「對不起。」他說：「你應該看得出來，我生病了。」

麥克已經留意到對方腿上結痂的膿瘡了，看起來像是老鼠咬的。「那個男的怎麼知道您適合那份工作？」

「藝術是我的生命。」法蘭克維茲答道，彷彿這麼說就夠了。不過，他隨即起身走到畫架前。儘管不超過卅三歲，動作卻和老人一樣。一疊畫靠在牆邊，法蘭克維茲蹲在畫前開始翻找，修長白皙的手指小心翼翼，彷彿深怕吵醒睡著的孩子。他說：「我之前會在附近的咖啡館畫畫，冬天才回公寓裡。那人是來喝咖啡的，看著我畫了一陣。之後他又來了一次，接著又來了幾次。哈，找到了！」他在跟畫說話。「我那時在畫這一幅。」他抽出畫拿給麥克看。是自畫像，破鏡中是法蘭克維茲的臉。鏡子的裂痕非常逼真，麥克覺得手指去摸一定會割傷。「那人帶了另一個人來看，是一名納粹軍官，我後來知道第二個人叫布洛克。之後過了大概兩週，第一個人來咖啡館裡，問我想不想賺點錢。」法蘭克維茲淺淺一笑，在蒼白的臉上顯得森冷異常。「對錢，我來者不拒，納粹的錢也一樣。」他望著自畫像看了幾秒，畫裡的那張臉是自我膨脹的想像。接著他將畫塞回原處，站了起來。大雨狂掃窗戶，法蘭克維茲望著雨水在骯髒的玻璃上賽跑。「有天晚上，他們派車子接我到機場，布洛克在那裡，還有另外幾個人。他們把我眼睛蒙住，我們就搭飛機出發了。」

「所以您不知道飛機降落在哪裡？」

法蘭克維茲坐回椅子上，重新叼起煙嘴。他望著窗外的雨，嘴裡吐著青煙，只要呼吸肺部便嘶嘶出聲。「我們飛了很久，中途為了加油停過一次，因為我聞到了油味。我還感覺陽光照在臉上，所以是往西飛。降落時，我聞到海的味道。他們帶我到一個地方之後才解開我的眼罩。那裡是倉庫，沒有窗戶，門都上了鎖。」法蘭克維茲的腦袋周圍青煙繚繞。「他們準備了我需要的所有顏料與畫具，擺得整整齊齊。他們給了我一個小房間住，只有行軍床和一把椅子、幾本書和雜誌，還有一台維克多拉留聲機，同樣沒窗戶。布洛克上校帶我到一個大房間，裡頭有幾片金屬和玻璃，然後交代我要畫什麼。彈孔，他說，還有玻璃裂痕，就像那幅畫裡的破鏡子那樣。他說了金屬上的彈孔要畫成什麼式樣，還用粉筆標了位置，於是我就照著畫。完工後，他們又蒙了我的眼帶我上飛機，同樣飛了很久，之後他們付了錢，就開車送我回家了。」他側頭傾聽雨水譜成的樂音。「這就是全部的經過。」

差得遠了，麥克心裡想。「亞——威爾納怎麼會知道這件事？」

「我告訴他的。去年夏天，我跟另一位朋友去了巴黎，見到了威爾納。他就像我說的，非常紳士，人又親切。唉，真是的。」他叼著煙嘴做出沮喪的動作，隨即臉上閃過一絲驚恐。「蓋世太保……他們不會……我是說，威爾納沒跟他們提到我吧？」

「沒有，他沒提到您。」

法蘭克維茲鬆了一口氣，接著又開始咳嗽，咳得非常厲害。「謝天謝地。」咳完之後，他說：「謝天謝地。蓋世太保……他們會對人做一些很可怕的事。」

「您說他們把您從機場帶到倉庫，沒有開車嗎？」

「沒有，用走的大約三十步就到了，差不多就那麼遠。」

所以倉庫在機場裡，麥克心想。「倉庫裡還有哪些東西？」

「我沒什麼機會四處看，身旁總是有人看著我。但我看到不少大桶子和板條箱，我想應該是油桶，還有機具，像是齒輪之類的。」

「您聽見他們提到鐵拳這兩個字，是嗎？」

「對。我待的那幾天有一個人到倉庫來，布洛可上校跟他說話時，稱呼他希爾德布蘭特博士。他提了不少次這個名字。」

這裡有一個疑點。麥克說：「戒備這麼森嚴，布洛可和希爾德布蘭特怎麼會讓您聽見他們說話？所以你們曾經共處一室，是嗎？」

「當然了。但我那時在工作，他們可能以為我沒在聽吧。」法蘭克維茲朝天花板吐了一口煙。「反正那本來就不是秘密，因為我都畫上去了。」

「畫上去？畫什麼上去？」

「那兩個字啊。鐵拳。他們叫我寫在其中一塊金屬板上。布洛可告訴我怎麼寫，因為我不懂英文。」

麥克沉吟片刻。「英文？您寫的是——」

「英文的鐵拳，Iron Fist。」法蘭克維茲說道：「寫在綠色的金屬板上。其實是橄欖綠，非常偏褐，寫在我畫的圖案上面。」

「圖案？」麥克搖頭說：「我聽不懂。」

「你等著。」法蘭克維茲說完走到畫架前，在椅子上坐了下來，在架上擺了一張畫紙，拿起炭筆。麥克走到他身後，法蘭克維茲沉思片刻，接著便在畫紙上匆匆畫了起來。「哎，我只是畫個大概，我的手最近不聽使喚，應該是天氣的關係，我想，這房子每到春天總是很潮濕。」

麥克看著素描慢慢成形。畫中只有一只巨大的拳頭，沒有別的，覆著盔甲，拳裡握著一個東西，還看不出是什麼。

「布洛可跟你一樣，站在我背後看我畫。」法蘭克維茲一邊說著，一邊在鐵拳下添了瘦骨嶙峋的兩條腿。「我總共畫了五次草圖，那傢伙才滿意，要我畫在金屬板上，再寫上那兩個字。我在美術學校的成績是全班前三分之一，老師說我很有前途。」他病懨懨笑了笑，手在紙上飛快動著，彷彿有自己的意志。「催帳的人三天兩頭來煩我，我以為你也是。」他畫著癱垂的兩條臂膀，說：「我夏天畫得特別好，因為有陽光，可以到公園畫畫。」

法蘭克維茲畫完了那東西的身體，是一個人，漫畫風格，被拳頭掐著。他開始畫頭和臉。「我有一幅畫在藝廊展出過，那時還沒打仗，主題是綠色池塘裡悠游的兩隻金魚。我從小就喜歡魚，牠們總是很平和。」他畫了暴凸的眼睛和朝天鼻，接著說道：「你知道那幅畫被誰買去了嗎？宣傳部長戈培爾的秘書。沒錯，就是戈培爾！那幅畫現在說不定就掛在總理府裡！」他匆匆畫了一抹黑髮垂在額前。「總理府裡有我的簽名，這世界還真妙，是吧？」他畫完臉之後，在嘴唇上添了小鬍髭，接著收筆道：「好了，這就是我畫給布洛可上校的東西。」

畫紙上是漫畫版的希特勒，被鐵拳掐得兩眼暴凸，張嘴大喊。

麥克無言以對，腦袋飛速運轉，卻找不到施力點。親衛隊上校布洛可對納粹忠心耿耿，竟然付錢叫法蘭克維茲畫出如此滑稽可笑的「元首」？這根本沒有道理！這種褻瀆足以被判絞刑，卻出自一名希特勒崇拜者之手。彈孔、碎玻璃、漫畫、鐵拳……這一切到底是怎麼回事？

「我什麼都沒問。」法蘭克維茲從椅子站起來說：「什麼都不想知道，只想活著回家。布洛可說之後可能還會要我幫忙，再畫些東西。他說這是秘密計畫，要是我敢說出去，一定會被蓋世太保發現，找上門來。」他撫平絲袍上的皺摺，手指再次焦慮顫抖。「我不曉得自己為什麼會跟威爾納說，我明明知道他在為另一邊工作。」法蘭克維茲望著窗上大雨如柱，憔悴的臉上光影斑駁。「我想……我會告訴他是因為……因為布洛可看我的樣子，好像我是隻會玩把戲的狗。他的眼神說得清清楚楚：他瞧不起我，卻又需要我。而他沒有殺了我，只是因為之後可能還需要我。我是人，不是動物，你能了解嗎？」

麥克點點頭。

「我知道的就是這些，沒辦法再幫你了。」法蘭克維茲又開始呼吸沙啞。他的菸熄了，於是找了一根火柴重新點了菸。「你有錢嗎？」他問。

「沒有，我身上沒錢。」他有皮夾，是那些德國人給他的，但裡面沒錢。他望著法蘭克維茲修長白皙的手指，脫下羊羔皮手套說：「拿去吧，這應該值點錢。」

法蘭克維茲二話不說接過了手套，嘴角吐著青煙說：「謝謝，你真紳士。這年頭我們這種人不多了。」

「您最好把它銷毀。」麥克指了指希特勒嘲諷畫，接著轉身走向門口，途中停下腳步說：「謝謝您，您大可以不告訴我這些事，但我得告訴您，您知道這麼多，我不敢說您待著很安全。」

法蘭克維茲揮了揮煙嘴，在空中畫出一道青霧。「柏林有誰安全？」他說。

麥克沒話可說。他拉開門閂，房裡這麼潮，窗戶這麼窄又髒，他已經快窒息了。

「你還會再來嗎？」法蘭克維茲吸完菸，將菸頭壓在綠縞瑪瑙煙灰缸裡摁熄了。

「不會。」

「我想這樣最好，希望你能找到你要找的。」

「謝謝，您也是。」麥克打開最後一道鎖，走出公寓將門關上，隨即聽見提歐馮法蘭克維茲將門鎖上，聲音非常急躁，有如野獸在籠子裡衝撞。法蘭克維茲咳嗽幾聲，感覺肺部積滿了水。麥克走過通道，下樓回到大雨傾盆的街上。

威廉將車緩緩駛到人行道旁，待麥克上車之後再次出發，在雨中往西駛去。

老鼠見麥克都沒說話，便問：「你有問到你想知道的事嗎？」

「才剛開始。」麥克答道。希特勒被鐵拳掐著。綠鐵板上畫彈孔。鑽研毒氣戰的希爾德布蘭特博士。倉庫。飄著海水味的機場跑道。的確，謎團才剛開始。還有搶灘作戰，春天狂浪一退就會行動，應該是六月，麥克想。數十萬人命懸一線。自由的活，他想到這話，臉上鬱鬱地笑了。責任的重軛壓在他肩上。幾分鐘後，他問威廉：「我們要去哪裡？」

「帶您入會，先生，您剛加入了硫磺俱樂部。」

麥克正想問什麼是硫磺俱樂部，但外頭風強雨大，威廉必須專心開車。於是麥克望著自己沒了手套的雙手，任疑惑在心裡翻攪，雨水在窗外撲騰。

第五章

「先生，到了。」威廉說道，麥克和老鼠不約而同對著雨刷不停擺動的擋風玻璃往外看。

車外大雨滂沱，濃霧瀰漫，隱約可見一座塔樓堡矗立在哈維爾的河中島上。威廉剛才在柏林格倫沃爾德森林裡穿梭了將近十五分鐘，柏油路面在河邊到了盡頭，但路還沒完。眼前一座木頭浮橋橫越黑色的河面，直達城堡宏偉的花崗岩拱門。浮橋口裝了黃色升降桿，威廉放慢車速，一名身穿紅褐制服、深藍手套的年輕人撐著傘從小石哨亭走了出來。威廉搖下車窗說道：「馮范吉男爵到了。」年輕人匆匆點頭，隨即走回哨亭。麥克看得見哨亭窗內，年輕人正在撥電話，纜線從河底下直通城堡。不久，年輕人再度出現，拉起升降桿，揮手要威廉一行人過去。賓士車駛上了浮橋。

「這裡是萊希克隆飯店。」快到拱門時，威廉說明道：「城堡一七三三年完成，一九三九年由納粹接管，招待德意志帝國的高官要人及賓客。」

「天哪。」宏偉的城堡赫然矗立在眼前，老鼠不禁低聲驚嘆。他當然見過這城堡，只是沒這麼近看過，更沒想過自己有一天能置身其中。萊希克隆堡只有納粹高層、外交使節、將官、公爵、伯爵和男爵——正牌的男爵——才能入內。城堡愈來愈大，拱門張著灰色大嘴等著他們，老鼠感覺自己好渺小，胃裡一陣翻攪。他說：「我覺得……我沒辦法進去。」

但他別無選擇。賓士車通過拱門來到遼闊的中庭，那裡有寬長的花崗岩階通向一道雙開大門，門上方有「萊希克隆堡」五個金字和卐字標記。四名穿著紅褐制服的金髮青年推門而出，匆匆走下石階。威廉將車停在階前。

「我不行……沒辦法……」老鼠喃喃自語，感覺快斷氣了。

威廉冷冷瞪著老鼠，低聲說：「好侍從絕不拖累主人。」說完車門就開了，一把雨傘出現在他頭頂上方。老鼠愣愣下車，看著威廉下車繞到車後打開行李廂。

麥克擺出男爵架式，等服務生替他開了門、撐了傘才下車。他也一樣緊張，胃裡和頸子的肌肉都緊繃著，但在這裡不能有半點遲疑。要想全身而退，就必須徹頭徹尾像個男爵。麥克壓下緊繃的情緒，快步走上石階，讓撐傘的年輕服務生差點跟不上他。老鼠在他身後幾步，愈往上走愈覺得自己渺小。威廉和另外兩名服務生拎著行李跟了上來。

麥克走進萊希克隆旅館的大廳，來到納粹的聖所。大廳很寬敞，燈火低垂，灑下的光芒照在深棕色皮家具上，照得波斯地毯的金線熠熠生輝。頭頂上方一盞巨大的水晶燈，華麗無比，五十支蠟燭同時閃閃發亮。雪白大理石壁爐大得能當坦克的停車棚，爐裡柴火劈啪燃燒。壁爐上方是希特勒的巨幅肖像，兩側各有一隻鍍金老鷹。樂音悠揚，室內樂隊正在演奏貝多芬的弦樂四重奏。德國軍官坐在鬆軟的皮椅和皮沙發上，幾乎人手一杯美酒，或是交談，或是欣賞音樂。其他賓客三兩成群輕聲交談，包括幾名女性。麥克環視四周，感受此處的恢宏，聽見老鼠在他背後發出驚惶的低呼。

這時，一名女子用優雅如提琴的聲音高喊：「腓特列！」這聲音很熟，麥克正想轉身面向聲音的來處，那女子又喊了一聲：「腓特列，親愛的！」

那女子朝他奔來，雙臂一張將他抱住。他聞到她身上的氣味：肉桂與皮革。女子緊緊摟著他，金色鬈髮貼著他的臉頰。接著她仰頭看他，香檳色眼眸炯炯發亮，深紅色的雙唇吻上了他。

他任由她親吻，嚐到對方唇上帶著摩塞爾白酒的乾冽滋味。她身軀緊貼著他，繼續吻著，於是麥克也伸手摟住了她，伸出舌尖逗弄她的唇。他感覺女子身體一顫，想推開他又不能那麼做。麥克的舌尖在她嘴上緩緩滑弄，女子突然用嘴含住他的舌頭猛力吸吮，差點把他舌頭扯斷。她稍微使勁咬住他的舌頭，讓他擺脫不得。這真是文明的決鬥，麥克心想。他更用力摟住她，女子也還以顏色，勒得他脊骨喀了一聲。兩人就這樣嘴貼著嘴，牙齒咬著舌頭僵持了一陣。

「哦——」一名男子清了清喉嚨。「原來這就是幸運的馮范吉男爵啊。」

女子鬆開麥克的舌尖，仰頭結束了這個長吻。她雙頰緋紅，金色濃眉下，美麗的淺棕色眼眸閃著怒火，嘴角卻掛著一抹竊笑，興奮喘息道：「是啊，哈利！他很帥吧！」

麥克往右一看，發現山德勒就在他身邊，離他只有三步。

山德勒，這位兩年前在開羅策劃謀殺了瑪格莉塔伯爵夫人的獵鹿人，一臉狐疑地嘟囔著說：「野獸哪有不好看的，契絲娜，牠們的頭掛在我牆上更美。很抱歉，我不了解妳的品味，不過……很高興終於見到你了，男爵。」山德勒伸出大手，立在他罩著皮革的左肩上的金鷹站立不穩，張翅搖擺了一下。

麥克望著那隻手，眼前浮現那隻手握著話筒，下令謀殺瑪格莉塔的景象。他看見那隻手敲擊密電回報納粹主子，看見它扣下獵槍扳機，獅子腦袋開花。麥克伸手握住那隻手，臉上客氣微笑，眼裡卻閃現冷光。山德勒手掌使勁，掐住了麥克的指關節。「契絲娜一直在講你的事，把我煩死了。」他說，氣色紅潤的臉龐笑顏逐開。他德文說得字正腔圓，深棕色眼眸裡見不到一絲善意，同時加強了手上的力道，摁得麥克關節抽搐。「感謝你終於出現，她就不會再拿你的事說嘴了。」

「說不定我講話更無聊。」麥克說，臉上的笑容更深了。他絕不會洩漏自己的手快被握斷了。他望著哈利山德勒的眼睛，感覺兩人心照不宣：看誰厲害。他的關節被對方熊掌般的大手握得絞在一起，再用點力就要骨折了。麥克面帶微笑，感覺腋下滲出汗水。至少此刻，他是完全受制於對方了，任這位兇手宰割。

山德勒咧嘴露出潔白整齊的牙齒，放開了麥克的手。血液湧回麻痺的手指，傳來一陣刺痛。「哪裡，我很高興。」

契絲娜一襲墨藍晚禮服，水一般貼著她玲瓏的胴體，波浪金髮垂肩而下。她顴骨高聳，雙唇飽滿，風采嫣然有如破雲而出的日光。「腓特列。」她挽住麥克的手說：「希望你別介意我說了你一堆好話。我已經把秘密跟哈利說了。」

「哦？是嗎？然後呢？」

「哈利說他願意退讓，是吧？」

山德勒笑容一黯，但那不要緊，反正本來就是做做樣子。「告訴你，男爵，我們這下得爭個你死我活了。」

「是嗎？」麥克突然感覺如履薄冰。

「沒錯，要不是你，契絲娜一定會嫁給我，所以我非得撂倒你不可。」

契絲娜笑了。「哎！實在太榮幸了，竟然有兩名美男子為我爭風吃醋！」她看了站在後面的威廉和老鼠一眼。老鼠面如死灰，整個人被萊希克隆堡的氣勢壓得抬不起頭來。行李消失了，被服務生俐落送進了電梯裡。「你們可以離開了。」她說，一副天生指使人的語氣。威廉用力推了老鼠一把，要他往標著「樓梯」的門走，但老鼠只走了幾步就回頭望著麥克，臉上既驚惶又迷惑。麥克點點頭，那矮個兒便跟著威廉朝樓梯走了。

「好侍從難尋啊。」契絲娜高高在上說：「我們去休息室吧？」她指著大廳一側的燭光小室，說完便挽著麥克朝那裡走去。麥克順著她。山德勒跟在他們後頭，麥克可以感覺對方在打量他。契絲娜顯然就是回聲，但她究竟是誰？又為何能在德國貴族圈中往來自如？快到小室時，一名漂亮的黑髮少女走到他們面前，害羞地說：「我看過妳所有電影，妳真是太棒了。我可以請妳簽名嗎？」

「沒問題！」契絲娜接過紙筆說：「妳叫什麼名字？」

「夏洛特。」

麥克看著契絲娜用誇張的大字寫下：給夏洛特，獻上最好的祝福，契絲娜凡朵恩，接著以花體字作結。她將紙筆還給少女，露出傾倒眾生的笑容說：「喏，給妳。我下個月有新片上映，希望妳能捧場。」

「哦，我一定會的！謝謝妳！」少女顯然徹底感動了，接過簽名回到了原來坐的沙發上，左右各坐著一名中年納粹軍官。

休息室牆上掛著德軍步兵團和裝甲師的軍徽，他們選了個隱蔽的角落，麥克脫下短大衣掛在一旁的鉤上。侍者來了，契絲娜點了一杯麗絲玲白酒，麥克也一樣，山德勒點了一杯威士忌加蘇打水和生碎肉拼盤。侍者似乎習以為常，什麼也沒問就離開了。

「哈利，你非得扛著那隻鳥走來走去嗎？」契絲娜調侃問道。

「當然不是，但布朗蒂是我的幸運符。」他微笑望著麥克說，俊俏的金鷹也看著麥克。麥克發現這老鷹的眼神和牠主人一樣無情，利爪抓著山德勒肩上的皮罩，皮罩下是昂貴的訂製花呢外套。

「男爵，你對猛禽有研究嗎？」

「我知道最好敬而遠之。」

山德勒客套微笑。他下巴方正，五官粗獷俊俏，鼻子和拳手一樣歪向一邊，髮色偏紅，兩鬢和後腦剪得很短，爬滿皺紋的額上垂著一綹火紅的頭髮，全身上下都散發著高傲、力量與自信。他穿著淺藍襯衫、紅條紋領帶，翻領上別了一只小卐字章。他說：「果然是聰明人。布朗蒂是在非洲抓到的，花了我三年訓練她。這不表示她變溫馴了，只是會聽我的話而已。」他從外套裡掏出一只皮手套戴到左手上。「她長得很好看，對吧？你知道我只要一聲令下，她五秒鐘內就能把你的臉撕成碎片？」

「這樣我就放心了。」麥克說，感覺自己的睪丸往上縮了幾吋。

「我都用英國戰俘訓練她。」山德勒說，繼續刺探挑釁：「將老鼠內臟抹在他們臉上，之後就讓布朗蒂去解決了。嘿，小姑娘。」他低低呼哨一聲，同時將左手舉高，老鷹立刻從山德勒肩上走到手套上，利爪外張。「我喜歡野性的高貴。」他一邊欣賞手上的金鷹，一邊說道：「或許就是因為這樣，我才會愛上契絲娜，要她嫁給我。」

「哦，哈利！」她朝麥克微笑，笑中帶著一絲警告。「我都不知道該吻你，還是賞你一巴掌了。」

麥克思緒還停留在英國戰俘身上，雖然跟著微笑，臉上卻快藏不住了。「我以為妳的吻只屬於我呢。」

「我對契絲娜一見鍾情。那是在片場上……哪部電影啊，契絲娜？」

「命運之火，亨雷德帶你來的。」

「沒錯。你應該也是她的影迷吧，男爵？」

「頭號大影迷。」麥克說著將手放在她手上摁了摁。她顯然是電影演員，而且是超級巨星。他想起自己讀過「命運之火」的報導。納粹一九三八年拍的宣傳片。就是那種到處是納粹標語、德國田園風光和群眾歡呼希特勒場景的電影。

白酒、威士忌加蘇打水和生碎肉拼盤來了。山德勒抓起酒杯豪飲一口，開始拿著血淋淋的碎肉餵布朗蒂。老鷹狼吞虎嚥。麥克聞到血腥的銅味，感覺嘴裡口水直流。

「所以，大喜之日是哪一天？」山德勒問道，右手手指上血紅斑斑。

「六月第一週。」契絲娜回答：「但日期還沒定，對吧，腓特列？」

「嗯，還沒。」

「你的大喜日，我的苦難時。」山德勒望著肉塊消失在布朗蒂的鷹勾嘴裡，一邊說道：「男爵，你平常有在做事嗎？我是說除了管理家族產業之外？」

「我管理酒莊，還有花圃，鬱金香。」這些都在他的個人檔案裡。

「哦，鬱金香啊。」山德勒笑了，望著老鷹說道：「那你一定忙得很。貴族真是好職業，對吧？」

「如果你懂得打發時間的話。」

山德勒瞪著他，無情的深棕色眼裡閃過刀鋒似的光芒。是憤怒，還是嫉妒？他將碎肉拼盤朝麥克推了幾吋說：「喏，要不由你來餵布朗蒂？」

「哈利。」契絲娜對他說：「沒必要現在——」

「好啊。」麥克說完挑了一塊碎肉。山德勒左手緩緩往前，讓麥克搆得到布朗蒂的嘴。麥克將帶血的肉遞到老鷹面前。

「小心點。」山德勒悄聲說：「她喜歡吃手指。對了，你是怎麼挑鬱金香的？」

麥克停下動作，布朗蒂目不轉睛盯著他指間的肉塊。他感覺得到契絲娜凡朵恩在他身旁全身緊繃。山德勒氣定神閒，等著看有錢有閒的鬱金香男爵畏縮收手，麥克別無他法，只能繼續剛才的動作。他手指剛接近布朗蒂的嘴，那老鷹就發出低沉恐嚇的嘶鳴聲。

「哎呀！」山德勒說：「你身上有她不喜歡的味道。」

是他毛孔殘留的狼臊味。麥克猶疑不決，手指頭離鷹嘴只有十公分。布朗蒂嘶聲愈來愈大、愈來愈尖，有如水滾了的水壺。

「我想你激到她了。安靜點，小姑娘。」山德勒將手和老鷹收了回去，朝布朗蒂脖子輕輕吹氣。嘶聲緩緩變小了，但布朗蒂依然死盯著麥克。他可以感覺那老鷹很想從皮罩上張開利爪朝他撲來。什麼人玩什麼鳥，他心想，這地方還真是人人得其所愛。

「唉。」麥克說：「這麼好的牛肉，浪費了可惜。」說完便將肉放進嘴裡，嚼了幾口吞進肚子裡。契絲娜驚呼一聲，山德勒看得目瞪口呆，一臉不可置信。麥克悠哉喝了口酒，用白餐巾輕揉嘴唇。「我最喜歡韃靼牛肉了。」他說：「這不是差不多嗎？」

山德勒回過神來。「妳最好盯著妳的未婚夫。」他對契絲娜說：「感覺他蠻喜歡血的。」說完他起身離座，這回合看來結束了。「我還有事，所以得先告辭了。男爵，我們有機會再聊。你會參加硫磺俱樂部的聚會吧？」

「當然。」

「你愛吃生肉，一定會喜歡硫磺俱樂部。我很期待下次見面。」他想跟麥克握手告別，突然發現自己手指沾著血。「我們就不必再握手了吧？」

「沒問題。」反正他的指關節也還受不了再次擠壓。山德勒左手套上站著老鷹，朝契絲娜微微鞠躬後，便大步離開休息室了。

「真是迷人的傢伙。」麥克說：「沒見過像他這麼兇猛的毒蛇。」

契絲娜望著他。她果真是出色的演員，因為她雖然眼露寒光，臉上依然帶著戀愛中人的夢幻表情。「有人在監視我們。」她說：「你要是敢再伸舌頭到我嘴裡，我就一口咬斷它。聽懂了嗎，親愛的？」

「這表示我還能再一親芳澤囉？」

「這表示我們訂婚只是幌子，別當真了。把你弄進旅館，這是最好的理由。」麥克聳聳肩，能激怒這位冷靜自持的金髮北歐女星，真令人樂不可支。「我只是盡職扮演自己的角色。」

「演戲是我的事，你只要乖乖去我說的地方，做我叫你做的事，說我要你說的話就好，別自作主張，還有拜託你，別再跟哈利山德勒賭氣了。」她朝他嫌惡地皺起眉頭。「剛才吃生肉是怎麼回事？你不覺得太超過了一點？」

「也許吧，但那混球不是被嚇跑了嗎？」

契絲娜凡朵恩喝著白酒，沉默不語。她得承認他說得沒錯。山德勒被人搶了風頭，那傢伙是獵鹿人，絕不會甘休。不過……說也奇怪，剛才其實蠻過癮的。她隔著酒杯觀察這個男人。絕不是蒔花弄草的公子哥兒。撇開之前的蓬頭垢面和骯髒衣物，他其實非常帥，但他的眼神卻不知何故令她侷促不安，感覺……嗯，沒錯，她心想，感覺就像野獸的眼睛，讓她想起十二歲時在柏林動物園裡見到的那頭大灰狼，想起牠用冰冷清澈的淺綠色眼眸望著她，即使隔著鐵柵，還是讓她不寒而慄，抓緊父親的手掌。她知道那頭狼在想什麼：我想吃掉妳。

「我肚子餓了。」麥克說，生肉讓他胃口大開。「這裡有餐廳嗎？」

「有，但我們可以點客房服務。」契絲娜將酒喝完，對他說：「我們還有很多事要談。」麥克望著她，契絲娜撇開目光。她叫來侍者，簽單付帳，接著便像遛狗似的挽著麥克的手臂帶他離開了休息室。兩人一踏進大廳走向成排的鍍金電梯，契絲娜立刻眉歡眼笑，綻放出電弧燈一般的耀眼神采。

快到電梯時，一名男子用嘶啞的嗓音說：「凡朵恩女士嗎？」

契絲娜轉身回頭，臉上的笑容更加燦爛，準備再次迷倒找她簽名的影迷。

那人身材高大，簡直像活動碉堡，身高近一米九，體重至少一百二十公斤，肩膀和手臂又粗又壯。他身著親衛隊侍從官制服和灰大盤帽，臉色蒼白，毫無表情，對契絲娜說：「我奉命交給您這個。」說完微笑著遞給她一個小小的白信封。

契絲娜接過信封，一雙玉手跟那人的手比起來宛如幼童。信封上寫著她的名字。

麥克心頭一凜。眼前這人正是那個叫靴子的傢伙。在巴藏古鎮穀倉裡將蓋比叔叔活活踹死的就是他。

「我需要您立即回覆。」靴子說。他頭髮幾乎剃平，淺藍眼眸，眼皮很厚，眼裡所有人都是不堪一擊的肉包骨頭。契絲娜展信閱讀，麥克低頭望著親衛隊侍從官的厚底長統靴，只見油亮的鞋面映著水晶燈的燭光。麥克不禁想，這會不會就是踢得傑維瑟牙飛舌斷的那雙鞋。他感覺那人在看他，便抬頭注視那雙漠然的淺藍眼眸。靴子頷首致意，沒看出他是誰。

「請你轉告他……我們樂意之至。」契絲娜說，靴子立刻轉身大步朝大廳中央的一群軍官走去。

電梯來了。「六樓。」契絲娜吩咐服務生道。電梯關門往上，契絲娜告訴麥克：「我們剛受邀和耶芮克布洛可上校共進晚餐。」

第六章

契絲娜打開白色房門，轉動華麗的黃銅門把。麥克剛進門，新採的玫瑰和薰衣草的香味便撲鼻而來。

起居室挑高六米，雪白家具富麗堂皇，壁爐鋪著綠大理石磚，白色史坦威鋼琴上擺著一只水晶花瓶，插滿玫瑰和薰衣草枝，壁爐上方掛著一幅希特勒畫像，眼神如鋼鐵般堅定，法式落地窗外的露台俯瞰河面和遠方的森林。

「真舒服。」麥克說。

契絲娜關上房門。「你的臥房在隔壁。」她朝過道點點頭說。

麥克穿越過道，環顧寬敞的臥房。深色橡木擺設，牆上掛著德軍戰機畫像，行李已經整整齊齊擺在衣櫥裡。他回到起居室說：「真了不起。」這麼說算客氣了。他將短大衣放在沙發上，走到高窗前。雨還在下，窣窣拍打玻璃，底下森林濃霧瀰漫。「房間是妳付的錢？還是妳朋友？」

「我付的，而且所費不貲。」契絲娜走到縞瑪瑙吧台前，從架上拿了一只杯子，開了一瓶礦泉水。「我很有錢。」她補了一句。

「全靠演戲？」

「我從一九三六年到現在已經拍了十部電影，你沒聽過我嗎？」

「我聽過回聲。」他說：「沒聽過契絲娜凡朵恩。」說完推開法式落地窗，呼吸飄著霧水和松香的空氣。「妳一個美國人怎麼會變成德國電影明星？」

「天份，再加上地利人和。」她喝了礦泉水，放下杯子。「契絲娜這個名字來自契薩皮克。我是在契薩皮克灣出生的，在我父親的遊艇上。他是德國人，我母親來自馬里蘭，我兩個國家都住過。」

「妳為什麼選擇了馬里蘭，而不是德國？」他意有所指地問。

「你是說效忠的國家嗎？」她微微一笑。「唔，我不相信壁爐上方的那個傢伙，我父親也是。他經商失敗之後，在一九三四年自殺了。」

麥克正想說我很遺憾，但察覺沒有必要，契絲娜只是就事論事。「但妳卻為納粹拍戲？」

「我拍戲是為了賺錢。再說，有比拍戲更能贏得好感的事嗎？因為我拍戲，而且成了明星，所以才能一窺許多人到不了的地方，聽到許多傳聞，有時甚至能瞄到地圖。你不曉得那些做到將軍的，幾杯黃湯下肚之後有多愛吹噓。我是德國人的夢中情人，連德軍宣傳海報上都看得到我。」她眉毛一挑說：「懂嗎？」

麥克點點頭。契絲娜凡朵恩身上還有許多待解的謎團。她是否跟她螢幕上的角色一樣，也是編造出來的人物？無論如何，她真的很美，而麥克的小命就握在她手中。「我朋友呢？」

「你是說你的侍從嗎？他在侍從樓。」她指著白色電話說道：「你只要撥我們的房號加九，就能聯絡到他。你要是肚子餓，我們還能叫客房服務。」

「我是餓了，我想吃牛排。」他發現她瞪他一眼。「生的。」他說。

「你最好明白一件事。」契絲娜沉默片刻後說。她走到窗邊俯瞰河面，臉上映著窗外明明暗暗的風雨。「就算登陸成功，目前勝算不大，盟軍也無法趕在俄國人之前攻到柏林。納粹當然知道盟軍計畫登陸，但不曉得確切的時間和地點。他們打算將盟軍轟回海上，才能全力對付俄國人。不過，這麼做也是白費力氣，德國頂多守住俄羅斯前線。所以，這是我最後一次任務。任務一完，我就會跟你離開德國。」

「還有我朋友老鼠。」

「嗯。」她答應了。「還有他。」

正當狼人和女影星在六樓房裡共商未來，一輛插著親衛隊三角旗的槍灰色指揮車從樓下中庭駛離了旅館。車子通過浮橋，沿著麥克和老鼠的來時路穿越樹林進入柏林，在蜿蜒的街上穿梭往南，駛向工廠和髒空氣密佈的新克爾恩區。烏雲自東撲來，雷聲隆隆有如遠方的砲擊。車子開到一排污穢的連棟樓房附近，駕駛不理其他車輛，逕自在路中央停了下來。沒有人按喇叭，親衛隊的旗幟堵住了所有人的嘴巴。

一名身著侍從官制服、灰大盤帽和亮黑皮靴的壯漢從車裡出來，到另一側將車門打開。後座乘客骨瘦如柴，穿著制服、軍常帽和墨綠色長大衣，下了車昂首闊步朝其中一棟樓房走去，壯漢緊跟在後。槍灰色指揮車停在原地，反正不會太久。

二樓有人握拳用力敲門，門上貼著晦暗的「5」字。

屋裡傳來咳嗽聲。「誰呀？」

身穿墨綠色長大衣的軍官點點頭。

靴子舉起右腳朝門猛力一踹，門板應聲裂了，但鎖還死撐著不放，氣得靴子臉紅脖子粗，於是又踹了一腳、再一腳。「住手！」屋裡的人大喊：「求求你，別再踢了！」

第四腳下去，門開了。提歐馮法蘭克維茲穿著藍絲袍站在門邊，瞪大的眼裡滿是驚恐。他踉蹌後退，撞到桌子跌在了地上。靴子走進公寓裡，鞋釘踩得喀喀作響。左鄰右舍受到驚嚇偷偷開了門張望，穿著長大衣的軍官吼道：「回你們的房裡去！」所有人立刻關門上鎖。

法蘭克維茲趴跪在地，狗一樣爬過房間躲到角落，舉起雙手作勢求饒。「求求你別傷害我！」他尖叫道：「求求你！」他的煙嘴和菸掉在地上，還冒著煙，靴子朝抽噎的法蘭克維茲走去，一腳將煙嘴踩碎。

他走到法蘭克維茲身旁，有如一座大山佇立著。

法蘭克維茲淚流滿面，恨不得鑽進牆壁裡。「你想做什麼？」他又哭又咳，嗆得口齒不清，望著親衛隊軍官說：「你想做什麼？我不是幫你畫畫了嗎？」

「是沒錯，而且畫得非常好。」那軍官面白肌瘦，走進公寓裡嫌惡地看了一眼。「這裡真臭，你是從來不開窗的嗎？」

「窗子……窗子……打不開。」法蘭克維茲哭得一把鼻涕一把眼淚。

「無所謂。」那軍官枯手一揮，不耐地說：「我是來善後的。任務完成，我已經不需要你的專長了。」

法蘭克維茲聽懂了，嚇得面孔扭曲。「別這樣……求求你，看在老天的份上……我替你畫了畫……我還——」

那軍官再次點頭，示意靴子動手。壯漢對準法蘭克維茲的胸口就是一腳，踢得他肋骨碎裂，發出混濁的爆響。法蘭克維茲哀聲慘叫。「讓他別再叫春了！」軍官下令道。靴子從海青色沙發上抄起靠枕一把撕開，從裡頭抓出了一把棉絮，扯住法蘭克維茲的頭髮，將棉絮塞進他哭喘的嘴裡。法蘭克維茲身體拚命扭動，伸手去抓靴子的眼睛，但被靴子輕鬆躲開，隨即朝他肋骨補上一腳。法蘭克維茲像是浸了海水的桶子應聲洞穿，而嘴被塞住了叫不出來。布洛可覺得清靜多了。

靴子朝法蘭克維茲臉上一踹，踢得他鼻子開花、下顎脫臼。畫家的左眼腫得無法睜開，臉上浮現瘀青的鞋印，急得雙手亂抓想要破牆而出。靴子朝他的脊椎狠狠一踏，法蘭克維茲的身體有如壓碎的毛蟲變形扭曲。

小公寓裡又濕又冷。布洛可受不了半點不舒服，走到小壁爐前試著暖手。他的手常是冰的。壁爐裡火光寥寥，布洛可盡量貼近柵門邊。他答應靴子可以隨意處置法蘭克維茲。他原本打算一顆子彈解決，反正任務已經結束，也不用法蘭克維茲再修改了，但靴子就像大型動物一樣需要活動。他就像受過訓的杜賓犬，得給他跑個夠。

靴子猛踹法蘭克維茲的肩膀，踢斷了他的左臂。法蘭克維茲不再抵抗了，讓靴子大失所望。畫家躺在地上動也不動，任由靴子對他狂踢狠踏。

就快搞定了，布洛可心想，他們就能擺脫這個鬼地方，回到萊希克隆——

慢點。

布洛可從剛才就盯著壁爐裡的一個小火苗，是一張紙燒捲了。法蘭克維茲不久前才將那張紙撕了扔進壁爐裡，還沒燒完，布洛可其實約略看得到紙上畫了什麼。應該是人臉，額頭上垂著一綹黑髮，一隻眼燒掉了，另一隻眼暴凸著，很漫畫的風格。

這畫感覺很眼熟，太熟了。

布洛可心跳加速，伸手從灰燼裡抓出了那片紙。沒錯，是人臉，而且是他的臉。下半部燒光了，但那尖鼻樑一樣眼熟。布洛可喉嚨發乾。他在灰燼裡東翻西找，又撈到了一小片，上頭畫的似乎是鉚接的鐵甲。

「別踢了。」布洛可低聲道。

靴子又踹了一腳，法蘭克維茲沒有出聲。

「我叫你住手！」布洛可咆哮道，從壁爐前站了起來。靴子忍住了下一腳，沒將那傢伙的腦門踢碎，聽命往後退開。

布洛可跪在法蘭克維茲身旁，抓著他頭髮將他腦袋舉了起來。畫家臉上青一塊、紫一塊，已經成了超現實油彩畫，沾了血的棉絮垂在破皮的唇邊，被踹碎的鼻子汩汩出血，但布洛可聽見法蘭克維茲的肺還在呼嚕作響，這人還撐在鬼門關前。「告訴我，這是什麼！」他想到法蘭克維茲無法開口，便將紙片放在地上，小心避開血漬，開始掏畫家嘴裡的棉絮。棉絮很難挖，他嫌惡地皺起眉頭。「扶住他的頭，弄開他的眼睛！」他吩咐靴子道。

侍從官抓住法蘭克維茲的頭髮，試著扳開他的眼皮。他一隻眼已經毀了，凹進了眼窩裡。另一隻眼佈滿血絲，而且凸了出來，彷彿在模仿布洛可手裡那張紙上的漫畫人眼一般。「看著我！」布洛可喝令道：「你聽得見嗎？」

法蘭克維茲虛弱呻吟，從肺部發出混濁的咯咯聲。

「這上頭是你替我畫的圖案，是嗎？」布洛可將紙片拿到畫家面前問道：「你為什麼要畫？」

法蘭克維茲不可能為了好玩而畫，這讓布洛可想到了另一個問題：「你給誰看了？」

法蘭克維茲咳嗽一聲，嘴角流出血來。僅存的眼睛在眼窩裡轉了轉，定在了被火燒過的紙片上。

「這是你畫的。」布洛可說，彷彿在對智障的孩子講話。「你為什麼畫？提歐？畫來做什麼？」

法蘭克維茲只是愣愣望著紙片，但還在呼吸。

這樣什麼都問不出來。「可惡！」布洛可大罵一聲，起身走到電話前，拿起話筒用袖子小心擦了送話口後，撥了四個數字。「我是耶芮克布洛可上校。」他對接線生說：「幫我接醫護站，快！」

他一邊等著，一邊重看那張紙片。不會錯，法蘭克維茲憑記憶重畫了那個圖案，然後想把它燒了。布洛可腦中警報聲大作。還有誰看了這幅畫？布洛可非得搞清楚不可，而唯有法蘭克維茲活著，他才可能知道。蓋世太保醫官來接電話了。「我要一輛救護車！」他說完給了醫官地址。「全速過來，快點！」他幾乎是用吼的，說完便掛上電話回到法蘭克維茲身邊，確定那傢伙還在呼吸。要是線索斷在這個娘娘腔街頭畫家身上，布洛可就等著上絞架吧。「別斷氣了！」他告訴法蘭克維茲：「聽到沒有，你這個混球，別給我死了！」

靴子說：「長官，我不知道您不要我殺了他，不然我就不會這麼用力了。」

「無所謂了！你去外頭等救護車來就好！」靴子大步離開後，布洛可將目光轉到畫架旁的畫布上，開始匆匆翻找，邊看邊扔，深怕裡頭還會有類似他手裡紙片上的圖案。雖然沒找到，但他還是惶惶不安，怪自己沒有早點將法蘭克維茲殺了。可是誰曉得還會不會需要繪圖，再說一位畫家已經夠多了。法蘭克維茲在地板上一陣猛咳，嘔出血來。「別吵！」布洛可火冒三丈：「你不准死掉！我們有辦法讓你活著，然後再殺了你！給我閉嘴！」

法蘭克維茲乖乖聽話，隨即昏了過去。

布洛可心裡想，蓋世太保醫官們會讓他活過來的。他們會用鐵線串接骨頭，縫合傷口，將關節拴回骨臼。到時他會像科學怪人，而不是法蘭克維茲。但藥會鬆開他的舌頭，讓他開口，說出為何要畫這張圖，還有誰看過它。他們為了鐵拳已經付出太多，絕不能被地上這團爛泥給破壞了。

布洛可坐在扶手罩著蕾絲的海青色沙發上，幾分鐘後，他聽見救護車的響笛愈來愈近。他感覺萬神殿裡的諸神正在對他微笑，因為法蘭克維茲還在呼吸。

第七章

哈利山德勒高舉酒杯。「敬史達林，祝他早日歸西！」

「史達林早日歸西！」同桌另一人喊道，所有人舉杯致意。麥克葛勒頓隔著長桌坐在山德勒對面，毫不遲疑一乾而盡。

晚上八點，麥克在親衛隊上校耶芮克布洛可的套房裡，在座除了哈利山德勒和契絲娜凡朵恩之外，還有二十名納粹軍官、德國顯要及他們的女伴。麥克身穿黑色燕尾服、白襯衫和白領結。契絲娜坐在他右邊，一襲黑色低胸晚禮服，珍珠項鍊貼著她膚如凝脂的酥胸。軍官們制服筆挺，連山德勒都換下花呢獵裝，改穿正式的灰西裝，老鷹也留在房裡。這讓麥克和在場不少賓客都鬆了一口氣。

「敬邱吉爾，祝他死無葬身之地！」坐在契絲娜隔壁不遠的灰髮上校說。所有人都開懷舉杯，麥克也不例外。他環顧左右，打量每一位賓客。東道主和他的鐵靴跟班沒有出現，而是由一名年輕上尉安排所有人就座，讓宴會準時開始。賓客們又敬了幾回酒，悼念死於潛艇沉沒、史達林格勒戰役和漢堡大轟炸的軍民同胞，身穿白上衣的侍者推著銀推車進來，開始上菜。主菜是烤野豬，叼著蘋果的嘴巴正好對著哈利山德勒，讓麥克樂不可支。野豬顯然是這傢伙昨天在森林狩獵區獵到的。從他切下油嫩的豬肉放到盤子上的動作看來，這小子使用切片刀的本事就跟他玩獵槍一樣高明。

麥克吃得不多，這肉太油了。他聽著賓客交談，發現這些傢伙真是狂妄。俄國人會滾回老家，英國人會跪在希特勒腳邊求和，簡直跟水晶球預言一樣。眾人又說又笑，鬧哄哄的。酒不停的倒，菜不停的上，不真實的感覺強烈到哈利山德勒都能拿來醃肉了。原來這群納粹吃的就是這些東西，而他們個個看來都吃撐了。

麥克和契絲娜談了一下午。她對鐵拳一無所悉，不曉得古斯塔夫希爾德布蘭特博士在預謀什麼，也不清楚那個挪威小島上的事。她當然知道希爾德布蘭特熱衷毒氣戰，這是公開的秘密，但希特勒顯然還記得他在一戰時聞到芥子氣的感覺，不是那麼想要使出這把雙面刃，至少目前還沒。納粹已經擁有大批毒氣彈了嗎，麥克問道。契絲娜說她不曉得實際數量，但很確定德軍至少儲存了五萬噸毒氣，只要希特勒改變主意，立刻就能送上戰場。麥克說德軍可能會用毒氣彈阻止盟軍登陸，但契絲娜不以為然。她說德軍需要數千枚毒氣彈才能阻止盟軍，再說海風飄忽不定，希爾德布蘭特博士他父親研發的毒氣，無論是一戰時的芥子氣或一九三〇年代晚期問世的塔崩和沙林毒氣，都可能因為風向突變，反過來害死德軍。納粹高層絕對考慮過毒氣戰，但她不認為負責防禦大西洋壁壘的隆美爾會同意。總之，契絲娜說，盟軍已經取得制空權，德軍轟炸機想靠近盟軍登陸的海灘一定會被擊落。

這又讓他們繞回了原點，就是鐵拳兩個字和希特勒漫畫到底有什麼意義。

「怎麼了？您都沒吃。嫌肉不夠生嗎？」

麥克回過神來，抬頭看著對面的山德勒。酒過三巡，那傢伙的臉更紅潤了，笑容變得有些遲鈍。「不會。」麥克說著硬是塞了一口油膩的豬肉到嘴裡。他真羨慕老鼠，可以在侍從樓喝牛肉湯，吃肝腸三明治。「您的幸運符呢？」

「您說布朗蒂嗎？喔，她就在附近。我的房間在隔壁。但您也知道，她不是很喜歡您。」

「真遺憾。」

山德勒正想回答——顯然是無聊的俏皮話——注意力卻被他身旁的那位紅髮小姐吸了過去。兩人開始交談，麥克聽見山德勒提到了肯亞。唉，只有豬哥才贏得過野豬。

這時，飯廳的門開了，耶芮克布洛可大步走了進來，靴子緊隨在後。眾人立刻鼓掌歡呼，其中一名賓客甚至要所有人一起敬布洛可。親衛隊上校從托盤上拿了一杯酒，在眾人祝福他長命百歲的讚聲中笑著喝了酒。麥克望著瘦瘦高高、面黃肌瘦的布洛可穿著軍禮服，胸前別滿勳章，沿著桌子跟賓客拍背握手。靴子跟在後面，有如腫脹的影子。

布洛可走到契絲娜身邊。「啊，我的小姑娘！」他彎身吻了她臉頰。「妳好嗎？妳看起來美極了！妳的新片子快上映了，對吧？」契絲娜說就快了。「這部片一定會瘋狂大賣，讓我們士氣大振，是吧？一定會。」他的灰色眼眸掃到馮范吉男爵身上。麥克覺得他的眼睛像蜥蜴一樣。「啊，幸運兒也來了！」他伸手走向麥克，麥克起身握手，靴子站在布洛可背後瞪著男爵。「馮范吉男爵，對吧？」布洛可問道。他的手很濕，沒什麼力氣，鼻子細長，下巴很尖，棕髮理成平頭，額頭和太陽穴附近有幾撮白髮。「我去年在多特蒙德遇到一位馮范吉先生，是您的親戚嗎？」

「是的話我一點也不意外。我父親和叔叔伯伯們常在德國各地旅行。」

「沒錯，那位先生確實姓馮范吉。」布洛可點點頭，放開了麥克的手。麥克感覺手心像是摸過油一樣。布洛可牙齒不好，下門牙全用銀粉補過。「但我想不起他的名字。您父親叫什麼？」

「李奧波德。」

「這名字真貴族！嗯，我實在想不起來。」布洛可臉上依然掛著笑，但只是皮笑肉不笑。「您這樣一個健壯的年輕人為什麼沒加入親衛隊？以您的身份，我輕輕鬆鬆就能幫您找到軍官的缺。」

「他在種鬱金香。」山德勒說。他有點口齒不清，同時舉起酒杯要侍者替他再斟一杯。

「馮范吉家族種植鬱金香已經超過半個世紀。」契絲娜搬出德國名人錄裡的資料說道：「此外還擁有上好的酒莊，生產自家的葡萄酒。你真是太熱心了，哈利，還跟布洛可上校介紹腓特列。」

「鬱金香是嗎？」布洛可的笑容淡了一些。麥克看得出他在想什麼：這小子看來不是親衛隊的料。「唔，男爵，您肯定非常特別，才能讓契絲娜這麼癡情不二。再說，她實在太會隱瞞了。演員就是演員，您說是吧？」他朝契絲娜咧嘴微笑，露出滿口銀牙說：「總之，恭喜兩位。」說完便放下他們倆，跟坐在麥克左邊的男士打招呼去了。

麥克繼續挑挑揀揀地吃著。靴子離開了飯廳，麥克聽見有客人向布洛可問起他的新侍從官。「他是最新機型。」布洛可走到主位坐了下來，說：「整個人是克魯伯鋼做成的，膝蓋是機關槍，臀部有榴彈槍。」不少人笑了，布洛可洋洋自得。「開玩笑的。他之前在法國進行反游擊任務，最近才離開。我把他派給我的一位朋友，哈澤上尉，但那可憐的傢伙被人轟掉了腦袋——抱歉，女士們——總之，我兩週前才找靴子回來跟著我。」他舉起斟滿的酒杯說：「敬硫磺俱樂部！」

「敬硫磺俱樂部。」所有人齊聲高喊，將酒一飲而盡。

佳餚一道道端上，從烤鮭魚、干邑煮犢牛胸腺到鵪鶉裹碎腸，然後是味道濃郁的白蘭地蛋糕和冰粉紅香檳酒釀覆盆子。麥克雖然吃得很挑，還是覺得肚子撐了。契絲娜幾乎沒吃，其他人卻塞得兩頰鼓脹，彷彿明天就是審判日似的。麥克想起許多年前的某個冬天，寒風大作，他們幾個餓著肚子圍在法蘭可的斷腿前。眼前這些珍饈太肥太膩，淌著油脂，不是狼吃的食物。

晚宴結束，喝酒抽雪茄的時間到了。賓客紛紛離席，悠哉走進飯廳隔壁的的寬闊房間。房裡鋪著大理石地板，麥克陪契絲娜站在長陽台上，手裡拿著一小杯溫熱的干邑白蘭地，望著探照燈來回掃射柏林低垂的雲層。契絲娜挽著他，頭靠在他肩上。陽台只有他們倆。麥克像熱戀中的男子一般情話綿綿地說：「晚點我可以上嗎？」

「什麼？」她差點甩開他的胳膊。

「上來這裡啦。」他澄清道：「我想瞧瞧布洛可的套房。」

「機會不高。所有門都裝了警鈴，鑰匙不對，你就等著下地獄吧。」

「妳可以弄到鑰匙嗎？」

「不行，風險太大了。」

麥克望著迴旋共舞的探照燈光，想了一想說：「陽台的門呢？」他已經察覺陽台的門沒有鎖。這裡位於城堡的七樓，離地面足足超過五十米，加鎖根本沒必要。最低的陽台在右邊，是哈利山德勒的房間，離地也有十二米。

契絲娜望著他的臉。「你不是在開玩笑。」

「我們的套房在他樓下，對吧？」他漫步到石護欄前，往下窺探。下方六米出頭有一座露台，但不是契絲娜的房間。他們的房間在城堡面南的轉角，而布洛可的套房幾乎正對東方。他目光逡巡城堡牆面，巨大的石塊飽受風吹雨打，裂痕凹隙處處，還刻著許多華麗的老鷹、幾何圖案和面孔怪誕的滴水嘴獸。城堡外牆每一層樓都有一圈細窄的窗台，但七樓的窗台幾乎塌光了。不過，方便手抓和腳踩的地方還是不少，只要他非常、非常小心。

陽台的高度讓他胃部一縮，但他最怕的不是高，而是從飛機上跳下去。「我可以從陽台的門進來。」他說。

「你想找死方法多得很，就跟布洛可說你的真實身份，讓他賞你腦袋一顆子彈，連自殺都省了。」

「我是認真的。」麥克說。契絲娜發現他沒有說謊，於是開始說他瘋了，此時一名金髮少女突然吃吃笑著跑進了陽台，後面跟著一名納粹軍官，年紀都夠當少女的父親了。「親親，小親親。」那老豬哥諂諛地說：「跟我說妳想要什麼。」麥克將契絲娜一把拉到懷裡，帶她走到陽台另一頭。晚風拂過兩人臉頰，帶來霧水與松樹的淡香。「錯過這次可能就沒機會了。」他用濃情蜜意的語調說，一手滑過她的頸子。契絲娜沒有抗拒，因為老豬哥和他的小情人正在看他們。「我攀登過高山。」他到北非之前上過攀岩課，就算岩縫跟頭髮一樣細，凸石小得不起眼，也能支撐他八十公斤的體重。他在巴黎歌劇院就用了這一招。麥克又看了護欄外一眼，決定不要冒險。勇氣應該要等真正有需要的時候再發揮。「我辦得到。」他說，隨即聞到契絲娜身上的幽香。那張美麗的臉離他好近。探照燈在柏林上空迴旋，有如跳舞的幽靈。麥克一個衝動摟住了契絲娜，朝她雙唇吻去。

契絲娜伸手抗拒，但立刻想到有人在看，於是攬住了他。她感覺他燕尾服下肌肉抽動，他的手撫過她的腰窩。麥克品嚐她的唇，嚐到蜂蜜的甜香，或許還有一些胡椒味。她的唇很暖，而且愈來愈燙。她一手按在他胸膛上，手掌想推開他，但手臂不肯，於是手便放棄退開了。麥克吻得更深，發現契絲娜接受了。

「我也要那樣。」麥克聽見老豬哥的小女伴說。

另一名德國軍官探頭出來。「快開始了！」說完便匆匆離開了。老豬哥和小女伴走回室內，少女離開時還吃吃笑著。麥克結束了吻，契絲娜深吸一口氣。他的唇熱辣辣的。「什麼快開始了？」麥克問她。

「硫磺俱樂部的聚會，每個月一次，在樓下的會堂。」真離譜，她竟然覺得有點悸動。一定是海拔的關係，她想。她感覺嘴唇像著了火一樣。「如果想坐看台的位子，最好快點。」說完便牽住他的手。麥克跟著她離開了陽台。

兩人搭電梯下樓，裡頭擠滿了賓客。麥克心想硫磺俱樂部又是一個納粹引以為傲的秘密團體，因為德國人就愛秩序、團隊和秘密社團。反正他很快就會知道了。他發現契絲娜雖然一臉開心，牽著他的手卻握得很緊。這女星在演戲。

會堂在一樓大廳後方，裡面擠滿了人，五十多名硫磺俱樂部成員已經就座。台上拉起了紅色絲絨垂幕，椽上吊著五顏六色的燈籠燈。納粹軍官個個換上最體面的制服，其他人幾乎同樣盛裝打扮。麥克一邊跟著契絲娜沿著過道尋找座位，一邊興味盎然想道，無論硫磺俱樂部究竟是什麼，肯定只有德國上流階級才玩得起。

「契絲娜！這裡！來嘛，跟我們一起坐！」耶芮克布洛可從座上起身，朝他們揮手說道。一人就能佔掉兩張座椅的靴子不在，但布洛可身旁坐著幾位他剛才的座上賓。「過去一點！」他對他們說，賓客們立刻乖乖移動位子。「來嘛，坐我旁邊。」契絲娜在他旁邊坐下，麥克坐在靠過道的位子。布洛可伸手按著契絲娜的手，喜笑顏開地說：「啊，今晚真是太棒了！春來了！連空氣中都飄著春天的味道，是吧？」

「是啊。」契絲娜附和道，雖然笑容可掬，但聲音很緊繃。

「男爵，今晚有你們兩位出席，真是太高興了。」布洛可說：「您一定曉得我們的會員費都捐作軍費了吧？」

麥克點點頭。布洛可開始跟坐在他前方的女士交談。麥克看見山德勒坐在前排，跟左右兩邊的新朋友聊得很起勁。兩個都是女人。應該在聊非洲吧，麥克想。

短短十五分鐘，會堂就湧進了七、八十人。燈籠燈開始暗了，門也關上不讓沒有受邀的人入席。會堂裡瞬間安靜下來。到底搞什麼鬼？麥克心想。契絲娜還抓著他的手，指甲都掐進他肉裡了。

一名身穿白色燕尾服的男子從垂幕後方走了出來，觀眾們殷切鼓掌。他首先感謝會員們出席月會，並且出手大方，接著講起德意志帝國的奮戰精神，英勇的德國青年一定會擊潰俄國佬，讓他們滾回老巢。掌聲變得有些稀落，甚至有軍官低聲嘲諷了幾句。那人無動於衷，繼續描繪千年帝國的閃亮未來，到時他們會有三個首都，柏林、莫斯科和倫敦。麥克心想，這傢伙應該是主持。那人說到激動處，高喊今日的鮮血將成為明日的榮冠，所以我們要勇往直前，奮戰到底！

「接著。」他擺出華麗的手式：「好戲上場了！」

燈熄了，垂幕拉起，腳燈照亮了舞台，主持匆匆退開。

台上一人拿著報紙坐在椅子上抽雪茄。

麥克差點站起來。

是邱吉爾。他全身赤裸，鬥牛犬般的牙齒叼著雪茄，粗短的手指抓著破破爛爛的倫敦時報。台下哄堂大笑，隱身台後的銅管樂隊奏出滑稽的樂曲，邱吉爾翹著蒼白的腿看報抽煙，命根子軟垂著。觀眾爆笑鼓掌，一名身無寸縷，只穿著黑色長皮靴的年輕女子拿著九尾鞭大步上了台。她嘴唇上方塗了一小撮黑色，有如希特勒的鬍髭。麥克看得目瞪口呆，發現那女的是夏洛特，之前找契絲塔簽名的女孩。她這會兒可一點也不害羞，甩著乳房朝邱吉爾走去。邱吉爾突然抬頭，發出刺耳的尖叫，所有人笑得更兇了。邱吉爾跪在地上，臃腫的光屁股對著觀眾，朝年輕女子舉手求饒。

「你這頭豬玀！」女孩吼道：「殺人如麻的肥豬！你求饒我就饒了你嗎？」說完鞭子一揮，啪的打在邱吉爾肩上，在他白皙的肉上留下了紅印子。邱吉爾哀號著匍匐在她腳邊。夏洛特開始抽他的背和屁股，惡水手般的咒罵他。銅管樂隊興奮奏樂，會堂裡笑聲如雷。真實和虛構模糊了。麥克當然知道台上那傢伙不是英國首相，只是像得可怕的演員，但那根鞭子不是假的，女孩的暴怒也是千真萬確。「這一鞭是為漢堡抽的！」年輕女子大喊：「還有多特蒙德！還有馬林堡！還有柏林！還有——」她一個個喊出盟軍轟炸過的城市，當鞭子開始淌血，觀眾瞬間歡聲雷動。布洛可從座位上彈起來，高舉雙手用力鼓掌，其他人也起立歡呼。假的邱吉爾趴在女孩腳邊發抖，背上鮮血直流。鞭子繼續抽著，他卻毫不反抗，也不躲避。「波昂！」女孩一邊怒吼一邊抽他：「肥豬！」她肩上和乳房冒著汗珠，身體因為用力而顫抖，墨黑的假鬍子沾了濕氣。鞭子不停抽著，男人背上和臀部血痕斑駁，最後終於顫抖啜泣。女希特勒在他背上抽了最後一鞭，一腳踩著他的脖子以示勝利。她朝觀眾行納粹禮，得到了滿堂喝采與掌聲。垂幕緩緩落下。

「太棒了！太棒了！」布洛可坐回位子上說。他額頭微微出汗，拿出白手帕輕輕抹了抹。「這下您知道會費沒白繳了吧，男爵？」

「的確。」麥克答道。他這輩子從來沒笑得這麼辛苦。「我看到了。」

垂幕再度升起，兩名男子拿著鏟子，一鏟一鏟從獨輪手推車裡鏟出亮晶晶的東西撒在台上。麥克發現那是碎玻璃。男子幹完活後，拎著推車走了，一名納粹士兵推著一名瘦小的棕髮女孩走到台上。女孩垂著頭，長髮遮住了臉，赤腳走在碎玻璃上，馬鈴薯袋做成的洋裝縫縫補補，骯髒不堪，上頭別著一枚黃色的六芒星。一名身穿黑色燕尾服的小提琴手從舞台左方出現，下巴抵著樂器拉起活潑輕快的旋律。

那女孩完全超乎人類的尊嚴和理解範圍，竟然像上了發條的玩具一樣在碎玻璃上跳起舞來。

觀眾鼓掌大笑，彷彿在看動物表演。「好耶！」坐在麥克前方的軍官大喊。要是麥克手上有槍，肯定一槍轟掉這人渣的腦袋。這遠比他在俄羅斯森林裡遭遇到的還要野蠻，眼前這些人根本是一群禽獸。他拚了命忍住，才沒有站起來叫那女孩別再跳了。契絲娜發覺他在發抖，便轉頭看他，發現麥克眼裡不只冒火，還閃著某種異樣，讓她嚇得寒徹骨髓。「別動！」她低聲道。

燕尾服和筆挺的白襯衫下，狼毛已經沿著他脊骨竄起，向全身蔓延。

契絲娜緊抓著他的手。她眼神死寂，臉上關燈似的切掉了任何表情。台上的小提琴手愈拉愈急，女孩也愈跳愈快，地上全是血紅的腳印。麥克就快看不下去了，這是殘害無辜，讓他靈魂痛到了極點。他感覺狼毛蔓延到胳膊、鎖骨和大腿上，改變的衝動在召喚他，但在這會堂裡豁出去只會是災難一場。他閉上眼睛，回想那翠綠的森林、白殿與狼嗥，回想那相隔遙遠的文明。小提琴手瘋狂拉奏，觀眾拍掌配合，麥克臉上冒出斗大的汗珠，他聞到自己皮膚上飄出了動物的麝香。

野性有如洪水猛獸，一發就難以收拾。麥克頑抗著，差點就被衝動吞噬。他緊閉雙眼，右手死命抓住扶手，狼毛竄向他的胸膛，手背也冒出一撮，但契絲娜沒有發現。但下一秒，改變忽然停了，有如一列火車遁入黑暗之中。狼毛縮回毛孔，奇癢無比。

小提琴手狂亂拉奏，麥克聽見女孩腳掌踩著碎玻璃沙沙作響。音樂衝上高峰之後戛然而止，觀眾歡聲雷動，高喊「好耶！好耶！」麥克睜開眼睛，氣得、反感得濕了眼眶。女孩夢遊般走著，彷彿卡在無止盡的夢魘中，被納粹士兵拉著離開了舞台。小提琴手眉開眼笑鞠躬下台，一名男子拿著掃帚掃掉台上的血玻璃，垂幕再次落下。

「太精彩了！」布洛可自顧自道：「從來沒看過這麼棒的演出！」

幾名性感裸女推著小車出現了，車上擺著啤酒桶和冰過的啤酒杯，不時在過道上停下來，從桶子裡倒啤酒給口渴的俱樂部會員喝。台下觀眾愈來愈吵，甚至有人唱起淫歌穢曲。會堂裡到處是笑著冒著汗的臉龐，酒杯互碰，啤酒飛濺，敬敵人早死。

「這還要多久？」麥克問契絲娜。

「好幾小時，聽說有時還到天亮。」

麥克再多待一分鐘都受不了。他摸摸口袋，契絲娜給他的房間鑰匙還在。布洛可正在跟鄰座的男士交談，做出握拳的動作。麥克想，是鐵拳嗎？

垂幕再度升起。舞台中央擺了一張床，床單是俄羅斯國旗，床上躺著一名赤裸的黑髮女子，雙手雙腳被綁在床柱上，感覺是斯拉夫人。兩名頭戴納粹鋼盔、腳穿長皮靴的魁梧裸男從舞台兩邊大搖大擺走了出來，台下觀眾鼓掌歡呼。裸男舉槍瞄準，床上的女人縮起身子，但無法逃脫。

麥克受不了了。他起身離座，沿著過道快步往上離開了會堂。

「男爵要去哪裡？」布洛可問道：「時間還早得很呢！」

「我想他……他可能不舒服。」契絲娜對他說：「他吃太多了。」

「喔，他腸胃不好是嗎？」布洛可抓住契絲娜的手，免得她也溜了。「嗯，那就只剩妳和我囉。」

契絲娜想把手收回來，但布洛可抓得更緊了。她絕不能缺席硫磺俱樂部的聚會，因為她一直表現得很忠心，現在走掉只會啟人疑竇，就算跟著男爵離開也一樣。她逼自己放鬆，臉上再度浮現演員的微笑。「我想來杯啤酒。」她說道。布洛可朝裸女侍者點點頭。台上有人尖叫，接著台下一片歡呼。

麥克打開門鎖，一進套房就直接走到陽台呼吸新鮮空氣，壓住反胃的感覺。他的大腦彷彿被污染了，隔了一兩分鐘才清醒過來。他望著從陽台延伸出去繞著城堡牆面的窗台，最寬處也只有二十公分，龜裂的深灰石牆上刻著老鷹及滴水嘴獸。只要踩錯一步或手沒抓好……

無所謂。要去的話，只有現在了。

他翻過陽台護欄，一腳踩在窗台上，一手抓住滴水嘴獸的眼窩待了幾秒，讓身體找回重心，接著開始在希特勒地盤上方五十米的窗台上小心移動。

第八章

雨水讓陽台又濕又滑，風轉冷了，陣陣吹得麥克頭髮飛揚，燕尾服擺盪。他胸膛緊靠著有如山壁的城堡牆面，鞋子貼在窗台上一吋吋移動。下一個套房陽台距離大約十五米，之後再兩米多才到城堡的東南轉角。麥克謹慎前進，腦袋裡只想著下一步、下個手點。他抓著一尊老鷹雕像，沒想到突然裂了斷了，石頭碎片墜入黑暗之中。他趕緊貼著牆面，拇指和食指緊抓著只有半吋寬的斷面，好不容易才恢復了平衡。他繼續推進，在古老的石牆上尋找裂隙，鞋尖試探腳邊的窗台牢不牢固，感覺自己就像沿著方形大蛋糕側面爬行的蒼蠅。他一次前進一步，腳下有東西裂了。小心，小心，小心一點，他告訴自己。窗台沒有斷。不久，麥克總算爬到了下個陽台，從護欄外翻了進去。陽台的門被窗簾遮著，但陽台另一頭的大窗透著燈光，窗台就在正下方，他得從窗前通過才能到城堡轉角，之後再沿著滴水嘴獸和幾何圖案往上爬到七樓。麥克走過陽台，深呼吸一口氣，再次翻過護欄踏上了窗台。他腋下全濕，腰也都是汗，但還是繼續前進。他放開雙手，只靠腳踩窗台從窗前通過。窗內是寬敞的寢室，衣服散置床上，但房裡沒人。麥克貼著窗玻璃走了過去，發現自己在窗上留下了掌印，心裡不大高興。轉角就快到了。

麥克抓著萊希克隆堡的東南角，風打著他的臉，探照燈在雲層間來回掃動。接著他就要離開穩固的窗台，靠著石像當梯子朝七樓爬了。天空傳來雷鳴，麥克抬頭觀察滴水嘴獸和幾何圖案，判斷手抓和腳踏的位置。風是維持平衡的大敵，不過沒辦法。走吧，他對自己說，站在轉角只會消耗勇氣。他伸出手，手指抓住凸出的三角圖案開始往上爬。他一腳鞋尖鑽進滴水嘴獸的眼窩，另一腳找到了老鷹的翅膀。強風呼號，他貼著佈滿雕飾的石牆匍匐往上。

離開窗台往上爬了三米半，他手指伸進一尊瞠目結舌的惡魔眼裡，結果一隻鴿子狂拍翅膀從石像嘴裡飛了出來。麥克心如擂鼓，貼著牆面動也不敢動，鴿毛在他四周飛舞。他手指已經磨破了，但離七樓只剩兩米半，於是他繼續抓著踩著石像往上攀爬，終於一邊膝蓋跨上了七樓的窗台，接著小心翼翼站了起來。窗台發出碎裂聲，掉了幾塊碎片，但他腳下至少還算穩固。下一個陽台是哈利山德勒的房間，但他還蠻輕鬆就走到了。他匆匆走過陽台、翻過護欄，但通往布洛可套房陽台的窗台已經破損不堪，只剩幾小段還留著，其餘千瘡百孔，最寬的缺口將近一米半，但對此刻的麥克來說，感覺跟三米差不多，他得抓著牆面跨過去。

麥克在崩塌的窗台上緩緩前進，靠著腳尖平衡，手指在牆上尋找縫隙。但他才剛站穩，右腳下的窗台突然塌了。他雙腳大開，胸膛貼著牆面，手指緊抓著牆上的裂隙，肩膀因為使力而抽搐。他聽見自己咬牙的喘息。快點！他催促自己，別停下來，可惡！他聽見自己心裡這麼喊，凍結的膝關節開始融化。他一步一步小心翼翼往前走，來到窗台的缺口。

「他問我意見，我就跟他說了。」下方傳來聲音，有人在六樓陽台說話。「我說那些士兵嫩得跟小雞一樣，他把他們扔過去，根本是送死。」

「他一定沒聽你的。」另一人說。

「他還笑我！而且真的笑出來！他說他比我更了解部隊，想聽我意見的話自然會問我。結果事實擺在眼前，不是嗎？八千人被俄國佬困住，四千人被俘虜。我告訴你，光想到這些戰力耗損我就想吐！」

麥克想到必須抓著牆才能橫過缺口，也很想吐。兩名軍官在樓下交談，他一隻手盡量往前伸，手指摳住石縫，收緊肩膀肌肉。就是現在！他心想，接著不讓自己再多遲疑，身體一擺跨了出去。他襯衫底下肌肉抽動，手指和手腕有如岩釘一樣緊繃。他掛在牆上僵持著，右腳努力想踩上缺口另一端的窗台。石牆碎了一塊，連同小石子一起墜入了黑暗。

「這是謀殺！」先開口的軍官說，聲音愈來愈尖。「絕對是謀殺！幾千名年輕人碎屍萬段。我知道，因為我看到報告了。等德國百姓發現這件事，大夥兒就等著下地獄吧！」

麥克一直踩不到另一邊，因為窗台不斷崩塌。他滿臉是汗，肩和手腕都抽筋了。石頭又碎了一塊，墜落途中撞了幾次牆面。

「天哪，怎麼回事？」後說話的軍官問道：「那裡有東西掉下去了。」

「哪裡？」

快呀！快點！麥克心頭暗罵，氣自己動作太遲鈍。他右腳鞋尖勉強搆到了一小截窗台，謝天謝地沒有坍。他手指和手腕的受力稍微緩和，但石台還是碎了一些，小石子窸窣滾落牆面。

「那裡！你看到了嗎？我就知道沒聽錯！」

再過兩秒，那兩名軍官就要靠到護欄邊往上看，發現他撐在牆面上了。麥克右腳往前滑，讓左腳鞋尖也踩到窗台上，接著緊繃的肩膀使力抬起身子，讓右腳找到更穩固的地方。布洛可的陽台就在眼前了。他鬆開右手抓住護欄，隨即一個縱身翻進了堅固的陽台裡。麥克歇了一會兒，嘴裡不停喘氣，肩膀和上臂的肌肉緩緩放鬆下來。

「我看這個爛地方就快垮了。」先開口的軍官說：「跟咱們的帝國一樣，是吧？呿！等下要是陽台坍了，我一點也不驚訝。」

樓下陷入安靜，麥克聽見其中一名軍官緊張地清了清喉嚨，接下來就是陽台的門拉開又關上的聲音。

麥克轉動落地窗的門把，走進了布洛可的套房。

他知道飯廳在哪裡，但不打算過去，還有飯廳後方的廚房，因為侍者和廚師可能還在那裡。他穿越挑高的起居室，從黑大理石壁爐和必備的希特勒畫像前走過，來到一扇關著的門前。他握著光亮的黃銅門把一轉，門就開了。房裡沒有開燈，但麥克看得很清楚，有書架、大橡木桌、兩張黑皮椅和一張扶手椅。這裡顯然是布洛可在萊希克隆的專屬辦公室。麥克關上房門，踩在厚厚的波斯地毯上，心頭冷冷的想著這地毯可能是從某個俄國貴族家裡搜刮來的。他走到橡木桌前，桌上有一盞綠罩燈，他把燈打開，繼續巡視房內。牆上掛著布洛可的裱框巨幅相片，他站在拱門下方，身後是木造建築和刺鐵絲網，還有一根磚造煙囪冒著黑煙。石拱門上刻著法肯豪森。是柏林附近那座集中營，布洛可曾經在那裡擔任指揮官。他看來就像一位以子為傲的父親。

麥克目光轉回桌上。吸墨紙很乾淨，布洛可顯然鍾愛整齊。他試了最上層抽屜，發現它鎖著，其他抽屜也一樣。桌前的黑色皮椅，椅背上嵌著親衛隊徽章，一只黑手提箱擺在椅子上，被桌子遮著。麥克拿起提箱，上頭同樣印著親衛隊徽章，還有布洛可姓名的歌德字縮寫。他將手提箱放在書桌上打開，伸手進去摸到一個檔案夾，便拿了出來。

檔案夾裡有幾張公文，是布洛可的親衛隊用紙，上頭打了一串數字，排成一行，標示為金額。麥克心想應該是預算。數字旁邊是縮寫，可能是人名、物項或某種編碼，反正他也沒時間破解，但感覺上是為了某樣東西花了一大筆錢，而布洛可或某位秘書將所有細目都寫了下來，連一馬克都沒有遺漏。

檔案夾裡還有一樣東西，是一個棕色信封。

麥克抓起信封，在燈下將信封裡的物品倒了出來。是三張黑白相片。麥克打了個寒噤，但還是彎身向前，逼自己仔細研究相片。

第一張相片是死去男人的臉，應該說剩下的臉。他的左臉凹了一大塊，邊緣參差不平，額頭都是洞，鼻子潰爛凹陷，嘴唇支離破碎，牙齒裸露著，下巴和暴露的喉管也是千瘡百孔，直徑大約兩公分半。他右耳只剩一小塊肉，彷彿被人用噴槍燒過似的，兩眼空洞，麥克隔了一會兒才發現少了眼皮。相片底端是一塊板子，就在慘不忍睹的喉嚨下方，上頭用粉筆寫了幾個德文字：2/19/44，受試者 307，史卡帕。

第二張相片是側臉，感覺是女人，腦袋只剩幾撮深色鬈髮黏在顱骨上，肌肉幾乎都不見了，傷口又大又深，連鼻道和舌根都清楚可見。她的兩眼宛如融蠟，白濁濁的糊成一團。坑坑疤疤的肩膀上擺著一塊板子，寫著：2/22/44，受試者 345，史卡帕。

麥克感覺脖子上的冷汗刺刺癢癢，他翻開第三張相片。

相片裡的人完全看不出是男是女，還是小孩，整張臉坑坑凹凹，只剩微微發亮的肌肉組織讓人勉強看出臉的模樣。不成人形的臉上，兩排牙齒緊咬著，彷彿死前使勁忍住了不哀號。喉嚨和肩膀千瘡百孔，板子上寫著：2/24/44，受試者 359，史卡帕。

史卡帕，麥克心裡想，就是那座挪威小島，古斯塔夫希爾德布蘭特博士的第二個家。希爾德布蘭特顯然很懂得待客之道。麥克強自鎮定，再次拿起相片端詳。受試者。沒名字，只有號碼，可能是俄國戰俘。可是——老天！——是什麼東西讓這些人不成人形？就算被火焰噴射器燒死也不會這麼悽慘。他唯一能想到的是硫酸，只有硫酸能造成這種破壞，但皮肉邊緣的參差不齊又不像化學藥劑或大火燒出來的。他對腐蝕物了解不多，但很懷疑硫酸能造成這麼大的傷害。受試者，他心想，試驗什麼？希爾德布蘭特研發出來的新化學製品嗎？可怕到只能在挪威外海的偏遠小島上試驗？這跟鐵拳和希特勒的諷刺畫又有什麼關係？

這些問題，麥克葛勒頓都沒有答案。但他很確定一點：盟軍再過一個多月就要發動攻擊，而他非得在那之前找到答案。

他將相片放回信封，跟文件一起收回檔案夾，將檔案夾放回手提箱，關上手提箱擺回原來的地方，分毫不差，接著又花了幾分鐘搜索辦公室，但沒找到什麼值得注意的東西。於是他關掉檯燈，經過起居室朝房門走去。就快到時，他突然聽見鑰匙插進鎖孔裡的聲音。他立刻停下腳步，轉身朝陽台奔去，才踏進陽台就聽見門開了，一名年輕女子興奮低呼：「哇，這裡根本就是天堂嘛！」

「上校喜歡享受。」一個嘶啞的聲音回道。房門關上、鎖上。麥克背貼著城堡的石牆，隔著落地窗朝房裡偷瞄了一眼。只見靴子帶了女伴進來，顯然想靠布洛可的套房打動那個女的，讓她投懷送抱。以麥克對調情的理解，下一步絕對是帶她到陽台憑欄眺望，讓她興奮悸動。他站在這裡可不大妙。

麥克迅速跨出護欄，回到殘缺不全的窗台上。他手指伸進石縫裡牢牢抓住，開始往回走。石頭窗台被他的體重壓得斷了、碎了，但他還是順利跨過缺口，回到了山德勒套房的陽台。他聽見那女人說：「這裡好高喔，對吧？」

麥克打開落地窗的門溜進房裡，輕輕將門關上。這間套房跟布洛可的一模一樣，只有壁爐是紅石砌成，壁爐上方的元首畫像不同而已。房裡很安靜，山德勒應該還跟硫磺幫在一起。麥克朝房門走去，發現金鷹就在門邊的籠子裡。布朗蒂沒戴頭罩，一雙黑眼直直望著他。

「嗨，妳這個小賤貨。」麥克說著大力拍了拍牢籠。老鷹氣得發抖，頸毛晃動，嘴裡嘶嘶出聲。

「我應該把妳吃了，骨頭吐滿地。」麥克說道。老鷹低伏身子，有如狂風中的避雷針一般渾身顫抖。

「不過，下次吧。」他伸手握住門把。

他聽見「叮」的一聲，聲音幾乎跟音樂一樣悅耳。有東西鬆脫了。麥克轉頭看著老鷹的籠子，只見一塊秤錘拉著一條細鍊子從天花板上墜了下來。麥克知道自己碰到了綁在門上的線，但他沒時間多想，因為秤錘已經拉起籠門，金鷹瞬間衝出牢籠，張牙舞爪咄咄朝他撲來。

第九章

正當麥克在旅館牆外窗台上搖搖欲墜，耶芮克布洛可笑得頻頻拭淚。舞台上的主角換成了女侏儒和一名魁梧的斯拉夫人，看那模樣顯然是從俄國某個窮鄉僻壤抓來的智障。那個斯拉夫人的傢伙很大，朝著台下的納粹們咧嘴微笑，彷彿知道他們在笑什麼似的。布洛可看了看懷錶，台上的腥羶色已經讓他看得有些膩了。再大的乳房和屁股，看久了也是一個樣。他湊到契絲娜身旁，摸了摸她的膝蓋，動作一點也不像慈善的長輩。「妳的男爵未婚夫還真沒有幽默感。」

「他不大舒服。」其實她也是，一直假笑讓她臉都痛了。

「走吧，啤酒脫衣舞看夠了。」他起身抓著她的手肘說：「我們到休息室開一瓶香檳來喝。」有藉口優雅脫身，契絲娜簡直求之不得。台上的演出要結束還早得很，後面還有更殘忍、更需要觀眾同樂的把戲，但對她來說，硫磺俱樂部向來都只是認識人的管道。她讓布洛可上校陪著進了休息室，心想男爵此刻不是剛進布洛可的房間，就是正要離開。至少她還沒聽到身體落地或尖叫聲。那傢伙（不管他到底是誰）是個瘋子，但幹這一行如果不夠謹慎，不可能活到現在。她和布洛可找了張桌子坐下來，布洛可點了一大瓶香檳，接著又看了看懷錶。他要侍者拿電話過來。

「這麼晚了。」契絲娜問道：「還有公事？」

「是呀。」布洛可闔上懷錶，收進筆挺的制服裡。「契絲娜，我想多知道男爵的各方面，你們在哪裡認識的？妳對他又認識多少？就我對妳的認識，妳應該沒有那麼蠢才對。」

「蠢？」契絲娜金色的眉毛一挑。「什麼意思？」

「這些公爵、伯爵、男爵什麼的，全都是繡花枕頭，成天游手好閒，打扮得油頭粉面，活像百貨公司裡的假人，只要稍有一點貴族血統就拿出來招搖撞騙，其實根本是豬頭一個，妳千萬要小心。」他揮揮手指警告契絲娜。侍者端著電話走了進來，將線接到插孔裡。「今天下午我和哈利在聊。」布洛可接著說：「他覺得男爵可能，怎麼說呢，可能對妳另有所圖。」

契絲娜心臟狂跳，等著他往下說。布洛可的尖鼻子還真靈。

「妳說妳才認識男爵不久，對吧？怎麼就打算結婚了？哎，我就坦白跟妳說了，契絲娜。妳長得漂亮，又很有錢，在德國名聲又好，連希特勒這個只喜歡自己是電影主角的人，都對妳的片子讚譽有加。妳有沒有想過男爵娶妳為妻，只是為了妳的錢和名聲？」

「我有想過。」契絲娜答道。她覺得自己答得太心急了些。「男爵愛的是我。」

「時間這麼短，妳怎麼知道？你們又不會立刻消失在這世界上，何不等夏天過了再說？」布洛可拿起話筒，契絲娜看著他撥了號碼。她認得那個號碼，不禁心頭一涼。「我是布洛可上校。」他告訴接線生：「幫我接醫務室。」說完他又接著對契絲娜說：「再多等三個月會怎麼樣嗎？老實說，我和哈利都不喜歡這傢伙，一副飢鷹餓虎的模樣，感覺不大對勁。對不起——」他重新貼著話筒。「是的，我是布洛可。手術怎麼樣？……很好，他會康復嗎？……有辦法說話嗎？可以？……大概要多久？……廿四小時太長了！我給你十二小時！」他搬出上校的高傲語氣，一邊朝契絲娜眨眨眼睛。「你聽好，艾圖爾！我要法蘭克維茲——」

契絲娜覺得自己驚呼一聲，但不確定真有發出聲音。她感覺喉嚨像被鉗子夾住了一樣。

「十二小時內就能接受問話，聽到沒有？通話結束。」說完他就掛了電話，一臉嫌惡地將電話推開。「好了，說到男爵，給我三個月，讓我和我的手下把他裡裡外外查個清楚。」他聳聳肩說：

「畢竟我就是吃這行飯的。」

契絲娜差點叫了出來。她覺得自己臉色慘白，但布洛可似乎沒有發現，就算察覺也沒有說。

「啊，香檳來了！」布洛可蜘蛛般的手指在桌上敲著，一邊看著侍者替他們斟酒到香檳杯裡。

「祝我們身體健康！」他舉杯說道，契絲娜使盡全力才讓握著酒杯的手不致顫抖。

正當香檳氣泡刺得她鼻頭一陣搔癢，山德勒套房門口的秤錘落了下來，鐵鍊沙沙滑動，籠門唰的打開，布朗蒂朝麥克葛勒頓撲了過去。

那老鷹利爪一勾，差點就掃到麥克的臉。幸好他身體一低，布朗蒂力道過頭撲了個空。牠在空中迴轉，拍打翅膀再次朝麥克撲去。麥克匆忙倒退，一邊舉起雙手保護臉孔，一邊佯裝往右，隨即往左一躍，動作跟狼一樣敏捷。布朗蒂和他擦身而過，兩根利爪掃過他的右肩，劃破了燕尾服。牠再次轉身，發出憤怒的尖叫。麥克不斷後退，拚命想找東西自衛。金鷹在房裡靈活轉圈，突然變換方向，張大翅膀朝他臉龐撲來。

麥克跌坐在地，布朗蒂從他頭上掠過，腳爪摳著皮沙發的扶手試圖減速，在黑色皮革上留下了幾道深痕。麥克翻個身站了起來，發現前方有一道門開著，是鋪著藍色磁磚的浴室。他聽見身後翅膀啪啪作響，感覺腳爪就要抓上他的後腦，於是立刻往前一撲，翻了個跟斗鑽進了浴室。他踩著藍色磁磚一個轉身，看見布朗蒂間叫著朝他撲來。他抓起門緣將門甩上，聽見老鷹砰的一聲撞上了門板，感覺真痛快。門外一片靜寂。死了嗎？麥克心想，或只是暈了？幾秒鐘後，答案揭曉：門板開始窸窸窣窣，布朗蒂拚命抓門。

麥克起身打量自己所在的牢籠。浴室裡有洗手台、橢圓鏡、抽水馬桶和一個狹長的櫃子，沒有窗戶，也沒有其他出入口。他看了看置物櫃，但沒發現什麼有用的東西。布朗蒂還不放棄，在另一邊門板上抓出一道道爪痕。他得走出浴室，躲過那頭老鷹才能離開這間套房。山德勒隨時會回來，他沒時間等老鷹累了，而老鷹也不大可能放他一馬。麥克知道她聞得出他的狼氣，所以才像發瘋似的。山德勒顯然不信任萊希克隆旅館的安全系統。傍晚離開前在門把上綁了線，是他給不速之客的毒辣驚喜。獵人就是獵人，本性改不了的。

麥克怪自己不夠謹慎，心思全被那三張可怕的相片佔去了。然而，就算他今晚的發現再有價值，出不了這裡就一點用處也沒有。布朗蒂再次攻擊房門，怒氣愈來愈大。麥克看著鏡子，發現燕尾服破了，白襯衫也缺了一塊，但皮肉沒有受傷。還沒有。他抓著鏡框將鏡子從托架上舉起來，翻個面讓鏡子朝外，接著舉到面前當作盾牌，朝門邊走去。布朗蒂的爪子應該已經快鑿穿門板了吧。麥克一手舉著鏡子，深呼吸一口氣，另一手握住門把，將門打開。

老鷹尖叫一聲往後飛開，被鏡中的自己嚇了一跳。麥克用鏡子護住臉，小心翼翼往後朝陽台的門靠近。他不能冒險從走道離開，可能會遇到山德勒，只能按原路爬回契絲娜的套房。靴子和他的女伴應該在陽台磨蹭完了。麥克聽見布朗蒂剎剎振翅朝他撲來，但被自己的倒影擋住。她用爪子猛抓鏡面，震得麥克差點抓不住鏡子。麥克緊緊摁住鏡框，布朗蒂飛離鏡前，隨即掉頭再次撲來，完全不理麥克的手指，一心只想趕走膽敢搶牠地盤的老鷹。牠利爪掃過鏡面，嘴裡發出刺耳的尖叫，在房裡繞了一圈後，又一次攻擊鏡子。麥克繼續朝陽台後退。這回布朗蒂狠狠撞在鏡子上，撞得他踉蹌幾步，腳跟絆到矮咖啡桌的桌腳，整個人重心不穩摔倒在地上。鏡子脫手而出，砸在壁爐上發出槍擊般的聲響，摔成了碎片。

布朗蒂飛到天花板上，繞著水晶燈轉圈。麥克跪坐起來，陽台的門離他只剩不到四米了，但布朗蒂在空中兜了最後一圈，隨即朝他俯衝而來，腳爪伸長準備剜出他門戶洞開的眼睛。

他沒時間思考了，老鷹有如一團金色火光朝他撲來。牠張大翅膀殺到他面前，腳爪下抓，彎鉤狀的鳥喙朝他柔軟發亮的眼球啄來。

麥克右手一抬，聽見燕尾服的腋下啪的裂開了，下一秒就見到一團金色羽毛從他眼前閃過。他感覺布朗蒂的腳爪攫住他的前臂，扯破燕尾服和白襯衫抓到了他的皮膚，接著只見一團帶血的暗影有如破葉般甩到了牆上，羽毛紛飛，布朗蒂滑到地上，牆上血跡斑斑。曾經剽悍的獵鷹成了一團血肉，在地上抽搐了幾下便再也不動了。

麥克看著自己的手，發現手掌已經成了狼爪，黑色毛髮起伏顫動，彎曲的指甲上血淋淋的，還沾著布朗蒂的內臟。他的前臂肌肉鼓脹，繃著燕尾服的袖子，狼毛已經快要竄到肩膀，而他可以感覺自己的骨頭就快扭曲變化了。

不行，他心想，別在這裡。

他站了起來，腳依然是人腿的模樣。血腥味和打鬥讓他血脈賁張，花了好一會兒才壓住變身的力道，沒被衝動給吞沒。彎曲的指甲縮了回去，留下微微的刺痛，狼毛消失，讓他皮膚發癢。衝動過去了，麥克再度回復為人，只剩下嘴裡淡淡的羶腥味。

他匆匆走到陽台，靴子和年輕女子已經回到布洛可的套房了。麥克很想抹除自己的行蹤，但木已成舟，於是他翻過護欄踩上窗台，先走回城堡東南角，接著再次抓著滴水嘴獸和幾何圖案往下爬回六樓。八、九分鐘後，他回到契絲娜的套房，走進房裡將落地門輕輕關上。

他感覺總算又能呼吸了，但契絲娜呢？顯然還在參加硫磺俱樂部的聚會。他或許也該回去露面，但絕對不能穿著被老鷹抓破的燕尾服，於是他走進浴室，將右手指甲裡的血跡統統洗掉，然後換了一件白襯衫，套上黑色絲絨翻領的深灰色西裝外套，重新打上白領結，因為它沒沾到血。他的皮鞋磨到了，但只能將就著穿。他在鏡子前匆匆打量自己，確定身上沒有任何血跡或金羽毛，接著便離開套房，搭電梯返回大廳。

硫磺俱樂部的活動顯然結束了，因為大廳裡擠滿了納粹官員和他們的同伴，扯著暢飲啤酒後的沙啞喉嚨開懷大笑。麥克在人群中尋找契絲娜的身影，突然一隻手搭上了他的肩膀。

他轉身發現哈利山德勒就站在他面前。

「我一直在找你，四處都找遍了。」山德勒說道。他兩眼血絲，嘴唇濕紅，嘴角鬆弛。「你跑到哪裡去了？」就算紅酒沒撂倒他，啤酒也把他灌醉了。

「我去散步了。」麥克答道：「剛才不大舒服。你有看到契絲娜嗎？」

「有啊，她也在找你，還要我幫忙找。演出很精彩，對吧？」

「契絲娜呢？」麥克又問了一次，同時甩開山德勒搭在他肩上的手。

「我最後見到她是在中庭，就是那邊。」他朝門口點了點頭。「可能以為你回家去採鬱金香了吧。走，我帶你去找她。」山德勒示意要他跟著，接著便搖搖晃晃歪歪斜斜走過大廳。

麥克沒有跟上，山德勒停下腳步。「走啊，男爵，她還在等她的愛人呢。」

他跟著山德勒走過人群，朝旅館門口走去。開腸破肚的老鷹要怎麼解釋，他一點概念也沒有，但聰明又迷人如契絲娜，一定會想到說詞的。他很慶幸老鼠沒看到那麼惡毒的「娛樂」，不然那小矮子可能會理智斷線。不過，麥克很確定一點：他們必須查出古斯塔夫希爾德布蘭特在搞什麼勾當，甚至得去史卡帕島一趟。但挪威離柏林很遠，而要從柏林脫身已經夠危險了。麥克跟著哈利山德勒走下台階，那獵鹿人差點失去平衡摔斷脖子，提前替麥克省了麻煩。兩人走過中庭，石板地上積了一灘灘雨水。

「她在哪裡？」麥克走到山德勒身旁問道。

「這裡。」山德勒指著昏暗的河邊小徑說：「那裡有一座公園，你應該能告訴我裡頭都是哪些花，對吧？」

麥克聽出他語氣變了，在酒醉的胡言亂語裡多了一絲冷酷。麥克慢下腳步，突然意識到山德勒步伐變快了，在凹凸不平的石子路上走得很穩。這傢伙沒有他裝的那麼醉。到底怎麼回——

山德勒說：「他來了。」語氣輕而清醒。

一名男子從殘破的石牆後方走了出來。他身穿灰色長大衣，戴著黑手套。

麥克背後傳來聲響，是靴子踩過石頭的聲音。他猛然轉身，發現一名身穿灰外套的男子已經幾乎撲到了他面前。那人兩個大步，舉手往下一揮，手裡的黑皮鐵棍狠狠打在了麥克葛勒頓的側腦上，讓他跪倒在地。

「快點！」山德勒催促道：「把他架起來，媽的！」

一輛黑車開了過來。麥克痛得頭暈目眩，聽見門開了。不對，不是車門。那聲音更沉。是後車廂？他被人抬了起來，磨花的皮鞋在石板地上拖著。他放鬆身體。事情發生得太快，他腦袋還來不及反應。那兩名男子拖著他走向後車廂，山德勒喝道：「快點！」麥克被人抬了起來。他發現他們打算將他凹起來，像行李一樣扔進飄著霉味的後車廂裡。不行，他心想，不能讓他們這麼做，絕對不行。於是他繃緊肌肉，右肘使勁往後一拽，打到了某人的骨頭。麥克聽見對方咒罵一聲，接著腎臟就被狠狠揍了一拳，喉嚨也被人從背後伸手勒住。麥克拚命掙扎，想要掙脫。他腦袋昏沉沉想著，只要兩隻腳能踩到地面，他就可以——

他聽見唰的一聲，知道黑皮鐵棍又揮下來了。

棍子打在他後腦勺上，讓原本雪白一片的眼前突然翻黑。

霉味。棺材蓋上的聲音。不對，是後車廂。我的腦袋……我的腦袋……

他聽見引擎順暢的運轉聲。車子動了。

麥克試著抬頭，但腦袋才一抬高，疼痛就像鐵拳一般，將他的頭抓回原位。

第八部　童真

第一章

米凱爾十四歲那年夏天的某個早上，陽光溫暖了大地，森林翠綠得有如新鮮的夢境，一匹黑狼在林中奔跑著。

他已經學會了該有的本事。威克托和尼契塔教他如何用後腿往前跑，用前腿減速和轉身，還有時時留意腳下的土地，是軟土、泥巴、岩石或沙地，每一種都需要不同的肢體動作和彈性，有時必須將肌肉繃得和彈簧一樣緊，有時又得像用久的橡皮一樣鬆，但無論如何——威克托強調這非常重要——都要時時「覺察」。威克托經常將這兩個字掛在嘴邊，像釘子一樣牢牢打進麥克年輕躁動的大腦裡。覺察。覺察自己的身體、肺的劇烈起伏、肌肉和肌腱的動作，還有四條腿的跑動節奏。覺察空中的太陽、行進的方向、周遭環境，還有如何回到家。不只覺察正前方的景物，還要留意上下左右和後方的動靜。覺察小動物留下的氣味，還有牠們聞到你的氣味驚惶逃離的聲響。還有很多很多。麥克從來沒想到當一匹狼需要這麼多功夫。

但這些都成了他的第二天性。雖然威克托說變身的疼痛永遠不可能消失，但已經減緩許多。他明白活著就免不了受苦。然而，比起四腳在森林裡飛奔騰躍，肌肉伸縮和渾身充滿力量的感覺，變身之痛根本不算什麼。他還是小狼，但威克托說他會長大的，還說他脖子上那顆腦袋很靈光，學得很快。夏日炎炎，米凱爾幾乎成天都化身為狼，只要變回男孩就覺得像蛆一樣光溜白嫩，渾身不自在。他睡得很少，從早到晚都有新的冒險，毫末必見的眼睛有太多新鮮事可看。過去用人眼看習慣的東西，在狼眼下有了全新的樣貌。雨滴變得五顏六色，小動物在長草上留下的獸跡帶著淺藍的體溫，風彷彿活了起來，訴說著森林裡的生命與死亡。

還有月亮。喔，月亮！

月亮在狼眼中完全不同，是夜空裡一個變化萬千的迷人的銀窟窿，邊緣有時亮藍有時深紅，有時色調完全無法形容。月光有如銀矛，將森林照耀成一座大教堂。米凱爾從來沒見過這麼美的光芒，而他們一群狼總會聚在高處岩石上，對著如此懾人的美麗引吭高歌，連缺了一條腿的法蘭可也不缺席。狼嗥是一首悲喜交織的詠嘆調，歌裡說著：我們活著，希望長生不老，然而月起月落，生命終有盡頭，人眼狼眼終將晦暗，而後永遠閉上。

但只要有如此光芒，我們就會繼續歌唱！

米凱爾為了奔跑的興奮而跑。有時當了幾小時狼再變回人，用兩條腿走路反而會重心不穩，感覺就像兩根脆弱蒼白的竹竿，沒辦法走快。米凱爾著迷的是速度，是動作的敏捷靈巧，可以忽左忽右，還有尾巴像舵一樣可以在轉彎時維持身體的平衡。威克托說他太沉迷於狼的身體，把書本都拋到腦後了。他告訴他奇蹟不單來自變身，更來自顱骨下的那顆腦袋，既可以在風中嗅出受傷的野鹿氣味，也能背誦莎翁的詩句。

米凱爾在樹叢裡馳騁，發現了一個石頭圍住的池塘。天氣炎熱，風沙又重，冰涼的池水有如甘泉。有些事男孩還是做得比小狼好，游泳便是其中之一。他在柔軟的草叢裡翻滾，玩得不亦樂乎，接著側躺下來，一邊喘氣一邊讓自己變身。他到現在還是不曉得變身是怎麼運作的，只知道從想像自己是個男孩開始，就像化身為狼之前要先想像自己是狼一樣。想像得愈完整、愈仔細，變身就愈快、愈順。關鍵是專心，是鍛鍊想像力。出狀況是難免的，有時手臂或腿會拒絕改變，甚至卡在頭部。其他夥伴總是看得樂不可支，但米凱爾只感覺很不舒服。不過，練習讓他變身愈來愈順。就像威克托說的，羅馬不是一日造成的。

米凱爾跳進池塘裡，連頭一起沒入水中，隨即冒出水面吐出一道水柱，然後弓起身子潛到水底。他貼著佈滿岩石的池底踢水前進，腦中浮現第一次學游泳的時間與地點。他還很小，媽媽帶他到聖彼得堡一座大型室內游泳池教他游泳。那真的是他嗎？那麼嬌貴、害羞，漿過的衣領又挺又高，而且還上鋼琴課？那感覺恍如隔世，裡面的人物也都快在記憶中散去了。除了現在和這片森林，其他一切都不存在。

他冒出水面，甩掉頭髮上的水，突然聽見她的笑聲。

米凱爾嚇了一跳轉頭望去，看見她就坐在石頭上，一頭長髮在陽光下有如金黃的絲緞。艾蕾克莎跟他一樣沒穿衣服，但那身體比他的迷人了千百倍。「哎呀！」她逗弄地說：「沒想到這裡竟然有小人魚！」

米凱爾涉水朝她走去。「妳在這裡做什麼？」

「你在那裡做什麼？」

「游泳。」他答道：「不然呢？」

「感覺很蠢。雖然涼快，但是很蠢。」

米凱爾心想她應該不會游泳。她從白殿就一路跟著他來這裡嗎？「是很涼快。」他對她說：「尤其跑步之後。」他看得出來艾蕾克莎剛才也奔跑過，因為她身上覆著一層薄汗。

艾蕾克莎小心翼翼滑下石頭，伸手向前從池塘裡掬了把水放到嘴邊，像動物一般舔了一口，接著將水灑在兩腿間的金色恥毛上，朝他嫣然一笑說：「是耶，的確很涼快。」

米凱爾感覺身體熱了起來。他從她面前游開，但池塘很小，於是他只好泡在水裡兜圈子，假裝沒注意她大剌剌地躺在岩石上曬太陽，裸著身子對著陽光，當然也對著他。他撇開頭，心想自己到底是怎麼了？從春天到現在都夏天了，艾蕾克莎始終在他腦中縈迴不去。身為人時的金髮藍眼，還有身為狼時的金色毛髮與傲氣尾巴，而她兩腿間的奧秘更是不斷吸引著他。他曾經夢見……不，不對，那些夢只是意外。

「你的背很好看。」她對他說，聲音又嬌又柔。「感覺很強壯。」

他游快了點，或許想展現背部肌肉，或許不是。

「你上來之後。」艾蕾克莎說：「我幫你擦乾。」

米凱爾的陰莖已經想到那景象了，剎時硬得跟艾蕾克莎躺著的石頭一樣。他不停游著，艾蕾克莎曬著太陽等著他。

他可以一直待在池塘裡，米凱爾心想，直到她累了回家為止。她是動物，蕾娜蒂這麼形容她。但當他愈游愈慢，心臟莫名跳得飛快，他知道就算不是今天，自己也很快會跟艾蕾克莎混在一起的。她要他，要他擁有的某樣東西，而他心裡充滿好奇，這是威克托無法教他的一堂課。艾蕾克莎在等他，而太陽很大。陽光照得他昏昏的。他又游了兩圈，腦袋裡左右思量。他心底某個勃勃然的部份已經做了決定。

他走出池塘，心裡既渴望又害怕。他看見艾蕾克莎坐起身子，乳房因為他的到來而挺起。她滑下岩石，米凱爾站在草地上等待著。

她牽起他的手，帶他到陰涼的地方躺在青苔上，接著跪在他身旁。她好美，雖然這麼近看她的眼角和嘴邊都有了細紋，但依然姿色不減。當狼的日子並不輕鬆，而她也不是處女了，但那雙冰藍的眼眸卻像一對保證，許諾著超乎想像的歡愉。艾蕾克莎彎身將唇印在他的嘴上。關於愛，他還有許多要學，而第一堂課才剛剛開始。

艾蕾克莎信守承諾開始替他擦乾身子。用舌頭。她從南方開始，接著緩之又緩地徐徐北上，先是舔乾他的雙腿，接著慢慢舔舐他顫抖肌膚上的水珠。

她來到他充血腫脹的部位，開始徹底露出了潛藏的獸性，對鮮肉的熱愛。她一口含住了他，米凱爾忍不住發出呻吟，手指抓著她的金髮。和動物一樣，她也喜歡使用牙齒。她舌齒並用上下吸吮，瞬間讓他跨下逼近爆裂。他聽見自己腦中轟隆作響，不停竄出有如夏日雷霆的閃光。艾蕾克莎溫熱的嘴含著他，手指搓揉睪丸底部。米凱爾感覺身體不由自主扭曲著，肌肉鼓脹得彷彿就要穿皮而出。他腦中閃電飛舞，觸擊了神經燃起烈火。他發出呻吟，聲如野獸。

艾蕾克莎放開米凱爾，看著種子如噴泉般迸射而出，接著他又身體一震，射出了另一道灼熱的白漿。艾蕾克莎面帶微笑，得意自己將這小鮮肉玩弄於唇舌之間。米凱爾「降旗」之後，她的舌頭又開始沿著他的小腹往上，橫過胸膛，逗弄似的在他皮膚上繞圈，舌尖所到之處無不湧起雞皮疙瘩。米凱爾又硬了。他從方才的空白中清醒過來，知道接下來是僧侶一生可望而不可及的一課。

兩人嘴唇相接，流連交纏。艾蕾克莎輕咬他的舌與唇，抓起他的雙手放在她乳房上，隨即跨坐在他腿上，身體緩緩往下。兩人合而為一，濕熱讓堅硬猛然抽搐。艾蕾克莎開始緩緩擺動臀部，接著愈來愈猛、愈來愈快。她凝視他的眼眸，臉和乳房閃著汗珠。米凱爾學得很快。他深深挺入，迎合艾蕾克莎，兩人的律動愈來愈劇烈、愈急切，艾蕾克莎興奮仰頭，秀髮如金瀑垂肩，發出愉悅的叫聲。

米凱爾感覺她身體顫抖，閉著眼抿著嘴微微呻吟，挺起乳房讓他親吻，臀部使勁轉著小圈。接著他又不由自主猛力一震，肌肉緊繃，血脈賁張，精華瞬間灌進了艾蕾克莎溫熱的濕潤裡。他感覺像是被人扯開了，骨頭稠熱抽搐，天空有如一片藍玻璃罩在他臉上，但他毫不在乎。他漂浮在未知的世界裡，但有一件事很確定：他喜歡這個世界，非常喜歡。如果可以，他希望很快又能舊地重遊。

孰料他一下子就準備好了。他和艾蕾克莎身體貼著身體在青苔上翻滾，從陰涼處滾到了陽光下。這回她被壓在他的身下，張開雙腿夾住他的臀，被他猴急著想要再次挺入的模樣逗得呵呵輕笑。這比游泳還棒。艾蕾克莎的池塘深不見底。烈日當空，炙熱讓他們身體潺濕，黏在了一起，也燒去了米凱爾心中最後一絲羞怯。他穩穩迎合她的擺動，她的雙腿緊貼著他的腰際，嘴巴索求他的舌，他拱起背部讓堅硬摩挲她濕潤的深處。

兩人身體不斷緊繃，朝最後的放鬆衝刺，事情突然發生了。金色毛髮從艾蕾克莎的小腹竄出，迅速蔓延到大腿和手臂。她氣喘吁吁，眼神愉悅迷濛，米凱爾聞到她發出刺鼻的腥羶味，觸動了他體內的狼性，被艾蕾克莎手指抓著的背開始竄出黑色毛髮。艾蕾克莎身體扭曲，開始變身，緊咬的牙齒變成了獠牙，美麗的臉龐同樣美麗，只是變了模樣。米凱爾依然被她抱著，同樣任由改變吞沒。黑色毛髮竄向他的肩膀、手臂、臀部和雙腿。兩人扭絞在一起，既因為激情也因為疼痛，身體不停變換姿勢，直到化成一隻黑狼趴在一隻金狼背後。但就在兩人完全變身之前，米凱爾再次身體一抖，將種子灌入了艾蕾克莎體內。他被歡愉吞沒，不禁仰頭長嘯。艾蕾克莎也引吭高歌，兩人的嗥叫時而唱和，時而分開，彷彿在進行另一場性愛。

米凱爾抽身離開艾蕾克莎，雖然那裡還精神奕奕，但爬滿黑色毛髮的睪丸裡已經彈盡援絕。艾蕾克莎在草地上翻了一圈，隨即跳起來開始追著自己的尾巴狂奔。米凱爾也想奔跑，但兩腿發軟，只能垂著舌頭躺在陽光下。艾蕾克莎用嘴頂著米凱爾，讓他腹部朝上，輕舔他的肚子。米凱爾享受她的關注，感覺眼皮沉重，心想自己再也不會有同樣的經歷。

太陽西斜，天空泛紅，艾蕾克莎聞到了兔子的味道。她和米凱爾追了上去，彼此在林中穿梭較勁，看誰先逮到兔子。兩匹狼一邊跑著，一邊前後追逐對方，就像世上每一對情侶一樣歡喜甜蜜。

第二章

韶光荏苒，秋去冬來，米凱爾和艾蕾克莎成天廝混，結果就是她肚子大了。白晝漸短，寒霜日厚，威克托不斷增加米凱爾的上課時間，難度也愈來愈高，從高等數學、文明論、宗教到哲學，無所不教。但令米凱爾意外的是，他心靈渴望知識竟然跟身體渴望艾蕾克莎一樣強烈。兩扇門在他眼前展開，一扇通往性的奧秘，另一扇迎向生命的謎團。米凱爾全神貫注，讓威克托逼他思考。不僅思考問題，更在心裡形塑自己對事物的看法。討論到宗教時，威克托問了他一個沒有答案的問題：在神的眼中，狼人是什麼？是受詛咒的野獸，還是奇蹟之子？

那年冬天是上天稀有的恩典，天氣平和，只來了三場暴風雪，狩獵幾乎易如反掌。冬天過去，春神重回大地，他們慶幸自己又通過了一次考驗。五月某天早上，蕾娜蒂捎來信息，說森林裡來了一輛馬車，車上兩人一男一女，馬能讓他們飽餐一頓，兩名旅人或許能成為他們的一員。威克托點頭贊同。他們只剩下五個，是該吸收新血了。

突襲就跟軍事行動一樣精準。尼契塔和米凱爾跟在馬車兩側，蕾娜蒂尾隨在馬車後方，威克托則在前頭尋找伏擊的地點。馬車顛簸前行，才剛駛入茂密的松林，信號就來了。威克托一聲狼嗥，尼契塔和米凱爾立刻衝出兩側樹叢，蕾娜蒂則從後撲上。威克托竄到馬車前方，嚇得馬匹騰躍嘶鳴。米凱爾看見車上兩名旅人神色驚惶，男人瘦高留著鬍子，女人穿著粗布織成的農婦裝。尼契塔撲向男人，咬住他的前臂將他拖下馬車。米凱爾照著威克托的指示，張牙舞爪涎沫四濺撲向女人的肩膀，卻沒有動手。他憶起自己的慘痛過往，無法承受別人經歷同樣的折磨。女人驚慌尖叫，雙手摀住臉龐。蕾娜蒂跳上馬車，一口咬住她的肩膀，將她甩到地上。威克托撲向馬的咽喉，儘管馬拚命奔逃，威克托仍然咬著不放，沒跑多遠就被威克托撂倒在地。不過，威克托也掛了彩，身上滿是瘀青與擦傷。

後來，男人在變身過程中死了，死在白殿地底下。女人活了下來，至少身體過了考驗，心靈卻始終過不了關，整天背靠著牆縮在角落啜泣禱告。除了胡言亂語，她一句話也不講，連自己的名字和住處都無法回答。她日夜祈禱自己死去，最後威克托終於讓她償得夙願，了結了她的苦難。那天他們都很沉默，幾乎沒有交談。米凱爾跑了出去，跑得很遠很遠，腦海中一直響著兩個字：怪物。

艾蕾克莎在盛夏生了。米凱爾看著嬰兒誕生，艾蕾克莎心急地問：「是男孩嗎？是男孩嗎？」蕾娜蒂抹了抹她的眉毛說：「是，而且很健康、很可愛。」

嬰兒活過了第一週。艾蕾克莎替他取名為彼得，紀念她童年時的一位叔叔。彼得的肺很有力，米凱爾喜歡跟他一起唱歌。連法蘭可也被這個寶寶迷住了。他不僅適應了三隻腳的生活，心也變溫柔了。不過，花最多時間注意寶寶的是威克托，總是用那琥珀色的眼眸望著彼得吃奶。艾蕾克莎抱著嬰兒，笑得像小女孩似的，但所有人都曉得威克托在意的是什麼：嬰兒體內的人狼對抗。要嘛成功，人和狼在他體內達成和解；要嘛失敗。又過了一週，然後一個月過去了。彼得依然安好無恙，照常啼哭和吃奶。

強風掃過森林，暴風雨就要來了，他們都聞到了天空中的濕氣。但今晚是夏天的最後一班火車，東行之後就要明年才會出現了。尼契塔和米凱爾早已將火車當成動物對待，每晚都在鐵軌旁跟它比賽。他們從人形起跑，變成狼之後試著在火車駛入東側隧道前超越它，從它前方橫越鐵軌。兩人的腳程愈來愈快，但火車似乎也變快了。可能司機換人了，尼契塔說，不懂得怎麼踩煞車。米凱爾也有同感。現在火車一出西側隧道，就像惡魔發狂似的風馳電掣，想趕在日出前回去，免得心臟被陽光一照成了鐵塊。尼契塔有兩次順利變身，差點就能從火車的發光獨眼前跳過鐵軌，不料火車黑煙一吐，煤渣四濺，速度突然加快，尼契塔就在最後一刻氣餒了敗下陣來。車尾紅燈左搖右晃，彷彿張嘴嘲弄，而尼契塔只能眼睜睜望著燈光，直到它消失在隧道的彼端。

深谷兩側松樹和橡樹劇烈搖擺，全世界彷彿地動天搖，米凱爾和尼契塔在黑暗中等待著夏天的最後一班車。兩人化成了狼才離開白殿，這會兒光著身子坐在西側隧道附近的鐵軌邊上，尼契塔不時觸摸軌道，期待感覺到震動。「他來晚了。」尼契塔說：「所以他一定會全力加速，把時間補回來。」

米凱爾嘴裡嚼著野草，若有所思地點了點頭。他抬頭望著浮雲有如層層鐵板劃過夜空，接著摸了摸鐵軌。沒有動靜。「也可能他故障了。」

「有可能。」尼契塔說道，接著皺起眉頭。「不對，不可能！這是今年最後一班車了！就算用推的也要推回去。」他等得不耐煩了，隨手扯下一把草，望著草葉隨風飄散。

兩人沉默片刻，傾聽樹林騷動。米凱爾問：「你覺得他會活下來嗎？」

他們所有人都不時想著這個問題。尼契塔聳聳肩答道：「我也不曉得，他看起來蠻健康的，不過……這很難說。」他又摸了摸鐵軌。還沒來。「你身體裡一定有什麼很強壯、很特別的地方。」

「像是什麼？」米凱爾無法理解。他從來不覺得自己跟其他人有什麼不同。

「嗯，你看我試了多少次，還有法蘭可，甚至威克托。拜託，你一定以為威克托隨便就能辦到，但嬰兒通常出生後幾天就死了，撐得比較久的又痛苦得讓人看了於心不忍。可是你呢，你才十五歲就當了孩子的爸，生出來的小傢伙活了一個月看來都安然無恙。還有你對變身的承受力也是。我們很早就放棄你了，你卻挺了過來。喔，蕾娜蒂說她一開始就知道你會活下來，但每回看著你都會想到墓園。法蘭可拿食物打賭，說你不出一週就會死掉，現在每天都感謝神讓你活下來！」他微微側頭，傾聽車輪的聲響。「威克托知道。」他說。

「知道什麼？」

「他知道我的能耐，知道我們所有人的能耐，而你就是不一樣。更強壯、更聰明。不然你覺得威克托幹嘛要花那麼多時間帶你讀書？」

「他喜歡教人。」

「哦，他是這麼跟你說的嗎？」尼契塔哼了一聲。「那他怎麼不教我？或法蘭可和艾蕾克莎？還有其他人？他覺得我們腦袋裡都裝石頭嗎？」說完他自己答了。「都不是，他花時間教你是因為他認為值得。為什麼？因為你想要知道。」他見米凱爾不以為然，便點點頭說：「真的！我親耳聽見威克托說了，他覺得你很有未來。」

「未來？我們每個人都有未來呀，不是嗎？」

「我不是那個意思。我是說這裡以外的未來。」他張大雙手指著整片森林說道：「我們以外的未來。」

「你是說……」米凱爾彎身向前。「離開這裡？」

「沒錯，至少威克托是這麼認為的。他覺得你有一天或許能離開森林，而且還能活得很好。」

「一個人？沒有你們？」

尼契塔點點頭。「對，你一個人。」

這實在太難以置信了。怎麼可能脫離狼群獨自存活？不對，不可能，這完全無法想像！米凱爾要永遠待在這裡，跟其他人在一起。狼群永遠形影不離，不是嗎？「我要是離開森林，誰來照顧艾蕾克莎和彼得？」

「這我不曉得，但艾蕾克莎已經得到她想要的了，一個男娃娃。她笑的模樣……嘖，根本完全變了一個人。艾蕾克莎離開這裡不可能活下去——」他手指朝西邊一比。「威克托很清楚這一點，艾蕾克莎自己也知道。她這輩子都會待在這裡。我和威克托、法蘭可還有蕾娜蒂也一樣。我們都老了，是長毛古董了，對吧？」他咧嘴微笑，但透露著些許哀傷，笑容也跟著消失了。「誰知道彼得會怎麼樣？誰曉得他能不能再多活一週，長大之後心智狀態會怎麼樣？也許像那個女的整天縮在角落哭泣，也許……」他瞄了米凱爾一眼。「他會跟你一樣，誰曉得呢？」說完他再次仰起頭來，瞇著眼豎耳傾聽，接著一根手指按在鐵軌上。米凱爾看見他淺淺一笑。「火車來了，而且速度很快，因為他遲到了！」

米凱爾摸摸鐵軌，感覺到遠方火車奔馳傳來的震動。下雨了，雨點打在軌道兩旁濺起一朵朵土花。尼契塔起身走到隧道口邊的樹林下。米凱爾跟著他，兩人有如短跑選手蹲低身子預備起跑。雨變大了，隨即變成傾盆大雨，軌道都濕了，地面很快變得一片泥濘。米凱爾不喜歡這樣，跑起來會很不穩。他撩開掉到眼睛前的濕頭髮。火車的轟隆聲已經清楚可聞，朝這裡飛快逼近。米凱爾說道：「我覺得今晚還是放棄比較好。」

「雨這麼小，怕什麼？」尼契塔搖搖頭，繃緊身體蓄勢待發。「比這更大的雨天我都跑過。」

「地上……地上泥巴太多了。」

「我才不怕！」尼契塔氣沖沖地說：「我前幾天夢見最後一節車廂的那盞紅燈！像撒旦的眼睛一樣朝我眨眼。我今晚一定要勝過火車！我感覺我會贏，米凱爾！只要再跑快一點就行了！再快那麼一點——」

火車燈光從隧道裡迸射而出，黑色火車頭和車廂緊隨在後。新司機一點也不害怕軌道濕滑。狂風暴雨打在米凱爾臉上，他大喊一聲：「不要去！」同時伸手去抓尼契塔，但尼契塔已經化成一道白影衝了出去，跑在鐵軌旁。米凱爾追了上去，想阻止尼契塔。但風雨太強，火車太快，而且不斷加速，他踩到泥巴滑了一跤，差一點成為車下冤魂。他聽見雨水打在滾燙的引擎上嘶嘶出聲，有如毒蛇吐信，但他腳下沒有放慢，依然努力追趕尼契塔。他看見尼契塔在泥巴上的足跡從人腳變成了狼掌。

尼契塔彎身前拱，幾乎是四足奔跑了，身體也不再白皙。大雨有如漩渦在尼契塔四周翻騰，米凱爾一個不穩，往前摔在了泥巴裡。雨水打在他肩上，泥濘遮蔽了他的視線。他手忙腳亂想爬起來，結果又跌了一跤，趴在地上。火車呼嘯而過，衝進了東側隧道，在隧道內壁劃出一道長長的紅光，隨即一片漆黑。

米凱爾在大雨中坐起身子，臉上爬滿雨水。「尼契塔！」他使勁大喊，但沒有人也沒有狼回答。他站起來，踩著泥巴往東側隧道走。「尼契塔！你在哪裡？」

他看不見尼契塔。雨水依然傾盆而下，翻騰的煤渣還沒落地就嘶嘶化成了蒸氣。空氣裡飄著濕熱和鐵軌燒灼的氣味。

「尼契塔？」鐵軌兩旁都不見他的身影。他做到了！米凱爾想，頓時歡天喜地。他做到了！他做——

有東西倒在軌道另一側，形影模糊，不停顫抖。

鐵軌冒著蒸氣，鐵道上還有煤渣微微發亮。隧道口兩米外的草地上，尼契塔倒地不起。

他是跳到火車前了，但贏的是火車。它的排障器將尼契塔攔腰截成了兩半，兩條後腿不見蹤影，米凱爾望著首尾異處的尼契塔，不禁倒抽一口氣跪在地上，隨即無法控制地吐了起來。穢物跟鐵軌上尼契塔的鮮血混在了一起。

尼契塔發出聲音，一聲微弱可怕的呻吟。

米凱爾仰頭望著天空，任雨擊打臉龐。他聽見尼契塔再次呻吟，最後成了悲噎。他強迫自己低頭注視他的朋友，發現尼契塔也睜眼望著他，高貴的面孔有如枯黑枝椏上凋萎的花。他張開嘴巴，再次發出可怕的聲音，目光愈來愈黯淡，但始終望著米凱爾，眨也不眨。米凱爾懂了。他知道那眼神在說什麼。

殺了我。

尼契塔痛得發抖，兩條前腿掙扎著想把剩餘的身體拖離鐵軌，但一點力量也使不出來。他腦袋一扭，隨即跌回泥濘裡。他用盡全力抬起頭來，再次用懇求的眼神望著跪坐在大雨中的男孩。

當然，尼契塔快死了，但不夠快，還差得很遠。

米凱爾垂頭望著泥巴，尼契塔被碾碎的身體有如拼圖散落四處，狼毛和人類皮肉混在一起。米凱爾聽見尼契塔痛苦呻吟，閉上了眼睛。他腦中浮現一隻垂死的鹿倒在鐵道旁，尼契塔雙手抓著鹿的頭顱。他想起尼契塔將鹿脖子使勁一扭，頸骨喀擦一聲。那是一種仁慈，純粹而簡單。此刻尼契塔求的就是這個。

米凱爾搖搖晃晃站了起來，差點又跌在地上。他感覺自己像在做夢，輕飄飄浮在沒有盡頭的大雨之中。尼契塔全身顫抖望著他，等待著。最後，米凱爾行動了。泥巴卡住他的腳，但他抽起雙腳，跪在朋友身旁。

尼契塔抬起頭，將脖子伸到他面前。

米凱爾抓住尼契塔頭顱兩側，尼契塔闔起雙眼，喉嚨繼續發出微弱的呻吟。

我們可以治好他，米凱爾心想，不用把他殺了。我們能治好他，威克托一定知道怎麼做。我們不是治好了法蘭可嗎？

但他心底明白，尼契塔的傷勢遠比法蘭可的斷腿嚴重。尼契塔不會活了，他只是希望從痛苦裡解脫。一切發生得太快了：大雨、火車、冒氣的鐵軌……太快了，太快了。

米凱爾雙手收緊，身體抖得跟尼契塔一樣厲害。他必須一次做對。他眼睛覆滿了淚水，眼前一片昏暗。他必須做得充滿仁慈。米凱爾做好準備，尼契塔伸出一隻前腿，腳掌放在米凱爾手臂上。

「對不起。」米凱爾低聲道。他深吸一口氣，接著使勁一扭。他聽見喀擦一聲，尼契塔身體抽搐了一下。米凱爾放開尼契塔，在雨水和泥濘中慌忙爬開。他爬進高大的草叢裡蜷縮著，任狂風大雨繼續打在他身上。過了很久，他終於鼓起勇氣再次望向尼契塔，只見泥濘裡倒著半截狼的身體，一條前腿是人的手掌和胳膊。米凱爾抱膝坐在雜草叢裡，身體前後搖擺，望著殘留一條白皙胳膊的屍體。他得把尼契塔搬離軌道，免得清晨被禿鷹發現。他得把他埋得很深、很深。

尼契塔走了。走去哪裡？米凱爾心想。威克托的問題在他腦中響起：在神眼中，狼人究竟是什麼？

米凱爾感覺有東西從他身上消失了，或許是童真。花瓣般的表面就此凋謝，露出有如傷口一般刺痛紅腫的內裡。人活著就必須鐵石心腸，跟火車頭一樣有著鐵皮外殼，冒著火花。他如果要活下去，就得生出這樣的心腸。

他待在尼契塔身旁，直到雨停了，風息了，森林恢復了寧靜。接著他在濕漉漉的黑暗中狂奔，返回白殿告訴威克托尼契塔的死訊。

第三章

彼得在哭。隆冬時節，白殿外狂風呼號，威克托蹲在乾草鋪旁，望著躺在上頭的七月大男嬰。兩人身旁一小堆柴火燃燒著，火光閃爍。男嬰裹著鹿皮和蕾娜蒂用那兩名旅人的衣服做成的毯子。彼得淒聲尖叫，聲音顫抖，但不是因為冷。鬍鬚已經由灰轉白的威克托摸了摸男嬰的額頭，發現他皮膚發燙，便抬頭望著其他人語氣沈重地說：「開始了。」

艾蕾克莎也開始哭了。威克托喝斥一聲：「安靜！」艾蕾克莎就鑽到角落一個人獨處了。

「我們能做什麼？」米凱爾問，但他早就知道答案了：什麼也不能做。彼得即將面對痛苦的試煉，沒有人能幫他度過這一關。米凱爾湊到彼得身邊，手指撩弄著毯子，將毯子拉高，純粹因為想找事做。彼得滿臉通紅，藍眼閃著血絲，頭皮上已經長出一撮黑髮。他眼睛跟艾蕾克莎一樣，米凱爾心想，頭髮像我。在那嬌弱的體內，第一場漫長的戰役才剛開始。

「他很壯。」法蘭可說：「會撐過去的。」但他聽起來一點也沒信心。嬰兒怎麼可能承受如此的痛苦？法蘭可一腳站起來，拄著松木拐杖走回臥墊旁。

威克托、蕾娜蒂和米凱爾圍著嬰兒睡成一圈，艾蕾克莎回來了，貼著米凱爾沉沉睡去。彼得哭聲時起時落，雖然嗓子都啞了，還是沒停。牆外的狂風也是。

幾天過去，彼得所受的痛苦愈來愈劇烈。他們從他顫抖、扭動和握拳揮打的模樣看得出來。他們圍著他，彼得的身體比火還燙，有時緊閉雙眼張著嘴巴發出無聲的尖叫，有時哭聲響徹房間，讓米凱爾心痛欲裂，艾蕾克莎垂淚哭泣。只要劇痛稍息，艾蕾克莎就會餵他嚼碎的生肉。彼得幾乎都會吃，身體卻愈來愈弱，有如凋萎的老人。儘管如此，他還是活著。有時他哭得那麼淒厲，米凱爾感覺神就要讓他解脫了，但疼痛卻又突然平息個三、四小時，然後再次出現，而彼得也會繼續哭號。米凱爾知道艾蕾克莎也快崩潰了。她兩眼有如挖空的洞，雙手抖得厲害，幾乎沒辦法將食物放進嘴裡。她也一直在變老。

某天，米凱爾長途狩獵精疲力竭地回來，夜裡突然被可怕的喘息聲驚醒。他坐起身子，正要過去看彼得，卻被威克托匆忙地一把推開。蕾娜蒂問道：「怎麼了？出了什麼事？」法蘭可拄著拐杖搖搖擺擺走到火光裡。艾蕾克莎睜著眼睛，目光驚惶。威克托面如死灰跪在嬰兒身旁。彼得沒有聲音。「他吞到自己舌頭了！」威克托說：「米凱爾，抓著他別讓他動。」

米凱爾抓住彼得，感覺他熱得跟火炭一樣。「抓好他！」威克托一邊吼著，一邊使勁扳開嬰兒的嘴，用手指去撈嬰兒的舌頭，但撈不出來。彼得臉色鐵青，肺部劇烈起伏，小手握拳在空中揮舞。威克托的手指在嬰兒嘴裡摸索，撈到了舌頭，立刻用另一根手指將舌頭捏住開始往外拉，但舌頭卡在喉嚨裡了。「拉出來！」蕾娜蒂喊道：「威克托，把他舌頭拉出來！」

威克托又拉了一次，這回更用力一些。舌頭鬆開了，但彼得依然臉色發青，肺部起伏卻吸不到空氣。威克托大口大口吐著白氣，臉上卻冷汗直流。他抱起彼得，用腳踝夾住，掌心猛力拍擊嬰兒的背，聲音大得讓米凱爾不由得身體一縮。彼得依然沒有出聲。威克托又拍了他背一下，力道更大，接著又是一下。只聽見手掌唰的一掃，嬰兒嘴裡噗的吐出一口氣，接著便又氣又痛地嚎啕大哭，聲音淒厲得連暴風雨都相形失色。艾蕾克莎張開雙手想接過孩子，威克托將嬰兒給她。艾蕾克莎輕輕搖著彼得，臉上滿是感激的淚。她抓起嬰兒的一隻小手，輕輕貼在自己唇邊。

接著她突然頭往後縮，瞪大眼睛。

黑色毛髮從嬰兒白皙的皮膚上冒了出來，她懷裡的小小身軀開始扭曲，彼得張嘴發出貓叫似的聲音。艾蕾克莎抬頭看了看米凱爾，接著望向威克托。威克托屈膝蹲坐，雙手托著下巴，琥珀色的眼眸映著火光閃閃發亮，注視著彼得。

彼得的臉變了，口鼻拉長，眼睛凹入覆滿黑毛的頭顱裡。米凱爾聽見身旁蕾娜蒂低呼一聲，聲音充滿了驚嘆。彼得耳朵變長，邊緣生出纖細的白毛，手指和腳趾縮短，變成長著小小彎鉤指甲的腳掌，骨頭和關節移位發出輕微的嗶剝聲。彼得張嘴呻吟，但似乎不再哭了。變身過程花了大約一分鐘。威克托輕聲說：「放他下來。」

艾蕾克莎乖乖將藍眼的狼崽放到地上。彼得結實的小身體覆滿黑色細毛，吃力地想用四隻腳站起來。他起身、跌倒，再起身，然後又跌倒。米凱爾想伸手去扶，但威克托說：「別碰他，讓他自己站起來。」

終於，彼得站穩了。他身體顫抖，不可置信地眨著藍眼睛，搖搖小尾巴，甩了甩狼耳朵。他往前走了一步，然後又一步，結果後腿打結仆在了地上。彼得挫折地嗤了一聲，鼻子噴出一道白氣。威克托彎下身子，伸出一根手指在彼得面前前後搖晃。那雙藍眼立刻盯住了他的手指，接著小腦袋往前一撲，張嘴咬住了威克托的手指。

威克托將手指從狼崽嘴裡抽出來，舉到面前，手指上滲出一小滴血。「恭喜。」他對米凱爾和艾蕾克莎說：「你們的兒子長新牙了。」

彼得暫時放棄了跟地心引力對抗，趴在地上匍匐前進，嗅著石頭地板，突然一隻蟑螂從他面前的石縫裡衝了出來，倉皇逃命。彼得尖叫一聲，隨即繼續他的小小探險。

「他會變回來吧？是不是？」艾蕾克莎問威克托：「會吧？」

「看看吧。」威克托說，這是他唯一的回答。

彼得爬過快半個房間，忽然往前一仆，鼻子撞在了石地板上。他痛得在地上翻滾嗥叫，身體開始變回人形。黑色細毛縮回體內，口鼻後縮變成人類的鼻子，一邊鼻孔流著血，腳掌回復成手和腳，嗥叫變為扯開喉嚨的哭號。艾蕾克莎衝到嬰兒身旁，將他抱起來摟在懷裡輕輕搖晃，低聲哄他。不久，彼得嗝了幾聲，接著便不再哭了，身體也不再變化。

「嗯。」過了一會兒，威克托說：「咱們的新成員要是活過了冬天，應該會非常有意思。」

「他會活下來的。」艾蕾克莎信誓旦旦說，眼裡又恢復了生氣。「我一定會叫他活過冬天。」威克托讚賞地望著被咬的手指。「親愛的，我看妳到時應該叫不動他吧。」說完轉頭望著米凱爾，微微一笑。「做得好，兒子。」接著示意艾蕾克莎將嬰兒抱回柴火邊取暖。

兒子，米凱爾察覺威克托喊了他一聲兒子。從來沒有人這麼叫他，感覺就跟仙樂一樣。那天晚上，他聽著艾蕾克莎對彼得哼哼唱唱，然後沉沉睡去，夢裡見到一名身穿軍裝的高瘦男子，身旁站著一名他已記不得容貌的女子，而那名男子的面孔是威克托的臉。

第四章

冬日將盡，彼得依然安好無恙。艾蕾克莎給他什麼他都吃，雖然常常毫無來由地變成狼崽，亂吠亂叫把所有人都快逼瘋了，但大多數時間都是人類的模樣。到了夏天，他牙齒長全了，威克托不再將手指擺在他的面前。

夏夜漫漫，米凱爾有時會坐在深谷邊望著火車經過，同時數秒，看火車從西側到東側隧道要花多少時間。去年尼契塔還在的時候，他其實跑得心不在焉，對自己變身多快不以為意。他知道自己很快，但總是慢尼契塔一拍。如今，尼契塔屍骨已寒，所向披靡的火車依然吐著黑煙，亮著閃耀的獨眼在夜裡奔馳。米凱爾常常在想，鐵路局的人發現排障器上黏著鮮血和帶著黑毛的皮肉時，心裡做何想法。撞到動物了，他們怎麼想可能都是這個結論。動物。不該闖到鐵軌上來的。

仲夏將至，他開始跟著衝出隧道的火車狂奔。他不想追過火車，只是活動筋骨，而火車頭總是噴得他滿身黑煙，皮膚被煤渣燙傷。火車鑽進隧道消失後，米凱爾會橫過鐵軌來到尼契塔喪命的地點，坐在雜草裡心想，只要我去試一定做得到，沒問題的。

也許。

他起跑必須夠快，關鍵在於手臂和雙腿變形時還能跑得穩，因為脊骨彎曲會破壞平衡，神經和關節也會淒厲尖叫，要是被自己的腳掌絆倒，就可能從側面被捲到火車底下，那就難看了。不行，他沒必要冒這個險。

米凱爾每回離開深谷，總是跟自己說不會再來了，但他知道那是謊話。擊敗殺死尼契塔的怪物和奔馳的快感，一直在他心頭繚繞不去。他跟著火車跑的速度愈來愈快，但還是追不過它，還不行。他平衡還不夠好，從人變成狼時總是會跌倒。重點在變身的時機，腳下必須穩住，直到前腿著地並且跟得上後腿為止。米凱爾不斷嘗試，不斷失敗。

某天下午，蕾娜蒂打獵歸來，帶回了令人震驚的消息。白殿東北方不到八公里處有人類正在伐樹，目前已經清出一塊地，並用木材搭了小屋，還開了一條路進到森林裡。那些人有許多馬車、鋸子和斧頭。蕾娜蒂說她變成狼潛到附近偷看那些人做事，結果被其中一名男子發現了，雖然她趕緊溜回樹林，但還是被那個人指著叫其他人看了。他們到底在做什麼啊？她問威克托。

開伐木場吧，威克托心想。他警告夥伴再也不准靠近那地方，無論以人形或狼身都不可以。那些人可能在這裡待到夏天結束才離開，最好別去理他們。

但米凱爾發現從那天起，威克托就變得很沉默，若有所思，而且只准他們在夜裡狩獵。他變得緊張兮兮，晚上大夥兒都睡了，他還在房裡來回踱步。再過不久，只要風向正確，米凱爾和夥伴就能到白殿外曬太陽，聆聽遠方斧頭和鋸子揮動，吞噬森林的聲響了。

後來，那一天來臨了。

那天晚上，法蘭可和蕾娜蒂出去狩獵，天上一勾彎月，林子裡蟋蟀鼓譟。一個多小時後，遠方一陣槍響嚇啞了蟋蟀，連白殿走廊都聽得見槍聲迴盪。

米凱爾從艾蕾克莎身旁站起來。他聽見了四聲槍響。彼得正在地上玩著一根兔子骨頭。威克托原本在唸拉丁文給米凱爾聽，聽到槍聲也放下書本站了起來。這時又是兩聲槍響，嚇得米凱爾身子一縮。他很了解槍的聲音和子彈的威力，他記得清清楚楚。

最後一聲槍聲一過去，就聽見哀號聲。是法蘭可沙啞的嗓音，驚惶求救。

「妳留在這裡陪彼得。」威克托對艾蕾克莎說，說完便大步走向台階，同時開始變身。米凱爾跟了上去。兩匹狼離開白殿，在黑暗中朝著法蘭克的嚎叫聲奔去，不到兩公里就聞到了火藥味和人的體臭——怕得冒冷汗的味道，刺鼻得很。林中燈籠閃爍，人類彼此呼喊，法蘭可從哀號變成了驚惶的尖叫。那聲音有如耳朵的燈塔，讓威克托和米凱爾朝著他直奔而去。他們發現法蘭可伏在懸崖邊，四周是濃密的灌樹叢，下方一處營火圍著一圈帳篷。威克托撞了法蘭可肩膀一下，要他閉嘴，法蘭可身體貼地表示臣服，眼裡閃著恐懼。不是怕威克托，而是下方營地發生的事。

兩名男子肩上掛著長槍，拖著一樣東西走出森林，另外六名男子同樣帶著手槍或長槍，手拿提燈圍了上來，舉起提燈照著癱在地上的那團身影。

米凱爾感覺威克托身體一震，而他自己也像萬箭穿心一般。癱在地上的那團身影是一匹黃褐色的狼，身上三個彈孔。燈光下，蕾娜蒂的血成了黑色，而屍體半邊是人的手臂和腿。

天哪，米凱爾心想，這下被他們發現了。

其中一名伐木工人開始用沙啞粗嘎的聲音禱告，之後隨即舉起長槍對準蕾娜蒂的頭顱就是一槍，打得她腦漿四濺。

回到白殿，法蘭可說：「我們聽見人的聲音。」他渾身顫抖，滿頭大汗。「他們圍著營火聊天說笑，聲音大得連聾子都聽得見。」

「你們是白痴嗎？竟然跑去那裡！」威克托火冒三丈，口沫橫飛地說：「可惡，他們殺了蕾娜蒂！」

「她想靠近一點。」法蘭可神情茫然地說：「我試著阻止她，可是……她想看看他們，想過去聽他們在講什麼。」他搖頭想甩掉心裡的驚駭。「我們跑到營地邊……近得連他們的心跳都聽得很清楚。我感覺……距離那麼近，他們身上有什麼東西讓她迷住了，就像看到異世界的生物一樣。就算他們其中一人抬頭看到她，她還是沒跑走。我覺得……」他緩緩眨眼，腦袋轉得很吃力。「我覺得……那個當下……她忘了自己是狼。」

「他們這下會離開了，對吧？」艾蕾克莎抱著動來動去的彼得，滿懷希望地問：「他們會離開這裡，回自己的地方。」沒有人回答她。「對吧？」

「呸！」威克托朝火裡啐了一口。「誰曉得他們會怎樣？人類都是瘋子！」他用手背擦了擦嘴巴。「他們也許會離開，因為蕾娜蒂那樣子把他們嚇壞了，說不定已經在收拾東西了。可惡，這下子他們知道我們的存在了！世上最可怕的東西就是手裡有槍又很害怕的俄國人！」他匆匆瞄了米凱爾一眼，隨即望著艾蕾克莎懷裡的孩子。「他們也許會離開。」他說：「但我不敢掉以輕心。從現在開始，我們要隨時有人在塔上盯梢。我先去，米凱爾，你可以接在我後面嗎？」米凱爾點頭答應。「我們六小時換一次哨。」威克托接著說道，目光掃過艾蕾克莎、彼得、法蘭可和米凱爾。他們這群就只剩這幾個人了。他不必開口，臉上的表情就已經說明了一切，米凱爾看得一清二楚：他們就快消失了。威克托環顧室內，彷彿在尋找消失的夥伴。「蕾娜蒂死了。」他低聲道，米凱爾看見他眼眶泛淚。「我很愛她。」他喃喃自語，拉了拉身上的鹿皮長袍，接著便突然轉身上樓了。

三天後，鋸子和斧頭的聲音停了。蕾娜蒂死後第四晚，威克托和米凱爾溜到俯瞰營地的懸崖邊，發現帳篷不見了，營火熄了，人的體臭也消失了。他們循著斷枝殘幹往西北走，來到了伐木工人的主營地，發現那裡也清空了。小屋空無一人，馬車也走了，但他們開的伐木林道還在，有如地表上一道棕色的傷疤。他們沒有見到蕾娜蒂的屍體。那些人把她帶走了。外面世界見到有人類手腳的狼，會發生什麼事？路的方向正對著白殿，威克托喉嚨發出低低的呻吟，米凱爾聽出那是：求神保佑。

夏日荏苒，艷陽高照，伐木工人沒再回來，那條路上也不再有馬車出現。米凱爾又開始夜訪深谷，注視火車通過。司機似乎飆得更快了。他想司機是不是聽說了蕾娜蒂的事，還有必然隨之而來的傳言：這森林裡住著怪物。

他跟火車賽跑了幾次，但總是在由人變狼的時候，因為失去平衡而停下來，只能聽著車輪朝他嘶吼，揚長而去。

夏天過了，森林變得紅紅黃黃。陽光西斜，清晨的霧氣涼了，且久久不散。就在這時，軍人來了。

他們是初霜時來的，廿二人乘著四輛馬車，威克托和米凱爾躲在樹叢裡望著他們在伐木小屋設立了營區。所有士兵都帶著長槍，其中幾人還配了手槍。其中一輛馬車載滿補給，除了標示「危險！爆裂物！」的板條箱外，還有一把架在輪子上的大槍，槍管非常粗。一名看來肯定是主官的軍人立刻派士兵到營區附近站崗，其他人則是開始挖掘壕溝，並在溝底插上削尖的木樁。他們解開網子掛在樹上，還在各處架了絆網。當然，這些陷阱都沾到了他們的味道，很容易避開，但一半士兵接著又分乘兩輛馬車，沿著伐木林道前往之前工人搭帳篷的地方，同樣架了帳篷，挖了壕溝，掛了網子，再將板條箱和有輪子的大槍搬下馬車，然後試射了那把槍。震耳欲聾的槍聲宛如世界末日，射斷了好幾棵細松樹，彷彿十幾把斧頭同時砍樹一樣。

「那是機關槍。」回到白殿後，威克托說：「他們竟然帶了機關槍！就為了解決我們！」他鬍鬚已經全白了，不可置信地搖著頭說：「天哪，他們一定以為我們有幾百人！」

「我說咱們最好快點離開。」法蘭可提議道：「現在就走，免得那些王八蛋找上門來！」

「冬天就要來了，我們能走去哪裡？還是挖個洞躲起來？沒有保暖的地方，我們哪可能活過冬天！」

「待在這裡我們只會沒命！他們會開始搜索森林，遲早會發現我們的！」

「所以呢？我們該怎麼做？」威克托輕聲問道，臉被火光照得紅通通的。「去找士兵，跟他們說不用害怕我們？說我們跟他們一樣是人類？」他冷笑道。「你先請吧，法蘭可，看看他們會怎麼對待你。」法蘭可一臉惱怒，拄著拐杖搖搖晃晃走開了。他用三條腿走路還比一隻腳俐落。威克托坐在地上沉思著。米凱爾可以看見他腦袋裡在想什麼。有了士兵和陷阱在森林裡，狩獵將會困難許多。法蘭可說得對，士兵遲早會發現他們，而他們被逮之後會有什麼下場，簡直不敢想像。米凱爾望著緊摟著小孩的艾蕾克莎。那些人不是殺了我們，就是把我們關起來，他想。寧可被殺，也不要被關。

「那些王八蛋已經逼我離家一次了。」威克托說道：「休想再逼我第二次。無論如何，我都在這裡待定了。」他心意已決，起身說道：「你們如果想去其他地方躲著，那就請便。我們之前追殺巴薩卡發現了幾個洞穴，你們或許可以去那裡。我才不想跟野獸一樣縮在洞穴裡發抖，想都別想。我的家在這裡。」

眾人不再說話。過了很久，艾蕾克莎打破沉默，用天真的期盼細聲說道：「也許他們找累了就會離開了。冬天就要來了，他們不會待太久的，第一場雪之後就會走人了。」

「沒錯！」法蘭可贊同道：「他們不會待到天冷了才走，絕對不會！」

他們從來沒有這麼期待寒冬過，只要一場大雪就能趕走那些士兵了。然而，儘管天氣冷了，天空卻見不到一絲陰霾。落葉翩翩，威克托和米凱爾躲在樹叢裡看著士兵搜索森林，一小群一小群拿著長槍左右瞄準，其中一隊士兵甚至經過離白殿不到一百米的地方。他們挖了更多壕溝，在溝底放置削尖的木樁，然後覆上泥土和落葉。這就是狼阱，威克托對米凱爾說。這些天羅地網沒有半點功效，但士兵不斷擴大搜索範圍，某一天甚至找到了墓園，讓不敢出聲的威克托和米凱爾看得心驚膽跳。士兵們手和刺刀並用，將巴薩卡死後修復的墓園再次掀開。當他們從土裡抓出狼骨和人骨時，米凱爾撇開頭去，不忍心再往下看。

大雪封住了森林。北風預告嚴冬將至，但士兵沒有離開。

十月過去了。天空愈來愈暗，被雲壓得喘不過氣。有天早上，米凱爾打獵歸來，嘴裡咬著剛宰的兔子，突然在離白殿不到五十米的地方發現了敵人的蹤影。

他們有兩個人，手裡都拿著長槍。米凱爾衝進樹叢裡伏低身子，看著士兵靠近。那兩人邊走邊聊，談著莫斯科的事，聲音很緊張，手指扣在扳機上。米凱爾放開嘴裡的兔子。停下來，拜託，他在心裡對士兵說，轉頭回去，拜託……

士兵沒有走開。他們靴子踩著落葉，一步一步愈來愈接近威克托、法蘭可、艾蕾克莎和彼得。米凱爾肌肉緊繃，心如擂鼓。轉頭回去吧，拜託。

兩名士兵停下腳步，其中一人雙手遮著火柴點了菸，對另一名士兵說：「我們走太遠了，最好快點回去，不然諾維柯夫一定會剝了我們的皮。」

「那傢伙瘋了！」另一名士兵倚著長槍說：「我覺得乾脆一把火燒了森林，省得麻煩。這裡亂成這副德性，他為何非要駐紮下來不可？」他環顧森林，臉上露出又敬又畏的神情，米凱爾一看就知道他是都市人。「燒光這裡然後走人，我覺得這樣最好。」

他的同伴鼻子噴了一口煙，說：「所以我們才當不了軍官，史提范。我們腦袋瓜太聰明了，永遠掛不了星星。我告訴你，要是諾維柯夫敢再叫我挖壕溝，我一定把他——」他話沒說完，面前依然煙霧裊裊，但他突然望著森林，壓低聲音說：「那是什麼？」

「什麼是什麼？」史提范轉頭張望。

「那裡。」他同伴往前兩步，指著前方說：「就在那兒，看到沒有？」

米凱爾閉上眼睛。

「那裡有房子。」抽菸的士兵說：「看到沒？那個尖塔。」

「天哪，你說得對！」史提范附和道，隨即舉槍扳起槍機。

槍機聲讓米凱爾重新睜開眼睛。兩名士兵站在離他不到五米的地方。「我們最好快點告訴諾維柯夫。」史提范說：「我可不想再靠近半步。」說完他轉身就走，大步匆匆穿越森林，他的同伴彈掉手中的煙屁股，也跟著離開了。

米凱爾從藏身處站起來。他絕不能讓他們回到營地。不行，不可以。他想到墓園那些被士兵連根拔起的骨骸，想到蕾娜蒂腦袋開花，想到那些人要是拿著長槍和炸藥回來，艾蕾克莎和彼得會有什麼下場，他就無法忍受。

米凱爾怒火中燒，喉嚨發出了低吼。兩名士兵快步疾行，幾乎像用跑的。米凱爾嘴邊依然沾著死兔的鮮血，箭一般朝士兵奔去，在灰暗的森林中劃出一道黑影。他奔跑時沒有半點聲音，有如殺手般準確而優雅。當他追上兩名士兵，判斷可以撲上去時，心裡清楚明白一件事：狼的淚水和人的眼淚沒有任何差別。

他後腿像彈簧一般，一個蹬踏便撲了上去。抽菸的士兵還沒意會過來，已經被他撲在了背上。

米凱爾將士兵撲倒在落葉上，張口咬住他的脖子左右猛扭他腦袋，聽到頸骨喀擦一聲斷了。士兵劇烈扭動，但只是肌肉和神經垂死前的抽搐。米凱爾扭斷士兵的脖子，他不吭一聲就死了。

他聽見有人顫抖喘息，於是抬起頭來，一雙綠眼閃閃發光。

史提范已經轉身對著他，舉起手中的長槍。

米凱爾見他手指一摁，立刻往旁邊閃，子彈擦身而過打進了樹叢。俄國人的泥土被俄國人的鉛塊打得土礫飛濺。那人又開了一槍，子彈從米凱爾的肩膀上飛過，啪的打在了橡樹上。米凱爾左跳右閃，突然停在一塊覆滿落葉的前。他聽見士兵倉皇奔逃，大聲呼救，便像安靜的死神一般追了上去。

士兵被自己的靴子絆倒，手忙腳亂爬了起來，繼續逃命。「救命啊！救命啊！」他驚惶大喊，同時回頭開了一槍，心想那東西會從後面撲上來。但米凱爾早已經繞到他的前方，打算阻斷他回營的路。士兵邊跑邊叫，頭髮上滿是落葉，米凱爾從樹叢裡衝出來，正想朝他撲去，隨即發現根本不必多此一舉。

士兵突然腳下一空，連人帶土還有落葉摔進坑裡。尖叫聲戛然而止，米凱爾小心翼翼湊到壕溝邊往下看，只見士兵身上插了七八支尖木樁，身體還在抽搐。溝裡傳來嗆鼻的血腥味，加上米凱爾內心憤恨，讓他在壕溝旁不停轉圈，追著自己的尾巴。

不久，他聽見喊叫聲，其他士兵來了。他轉身奔回第一名士兵的陳屍地點，張嘴咬住士兵的脖子，吃力地將屍體拖進樹叢。屍體很重，被他拖得皮開肉綻，慘不忍睹。他瞥見一道白影，威克托奔到他身旁，幫他一起將屍體拖到松樹林的密蔭底下，接著咬了他鼻子一口，要他立刻離開。米凱爾猶豫不決，但威克托用肩膀狠狠頂了他一下，於是他只好照辦。威克托匍匐在落葉裡，傾聽士兵們的動靜。他們總共八個人，其中四人將壕溝裡的屍體拖了出來，另外四人長槍上膛，開始在森林裡四處搜索。

野獸來了，威克托早就知道會有這麼一天。野獸來了，沒有見血之前不會離開。威克托站了起來，有如森林裡的幽靈。他跑回白殿，鼻子裡全是野獸的臭味。

第五章

米凱爾從不安的睡夢中驚醒過來。有人抓住他的肩膀，一根手指壓著他的嘴唇。

「別出聲。」威克托蹲在他身旁說：「注意聽。」說完看了艾蕾克莎一眼，發現她醒了，將彼得緊緊抱在懷裡。他又看著米凱爾。

「怎麼了？出了什麼事？」法蘭可拄著拐杖站起來說。

「士兵來了。」威克托答道，法蘭可臉色發白。「我在尖塔上看到他們了，一共十五、六個，可能更多。」破曉時分，他在深藍天色下見到他們以樹木為掩護，不停朝白殿靠近，以為沒人看得見他們。威克托聽見輪子的吱嘎聲。他們把機槍也帶來了。

「我們該怎麼辦？」法蘭可聲音顫抖，近乎驚惶。「我們得趁還有機會趕緊離開這裡！」

威克托望著漸弱的柴火，緩緩點了點頭。「好吧。」他說：「我們走。」

「走？」米凱爾問：「走去哪裡？這裡是我們的家！」

「忘了這裡吧！」法蘭可對他說：「要是他們找到這裡來，我們就逃不掉了。」

「法蘭可說得對。」威克托贊同道：「我們先去森林裡躲著，或許等士兵離開後再回來。」他們從他的語氣聽得出來，他根本不相信自己說的話。士兵一旦發現狼窩，肯定會在初雪之前進駐這裡。威克托起身道：「我們不能再待下去了。」

法蘭可毫不遲疑，立刻拋下了拐杖，皮膚開始冒出灰色毛髮，不到一分鐘就變身完畢，成了三腳狼。米凱爾是可以變身，但彼得還是人形，所以艾蕾克莎也不能變身，於是他決定維持人形。威克托的臉和頭顱開始變形。他甩掉長袍，胸膛、肩膀和背部長出光滑的白色毛髮。法蘭可已經在爬樓梯了。米凱爾抓著艾蕾克莎的手，拉著她和孩子一起走。

威克托變身完畢，率先走在了前頭，其他人隨他走過蜿蜒的通道和被樹枝穿透的高窗，突然看見窗外天空驀地一亮，不是晨曦，太陽還只是地平線上的一抹紅，而是一團嘶嘶作響的白熾火球，從森林一端竄起，在空中劃出一道弧線，刺眼的白光照亮了整片大地。火球落在白殿中庭，接著又是兩團火球，從森林彼端射向這裡。第三團火球砸碎窗上剩下的彩繪玻璃落進了宮殿裡，頓時火光四射，宛如小太陽一般讓人睜不開眼睛。

威克托吠了一聲，要夥伴繼續前進。米凱爾舉手遮擋強光，另一手緊緊牽著艾蕾克莎。三條腿的法蘭可跑在威克托後頭，窗外由漆黑轉成了不真實的慘白晨光。米凱爾感覺恍如夢境，感覺自己拖著沈重的腳步走在夢魘裡。強光在牆上留下了怪誕的陰影，將人和狼揉成了另一種生物。

這時一名士兵有如無臉幽靈浮現在走道前方，朝他們舉槍開火，而就算此時此刻，米凱爾仍然覺得這是一場夢。

槍響之前，威克托已經撲了上去，但米凱爾聽見他悶哼一聲，知道子彈沒有錯過目標。威克托用體重將士兵壓倒在地，士兵放聲尖叫，但威克托使勁一扭，就將他的咽喉撕成兩半。

「他們在這裡！這邊！」另一名士兵大喊：「有十幾個！」靴子踩踏石階的聲音在通道裡迴盪。長槍聲再次響起，子彈掃過法蘭可頭頂上方打在牆上，火星四射。威克托轉身撞了法蘭可一下，要他沿原路退回去。米凱爾看見前方出現了八九名士兵，他們不可能從這裡離開。威克托厲聲吠叫，痛得聲音沙啞，幾名士兵高聲呼喊，彼得在艾蕾克莎懷裡嚎啕大哭。走道上又是兩聲槍響，幸好子彈都打在了牆上。米凱爾轉頭就跑，拉著艾蕾克莎一起往回退，但才跑到一處轉角就撞上了三名士兵。

士兵們目瞪口呆，沒想到會遇見人。但第一名士兵立刻回神過來，舉起長槍對準米凱爾的胸口。

米凱爾聽見自己咆哮一聲衝了上去，側身一閃抓住槍管猛往上揚，槍口同時冒出火光。他感覺子彈擦過肩膀，留下一道熱辣辣的傷口。他另一手飛快往前，利爪戳進士兵眼裡，這才發現自己的手已經變了。轉變瞬間發生，奇蹟般身隨意轉。他剜出士兵的雙眼，士兵淒聲哀號，踉蹌倒退撞上了其他士兵。第三名士兵掉頭就跑，大喊救命，但第二名士兵開始瘋狂濫射，子彈打在天花板和牆上發出淒厲的呼嘯。一道身影從米凱爾身旁竄了出去，只有三條腿，一頭撞向士兵的腹部。士兵奮力反抗，但法蘭可缺了腿，可沒缺爪子。他劃破士兵的臉，牢牢掐住他的喉嚨。米凱爾跪在地上，身體扭曲變形。他甩掉鹿皮長袍，讓自己臣服於變身的力量。

白光一閃，士兵手往下揮，手裡的刀插進了法蘭可的頸背。法蘭可身體一顫，但沒有鬆開士兵的咽喉。士兵拔起刀，不停猛刺法蘭可。法蘭可往前仆倒，壓碎了士兵的氣管。刀子插在他脖子上，只剩刀柄在外，血從他鼻子裡噴了出來。

硝煙未散，又有兩名士兵出現，槍管冒出火光。米凱爾感覺腰側像是被鐵鎚掃了一記，讓他無法呼吸。另一枚子彈擦過了他耳朵。法蘭可被子彈擊中，痛得哀聲嘶吼，脖子依然插著刀子，但還是往前猛推，一口咬住了其中一名士兵的大腿。另一名士兵近距離朝法蘭可開槍，但法蘭可依然瘋咬亂抓。這時，威克托突然從硝煙裡蹦了出來。他肩上淌著發黑的血，狠狠撞在第二名士兵身上，將士兵撲倒在地。米凱爾變身完了，血味和打鬥點燃了他的怒火。他撲向法蘭可攻擊的那名士兵，和法蘭可一起迅速解決了他，接著一個轉身撲向威克托的對手，獠牙咬住那人的脖子，將喉嚨扯了下來。

「米凱爾。」

那是一聲輕柔的呻吟。

米凱爾轉頭發現艾蕾克莎跪在地上，彼得放聲大哭，艾蕾克莎緊抱著他。她眼神迷離，嘴角流出一道血絲，膝蓋四周都是血。「米凱爾。」她又低喊一聲，伸手將孩子遞給他。

他沒辦法接過彼得。他需要手，不是腳掌。

「拜託。」艾蕾克莎哀求道。

但米凱爾也無法說話。狼的舌頭表達不了人類的愛、需要與悲傷。

艾蕾克莎眼睛翻白，抱著孩子往前仆倒。米凱爾知道這樣下去，彼得的頭一定會撞在石板地上。他躍過士兵的屍體衝到彼得下方，用身體當墊被接住他的孩子。

他聽見硝煙瀰漫的通道裡湧入了更多士兵。威克托吠叫一聲，要他跟上。米凱爾沒有反應。他腦中一片空白，肌肉和關節都僵住了。

威克托咬住米凱爾受傷的耳朵猛力一拉。士兵們就快到了，威克托已經聽見車輪的吱嘎聲——機槍來了。

法蘭可搖擺往前，牙齒咬住米凱爾的尾巴往後一扯，差點把尾巴扯斷。劇痛竄上米凱爾的神經。彼得還在大哭，士兵拖著機槍來了，艾蕾克莎倒在石板地上動也不動。威克托和法蘭可不停拉著米凱爾，要他站起來。對艾蕾克莎、對他兒子，他都無能為力了。米凱爾抬頭咬了威克托一口，要他退開，接著小心翼翼從彼得身下抽離，讓那孩子滑到地上。他站了起來，嘴裡嚐到血的苦味。

煙霧中出現士兵的身影，還有金屬摩擦聲，是拉動機槍的聲響。

法蘭可抬起頭，脖子上的刀讓他動作僵硬。他高聲嗥叫，聲音在走道迴盪，嚇得士兵摁在機槍扳機上的手指僵住不動。法蘭可搖搖晃晃朝士兵們走去，肌肉繃緊準備跳躍，隨即縱身撲向硝煙之中。他張大嘴巴，準備見誰咬誰。機槍噠噠噠噠開火了，瞬間將法蘭可劈成兩半。

威克托轉身躍過士兵的屍體，沿著走道往後跑。機槍還在響，子彈打在牆上有如黃蜂嗡嗡出聲。米凱爾看見一枚子彈擊中艾蕾克莎，讓她屍體抖了一下，另一枚子彈打在彼得身旁的石板地上。米凱爾可以選擇，是要死在這裡還是想辦法離開這裡。他轉身跟著白狼開始逃命。

他沒跑幾步，就聽見機槍停了。彼得還在哭。一名士兵大喊：「別開槍！裡面有小孩！」米凱爾沒有停下腳步。無論彼得命運如何，都已超出了他掌控之外。但機槍沒有再度開火，長槍也沒有動靜。或許俄國人終究不是鐵石心腸。米凱爾沒有回頭，而是繼續跟著威克托往前跑。他的心已經拋下現在，放在了未來。

威克托發現一道狹窄的階梯，立刻跑了上去，在石階上留下了斑斑血跡。米凱爾也貢獻了幾滴。兩人從樓上一扇沒有玻璃的窗戶跳出去，滑下屋頂掉進了下方的灌木叢裡，隨即並肩竄入林中，直到距離安全了才停下來。他們氣喘吁吁佇立在寒冷的晨光中，鮮血濺紅了腳旁的落葉。威克托鑽進落葉堆裡，半埋著身子躺了下來，痛得低聲嘶鳴。米凱爾頭暈目眩轉著圈，直到筋疲力竭才倒在地上，開始舔舐腰側的傷口。但他的舌頭沒舔到子彈，顯然子彈打進肉裡斜穿了出去，沒有打到肋骨和內臟。不過，他還是流了許多血。他爬到松樹底下躲著，隨即昏迷了過去。

當他醒來，風已經大了，吹得樹頂枝葉搖晃。白晝已盡，陽光幾乎沒了。他看見威克托依然是白狼的模樣，半埋在落葉裡。他四腳用力站了起來，搖搖晃晃走到威克托身旁，推了他一下。他起初以為威克托死了，因為他動也不動，但威克托隨即呻吟一聲站了起來。他嘴角沾著乾涸的血，兩眼無神而空洞。

米凱爾飢腸轆轆，但累得沒力氣狩獵。他搖搖晃晃這邊走走、那邊走走，不曉得該做什麼，於是乾脆站著不動，垂著腦袋，腰側再度滲出鮮血。

遠方傳來空洞的轟隆聲，米凱爾耳朵甩了一下，接著又是一聲。他發現聲音來自東南，白殿的方向。

威克托穿越森林爬上崎嶇的山脊，一動不動望著某處。過了一會兒，米凱爾打起精神也爬上了山脊，走到威克托身旁。

遠方黑煙裊裊，隨風飄散，火焰熊熊燃燒著。就在這時，爆炸聲再起，威克托和米凱爾親眼見到石塊四散飛濺，兩人立刻明白發生了什麼。士兵們將白殿炸成了碎片。

緊接著又是兩聲爆炸，火光沖天，照亮了漸暗的天空。米凱爾看見尖塔（多年前他的風箏就是卡在了塔上）傾斜崩塌。隨後是更大一聲爆炸，一群著了火的東西從火光裡衝了出來，感覺像蝙蝠。牠們被強風吹得不停翻滾，彷彿捲入了巨大的漩渦中，不久威克托和米凱爾就聞到了燒焦味。著了火的蝙蝠在森林上空翻騰，隨即下墜。

其中幾隻蝙蝠飄到了兩匹狼四周，他們不用看也知道那是什麼。燃燒的紙頁上頭印著拉丁文、德文和俄文，許多還看得見畫風精美的彩色插圖。有那麼一會兒，天空彷彿下著黑色的文明之雪，但隨即被風捲走，消逝無蹤。

夜晚佔據了世界。強風助長火勢，開始吞噬樹木。兩匹狼站在山脊上，兩雙眼裡映著赤紅的火光。一雙眼見識過人類的獸性，對眼前的景象深惡痛絕，另一雙眼只是默默呆望著，任悲劇迷濛了視線。火焰跳躍閃爍，嘲諷著幸福，翠綠的松樹被火舌一碰便枯成了焦黃。米凱爾推了推威克托。雖然不曉得要去何方，但他們該走了。許久之後，直到兩人都感覺到熱氣襲來，威克托才發出聲音。

那是一聲恐怖低沉的呻吟，落敗的聲音。米凱爾爬下山脊嗥叫了一聲，要威克托跟上。最後威克托終於轉身下了山脊。他身體顫抖，垂頭喪氣。

他們倆在林中穿梭，米凱爾心裡想，人和狼都一樣，活著才算數。法蘭可、艾蕾克莎、尼契塔……他們都死了。彼得呢？他是葬身白殿的瓦礫堆中，還是被士兵抱走了？離開野外又會怎麼樣？米凱爾曉得自己可能永遠不會知道答案了，或許這樣最好。他突然想到自己開了殺戒，殺了好幾個人類，咬斷他們的脖子，扯斷喉嚨，而且……天哪……是那麼輕而易舉。

更糟的是，殺人竟然很有快感。

書本雖然燒成灰了，裡頭的聲音還在米凱爾腦中迴盪。此刻他聽見一段話，來自莎士比亞的《理查二世》：

願你跟著該隱在暮夜的黑影中徘徊
再不要在光天化日下顯露你的容顏
各位賢卿，我鄭重聲明，憑著鮮血澆灌成我今日的地位
這事使我的靈魂抱憾無窮。

他繼續在林中前行，威克托跟隨著。風繼續吹，後方的樹燃燒不絕。

第六章

米凱爾和威克托躲在威克托追殺巴薩卡時找到的洞穴。大雪來時，他們已經躲了十多天。洞裡睡兩匹狼可以，但不夠兩個人睡。風愈來愈強，從北方狂襲而來，變回人形是自掘墳墓。威克托昏昏沉沉，從早到晚幾乎都在睡，吃的全靠米凱爾到林中狩獵，但也只能找到什麼吃什麼。

嚴冬來臨，在大地牢牢紮了根。米凱爾潛到軍營發現營區空了，附近也沒有彼得的蹤影。車轍積滿白雪，徹底抹去了人的氣味。米凱爾走過一大片焚焦的枯樹，走過白殿燒毀後的斷垣殘壁，返回了洞穴。

每當夜空澄徹，藍月高掛，滿天繁星，米凱爾就會引吭高歌，但歌裡只剩痛苦與惆悵，喜悅已經從他心底消失得一乾二淨。威克托依然待在洞穴裡，縮得像一團白球，唯有黑狼高歌時才會扇扇耳朵，但從不加入。米凱爾獨自唱著，聲音隨著狂風迴盪在森林之上，從來沒有回應。

幾星期、幾個月過去，米凱爾覺得自己離人愈來愈遠。他不再需要那具蒼白虛弱的身體，四腳、爪子和獠牙更適合此刻的他。莎士比亞、蘇格拉底、拉丁文、歷史和宗教論，這些都是另一個世界的東西。在他此刻活著的世界，生存才是一切，失敗就是死亡。

冬天退卻了。風雪變成了暴雨，森林開始出現新綠。某天早上，米凱爾狩獵歸來發現峽谷頂端坐著一名白鬚老人，全身赤裸坐在岩石堆上。威克托在豔陽下瞇起眼睛，爬滿皺紋的臉神色蒼白，但接過死麝鼠肉後立刻生吞了下去。他望著太陽升起，琥珀色眼眸黯淡無光。他突然側頭，彷彿聽見熟悉的聲音。「蕾娜蒂？」他喊道，聲音虛弱。「蕾娜蒂？」

米凱爾在威克托身旁不遠處趴了下來，對著峽谷咀嚼食物，試著不去理會威克托顫抖的聲音。過了不久，威克托開始掩面啜泣，米凱爾覺得心都碎了。

威克托抬起頭，似乎這才發現黑狼來了。「你是誰？」他問：「你是什麼？」

米凱爾繼續吃他的早餐。他知道自己是什麼。

「蕾娜蒂？」威克托又喊了一次：「哦，妳在那裡啊。」米凱爾看見威克托淺淺一笑，對著空氣說：「蕾娜蒂，他以為他是狼，可以在這裡待一輩子，用四隻腳奔跑。他已經忘了奇蹟是什麼，蕾娜蒂，就是他骨子裡其實是人。他以為就算我離開塵世跟妳重逢了，他還是會待在這裡，捉鼴鼠當晚餐。」他說笑似的又對著鬼魂微微一笑。「我花了那麼多時間力氣把那些知識灌輸到他腦子裡，到底是為了什麼？」他用軟弱無力的手指摸了摸肩膀上的深黑疤痕，子彈仍然卡在肉裡。他摁了摁子彈造成的突起，轉頭對黑狼說：「變回去吧。」

米凱爾專心舔著鼴鼠骨頭，不理會他。

「變回去。」威克托又說了一次：「你不是狼，快變回去。」

米凱爾啣著鼴鼠的小腦袋用力一咬，將頭顱咬碎，開始吃起鼠腦。

「蕾娜蒂也要你變回去。」威克托對他說：「聽到沒有？她正在跟你說話。」

米凱爾只聽見風聲和一名瘋子的自言自語。他吃完早餐，舔了舔腳掌。

「天哪。」威克托輕聲說道：「我真是瘋了。」他起身望著峽谷。「但還沒瘋到真的以為自己是狼。我是人，你也是，米凱爾。變回人吧，拜託。」

米凱爾沒有理他，繼續趴著注視烏鴉在天空盤旋，很想抓一隻來嚐嚐。他不喜歡威克托的味道，讓他一直想起那些拿著長槍的身影。

威克托垂頭嘆氣，開始小心翼翼緩緩走下石坡，關節喀嚓作響。米凱爾起身跟在威克托後頭，提防他摔跤。「我不需要你幫我！」威克托吼道：「我是人，不用你幫忙！」說完便繼續走下石坡回到洞穴，鑽進洞裡縮起身子呆望前方。米凱爾坐在洞外岩架上，任微風吹拂毛髮。烏鴉有如黑色風箏在空中盤旋，米凱爾望著烏鴉猛吞口水。

春陽和煦，森林盡情綻放。威克托沒有變回狼形，米凱爾也沒變回人樣。威克托愈來愈虛弱。天冷時，米凱爾夜裡會到洞穴裡，躺在老人身旁用體溫替他保暖。但威克托睡得很糟，飽受惡夢折磨，經常驚坐起來，喊著蕾娜蒂、尼契塔或其他死去同伴的名字。天暖時，老人會坐在峽谷頂端的岩石上，朝西望著薄霧濛濛的遠方。

「你應該去英國。」威克托對黑狼說：「沒錯，就是英國。」他點點頭接著說：「英國人很文明，不會殺自己的小孩。」他打了個哆嗦。天氣再溫暖，他的皮膚還是跟羊皮紙一樣冰。「聽到沒有，米凱爾？」他問。黑狼抬頭望著他，但沒有回答。

「蕾娜蒂。」威克托對著空氣說道：「我錯了。我們活得跟狼一樣，但我們並不是狼，而是人類。我們屬於那個世界，我卻錯把大家留在這個世界。大錯特錯。我每回看到他——」威克托朝黑狼撇撇頭。「就知道我錯了。我已經沒希望了，但他還來得及，想走還走得了。他應該走。」他併起枯瘦的手指，彷彿試著建構問題，然後拆解它。「我害怕人類的世界，害怕痛苦。妳也是，對吧，蕾娜蒂？我想我們都是。但我們想去是能去的，是能學會在那個野蠻世界存活下來的。」他舉手指向西方，指著地平線之外那些看不見的村落、鄉鎮與城市。「喔，那裡真的很可怕。」他輕聲說：「但米凱爾屬於那裡，不屬於這裡，再也不是了。」他望著黑狼說：「蕾娜蒂說你必須離開。」

米凱爾無動於衷。和煦的天氣讓他昏昏欲睡，但還聽得見對方在說什麼。他甩甩尾巴趕走一隻蒼蠅，完全是本能反應。

「我不需要你。」威克托語帶惱怒說：「你以為你是我的保命使者嗎？哈！我用雙手逮到的東西比你張牙舞爪逮到的還多！你以為這是忠心嗎？錯了，是愚蠢！變回人類吧，孩子，聽到沒有？」

黑狼睜開綠眼，隨即又昏沉沉閉上了。

「你這個白痴。」威克托說：「我竟然浪費時間在一個白痴身上。喔，蕾娜蒂，妳為什麼把他帶來加入我們？他明明有大好人生，卻想扔掉這個奇蹟。我錯了，大錯特錯……」他站起來，口中仍然唸唸有詞，再次往下爬回洞穴。米凱爾立刻起身跟隨，留意老人腳下每一步。威克托跟之前一樣大發雷霆，不過米凱爾還是照跟不誤。

時光匆匆，夏日愈來愈長。威克托幾乎每天都會到岩石上坐著，對蕾娜蒂說話。米凱爾總是躺在附近，睡睡聽聽。某天，火車笛聲從遠方傳來，米凱爾立刻抬頭傾聽，感覺是司機想趕走誤闖鐵軌的動物。或許今晚可以去瞧瞧，看有沒有動物被撞死。他仰頭向著天空，陽光暖暖照在他背上。

「我還有一課要教你，米凱爾。」火車笛聲消散後，威克托輕聲說道：「可能是最重要的一課，那就是自由的活，就這樣。自由的活，就算身體受到禁錮，這裡也要自由。」威克托伸出顫抖的手摸了摸頭顱。「沒有人能禁錮你的這裡，沒有任何牆能阻擋你。但這可能是最難學的一課，米凱爾，因為任何自由都有價碼，只有心靈的自由用錢也買不到。」他瞇眼望著太陽，米凱爾抬頭看他。威克托的語氣跟之前不同，帶著終結的感覺，讓他毛骨悚然。自從士兵來襲之後，他就沒這麼害怕過了。「你必須離開這裡。」威克托說：「你是人，你屬於那個世界。蕾娜蒂也同意我的看法。你待在這裡，只是為了陪伴一個對鬼說話的老頭子。」他轉頭望著黑狼，琥珀色的眼睛閃閃發亮。「我不要你待在這裡，米凱爾，你的人生在那裡，在那裡等著你，了解嗎？」

米凱爾沒有反應。

「我要你離開。」威克托說：「今天就走。我要你回到人的世界，以奇蹟的身份回去。」他站起來，米凱爾立刻跟著起身。「你不回到那個世界……我教你那些東西又有什麼用？」威克托的肩膀、胸膛、腹部和手臂冒出白色毛髮，鬍鬚繞上喉嚨，臉龐開始改變。「我是好老師，不是嗎？」他問道，聲音低沉近似嗥叫。「孩子，我愛你。」他說：「別辜負了我。」

他脊骨彎曲，整個人趴在地上，白色毛髮覆滿虛弱的身軀。他朝太陽眨了眨眼，後腿緊繃，米凱爾突然明白他想做什麼。

米凱爾往前撲去。

白狼也是。

威克托躍向空中，身體還在變形。他往下掉，身體緩緩扭曲，朝谷底的岩石直墜而去。

米凱爾開口欲喊，卻只發出尖銳的哀鳴。他其實想喊的是：「爸爸！」

威克托沒有出聲。米凱爾轉過頭，緊閉雙眼，不敢看白狼撞上岩石的畫面。

滿月升起，米凱爾坐在峽谷頂端凝視月亮，雖然天氣悶熱，他卻不時顫抖。他想引吭高歌，但發不出半點聲音。森林靜寂一片，米凱爾孤單一人。

飢餓不知悲傷為何物，不停在他胃裡嘀咕。

米凱爾心想，鐵軌。他腦袋轉得很慢，不聽使喚。鐵軌。白天的火車似乎撞到了什麼，鐵軌旁或許有肉可吃。

他穿越森林到了深谷，走過雜草和濃密的藤蔓來到鐵軌旁。他在軌道旁昏昏沉沉尋找著，但沒聞到血腥味。他決定返回洞穴，那裡已經是他的家了。他想，路上或許會遇上老鼠或野兔。

他聽見遠方傳來轟隆聲。

他舉起腳掌放在鐵軌上，感覺鐵軌在震動。火車過不久就會衝出西側隧道，轟隆通過谷底駛進東邊的山洞，車尾紅燈搖呀搖的，前後搖晃。米凱爾望著尼契塔的喪命地點。鬼魂們在他心裡浮現，他聽見他們開口，其中一人低聲對他說：不要辜負我。

他忽然心念一轉：這回他或許能勝過火車。他真想的話。以狼的模樣起跑，最後再變成人，這樣或許能贏。

萬一他跑得不夠快……那又怎樣？這片森林滿是鬼魂，何不乾脆加入，一起高唱新的歌曲？火車就要來了。米凱爾走到西側隧道口，在鐵軌旁坐了下來。天氣溫暖，螢火蟲四處飛舞，昆蟲唧唧，微風徐徐，米凱爾滿身黑色毛髮，毛髮下肌肉聳動。

你的人生在那裡，在那裡等著你，他心想，不要辜負我。

他聞到蒸氣的辛辣味。山洞裡透出一道光，轟隆聲愈來愈大，成了野獸的怒吼。

接著燈光大亮，煤渣如火雨紛飛，火車頭從隧道裡衝了出來，朝東側奔去。

米凱爾起身（太慢了，他心想，太慢了！）起跑，但火車已經超越了他，鐵車輪離他不到一米。跑快點！米凱爾自言自語，四條腿立刻照辦。他伏低身子，火車揚起的氣流鞭笞著他。他心臟狂跳，四腳猛蹬地面。快點！再快點！他開始追上火車……追平了……超過了。火星灼燒他的背，掃過他臉龐，但他繼續奔跑著，聞到頭髮飄出燒焦味。他超過火車兩米了……兩米半……三米。快點！再快點！他擺脫了火車的氣旋，驅動專為速度和耐力而存在的身軀往前狂奔。他看見西側的隧道口了。來不及了，他心想，但隨即將這念頭拋開，免得意志動搖。他已經跑在火車前方六米，米凱爾開始變身。

頭顱和臉最先改變，但還是用四隻腳跑，肩膀和背上的黑色毛髮縮回肉裡，皮膚變得光滑平順。他感覺脊骨抽痛、伸長，劇痛脹滿全身，但還是奔跑著。他步伐開始變慢，四肢變形，毛髮消失，脊骨往上挺直。火車追了上來，東側隧道就在眼前。米凱爾踉蹌幾步，身體開始不穩，火星落在他白皙的肩上滋滋出聲。他的腳掌開始變形，手指和腳趾出現，失去了抓地力。此時不做，就再也沒機會了。

米凱爾半人半狼，從火車頭前方一躍而過，衝向鐵軌另一邊。

車燈照到他縱身飛越，彷彿定格在半空中，像是被神注視一般，米凱爾心裡這麼想著。他感覺火車頭的熱氣襲來，聽見車輪轟隆作響，排障器眼看就要撞上他，將他碎屍萬段。

他低頭收胸，閉上眼睛等著被撞，但下一秒已經頭先腳後從強光前飛過，越過了排障器，栽進了草叢裡。他背部著地，一瞬間無法呼吸。火車頭的熱氣從他身體上方拂過，強風掃動他的毛髮，火星燙傷他裸裎的胸膛。他坐起身子，正好看見最後一節車廂衝進隧道，車尾紅燈前後擺盪。

火車走了。

他感覺全身骨頭都散了，肋骨和背上全是瘀青，雙腿又痠又疼，兩隻腳像是斷了一樣，但人完好無恙，而且到了鐵軌的另一邊。

他滿身大汗，氣喘吁吁癱坐著，不曉得自己站不站得起來。他已經不記得兩隻腳走路的感覺了。他喉嚨蠕動，試著說話，好不容易終於發出聲音。「我還活著。」他說，那聲音比他印象中的還低沉，嚇了他一跳。

米凱爾從來沒覺得自己這麼裸露過，當下只想變回去，但硬是壓住了衝動。晚點再說吧，他想，現在還不要。他躺在草叢裡恢復力氣，一邊胡思亂想。出了森林是什麼地方?威克托說那裡才是他的世界，但那裡究竟什麼模樣？一定很可怕，到處都是危險，野蠻殘暴到極點。他害怕那個世界，害怕自己在那裡會發現什麼……害怕會察覺自己的什麼。

你的人生在那裡，在那裡等著你。

米凱爾坐起身子，望著通往西方的鐵軌。

不要辜負我。

英國，莎士比亞的國家，就在鐵軌的那一方。威克托說，那裡是文明之邦。

米凱爾站起來，但膝蓋一軟又坐回地上。

第二次好一點，第三次終於順利站穩了。他都忘了自己這麼高。他抬頭望著一輪圓月，雖然月亮還是月亮，卻不若狼眼中那麼美。月光照得鐵軌閃閃發亮，倘若真有鬼魂，他們此刻正在齊聲高唱。

米凱爾試探地走了一步，感覺兩條腿笨拙至極。他之前是怎麼用雙腳走路的？

他會重新學會的。威克托說得對，這裡不是他的世界，但他很喜歡這裡，捨不得離開。這裡是他年少時的家，而另一個世界，一個更殘酷的地方，正等著他。

不要辜負我，他心想。

他又跨了一步，然後再一步。他還是走得不穩，但已經能前進了。

米凱爾蓋勒頓諾夫繼續向前。夏日月光下，他赤裸白皙的身影緩緩移動，兩腿如人一般直立，最後消失在了西側隧道裡。

第九部　惡魔的國度

第一章

麥克聽見火車笛聲。難道它決定折返，再跟他一較高下？是的話，他知道自己這回一定會輸。他筋骨酸痛，腦袋鼓脹得有如快破的水泡。火車笛聲沒了，他在黑暗中回頭張望，想看個仔細，但什麼也沒看見。月亮呢？剛才還在那裡，不是嗎？

他聽見輕敲聲，接著又一下。「男爵？你醒了嗎，男爵閣下？」是一個男的，用德文說話。麥克睜開眼睛，看見上方的天花板，木頭是深色的，塗了亮光漆。

「男爵？我能進去嗎？」敲門聲更加急切，隨即門把一轉，門開了條縫。麥克抬起頭，太陽穴一陣抽痛。「啊，您醒了！」那人微笑著說。他身材細瘦，頂上無毛，金色鬍鬚修得整整齊齊，身穿細紋西裝和紅絨背心，整個人散發深紅色的光芒，彷彿站在火爐前方。「山德勒先生想邀您共進早餐。」

麥克緩緩坐了起來，腦袋像被鐵砧打到一樣，還有那轟鳴聲是怎麼回事？他想起那黑皮鐵棍。他一定被打得聽力受損，連平衡感都出了問題，因為他感覺整間房都在輕輕搖晃。

「早餐十五分鐘後備妥。」那人開心說道：「您想喝蘋果汁或葡萄柚汁呢？」

「這是哪裡？」麥克發現自己身在床上，襯衫領口開著，白色領結鬆開了，鞋子擺在床邊，鞋帶解開了，似乎剛上過蠟。窄小的房裡擺著桌子和一張棕色皮椅，桌上放著一只裝了水的白盆，窗戶被鐵板封住，並且拴上。他又聽見火車笛聲，聲音尖銳刺耳，距離很遠。這下他知道自己人在何處，還有房間為何會搖晃了。但火車是要去哪裡呢？

「山德勒先生正在等您。」那人說道，麥克察覺對方背後有人。只見走廊上站著一名帶槍的納粹士兵，身旁窗戶被窗簾遮著，透出一小道紅光。

麥克心想，到底怎麼回事？他覺得保險起見，最好曲意配合。「我要蘋果汁。」他說著雙腳踩在地板上，小心翼翼站了起來，試試能不能站穩。他的腳挺住了。

「太好了，男爵閣下。」那人顯然是管家，轉身準備離開。

「等等。」麥克說：「我還要一壺咖啡，黑的，不加糖。還有三顆蛋，你能替我準備嗎？」

「當然，男爵閣下。」

「很好，我要三顆蛋，不要剝殼。」

那人一副沒聽懂的表情。「您說什麼？」

「三顆雞蛋，生的，不要剝殼，這樣清楚了嗎？」

「呃……好的，男爵閣下，非常清楚。」他退後走出房間，將門緊緊關上。

麥克走到鐵板前，手指伸到底下試了試。鐵板紋風不動，拴得死緊。他看見一條拉繩，伸手拽了一下，天花板亮起一小盞圓球燈。衣櫃裡掛著他的黑領灰大衣，除此之外就沒有其他衣服了。他環顧四周，房裡非常樸素，有如活動牢房，房外的士兵顯然是為了監視他而派來的。還有其他士兵嗎？這裡離柏林多遠？契絲娜和老鼠呢？他連自己遇襲後昏迷了多久都不曉得，但心想至少有幾個小時。如果太陽剛出來，那表示硫礦俱樂部的聚會是昨晚。山德勒發現老鷹屍體了嗎？要是他即將被蓋世太保當成間諜拷打，剛才管家為何還尊稱他「男爵」？

問題，太多問題，但一個都得不到答案。麥克走了兩步到桌前，從白盆裡掬起水洗了臉。碗旁擺著一條折好的乾淨白毛巾，麥克拿起來把臉擦乾，接著又掬起水喝了幾口。桌旁牆上掛著一面鏡子，麥克看了看鏡中的自己。他眼白微帶血絲，但臉上看不到棍擊的痕跡。他伸出手指小心翼翼摸了摸，找到頭上的腫塊，一個在左太陽穴上方，另一個在後腦勺。出手的人顯然刻意留力，否則任何一個位置都足以致命。換句話說，山德勒（或某人）想讓他活著。

他眼前依然模糊，但得趕緊讓自己視力恢復，重新看得清楚，因為接下來會遇到什麼還不曉得。他在萊希克隆旅館的中庭太過大意，忽略了直覺的警告。他應該察覺山德勒只是裝醉，也早該發現後面有人跟了上來。不過，他已經學到教訓，之後不會再低估哈利山德勒了。

他扣好領子，繫上白領結。沒必要一身邋遢出席盛宴。他想起在耶芮克布洛可上校套房裡見到的相片，想起那些在史卡帕島接受可怕實驗而慘不忍睹的臉龐。山德勒對希爾德布蘭特博士的新計畫知道多少？還有鐵拳和法蘭克維茲在綠金屬板上畫彈孔的事？該是查明這一切的時候了。

麥克從衣櫃裡拿出大衣穿上，對著鏡子再次檢查領結，接著深呼吸一口氣讓腦袋清醒清醒，隨即開門走出房外。

外頭的士兵一見到他立刻掏出魯格手槍，瞄準麥克的臉。

麥克微微一笑，舉起雙手搖了搖手指說：「我袖子裡什麼也沒有。」

「走吧。」士兵槍口朝左一揮，麥克便跟著士兵沿著搖晃的通道往前走，離士兵大約三四步。車廂裡還有其他房間，大小跟麥克剛才待著的房間差不多。他發現這不是囚車，因為車裡太乾淨了，木牆上了蠟，黃銅配件也擦得閃閃發亮，不過空氣中倒是飄著霉味，還有汗水和恐懼的味道。雖然他不曉得這輛火車的用途，但肯定不是什麼健康的勾當。

隔壁車廂的入口站著另一名士兵，同樣佩著魯格手槍。他示意麥克繼續走，於是他推門進去，眼前頓時一片金碧輝煌。

好美的餐車。牆和天花板是黑檀木，地板上鋪著金紅兩色的波斯地毯，中央一盞黃銅水晶燈，車廂燈也是黃銅做的，燈下一張桌子鋪著白色亞麻桌巾，設宴款待麥克的主人就坐在桌前。

「唉呀，男爵大人，早啊！」哈利山德勒起身相迎，臉上笑容燦爛，感覺睡得很飽。他穿著紅色絲袍，心臟位置繡著他姓名縮寫的花體字。「來，快請坐！」

麥克回頭瞄了一眼，其中一名士兵也進了車廂，拿著魯格槍站在門口。麥克走到餐桌前，在山德勒對面坐了下來。桌上已經擺好了深藍色陶瓷餐具。山德勒回座說道：「希望您昨晚睡得不錯，有些人在火車上很難睡著。」

「開頭顛簸一陣之後，我就睡得跟嬰兒一樣了。」麥克說。

山德勒笑了。「哎，好極了，您的幽默感還在，真是令人驚豔啊，男爵。」

麥克解開餐巾。他的刀叉是塑膠做的，山德勒的是銀餐具。

「一點預防措施，請多包涵，因為實在很難預測閣下會有什麼反應。」山德勒接著說：「先前邀請您上車的時候，場面……呃……不大好看。」

「我可是嚇了一跳！」麥克故作驚惶道：「半夜腦袋被人敲了一下，塞進後車廂被載到不曉得什麼地方，醒來已經在火車上了。這就叫不大好看是嗎？」

「恐怕是這樣沒錯。實在不是很有格調，是吧？」山德勒又笑了，可是眼神森冷至極。「啊，雨果端咖啡來了！」剛才到麥克房裡的管家推門進了車廂，那門後應該是廚房。他盤子上放著兩只小銀壺和兩個杯子。「這火車是我的。」山德勒一邊看著雨果倒咖啡，一邊說道：「是德意志帝國送的禮物，漂亮吧？」

麥克環顧車廂。他剛才進來時，就察覺車窗都加了金屬百葉。「的確很美，不過您是怕光嗎？」

「怎麼可能？我們確實需要來點陽光。雨果，把那兩扇車窗打開。」他指著餐桌兩側的窗戶說。雨果從背心裡拿出鑰匙，插進其中一扇車窗下的鎖孔中轉了轉，鎖輕輕喀擦一聲打開了。他拉動曲柄旋開百葉，晨光從窗外透了進來。雨果按著同樣步驟開了第二扇窗和百葉，接著就將鑰匙收回口袋回廚房了。麥克望著窗外啜飲咖啡。如他之前吩咐的，是不加糖的黑咖啡。火車正經過一處森林，刺眼的陽光隔著樹葉時隱時現。「如何？」山德勒說：「這樣好多了吧？這輛火車很有意思，我想您很快就會發現了。我的車廂在後頭，你待的那節車廂後面。餐車和火車頭之間還有三節車廂。這玩意兒真的很了不起。您對火車熟嗎？」

「我略知一二。」

「我覺得火車最有意思的地方，就是能在車裡打造一個自己的世界。就拿這列火車來說吧。從外頭看，只會覺得它是輛普通的貨車，不會有其他想法。其實車裡頭……是我的世界，男爵。我喜歡車輪在鐵軌上發出的聲響，喜歡火車頭的力道，感覺就像駕馭一頭美麗的巨獸，您不覺得嗎？」

「是呀，的確是。」麥克又喝了一口咖啡。「我一直覺得火車很像……喔……很像巨大的鐵拳。」

「是嗎？真有意思。的確，我可以想像。」山德勒點點頭，臉上輕鬆愉悅的表情沒有半點變化。麥克想，這傢伙對那兩個字沒有任何反應，他到底知不知道鐵拳的事？「您實在讓我非常意外，男爵。」山德勒說：「我以為您會……怎麼說呢……很緊張？還是你很會演戲？嗯，我想應該是這樣。男爵，您現在離鬱金香園非常遠，而且我想您恐怕無法活著離開這輛火車了。」

麥克緩緩將咖啡放到桌上。山德勒聚精會神望著他，想看他有什麼反應，等著他痛哭失聲，跪地求饒。麥克看了山德勒幾秒，隨即伸手拿起銀壺，替自己再倒了一些咖啡。

山德勒皺起眉頭說：「您以為我在開玩笑，是嗎？男爵，這跟玩笑差遠了。我會殺了您，至於快慢就看您的表現了。」

火車的車輪聲突然變了，麥克朝窗外看了一眼。他們正在過橋，橋下是深綠色的遼闊河面，但另一個令人吃驚的景象攫住了他的目光。樹林頂端冒出幾座塔樓和角樓，距離大約一公里外。那顯然是萊希克隆旅館，不會有錯。

「沒錯，那是旅館。」山德勒看出男爵心裡閃過的念頭，這麼說道。「我們已經繞著柏林兜了三小時，還會繼續繞，直到狩獵結束為止。」

「狩獵？」

「對。」山德勒臉上的笑又回來了，再次抓回了主導權。「我要追捕您，在這輛火車上。您要是能在我找到您之前跑到火車頭，拉三響汽笛，我就賞您腦袋一顆子彈，讓您死得痛快。要是您沒跑到火車頭就被我逮到，那……」他聳聳肩說：「那就由我這個獵人決定。」

「你瘋了。」

「嘿，這就對了！」山德勒雙手一拍。「您終於有情緒了！拜託，您就不能擠出幾滴眼淚嗎？甚至討個饒？要是我跟您說上一個在這輛火車上被我追捕的人被我剝了皮，會不會有點幫助？他是希姆勒的仇敵，所以我就把剝下來的皮送給希姆勒了，我猜他應該掛在牆上吧。」

雨果從廚房推著餐車進來，上頭擺著早餐。他在山德勒面前放了一盤牛排，接著將擺著三顆生蛋的盤子放到麥克面前。「您真是太神奇了，男爵！」那位獵鹿人咧嘴笑著說：「我真不曉得該怎麼說了！」

麥克心跳加速，喉嚨有一點乾，但離驚慌還遠得很。他望向窗外，看著成排公寓和工廠飛馳而逝。「我想契絲娜不會喜歡我被綁架了。」他冷冷說道：「還是你連她也擄來了？」

「當然沒有。契絲娜還在萊希克隆，您的侍從也是。她對這件事一無所知，以後也不會知道。」山德勒說完拿起銳利的餐刀，開始切牛排。裡頭的肉幾乎全紅，血水流到了盤裡。「警察這會兒正在河裡打撈您的屍體，因為兩名目擊者說他們見到您離開硫磺俱樂部之後在河邊走，而且似乎酒喝得有點多，走路搖搖晃晃，說什麼都不肯回旅館。」山德勒嚐完牛排，喝了一口咖啡將肉吞下肚子。「河邊有些地方很危險，您不該一個人去的，男爵。」

「我敢說一定有人看到我是跟您離開的。」

「您說那群人嗎？我可不敢保證，而且也不要緊。布洛可上校允許我把您帶走，他跟我一樣不希望您跟契絲娜結婚。」

原來如此，麥克心想。他被綁架跟任務或他是英國情報員無關，純粹是山德勒和布洛可想讓馮范吉男爵消失，而且山德勒顯然還不知道老鷹的下場。他可能還沒機會回房間，得等他忙完這場荒謬的「狩獵」才會回去。當然，契絲娜不會相信麥克醉酒墜河的說法。她會明白出事了，然後呢？她會怎麼做？但麥克此刻無暇多想，他的焦點全擺在對面這個笑著飲血吃肉的男人。「我愛契絲娜。」他說：「契絲娜也愛我。難道這不算數嗎？」他故意流露一絲脆弱。沒有必要讓山德勒對他太過提防。

「呿！才怪！契絲娜根本不愛您！」山德勒又叉了一塊肉放到嘴裡說：「她可能一時意亂情迷，或喜歡您的陪伴，雖然我實在搞不懂為什麼。總之，契絲娜有時感性勝過理性。她那麼出色，長得美、教養好，又有天份，而且膽子大。您知道她會開飛機嗎？她曾在電影裡表演飛行特技。她還是游泳冠軍，而且我敢說她的槍法比我認識的大多數男人還高明。她這裡很強——」他指了指腦袋。「但心裡終究是女人。她之前也遇過爛桃花，但從來沒有哪一次論及婚嫁。老實說我有點失望。我一直以為她應該鑾會看人才對。」

「你的意思是，你不喜歡契絲娜選了我，而不是選擇你嗎？」

「契絲娜的選擇有時不是很明智。」山德勒說：「必須有人點醒她，她才會做出正確的決定。因此，我和布洛可上校才會決定送您上路，永除後患。」

「你憑什麼覺得我死了，她就會選擇你？」

「我正在努力。再說這對德意志帝國而言，也是絕佳的宣傳。兩名美國人在納粹天堂攜手生活，更何況契絲娜是大明星，全球各地的報紙和雜誌一定都是我們的相片。您懂嗎？」

麥克懂。山德勒不僅是叛徒和殺人兇手，還是超級自大狂。別說他之前就想殺死這傢伙，現在更篤定了。他拿起塑膠湯匙在蛋上敲了一個洞，將蛋舉到嘴邊一飲而盡。山德勒笑了。「生肉和生蛋，男爵，您應該是在牧場養大的吧！」

麥克又用同樣的方式吃了第二顆蛋。雨果從廚房回來，端著卡拉夫瓶裝的蘋果汁給麥克和山德勒。獵鹿人拿起果汁一口喝光，但麥克將杯子舉到嘴邊就停住了。他聞到淡淡的苦味，是毒藥嗎？不對，毒藥味道更重。但裡面一定下了藥，他猜是鎮靜劑，好讓他行動遲緩。他放下果汁，拿起咖啡。「怎麼了？」山德勒問：「您不喜歡蘋果？」

「感覺有蟲的味道。」他敲開最後一顆蛋的蛋殼，將蛋黃倒入口中，用牙齒咬破配著咖啡吞了下去，希望身體愈快吸收蛋白質愈好。軌道轉向了東北，準備再次繞行柏林。

「您不打算求饒嗎？」山德勒身子向前，說：「一兩句也好？」

「會有用嗎？」

山德勒遲疑片刻，隨即搖了搖頭，眼神深沈而謹慎。麥克明白對方沒有料到他會這樣反應，於是決定再刺探一次：「所以我沒什麼希望了，對吧？就像鐵拳下的蟑螂一樣？」

「喔，您還有機會，很小的機會。」山德勒聽到那兩個字，臉上的神情依然毫無變化。無論鐵拳是什麼，哈利山德勒都一無所知。「就是死得痛快。在我逮到您之前趕到火車頭。當然，我會帶著武器，帶著我最愛的獵槍，而您辛苦一點，身上什麼都不能帶。不過，您可以早十分鐘出發。您會先被送回房間待著，然後聽到警鈴聲，那就是起跑信號。」他又切了一塊牛排，然後將刀插在肉上，接著說道：「您躲在房裡或把門鎖上都沒有用，只是讓我更快找到您而已。也別以為您能跳車逃跑，那是不可能的。每節車廂都會有士兵站崗，至於車窗嘛……呃，還是算了吧。」他朝等著收拾碗盤的雨果撇頭示意，雨果立刻過去將百葉關上。陽光緩緩消失在車廂裡，山德勒催促道：「讓我們好好比賽一場，如何？您演好您的角色，我演好我的。」

最後一片百葉關上了。雨果從背心裡掏出鑰匙將窗戶鎖上。麥克看見他外套裡頭掛著槍套和手槍。

「您別以為能搶雨果的槍。」山德勒發現麥克在看什麼，便這麼說：「他在俄國前線待了八個月，是神槍手。對於規則還有什麼問題嗎？」

「沒有。」

「您真是讓我吃驚呀，男爵。我得說我還以為您這會兒應該下跪了呢。不過遲早會的，人的本性很難說，是吧？」他咧嘴微笑。「雨果，送男爵回他房間。」

「是，先生。」雨果從槍套裡掏出手槍，指著麥克。

門關上後，麥克發現房裡變了。鏡子、桌子、白碗和毛巾都不見了，衣櫃裡唯一的衣架也消失了。麥克本來想用鏡子和碗的碎片，還有衣架殺出重圍的。不過，天花板上的圓球燈還在。麥克抬頭望著燈，雖然他有把握想出辦法弄碎它，但燈實在太高了。他坐在床邊思考，火車輕輕搖晃，車輪在鐵軌上吱嘎作響。他真的需要武器才能勝過哈利山德勒嗎？其實不用。警鈴聲響起時，他只要變身為狼就好。

但他沒有變身。他敏銳的感官和直覺已經是優勢，變身只會讓他沒了衣服。他能用雙腳走路，但像狼一樣思考，依然勝得過山德勒。只是山德勒比他更了解這輛火車。他必須找到一個適合突襲的地方，這樣……

這樣他就能替瑪格莉塔伯爵夫人討回公道，卸下心裡的重擔，為他生命中的憾事劃下句點，徹底甩脫復仇的衝動了。

他決定要用人的身份擊敗哈利山德勒，用手而非腳掌擊敗他。

他等待著。

麥克躺在床上休息，等了大約兩小時。他完全恢復平靜，身心都準備好了。

警鈴聲響了，聲音非常刺耳，持續了大概十秒。鈴聲一停，麥克立刻衝出房間，朝火車頭奔去。

第二章

站在兩節車廂中間的士兵用槍口推了麥克一下，麥克推門走進剛才吃早餐的華麗車廂，士兵待在原地，門嘶的一聲關上。

金屬百葉都關著，水晶燈光線微弱，車廂燈也是。麥克走過車廂，但在覆著白布的餐桌前停了下來。

碗盤沒有收走，而山德勒的牛排上還插著餐刀，刀把直直豎立著。

麥克望著刀子。這可有趣了。刀子為何還在?答案：山德勒希望他拿起來。而他拿起來會怎麼樣?麥克伸出一根手指小心翼翼觸碰刀把，輕輕摸索，果然找到了他猜想的東西。刀把上綁著一條幾乎看不見的細線，被昏暗的燈光隱藏得很好，一路往上連到了水晶燈。麥克檢查水晶燈，發現一把黃銅小手槍藏在水晶之間，而細線就綁在扳機上。他研究槍管的角度，知道自己只要一拔出餐刀，扳機就會扣下，子彈就會打穿他的左肩。麥克冷笑一聲。難怪他們讓他在房間裡等了兩個小時。山德勒和他的手下一定忙著四處架設類似的機關。還說什麼先跑十分鐘，麥克心想，這場狩獵差點一下就結束了。

他決定讓山德勒傷點腦筋，或許能耽擱他一陣子。他往旁邊站了兩步，離開手槍的火線，然後伸腿踢了桌底一下。桌子翻倒了，細線綳斷，手槍發出如雷刺耳的喀擦聲，子彈打在黑檀木牆上，木屑飛濺。麥克拿起刀子，不禁莞爾一笑。刀刃只剩短短一截，沒有任何用處。他取下藏在水晶燈裡的手槍，但已經知道結果。轉輪裡只有剛才發射的那顆子彈。

沒戲唱了。麥克將槍扔在地毯上走出了車廂，但步伐放慢，走得更加謹慎，不停留意地板上有沒有引線，但隨即想到頭髮也可能誤觸機關。他走到廚房門前停了下來，伸手去抓門把。山德勒肯定預料他會推門進去，看裡面有沒有利器。門把剛上過蠟，亮晶晶的非常誘人。這太簡單了，麥克心裡想。轉動門把可能會觸動扳機，隔著木板將他打成蜂窩。他收手從門前退開，繼續往前走。一名士兵站在車廂之間，厚眼皮下的眼睛沒有洩漏半點情緒。麥克心想，不知道有多少人順利通過第一節車廂。但還不是慶祝的時候，還有三節車廂才會到火車頭。

麥克推門走進下一節車廂，中間是走道，兩旁是座位，車窗加了金屬百葉，不過天花板吊了兩盞水晶燈，天真無知地放著愉悅的光芒。車廂因為火車過彎而輕微前後搖晃，汽笛發出短促的警告。麥克跪下來檢查走道。就算有引線，他也看不出來。他知道山德勒已經出發了，隨時可能從後面推門進來，他不能再待下去。麥克起身開始沿著走道慢慢前進。他雙手舉在身前，眼睛盯著膝蓋和腳踝附近，留意細線的反光。

沒有引線。頭上和腳邊都沒有。麥克開始微微出汗。車廂裡肯定有機關，等著他上鉤。還是其實沒有，只是嚇唬他？麥克走向第二盞水晶燈，離下一節車廂大約六米。快到燈下時，他抬頭看了一眼，尋找銅製手槍的蹤影，但毫無所獲。

他左腳陷進地毯裡大約半公分，突然聽見碰鎖鬆開發出輕微的喀嚓聲。

他踩到了承壓墊。麥克感覺頸背一涼，彷彿死神在他背後吹氣。

他猛然躍起抓住了水晶燈，雙腿收到胸前。藏在地板的獵槍在他左側響起，數枚鉛彈射向他膝蓋兩秒前在的位置，打在了右側的座椅上。獵槍的第二根槍管隨即開火，座椅瞬間轟成碎片，木屑和棉絮翻飛。

麥克雙腳踩回地上，放開了水晶燈，青色的硝煙在他身旁繚繞。他看了看開花的座椅，心想要是他的膝蓋中槍就是這個下場。兩腿報廢，只能在地上扭動掙扎，等山德勒來解決他。

他聽見車廂後方門唰地被人推開，便回頭一望。只見山德勒穿著卡其獵裝，舉起獵槍瞄準了他，隨即開槍。

麥克搶先一步趴到了地上，子彈從他左肩上方掃過，砰的一聲打在百葉窗緊閉的窗上。山德勒正想再次瞄準，麥克已經縱身一撲，以閃電般的速度撞開前方的車門飛出去，進到兩節車廂之間。那裡果然站著一名持槍的士兵，一見到麥克便伸手抓向他外套背部，想將他從地上拽起來。

麥克沒有等對方下手，而是自己猛往上蹬，用頭頂撞向士兵的下巴。士兵被撞得踉蹌後退，痛得瞪大眼睛，視線模糊。麥克抓住對方手腕，將槍轉向一側，接著手掌往上一推，猛擊士兵的日耳曼尖鼻子。士兵鼻子碎了，鼻孔噴血。麥克趁勢抓住手槍，像甩稻草一樣將士兵甩開，接著轉身望向車門上的小玻璃窗，看到山德勒已經過了走道的一半。麥克舉槍對準小玻璃窗，而山德勒停下腳步，也舉起了獵槍。兩把槍同時開火。

麥克身旁木屑四濺，碎玻璃則是射向了哈利山德勒。麥克感覺右大腿像是被火烙了印，一股力道讓他跪在了地上。玻璃窗不見了，而門板則是被山德勒的子彈打穿了一個拳頭大的洞。麥克再次朝門外開了一槍，幾秒後聽見獵槍還以顏色，子彈打在麥克頭頂上方的牆上，木屑如雨點落下。待在這裡很危險。麥克起身蹲著，一手摀住右腿逐漸擴散的血漬，往後退到門邊，推開另一扇門進入下一節車廂。

車輪的轟隆巨響讓他轉頭往下看，發現車廂沒有地板，整節車廂是一塊缺了底的鐵皮空殼，而他就站在空殼邊緣，望著底下鐵軌咻咻閃過，快得看不清楚。車頂有條鐵管拴在天花板上，通到車廂盡頭，大約十八米。他望向剛才走過的被子彈打得坑坑洞洞的車門，發現山德勒沒有動作，在等待時機。也許他被手槍的子彈打中了，也可能臉被碎玻璃刺了。麥克突然想到，要離開這個瘋子設下的機關，唯有衝到火車頭，控制住電門才有機會。要是山德勒重傷，士兵們可能會接替他完成任務。無論如何，他都不能再在這裡窩著，獵槍子彈已經在他腿上劃開了一道口子，讓他流了許多血，再過幾分鐘他的體力就要大江東去了。他將魯格槍插在腰帶上，往上一躍抓住了鐵管。軌道在他腳下如飛而逝，他身體前後擺盪，溫熱的血液順著右腿往下流。他抓著鐵管往前，手盡量往前伸，抓得愈遠愈好，抓穩之後才放開另一隻手。

剛過車廂中央，麥克就聽見獵槍子彈發出淒厲的斷音，劃破車輪的轟隆巨響朝他襲來。子彈打在鐵管左側大約十五公分外的天花板上，麥克轉頭發現山德勒站在車廂門口裝填子彈，被碎玻璃擦出幾條血痕的臉上掛著微笑，裝完隨即舉起獵槍瞄準了麥克的腦袋。

麥克一手抓著鐵管，另一手伸到腰帶將手槍拔了出來。他看見山德勒的手指已經扣在扳機上，知道自己來不及開槍了。

「把槍扔了！」山德勒隔著轟隆聲大吼：「把槍扔了，你這個混蛋，否則我一槍轟掉你的豬腦袋！」

麥克停下動作，腦袋飛快運轉。不行，他心想，他還沒開槍，山德勒的子彈就會打穿他的頭顱。

「我說把槍扔了！馬上！」山德勒的笑臉變成了猙獰的面孔，血從他下巴滴落。

麥克鬆開手指，魯格槍落到鐵軌上，消失了蹤影。

「我逮到你了，對吧。」山德勒望著麥克腿上的烏黑血漬，大聲咆哮道：「我就知道我逮到你了！你以為你很聰明是嗎？」他用前臂擦了擦臉，望著手臂上的血跡說道：「你這個狗娘養的，竟然害我流血了！」麥克看見他不可置信地眨著眼睛，玻璃碎片在他臉上閃閃發亮。「你果然有本事，男爵！我還以為餐刀一定能騙倒你！還有獵槍……通常狩獵到那裡就結束了！從來沒有人闖到這麼遠！」

麥克雙手抓著鐵管，心裡瘋狂盤算，臉上全是冷汗。「你還沒逮到我。」他說。

「最好是！我只要一扣扳機，當場就多了一個手下敗將！」

「你還沒抓到我。」麥克接著說：「這樣也敢自稱獵人？」他高聲訕笑。「不是還有一節車廂嗎？無論你在車廂裡安排了什麼，我都闖得過……就算腿受傷了也一樣！」他看見山德勒眼中閃過一絲興趣，那是遇到挑戰的亢奮。「你可以一槍殺了我，但我就會掉到鐵軌上，沒辦法活捉……但你不是就想活逮我嗎？」

這回輪到獵人笑了。他放下獵槍，舔了舔唇上的血。「算你有種，男爵！沒想到種鬱金香的這麼有膽量！好，我們都流血了，對吧？所以第一回合算是打平了。但你不可能踏進下一節車廂的，男爵，我跟你保證。」

「我會的。」

山德勒大笑一聲。「咱們等著瞧。走吧，我讓你六十秒。」

麥克一點都不浪費時間，立刻抓著鐵管繼續往前。山德勒大喊：「待會兒你就要變成肉塊了！」麥克攀到車門前的小平台附近，身子一盪跳上了平台。站在最後一節車廂門口的士兵退到麥克搆不著的位置，用槍示意他往前走。麥克回頭瞄了一眼，發現山德勒將獵槍甩到肩上，準備抓著鐵管橫越車廂。最後一節車廂就在前方，麥克走了進去。

車門關上，門上的玻璃窗塗黑了，車廂裡沒有一絲光線，比黑夜還黑。麥克試著辨識眼前，想知道有沒有擺設、裝置或任何能判斷前方狀況的線索，但什麼也看不見。他雙手伸直往前一步，然後又一步，再走一步，還是沒踢到東西。他腿上的傷隱隱抽痛，血沿著小腿往下流。他又前進一步，忽然感覺手指被咬了。

他趕緊收手，手指一陣刺痛，心想是刀片或碎玻璃。接著他再次伸手，這回改朝左邊，什麼都沒摸到。他向左往前兩步，第三步時手又被刀片劃傷了。麥克脊背一涼，明白自己走進了迷宮，而且迷宮的牆上插滿了破刀片。

他立刻脫下大衣裹住雙手，然後繼續往前，朝漆黑裡走。他感官全開，鼻子嗅聞空氣，聞到了機油、火車頭飄來的嗆鼻焦炭味，還有自己身上的血腥味。他雙手再次碰到插滿刀片的牆面，就在正前方，隨即發現左邊也有一道刀牆。迷宮要他往右，而他不得不乖乖聽話。接著迷宮突然往左，然後就是死路。麥克知道自己錯過了正確的路，必須折返。他摸索著往回走，手上外套不停被刀片劃破，忽然聽見車門開了又關的聲響。山德勒來了。

「還喜歡我的小迷宮嗎，男爵？」山德勒問道：「希望您不怕黑。」

麥克沒笨到開口答話。他只要一出聲，山德勒就能判斷他的位置。他繼續摸著牆前進，不時被戳穿外套的刀片刺到手指而身子一縮。到了！他摸到了一條狹窄的通道，至少感覺如此。他走進通道，雙手依然伸在身前。

「我真是搞不懂您，男爵！」山德勒說道。他聲音在移動，顯然走進迷宮裡了。「我以為您早該崩潰了！還是您已經崩潰了，這會兒正縮在角落裡？是嗎？」

麥克又遇到一面牆。通道向右轉，碎刀片劃破他的上衣，割過他的肩膀。

「我知道您嚇壞了。誰不會呢？對我來說，狩獵最刺激的就是這一點：獵物知道自己逃不掉了，眼裡流露的那份驚恐。喔，我有跟您說我知道迷宮該怎麼走嗎？您知道，這迷宮是我蓋的，刀片算是神來之筆，您不覺得嗎？」

繼續說吧，麥克心想。說話聲讓他知道山德勒目前在他左後方，距離大約四米半到六米。麥克繼續在刀片之間緩緩前行。

「我知道您已經千刀萬剮了。」山德勒說：「您應該跟我一樣戴皮手套的。人該隨時做好準備，男爵，這才是獵人本色。」

一面牆擋住了麥克的去路。他左右摸索通道，山德勒的聲音更接近了。

「您要是投降，我會讓您好過一點。只要說我輸了，我就讓您死得痛快。您覺得如何？」

麥克摸到牆的邊緣，在左邊。包著他手的外套已經支離破碎，被血浸濕了。麥克感覺自己的力氣正在流失，肌肉愈來愈無力，受傷的腿也麻了。但車廂的門應該就在前面，不會超過五米。他推想，那門的玻璃窗應該也塗黑了，因此要找到門並不容易。他摸著往左的通道往前走，火車過彎讓車廂微微搖晃。通道變直了，燒炭味也變濃了。麥克心想，車門一定快到了，再走不到幾步……

他又往前走了兩步，突然聽見「鏘」的一聲，引線彈開了。

雖然他立刻撲到地上，強烈的閃光還是照亮了他的臉，刺得他眼睛發疼，腦袋裡全是五彩轉輪。他視線模糊趴在地上，平衡感全失，眼睛和刀片刮傷的手指一樣痛入骨髓。

「嘿，您差一點就到門口了，對吧？」山德勒的聲音從他右後方傳來，距離大約四米。「等等我，男爵，我就快到了。」

麥克眼冒金星。他爬離通道中央，背靠著刀片牆坐好。山德勒正大步朝他走來，他可以聽見靴子踏地的聲響。他知道那傢伙一定以為他手足無措，痛得雙手摀眼在地上掙扎。他挪動身體讓手臂自由，接著將手從破爛的外套裡伸出來。

「說話呀，男爵。」山德勒催促道：「這樣我才能找到您，幫您解脫。」

麥克還是沒有開口。他側身躺著，聽見山德勒的腳步聲愈來愈近。來吧，該死的傢伙！麥克恨恨想著，來吧，我等你！

「男爵？我想狩獵可以結束了。」麥克聽見山德勒喀嚓一聲扳動槍機。他聞到獵鹿人身上鬍後水的薄荷味，接著是光滑皮革的摩擦聲，還有地板發出的輕微聲響。他知道山德勒的靴子就在他手邊。

麥克憑著聽覺，雙手伸向聲音的來處。他手指在通道中央摸到了山德勒的腳踝，立刻緊緊抓住，背和肩膀使勁一收，雙手往前猛力往上抬。

山德勒身體一扭，來不及出聲就往前仆倒。獵槍剎時開火，子彈砰一聲打在天花板上，而他則是撞在了插滿刀片的牆上。

山德勒尖聲哀號，痛得倒在地上，麥克立刻撲了上去，雙手掐住獵人的喉嚨用力收緊。山德勒無法呼吸，但麥克的下巴隨即被木頭掃了一下，打得他瞬間鬆手。是獵槍的槍托。麥克抓住獵鹿人的上衣，山德勒掙扎著想要爬開，又用槍托鎚了麥克，這回打在鎖骨上。麥克依然眼冒金星，整個人往後摔倒，感覺刀片插進了肩膀裡。獵槍再次擊發，槍管火花四射，子彈卻射偏了。麥克再次撲向山德勒，將他推到刀片牆上。山德勒又發出慘叫，聲音裡多了幾分驚恐。麥克抓住獵槍，雖然山德勒拚命想搶，他還是抓著不放。獵人伸出戴著皮手套的手指挖他眼睛，抓住他頭髮使勁一拽。麥克一拳打在對方身上，聽見獵人喝的一聲岔了氣。

兩人跪在地上扭打，車廂左右搖晃，背後就是刀牆。獵槍在兩人之間，雙方都想搶來支撐自己站起來。兩人無聲打鬥著，誰輸誰就沒命。麥克一腳剛踩穩，想要趁勢起身，卻被山德勒狠狠一拳打中太陽穴跌回地上。山德勒膝蓋一抬踢中麥克的下巴，隨即用獵槍架住他的喉嚨，全身重量壓在槍上。麥克拚命掙扎，卻怎麼也推不開那獵人。他伸手抓住山德勒的頭，將對方的臉推向身旁的刀牆。山德勒淒聲慘叫，麥克身上的壓力頓時全消。

山德勒手忙腳亂想站起來，獵槍依然在他手上。麥克攫住他一邊腳踝，將他甩到對面牆上。山德勒受夠了自己設計的迷宮。他抖腳甩掉麥克的手，搖搖晃晃沿著通道往前走，不時撞到刀牆，被刀片刺得高聲哀號。麥克聽見他抓住門把，想用沾滿鮮血的滑溜手掌將門打開。麥克立刻站起來，朝獵人撲去。

山德勒肩膀撞在門上，車門砰的彈開，刺眼的陽光瞬間湧入車內。通道兩側牆上千百根刀片熠熠生揮，其中一些血紅斑斑。麥克再次眼前昏花，但還能清楚看見門口山德勒的身影。他往前一撲撞在獵人身上，強烈的力道讓兩人同時穿過車廂通道，跌到了露天台車上。

山德勒臉上滿是血痕，被陽光刺得睜不開眼，朝駐守台車的士兵大吼道：「開槍殺了他！殺了他！」士兵目瞪口呆，沒想到會有兩個人滿身是血從車廂撞進來，手槍依然收在槍套裡。但他隨即伸手到腰邊解開槍套，抓住握把準備掏槍。

麥克瞇眼遮擋陽光，看見士兵有如火團中的一個黑影。他趁士兵拿槍還沒對準他之前，朝對方跨下踹了一腳。士兵痛得彎腰，他膝蓋一蹬，踢在對方臉上，士兵往後撞到台車的鐵欄杆翻了出去。子彈射向天空，士兵消失了蹤影。

「救命啊！」山德勒跪在台車上，希望有人聽見他的呼救，但聲音被車輪聲蓋了過去。麥克踩住山德勒的獵槍，伸手遮擋陽光。前方就是供煤車和火車頭，煙囪噗噗冒著黑煙。山德勒蹲伏在地，臉上鮮血直流，卡其外套上紅點斑斑。他張口大喊救命，但聲音微弱。他顫抖呻吟，身體前後搖擺。

「我要殺了你。」麥克用英文說。山德勒身體突然不搖了。他依然低著頭，鮮血答答滴在台車上。「我要你在死前想著一個名字：瑪格莉塔菲利普。你還記得她嗎？」

山德勒沒有答話。火車再次進入森林，回到柏林市郊外。麥克和獵鹿人的位置，火車駕駛和司爐都看不到他們。麥克用鞋尖踢了踢山德勒的腰側說：「瑪格莉塔伯爵夫人，在開羅。」他感覺筋疲力竭，膝蓋發軟。「我希望你還記得她，因為她因你而死。」

山德勒終於抬起頭來。他滿臉傷痕，眼睛腫脹。「你是誰？」他啞著嗓子用英文說道。

「我是瑪格莉塔的朋友，站起來。」

「你……你不是德國人，對吧？」

「起來！」麥克又說了一次，腳下依然踩著獵槍，但他已經決定不用槍了，而是要親手扭斷山德勒的脖子，將他像垃圾一樣扔出車外。「站起來，我要你看著我把你殺了。」

「求求你……」山德勒鼻子淌血，低聲呻吟道：「求求你……別殺我。我有錢，我可以給你很多錢。」

「我對錢沒興趣，起來！」

「我沒辦法，我站不起來。」山德勒再次發抖，身體往前倒。「我的腿……我想我的腿斷了。」

麥克火冒三丈，山德勒為了納粹德國的變態使命斬斷了多少男人和女人的生命？他在乎過他們的求饒嗎？麥克覺得沒有。山德勒既然想出錢，就讓他付出代價。麥克彎身抓住獵鹿人卡其外套的背部，準備拉他起來。

他一伸手，就又陷入了羅網。

因為山德勒又裝弱了，就像他之前裝醉一樣。他突然身體一彈，咬牙切齒從右腳靴子裡拔出了一把匕首，刀鋒映著黃澄澄的陽光閃閃發亮。

匕首惡狠狠劃了過來，刀尖直指麥克葛勒頓的腹部。

但刀離腹部不到兩吋就停住了。麥克一手抓住山德勒的手腕，緊緊扣住。山德勒望著那隻手，被刀片劃傷的眼睛充滿了驚詫。

那隻手不大像人的手掌，但也不像獸爪。手上長滿黑毛，手指開始彎曲，並縮成利爪。山德勒倒抽一口氣，抬頭望向麥克的臉。

男爵臉骨變形，口鼻向前拉長成覆滿黑毛的獸臉，嘴巴後縮，準備讓獠牙出來，仍是人牙的牙齒滴著唾液。山德勒嚇傻了，匕首從手中掉到地上。他聞到獸臊、汗臭和狼毛的氣味，張嘴想要大叫。

麥克的脊椎已經下彎。他腦袋一伸，張開獠牙咬住了獵人的喉嚨狠狠一扭，扯斷肌肉和血管，咬爛了對方的氣管。他鬆開嘴，山德勒的喉嚨露出一個大洞，臉龐扭曲，眼睛猛眨，神經和肌肉不由自主地抽動。屠殺的血腥味讓麥克興奮莫名，再次發動攻擊，用獠牙啃噬血肉大快朵頤，吃得腦袋前後擺動，一路啃到獵人的脊骨。他牙齒一咬，脊骨瞬間折斷，他繼續啃噬碎裂的骨頭。吃完後，麥克再次仰頭，獵人的腦袋只剩幾束肌肉和組織跟身體連在一起，肺部呼嚕起伏，從氣管發出微弱的呻吟。麥克上衣繃裂，褲子破了掛在腿上。他一腳踩在獵人身上往外一推。

被吃剩的哈利山德勒踉蹌後倒，摔出了加速的火車外。

麥克吐出嘴裡的人肉側身躺下，身體在人狼之間拉扯著。他知道自己還得往前，去火車頭讓火車減速，而狼掌無法操作操縱桿。他努力克制變身的衝動。他心裡狂風大作，衣服下覆著黑色毛髮的肌肉劇烈抽動，腳趾塞在硬皮鞋裡痛得要命，肩膀只想掙脫衣服的束縛。不行！麥克心想，現在不能變！變身停止了，已經變身的部份開始回復人形。過了半分鐘左右，他坐起來，光滑的人類皮膚上全是汗水，受傷的腿上覆滿薄霜。

他抓起獵槍，膛裡還有一顆子彈。他站起來，腦袋和肌肉不聽使喚。他抓著梯子往上爬到供煤車頂，橫過走道伏身窺探火車頭，發現駕駛和司爐在火車引擎下方各自忙活著。他悄悄爬下梯子，進了火車頭。

兩人一見到他，立刻舉手投降。他們是駕駛，不是戰士。「下車。」麥克對他們說道，再次改用德文。「快！」司爐跳了出去，滾落邊坡跌進樹林裡。駕駛猶豫不決，嚇得瞪大眼睛，直到麥克用槍管抵著他的喉嚨，他才寧可摔斷骨頭也不願喉嚨開花，從火車頭上跳了出去。

麥克抓住控制油門的紅色握把，讓火車減速。他探頭出去，看見哈維爾河橋就在前方，萊希克隆旅館的塔樓也遙遙在望。現在跳不會比較差。他放慢油門，再次爬到供煤車頂端。火車頭快到橋前，車輪嘎嘎作響的步調比之前慢了。汽閥發出怪響，但麥克無暇擔憂，火車過橋的速度依然很快。他站起來，一手摀著受傷的大腿。橋變窄了，橋下的墨綠河水召喚著他。麥克又啐了一口，山德勒有一塊肉卡在他齒縫裡。他希望河水夠深，否則他就要吃土了。

麥克深呼吸一口氣，從火車上跳了出去。

第三章

溫暖平靜的晨曦照亮了契絲娜的臉龐，但她心裡卻是驚濤駭浪。她站在萊希克隆旅館前方的河邊草地上，望著小船們順流而下，然後逆流而上。他們已經在河上打撈了四個小時，但契絲娜心底明白，漁網只會撈到水草和泥巴。雖然她不知道男爵人在何處，但肯定不在哈維爾河底。

「我跟妳說，那一定是騙人的。」老鼠站在她身旁說道。他壓低聲音，因為打撈馮范吉男爵的消息引來了大群看熱鬧的人。「他幹嘛獨自來這裡？再說，他一定不會喝醉。可惡，我就知道不該讓他離開我的視線。」那小矮個氣急敗壞地說：「應該一直盯著那個蠢蛋才對！」

契絲娜睜著黃褐色的眼眸注視小船前進，金髮迎風飄揚。她穿著黑色洋裝，那是她的招牌色，不是喪服。士兵已經沿著下游搜尋了近十公里，看屍體是否沖到了淺灘。沒有用的，契絲娜心想。這是騙局。問題是誰設的圈套？為什麼？她心裡閃過一個可能，腦中頓時警報聲大作：他潛入耶芮克布洛可套房時被人撞見，被抓去拷問了。若是如此，布洛可上校掩飾得真好，方才跟她說已經找警方過來河裡打撈時，完全沒有洩漏分毫。其他擔憂接踵而來，讓她心焦如焚：萬一男爵受不了嚴刑拷打，結果全招了，那不只是她的項上人頭，連她精心部設的反納粹組織都等著上刑台被鋼線吊死。所以，她應該繼續在這裡扮演憂心的未婚妻呢？還是趕緊脫身？還有布洛可和法蘭克維茲。上校吩咐軍醫十二小時內要讓提歐馮法蘭克維茲醒來，可以接受偵訊，時間就快到了。

河裡的網子不可能撈到馮范吉男爵的。說不定他早就落網了，甚至網子就快撒向她和她朋友了。我得快點離開，她心想，找個藉口脫身，趕到機場坐上飛機，想辦法飛去瑞士……

老鼠回頭望了一眼，心裡寒毛直豎。布洛可和穿著黑亮長靴的彪形大漢朝他們倆走來。老鼠感覺自己就像油鍋裡拔了毛的鴿子，但他看透了一點：他朋友（還是男爵呢，哈！）說得沒錯，是希特勒殺了他妻小，而耶芮克布洛可這種人便是幫凶。老鼠身上的灰長褲燙得筆挺，他伸手到口袋裡摸到了鐵十字勳章。勳章的邊緣又尖又刺。

「契絲娜？」布洛可喊道，陽光照得他的銀牙閃閃發亮。「有進展嗎？」

「沒有。」契絲娜努力不讓語氣露出提防的感覺。「目前只撈到一隻鞋。」

布洛可穿著筆挺的黑色親衛隊制服，站在契絲娜的另一邊，靴子則是一座山似的站在老鼠背後。上校搖頭說：「他們恐怕撈不到他了，水流太急了。要是從這裡落水，應該已經沖到下游十公里遠了，或被岩石或河底的木頭卡住，還是……」他察覺契絲娜臉色慘白，便說：「對不起，親愛的，我不該講得這麼詳盡。」

契絲娜點點頭。老鼠聽見身後壯漢的呼吸像風箱一樣，他腋下開始冒汗。契絲娜說道：「我早上到現在還沒見到哈利，我以為他會很關心才對。」

「我幾分鐘前去過他的房間。」布洛可說：「跟他說男爵恐怕出事了。」他瞇著眼睛望著波光粼粼的河面。「哈利身體不大舒服，喉嚨痛，他說。我覺得他打算睡上大半天……但他要我向妳致哀。」

「我們應該還不知道男爵死了沒有吧？」契絲娜冷冷說道。

「沒錯，的確是。」布洛可贊同道：「但有兩位目擊者說他們見到男爵在河岸邊步履蹣跚，而且——」

「對對對，我都知道！但他們沒有親眼看到男爵落水，對吧？」

「其中一名目擊者說他好像聽到水聲。」布洛可提醒她，一邊伸手去摸契絲娜的手肘，但她把手抽開了。布洛可的手指愣了幾秒，接著垂下手。「我知道妳……對他一往情深，契絲娜。你應該也很焦急。」他對老鼠說。「但事實就是事實，不是嗎？如果男爵沒有摔到河裡溺水，那他到底去哪——」

「我們撈到東西了！」離岸四十米左右的小船上一名男子吼道：「雖然不知道是什麼，但很重！」

「可能是河底的木頭。」布洛可對契絲娜說：「我覺得男爵恐怕已經被河水帶到非常下游——」

網子浮出水面，裡面纏著一具屍體，身上沾滿污泥。

布洛可目瞪口呆。

「找到男爵了！」小船上的男子喊道，契絲娜心底一沉。「天哪！」男子說道：「他還活著！」

男子和夥伴吃力拉扯，將網裡的人拖到船側。只見那人渾身是泥在水裡踢了幾下，掙扎著爬上了船。

布洛可往前三步，水和泥在他靴子旁打轉。「不可能！」他驚喘道：「絕對……不可能！」

旁觀者以為撈上來的會是腫脹的屍體，這會兒全湊了過來，等著小船靠岸。剛從水底墳墓裡掙脫的那人扯開網子，讓雙腳恢復了自由。「不可能！」契絲娜聽見布洛可上校喃喃自語。他回頭瞄了靴子一眼，靴子臉色跟乳酪一樣白。老鼠看見那人黑髮碧眼，不禁歡呼一聲，不顧筆挺的褲子跑到河裡幫忙拉小船靠岸。

小船龍骨觸地後，麥克葛勒頓下了船。他鞋子吱嘎作響，原本潔白的上衣滿是泥巴，但領結還在。

「天哪！」老鼠伸手摟住麥克的肩膀說：「我們還以為你死了！」

麥克點點頭。他嘴唇死灰，不停發抖。河水很冷。

契絲娜呆若木雞，但隨即回過神來，衝上前抱住了男爵。他縮了一下，用一條腿支撐身體，張開沾滿泥巴的雙臂摟住了契絲娜。「你還活著，你還活著！」契絲娜說：「喔，謝天謝地，你還活著！」她擠出淚水，淚珠滾落雙頰。

麥克呼吸著契絲娜身上清新的幽香。冰冷的河水讓他長途泅泳不致於昏迷，不過這會兒上了岸，虛弱重新襲上了他的身子。最後那一百米，還有潛到河底讓自己被網子纏住，簡直就是酷刑。有人走到契絲娜身後。麥克和耶芮克布洛可上校四目交會。

「哎呀呀。」上校笑得很勉強。「起死回生了是吧？靴子，我想我們剛才見證了奇蹟。天使是怎麼搬開您的墓石的，男爵？」

契絲娜火冒三丈。「別煩他！你沒看到他筋疲力竭了嗎？」

「是，我知道他精疲力竭，但我不知道他怎麼沒死！男爵，我敢說您落水至少有六小時了，難道您長了魚鰓不成？」

「也不是。」麥克說道。他受傷的大腿毫無知覺，但血也停了。「我有這個。」他舉起右手，手裡是一根中空的蘆葦，長約一米。「我想是我太不小心了。昨晚酒喝太多，到河邊散步時，應該是滑倒了。總之，我掉到河裡被河水沖走了。」他用前臂揩去臉上的泥巴。「很神奇，人一發現自己快溺水了，酒就馬上醒了。但我的腿被東西卡住了，應該是木頭吧，在我腿上開了好大一個口子，你看！」

「別岔題。」布洛可說。

「我沒辦法掙脫，頭也無法浮出水面呼吸。幸虧我運氣好，周圍長了蘆葦，我就拔了一根，咬掉尾端，用它伸到水面上呼吸。」

「的確走運。」布洛可說：「您這招是在突擊隊員學校學的？」

麥克一臉驚訝。「不是，上校，是當童軍時學的。」

「所以您就在水底下待了將近六小時？就靠這麼一根破蘆葦？」

「你說的這根破蘆葦，我可是打算帶回家去，甚至鍍金掛在牆上做紀念呢。人要遇到考驗才能知道自己的極限，你說是吧？」

布洛可正想回嘴，但終究沒有開口。他環顧左右的圍觀者說：「男爵，歡迎重回人間。」但眼神非常冷酷。「您身上都是魚腥味，最好去洗個澡。」說完他轉身就走，靴子跟了上去，但他沒走幾步突然停了下來，又對男爵說：「您最好小心留著那根蘆葦，男爵閣下，奇蹟可不是天天都有。」

「喔，別擔心。」麥克說道，隨即抓著這個千載難逢的機會補了一句：「我會用鐵拳牢牢抓住的。」

布洛可僵住不動，像是結凍了一般。麥克感覺契絲娜抱著他的手臂收緊了，心跳加快。「多謝關心，上校。」麥克說。

布洛可還是沒動。麥克知道他腦中正在琢磨那兩個字。是比喻？還是奚落？兩人宛如對峙的野獸盯著對方。如果麥克是狼，耶芮克布洛可就是張著銀色獠牙的美洲豹。最後，上校打破沉默，點頭淺笑說：「祝您健康，男爵。」說完便離開河岸朝萊希克隆旅館走去。靴子瞪了麥克一眼，可能足足有三秒之久，表明雙方正式開戰了，接著才跟著上校走了。

兩名德國軍官過來扶麥克返回旅館。其中一人戴著單邊眼鏡。麥克倚著他們蹣跚走上河岸，契斯娜和老鼠跟在後頭。進到旅館大廳，經理神色慌張、滿臉通紅地跑過來，為了事故不停向男爵道歉，還說會在河邊蓋一道牆，免得類似意外再度發生。他想請旅館僱的醫師過來，但麥克辭謝了。那麼，一瓶上好的白蘭地會有療效嗎？男爵說白蘭地對舒緩疼痛再好不過了。

回到契絲娜的房間，德國軍官剛走，門一關上，麥克拖著泥濘的身軀倒在白躺椅上，契絲娜就問：「你去哪裡了？」

「別跟我說你在水底待了六小時之類的屁話！」老鼠說。他替自己倒了一杯百年白蘭地，然後斟了一杯給麥克。「你到底出了什麼事？」

麥克拿起白蘭地一飲而盡，感覺像吞火一樣。「我去搭了一趟火車。」他對老鼠和契絲娜說：「當哈利山德勒的座上賓。山德勒死了，我還活著，就這樣。」他解開領結，開始脫破破爛爛的上衣，露出遍體鱗傷的肩膀和背。「布洛可上校以為我會死在山德勒手上，不難想像他見到我有多吃驚。」

「山德勒為什麼想殺死你？他根本不曉得你到底是誰！」

「山德勒想跟妳結婚——現在得等下輩子了——所以想盡辦法要除掉我。布洛可樂得配合。妳還真會交朋友啊，契絲娜。」

「布洛可跟我的友誼撐不久了，蓋世太保找上提歐馮法蘭克維茲了。」

契絲娜描述布洛可打的那通電話，麥克專心聽完之後，只覺得自己剛才故意提到鐵拳兩個字根本是不智之舉。法蘭克維茲只要被蓋世太保拷問，保證全盤托出，雖然他不曉得麥克的名字，但那雙藝術家之眼（就算再腫、再瘀青）也牢牢記得他的長相，絕對夠讓耶芮克布洛可和蓋世太保找上門來。

麥克起身道：「我們得儘快離開這裡。」

「去哪裡？離開德國嗎？」老鼠期望地問。

「你是這樣沒錯，但我恐怕還不能走。」麥克轉頭望著契絲娜說：「我得去挪威一趟，到史卡帕島上。我認為希爾德布蘭特博士發明了一種新武器，正在那島上用戰俘當實驗品。我不曉得新武器跟鐵拳有什麼關聯，但我得查清楚。妳能把我弄到那裡嗎？」

「我不曉得，我需要時間牽線和安排。」

「多久？」

契絲娜搖搖頭。「很難說，至少一週。去挪威最快的方法是搭飛機，但需要安排中途加油的地點，還有食物和補給。到了挪威海邊後，還要搭船才能到史卡帕。那種地方一定戒備森嚴，除了水雷和岸邊雷達，天曉得還有什麼？」

「妳誤會了。」麥克說：「妳不用去挪威，只需要和老鼠離開德國就好。布洛克一旦發現我是英國間諜，就會明白妳在戲裡的演技比起戲外差多了。」

「你需要有人開飛機。」契絲娜答道：「我十九歲就開始駕駛飛機，已經有十年經驗了，現在不可能找到其他駕駛帶你去挪威。」

麥克想起山德勒說過，契絲娜曾在某部電影裡親自表演飛行特技。他得說這女人很有種。契絲娜凡朵恩可能是他遇過最神奇的女人，當然也是最美的。她是不需要男人當家作主的女人，也不需要旁人的讚美來化解心裡的不安全感。麥克覺得她的字典裡根本沒有「不安全感」這個詞。難怪山德勒這麼想要她，因為他是獵人，想要馴服契絲娜。能在敵營裡擔任間諜這麼久，她果然並非常人。

「你需要有人開飛機。」契絲娜又說了一次，麥克不得不同意她說得對。「我會送你到挪威，並且找人備船，之後你就自己看著辦了。」

「那我呢？」老鼠問道：「呿！我才不要去挪威！」

「我會把你放入管道。」契絲娜回答，但老鼠一臉困惑，於是她補充道：「去西班牙。等你到了那裡，我朋友就會設法送你到英國。」

「好吧，我可以接受。只要愈快把我弄出這個蛇窩就好，我會好過一點。」

「那我們最好現在就收拾東西，趕緊離開。」契絲娜說完便回到臥房開始打包，麥克到浴室洗去臉上和頭髮裡的泥巴。他脫下長褲檢視腿上的傷，子彈很俐落，沒有劃傷肌肉，但在皮膚上留下一道深紅的烙痕。他知道該怎麼做。「老鼠？」他喊道：「幫我把白蘭地拿來。」他望著自己的手，手指和手掌全是刀痕，有些劃得很深，也需要「燙」一下。老鼠把酒拿來，看見槍傷不禁糾起了臉。「到我臥房抽出最下面的床單。」麥克指示他：「撕兩條布條給我，好嗎？」老鼠立刻跑去他房間了。

麥克先用白蘭地洗了手，痛得身體一縮。雖然會讓他聞起來像醉漢，但傷口必須清理才行。接著他清理肩膀，然後才處理腿上的槍傷。他在毛巾上倒了白蘭地，趁猶豫之前將毛巾摁在了傷口上。

他拿了第二條毛巾，這回咬在嘴裡，接著便將金黃的火焰倒在了發紅的傷口上。

「沒錯，我對法蘭克維茲的要求就是這個。」耶芮克布洛可在旅館房間裡對著電話說：「要他描述經過。哈爾德上尉在嗎？他很有本事，知道怎麼弄到答案。跟哈爾德上尉說我現在就要情報。」他氣沖沖哼了一聲。「呿，我管法蘭克維茲身體怎麼樣，我說我現在就要情報，馬上。我會守在電話旁。」他聽見開門聲，抬頭見到靴子走進房裡。「怎樣？」布洛可問道。

「山德勒先生的火車還沒通過鐵路站場，已經晚十分鐘了。」靴子剛才也在樓下打電話，跟柏林站場的場長通話。

「山德勒跟我說他會帶男爵上火車，但火車還在跑，馮范吉男爵卻像蟾蜍從河裡冒出來了！你覺得這是怎麼回事，靴子？」

「我不曉得，上校先生。就像您說的，這不可能才對。」

布洛克嘟囔一聲，搖著頭說：「用蘆葦管呼吸！我得說這傢伙真有膽子。靴子，我有很不好的預感。」有人拿起話筒了。「我在等哈爾德上尉講電話！」布洛可朝對方說：「我是耶芮克布洛可上校，你是誰？別佔著電話！」他蒼白的臉上浮現紅斑，手指敲著桌面，另一手伸過去拿了鋼筆和一張印有旅館字樣的淺藍色筆記紙。靴子雙手交握站著，等著上校的進一步指示。

過了一會兒，布洛可說：「哈爾德嗎？你問到我要知道的事沒有？」他聽著電話另一頭的人回話。「我才不管那傢伙是不是快死了！你問到了沒？好吧，跟我說你問到了什麼。」他拿起鋼筆準備好，接著開始在紙上寫道：西裝筆挺、高瘦、金髮、棕眼。「什麼？你再說一次。」布洛可說，接著繼續往下寫：非常紳士。「這是什麼意思？對，我知道你不會讀心術。聽著，哈爾德，回去再問他一次，確定他沒說謊。跟他說……喔，跟他說只要老實招來，我們就會替他打針，保住他一條小命。等一下。」他一手按住話筒，看著靴子說道：「你有山德勒房間的鑰匙嗎？」

「有，長官。」靴子從上衣口袋掏出鑰匙說。

「鑰匙給我。」布洛可接過鑰匙，他答應山德勒早上會餵生肉給布朗蒂。布朗蒂除了主人之外親近的人不多，他似乎是其中之一，至少門開的時候，引線將籠門拉開，牠不會朝他撲來。「好吧，哈爾德。」他繼續說道：「你再回去好好問他一次，然後打給我。我在萊希克隆。」他告訴哈爾德電話號碼，隨即掛上電話，將寫了字的筆記紙撕下來。金髮棕眼。如果是真的，那顯然跟男爵的長相不合。他到底在想什麼？布洛可心裡自問。男爵跟這件事有關？或許連契絲娜也有份？荒唐！但男爵提到「鐵拳」嚇得他差點尿褲子。男爵顯然只是脫口而出，那當下誰都可能這麼說。但那傢伙……那傢伙有些不對勁，而且這會兒山德勒的火車遲遲不見蹤影，男爵又從河裡冒出來。男爵肯定上了山德勒的火車。難道沒有？

「我得去餵那隻笨鳥。」布洛可說道。生肉放在山德勒房間的冰箱裡。「你待在這裡守著電話。」他對靴子說，說完便離開房間朝走廊盡頭的套房走去。

第四章

契絲娜的司機將賓士車從旅館車庫開到中庭，威廉和老鼠將行李箱放進後車廂，契絲娜和麥克則是在旅館大廳稍作停留，向經理道別。

「出了那麼可怕的意外，實在抱歉。」經理滿臉通紅，雙手必恭必敬交握著說。「本旅館非常期望您再次光臨，男爵。」

「我也很期待。」麥克洗了澡、刮了鬍子，穿著深藍條紋西裝、白襯衫和灰條紋領結。「再說，意外也是我自己不小心。我想我……呃……在河邊散步時太放鬆了點。」

「喔，謝天謝地，您真是太處變不驚了！白蘭地您還滿意嗎？」

「嗯，很滿意，酒非常好，謝謝你。」女僕打掃契斯娜套房時，應該會發現一條快被咬成兩半的毛巾，還有少了一條床單，而那床單的一部分這會兒正纏在麥克腿上。

「凡朵恩小姐，祝您和男爵永浴愛河。」經理九十度鞠躬道。契絲娜謝了他，隨即塞了一大把小費到他手裡。

契絲娜和麥克挽著手臂走過大廳，兩人已經計畫好了：不是蜜月旅行，而是飛往挪威。麥克感覺壓力沈重。今天是四月二十四日，契絲娜說他們至少還需要一週時間，等她的反納粹網絡搞定加油地點和安全細節，而盟軍預定六月第一週登陸攻擊，時間可能非常緊迫了。

兩人快到大門時，麥克聽見背後傳來大力的腳步聲。他肌肉收縮，契絲娜感覺到他身體緊繃。一隻手抓住他的肩膀，在離門三米處將他攔了下來。

麥克轉頭望著靴子那張面無表情的方臉。那壯漢放開麥克的肩膀說：「對不起，男爵、小姐，布洛可上校有話想跟兩位說。」

布洛可手插口袋，臉上掛著微笑大步走來。「哎呀，真是太好了，靴子沒讓你們走掉！我不曉得你們要離開了，是去了妳的房間才發現，契絲娜。」

「我們一小時前才決定的。」契絲娜說，聲音裡聽不出半點緊張。果然是高手，麥克心想。

「是哦？嗯，我不能說這很意外，畢竟發生了那樣的事。」他蜥蜴般的灰色眼眸掃向麥克，然後垂著眼皮望著契絲娜。「但你們不會一走了之，不跟我道別吧？我還以為我和妳是一家人呢，契絲娜。」他笑得更開了。「可能比較像愛管閒事的叔叔吧，是嗎？」他從口袋裡抽出右手，拇指和食指間拈著一根金色的羽毛。「不知道有沒有榮幸和你們共進午餐？你們該不會沒吃中飯就要走了吧？」羽毛在他手裡前後擺動，像貓鬚一樣。

契絲娜心臟狂跳，覺得大事不妙，但還是面不改色說：「我們的行李已經上車，真的該出發了。」

「沒想到妳竟然會拒絕悠悠閒閒吃個午餐，契絲娜，難道妳被男爵傳染了？」

麥克決定先發制人，伸出手說：「布洛可上校，很高興認識您，您會參加我們的婚禮吧？」

布洛可和麥克握手。「當然。」他說：「我從來不錯過婚禮，還有葬禮。」

麥克和契絲娜邁出大門，走下花崗岩台階，上校和靴子跟在後頭。老鼠站在車旁替契斯娜開門，威廉將最後一件行李放進後車廂。

布洛可試圖攔住我們，為什麼？麥克心想。上校顯然發現布朗蒂死了，有人闖進山德勒的房間。要是他想逮人，為什麼不動手？麥克陪契絲娜走到車旁，布洛可緊跟在後。麥克感覺契絲娜在發抖，她也意識到局勢危險了。

契絲娜正要上車，布洛可搶到麥克身旁，一把抓住了她手肘。她抬頭望著上校，陽光灑在她的臉上。

「看在往日時光的份上，一起午餐吧？」布洛可說著微微彎腰，在契絲娜臉頰上輕輕一吻。

「下次吧，耶芮克。」契絲娜說，心情鎮定了些。她坐進車裡，老鼠關上車門，走到另一邊替麥克開門。布洛可跟了上去，靴子則是站在幾米之外。

「很高興認識您，男爵。」布洛可說。麥克坐進賓士車裡，但布洛可抓住車門。威廉坐進駕駛座，插上鑰匙。「祝福您和契絲娜好好享受你們所選擇的未來。」說完他抬頭瞄了中庭出口一眼。麥克已經聽到了：一輛車的低沉引擎聲從浮橋上傳來。「喔，我差點忘了。」布洛可笑著說道，銀牙閃閃發亮。「山德勒的侍從控制住了火車，也找到了他的屍體。可憐的傢伙，竟然被動物咬死了。您可以跟我解釋嗎，男爵？像您這樣毫無野戰經驗的紈褲子弟，怎麼能殺死哈利山德勒？除非您表面和實際上不一樣？」他一手伸進親衛隊黑外套裡，而載著十多名納粹士兵的卡車也從中庭大門駛了進來。

麥克沒時間佯裝生氣。他一腳踹向上校的小腹，將他踢到石子路上。布洛可摔倒在地，但槍已在手。老鼠見到槍管一閃，槍口對準了男爵，心裡突然一陣火起，站到手槍前方朝布洛可的手踢了一腳。

手槍擊發，發出刺耳的喀嚓聲，布洛可被老鼠踢得手指一鬆，手槍飛了出去。

靴子殺了過來。麥克從車裡探出身子，一把將老鼠拽進車內，朝威廉大吼：「快走！」威廉猛踩油門，賓士車往前衝出，麥克及時關上車門，車門上被鐵釘靴底踹出一個盤子大的凹痕。

「去拿槍！去拿槍！」」布洛可掙扎著站起來，一邊喊道。靴子跑過去抓起手槍向前瞄準。

威廉飛速駛過中庭，一枚子彈打中了後車窗，玻璃碎片有如雨點打在麥克、老鼠和契絲娜身上。「攔住他們！」布洛可命令士兵。「攔住那輛車！」槍聲再起，左後輪爆胎了，擋風玻璃也碎了。賓士車闖到浮橋上，引擎嘶吼，引擎蓋上一個彈孔冒著蒸氣。麥克回頭張望，發現幾名士兵追了上來，卡車在中庭掉頭。步槍和機關槍齊發，賓士車中彈搖晃顫抖，雖然到了河對岸，但右後輪也爆了，火焰襲上了引擎蓋。「引擎快爆炸了！」威廉望著油表指針失速下降，溫度指針超越紅線，不禁大吼警告。車尾左右甩動，他已經抓不住方向盤了。賓士車橫出路邊衝進森林滑下斜坡，撞進濃密的樹叢中。威廉猛踩煞車，車子從一棵橡樹旁擦身而過，衝進一片常綠樹林裡停了下來。

「所有人下車！」威廉大吼。他打開駕駛座門，抓住扶手扳動底下的拉拴，車門的皮革內裝立刻滑落，裡面藏了一把衝鋒槍和三個彈匣。麥克拖著老鼠下了車，契絲娜打開後座下方的暗匣拿出一把魯格槍。「這裡！」威廉示意他們往下走，躲進樹叢更濃密的地方。四人由契絲娜帶頭走進樹叢，五十秒後就聽見車子轟隆爆炸，金屬和玻璃碎片如雨點般飛落。麥克聞到血腥味。他低頭看了雙手一眼，發現右手手指沾滿鮮血。他回頭一看，發現老鼠跪在了地上。

麥克想到了，是布洛可那一槍。傷口就在心臟下方，襯衫紅了一大片。老鼠臉色發白，滿頭大汗。

麥克跪在他身旁。「你站得起來嗎？」他聽見自己聲音顫抖。

老鼠嘶啞喘息，眼球混濁。「我不知道。」他回答：「我試試看。」說完便試著起身，但站到一半膝蓋就軟了。麥克一把抱住他，撐著他不讓他摔倒。

「怎麼了？」契絲娜停下腳步，走回他們身旁說。「他——」她話沒說完就安靜下來，因為她看見小矮個襯衫上滿是鮮血。

「他們來了！」威廉說：「就在後面！」他將衝鋒槍舉到腰間，扳開保險，目光左右掃視林間。他們聽見士兵走動的聲響，距離愈來愈近。

「唉。」老鼠眨眨眼說：「真糟，我搞砸了，我這個侍從做得還真差啊。」

「我們不能帶著他！」威廉說：「快走吧！」

「我不會拋下朋友。」

「別傻了！」威廉轉頭望著契絲娜。「管他走不走，我都要離開了。」說完他便轉身衝進森林，躲避逼近的士兵。

契絲娜抬頭看了斜坡一眼。她已經看見四、五名士兵在樹叢裡往下走。「不管你打算怎麼做。」她對麥克說：「最好快點！」

麥克當機立斷。他像消防員一樣扛起老鼠，和契絲娜在林裡倉皇穿梭。「這裡，在這裡！」他們聽見一名士兵對夥伴大喊，隨即一陣衝鋒槍響從上方傳來，接著是幾發手槍。有人高喊：「我們逮到一個了！」

契絲娜蹲靠著樹幹，麥克在她後方。她手往前指，但麥克已經看見了。前方空地有兩名士兵拿著步槍對著地上抽搐的威廉。契絲娜舉起手槍仔細瞄準，接著摁下扳機。她的目標心臟中彈，踉蹌後退倒在地上。另一名士兵朝樹林裡瘋狂掃射，同時跑開尋找掩護。契絲娜表情冷酷，一槍打在對方臀上。士兵癱了，還沒倒地就又中一槍，打穿了喉嚨。契絲娜一襲黑紗洋裝加職業殺手的氣勢，起身朝威廉奔去，麥克緊跟在後，隨即和她得到了同樣的結論：威廉腹部和胸膛中彈，不會有救了。威廉呻吟抽搐，痛得雙眼緊閉。

「對不起。」契絲娜輕輕說了一聲，隨即將槍對準威廉的腦袋，另一手遮住臉，一槍讓他解脫了。

她拿起衝鋒槍，將魯格槍插到麥克腰間，燙得他腹部灼痛。契絲娜黃褐色的雙眼泛紅帶淚，但表情鎮定沉著。她的黑高跟鞋斷了一根，索性將它脫了，並將另一隻鞋扔進樹林。「走吧。」她短短說了一句，隨即拔腿前行。麥克扛著老鼠跟在後頭。他大腿上的傷又裂了，但他強壓住疲憊，靠著要是被蓋世太保逮到就完了的念頭苦撐。萬一落入敵人手中，找出「鐵拳」含意的希望將隨之破滅，更別說通報盟軍了。

左方有動靜。太陽照在皮帶環上的反光。契絲娜轉身朝士兵掃射，士兵立刻趴倒在樹葉堆裡。「這裡！」他高聲大喊，同時開了兩槍。契絲娜和麥克轉變方向，子彈啪啪兩聲打在了樹幹上。一樣東西從枝葉間唰地飛來，擊中他們後方的樹幹彈開了。三秒鐘後，轟天巨響有如利刃一般劃破了他們的耳膜。白煙竄起，麥克明白是煙霧彈，向其他士兵宣告他們的位置。契絲娜沒有停留，伸手擋開荊棘叢繼續往前。麥克聽見後方有人呼喊，左右都有，隨即一枚子彈從他頭頂上方呼嘯而過，有如憤怒的黃蜂。契絲娜被荊棘刺得滿臉傷痕，跑到路邊的樹叢裡時突然緊急煞車。只見馬路旁停了兩輛卡車，下來了更多士兵。契絲娜示意麥克後退，隨即帶他另覓他途。他們吃力穿越濃密的枝葉爬上山坡，然後下切到谷底。

坡頂出現三名士兵，背著陽光成了黑影。契絲娜舉槍掃射，打中了兩人，第三名士兵落荒而逃。一枚煙霧彈在他們右方爆炸，刺鼻的白煙瀰漫深谷。麥克心想，獵犬正在追近。他可以感覺受過訓的牠們流著口水，有如準星般的追著氣味走。契絲娜沿著谷底奔跑，石頭讓她腳底瘀青，但她沒有停步也沒有喊痛。麥克緊跟在後，四周煙霧瀰漫。老鼠還在呼吸，但麥克頸背上全是他的血。第三枚煙霧彈噗的落在左方樹林裡，聲音空洞低沉。一群烏鴉烏壓壓地在樹林上方盤旋，發出刺耳的尖叫。

幾個黑影從坡頂往下奔來，衝入煙霧之中。契絲娜察覺到動靜，一輪掃射逼退了那些人。一枚步槍子彈打在她身旁的岩石上，石頭碎片擦傷了她的胳膊。她回頭張望，臉上閃著汗水，眼神狂亂。麥克在她眼中見到了困獸的恐懼。她壓低身子往前跑，麥克拖著麻痺的雙腿跟在後頭。

深谷盡頭又是森林，一條小河蜿蜒其間，兩岸爬滿青苔。前方一條馬路，河水從下方的石頭涵洞流過，出口堵滿了泥巴和植物。麥克回頭看了一眼，發現士兵的身影從煙霧中浮現，山坡上出現更多士兵，躲在樹後面。契絲娜已經跪了下來，準備爬進泥濘的涵洞。「走吧。」她催促麥克：「快點！」

涵洞很窄，麥克看了看，知道自己絕不可能在士兵追上之前拖著老鼠通過涵洞。他立刻做了決定。契絲娜趴在地上朝涵洞裡鑽，麥克轉身離開河床衝進森林裡。契絲娜繼續在泥濘裡匍匐前進，泥巴和樹叢掩去了她的身影。

一枚子彈打斷了麥克頭頂上方的松樹枝。麥克在林間左右穿梭，一枚煙霧彈幾乎就落在他腳跟前，將他震到了一旁。這些傢伙還真有本事，他冷冷地想。他肺部吃力脹縮，體力隨著汗水不停流逝。他穿過一處濃密的灌木叢，一道道金黃色的陽光灑在他四周。他辛苦爬上小坡，隨即往下，結果踩到枯黃的落葉滑了一跤，連同老鼠一起摔進了恐怖的荊棘叢裡，衣服和皮肉被刺得千瘡百孔。

麥克埋頭猛衝，試著掙脫荊棘的糾纏。他看見士兵從四面八方追上來了。他看了老鼠一眼，發現老鼠嘴角淌著血。

「求求你……拜託。」老鼠喘著氣說：「拜託……別讓他們拷打我……」

麥克鬆開雙手，掏出腰間的魯格槍瞄準其中一名士兵，一槍將他擊斃。其他士兵立刻臥倒。接下來兩槍都偏了，但第四槍打中了一名士兵的鋼盔。麥克瞄準一張白皙的面孔摁下扳機，但什麼都沒發生。彈匣空了。

衝鋒槍子彈掃過荊棘，打得麥克和老鼠身上塵土四濺。有人大喊：「白痴，別把人打死了！」是耶芮克布洛可。他躲在山坡上。接著他又喊：「放下武器吧，男爵！你們已經被包圍了。我一聲令下，你們就會被打成蜂窩了。」

麥克頭暈目眩，身體快支撐不住了。他又看了老鼠一眼，氣自己竟然讓朋友捲入這場死亡的漩渦。老鼠眼神哀求，麥克想起尼契塔的目光，想起很久很久以前，那頭倒在鐵道旁奄奄一息的狼。

「我還在等你呢，男爵！」布洛可喊道。

「別……別讓他們拷打我。」老鼠低語道：「我會受不了，什麼都說出來，而且……而且忍都忍不住。」他伸出滿是荊棘刮傷的手抓著麥克的臂膀，露出淺淺的微笑。「你知道……我剛剛才想到……你從來沒跟我說你本名叫什麼。」

「我叫麥克。」

「麥克。」老鼠說：「跟天使長米迦勒同名，是嗎？」

我是黑暗天使吧，麥克心想，嗜殺如命的天使。他突然想到，狼人從來沒有活到高壽的，而眼前這個叫老鼠的人也活不長了。

「男爵！我數到五，然後就下令開槍囉！」

麥克很清楚，蓋世太保一定會想辦法讓老鼠活著，灌他各種藥物，拷問他到死。那樣的死法只有悽慘可言。麥克知道自己也躲不過同樣的命運，但他對痛苦並不陌生，而只要有一絲機會可以脫逃，繼續執行任務，他就非得把握不可。

好吧，就這樣吧。他將槍往外一扔，槍喀一聲落在地上。

他雙手按著老鼠頭部兩側，將他抓了起來。他熱淚盈眶，淚水熱辣辣地滑落滿是刮傷的雙頰。天使，他恨恨地想，是啊，該死的天使。

「你會……照顧我嗎？」老鼠輕聲問道，神智開始錯亂了。

「會的。」麥克說：「我會照顧你。」

過了一會兒，布洛可又開口了：「爬出來到空曠的地方，你們兩個！」

荊棘叢裡冒出一道人影。麥克灰頭土臉，渾身是血，精疲力竭趴在地上，被六名拿著步槍和衝鋒槍的士兵團團包圍。布洛可大步走近，靴子隨侍在後。「另一個傢伙呢？」他轉頭張望，看見一具屍體動也不動倒在荊棘裡。「把他弄出來。」他吩咐兩名士兵，士兵立刻鑽進荊棘裡。「站起來。」布洛可對麥克說：「聽見沒有，男爵？」

麥克緩緩起身，傲然注視著耶芮克布洛可。

「那個賤人躲到哪裡了？」上校問道。

麥克沒有回答。士兵拖著老鼠，他聽見老鼠衣服擦過荊棘的窸窣聲，不禁打了個冷顫。

「那個賤人去哪裡了？」布洛可舉起手槍抵在麥克的左眼下方說。

「少來這一套。」麥克用俄語說道。他看見布洛可突然臉色慘白。「你不會開槍殺了我的。」

「他說什麼？」上校轉頭看有誰能翻譯。「他講的是俄語對吧？他說了什麼？」

「我說。」麥克繼續用母語說道：「你幫驢子吹，再讓驢子肛。」

「他到底在說什麼？」布洛可轉頭瞪著靴子說：「你待過俄國前線，他倒底說了什麼？」

「我……呃……我想他說……他有一頭驢子，還有一隻愛叫的公雞。」
「他是耍幽默，還是瘋了？」
麥克吠了一聲，布洛可嚇得倒退兩步。麥克轉頭望向老鼠的屍體，一名納粹士兵正試著扳開老鼠緊握的右拳，但怎麼也扳不開。靴子突然大步上前，一腳朝老鼠的手狠狠踩了下去。手骨像火柴棒一樣碎了。麥克目瞪口呆，望著靴子使盡全身重量碾踏那隻手。踩夠之後，那大塊頭抬起腳，老鼠的右手開了，掌心裡是那枚鐵十字勳章。
靴子彎腰伸手去撿。
麥克用德文說：「你敢碰那枚勳章，我就殺了你。」
麥克斬釘截鐵的語氣讓靴子愣住了。他猶豫地眨了眨眼，手僵在空中，不知該不該去拿地上那人的遺物。麥克瞪著他，感覺一股狂流在血管裡沸騰。他快變身了……非常非常快。只要他想，隨時就能……
布洛可抓著手槍猛力一揚，打在麥克跨下。麥克痛得倒抽一口氣，跪在地上。
「哎呀，男爵。」布洛可埋怨道：「口出威脅有失貴族身份，是吧？」說完他朝靴子點點頭，靴子拾起勳章握在手裡。「男爵，我們很快就會成為知交了，甚至在我搞定您之前，您的聲音還會比現在更尖呢。拉他起來。」他吩咐兩名士兵，士兵立刻將麥克拽了起來。麥克跨下抽痛，直不起腰，就算化身為狼也很快累成一灘爛泥。現在時機不對，地點也不對。他讓變身的衝動緩緩平息，有如回聲從體內飄散。
「走吧，我們還得趕路呢。」布洛可開始上坡，幾名士兵推著麥克往前，其餘的守在兩旁，舉槍盯著他。靴子手握勳章，跟在一段距離後面，幾名士兵開始拖著老鼠的屍體朝馬路走去。麥克沒有回頭再看老鼠，那小矮子已經走了，不用面對嚴刑拷打了。

布洛可抬頭望了望藍天，咧嘴微笑，銀牙閃閃發光。「嘿，天氣真好，對吧？」他自言自語道。他會留下一隊士兵繼續搜尋契絲娜。他敢說那賤人很快就會走投無路。契絲娜逃不遠的，她終究是個女人。他想到自己那麼蠢，心頭隱隱作痛，但又期盼那女人快點落到他手中。他之前一直以她的和藹叔叔自居，以為契絲娜是忠貞的納粹信徒。現在既然她是天大的叛徒，自然就不用那麼客氣，那麼彬彬君子了。不過，這實在是太丟臉了，千萬不能讓報社知道，無論如何都要隱瞞！還要提防希姆勒，不能讓他發現。所以問題來了：該在哪裡拷問男爵？

唉呀，有了！布洛可心想，當然是那裡囉！

他望著男爵被推上卡車，手綁在背後躺著地上，一名士兵站在他身旁，步槍抵著他的喉嚨。

布洛可走到卡車前座交代駕駛兵，其餘士兵則是返回森林，繼續尋找納粹德國的夢中情人。

第五章

麥克還沒見到目的地，就先聞到了。他仍躺在卡車地板上，雙手反綁在後，左右都是坐著的士兵。卡車的貨斗罩著灰色帆布，包得密密實實，只有一道縫隙透進一點陽光。他搞不清方向，但曉得不是朝市區前進，因為路太顛簸了，不可能是柏林的市區道路。沒錯，這條路被太多卡車輪胎和重型車輛荼毒過，每輾過一道車轍，車地板傳來的震動就會讓他背部肌肉一陣抽痛。

一股強烈的氣味穿透帆布滲進貨斗裡，車上的士兵也聞到了。幾名士兵交頭接耳竊竊私語，神情惶惶不安。氣味愈來愈重，麥克聞過類似的味道，在北非，一群被火焰槍攻擊的士兵身上就是這個味道。只要聞過人體燒焦的那股噁心的甜味，就一輩子也忘不了。眼前這股味道還帶著木頭的焦味。應該是松木，麥克心想。火勢又大又急。

一名士兵起身走到卡車尾端張嘴想吐，兩名阿兵哥低聲交談，麥克聽見他們提到「法肯豪森」四個字。

他知道自己要被送去哪裡了。法肯豪森集中營，布洛可一手打造的地方。

味道散了。風向變了，麥克心想，但著火的到底是什麼？卡車停了下來，不動了幾分鐘，引擎低聲哼鳴著。麥克聽見鐵鎚聲。接著卡車又前進了約一百米，然後再度煞車，有人用刺耳的聲音大喊：「帶囚犯下來！」

帆布撩起，麥克被拖下卡車，暴露在豔陽下。一名納粹武裝親衛隊少校站在他的面前。這人身材臃腫，黑色制服快撐破了，臉龐圓而紅潤，眼神和鑽石一樣森冷發白，但沒有鑽石的光采。他頭戴黑色平沿帽，頭上的棕髮短得近乎光禿，腰帶上一把瓦爾特手槍收在槍套裡，還有一根黑色橡皮棍，專門傷筋挫骨的。

麥克環視左右，看見木造營房和灰石牆，後方一排濃密的綠樹。一棟新營房正在施工，囚犯們穿著條紋制服合力敲打木樁，警衛們拿著衝鋒槍守在蔭涼處。密實的刺鐵絲網構成內牆，外牆由石頭砌成，角落是木造的哨塔。麥克看見大門同樣是木造的，上方的拱門在布洛可套房裡的裱框相片上出現過。空氣中瀰漫著一層黑霧，緩緩飄向樹林。他又聞到那個味道，焚燒皮肉的氣味。

「眼睛看前面！」納粹少校一手抓住麥克的下巴往前扳，一邊吼道。

一名士兵拿著步槍戳了他的背，另一名士兵扯下他的外套，接著扒掉襯衫，力道大得連珍珠鈕扣都扯飛了。他抽掉麥克的皮帶，解開褲子，扒下內褲。麥克的背又被步槍戳了一下，這回在腎臟。麥克知道對方的意思，但他只是望著少校沒有顏色的眼睛，雙腳站著不動。

「鞋子和襪子脫掉。」少校說。

「我們是要結婚了嗎？」麥克問。

少校掏出橡皮棍，棍尖抵著麥克下巴。「鞋子和襪子脫掉。」他又說了一次。

麥克察覺左方有人，斜眼一看發現布洛可和靴子走了過來。

「眼睛看前面！」少校喝斥道，隨即揮棍在麥克受傷的腿上狠狠一擊。麥克感覺大腿痛徹骨髓，傷口再度裂開滲血。他跪在白土上，一把步槍對著他的臉。

「男爵。」布洛可說：「這裡恐怕是我們的地盤了。麻煩您聽從克洛爾少校指揮好嗎？」

麥克遲疑著。他大腿抽痛，臉上滿是斗大的汗珠。靴子一腳踹在麥克背上，將他踏倒在地。靴子全身重量壓在他脊椎上，讓麥克痛得咬牙。

「說真的，男爵，您最好配合一點。」布洛可說，接著轉頭對克洛爾說：「他是俄國人，你也知道俄國佬有多倔強。」

「這裡專治倔強。」克洛爾說。靴子踩著麥克，兩名士兵過來脫了麥克的鞋襪，讓他全身赤裸，只有兩隻手腕被手銬鎖在背後。士兵將他拉了起來，推著他走。麥克毫不抗拒。反抗只會讓他骨斷肉裂，而他還沒從火車上那場搏鬥和方才林中奔逃的疲憊裡恢復過來。他沒時間悼念老鼠，也沒時間感嘆自己的困境。這些人絕對會用酷刑逼他全盤托出。不過，他們覺得他是俄國間諜對他有利，因為這樣他們的焦點會放在東側，而不是西方的盟軍。

集中營很大，大得令人沮喪，麥克心想。到處都是營房，多半是漆成綠色的木造房舍，還有幾百株殘幹，說明法肯豪森是砍伐森林蓋成的。麥克看見一張張蒼白憔悴的臉龐隔著裝了百葉的窄窗望著他。幾群消瘦的禿頭囚犯和他們擦身而過，後面跟著手拿衝鋒槍和警棍的衛兵。麥克發現幾乎所有囚犯衣服上都別著黃色的大衛之星。他全身赤裸似乎很尋常，完全沒人多看他一眼。遠處大約兩百米外，有幾棟營房自成一區，被刺鐵絲網包圍著。麥克隱約看見三、四百名囚犯在泥土操場上站成數排，而喇叭正在播放千年帝國的政令宣導。他看見左側遠方有一棟低矮的灰石平房，兩根煙囪冒著黑煙飄向森林。他聽見重機械的轟鳴聲，但無法判斷聲音的來處。風向一變，讓他鼻子又聞到了味道。但不是人肉的焦味，而是久未洗澡的汗臭，同時混雜著腐敗、老朽、屎尿和血漬的氣味。他望著煙囪冒出陣陣濃煙，心想：雖然他不曉得這裡在做什麼，但肯定是消滅多於監禁。

三輛卡車從灰石平房那頭駛來，士兵命令麥克停步。麥克站在路旁，被步槍槍口抵著腦袋，看著卡車緩緩接近。克洛爾揮手攔住卡車，接著帶布洛可和靴子走到第一輛卡車後方。麥克看見克洛爾跟布洛可說話，紅潤的臉上滿是興奮。「品質很棒。」他聽見克洛爾說。「所有的單位裡，法肯豪森出產的品質最高。」克洛爾命令一名士兵從卡車上搬了一只松木箱下來。士兵用刀撬開釘子。「上校，您會發現我一直按著您的高標準要求品質。」克洛爾說。麥克看見布洛可頻頻點頭，被這番奉承捧得眉開眼笑。

箱子最後一根釘子開了，克洛爾伸手進去。「您瞧，我敢說其他集中營都做不出這種品質。」

克洛爾拿出一把紅棕色長髮，麥克發現是女人的頭髮，自然鬈。克洛爾朝布洛可咧嘴微笑，接著又伸手到箱子裡，拿出幾束淺金色的頭髮。「看，很漂亮吧？」克洛爾問道：「這做出來的假髮一定很棒，可以賣得跟金子一樣貴。我很驕傲地跟您報告，我們的產率已經到達百分之卅七，而且完全沒頭蝨。新的除蟲劑實在太有用了！」

「我會轉告希爾德布蘭特博士效果很好。」布洛可說完望著箱裡，伸手進去拿了一束亮銅色的頭髮出來。「哇，這真是太神奇了！」

麥克望著頭髮從布洛可指尖滑落。陽光下，那美麗的光澤讓麥克為之心碎。這是某位女囚犯的頭髮，他心想，她的身體呢？他又聞到那股焦味，胃裡忍不住一陣翻攪。

這些人根本是禽獸，死有餘辜。要是他知道這些事卻沒有咬斷他們的喉嚨，還讓他們嘻皮笑臉談論假髮和生產時程，肯定會遭天打雷劈。三輛卡車的貨斗裡全是同樣的松木箱，裝滿了人的頭髮，就像從羔羊身上扒下的羊毛一樣。

他絕不能讓這些人活著。

他推開步槍上前一步。「別動！」拿槍的士兵大喊。克洛爾、布洛可和靴子轉頭看他，手裡的頭髮簌簌飄落箱裡。「別動！」士兵再次大喊，舉起步槍抵住麥克的胸口。

這一點痛根本不算什麼。麥克繼續往前，手腕反綁在後。他望著克洛爾上校毫無顏色的眼眸，看見對方打了個哆嗦，往後退了一步。他感覺牙床隱隱作痛，臉部肌肉開始後退，準備讓獠牙從顎裡冒出來。

「可惡，立刻站住！」士兵用槍管猛擊麥克的後腦，麥克顛了一下，但立刻站穩腳步。他大步走向那三個傢伙，靴子見狀隨即站到他和布洛可中間。另一名拿著衝鋒槍的士兵衝向麥克，槍托狠狠砸向麥克的腹部。麥克痛得彎腰喘息，那士兵舉起衝鋒槍準備賞他腦門一鎚。

但麥克動作比他更快，膝蓋猛力往上一頂，踹中他的跨下。士兵往後飛開，連人帶槍摔在地上。一隻手從麥克背後扣住了他的脖子，掐住氣管，另一人揮拳打中他的胸口，讓他心臟漏了幾拍。「抓住他！抓住這個混帳！」克洛爾朝瘋狂往前猛衝的麥克大喊，一邊揮舞警棍打在麥克肩上。第二棍讓麥克跪在地上，第三棍打趴了他。麥克肩膀發黑、腹部瘀青，痛得吃力喘息。他幾近昏迷，努力克制著變身的衝動。黑色毛髮就要從毛孔裡竄出來了，他可以聞到自己身上的獸臊味，嚐到嘴裡的野性。要是他倒在這裡變了身，肯定會被德國人開膛破肚檢視一番，身上所有部位，從器官到牙齒，都會被貼上標籤，泡在福馬林裡，等候納粹醫師研究。他想活著，想殺死這些傢伙，於是他拚命壓抑變身的衝動，讓它消散。

他身上可能冒出了幾撮黑色的狼毛，像是胸口、大腿內側和喉嚨，但很快就消失無蹤了，所以沒人注意，就算有士兵看到了，可能也覺得是自己眼花。麥克趴在地上近乎昏厥，朦朧中聽見布洛可說：「男爵，我想您接下來可能有得受了。」

士兵架著麥克的胳膊將他拉起來，拖著他往前走。麥克眼前一黑，昏了過去。

第六章

「聽得到嗎？」

有人說話，聲音像是來自隧道的另一頭。是誰？

「男爵？聽得到嗎？」

暗之又暗。別回答！麥克心想。只要不出聲，說話的人就會走開，讓你休息！

燈亮了，光線很強，麥克眼睛閉著也看得見。「他醒了。」他聽見那聲音對房裡另一人說。「你看到他脈搏變快了嗎？喔，他知道我們在這裡，不會錯。」麥克發現是布洛可。一隻手抓住他的下巴，搖晃他的腦袋。「快點，睜開你的眼睛，男爵，快點。」

他不肯睜開。「給他喝水。」布洛可話剛說完，一桶冰水就潑在了麥克臉上。

他咳了幾口水，身體冷得忍不住發抖，同時睜開了眼睛。剛才的光是強力聚光燈的傑作。燈拉到他面前，強光讓他再度閉上了眼睛。

「男爵？」布洛可說道：「您要是再不睜開眼睛，我就把您的眼皮割了。」

他們絕對會這麼做。麥克乖乖聽話，睜開眼皮瞇眼對著強光。

「很好，我們總算可以辦正事了！」布洛可拉了一把有輪子的椅子過來，在麥克身旁坐下。麥克隱約辨別出房裡還有其他人。一名彪形大漢拿著滴著水的水桶，另一人身材臃腫，黑色親衛隊制服繃得死緊，顯然是布洛爾少校。「在我們開始之前。」布洛可輕聲說道：「我要先說明一件事，你已經沒希望了，不可能逃出這個房間，就算出得了這四面牆，外頭還有更多的牆。」他彎身擋住燈光，銀牙閃閃發亮。「這裡沒有你的朋友，也不會有人來救你。我們會毀了你，差別只在快慢而已。你也只有這件事可以自己選擇，了解嗎？聽懂就點頭。」

麥克忙著判斷自己被綁成什麼模樣。他全身赤裸躺在一張乂字形鐵桌上，雙手和雙腳伸直大開，手腕和腳踝被皮帶緊緊綁住，桌子往前傾斜，讓麥克近乎直立。他扭動手腳想試試皮帶的鬆緊，皮帶紋風不動。

「鮑曼。」布洛可說道：「再去拿水來。」拿著水桶的壯漢說了聲「是」，隨即走過房間。應該是克洛爾少校的侍從官，麥克推想。門閂滑動，沈重的鐵門開了又關，短暫透進一絲灰暗的光線。布洛可再次轉頭望著麥克：「你叫什麼名字？國籍呢？」

麥克沒有說話，心臟砰砰狂跳。他敢說布洛可看得出來。他肩膀疼痛欲裂，不過應該沒骨折。他感覺自己就像全身裹著瘀青的骷髏。既然布洛可想要答案，麥克決定就給他一個。「我叫理查漢姆雷特，我是英國人。」

「哦，你是英國人？英國佬俄文講得這麼好？我不信。既然你是英國人，說幾句英文來聽聽。」

麥克沒有答腔。

布洛可長嘆一聲，搖搖頭說：「我還是比較喜歡你是男爵的時候。好吧，就假設你是紅軍間諜，潛入德國進行暗殺或破壞，而契絲娜凡朵恩是你的聯絡人，你是在哪裡跟她接觸，如何聯絡上她的？」

他們抓到契絲娜了嗎？麥克心想。從拷問他的人的眼神裡看不出答案。

「你的任務是什麼？」布洛可問道。

麥克直視前方，太陽穴脈搏猛跳。

「契絲娜為什麼帶你到萊希克隆旅館？」

麥克還是沉默不答。

「任務完成後，你打算怎麼離開德國？」布洛可靠前一些。「你聽過提歐馮法蘭克維茲這個人嗎？」

麥克面無表情。

「法蘭克維茲似乎認識你。」布洛可接著說：「喔，他本來想掩護你的，但我們給他吃了一種很有意思的藥。他死前向我們詳細描述了那個造訪他公寓的傢伙，而他描述的人就是你，男爵。現在請你告訴我，俄國情報員怎麼會對法蘭克維茲這樣一個在街頭畫畫的老頭感興趣？」他食指戳了戳麥克瘀青的肩膀。「別以為你很勇敢，男爵，其實你蠢透了。我們可以注射一堆藥物到你體內，讓你管不住嘴巴，只可惜這些藥物要有效，得先讓你……怎麼說呢……狀況不好，所以我們必須先做到這一點。這是你的選擇，男爵，你希望我們怎麼做？」

麥克沒有回答。他知道接下來會發生什麼，也已經做了準備。

「好吧，我懂了。」布洛可站起來，從麥克面前退開說：「克洛爾少校？這傢伙就交給你隨意處置了。」

克洛爾大步上前，舉起橡皮棍開始幹活。

之後，他們又用冷水潑了麥克的臉，將他召回惡魔的國度。他嗆咳了幾聲，鼻孔被血塞著，右眼腫得睜不開，右臉全是瘀青，感覺又垮又沉，下唇裂了，血沿著下巴滴到胸口。

「這麼做實在一點意義都沒有，男爵。」布洛可上校再次坐在麥克身旁的椅子上對他說。他面前擺著一個盤子，上頭放著香腸、酸菜和裝在水晶酒壺裡的白酒。布洛可領子塞了餐巾，拿著銀刀叉正在享用晚餐。「你知道我隨時可以殺了你，全看我心情如何。」

麥克哼了一聲，血從鼻孔噴了出來。他的鼻子可能斷了。他舌頭舔到一顆被打落的臼齒。

「克洛爾少校只想快點殺了你，把事情解決掉。」布洛可嚼完香腸，用餐巾揩了揩嘴說。「但我想你應該很快就會想清楚了。你是從哪裡來的，男爵？莫斯科？列寧格勒？哪個軍區？」

「我是……」麥克嗓子啞了，於是重說一次：「我是英國公民。」

「唉，別又來了！」布洛可警告道。他喝了一口酒，接著說：「男爵，是誰派你接觸提歐馮法蘭克維茲的？契絲娜嗎？」

麥克沒有回答。他視線時明時霧，腦袋被拷打搞得昏昏沉沉。

「我是這麼想的。」上校說：「契絲娜在盜賣德國的軍事機密。我不曉得她怎麼會知道法蘭克維茲這個人，但假設她是某個叛徒組織的成員，幫助你執行任務，不管任務是什麼，總之她決定給你一點情報，讓你帶回去給你的俄國主子。走狗都有主子的，對吧？嗯，契絲娜可能認為你願意出錢交換情報，是不是？」

麥克沒有說話，愣愣望著刺眼的聚光燈的後方。

「契絲娜帶你去萊希克隆暗殺某個人，對吧？」布洛可切開香腸說，肉汁汩汩流了出來。「那裡一堆高官將領……說不定你原本打算將旅館夷為平地。但我想問，你幹嘛要去山德勒的套房？那隻老鷹是你殺的，對吧？」麥克沒有回答，布洛可哼笑道：「無所謂，反正我本來就討厭那隻笨鳥。但我看到那堆羽毛和裡頭凌亂的樣子，我就知道一定是你，尤其是你在河邊演了那齣戲之後，我就知道你一定受過特戰訓練，是從山德勒的火車上逃出來的。他在那輛火車上獵過十幾個人，其中一些是幹了壞事的軍人，所以你懂嗎，我知道一個種花的男爵是不可能打敗山德勒的。不過，他也沒輸太多，對吧？」他用餐刀戳了戳麥克腿上血漬乾涸的彈孔，接著說：「好了，回到法蘭克維茲。還有誰知道他畫給你看的圖？」

「這你得問契絲娜。」麥克語帶試探，想知道她是不是被捉了。

「別擔心，我一定會問的。但我現在是在問你。還有誰知道那幅畫？」

他們還沒抓到她，麥克想，但也可能是他一廂情願。那幅畫對布洛可來說比什麼都重要。布洛可吃完香腸、喝了白酒，等他眼前的俄國間諜答話。過了一會兒，他起身推開椅子說：「克洛爾少校？」同時示意少校過來。

少校從暗處走了出來。他揚起橡皮棍，麥克瘀青的身體立刻繃緊。他還沒準備好再挨打。他得拖延時間。他說：「鐵拳的事，我都知道了。」

橡皮棍對準麥克的臉揮了過去。

棍子還沒落下，克洛爾的手腕就被人抓住，攔住了棍子。「等等。」布洛可吩咐克洛爾，隨即盯著麥克說：「就兩個字。這兩個字是法蘭克維茲說的，對他毫無意義，對你也毫無意義。」

只好摸石子過河了。「盟軍可不一定這麼想。」

房裡瞬間安靜，彷彿光是提到盟軍就足以讓人血液凝結。布洛可繼續盯著麥克，臉上沒有洩漏半點情緒。過了一會兒，他說：「克洛爾少校，麻煩你離開一下，鮑曼你也是。」少校和侍從官離開後，布洛可開始在房裡的石板地上來回踱步。他手收背後，身體微微前彎，突然停下來說：「你在唬弄我，你根本不知道鐵拳是什麼。」

「我知道你負責計畫的保防工作。」麥克字斟句酌地說：「我猜你沒有把我帶到柏林的蓋世太保總部，是因為你怕長官發現維安出了漏洞。」

「哪裡來的漏洞？再說，我不曉得你說的計畫是什麼。」

「才怪，你清楚得很，而且恐怕已經不是秘密了。」

布洛可走到麥克面前，彎身看著他。「是嗎？那我問你，男爵，鐵拳是什麼？」他的呼吸飄著香腸和酸菜味。

關鍵時刻終於到了。麥克知道自己一句話就能決定死活。他說：「希爾德布蘭特博士發明的那玩意兒可比除蚤劑強多了，是吧？」

布洛可削瘦的下顎微微一緊，除此之外沒有任何反應。

「沒錯，我是去了山德勒的套房。」麥克接著說：「但在那之前，我先去了你的房間。我找到你的公事包，看到了希爾德布蘭特博士受試者的相片。我猜那些人應該是戰俘吧。你是從哪裡送那些人過去的？這裡？還是其他集中營？」

布洛可瞇起眼睛。

「我也來假設一下吧。」麥克說：「假設你從集中營挑了戰俘，送他們去希爾德布蘭特在史卡帕島的工作室。」布洛可臉色一沉。「唉……我想喝點酒。」麥克說道：「潤潤喉。」

「你這個斯拉夫混帳，我要割了你的喉嚨！」布洛可咬牙切齒地說。

「我看不可能。一口酒，麻煩你了。」

布洛可沒有反應，接著嘴角泛起冷笑說：「如你所願，男爵。」他從托盤上拿起酒壺，遞到麥克嘴邊讓他喝了一口，然後將酒壺拿開。「繼續。」

酒在唇上一陣刺痛，麥克舔了舔腫脹的下唇，接著說：「戰俘成了希爾德布蘭特的實驗品，如果我記得沒錯，現在已經超過三百人了。我猜你定期跟博士聯絡，甚至拿那些相片給長官看，讓他們知道計畫的進度，對吧？」

「你知道，這個房間很怪。」布洛可環顧房內說：「經常可以聽到死人說話。」

「你可能很想殺了我，但你不會那麼做。你我都知道鐵拳有多重要。」又是一步險棋。布洛可再次瞪著他。「我在莫斯科的朋友應該會很興奮，馬上把消息傳給盟軍。」

麥克的暗示見效了。布洛可說：「還有誰知道這件事？」他聲音尖了，甚至有些顫抖。

「契絲娜知道，還有另外一些人也知道。」他決定牽著布洛可的鼻子走。「我在你套房的時候，她可是跟你在一起。」

布洛可上鉤了。他臉上閃過一絲動搖，顯然想到這表示萊希克隆旅館裡一定有人是叛徒。「房間鑰匙是誰給你的？」

「我不曉得。鑰匙是硫磺俱樂部聚會時送到契絲娜房間的，事後我再將鑰匙放到二樓的花盆裡。」目前一切順利，麥克想，布洛可絕對想不到他是攀著城牆進到套房裡的。他微微側頭，心臟狂跳，知道自己在玩命，但必須爭取時間。「嘿，我想你說得對，這個房間確實可以聽見一個死掉的上校在說話。」

「盡管嘲笑我吧，男爵。」布洛可雙頰漲紅，繃著笑容說：「等老實針打下去，你就會從實招來了。」

「我想你可能會發現我比法蘭克維茲還難纏一點。再說，我不知道的事就算想說也沒辦法告訴你。鑰匙是送來的，而我連同膠卷一起放進信封裡還了回去。」

「膠卷？什麼膠卷？」他聲音更抖了。

「哎，我不可能兩手空空就去你的套房，是吧？我當然帶了相機，一樣是契絲娜的朋友提供的。

我拍了你放在公事包裡的那些相片，還有文件，看起來像是帳本之類的。」

布洛可沒有說話，但是麥克猜得到他心裡在想什麼：他負責保管的機密外流了，說不定已經由信差送往蘇聯。萊希克隆裡一堆叛徒。「你說謊。」他說：「如果是真的，你才不會這麼輕易就說出口。」

「我不想死，也不喜歡被拷打，而且反正情報已經交出去，你也無能為力了。」

「你錯了，大錯特錯。我不認為如此。」布洛可氣得臉紅脖子粗，伸手從托盤上拿起叉子站到麥克身旁說：「就算把萊希克隆徹底掀了，從水管工人到經理統統處決，我也在所不惜。親愛的男爵，你會告訴我的，你會說出你是如何跟契絲娜取得聯繫、在哪裡碰頭，又計畫如何脫逃的，還有其他許多。而且你說得沒錯，我不會殺了你。」他將叉尖刺進麥克的左手臂，然後拔出來說：「畢竟你還有些用處。」他又舉起叉子，這回戳在麥克的肩上。麥克身體一顫，臉上冒出汗珠。布洛可說：「我會吃了你。」他將叉子戳進麥克脖子底端。「像吃肉一樣，一次切一小塊，吃我要的部份，吐掉剩下的。」他拔出叉子，叉尖沾著血。「你也許知道鐵拳是什麼，也曉得希爾德布蘭特博士和史卡帕島，但你不知道我們要怎麼用它。沒有人知道堡壘在哪裡，只有我、博士和少數人知道，而那些人絕不可能叛變。因此，你的俄國朋友一定也不曉得，當然不可能告訴英國人和美國佬了，是吧？」他將叉子刺進麥克左頰，拔出來後舔了舔叉尖的血。「現在。」布洛可對麥克說：「只是前菜。」說完便喀嚓關了聚光燈。

麥克聽見布洛可大步走開。沈重的房門開了。「鮑曼。」上校說：「送這個垃圾去牢房。」

麥克一直憋著呼吸，這會兒終於輕輕喘了口氣。至少暫時不會再被拷打了。鮑曼走進房間，後面跟著三名士兵。他們解開麥克手腕和腳踝的皮帶，將他從乂字形桌上抬下來，用槍抵著帶他走過石地板走廊。「快點，你這頭豬玀！」鮑曼年輕瘦小，戴著圓框眼鏡，臉長而憔悴，一邊咆哮一邊推著麥克往前。走廊兩側木門成排，高只一米，全都上了門閂，和地板齊平。門上有方形嵌門可以拉開，麥克推斷是通風或遞送食物和飲水用的。這地方聞起來潮濕又古老，飄著溽濕乾草、糞便、汗水和久未洗澡的味道。跟狗窩一樣，麥克想。他聽見門後的囚犯喃喃自語，發出動物般的呻吟。

「停。」鮑曼下令道。他挺直腰桿，冷冷望著麥克說：「跪下。」

麥克還在遲疑，兩支步槍已經抵住他的背。他彎下身，其中一名士兵拉開門閂，鏽鐵摩擦發出刺耳的聲響。門後有碎步走動的窸窣聲。

「進去。」鮑曼說。

「上帝慈悲！上帝慈悲！」一名面容憔悴、兩眼腫脹的禿頭男子高聲呼喊，膝蓋跪著朝門走來。他高舉雙手，凹陷的胸膛滿是流膿的潰瘡。他跪行到門前，全身顫抖用期盼的目光看著鮑曼，雙眼在昏暗的牢房裡閃閃發亮。

「我說進去。」納粹侍從官又重複一次。說完不到兩秒，其中一名士兵就用靴子猛踹麥克的肋骨，其餘士兵將他推進了地獄般的牢房，然後將門關上，喀喀鎖上門閂。「上帝慈悲！上帝慈悲！」禿頭男子不停大喊，直到牢房後方一個粗啞的聲音吼了一句「閉嘴，梅茨格！沒有人在聽你講什麼。」他才閉上嘴巴。

第七章

麥克躺在滿是髒汙斑點的乾草鋪上，牢房裡昏暗惡臭，他聽著其他囚犯在睡夢中呢喃呻吟，感覺哀傷有如一襲絲袍罩上了他的心頭。

生命誠可貴，那些痛恨生命的人到底在想什麼？他想起冒著黑煙的煙囪和空氣中瀰漫的焚屍味，想起裝滿頭髮的松木箱。那些頭髮在世界尚未崩壞之前曾經被人梳過、撫摸過，或許是母親、或許是父親，覆著頭髮的前額也留著溫柔的吻痕，如今卻落在假髮商手上，身體化為一股黑煙。這裡毀滅的不只是人，還有一個個世界被燒成灰燼。為了什麼？希特勒吹噓的「生存空間」和鐵十字勳章？他想起老鼠，想起那小矮個脖子被他一扭，陳屍在荊棘叢裡。他心揪了一下，殺生或許是他的天性，卻沒有快樂可言。老鼠是很好的朋友。還有比這更好的墓誌銘嗎？在這片死傷無數的土地上悼念一個人，就跟在著火的房子裡吹熄一根蠟燭一樣。他揮走記憶，不去想靴子踩爛老鼠的手，取走勳章的景象。麥克眼眶濕潤，知道自己在這個人間地獄可能會失去理智。

布洛可提到一件事。什麼事呢？麥克試著集中心神，不去想眼前的殺戮。布洛可說到堡壘。對，就是這個。布洛可說，沒有人知道堡壘在哪裡，只有我、博士和少數人知道……

堡壘。他說的堡壘是指什麼？史卡帕島？麥克覺得不是。契絲娜沒花多少功夫就查到了希爾德布蘭特在島上有住所和實驗室，根本不是嚴加保護的秘密。所以，布洛可指的是哪個堡壘？跟鐵拳的使用方式又有什麼關係？

玻璃上的彈孔和漆成綠色的金屬板，麥克心想，而且是橄欖綠。為什麼漆成那個顏色？

他正在思考的時候，有人用手指摸了他的臉。

麥克沒想到會遇上這種事，嚇了一大跳，反手抓住了那隻細瘦的手腕，看見手腕的主人就蹲在他身邊，四周微微泛藍。那人悶聲低喘一聲，扭著手想要擺脫，但被麥克抓著不放。

這時，他右方另一個人影動了。這人個子較壯，在麥克眼裡同樣微微泛藍，朝他伸臂揮來，手臂前端是緊握的手掌，一拳打在他腦門上，打得他耳鳴轟轟。麥克低身跪坐閃躲，第二拳從他額頭擦了過去。他們想殺了我，麥克想道，心裡一陣驚惶。他們餓到想吃人肉了嗎？他放開第一個人影，那人立刻衝到遠處角落躲了起來。麥克全神貫注準備對付另一個比較壯、比較有力的人影。第三拳揮來了。麥克一個手刀打在對方手肘上，果然聽見了呻吟聲。他看見腦袋和模糊的五官，於是揮拳朝臉打去。對方球根狀的鼻子立刻斷了。

「警衛！」某人用法文大喊：「警衛！救命！」

「上帝慈悲！上帝慈悲！」那個大吼大叫的傢伙又開始聲嘶力竭了。

「別喊了，白痴！」那人的德文帶著很重的丹麥口音。「你把空氣都吸光了。」

一雙結實的手臂扣住了麥克胸口。麥克猛力回頭，腦袋狠狠頂在那人臉上，那雙手臂登時放鬆。但鼻樑斷了的大個子仍然奮戰不懈，一拳打在麥克瘀青的肩上，讓麥克痛得哀號。他手指掐住麥克的喉嚨，將全身重量壓在麥克身上。麥克張手往上一推，一掌狠狠打在對方的鬍子下巴上，聽見對方牙齒喀嚓撞在一起，甚至咬到了舌頭。那人呻吟一聲，卻還是緊扣著麥克脖子不放，手掐著氣管。

忽然，一聲刺耳的尖叫蓋過了所有騷動。出聲的是一名少女，歇斯底里似的發狂大叫，聲音愈來愈尖。

矮門的開口唰地拉開，消防水管的黃銅噴嘴伸了進來。

「小心！」丹麥佬大聲警告：「他們要——」

話還沒說完，高壓水柱已經從噴嘴口射了出來，掃向牢房裡的囚犯。麥克和對手被強大的力道沖開，麥克撞到牆上，身體被水柱猛打。少女的尖叫變成了嗆水的咳嗽。大吼大叫的傢伙不再出聲，虛弱的身體被水流掃過。幾秒鐘後，水停了，消防水管收了回去，開口唰的關上。牢房裡只剩此起彼落的呻吟。

「你！新來的！」說話的是剛才叫梅茨格閉嘴的傢伙，聲音又粗又啞，而且因為咬到舌頭而有些口齒不清。他用破破爛爛的俄文說：「你要是敢再碰那個女孩，我就扭斷你的脖子，聽到沒有？」

「我沒有傷害她的意思。」麥克用母語回答：「我只是以為自己被攻擊了。」

那人沒有答話。梅茨格低聲啜泣，有人在一旁安撫他。牆壁滴著水，地板上都是水窪，牢房裡飄著汗臭與熱氣。「她瘋了。」那俄國人對麥克說：「我猜她大概十四歲，不曉得被強暴了多少次，其中一次被人用熱鐵塊弄瞎了眼睛。」

「對不起。」

「幹嘛道歉？」那人說：「你又沒做。」他擤掉鼻子裡的血塊。「你這個混帳，撞得這麼用力。你叫什麼名字？」

「葛勒頓諾夫。」麥克答道。

「我叫拉撒利斯，戰機飛行員，在烏克蘭基洛沃格勒被那群敗類抓了，你呢？」

「我只是小兵。」麥克說：「在柏林被抓的。」

「柏林？」拉撒利斯哈哈大笑，又擤了一坨血。「哈！真不錯！我們的同志很快就要開進柏林，放火燒了那個該死的城市，朝希特勒的屍骨敬酒了。我希望他們抓到那個魔頭。你能想像他像豬肉一樣被鉤子叉著，吊在紅場上嗎？」

「可以。」

「不可能，希特勒不會讓自己被活逮的，我敢保證。你餓嗎？」

「嗯。」從被扔進這個狗窩到現在，他頭一回想到食物。

「喏，把手伸出來，我拿好吃的給你。」

麥克伸出手，拉撒利斯摸黑用結實的手指抓住麥克，在他掌心裡放了東西。麥克聞了聞，是一小塊飄著霉味的硬麵包。這種地方有什麼就吃什麼。麥克緩緩啃著麵包。

「葛勒頓諾夫，你是哪裡人？」

「列寧格勒。」麥克吞下麵包，舌頭掃過齒縫找尋碎屑。

「我在羅斯托夫出生，但後來住過很多地方。」拉撒利斯開始講起古來。他今年卅一歲，父親在蘇聯空軍擔任「工程專家」，基本上這表示他父親是機械部門的主管。拉撒利斯提起他的妻子和三個兒子，說他們都很平安，住在莫斯科，而他駕駛雅克一型戰鬥機出過四十多次任務，擊落過十二架德國戰機。「我正要擊落第十三架納粹飛機時。」他遙想當時：「突然有兩架敵機從我頭頂上的雲裡竄了出來，把我可憐的戰鎚打成了蜂窩，我只好跳傘逃命，沒想到降落的地方離敵軍機關槍據點不到一百米。」光線昏暗，麥克看不清對方的臉，但看見他微微泛藍的肩膀聳了一下。「我在天上是一條龍，在地上就沒那麼威風了，結果就是現在這樣囉。」

「戰鎚。」麥克覆誦道。「是你的座機嗎？」

「對，名字是我取的，而且還漆在機身上。只要擊落一架敵機，我就在機身上畫一個卐。啊，它真是一台美麗的好飛機。」他嘆息一聲。「你知道，我沒有看到它墜毀的樣子，我想這樣比較好。

我寧可想像它還在天上，在俄羅斯上空翱翔。我那個中隊的飛行員都會替自己的飛機取名字。你會覺得很幼稚嗎？」

「只要能保命，做什麼都不幼稚。」

「沒錯，就是這樣。老美也會這樣做。哎，你真該瞧瞧他們的飛機！漆得跟濃妝豔抹的妓女一樣，尤其是長程轟炸機，但打起仗來又剽悍得很。我們的空軍要是能有那種飛機，早就天下無敵啦！」

拉撒利斯換過幾座集中營，他對麥克說，在法肯豪森應該有六七個月了，但最近才被扔到這個狗窩來。可能兩週吧，他想，不過人在這種地方很難判斷過了多久時間。沒有人知道他為什麼被送進來，但他很想念天空。

「那棟有煙囪的房子。」麥克試探地問：「那是做什麼的？」

拉撒利斯沒有回答。麥克聽見他用手指搔了搔鬍子。須臾之後，他說：「我真的很想念天空，想念那些雲，那一片藍色的自由，單是瞥見一隻鳥就能讓我高興個一整天，可惜法肯豪森飛過的鳥不多。」他陷入了沉默。梅茨格再次哽咽，泣不成聲。「誰唱點歌吧。」拉撒利斯用勉強能懂的破德文說：「他喜歡聽別人唱歌給他聽。」

沒有人開口。麥克雙腿收在胸前，坐在潮濕的乾草上。有人低吁哼氣，隨即傳來腹瀉的淅瀝聲。麥克聽見盲眼的少女在牢房另一頭（其實相隔不到三米）抽噎。他辨別出六個微微泛藍的人影。他伸手去摸天花板，狗窩裡沒有一絲光線。麥克感覺天花板彷彿在動，牆壁也是，感覺整間牢房正在縮小，準備將他們壓得粉身碎骨。這當然是幻覺，但他這輩子從來不曾像現在如此渴望呼吸新鮮空氣，渴望看見森林。穩住，他告訴自己，穩住。他知道自己比人類更耐得住痛苦與折磨，因為痛苦和折磨是他生命的一部分。但這麼侷促的空間折磨著他的靈魂，他知道這種地方可能讓他崩潰。穩住。他不曉得自己還有沒有機會再見到陽光，他必須控制住自己。控制是狼的全部，沒了控制就無法活命。就算這裡是絕望的地獄，他不能也不可以放棄希望。他剛才順利轉移了布洛可的注意力，讓他懷疑起萊希克隆裡子虛烏有的叛徒。但還能瞞多久？他們遲早會再拷打他，到時候——

穩住，麥克心想，別想下去。到時的事到時再說，現在別想。

他口渴了。他舔了舔背後的牆，發現舌尖上的水氣夠他滿足地喝一小口。

「拉撒利斯？」過了一會兒，他喊道。

「什麼事？」

「要是能離開這裡，這座集中營哪裡戒備比較鬆？哪裡有牆可以攀出去？」

拉撒利斯哼了一聲。「你在開什麼玩笑？」

「我是說真的。這裡的警衛一定會輪班，大門會打開讓卡車進出，不然也可以挖地道。你們難道沒有成立脫逃委員會？沒有人試著逃走嗎？」

「沒有。」拉撒利斯回答道：「這裡的人能走得動就很幸運了，更別說跑、攀爬或挖掘了。我們沒有脫逃委員會，也沒有人想過逃走，因為絕不可能。你最好趕快拋開這個念頭，免得瘋掉——」

「一定有辦法出去。」麥克不肯放棄，他聽見自己話中帶著急切。「這裡有多少囚犯？」

「我不確定，男犯人大約四萬左右，再加上女子營區兩萬人吧。當然人一直來來去去，火車每天都會送人過來。」

麥克驚詫不已。六萬人，而且還是保守估計。「警衛呢？」

「很難說，七八百人吧，甚至上千。」

「警衛必須以一看六，還是沒人試著逃跑？」

「葛勒頓諾夫。」那俄國人憂心忡忡，彷彿在對不知輕重的小孩說：「我不知道有誰能快過衝鋒槍的子彈，也不曉得有誰敢試。警衛還有帶狗，杜賓犬。我見過那些狗可以把人咬成什麼樣子，老實說有點慘。就算奇蹟發生，有囚犯真的逃出法肯豪森了，那傢伙要往哪裡去？這裡是德國正中央，所有的路都通向柏林。」他爬開幾步，背靠著牆輕聲說：「對你我來說，戰爭已經結束了。放棄吧。」

「最好是。」麥克說，心裡一陣吶喊。

不知過了多久，可能一兩個小時後，麥克發現囚犯突然開始躁動不安，隨即聽見隔壁狗窩的門閂開了。所有囚犯都跪坐起來，全身顫抖等待著。他們牢房的門閂也在轉動，門唰一聲被人打開，刺眼的光線灌了進來。

一小塊爬滿青黴的黑麵包扔到了他們之間。囚犯們立刻一擁而上，爭先恐後搶著分食。走廊上一名士兵喝道：「拿海綿來！」

拉撒利斯手裡拿著一塊灰色海綿匍匐往前。他曾經身材壯碩，如今卻成了大號的皮包骨，深棕色頭髮披垂過肩，鬍子沾滿乾草和穢物，枯槁的肌肉緊繃著高聳的顴骨，一雙眼睛長在蒼白的臉上宛如兩個黑洞。他的鷹勾鼻非常突出，連大鼻子情聖都自嘆不如，鼻孔邊黏著血漬，全是麥克那一拳的功勞。他爬過麥克身邊時瞥了他一眼，麥克嚇得往後退開。那雙眼就像死人一般。

門口擺著一桶髒水，那俄國人將海綿浸到水裡拿出來，海綿吸滿了水。士兵拿走水桶，砰的一聲將門狠狠關上，拴上門閂，接著就聽見下一扇牢門開了。

「晚餐時間。」拉撒利斯再次爬過麥克身邊，對他說道：「所有人可以含著海綿吸一口。嘿，你們這些餓鬼！留一點麵包給我同志！」一陣匆促堅決的推攘後，拉撒利斯拽了拽麥克的胳膊說：「拿去吧。」說完便將一塊沾濕的麵包放到麥克手中。「那個死法國佬老是想多搶一點。在這裡最好動作快一點，不然就只能吃麵包屑了。」

麥克背靠粗糙的牆壁啃著麵包，兩眼空望前方。他眼角一陣刺痛，淚水簌簌滑落雙頰。他不曉得自己為誰而哭。

第八章

門閂吱嘎一聲開了。

麥克正做著煙囪黑煙瀰漫大地的惡夢，立刻驚坐起來。牢門開啟，門外站著三名士兵，其中一人喊道：「叫那女孩出來！」

「拜託。」拉撒利斯啞著嗓子說，聲音帶著濃濃的睡意。「別再打擾她了，她受的苦還不——」

「叫那女孩出來！」士兵又說了一次。

少女醒了，縮在角落不停顫抖，有如受困的小白兔發出低低的啜泣聲。

眼前的一切已經超過麥克忍耐的限度了。他蹲伏在門邊，新長了鬍鬚的臉上一雙綠眼怒火炯炯。

「你們既然這麼急。」他用德文說：「就自己進來帶她出去。」

一名士兵拉動槍機，槍管對著麥克說：「你這個垃圾，滾一邊去！」

「葛勒頓諾夫。」拉撒利斯想把他拉開。「你瘋了嗎？」

麥克紋風不動。「進來呀，你們幾個蠢蛋，三個打一個耶，還在怕什麼？」他大吼道：「快啊！」

三名德軍不為所動。麥克心想，他們知道布洛可和克洛爾還有求於他，絕對不會朝他開槍。一名士兵在嘴裡攢了唾沫，朝他啐了一口，隨即將門甩上，關起門閂跟著同伴離開了。

「這下你完了！」拉撒利斯惶惶說道：「天曉得他們會怎麼對付你。」

麥克轉身一把抓住拉撒利斯的鬍子。「聽著。」他說：「你不想當個男人，我無所謂，但我可不想一輩子躺在這裡長吁短嘆！剛才你以為我要對那女孩怎麼樣，立刻挺身幫忙，那為什麼不保護她不被那些禽獸欺負？」

「因為——」拉撒利斯甩開麥克抓著他鬍子的手。「你只有一個人，他們有好幾個連。」

門閂又動了。「上帝慈悲！」梅茨格尖聲大叫。門開了，這回變成六名士兵站在走廊上。

「你！」手電筒的光線左右掃動，找到了麥克的臉。「出來！」是鮑曼。

麥克沒有動。

「等我們進去拖你出來，你就慘了。」鮑曼信誓旦旦地說。

「等你們進來拖我出去，你們就慘了。」

鮑曼從槍套裡拔出手槍。「進去。」他對士兵說，但所有人都裹足不前。「我說進去！」鮑曼大發雷霆，朝他身旁最近的士兵屁股踹了一腳。

那名士兵彎下腰鑽進牢房，正想伸手去抓麥克的胳膊，卻被麥克甩了一把髒乾草到臉上，隨即下巴再中一拳，打得他骨頭碎裂，聲音跟槍響一樣大。第二名士兵鑽進牢房，後面緊跟著第三名士兵。麥克閃過一拳，張開手掌朝對方喉嚨一推。第三名士兵一拳打中麥克的下顎，第四名士兵撲到麥克身上，一隻手臂勒住他的喉嚨。少女開始尖叫，聲音又尖又細，長年累積的驚恐統統融在了其中。

女孩的尖叫像極了夜裡的狼嗥，讓麥克熱血沸騰。他手肘往後一頂，打在勒住他脖子的士兵的肋骨上。士兵哀號一聲鬆開手臂，麥克順利掙脫，然而瘀青的肩膀隨即中了一拳，腦門也被敲了一下。他猛力甩開擒抱住他的士兵，士兵狠狠撞在牆上。有人用膝蓋踹他的背，還有人伸手戳他眼睛。牢房裡爆出一聲慘叫，只見要戳麥克眼睛的士兵突然拚命扭動，想要擺脫朝他撲來的瘦弱身影。梅茨格張嘴咬住士兵的臉，有如發狂的㹴犬將士兵的頰肉狠狠咬下。

麥克重獲自由，一拳打中另一名士兵的下巴。那人飛也似的鑽出門外，抱住鮑曼的雙腿。鮑曼將哨子舉到嘴邊，開始吹出短促刺耳的哨音。一只拳頭從麥克頭上掃過，打在了某張德國人的臉上。只見拉撒利斯沙啞嘶吼，轉過身來又是一拳，這回讓那人上唇噴血見紅。接著他揪住一名帽子掉了的親衛隊士兵的頭髮，前額狠狠撞向那人的腦門，發出斧頭劈柴的聲響。

有人揚起警棍，宛如眼鏡蛇抬頭吐信，但對方還沒能出手，麥克已經抓住了他的手腕，一拳打向他的腋窩。麥克聽見身後呼的一聲，正想回頭，背上已經被槍托敲了一下，正中鎖骨之間，害他差點沒氣，這時手臂又被警棍打中，離手肘只有幾公分，讓他整隻手臂都麻了。他後腦勺中了一拳，讓他頭昏眼花，雖然他瘋狂抵抗，但心裡明白是贏不了的。

「拖他出來！」鮑曼咆哮道，士兵們一擁而上過來幫忙。「快點，動作快！」

拿警棍的士兵開始攻擊拉撒利斯和梅茨格，將他們逼到牆邊。兩名士兵抓住盲眼少女，開始將她往外拖。麥克被扔到走廊地板上，鮑曼一腳踩住他的喉嚨。其他士兵不是瘀青就是帶血，狼狽地爬出牢房。

麥克聽見衝鋒槍上膛聲，他睜著痛得視線迷濛的眼睛，看見一名士兵舉起施邁瑟衝鋒槍對準了牢房。「不要。」脖子被鮑曼踩著的他沙啞地說。

衝鋒槍開火了。兩聲急促的槍響，子彈射向五名囚犯之間，彈殼喀啦落在地上。

「住手！」鮑曼吼道，用手槍架住衝鋒槍往上抬。一枚子彈打在了石牆上，石頭碎片和灰塵如雨落下。「沒有我下令不准開槍！」他氣急敗壞，眼鏡後方的目光噴著怒火。「聽到沒有？」

「是，長官。」士兵嚇壞了，立刻關上保險，將衝鋒槍放到身旁。

鮑曼臉紅脖子粗，將腳從麥克頸子上移開。「你知道子彈不能隨便打嗎？」他朝士兵咆哮：「為了剛才該死的那一槍，我得寫上一週的報告！」他嫌惡地朝牢房揮了揮手。「把門關上！還有你們，把這個垃圾架起來。」說完他便大步走開，士兵架著腦袋脹痛、雙膝發軟的麥克跟在後頭。

他被帶回擺著乂字形鐵桌的房間，天花板上一盞燈泡發著光。「把他綁上去。」鮑曼說。麥克再次反抗，不想再被皮帶扣住，但他精疲力竭，所以很快就被架上去了。皮帶束緊後，鮑曼說道：「全都出去。」士兵離開之後，鮑曼摘下眼鏡，掏出手帕慢慢擦拭鏡片，麥克發現他雙手發抖。

鮑曼戴上眼鏡。他神色憔悴，眼窩發黑。「你真名叫什麼？」他問道。

麥克沒有說話。他腦袋稍微清醒了些，但背和肩膀依然痛得要命。

「我問你在英國叫什麼名字？」鮑曼接著說：「兄弟，你最好快點開口！克洛爾隨時可能出現，他已經等不及用警棍伺候你了。」

麥克一頭霧水。鮑曼的語氣變了，感覺焦急，而不是高高在上。麥克心想這一定是陷阱。絕對是！

「契絲娜凡朵恩還沒被捕。」鮑曼立起鐵桌，讓麥克近乎直立，然後將鐵桌固定住。「她朋友——我們的朋友——幫忙她躲起來，讓她安排事情。」

「安排事情？」鮑曼剛才那一腳踩得他喉嚨瘀青發疼。「什麼事情？」

「把你從這裡弄走，還有找到飛機和中途加油站。你們打算去挪威，對吧？」

麥克嚇得說不出話來。這一定是陷阱！天哪，他心想，契絲娜已經被抓了，而且全都招了。

「仔細聽好。」鮑曼望著麥克的眼睛，太陽穴微微跳了一下。「我在這裡是因為我有兩條路走。一是上戰場，去冒險吃子彈或被俄國佬鉤住卵蛋吊起來，二是到這個……這個屠宰場來。我在戰場上對我們的朋友一點用也沒有，在這裡至少能跟他們聯絡，盡可能幫忙某些囚犯。老實說，你要是想害死你的獄友，剛才差點就辦到了。」

所以鮑曼才會阻止士兵開槍，麥克心想。鮑曼是為了防止其他囚犯被殺。不對，不可能。這一定是布洛可或克洛爾的圈套！全都是演戲！

「我的任務是。」鮑曼說：「想辦法讓你活著，直到事情安排好。我不曉得還要多久，會有密電指示我該怎麼協助你脫逃。希望老天幫忙，因為法肯豪森的戰俘都是活著進來，變成肥料出去。我剛提了計畫，就看契絲娜覺得可不可行了。」

「什麼計畫？」麥克提防地問。

「法肯豪森是蓋來把人擋在裡面的。這裡人手不足，警衛都很溫吞，所以你剛才那麼做真的很蠢。別再做一些惹人注意的事了！」鮑曼在房裡來回踱步。「裝成腦死的囚犯就好，說不定能撐過一週！」

「好吧。」麥克說：「假設我相信你剛才說的，那我要怎麼逃出去？」

「這裡的警衛都鬆懈了，克洛爾也是。這裡沒人暴動，沒人試著脫逃，也沒什麼突發狀況，只有日復一日的單調生活。警衛不認為會有人試著脫逃，因為不可能逃出去。不過——」鮑爾停止來回踱步。「他們也不認為會有人闖進來。這或許是個機會。」

「闖進來？到集中營？你瘋了嗎？」

「沒錯，克洛爾和警衛一定也會這麼想。就像我說的，法肯豪森是蓋來把人擋在裡面的，但也許無法把人擋在外面，讓人沒辦法進來救人。」

麥克心底燃起一絲希望。這傢伙如果在演戲，肯定是跟契絲娜同等級的。但麥克還不相信。被這樣的說詞牽著鼻子走，甚至吐露寶貴的秘密，絕對愚蠢至極。

「我知道你很難相信，我要是你也會懷疑。你可能覺得我在設局騙你，也許我說什麼都無法讓你改變想法，但你一定要相信一件事。我奉命保護你的性命，也會想辦法做到，所以我要你做什麼就做什麼，而且絲毫不要遲疑。」

「這座集中營非常大。」麥克說道：「就算外援真的進來了，又要怎麼知道我在哪裡？」

「這一點我會處理。」

「要是救人失敗呢？」

「那樣的話。」鮑曼說：「我的職責就是把你殺了，不讓你洩漏任何秘密。」

這話聽起來有幾分可信。萬一救人失敗，麥克設想的做法就是如此。天哪，麥克心想，我真的能相信這個人嗎？

「警衛在外面等。他們有些人嘴巴很大，什麼都會告訴克洛爾。所以我得揍你，讓拷問看起來很逼真。」他右手握拳，拿起手帕開始裹住指關節。「不好意思，我得讓你見血。」他將手帕綁緊。「結束後，你會被送回牢房。我再求你一次，千萬別反抗。我們希望克洛爾少校和警衛相信你崩潰了，懂嗎？」

麥克沒有說話。他的心忙著消化這一切，沒空多想。

「好吧。」鮑曼揚起拳頭說：「我會盡快搞定。」

他像拳手一般俐落，不出幾下手帕上已經血跡斑斑。鮑曼沒有攻擊麥克的身體，他只希望留下皮肉傷，看起來顯眼就好。打完後，麥克左眼上方裂了一道口子，下唇破了，臉上全是瘀青。

鮑曼開門叫警衛進來，帶血的手帕依然纏在腫起來的手上。麥克近乎昏迷，被人從鐵桌上鬆開拖回牢房，扔到濕草堆上。牢房砰的關上。

「葛勒頓諾夫！」拉撒利斯不停搖他，直到他恢復了意識。「我還以為他們一定會殺了你呢！」

「他們……太……太遜了。」麥克想坐起來，但腦袋跟鉛塊一樣沉。他靠在某人身上，但那人已經屍寒骨冷，沒了呼吸。「死的是誰？」他問。拉撒利斯告訴他誰死了，還說衝鋒槍的子彈算是發了慈悲，只打死了一個，不過法國佬也受傷了，胸腹同時中彈，縮在地上吃力呼吸。拉撒利斯、丹麥佬和另一名囚犯（一個不停呻吟哭號的德國人）沒有中槍，但被石頭碎片刮傷了幾處。十四歲少女還沒有回來。

她再也沒有回來。接下來八小時——至少麥克這麼覺得，雖然他已經完全失去了時間感——法國佬吐了口氣過世了，警衛又送了一塊黑麵包來，並讓他們拿海綿沾水，但沒有運走屍體，讓他繼續跟一群活人待著。

麥克睡了很久，讓自己恢復體力。他腿上的傷又開始結痂，左眼上的傷口也是，表示又過了一段時間。他躺在地板上伸展四肢，讓血液活絡僵硬的肌肉。他不再去想牆壁和天花板，集中心思想像蓊鬱的森林和一望無涯的藍天與綠地。他明白了這裡的作息：警衛每天會送麵包和水，每三天會提來一桶灰暗的稀粥，讓拉撒利斯用海綿吸個夠。這是飢餓式的凌遲，但麥克不放過任何一口食物，能舀能擠能吃到的麵包、水和稀粥，他統統塞進肚子裡。

屍體腫脹，開始發出腐臭。

麥克心想，布洛可在做什麼？調查萊希克隆旅館職員的來歷，好揪出子虛烏有的叛徒嗎？尋找根本不存在的相機和底片？還是追捕契絲娜？他知道拷問很快就會再度開始，而這回等著他將是刑具，而非拳頭和克洛爾的警棍。麥克不曉得自己能不能熬過。他決定這回只要被打就讓自己變身，在被子彈打成蜂窩前盡情咬爛刑求者的喉嚨。而這就是他的結局了。

但鐵拳怎麼辦？還有登陸作戰呢？稀粥又來了兩次，他已經在這個狗窩至少呆足七天了。他必須警告盟軍，讓他們知道鐵拳的事。無論鐵拳是什麼，肯定狠毒到足以拖延攻擊發起日。他想起相片裡的那些傷勢。萬一搶灘的士兵接觸到同樣的腐蝕性物質，登陸將成為大規模的自殺。

他睡得很不安穩，夢見法國海岸上屍橫遍地，全是身穿軍綠服的骸骨，於是驚醒過來，正巧聽見一聲雷鳴般的轟響。

「啊，你聽那聲音！」拉撒利斯說：「是不是很悅耳？」

麥克發現不是雷鳴，而是轟炸。

「他們又在轟炸柏林了，那些駕著 B-17 轟炸機的老美。」拉撒利斯興奮得呼吸急促。麥克知道這俄國佬正想像自己也是機群成員，在騷亂的天空中恣意轟炸。「聽起來有些炸彈沒有命中目標，這下森林要起火了，通常都是這樣。」

集中營的空襲警報聲響了，雷鳴聲變大了，麥克感覺牢房石頭地板在震動。

「他們扔了一堆炸彈。」拉撒利斯說：「但從來不會擊中這裡。老美知道集中營在哪裡，而且他們有最新型的投彈瞄準器。轟炸機來了，葛勒頓諾夫。要是我們有的是堡壘，而不是圖波列夫製造的破銅爛鐵，早就在一九四二年那時把德國佬趕回去了。」

麥克隔了兩秒才意識到拉撒利斯說的話。「你說什麼？」他問。

「我說，要是我們有 B-17 轟炸機，而不是該死的圖波——」

「不對，你說堡壘。」

「喔，沒錯，空中堡壘，就是 B-17。他們稱它空中堡壘，因為很難被擊落，不過德國佬也不是白白挨打。」他朝麥克爬近幾步說：「天空清朗的時候，偶爾可以目擊到空戰。從這裡當然看不到單獨一架飛機，因為太高了，但看得到像雲一樣的整群飛機。有一天，我們真是嚇壞了。一架堡壘兩個引擎都著火了，從集中營上方飛過，離地面不到三十米，最後墜毀在兩公里外，聲音從這裡都聽得見。要是再低一點，就會直接砸在我們頭上了。」

空中堡壘，麥克心想，堡壘，美軍長程轟炸機，駐紮在英國。老美將轟炸機漆成橄欖綠，跟法蘭克維茲畫上假彈孔的金屬板一樣顏色。布洛可說，只有我、博士和少數人知道堡壘在哪裡。法蘭克維茲作畫的地點是一座廢棄機場的停機棚裡。難道布洛可口中的「堡壘」其實不是地方，而是B-17轟炸機？

這時，他總算恍然大悟。他問拉撒利斯：「美國轟炸機飛行員也會替自己的飛機取名字，對吧？」

「沒錯，他們會把名字漆在機鼻上，通常還會畫一些其他圖案。像我說的，他們老愛把飛機漆得跟妓女一樣，但只要一到天上，那些轟炸機就跟天使一樣靈巧。」

「鐵拳。」麥克喃喃自語。

「什麼？」

「鐵拳。」麥克重述一次。「空中堡壘可能叫鐵拳，對吧？」

「是有可能。怎麼了？」

麥克沒有答腔，心裡想著提歐馮法蘭克維茲給他看的畫：希特勒被鐵拳抓著的諷刺畫。腦袋正常的德國人絕對沒這個膽子，但出現在空中堡壘的機鼻上絕對有可能。

「真好聽。」拉撒利斯聽著遠方的爆炸聲，低低說道。

納粹知道盟軍就要搶灘了，麥克心想，雖然不曉得確切地點和時間，但可能已經將範圍縮小到五月底或六月初，英吉利海峽大潮稍緩的時候，而他可以合理推斷希爾德布蘭特的新武器（不管到底是什麼）屆時應該研發完成了，也許名稱不叫鐵拳，裝載和動用新武器的載具才叫鐵拳。

德意志帝國的領空是盟軍戰鬥機和轟炸機的天下，每天有幾百架次在希特勒佔領的歐洲土地上空執行任務，其中有多少架空中堡壘被德軍戰機和高射砲擊落？又有多少直接墜毀、爆炸解體或引擎著火？重點是，有多少架倖存的空中堡壘在納粹手中？

至少一架，麥克心想，也許就是飛過法肯豪森上空墜落在森林裡的那一架。也許是布洛可提議保留那架轟炸機，所以才會從集中營指揮官晉升為鐵拳計畫的維安主管。

麥克心中千頭萬緒，不停想像各種可怕的可能。要讓一架受損的 B-17 轟炸機再度飛行有多困難？這當然得看飛機的受損程度。零件可以從墜毀在歐洲其他各地的同型飛機取得，而德軍說不定就是在法蘭克維茲作畫的機場組裝修復了一架空中堡壘。但為何要畫彈孔？為何要讓明明已經修好的飛機看起來像——

是了，麥克心想，那還用說嗎？

為了偽裝。

登陸作戰日當天，盟軍戰機一定會護衛著海灘，不讓德軍戰機靠近，但美國空中堡壘就有可能了，尤其是空戰受創、準備返回英國的 B-17 轟炸機。

只要它一到達目標上空，就能投擲裝載希爾德布蘭特新武器的炸彈，攻擊海灘上的數千名年輕士兵。

不過，麥克發現這個推論有幾個漏洞。納粹明明可以用高射砲將希爾德布蘭特的新武器射向搶灘的盟軍，何必多此一舉？如果新武器確實是毒氣，納粹又要如何確保不會被風吹回自己人身上？

不可能。德國人也許急了，但絕對不笨。所以，假設他想得沒錯，德軍到底會怎麼使用空中堡壘？

他必須離開這裡，必須到挪威去，想辦法拼湊出答案。他不認為B-17轟炸機會在那裡。挪威離盟軍的可能登陸地點太遠了。但希爾德布蘭特和新型武器在那裡，他非得搞清楚那武器是什麼才行。

轟炸停了，集中營的空襲警報聲也緩緩減弱。

「出草成功。」一拉撒利斯祝福著轟炸機，語氣裡帶著難以抑制的渴望。

麥克躺回乾草堆上試著入睡，但腦中不斷浮現博士的受試者們可怕的臉龐。無論那東西是什麼，如此殘害人體的武器一定要摧毀。

梅茨格和法國佬的屍體汩汩作響，不時啵啵出聲，散發著腐臭。麥克聽見有老鼠在他身旁抓牆，想找到腐臭的來源。來吧，麥克心想。老鼠動作很快，是敏捷的求生者，但麥克知道自己比牠更快。蛋白質就是蛋白質。來吧。

第九章

稀粥又送來了，表示麥克被俘已經十天。警衛聞到屍臭一陣反胃，送完餐立刻啪的甩上牢門走了。不知過了多久，麥克半夢半醒間突然聽見門閂動了，牢門再度開啟，兩名手持步槍的警衛站在門口，其中一人用手帕摀著鼻子說道：「把那兩具屍體拖出來。」

拉撒利斯和其他囚犯沒有動作，等著看麥克是否聽令。第三人探頭進來，手電筒的燈光照在麥克蒼白的臉上。「快點！動作快！」說話的是鮑曼。「我們沒時間跟你們鬼混！」

麥克聽見鮑曼語帶緊張，心裡好奇出了什麼事。鮑曼從槍套裡掏出魯格槍，對準牢房裡說：「我說最後一次：把人拖出來！」

麥克和拉撒利斯抓起梅茨格，將骨瘦如柴的屍體拖出牢房，丹麥佬和德國人搬動另一具屍體。出了牢房，麥克站直身子，膝蓋咯嚓哀鳴了一聲，丹麥人則是倒在石地板上，直到警衛用槍管抵著才勉強起身。「好了，你們幾個。」鮑曼說：「快點前進。」

他們抬著屍體走過長廊，到了一扇金屬門前，鮑曼喝道：「停！」一名警衛上前拉開門閂，將門推開。

麥克知道自己有生之年都不會忘記那一刻。清新的冷空氣從門口湧了進來，就算摻雜著一絲焦屍味，比起牢房裡的惡臭也宛如甘馨。營區一片寂靜，只有璀璨的繁星在空中閃耀。一輛卡車停在門外，鮑曼要囚犯們將屍體送上卡車。「把屍體拖上去！」他說，語氣依然緊張。「快點！」

卡車貨斗裡已經堆了十幾具裸裎的屍體，男女都有，但很難分別，因為頭髮都被剃光了，女死者的乳房也像枯萎的花朵一樣乾扁難辨。貨斗裡滿是蒼蠅。「動作快點！」鮑曼喝令道，一邊將麥克往前推。

接著他一個轉身，彷彿在心裡演練了千百次似的，優雅地讓匕首從他左手袖子裡滑出來，隨即上前一步將刀鋒刺進離他最近的警衛的心臟。警衛哀號一聲，踉蹌後退，制服上一片血紅。另一名警衛說：「這是怎——」

鮑曼一刀刺向對方腹部，隨即又刺一刀。第一名警衛跪在地上，臉色發白，伸手想要掏槍。麥克放開梅茨格的屍體，抓住警衛握槍的手腕，一拳打在對方臉上，但警衛已經摁下扳機，驚天槍響瞬間劃破了寂靜。麥克又揍了對方一拳，使盡了全力。警衛仆倒在地，麥克奪走他的手槍。

和鮑曼纏鬥的警衛大喊：「救命啊！快來人啊，救——」

鮑曼一槍射向對方嘴巴，警衛往後彈飛倒在地上。

遠方傳來狗吠聲，應該是杜賓犬，麥克心想。「你！」鮑曼指著呆若木雞的拉撒利斯說：「去拿步槍！快點，你這個白痴！」

拉撒利斯拾起步槍瞄準了鮑曼，但被麥克一把推開。「不對。」他說：「這傢伙是我們一國的。」

「不會吧！怎麼可能？」

「別再廢話了！」鮑曼將刀插回腰間，瞄了夜光手錶一眼。「我們有三分鐘可以趕到大門！快點上車，統統上去！」麥克聽見尖銳的哨音響起：警報響了。

丹麥人手忙腳亂爬上貨斗，趴在屍體上，拉撒利斯也是，德國佬卻跪在地上開始呻吟啜泣。「別管他！」鮑曼說，示意麥克快點上車。鮑曼坐上駕駛座，轉鑰匙發動卡車，引擎轟的一聲開始運轉。鮑曼駛離狗窩般的石造牢房，朝法肯豪森的大門駛去，後輪揚起飛沙走石。「剛才那幾槍就像捅了馬蜂窩，抓緊了。」鮑曼猛踩油門使勁轉向，驅車駛過兩棟木造房舍之間。麥克看見煙囪在他左方，焚燒屍體冒出陣陣火星。這時，三名士兵出現在車頭燈前方，其中一名拿著衝鋒槍，揮手要卡車減速。「我們要闖過去。」鮑曼就說了一句。

警衛往兩旁跳開，大吼要卡車停下。更多警笛聲響起，一排子彈噠噠擊中了卡車後面，讓鮑曼手中的方向盤劇烈震動。接著響起步槍聲，拉撒利斯反擊了。營區遼闊，卡車附近的監視塔上的探照燈亮了，強光來回掃過道路和房舍。鮑曼又看了錶，然後說：「應該再幾秒鐘就開始了。」

麥克還沒來得及問，就聽見右方砰的一聲悶響，緊接著又是一記轟隆聲，這回在左後方。第三發爆炸距離更近，連火光都看得見。「我們的朋友帶了迫擊砲來，轉移注意力。」鮑曼說：「他們躲在森林裡。」集中營裡又傳來幾聲爆炸，麥克聽見零星的步槍聲。警衛們朝著黑影開槍，說不定瞄的是自己人。麥克希望他們百發百中。

一道刺眼的白光照到了他們。鮑曼咒罵一聲，改變方向駛上另一條路，想要躲開探照燈，但白光緊追不捨。尖銳刺耳的汽笛聲響起，是集中營的緊急緊報。鮑曼說道：「克洛爾開始動作了。」他緊抓著方向盤，指節都發白了。「監視塔上的混蛋有無線電，正在鎖定我們的位——」

話沒說完，一名警衛衝到他們前方站定，拉動施邁瑟衝鋒槍的槍機。

麥克看見衝鋒槍壓低左右掃射，卡車兩個前輪瞬間爆胎，卡車東倒西歪，引擎和散熱器也被打穿了。警衛繼續射擊，直到快被撞上了才慌忙躲開。卡車搖搖晃晃往前衝，留下滾滾沙塵，前擋泥板撞上石牆擦出陣陣火花，鮑曼好不容易才穩住方向盤，但擋風玻璃已經裂了，而且覆滿油漬。鮑曼將頭探出車外繼續開，爆胎的前輪在路上留下兩道車轍。卡車又前進了五十米左右，引擎突然發出罐頭壓扁的聲音，接著就熄火了。「卡車不行了！」鮑曼話沒說完，已經開了車門。卡車戛然剎住，停在了路中央，麥克和鮑曼匆忙下車。「快下車！」鮑曼朝丹麥人和拉撒利斯大喊。兩人從屍體堆裡爬出來，感覺跟屍體沒有兩樣。「大門在那邊，大概還有一百米！」鮑曼指了指前方，隨即拔腿狂奔。麥克裸著身子跟在後頭，身體因為用力而顫抖。拉撒利斯踉踉蹌蹌，跌倒了又站起來，跛著腳吃力跟上。落隊的丹麥佬大吼：「等等我！拜託等等我！」麥克回頭張望，就在這時探照燈照到了丹麥人。「別停下來！」鮑曼話才說完，衝鋒槍聲已經響起，丹麥人的叫聲瞬間沈寂。

「混帳！你們這群可惡的敗類！」拉撒利斯站在路中央，舉起步槍對準了照向他的探照燈。一排子彈掃過他腳跟前，但他還是一發接一發不停射擊。玻璃碎了，燈光跟著暗去。

鮑曼突然停下腳步，三名警衛從兩棟營房之間衝到他面前，還沒舉起步槍，鮑曼就喊：「是我，佛里茲鮑曼！」麥克立刻趴在地上。「五區的囚犯暴動了！」鮑曼喊道：「牢房快被他們拆了！天哪，你們快點過去！」三名士兵拔腿就跑，拐了個彎消失在另一區營房後方。鮑曼和麥克繼續朝大門跑去。他們穿過一大片木房子，看見大門就在前方，但中間隔著一塊危險的空地。塔台上的探照燈對著營區來回搜索，迫擊砲彈不斷落在營區各處。「趴下！」鮑曼對麥克說道，兩人貼著木房子的牆壁趴下，探照燈光從他們身旁掃過。鮑曼又看了手錶。「媽的，他們遲到了！人跑去哪裡了？」

一個人影跛著腳從他們身邊走過，麥克一把抓住那人的腳踝，在探照燈照到那人之前將對方拉倒在地。拉撒利斯說：「你幹嘛，想弄斷我脖子嗎？白痴！」

這時，一輛雙人座機車突然衝進空地，開到大門邊一棟漆成綠色的樓房前方停了下來，一個壯碩的人影立刻奪門而出，坐上了機車的副座。那人腳穿軍靴、頭戴納粹鋼盔、身披紅絲綢睡袍，兩把手槍插在圓滾滾的腰間。克洛爾少校顯然剛從美夢中驚醒。他吩咐駕駛快點出發，駕駛聽命行事，後輪揚起一陣沙土。麥克發現克洛爾少校和他手下會從他正前方經過。鮑曼已經舉起手槍，但麥克說道：「別開槍。」同時搶過拉撒利斯手上的步槍。他站起來，腦中浮現頭髮飄落松木箱裡的畫面，心中一陣火起。機車來了，他從牆邊衝了出來，舉起步槍當成棍子使勁一揮。

槍托打在駕駛腦門上，像折火柴棒一樣扭斷了駕駛的脖子。但集中營的大門忽然爆炸竄出火光，木材燃燒火焰沖天。

麥克被震倒在地，一股熱流從他上方掃過。機車沒了駕駛猛然偏左，克洛爾還沒意識到自己大難當頭，機車已經轉了個圈撞在了木牆上。車身傾倒，但引擎還在運轉，克洛爾被彈出車外，頭盔掉了，耳中全是爆炸留下的轟鳴聲。

一輛迷彩卡車從炸毀的大門衝了進來，四個輪胎都加了盔甲防護，貨斗上的棕色帆布被人掀開，露出一把架在旋轉座台上的五〇機槍。機關槍手往上掃射，打破了離車最近的探照燈，隨即瞄準下一盞，貨斗裡另外三名男子則是舉起步槍瞄準監視塔上的警衛開始射擊。鮑曼吼道：「走吧！」說完站了起來。麥克蹲在地上，看著克洛爾掙扎著想站起來，槍套滑落勾在他腿上。麥克說：「帶我朋友上車。」說完站起身子。

「什麼？你瘋了嗎？他們是來救你的！」

「快點！」麥克看見步槍掉在地上，槍托斷了。克洛爾口中唸唸有詞，努力想從槍套裡掏出手槍。「不要等我！」說完他走向克洛爾少校，抓起槍套扔到一旁。克洛爾倒抽一口氣，眼神迷茫，鮮血從額頭的傷口汩汩流出。「快走！」麥克朝鮑曼吼道，於是鮑曼和拉撒利斯便朝卡車跑去。

克洛爾抽搭呻吟，認出了來者是誰。他的胖脖子上掛著一只哨子。他拿起哨子，卻沒力氣吹了。

麥克聽見子彈砰砰打在盔甲上，回頭看見拉撒利斯和鮑曼已經上了卡車。車上的機關槍手依然朝著塔上的警衛開火，但卡車也開始遭遇反擊了。更多士兵被爆炸和大火驚醒，朝這裡奔來。一枚子彈鏘的一聲打在卡車輪胎的護甲上，機關槍手立刻調轉槍口，擊斃了開槍的士兵。火燒屁股，再不走就遲了。卡車開始倒車，從火焰沖天的大門窟窿退了出去。

克洛爾撐著腳想要爬開。「救命啊。」他啞著嗓子說：「來人……」但他的聲音被叫嚷、槍聲和警報聲掩蓋了。警報聲之尖之大，肯定連柏林都聽得見。麥克喊了一聲：「少校？」克洛爾轉頭看他，登時嚇得面容扭曲，目瞪口呆。

只見麥克張開嘴巴，下顎肌肉顫動，獠牙從齒槽裡竄了出來，滴著唾沫，裸裎的皮膚上冒出黑色毛髮，手指和腳趾彎曲成動物的腳爪。

克洛爾手忙腳亂站了起來，隨即跌倒，接著悶哼一聲再站起來，開始逃跑。他不是逃向大門，因為被那頭野獸擋住了。他是反方向朝營區中央跑。麥克脊椎扭曲，關節喀喀作響，有如死神的鬼影一般追了上去。

少校跑到營房邊跪到地上，硬是想將肥胖的身軀塞到縫隙底下，但沒辦法。於是他再次吃力起身，踉蹌前進，用微弱的聲音四處呼救。三百米外，一棟木造樓房被迫擊砲擊中，夜空中火舌四竄。探照燈仍然四處搜索，強光彼此交錯，困惑的警衛朝著自己人開火。

狼人沒有困惑。牠知道自己的目標，而且打算好好品嚐。

克洛爾回頭張望，對上了那怪物的綠色眼眸，嚇得咩叫一聲。他骯髒的睡袍凌亂不整，露出老饕才有的白皙圓腹。他不停往前跑，喘息間試著呼救，隨即又鼓起勇氣回頭看了一眼，發現那怪物正大步穩穩地朝他撲來。這時他腳下絆到了低矮的松木柵欄，開口尖叫一聲翻到欄外，趴在地上滑下陡坡。

麥克敏捷的越過防止卡車翻落的柵欄，站在斜坡邊上往下一望，心臟瞬間在他化為野獸的身體裡劇烈跳動。只見斜坡下方是一個坑，坑裡是令狼垂涎的大餐。

斜坡下方堆的屍體多到難以估計。三千？五千？麥克算不出來。坑壁陡峭，週長大約兩百米，所有屍體光著身子，瘦骨嶙峋，骯髒污穢，層層疊疊交纏在一起，整個坑深不見底。在那片灰暗、醜惡、駭人的骸骨、斷手斷腳、骷髏頭和空洞的眼窩之間，一個身穿紅袍的人影踩著腐屍堆成的血肉之橋，掙扎著朝坑的另一頭爬去。

麥克站在斜坡邊上，腳爪抓著鬆軟的泥土。火光閃動，替亂葬坑染上了煉獄般的血光。麥克怔然佇立。死太多人了，現實彷彿扭曲變形，眼前的一切只是惡夢，而他很快就會醒來。這是至惡留下的足印，遠超乎人類的想像。

麥克仰天長嘯。

他的咆哮成了狼嗥，聲音沙啞而破碎。克洛爾在坑裡聽見了，回頭張望，臉上的汗水閃閃發亮，身旁蒼蠅圍繞。「別過來！」他朝斜坡邊上的怪物大喊，卻潰不成聲，幾近瘋狂。「別過——」

克洛爾下方有屍體動了一下，發出低語般的聲響，其他屍體隨之崩塌，讓克洛爾失去了平衡。他攀著一截斷掉的肩膀，用汗濕的雙手試圖抓住一具屍體的雙腿，但那雙腿被他一抓就皮顫肉搖，反將他拖了下去。坑裡滿滿的屍體宛如波浪上下起伏，克洛爾拚命掙扎不讓自己沒頂。他張嘴想要呼救，蒼蠅卻一湧而入，被他吸進了喉嚨裡。蒼蠅遮住他的眼，鑽進他耳朵，他攀著腐爛的屍塊，靴子找不到使力點。他頭沉了下去，屍體有如剛睡醒似的在他前後左右窸窣扭動。坑裡每具屍體都跟堆屍體的鏟子差不多重，所有屍體的手腳扭絞在一起，彼此牽動，湧向克洛爾的腦袋，將他壓進屍體堆裡無法呼吸。克洛爾往坑底沉，一隻細瘦的手臂勾住了他的喉嚨，蒼蠅們在他氣管裡掙扎蠕動。

克洛爾消失了。坑裡的屍體繼續擺盪，彼此騰挪。麥克綠眼裡閃著恐懼，撇過頭離開了死者，朝活著的人奔去。

途中有兩隻被人牽著的杜賓犬，看到他嚇得噴尿。麥克從牠們身旁跑過，穿越撞壞的雙人座機車附近的空地。一輛滿載士兵的卡車正要通過炸毀的大門，追趕救走囚犯的敵人。麥克決定破壞他們的計畫。他躍過卡車的後擋板，撲進貨斗，嚇得士兵大呼小叫，像是長了翅膀似的慌忙跳車。駕駛看見擋風玻璃外出現一隻消瘦的惡狼朝他咆哮，一副飢腸轆轆的模樣，連方向盤都抓不穩了，卡車就這麼撞上了營區的石牆。

但黑狼早已不在車上。牠衝出被炸穿的大門，奔向了自由，隨即橫越小路鑽進了森林裡，鼻子不停嗅聞。機油、火藥，還有……啊，對了……我國戰鬥機飛行員身上的惡臭。

麥克躲在路旁的樹叢裡，循著味道往前狂奔。他聞到血腥味，有人負傷了。離開法肯豪森大約兩公里後，卡車駛離了幹道，轉入比……呃……比狼徑寬一點的小路。那些傢伙顯然做足了準備。看來（應該說聞起來）他們安排了第二輛卡車在這裡接應，繼續沿著幹道開，而原來的卡車則是駛進了茂密的樹林裡。麥克跟著拉撒利斯身上的臭味走，默默在樹林裡穿梭。

他沿著蜿蜒的小徑跑了快十三公里才聽見聲音，看見手電筒的燈光。他蹲在鬆樹林間仔細觀望。前方一塊空地停著一輛裝甲卡車和兩輛轎車，空地上方罩著迷彩繩網，躲避空中偵察。幾名工人正在拆卸卡車，移除裝甲並從車上卸下機關槍。其餘的人則是忙著將車身漆白，在車門漆上紅十字會的徽章，並將貨斗改裝成救護站，疊了幾張擔架。機關槍用粗麻布包住，放進墊了橡膠的木箱裡，再藏到壕溝中。接著他們拿起鏟子開始幹活，將槍用土蓋住。

空地上還搭了一頂帳篷，上頭伸出一根天線。麥克受寵若驚。他們為了救他竟然如此大費周章，更別說還差點喪命。

「媽的，我一直想辦法叫他上車！」鮑曼突然從帳篷裡出來。「我覺得他瘋了！我怎麼知道他會發狂！」

「你應該架他上車的！天曉得他們這下會怎麼對付他！」另一個人跟在鮑曼後頭走了出來。麥克認得那個聲音，而鼻子一嗅就聞到了她的味道：肉桂和皮革香。只見契絲娜身穿全黑連身服，腰間繫著槍套和手槍，金髮藏在黑色帽子裡，一張俏臉用炭粉塗得漆黑。「我們費了好大工夫，結果他還在裡頭！這就算了，你還帶了這個蠢貨回來！」她氣沖沖地指著一臉悠哉咬著餅乾從帳篷裡走出來的拉撒利斯。「天哪，我們該怎麼辦？」

狼是會笑的，只是有牠們自己的笑法。

兩分鐘後，哨兵聽見樹枝啪的一聲，立刻僵住不動，睜大眼留意黑暗裡的動靜。有人站在那棵松樹邊嗎？還是沒有。他舉起步槍說：「站住，是誰？」

「我是你們這國的。」麥克說完扔下剛才折斷的樹枝，高舉雙手走了出來。哨兵看見一個全身精光、滿是瘀青的男人從林子裡走出來，立刻大喊：「快點！有人來了！趕快！」

「你在嚷嚷什麼！」契絲娜一邊說著，一邊跟鮑曼和兩名手下趕過來幫忙。有人開了手電筒，燈光一起打在了麥克葛勒頓身上。

契絲娜瞬間停下腳步，無法呼吸。

鮑曼喃喃自語：「見鬼了……」

「客套話就先省下來吧。」麥克聲音沙啞虛弱，變身和狂奔十多公里已經榨乾了他僅剩的氣力，眼前的人影已經開始模糊不清了。他終於可以放鬆了。自由了。「我快……快昏倒了。」他說：

「有……有人可以……扶我嗎？」話才說完，他就膝蓋一軟。

契絲娜抱住了他。

第十部　命運

第一章

他醒來的第一印象是綠意和黃光。陽光穿透濃密的樹蔭照在他臉上。他想起年少待過的那座森林，想起威克托的國度和他的家人。但那已經是很久以前了。麥克葛勒頓不是躺在乾草堆上，而是蓋著白色亞麻棉被躺在床上。天花板也是白色，牆壁則是淺綠。他聽見知更鳥的歌聲，便轉頭望向右方的窗戶，看見糾結的樹枝和樹葉間零碎的藍天。

美景當前，他的心思依然飄向亂葬坑裡那些枯瘦的屍體。一旦見過那種景象，就永遠不會忘記人類的惡毒沒有極限。他很想哭，用淚水洗去那一幕，但眼睛不肯從命。暴行已成事實，哭泣又有什麼用？別哭，落淚的時間已經過去，現在應該靜下來思考，同時蓄積力量。

他身體痛得要命，連腦袋都痛得像瘀青了一樣。他掀開棉被，發現自己依然裸體，身上青一塊紫一塊的，彷彿百納被。他大腿上的槍傷已經縫合，塗了碘酒，其他刀傷和穿刺傷（包括布洛可用叉子留下的傷口）都消過毒，牢房的臭氣也被洗得乾乾淨淨。麥克覺得替他除掉身上臭味的人真該得獎。他摸了摸頭髮，發現洗過了，頭皮刺痛，可能是用了除蝨洗髮劑的緣故。他鬍子刮了，但已經生出新的鬍碴，讓他心想自己到底像個廢人昏迷了多久。

有一件事很確定，就是他餓壞了。他看見自己肋骨凸了出來，手腳變細了，肌肉也有些枯槁。床邊小桌上有一只銀鈴鐺，麥克拿起鈴鐺搖了搖，看會如何。

不到十秒鐘，房門就開了。契絲娜凡朵恩奔了進來，容光煥發的俏臉洗去了炭渣，黃褐色眼眸炯炯有神，金色鬈髮披垂肩上。她真是賞心悅目，麥克心想，完全沒注意她穿著毫無線條可言的灰色連身服和腰間的瓦爾特手槍。她背後跟著一名灰髮男子，戴著角框眼鏡，穿著深藍色長褲和白上衣，袖子捲了起來，手上拎著黑色醫藥袋，放在床邊桌上喀擦一聲將它打開。

「你感覺如何？」契絲娜站在門邊問，臉上只有點到為止的關心。

「還活著，沒死。」麥克的聲音虛弱沙啞，說得很吃力。他試著坐起來，但那個顯然是醫師的男子伸手推著他的胸膛，讓他躺回床上，感覺就像對付不肯聽話的病童一樣。

「這位是史壯柏格醫師。」契絲娜說道：「照顧你的人就是他。」

「不只是照顧，簡直是在挑戰醫學極限。」史壯柏格說起話來像是水泥攪拌器裡的石礫一樣。他坐在床邊，從醫藥袋裡拿出聽診器聽病人的心跳。「深呼吸。」麥克聽話照辦。「再一次，現在閉氣，然後緩緩吐氣。」他嘟囔一聲，摘下耳竇說道：「你呼吸有點喘，我想是肺部有輕微感染。」他將體溫計塞到麥克舌下。「你很幸運，身體保養得不錯，否則待在法肯豪森十二天，只吃麵包和水，絕對不會只是疲勞和肺部感染而已。」

「十二天？」麥克說著伸手去拿體溫計。

史壯柏格抓住他的手腕一把推開。「別碰。沒錯，十二天。你身上當然還有其他傷勢，例如輕微腦震盪、鼻子斷了、肩膀嚴重瘀青，背上那一拳不只留下瘀青，還差點打爆腎臟，腿上的傷也快產生壞疽，幸好及時獲得治療。不過，我不得不摘除一些組織，你有一陣子沒辦法使用那條腿了。」

天哪！麥克心想，腦中浮現腿被手術刀和骨鋸截斷的景象，不禁打了個冷顫。

「你有血尿。」史壯柏格接著說道：「但我想你的腎臟沒有大礙，只是必須插入導尿管，幫你排點尿。」他取出體溫計看了看數字。「輕微發燒。」他說：「但至少體溫降了，從昨天開始。」

「我在這裡躺了多久？」

「三天。」契斯娜說：「史壯柏格醫師要我們讓你靜養。」

麥克感覺口中一陣苦澀，應該是藥，他想，很可能是抗生素和鎮定劑。醫師已經準備再替他打針了。「別再注射了。」他說。

「別傻了。」史壯柏格抓住他胳膊說：「你的身體暴露在那麼多髒污和病菌裡，沒得傷寒、白喉和淋巴腺鼠疫已經夠幸運了。」

麥克莫可奈何。「是誰幫我清身體的？」

「是我拿水管沖你的，如果你問的是這個。」契絲娜對他說。

「謝謝。」

契絲娜聳聳肩說：「我可不想讓你害我的手下被感染。」

「他們幫了我大忙，我欠他們一次。」他想起森林裡聞到的血腥味。「他們當中誰受傷了？」

「艾斯納，他手掌被子彈打穿了。」契絲娜皺眉說：「等一下，你怎麼知道有人中槍了？」

麥克遲疑不答。是啊，他心想，我怎麼知道的？「我……我也不確定。」他說：「我聽見一陣槍聲。」

「的確。」契絲娜看著他的一舉一動。「幸好我們沒有損兵折將。好了，你現在或許可以告訴我為什麼拒絕跟著鮑曼走，又怎麼能從法肯豪森追了十多公里來到這裡了。你是怎麼辦到的？竟然可以跑這麼遠？你又是怎麼找到我們的？」

「拉撒利斯。」麥克故意轉移話題，好拖延點時間。「我的朋友，他還好吧？」

契絲娜點點頭。「他身上全是蝨子，都能組成一個師了。我們只好把他全身毛髮剔光，但他說誰敢動他的鬍子，他就殺了他。他狀況比你還慘，但不會死的。」她說完眉毛一挑。「你要說明了沒有？你是怎麼找到我們的？」

麥克想起自己那天晚上曾經聽見契絲娜和鮑曼走出帳篷時在爭執。「我想我有點發狂了。」他說：「我跑去對付克洛爾少校，但不大記得發生什麼了。」

「你殺了他嗎？」

「他……已經被解決了。」麥克說。

「繼續。」

「我騎了克洛爾的機車，所以順利過了大門。但油箱一定被子彈打穿了，因為我才騎幾公里，引擎就熄火了。於是我開始在森林裡走，看到你們手電筒的燈光，就過來了。」這說法真是太牽強了，麥克心想，但他也只能掰出這麼多了。

契絲娜盯著他沒有開口，接著說：「我們派了人監視大路，沒見到機車。」

「我沒走大路，在森林裡。」

「然後就碰巧找到了我們的據點？在這麼大片的森林裡？納粹那麼多人都找不到我們，你竟然能不小心遇到？」

「我想就是這樣，畢竟我就是遇到了，不是嗎？」麥克虛弱地笑了笑。「這就是命吧。」

「我猜。」契絲娜說：「你這回又是靠蘆葦吸管活命的吧。」她說完朝床邊走近了些，史壯柏格準備替麥克再打一針。「要不是我知道你站在我們這邊，男爵，我可能會非常懷疑你。跟哈利山德勒玩獵人遊戲獲勝是一回事，全身是傷在森林裡摸黑奔跑十多公里，並且找到我們的據點，更何況我們掩藏得那麼好，簡直不可思議。」

「我對我的工作很在行，所以才能活到現在。」針尖刺進皮膚裡，讓他身體縮了一下。

契絲娜搖頭說：「沒有人這麼行，男爵。你有些地方……非常奇怪。」

「唔，這種事我們可以吵上一整天，也不會有結論的。」他佯裝氣惱，但契絲娜眼睛很尖，看出他在逃避。「飛機準備好了沒有？」

「準備好了，我一聲令下就能出發。」契絲娜決定暫時放他一馬。但這傢伙肯定有所隱瞞，她想知道是什麼。

「很好，我們哪時出發？」

「你不能遠行。」史壯柏格啪一聲關上醫藥袋，語氣堅決地說：「最快也得兩週之後。你長時間挨餓又遭到毒打，一般人沒受過你那種特戰訓練，早就變成廢人一個了。」

「醫師。」麥克說：「謝謝您這麼關心和照顧我，但可以請您先離開嗎？」

「醫師說得沒錯。」契絲娜接著說道：「你身體太虛弱了，哪裡都去不了。就你來說，任務已經結束了。」

「妳把我救出來就為了這個？跟我說我是廢物了？」

「不是，是為了不讓你管不住嘴巴。你被俘之後，布洛可上校就關閉了萊希克隆旅館。就我聽到的消息，他訊問了所有員工，調查他們的來歷，還逐一搜查每個房間。我們把你從法肯豪森救出來，是因為鮑曼通知我們，布洛可隔天一早就要繼續拷問你，再多待四小時你連導尿管都沒機會插了。」

「哦，原來如此。」比起來，少一條腿還算小事了。

史壯柏格醫師正要朝門口走，忽然停下腳步說：「你身上有一個很有趣的胎記，我從來沒見過那樣的東西。」

「胎記？」麥克問：「什麼胎記？」

史壯柏格一臉困惑。「就在你左手腋下啊。」

麥克舉起左臂，結果嚇了一跳。只見腋下到臀部生了一長撮柔順的黑毛。他知道那是狼毛。由於身心承受了巨大的壓力，他離開法肯豪森之後一直沒能完全變回人形。

「真的非常奇特。」史壯柏格彎身看著那一長撮毛髮說：「絕對可以發表在皮膚醫學期刊了。」

「我想也是。」麥克放下手臂，緊貼身側。

史壯柏格經過契絲娜身旁朝門口走去。「你明天可以吃硬質食物，從肉湯裡有肉開始。」

「我才不要喝肉湯，我要牛排，愈生愈好。」

「你的胃還沒準備好吃肉。」史壯柏格說完就走出房間了。

「幾號了？」醫師離開後，麥克問契絲娜：「我說今天。」

「五月七日。」契絲娜走到窗邊望著森林，午後陽光潑灑在她臉上。「再來回答你下一個問題。我們在一位朋友家，離柏林六十多公里，在西北方。最近的小鎮叫羅騷，從這裡往西十八公里。所以我們很安全，你可以放心休養。」

「我不要休養，我還有任務在身。」他嘴裡這麼說，身體卻感覺史壯柏格注射的東西開始生效了。他舌頭麻了，又開始昏昏欲睡。

「我們四天前接到倫敦的密電。」契絲娜從窗邊轉頭看著他說：「搶灘登陸定在六月四日。我已經回電表示任務並未完成，登陸計畫可能會受牽累。我還在等候回覆。」

「我想我知道鐵拳是什麼了。」麥克說完開始解釋他的空中堡壘論。契絲娜扳著一張撲克臉專心聽著，完全看不出是贊同或反對。「我不認為轟炸機在挪威。」麥克對她說：「因為離登陸作戰的海邊太遠，但希爾德布蘭特知道飛機在哪裡。我們必須去史卡帕……」他視線開始模糊，嘴裡滿是藥味。「……查清楚希爾德布蘭特到底發明了什麼。」

「你哪裡都不准去，尤其你現在身體這個樣子。最好還是我挑一組人馬，讓他們飛去執行任務。」

「不行！聽著……妳朋友或許闖闖監獄很行……但史卡帕絕對難上加難，你需要高手才做得到。」

「像是你嗎？」

「沒錯，我六天內就能出發。」

「史壯柏格醫師說兩週。」

「我才不管他說什麼！」他心頭一陣火起。「史壯柏格不了解我，我六天內就能好起來……只要吃到肉的話。」

契絲娜似笑非笑。「我相信你是說真的。」

「當然。還有，別再餵我吃鎮靜劑或讓史壯柏格打東西到我身體裡了，懂嗎？」

契絲娜沒有開口，想了一下之後說：「我會轉告他。」

「最後一件事。妳有沒有想過……我們可能在飛……飛往史卡帕途中遇到德軍的戰鬥機？」

「有，但我打算冒險。」

「萬一妳中彈，我可不想……墜機被燒成焦炭。妳需要一位副駕駛。妳有嗎？」

契絲娜搖搖頭。

「去找拉撒利斯。」麥克說：「妳可能會……發現他很有意思。」

「你說那頭畜生？他會駕飛機？」

「去找他就對了。」麥克眼皮愈來愈沉，實在擋不住濃濃的睡意。最好睡一下，他心想，先睡一下，明天繼續奮鬥。

契絲娜待在床邊，直到麥克睡去。她目光溫柔了，伸手想撫摸他的頭髮，但麥克突然動了動身子，她立刻把手收了回來。之前她得知麥克和老鼠被抓了，擔心得快瘋了，但不是因為怕他屈打成招。當她見到麥克從森林裡冒出來，渾身污穢和瘀青，因為挨餓和囚禁而面黃肌瘦，她差點暈了過去。但他在森林裡怎麼找得到他們？他到底是怎麼辦到的？

你是誰？她在心裡問著眼前熟睡的這個男人。拉撒利斯之前提到他，問的是「我朋友葛勒頓諾夫」怎麼了。這男人是英國人？俄國人？還是來自某個不知名的國家？即使他形容憔悴，還是俊俏非常，卻也帶著一份孤寂，一份失落。她從小是含著銀湯匙長大的，而這男人卻嘗過沙土的滋味。做間諜的有一條鐵律，絕對不能感情用事，否則可能帶來慘重的傷亡與後果。但她已經倦了，厭倦到極點，不想再當女演員了。而不帶感情的活著就像演戲只是為了劇評，而不是為了觀眾，只有演技，毫無樂趣可言。

男爵（或葛勒頓諾夫，管他真名叫什麼）在夢裡打了個哆嗦。她看見他手臂起了雞皮疙瘩，想起之前替他洗澡的時候。他躺在放了溫水的浴缸裡昏迷不醒，而她拿著海綿（不是水管）擦拭他的身體。她擦去他頭皮上、胸口、腋下和陰毛上的蝨子，替他刮鬍子和洗頭。她這麼做，是因為沒有人會做。這是她的工作。但她的工作不包含洗去他臉上髒污時，那心疼的感覺。

契絲娜將被子拉到他頸邊。麥克微微睜眼，射出兩道綠光。但藥效太強，他很快又沉沉睡去。契絲娜祈禱他睡得安穩，遠離這世界的夢魘，隨即起身離開房間，輕輕將門帶上。

第二章

離初次醒來不到十八小時，麥克葛勒頓已經下床了。他在尿壺裡解了手，雖然尿裡依然帶血，但已經不疼了。他大腿仍然抽痛，但兩腳已經恢復了力量。他在房裡走動，測試狀況，發現自己走路還會跛。體內少了止痛藥和鎮靜劑，他感覺神經還有些遲鈍，但腦袋已經恢復正常，開始想著挪威，還有該如何做好準備，執行任務。

他躺在松木地板上緩緩伸展肌肉，只覺得渾身痠痛。他舉起雙腳弓起上身，腦袋靠向膝蓋，接著趴在地上，同時抬起下巴和雙腿。他慢慢做著伏地挺身，肩膀和背部的肌肉不停哀號。他坐著弓起雙腳，背緩緩往下靠向地板，直到痛得受不了才抬起身子。他身體覆著一層薄汗，血液湧向血管，鼓脹肌肉，心臟猛力跳動。只要六天，他喘著氣想，我就能上陣了。

一名頭髮發白的棕髮婦人送來晚餐，但只有水煮蔬菜和碎牛肉。「這是嬰兒吃的食物。」麥克對婦人說，但還是吃得乾乾淨淨。史壯柏格醫師又來替他做檢查。他的燒已經退了，肺部的喘喘也減輕了，但有三處傷口縫線斷了。史壯柏格警告他待在床上靜養，說完就離開了。

隔天晚上又是難吃的牛肉泥。吃完之後，麥克摸黑輕輕打開窗戶溜了出去，跑到安靜的森林裡，站在一株榆樹下從人變成了狼。他身上所有傷口都裂了，但腿上的傷並沒有流血。他又多了一道傷疤作紀念。麥克在林中四腳飛奔，呼吸著新鮮芬芳的空氣。他瞥見一隻松鼠，在那傢伙溜上樹前逮住了牠。啖肉飲血讓他口水直流。飽餐之後，他吐掉骨頭和毛髮，繼續漫遊林中。走到小鎮三公里外的一處農舍，一隻狗聞到他的氣味開始大叫。麥克在籬笆上撒了尿，讓對方知道誰才是老大。

他坐在草坡上仰望星空。如此美好的夜晚，有件事非問不可：在神的眼中，狼人究竟是什麼？

麥克覺得他可能已經找到答案了。在他目睹法肯豪森的亂葬坑，目睹老鼠遇害，敵人踩斷他的手指搶走鐵十字勳章的回憶，在他來到這塊酷刑和仇恨之地以後，他想他終於明白了。就算錯了，也是他目前認定的答案。

狼人是神的復仇使者。

他還有太多事要做。麥克知道契絲娜很勇敢，膽子奇大，但少了他的協助，要從史卡帕島全身而退的機率微乎其微。他必須保持敏銳和堅強，面對橫在他們前方的挑戰。

但他比自己想得還要虛弱。變身榨乾了他的力氣。他腦袋枕在前腳上，在星空下沉沉睡去，夢見一頭狼夢見自己是人，而那人又夢見自己是一頭做著夢的狼。

他醒來時，太陽已經出來了。大地翠綠美好，卻藏著一顆黑暗的心。他從趴著的姿勢站起來，開始循著自己的氣味往回走。當他快到房子，正準備變回人形時，忽然在清晨的鳥鳴聲中聽見無線電的聲響。於是他循著聲音而去，在離屋子大約五十米處發現了一間罩著迷彩網的小棚舍，棚頂上插著天線。麥克匍匐在樹叢裡偷聽，直到無線電結束。他聽見三個樂音，然後是契絲娜的聲音，用德文說：「聽到了，請講。」

一個男人的聲音從遠方傳送而來：「演奏已確定，仍是貝多芬，務必儘快購票，結束。」接著喀嚓一響就沒聲音了。

「完畢了。」契絲娜在小棚裡對某人說。過了一會兒，鮑曼走了出來，攀著摺梯爬到棚頂上拆下天線。契絲娜走出棚外，大步穿過森林朝房子走去，兩個黑眼圈顯示她睡得不好。麥克悄悄跟在後頭，躲在綠蔭裡沒有現身。他聞到她的香味，想起兩人在萊希克隆旅館的初吻。他感覺自己更強壯了，從裡到外，只要再休息幾天，再有幾晚出來吃肉飲血，就能——

他往前一步，一隻躲在樹叢裡的鵪鶉突然尖叫一聲，從他腳掌下竄了出去。契絲娜轉向聲音的來處，手已經抓著握柄準備掏槍。她看見他了。他看見她嚇得瞪大眼睛，槍口瞄準摁下扳機。

槍聲大作，麥克腦袋旁邊的樹皮飛掉了一塊。契絲娜又開一槍，但黑狼已經不見蹤影了。麥克轉身鑽進茂密的林中，子彈咻的從他背上掃過。「鮑曼！鮑曼！」契絲娜高聲喊人，麥克竄入灌木叢裡拔腿狂奔。「有狼！」他聽見她對跑過來的鮑曼說。「就在那裡，而且盯著我看！天哪，我從來沒有這麼近看過狼！」

「狼？」鮑曼語氣不是很相信。「這裡沒有狼呀！」

麥克在林子裡繞了個圈，回到屋子的方向。他心臟狂跳，剛才兩顆子彈只差幾吋就要了他的命。他躺在樹叢裡儘快變身，骨頭重組疼疼不已，獠牙縮回齒槽發出濕漉漉的窸窣聲。槍聲肯定驚動了屋裡所有人。麥克變回人形站了起來，從窗子爬回房間，將窗關上，聽見門外人聲嘈雜，互相詢問出了什麼事。他溜回床上，將被子拉到頸間靜靜躺好。幾分鐘後，契絲娜走了進來。

「我還以為你醒了。」她說，感覺仍然有些緊張。麥克聞到她身上飄著火藥味。「你有聽見槍聲嗎？」

「有，出了什麼事？」他假裝警覺地坐了起來。

「我差點被惡狼生吞了。就在那裡，離屋子非常近。那畜生望著我，而且……」她話說到一半就停了。

「而且什麼？」麥克追問道。

「而且牠毛很黑，眼睛是綠色的。」她輕聲回答。

「我還以為狼都是灰色的。」

「沒有。」她望著他的臉，彷彿頭一回真正見到他。「不一定。」

「我聽見槍響了兩聲。妳有射中牠嗎？」

「我不曉得，也許吧，不過當然也可能是母狼。」

「唔，總之牠沒傷到妳就好。」他聞到煮早餐的味道：香腸和鬆餅。她一直目不轉睛盯著他瞧，讓他很不自在。「要是牠跟我一樣餓，沒有被牠咬一口真的算妳好運。」

「應該是吧。」我在想什麼啊，契絲娜想。這男人黑髮綠眼，那頭狼也是？這又怎樣？我一定是瘋了，才會這麼聯想！

「那妳問他晚上敢不敢一個人到森林裡散步，不就知道了？」他笑得有些勉強。「我知道我就不敢。」

契絲娜發現自己竟然背貼著牆。她腦袋裡的想法離譜到了極點，這她明白，可是……不會，不可能！太荒謬了！這種東西只會出現在中世紀，出現在冬夜寒風的爐邊傳說裡，而現在可是二十世紀了耶！「我想知道你的真名。」後來她終於開口說道：「拉撒利斯叫你葛勒頓諾夫。」

「我本名叫米凱爾葛勒頓諾夫，歸化為英國人時改成了麥克葛勒頓。」

「麥克。」契絲娜覆誦道，想試試唸起來的感覺。「我剛收到密電，登陸日依然定在六月五日，除非海上天氣太差才會取消。我們的任務要繼續進行，找到鐵拳並摧毀它。」

「我會做好準備的。」

他今早氣色好多了，像是做了運動似的，契絲娜心想，還是做了什麼激烈的夢？「我想也是。」她說：「拉撒利斯的狀況也好多了。我們昨天長談了一番，他很懂飛機。我們路上如果遇到機械問題，他或許派得上用場。

「我想見他，可以給我衣服嗎？」

「我去問史壯柏格醫師，看他說你能不能下床。」

麥克哼了一聲。「跟他說我還想吃鬆餅。」

她嗅了嗅，聞到了鬆餅味。「你的鼻子還真靈。」

「沒錯。」

契絲娜沒有說話。剛才的瘋狂念頭再次鑽回她的心中，但立刻被她甩開。「廚師替你和拉撒利斯準備了燕麥粥，你們還不能吃重口味的食物。」

「妳和那位好醫生這麼想，不如讓我繼續吃法肯豪森的稀粥算了。」

「不是，史壯柏格醫師只是想讓你身體機能恢復。」她說完走到門邊停下腳步，回頭望著他綠色的眼眸，感覺頸子上的寒毛豎了起來。那眼睛就跟那頭狼一樣，她心想。不對，絕對不可能！「我待會兒再過來。」她說完便出了房間。

麥克皺起了眉頭。剛才兩顆子彈真的好險，他幾乎能看出契絲娜的思緒。當然，她怎麼也猜不到真相，但他之後面對契絲娜可就得步步為營了。他搔了搔鬍碴，低頭注視雙手。指甲裡卡著德國的黑土。

幾分鐘後，早餐送來了，是水水的燕麥粥。沒多久，史壯柏格走進房裡，檢查後宣佈麥克已經完全退燒了，但對傷口縫線斷了頗有微詞。麥克說他想做點簡單的體操，希望他們能給他衣服，方便他下床走動。史壯柏格起初斷然拒絕，後來說他會考慮考慮。不到一小時後，內衣褲、一雙襪子、一套青灰色連身服和帆布鞋就由剛才送餐點的婦人送來了，還外加一點小鼓勵：一盆水、一塊刮鬍皂和一把剃刀。麥克將鬍碴刮了個乾淨。

刮完鬍子、換了衣服，麥克走出房間在屋子裡蹓躂，發現拉撒利斯在走道盡頭的房間裡。那俄國佬頭髮剃得精光，但依然留著大鬍子，發亮的腦門讓他的鷹勾鼻顯得更加巨大。他臉色仍然發白，也有些無精打采，但雙頰已經稍微恢復血色，深棕色眼眸也有了一點光彩。他說他們對他很好，但拒絕給他伏特加和一包菸。「嘿，葛勒頓諾夫！」麥克離開前，他說：「幸好我那時不曉得你是這麼重要的間諜，不然我可能會有點緊張！」

「那你現在緊張嗎？」

「你是說跟一窩間諜待在一起嗎？葛勒頓諾夫，我怕得大便都黃掉了。要是納粹找來這裡，我們都得被鋼琴弦吊著在絞刑台上跳舞了。」

「他們找不到這裡，我們也不會被吊死的。」

「是啦，也許狼會保護我們。你聽說了嗎？」

麥克點點頭。

「所以。」拉撒利斯說：「你們要去挪威，去西南海邊某個該死的小島，對吧？金髮美女已經跟我說了。」

「沒錯。」

「你們還需要一名副駕駛。金髮美女說她有一架運輸機，但不肯透露機型，讓我覺得不是最新型的。」他豎起一根手指說：「換句話說，葛勒頓諾夫同志，那架飛機絕對飛不快，也飛不了太高。我跟金髮美女說了，現在再跟你說一次：只要遇上戰鬥機，我們就沒戲唱了。運輸機絕對飛不過德國戰機。」

「我知道，我敢說她也知道，重點是你到底接不接這份差事？」

拉撒利斯眨眨眼睛，彷彿麥克根本不該問似的。「我是活在天上的。」他答道：「當然接。」

麥克根本不擔心那俄國佬會拒絕。他離開拉撒利斯去找契絲娜，發現她一個人在後起居室裡，正在研究德國和挪威地圖。她指出預定的飛行路線，以及三個加油補給點的位置。他們只在夜裡飛，她說，總共要四個晚上。她指出他們在挪威的降落地點。「那裡其實是兩座山之間的狹長谷地。」她說：「我們的幹員會派船在這裡等。」她用鉛筆筆尖指著海岸邊一個寫著烏斯克達村的小點說。「史卡帕在這裡。」她指著烏斯達克村往南五十公里、離岸十四公里的一小塊不規則土地說道。麥克覺得那島看起來就像圓形的疥癬。「我們可能在這裡碰上巡邏艇。」她在小島東方畫著圈說：「我猜可能也有水雷。」

「史卡帕島看來不像避暑的好地方，對吧？」

「的確，那裡應該還有積雪，夜裡也非常冷，我們必須準備冬裝。挪威夏天來得很晚。」

「我不怕天冷。」

她抬頭望著他，發現自己正看著對方的一雙綠眼。狼的眼睛，她心想。「沒什麼東西能影響到你，對吧？」

「對，我不接受。」

「就這麼簡單？你可以自己看情況決定，不受影響就不受影響？」

她的臉和他很近，身上的馨香彷彿來自天堂，兩人的雙唇相隔不到六吋。「我們不是在談史卡帕島嗎？」

「沒錯，但我們現在在談你。」她又和他四目對望了幾秒，接著才轉頭開始收拾地圖。「你有家嗎？」

「有。」

「不對，我指的不是房子，是家。」她又望著他，黃褐色眼眸帶著深沈的疑問。「一個讓你有歸屬感、心之所繫的地方。」

他想了想。「我不知道。」俄羅斯那片森林是他心靈的家，和他在威爾斯的石砌邸宅相隔萬里。「我想有，曾經有，但是已經回不去了。又有誰能回得去呢？」契絲娜沒有說話。「妳呢？」

契絲娜將地圖照原來的摺痕一一折好，收回棕色皮匣裡。「我沒有家。」她開口說道：「我愛德國，但它病得很重，就快死了。」她望向窗外，凝視樹林和金黃的晨光。「我還記得美國。那裡的城市……美得讓人屏息。還有那份遼闊，感覺就像置身宏偉的教堂。你知道，戰前有人從美國來看我，說他看了我所有的電影，問我想不想去好萊塢。」她臉上浮現淡淡的笑，沉浸在回憶中。「他說，全世界的人都會認識我的臉，還說我應該回家，回到出生的地方拍戲。當然，那是世界還沒變成現在這樣之前的事了。」

「就算變成現在這樣，好萊塢還是在拍戲呀。」

「可是我變了。」契絲娜說：「我殺了人，其中有些罪該萬死，但有些只是無端受害。我目睹了一些……很可怕的事。有時……我好希望自己能回到過去，重拾純真。但家一旦被焚為灰燼，又有誰能替你重建呢？」

麥克無言以對。陽光穿透窗玻璃灑在她頭髮上，宛如金紗閃閃發光。他好想用手指撫摸她的秀髮。他正想伸手，契絲娜突然嘆息一聲，將皮匣關上。麥克彎起手指將手收了回來。

「抱歉。」契絲娜說。她將地圖匣放進挖空的書裡，再放回書架。「我不是故意要說多的。」

「不用道歉。」他又覺得有點疲累了。現在不是非常時刻，沒必要硬撐。「我回房間了。」

契絲娜點點頭。「你應該把握時間多休息。」她指著架上滿滿的書說：「想讀點東西的話，這裡很多。史壯柏格醫師有很多很棒的神話和非小說。」

所以這裡是醫師的房子，麥克心想。「不用了，謝謝。我可以告退了嗎？」她說當然可以，於是麥克便離開了。

契絲娜正想從書架旁走開，忽然瞥見其中一本書，書背上褪色的書名吸引了她的注意。那本書夾在大冊的挪威神話和德國黑森林歷史書之間，書名叫《德國民間故事》。

她並不想從架上取下那本書，翻開來了解內容。她有更緊急的事要做，例如準備冬裝和確定機上糧食充足。她並不想碰那本書。

但她卻碰了，而且還將書拿下來，翻開來看了目錄。

果然有。就在書裡，跟橋下巨魔、八尺樹人和洞穴精靈在一起。

狼人。

契絲娜狠狠將書闔上，啪的一聲連史壯柏格在書房都聽見了，嚇得從椅子上跳了起來。太離譜了！契絲娜將書放回原位，一邊在心裡想著。她大步朝門口走去，但還沒到門邊就放慢了步伐，在離門一米處停了下來。

那個揮之不去的惱人問題再度在心裡浮現：男爵（應該說麥克）是怎麼在漆黑的森林裡找到他們的據點的？

這根本不可能，不是嗎？

她走回書架前，手摸著那本書遲疑著。要是她拿起來讀了，是不是就表示她相信有這種可能？

不對，當然不是！契絲娜告訴自己。她只是純粹好奇，如此而已。世界上沒有狼人這種東西，就像沒有橋下巨魔和樹人一樣。

不過就是讀讀神話，有那麼嚴重嗎？

契絲娜將書拿了下來。

第三章

麥克在黑夜中遊走。

他的狩獵工夫比起前一晚又進步了。他闖進一處空地，發現三頭鹿，一公兩母，牠們見到他立刻就跑，但其中一頭母鹿跛了腳，沒辦法甩掉追上來的餓狼。麥克看見她很痛苦，跛腳斷了，向後彎成奇怪的角度。他一陣加速撲了上去，將母鹿撂倒在地。纏鬥幾秒鐘就結束了，弱肉強食的法則再次得到了驗證。

他剜出鹿心一口吃了，真是上等美味。死生有命，這麼做一點也不野蠻。公鹿和另一頭母鹿站在山丘頂上注視著，看狼大快朵頤，隨即轉身消失在黑夜裡。麥克吃了個飽。剩下的肉不吃完太糟蹋了，於是他將母鹿拖到茂密的松樹林下，繞著屍體撒了尿宣示主權，免得農舍的狗靠近。這頭鹿明晚還可以吃。

茹毛飲血讓他精神百倍，再次感到活力無窮，肌肉充滿了能量。但他吃得口鼻和腹部血跡斑斑，得先處理才能爬回屋裡。他奔馳林中，東嗅西聞，不久便聞到了水的味道，隨即聽見溪水流過岩石發出的潺潺聲。他在冰冷的溪水裡翻騰打滾，洗去身上的血漬，再將腳掌舐乾淨，直到指甲都見不著血跡。接著他舔水解渴，然後踏上歸途。

他在林子裡變了身，恢復用白皙的雙腿站立。他靜靜走向屋旁，腳掌踩著柔軟的五月新草沒發出半點聲音，隨即翻過窗戶鑽回臥房裡。

他一進房就聞到了她的味道：肉桂和皮革香。而她墨藍色的身影就坐在了角落的椅子上。

他站在她面前，可以聽見她心臟怦怦跳著，幾乎和他的心跳一樣響。

「妳在這裡多久了？」他問道。

「一小時。」她極力鎮定自己的語氣。「或者更久一點。」這回她失敗了。

「就為了等我嗎？我真是受寵若驚。」

「我本來……只是想來瞧你一眼。」她清了清嗓子，彷彿碰巧想到接下來的問題似的。「麥克，你去哪裡了？」

「就出去走走。我不想從正門出去，怕吵醒屋裡的其他——」

「現在是半夜三點多。」契絲娜打斷他的話。「你為什麼沒穿衣服？」

「我過了午夜就不穿衣服，否則有違我的宗教信仰。」

契絲娜站起來說：「別裝幽默！這一點都不有趣！天哪，到底是你瘋了，還是我腦袋有問題？我進來發現你不在……然後窗戶開著，我都不知道該怎麼想了！」

麥克將窗戶關上。「妳覺得呢？」

「我覺得你……你是……我不知道，總之太離譜了！」

他轉頭望著她，低聲問道：「我是什麼？」

契絲娜開口想說，但那兩個字卡在了喉嚨裡出不來。「你……你那天晚上是怎麼找到我們據點的？」她勉強擠出一句。「天那麼黑，又是完全陌生的森林，而且你還挨餓了十二天，你是怎麼辦到的？告訴我，麥克，怎麼可能？」

「我已經說過了。」

「沒有，你沒有說。你只是假裝說了，但我沒有追究，也許因為根本找不到任何合理的解釋。

但我到你房間，發現窗戶開著，床上沒人，然後你光著身體回來，卻打算一笑置之。」

麥克聳聳肩說：「被妳看到沒穿褲子，我還能怎麼辦？」

「你沒有回答我的問題。你到哪裡去了？」

他語氣鎮定謹慎，小心斟酌用詞說：「我需要活動身子。史壯柏格醫師似乎認為我的體力只能負荷下棋之類的活動。題外話，我今天贏了他，三戰二勝。總之，我昨晚就溜出去散步了，今晚也是。我決定不穿衣服，因為夜裡很溫暖，而我想品嚐身體接觸空氣的感受。這麼做很糟嗎？」

契絲娜沉默不語，過了一會兒才說：「就算我提到狼的事，你還是照樣散步？」

「這片森林獵物這麼多，狼不會攻擊人的。」

「什麼獵物，麥克？」契絲娜問道。

他反應很快。「哦，我沒跟妳說嗎？我下午在窗邊看到外頭有兩隻鹿。」

「嗯，你沒說。」她站姿非常僵硬，離門很近，隨時可以奪門而出。「我看到的那頭狼……眼睛是綠色，跟你一樣，毛髮是黑的。史壯柏格醫師在這裡住了將近卅五年，從來沒聽說森林裡有狼。鮑曼出生的小鎮離這裡不到五十公里，在北邊，他也不曉得這一帶有狼。這不是很怪嗎？」

「狼群會遷徙，至少我是這麼聽人說的。」黑暗中他面露微笑，臉卻是繃緊的。「綠眼睛的狼，是嗎？契絲娜，妳想說什麼？」

攤牌的時候到了，契絲娜心想。她到底想說什麼？眼前這個人，這名在俄國出生的英國幹員是人獸合一的詭異生物嗎？是她讀過的民間傳說化為真人嗎？人真的可以變成狼的身體，用四腳奔跑嗎？也許麥克葛勒頓異於常人，嗅覺和方向感特別敏銳，但他真的會是……狼人嗎？

「跟我說妳心裡在想什麼。」麥克朝她走近，腳下的木地板輕輕吱嘎一聲。她的的香氣令他心蕩神馳。契絲娜後退一步，麥克停了下來。「妳該不會怕我吧？」

「我需要害怕嗎？」她聲音微帶顫抖。

「不用。」麥克說：「我不會傷害妳。」說完他又朝她走近，這回她沒有退後。

他來到她面前。昏暗中，她依然看得見他綠色的眼眸，那目光充滿飢渴，喚醒了她心裡的需索。

「妳今晚為什麼到我房裡來？」麥克問，臉幾乎貼著她的臉。

「我……我說了……就只是想來瞧一眼——」

「不對。」他柔聲打斷她。「這不是真正的原因，對吧？」

契絲娜躊躇不答，心跳加速。麥克伸出雙臂摟住了她，契絲娜搖了搖頭。

兩人雙唇相貼，進而交纏。契絲娜心想自己一定是瘋了，竟然覺得他舌頭上帶著血味。但那股銅腥味稍縱即逝，她抓著麥克的背，滾燙的身軀緊貼著他。她感覺到他堅硬的勃起，手指輕撫他的堅硬，感覺指下一跳一跳的。麥克緩緩解開契絲娜的睡衣，兩人吻得又深又急。他舌頭滑過她雙乳之間，輕柔又挑逗地從乳房舔上了喉嚨。她感覺自己全身起了雞皮疙瘩，不禁發出愉悅的喘息。無論他是人是獸，她都要他。

睡衣滑落到她踝下，她舉腳擺脫睡衣的羈絆。麥克將她一把抱起，放到床上。

潔白的床褥宛如高原，兩人身體交纏，火熱抵著火熱，緊緊熨貼。她柔滑的濕潤裹著他，手指緊扣著他的肩膀，而他的臀緩緩轉圈，帶著優雅的力道上下起伏。接著麥克翻身仰躺，契絲娜騎上了他，兩人的律動讓彈簧吱嘎作響。他拱起腰桿將她抬起，讓她將堅硬裹得更深。他瞬間拱到高點，兩人身體同時顫抖，甜蜜的熱流讓契絲娜興奮呻吟，麥克低聲嘶喘。

兩人躺在床上竊竊私語，契絲娜將頭窩在麥克肩上，至少此時此刻，戰爭離他們無比遙遠。她也許會回美國，契絲娜說道。她沒去過加州，說不定那裡是不錯的新起點。有人在英國等他回去嗎？她問，麥克說沒有。但英國是他的家，他說，因此任務結束後，他會回去那裡。

契絲娜手指輕撫他的眉毛，輕輕笑了。

「有什麼好笑的？」他問道。

「喔……沒什麼。只是……呃，你一定不會相信我看到你從窗戶爬進來時，心裡在想什麼。」

「我想知道。」

「真的很離譜。我想白天被狼嚇壞了之後，我就幻想過頭了。」她開始把玩他的胸毛。「不過……我想——你別笑喔——我想你可能是……」她逼自己說出口。「狼人。」

「我是。」麥克望著她的眼眸說。

「哦，是嗎？」契絲娜笑了。「唔，我一直覺得你比較像野獸，而不是男爵。」

他從喉嚨深處發出一聲狼嗥，雙唇貼上了她的。

這回做愛較為溫柔，但同樣激情。麥克舌尖在她的乳房上恣意徜徉，在她嬌軀上盡情放縱。他緩緩進入她，契絲娜緊緊回抱，手腳扣著他，要他進入得更深點。麥克紳士般的回應了她的要求。兩人面對面躺著，剛在柔中，宛如聞樂起舞一般身體相貼緩緩律動。兩人身體緊繃顫抖，覆著用力而冒出的汗珠閃閃發亮。麥克撐起身子，用堅硬逗弄她柔滑的花瓣皺摺，讓她直逼愉悅的頂峰而呻吟。接著他猛力衝刺，瞬間的高潮讓她覺得自己就要落淚。她全身顫抖，低呼他的名字，而他的衝刺將她帶到了歡愉之巔，然後一舉越過，感覺就像從雲端墜落，穿越五彩繽紛的天空。麥克依然穩穩衝刺，直到他感覺一股熱流奔洩而出，將他的脊椎和肌肉拉到極限，隱隱作痛。他待在契絲娜體內，停靠在她腿間，兩人親吻低語，世界在床邊慵懶轉動。

隔天早上，史壯柏格醫師宣佈麥克復元良好。燒退了，身上的瘀青也都褪得差不多了。拉撒利斯也是，身體好轉，雖然腿有點僵，但已經能在屋裡走動。不過，史壯柏格醫師倒是關切起契絲娜，因為她一副沒睡飽的模樣。契絲娜跟醫師強調她很好，並且保證今晚一定會睡足八小時。

入夜之後，一輛棕色轎車駛離了屋子。史壯柏格醫師和契絲娜坐在前座，麥克和拉撒利斯穿著寬鬆的灰綠色連身服坐在後座。史壯柏格駛在狹窄的鄉間小路上，朝東北方前進，開了大約二十分鐘後，他將車停在一處遼闊的田野旁，車燈打亮變暗兩次，田野另一頭一盞提燈回了信號，史壯柏格朝提燈駛去，將車停在樹蔭底下。

除了拿提燈的男子，還有另外兩人，都是樸素的農人裝扮。他們身旁是一座覆著偽裝網的木造工事。三人撩起網子一角，示意訪客們入內。

「就是它。」契絲娜說。麥克抬頭見到一架飛機映著提燈發出黃色的光芒。

拉撒利斯笑了。「見鬼了！」他用破德文混著俄文說：「這哪能算飛機，是自殺工具吧！」

麥克很想點頭說對。眼前這架三引擎運輸機漆成深灰色，雖然可以搭載七到八名乘客，但耐航性令人起疑。不僅機身貼滿遮蓋彈孔的補丁，兩個機翼引擎罩看來被大錘打過，其中一根起落架支柱還嚴重變形。

「這架是容克斯 Ju52 運輸機。」拉撒利斯說：「一九三四年的機型。」他看了看機腹，用手指去摸生鏽的焊接處，發現一個拳頭大的窟窿，忍不住咒罵了幾句。「這爛東西快解體了！」他對契絲娜說：「你們是從垃圾堆裡撈出來的？」

「當然。」契絲娜答道：「要是它還好好的，德軍怎麼會不用它？」

「它能飛吧？」麥克問道。

「可以，引擎有點鈍了，但能帶我們去挪威，沒問題。」

「重點是。」拉撒利斯說：「它能載人飛嗎？」說完他又發現一個生鏽的破洞。「座艙底板感覺快穿孔了！」他走到左機翼引擎前，舉起一隻手避開螺旋槳伸進引擎裡，將手拿出來一看，發現手指上沾滿了油垢與汙漬。「太好了！這引擎裡都可以種麥子了。美女，妳是打算自殺嗎？」

「不是。」契斯娜不想廢話。「還有，我已經要你別再叫我美女了。」

「哦，我還以為妳很喜歡童話呢。尤其聽到妳將這個破爛東西叫做飛機，我就更這麼想了。」

拉撒利斯從其中一名男子手中接過提燈，繞到機身艙門前，彎下腰進了飛機。

「我已經盡力了。」契絲娜對麥克說：「這架飛機或許狀況不是頂好——」他們聽見拉撒利斯拿著提燈在座艙裡大聲冷笑。「但無論你朋友怎麼想，它一定能將我們送到要去的地方。」

他們必須飛行一千多公里，麥克心想，而且還得經過凜冽的北海上空。萬一這架飛機在海上發生狀況……「飛機上至少有逃生艇吧？」

「有，破洞的地方我都親自動手補好了。」

拉撒利斯從飛機裡出來，罵聲連連。「裡面不僅生鏽，螺絲都鬆了。」他氣沖沖說道：「只要一個噴嚏太用力，座艙玻璃就會飛了！我很懷疑這個爛東西的時速能超過一百節，就算順風也一樣！」

「又沒人架著你一起去。」契絲娜搶過他手中的提燈，物歸原主。「我們十二日出發，也就是後天晚上，那時服裝和補給品應該都準備好了。從這裡到烏斯克達預計停靠三次，補充油料和安檢。幸運的話，十六日清晨就能在目的地降落。」

「幸運的話——」拉撒利斯手指摁著鼻子大聲一擤。「這架爛飛機飛過丹麥南方之前機翼還在。」他雙手插腰，回頭又看了飛機一眼。「我敢說這個可憐的東西一定跟俄國戰機駕駛員廝殺過。沒錯，我很有把握。」他看了看麥克，接著看著契絲娜。「我跟你們去，只要能離開德國領土，我什麼都好。」

回到史壯柏格醫師家裡，麥克和契絲娜同床共枕，屋外強風呼號，吹得樹葉沙沙作響，但兩人無須開口，而是用身體侃侃而談，以激情始，以溫柔終。

契絲娜枕著他的胳膊睡了。麥克聽著狂風呼嘯，心裡念著史卡帕島和鐵拳。他不曉得他們會在島上發現什麼，但布洛可公事包裡的駭人相片一直在他腦中盤旋。那武器造成的傷害是如此可怕，他非得找出來摧毀不可。不只為了搶灘的盟軍，也為了那些受到納粹虐待的人們。希特勒一旦握有這款武器，全世界將難逃卐字的烙印。

睡意襲來，將他帶入了夢鄉。他夢見納粹士兵踢著正步走過大笨鐘下，而希特勒穿著黑色狼皮大衣，威克托低聲在他耳邊說道：不要辜負我。

第四章

容克斯飛上天之後，竟然比外表勇猛許多，但遇到強風就會震動，機翼引擎還會冒煙，並噴出紫白的火花。「這傢伙喝油和燃料就像老友喝酒一樣。」拉撒利斯坐在副駕駛座上嘀咕道：「我們再不到兩小時就得用走的了。」

「兩小時正好會到第一個加油點。」契絲娜雙手抓著操縱桿鎮定地說。由於引擎隆隆嘶吼，交談很困難。麥克坐在座艙後方擁擠的領航員桌前檢視地圖。他們的首個停靠站是一處隱蔽的機場，屬於德國地下反抗組織，位於丹麥和德國邊界。第二次停靠為隔天深夜，地點是丹麥北端的游擊隊根據地，最後一個加油點則在挪威境內，感覺好遙遠。

「我們到不了的，美女。」拉撒利斯說。運輸機突然像中風似的劇烈顫動，鬆動的螺絲啪啪作響，有如連發的機關槍。「我看了後面的降落傘。」他豎起大拇指朝貨艙比了比，他們的糧食、飲水、冬裝、衝鋒槍和彈藥都堆在那裡。「根本是嬰兒尺寸，瘋子才會穿著它跳下去。」他一邊說著，一邊掃視漆黑的夜空，尋找納粹夜行戰鬥機引擎發出的藍色火光。但他知道那火光很難察覺，就算發現了，子彈也早就朝他們射來。他一想到德軍的重機槍和這架飛機的破座艙，就忍不住發抖，只好用說話來掩飾內心的恐懼，即使契絲娜和麥克都沒在聽，他還是說個不停。「我還是找個乾草堆跳下去，還比較有機會活命。」

過了兩小時出頭，右機翼引擎沒動靜了。契絲娜看見油錶的指針就快歸零，機鼻也一直要往下墜，彷彿連飛機都急著回到地面。契絲娜極力穩住飛機，兩隻手腕都痛了，沒多久就不得不請拉撒利斯幫忙抓住操縱桿。俄國佬照著麥克給的地圖座標操縱飛機，一邊說道：「這傢伙飛得跟船一樣慢。」

地面上竄出一道火光，指向他們第一個降落跑道。是友軍。拉撒利斯駕著運輸機繞著火光緩緩下降，當機輪觸地的瞬間，座艙裡的三人同時鬆了一口氣。

接下來十八小時，地勤人員（幾乎全是這輩子沒靠近過飛機的農夫）在拉撒利斯的指揮下，替運輸機加了燃料，引擎添了機油。拉撒利斯拿著工具，在偽裝網的保護下鑽進了飄著污垢味的右機翼引擎裡，修理了十幾處小地方，嘴裡一直嘀嘀咕咕罵個不停。

午夜再臨，三人再度起飛，從德國進入丹麥。天空漆黑依舊，契絲娜累了照例由拉撒利斯接手，他一路高唱俄國醉漢喜歡的下流歌，對抗引擎馬不停蹄的喧嘩。契絲娜指著五千英呎上方的一道藍光，讓他立刻閉上了嘴。契絲娜說從速度看，可能是新型的韓克爾或多尼爾戰鬥機。雖然藍光隨即消逝在西方，但這一閃還是讓拉撒利斯歌興全失。

在丹麥降落之後，他們享用了一頓新鮮馬鈴薯和血香腸大餐，尤其麥克吃得特別滿足。接待他們的同樣是貧困的農人，卻像接待皇室般準備了這一餐。農人家的男孩迷上了拉撒利斯的光頭，一直想摸，家裡的狗緊張地嗅著麥克，而婦人看到契絲娜則是驚呼一聲，因為她認出眼前的女人就是她在一本翻爛的雜誌上介紹的德國電影明星。

隔夜，他們飛過北海上空，迎接他們的是一片星海。紅色和金色的流星如大雨般劃過夜空，麥克聽見拉撒利斯笑得像個孩子，忍不住跟著微笑了起來。

飛機降落後，三人走出機外踏上凜冽的挪威。契絲娜拿出連帽厚夾克，三人把夾克套在青灰色游擊隊制服外。一名英國幹員隨同幾名挪威農民前來迎接他們，自我介紹說他名叫克雷達可。他們用麋鹿雪橇將三人載到一間石頭農舍，同樣準備了大餐招待。年輕的克雷達可個性真誠，被德軍開槍打中少了右耳，抽著煙斗告訴他們壞天氣正在往北，他們抵達烏斯克達之前應該會遇到大雪。一名豐腴的女子坐在拉撒利斯身旁，和他靠得很近，顯然是農人家的長女。麥克從來沒看過這麼胖的女人。拉撒利斯啃著馴鹿做成的鹹肉乾，她目不轉睛盯著他看。隔天晚上，三人踏上最後一段旅程，胖女人眼眶含淚，而拉撒利斯的厚夾克下不知為何多了一隻白兔腿。

在希特勒眼中，這些人就跟動物一樣卑賤，而且數以百萬計，這家人只是不起眼的零頭而已。

空氣冷而稀薄，運輸機引擎轟隆作響。五月十六日這天清晨，大雪從黑暗中蜂擁而出，掃向座艙的擋風玻璃。飛機忽高忽低，左右搖擺，被橫越崎嶇山峰的強風連番猛襲。拉撒利斯和契絲娜同時抓著方向桿，但飛機還是上下震盪，一個起伏就是幾十米。麥克啥都不能做，只能繫好安全帶，抓緊桌子，緊張得腋下冒汗，腸胃翻攪。運輸機劇烈顫動，三人同時聽見機身有如低音大提琴咿啊出聲。

「兩側機翼結冰。」契絲娜看了指針，簡短的說：「左機翼引擎油壓下降，溫度迅速升高。」

「機身裂縫，漏油了。」拉撒利斯口氣嚴厲的說。飛機再次顫動，彷彿車子走在石頭路上。他伸手到控制面板上切斷左引擎的動力，但手還沒離開按鈕，就聽見砰的一聲，讓他心跳暫停，只見整流罩冒出火焰，螺旋槳頓住不動了。

高度計指針開始下降，拉撒利斯咬著牙說：「這下得看這傢伙有多少本事了。」

機鼻開始下墜，拉撒利斯將它拉高，戴著手套的雙手緊抓著方向桿。契絲娜出力幫忙，飛機卻不聽使喚。「我抓不住了！」她喊道，拉撒利斯回答：「妳非抓住不可。」契絲娜使出背和肩的力量繼續撐著，麥克解開安全帶，彎身湊到契絲娜身旁，和她一起抓著方向桿。他感覺到飛機承受的那股巨大顫動，這時突然一陣側風掃來，機身猛然偏左，麥克整個人被往上甩，撞上了艙壁。

「回去繫上安全帶！」拉撒利斯吼道：「否則脖子一定會扭斷！」麥克再次彎身向前，協助契絲娜盡力穩住機鼻。拉撒利斯瞄了左舷一眼，看見火光不斷從受創的整流罩竄出，知道是汽油著火了。萬一機翼的油槽爆炸……

運輸機再次偏向，力道強得機身扭曲呻吟。拉撒利斯聽見金屬斷裂的聲音，發現他腳下的座艙底板裂開了，嚇得魂飛魄散。

「讓我來！」他說完便將方向桿往前推，運輸機立刻轟隆俯衝。

麥克看見高度計的指針瘋狂旋轉，擋風玻璃外除了大雪什麼都看不見，但他知道前方有山，而契絲娜也曉得。飛機持續下墜，機身有如受虐似的呻吟緊繃。拉撒利斯望著左機翼引擎，火已經沒了，被風吹熄了。最後一道火光消失後，他重新拉起方向桿，肩膀肌肉猛然鼓起。運輸機緩緩接受指揮，他的手腕和前臂都痛得要命。契絲娜也抓住方向桿往回拉，麥克同樣出力幫忙。運輸機顫動呻吟，不過開始聽話。高度計指針跌到兩千英呎就不再下降了。

「那裡！」契絲娜指著右方，只見大雪中出現一道火光。她調轉飛機朝光飛去，並緩緩下降。

又一道火光竄起，接著又一道。「跑道在那裡。」契絲娜說道。高度計指針繼續緩慢下降，第四道火光接著出現。所有火光都是起降跑道兩旁的油罐。「我們要降落了。」她拉起油門，手掌顫抖，麥克立刻坐回座位，繫上安全帶。

飛機接近火光照亮的跑道，契絲娜平放襟翼，熄掉剩下的兩個引擎。運輸機宛如笨拙的飛鳥滑向跑道，大雪打在滾燙的整流罩上滋滋作響。機輪觸地彈了起來，隨即再次觸地，這回反彈小了些。契絲娜踩下煞車，運輸機在跑道上滑行，拉出長長一道雪和水汽。

飛機緩緩減速，起落架咯咯洩了液壓油，機輪嘎的停了下來。

拉撒利斯低頭望向雙腿之間，從十五公分寬的破洞裡看到了地上的白雪。他帶頭下了飛機，契絲娜和麥克跟在後頭。他頭昏眼花繞著圈圈，雙腳還不習慣堅實的地面。運輸機的引擎嘶嘶噴氣，吐出了告別的遺言。

麥克和契絲娜卸下補給品，一輛漆成白色的破爛卡車開到飛機旁停了下來。幾名男子下了車，捲開了一張巨大的白色防水布。帶頭的紅鬍男子自稱赫克斯，開始幫忙將背包、衝鋒槍、彈藥和手榴彈搬上卡車。赫克斯搬東西時，其他夥伴則是忙著用防水布蓋住飛機。

「我們差點就墜毀了！」拉撒利斯握著兔子腳對赫克斯說：「暴風雪差點把該死的機翼給吹斷了。」

赫克斯一臉茫然望著他說：「什麼暴風雪？現在是春天耶。」說完便繼續幹活。拉撒利斯愣在那裡，鬍子沾滿了雪花。

受損的螺絲咯啦咯啦斷掉了，麥克和契絲娜轉頭望向運輸機，拉撒利斯嚇得倒抽一口氣。只見被火燒黑的左引擎勾在機翼上晃了幾秒，最後連剩下的幾根螺絲也斷了，整座引擎砰的砸在了地上。

「歡迎來到挪威。」赫克斯對三人說。「動作快點！」他頂著呼號的寒風朝同伴大吼。其他人加快速度，用防水布蓋住運輸機，再用白繩固定。接著三人和挪威夥伴上了卡車，赫克斯坐上駕駛座，開車離開機場，朝東南方四十公里處的海岸駛去。

東方天空微微泛白，卡車經過烏斯克達狹窄泥濘的巷弄，漁村裡的房子由灰木和石塊砌成，幾縷輕煙從煙囪裊裊升起，麥克聞到濃郁的咖啡香和培根味。岩石和藍灰海水交界處停了幾艘小船，迎著清晨的海浪軋軋搖晃，帆索和船具已經準備就緒。一群骨瘦如柴的狗兒跟在車輪旁尖叫咆哮，麥克不時見到半開的百葉窗後有人影向外窺望。

契絲娜用手肘頂了他胸口一下，指著外面的碼頭，只見一艘布洛姆福斯公司製造的大型水上飛機掠過海面，機尾漆著卐字，在離岸兩百米外的捕魚船隊上空緩緩繞了兩圈，隨即飛高消失在低垂的烏雲裡。這意思非常清楚，納粹老大正注意著海上的一舉一動。

赫克斯將車停在一棟石屋子前。「你們在這裡下車。」他對麥克、契絲娜和拉撒利斯說：「我們會處理你們的東西。」

契絲娜和麥克都不喜歡這個主意，將槍砲彈藥交給不認識的陌生人，但是又不想冒武器被發現的風險，萬一村莊被水上飛機裡的德軍搜查就糟了。他們不甘願地下了車。「你們進去。」赫克斯指著石房子說：「休息、吃東西、等著。」說完便打檔開車，沿著泥巴路離開了。

麥克推門走了進去，頭髮擦到釘在門框上的一小串銀風鈴，鈴鐺宛如迎接耶誕夜似的發出愉悅的聲響。風鈴同樣拂過了契絲娜的秀髮，隨即被拉撒利斯長滿髮茬的光頭卡了幾下。屋裡光線昏暗，飄著乾泥巴和魚腥味，牆上掛著漁網，還歪歪斜斜釘了不少從雜誌上剪下來的相片，鑄鐵爐中微微發著火光。

「哈囉？」麥克喊道：「有人在嗎？」

彈簧吱嘎一聲，棕色舊沙發上那一大團髒衣服動了動，隨即在剛進屋的三人眼前坐了起來，壓得彈簧呀呀作響。

「老天！」拉撒利斯倒抽一口氣。「那是什麼玩意兒？」

那個不曉得是什麼玩意兒的東西彎身拿起地上的伏特加，用棕色大手打開瓶蓋，舉起酒瓶，接著就聽見液體咕嚕灌進食道的聲音。喝完後，那東西打了個響嗝，搖搖晃晃站起身來，身高足足超過一百八十公分。

「歡迎！」那聲音沙啞含糊，是個女人。「歡迎！」她朝他們走來，踏進爐火的紅光裡，地板被她踩得吱嘎作響，竟然沒有垮掉。那女人至少有一百一十公斤，身高將近一米九十，宛如長了腳的大山搖搖晃晃走到他們面前。「歡迎！」她又說了一次，不是胡言亂語，就是識字不多。她爬滿皺紋的寬臉露出微笑，嘴巴裡只有三顆牙，一雙愛斯基摩人的杏眼，眼角都是皺紋，眼眸卻是淺藍色，古銅色皮膚，銅黃色西瓜頭，好像拿一只特大碗罩在頭上剪的。麥克心想，這女人應該是愛斯基摩人和北歐人的混血，而且難分高下。她長相堪稱奇特，身上披著五顏六色的毯子朝他們咧嘴微笑。根據她臉上的皺紋和頭上幾撮白髮，麥克猜她應該五十歲上下。

她舉起伏特加問道：「歡迎？」她鼻孔裡插著一根金針。

「歡迎！」拉撒利斯從她手裡抓過伏特加，灌了一口清澈的烈酒。他頓了一下，發出敬佩的嘆息，接著又開始牛飲。麥克從他手裡搶過酒瓶還給那女人。她舔舔瓶口，仰頭灌了一口。

「妳叫什麼名字？」契絲娜用德文問道。那女人搖搖頭。「妳的名字？」契絲娜用挪威文試試運氣，雖然她對挪威文幾乎不懂。她一手按著胸口：「契絲娜。」說完指著麥克。「麥克。」然後指著開心的俄國佬：「拉撒利斯。」

「啊！」那女人開心點頭，指著自己兩條粗腿之間說：「小咪！歡迎！」

「男人待在這裡肯定麻煩大了。」拉撒利斯一副智者般的模樣評論道。

小屋就算不乾淨，至少夠溫暖。麥克脫下厚大衣掛在牆壁的鉤子上，契絲娜繼續努力跟那個醉醺醺的愛斯基摩壯女人溝通，但只勉強得知那女人住在這裡，屋裡還有很多伏特加。

門開了，風鈴叮噹作響。赫克斯進門之後將門帶上。「嘿！」他一邊脫下厚外套一邊說道：「你們見過小咪了。」

小咪朝他咧嘴微笑，喝光剩下的酒，接著一屁股坐在沙發上，壓得沙發發出木頭崩裂的聲響。

「她對家具不大客氣。」赫克斯坦承道：「但人很親切。你們當家的人是誰？」

「是我。」契絲娜說。

「很好。」赫克斯用聲調很平的方言跟小咪說話，感覺跟嘟囔和咋舌一樣。小咪點點頭，抬眼望著契絲娜，臉上笑容消失了。「我跟她交代了你們是誰。」赫克斯說：「她等你們很久了。」

「是嗎？」契絲娜搖頭道：「我不懂。」

「小咪會帶你們到史卡帕島。」赫克斯解釋道。他走到櫥櫃前，從櫃裡拿出一盒脆餅。

「什麼？」契絲娜看了那女人一眼，發現小咪抓著酒瓶放在肚子上，閉眼微笑。「她……她不是喝醉了？」

「所以呢？我們這些日子都是這樣。」他從桌上拿了一只老舊的咖啡壺，搖了搖裡頭的水，然後將壺擺到爐上。「小咪水性很好，史卡帕島也熟，我對船是一竅不通，連游泳都不會。但我想要是遇上水雷，會游泳也沒有用。」

「你是說如果要去史卡帕島，就得把命交到她手上？」

「沒錯。」赫克斯說。

「史卡帕！」小咪瞪大眼睛，從喉嚨發出低沉的嘶吼：「史卡帕很壞！惡莫！」她朝地上啐了一口。「納脆的人！惡莫！」說完又朝髒兮兮的地板啐了一口。

「再說。」赫克斯接著說：「船是小咪的。她曾經是方圓百里之內最好的漁夫。她說她能聽見魚唱歌，後來學會了唱給魚聽，魚群統統湧進她的網子裡。」

「我對唱歌的魚沒興趣。」契絲娜冷冷說道：「我對巡邏船、探照燈和水雷比較感興趣。」

「喔，小咪也知道那些東西在哪裡。」赫克斯從掛勾上取下錫杯說：「小咪曾經住在史卡帕島，在納粹過來之前。她和她先生還有六個小孩都住在那裡。」

屋裡傳來扔瓶子的聲音。喝完的伏特加瓶落在角落，跟三只空瓶撞在一起。小咪將手伸進沙發縫隙，拿出一瓶新的伏特加來，用剩下的牙齒咬開瓶塞，仰頭開始猛灌。

「她家人怎麼了？」麥克問道。

「納粹……這麼說吧……徵召他們去蓋那座該死的化學工廠，其實小咪鎮上手腳健全的人統統被徵召了。小咪當然也不例外，因為她壯得跟牛一樣。總之，後來納粹處決了所有工人。小咪中了兩顆子彈，到現在天氣太冷偶爾還會痛呢。」赫克斯摸了摸咖啡壺。「糖和奶精沒了，三位恐怕得喝黑咖啡了。」說完便開始替他們倒咖啡。顏色很濃，感覺像泥漿。「小咪跟其他屍體一起躺了三四天，到底多久不曉得。她發現自己還不想死，便爬起來找到一艘小船逃了出來。我是一九四二年遇到她的，當時我在商船上工作，但船被魚雷擊沉了，幸好有搭上救生艇。」他首先遞了咖啡給契絲娜，又給她一塊脆餅。

「納粹怎麼處理那些屍體？」契絲娜接過咖啡和脆餅問道。

赫克斯又用嘖嘖咂咂的方言問小咪，小咪醉醺醺地低聲回答。「他們把屍體拿去餵狼了。」他說完將盒子遞到麥克面前。「要來點脆餅嗎？」

除了脆餅和重咖啡，赫克斯還拿出一包很有嚼勁的羊肉乾。麥克吃得津津有味，契絲娜和拉撒利斯卻覺得難以下嚥。「晚上會有好吃的燉肉。」赫克斯保證道：「還有烏賊、洋蔥和馬鈴薯，加上很多鹽和胡椒，非常美味。」

「我不吃烏賊！」拉撒利斯甩掉厚大衣，坐在桌前對著他那杯咖啡，激動得全身顫抖：「那東西看起來就跟在妓院裡操了一晚的肥屌一樣。」他伸手去拿咖啡。「我只吃洋蔥和馬鈴——」

他身後突然有人動作，速度極快。只見刀光一閃，小咪碩大的身軀有如雪崩朝他撲來。

「別動！」赫克斯大吼。話才說完，麥克和契絲娜還來不及上前解危，刀子已經猛然砍下。只見一把專剝海豹皮的凶狠彎刀插在瘢痕累累的桌子上，就在拉撒利斯的食指和中指之間。雖然沒刺到肉，但拉撒利斯已經嚇得將手收到胸口，彷彿火燒尾巴的貓兒一樣放聲尖叫。

另一聲尖叫隨之而起，是爛醉沙啞的哄笑。小咪將刀從桌上拔起，有如巨大駭人的陀螺繞著房間開心跳舞。

「她瘋了！」拉撒利斯看著手指大吼：「完全瘋了！」

小咪收刀回鞘，坐回了沙發上。赫克斯說：「對不起。她只要喝了酒……就喜歡玩這個小把戲，但從來沒有刺中過。幾乎沒有。」他舉起左手，三人發現他中指少了一節。

「拜託，看在老天份上，把她身上的刀拿走！」拉撒利斯吼道，但小咪已經摟著刀子縮在沙發上，繼續豪飲伏特加了。

麥克和契絲娜將手收進連身服口袋裡。「我們必須儘快到史卡帕島。」麥克說：「什麼時候能出發？」

赫克斯問了小咪，她蹙著眉頭想了想，接著起身搖搖晃晃走到屋外，回來時兩腳都是泥巴。她咧嘴微笑，跟赫克斯說了幾句。

「明天晚上。」赫克斯翻譯道：「她說今晚會起風，之後會有大霧。」

「明天晚上我可能已經沒有手指了！」拉撒利斯將手收進口袋裡，直到小咪回到沙發上才敢再伸出來，繼續吃飯。等小咪開始打呼了，他才說：「對了，有件事我們必須考慮一下。假設我們到了那座島，完成了所謂的英雄壯舉，而且還全身而退，然後呢？不曉得你們觀察到沒有，那架飛機已經不行了。就算用起重機，我也沒辦法讓引擎復活，更何況它已經燒爛了。所以，我們要怎麼離開這裡？」

麥克不是沒有想過這個問題。他望著契絲娜，發現她也不知道答案。

「我想也是。」拉撒利斯嘀咕道。

但麥克現在不能讓心思被這件事拖著跑。他非得去史卡帕島，非得先解決希爾德布蘭特博士，之後再想辦法脫身。希望如此。在挪威被納粹追殺，可不是避暑的好選擇。赫克斯從小咪手裡拿走伏特加，傳給大家喝。麥克灌了一口烈酒，接著便在地上躺平（雙手緊緊收在口袋裡），不到一分鐘就沉入了夢鄉。

第五章

小咪的船在大霧中滑行，引擎發出輕微聲響。船首窸窣劃開水面，舵手室裡一盞有罩提燈發出昏暗的綠光。

小咪兩隻大手雖然粗糙，掌舵卻很靈巧。麥克站在她身旁，隔著爬滿水滴的擋風玻璃注視前方。小咪白天幾乎都醉醺醺的，但太陽一下山就放下伏特加，用冰水洗了臉。現在是十九日清晨兩點剛過，小咪三小時前將這艘十二米長的老舊破船駛離碼頭，此刻在舵手室裡，她鬱鬱沉思，臉上正經嚴肅，完全不是他們在烏斯克達初見她時笑咪咪的酒醉模樣。

她說得對，十七日夜裡果然起了風。強風從山上吹來，在烏斯達克上空呼嘯直到天明，但那裡的房舍早就適應了多變的氣候，除了讓屋裡的人心驚膽跳外，毫髮無損。起霧的事她也說對了。濃霧瀰漫烏斯達克與海灣，將一切籠罩在白茫茫的寂靜中。麥克不曉得她怎麼能在濃湯般的迷濛中開船，但她不時側頭似乎在傾聽什麼，顯然不是魚在歌唱，而是水的聲音，用麥克無法理解的話語向小咪傾訴。她不時微微修正方向，溫柔得像對待嬰兒一般。

忽然，她一把抓住麥克的厚大衣拉他過來，並伸手指向某處。麥克除了大霧什麼都看不見，但還是點了點頭。小咪心滿意足哼了一聲，隨即將他放開，駕船朝她指的方向駛去。

之前在碼頭發生了一件怪事。他們正在搬東西上船，小咪突然過來聞了聞麥克的胸膛、臉和頭髮，隨即往後退開，用那雙北歐人的冰藍眼眸望著他。麥克心想，她聞到我身上的狼臊味了。小咪對赫克斯說了什麼，赫克斯翻譯給他聽：「她想知道你是哪裡人。」

「我在俄羅斯出生。」麥克說。

她又跟赫克斯說了什麼，並且指著拉撒利斯。赫克斯說：「他臭得像個俄國佬，你卻有挪威的味道。」

「我就當這是稱讚了。」麥克說。

小咪湊到麥克面前，盯著他的眼睛看。麥克沒有後退。她又說了什麼，這回近乎呢喃。「小咪說你不一樣。」赫克斯翻譯道：「她說你是命運的主宰，這是很高的讚美。」

「幫我跟她說謝謝。」

赫克斯跟小咪說了。小咪點點頭，接著便朝舵手室走去。

此刻站在小咪身旁，看她在霧中駕船，麥克又想起這件事。命運的主宰。他希望自己在史卡帕島上的命運不會太慘，契絲娜和拉撒利斯也一樣。赫克斯後來一直待在鎮上。自從商船被德軍潛水艇炸沉後，他就不出海了。拉撒利斯也不是水上蛟龍，幸好海面平滑如鏡，船行平穩，他只到船邊吐了兩次。可能因為緊張，也可能是船上如沼氣一般揮之不去的魚腥味。

契絲娜走進舵手室。她罩著厚大衣的帽子，手戴黑色羊毛手套，從保溫壺裡倒了濁黑咖啡給麥克。小咪依然注視著前方，朝只有她看得見的地點駛去。麥克接過咖啡，問道：「拉撒利斯還好嗎？」

「還活著。」契絲娜答道。拉撒利斯在底下的狹窄船艙裡，麥克覺得那裡比法肯豪森的牢房還小。契絲娜望著外頭的濃霧問：「我們在哪裡？」

「我哪知道？但小咪似乎曉得，這樣就好。」他將保溫壺還給契絲娜。小咪將舵朝右舷轉了幾度，接著伸手抓住油膩的油門，熄掉了引擎。「去吧。」小咪指著前方對他說，顯然要麥克去看什麼。麥克從生鏽的置物櫃裡拿了手電筒，走出了舵手室。契絲娜跟在後頭。

麥克站在船首雕像上方，舉起手電筒往前照，捲雲般的濃霧從光束前掃過。船起伏擺盪，海浪拍打船身，甲板上傳來靴子聲。「嘿！」拉撒利斯喊道，聲音跟新纏的絲線一樣緊繃。「引擎怎麼了？船要沉了嗎？」

「安靜。」麥克說。拉撒利斯抓著鏽欄杆走了過來。麥克緩緩移動手電筒，從左到右來回探照。

「你在找什麼？」拉撒利斯低聲問：「陸地嗎？」麥克搖搖頭，因為他也不知道。這時，燈光照到一個朦朧模糊的影子，在右舷附近，感覺像是腐朽的木樁，上頭長滿了灰色的黴。小咪也看到了，將船調向那個方向。

不久，他們四人都看到了。或許沒看到還比較好。

一根木樁插在淤泥裡，上頭綁著腐爛的繩子，尾端綁著一副人骨，胸部以下泡在水裡，頭骨上殘留著一塊頭皮和幾撮灰髮，脖子上纏著粗鐵線做成的絞索，索上掛著一塊鐵板，上頭幾個褪色的德文字寫著：小心！禁止進入！

燈光下，白骨的眼窩裡和殘缺的牙齒間爬滿了小紅蟹。

小咪修正航線，將船駛離了恐怖的告示樁，讓白骨重新被黑暗吞噬。她再次發動引擎，推動油門讓船發出低沉的隆隆聲。離木樁和白骨不到二十米，手電筒燈光就照到了一顆漂浮的灰球，上頭覆滿海草和醜陋的尖刺。

「水雷！」拉撒利斯喊道：「是水雷！」他朝舵手室大吼，指著灰球說：「砰！砰！」

小咪知道水雷在哪裡。她調船往左，激起的浪花讓水雷滾了幾圈，麥克跟著腹中翻攪。契絲娜彎身抓著左舷欄杆，拉撒利斯在船右邊留意水雷的蹤影。「這裡有一枚！」契絲娜喊道，只見水雷上下起伏，懶洋洋轉了個圈，上頭結滿了藤壺。船從水雷旁邊滑過，但麥克立刻又看到另一枚水雷，幾乎就在正前方。拉撒利斯急忙爬回舵手室裡拿了另一把手電筒出來。這會兒水雷已經到處都是，小咪讓船穩穩緩慢前進，在水雷間穿梭。拉撒利斯看見一枚水雷浮在浪頭上，尖刺上鉤滿海草，幾乎就在船的航線上，嚇得差點瞬間白了鬍子。「媽的，轉彎！轉彎！」他指著左舷吼道。船朝左轉，但拉撒利斯聽見水雷擦過船身，發出指甲刮過黑板的刺耳聲響。他身體一縮，等著爆炸來臨，但水雷消失在波浪之間，船繼續往前滑行。

最後一枚水雷從右舷漂過，海面重新恢復寧靜。小咪敲了敲擋風玻璃，三人回頭看她，小咪食指放在嘴唇上，然後做了一個割喉的動作，意思再明顯不過。

幾分鐘後，探照燈光從史卡帕島燈塔上穿透迷霧而來，在海上來回掃動。島本身還看不見，但麥克不久便聽見低沉持續的隆隆聲，有如巨大的心跳，是化學工廠重型機器的運轉聲。他關掉手電筒，拉撒利斯也是。船慢慢靠近岸邊，小咪調轉船頭，待在探照燈的照射範圍外，接著突然關掉了引擎。船破浪前進，窸窸窣窣宛如低語。麥克和契絲娜聽見另一個引擎聲，聲音更大，從濃霧中傳來。是繞島監視的巡邏船。聲音漸漸遠去後，小咪小心翼翼加大了油門。

探照燈從船旁掃過，近得讓人捏一把冷汗。麥克看見濃霧中有幾盞微光，可能是通道或梯子上的燈泡，並看見一根大煙囪的黑影。剛才的心跳聲更響了，他開始隱約見到房舍的輪廓。小咪帶他們繞著史卡帕島的崎嶇海岸，很快就遠離了燈光與機械聲。她將船駛進一個彎月形的小港口。

小咪熟門熟路，直接駛向傾倒的海堤，接著又熄掉引擎，讓船在絲綢般的水面上沿著海堤底滑行。麥克打開手電筒，看見前方是一座結滿藤壺的碼頭。一艘沉沒多年的船插在水裡，腐朽的船首露出水面，有如怪獸的口鼻，上頭擠滿了幾百隻紅蟹。

小咪走出舵手室喊了幾聲，聽起來像是「倒了，上安吧！」她指了指前面，麥克便從船上跳到了碼頭上，踩得浸濕的木頭吱嘎作響。契絲娜扔了繩子過來，麥克將繩子繫在木椿上，接著小咪又扔給他一條繩子，讓他把船拴好。他們到了。

碼頭和海堤上有石階，麥克舉起手電筒往上照，看見石階上方是幾間漆黑破爛的房子。小咪的村莊。如今只有鬼魂住著。

契絲娜、麥克和拉撒利斯檢查了衝鋒槍，將槍背在肩上。水、牛肉乾和巧克力棒之類的補給品，連同彈匣和四枚手榴彈則放在背包裡。麥克之前檢查補給品時，發現還有一樣小東西用蠟紙包著，跟他在巴黎歌劇院屋頂吞下的藥丸很像，一樣是裝著氰化物的膠囊。他當時不需要，現在也一樣。他寧可飲彈而死，也不要用到它。

整裝就緒，他們跟著小咪拾級而上，走進了死寂的村莊。她用拉撒利斯的手電筒往前照，前方道路車轍很深，兩旁房舍爬滿潮濕的黴，有如覆著一層死灰，許多屋頂都塌了，窗戶也沒了玻璃，但是並非毫無人煙。麥克聞得到，知道他們就在附近。

「歡迎光臨。」小咪指著其中一間看來堅固些的房子，要他們進去。麥克不知道這是不是她家，但就當它是了。四人跨過門檻，小咪用手電筒照亮屋裡的灰濛，發現兩隻骨瘦如柴的狼，一灰一黃。灰狼從開著的窗戶跳了出來，瞬間便消失了蹤影，黃狼卻繞著他們，露出了獠牙。

麥克聽見有人扳動衝鋒槍的槍機。他在俄國佬開槍之前抓住他的手臂說：「不要開槍。」黃狼緩緩退向窗邊。牠昂首睥睨，眼裡閃著怒火，接著突然一個轉身從窗框跳了出去，消失在屋外。

拉撒利斯鬆了一口氣說：「你眼睛瞎了嗎？牠們會把我們碎屍萬段耶！你為什麼不讓我開

槍？」

「因為。」麥克鎮定地說：「開槍只會引來納粹，讓你還來不及重裝子彈就會被他們逮到了。狼不會傷害你的。」

「納吹很壞蛋。」小咪拿著手電筒四處照，一邊說道。「狼害好。納吹讓人死，狼吃死人。」她聳聳壯碩的肩膀。「就遮樣。」

這間飄著狼糞味的房子就是他們的作戰總部了。守衛希爾德布蘭特的化學工廠的士兵應該跟拉撒利斯一樣怕狼，不會到這裡來，麥克心想。於是他讓其他人整理裝備，對他們說：「我出去探探情況，儘快回來。」

「我跟你去。」契絲娜又準備背包上肩。

「不用，我一個人行動比較快，妳在這裡等我。」

「我不是來這裡跟你——」

「吵架的。」麥克替她把話說完。「那不是我們此行的目的。我想繞去化學工廠附近瞧瞧。一個人偵察比兩三個人好，對吧？」

契絲娜還在猶豫，但麥克語氣堅定，目光像要看穿她似的，於是她說：「好吧，但拜託你低調一點！」

「正有此意。」

出了房子，麥克順著馬路快步離開村落。經過最後一棟房子再往東七十米左右，兩旁開始出現樹林和尖銳的巨礫，並且開始上坡。他蹲在暗處，看契絲娜有沒有跟來。兩分鐘後，他卸下槍、背包和厚大衣，脫光身上的衣服，冷得皮膚發抖。他光著身子找到一處安全的地點，將背包、衣服和衝鋒槍藏好，接著蹲坐著開始變身。

變成狼後，他才發現背包裡的食物味道很重，簡直跟晚餐鈴一樣，全島的狼都會聞風而至。沒關係，有辦法解決。他在藏物處四周撒了尿，要是還趕不走牠們，牛肉乾就當作犒賞吧。麥克伸展身軀，讓肌肉充血鼓脹，隨即開始在狼鎮上方的山區岩石間跳躍前進。

過了山頂又在茂密的樹林裡穿梭了快一公里後，他開始聞到人的味道，轟隆聲也愈來愈響。他沒走錯方向。

其他味道開始湧入他的鼻腔：工廠煙囪排放的刺鼻廢氣，水汽、野兔和聽見他的腳步聲而顫抖的小動物，還有……年輕母狼身上的麝香。

他聽見左方有小樹枝啪的一聲斷了，立刻轉頭張望，但只瞥見一抹黃色。那母狼緊跟著他，感覺有些緊張，可能出於好奇或他的雄性氣味。不知道她有沒有看到他變身，麥克心想。有的話，她回去可有故事跟夥伴說了。

刺鼻味變重了，人味也是。愈接近人煙，黃色母狼的腳步愈慢，後來更完全停了下來。麥克聽見她發出尖銳的「嘖嘖」一聲，知道那是什麼意思：別再靠近。可以選擇的話，他也不想靠近，但他還是繼續往前。過了十五米左右，他走出森林，希爾德布蘭特的創造物赫然出現，有如一座污穢的大山，聳立在頂端加了刺鐵絲的鐵鍊圍籬後方。

一根巨大的灰石煙囪軋軋噴著濃煙，周圍的水泥建築由小通道和管線相接，宛如哈利山德勒的迷宮交錯蜿蜒。心跳般的轟隆聲來自廠區中央，燈光從百葉窗縫透了出來。樓房之間小路交織，麥克趴在森林邊緣探頭窺伺，一輛卡車從轉角繞了出來，發出臃腫甲蟲般的嘎嘎聲，隨即鑽進另一條小路。麥克看見通道上有幾個人影，其中兩名工人轉著紅色的大飛輪，另一名工人低頭檢視應該是壓力計之類的儀表，比出「好了」的手勢。這裡的人從早到晚都在趕工。

麥克起身溜到圍籬邊，沿著圍籬鬼祟張望。他很快就發現另一件事，這裡有一座機場，除了停機棚外，還有油槽和油罐車。機場上整整齊齊停著三架夜行戰機，一架多尼爾 DO-217 和兩架亨克爾 HE-219，三架都裝了機頭雷達，另外還有一架凶神惡煞的梅塞施密特 Bf-109 日間戰機。不過，比起雄偉的梅塞施密特 Me-323 運輸機，那驚人的六十米翼展和三十米機身，這些戰機都黯然失色了。納粹顯然對這個地方非常認真，但至少眼前沒有動靜。機場後方是島上的峭壁，下方便是大海。

麥克回到樹林旁，選好角落之後便開始在圍籬邊挖洞。這方面狼爪比人手好使，但土裡太多小石頭，因此仍然非常吃力，但還是挖成了。洞夠大之後，麥克緊貼洞底，腳爪硬抓從圍籬下鑽了過去。他起身環顧四周，沒看到士兵，於是便奔進最近的小路裡，朝寂靜暗夜中的心跳聲跑去。

他在卡車彎進小路前就聞到味道，聽見車要來了，於是趕緊跳到角落趴著，沒被車燈照到。卡車隆隆駛過，他在揚起的氣流中聞到汗水和恐懼的酸味，和動物園一樣，讓他立刻想到了法肯豪森。他起身跟著卡車，小心保持適度的距離。

卡車在一棟裝有百葉窗的長建築前停了下來，屋裡的人升起鐵捲門，刺眼的燈光傾瀉而出。卡車駛進屋內，幾秒鐘後鐵捲門開始喀喀降下，抹去了光線。

麥克目光瞄到一把梯子，從屋側上到六米高的通道，再沿著屋頂中央走。沒時間瞻前顧後了。麥克看見附近有幾個油罐，便過去躲在後頭。變身完畢，他瑟縮著蒼白的身軀站了起來，跑向鐵梯迅速爬了上去。這一點人的手腳可以做到，狼掌就沒辦法了。屋頂上的通道連到另一棟建築，但有一扇門能下到這棟屋子。麥克試了試門把，發現沒鎖，於是他開了門，發現底下是樓梯井，便開始往下走。

下了樓梯，他進到一間類似廠房的地方，除了輸送帶、板條箱和油桶，還有兩台重型負載牽引機，天花板則吊著絞車。麥克聽見聲音，全都來自屋子的另一頭。他小心翼翼走過機器之間，突然聽見有人說話，立刻躲到擺滿銅管的架子後面。那人氣沖沖說：「這傢伙根本沒辦法做事！天哪，你瞧他那雙手，跟老太婆一樣拚命發抖！我明明交代要找會用鋸子和鐵鎚的人！」

麥克認得這個聲音。他從藏身處探頭窺探，發現果然是布洛可上校。

魁梧的靴子站在主人身旁，而布洛可正朝一名德國軍官破口大罵，罵得對方滿臉通紅，而他們旁邊站著一名骨瘦如柴的男子，穿著寬鬆的灰色戰俘裝，雙手不僅發抖，還因為營養不良而像枯枝一樣。四人後方站了另外七名戰俘，五男兩女，大桌上擺著幾罐釘子、大大小小的鋸子和鐵鎚，還有一堆木材。卡車停在鐵捲門附近，兩側分別有一名士兵看守。

「呿，把這個沒用的東西送回去！」布洛可嫌惡地推了那名戰俘一下說：「我們有多少人力就得用多少！」德國軍官推著那名戰俘往卡車走，布洛可雙手插腰對其他戰俘說：「我相信你們都很健康，很想工作，對吧？」他露出微笑，銀色的假牙閃閃發亮。戰俘們沒有答話，蒼白的臉上毫無表情。「你們這幾位先生女士會中選，是因為紀錄上說你們擅長木工。所以，我們今天早上就要來做點木工，照這上頭的規格做出廿四個板條箱。」他從口袋裡拿出一張紙攤開來。「長八十公分、高四十公分、寬四十公分，絕對不准太短或超過。所有箱子用橡膠襯裡，釘子釘入後尖端磨鈍，所有粗糙的地方用砂紙磨平，箱蓋用雙鉸鍊，用掛鎖不要釘死。」他將規格表交給靴子，靴子將表釘在公告欄上讓所有人看。「另外。」布洛可接著說：「十六小時後，我會檢查箱子，不合格的立刻拆毀，發回重做。有問題嗎？」他等了等，但當然不會有問題。「謝謝收聽。」說完他便帶著靴子朝鐵捲門大步走去。

兩名衛兵拉起鐵捲門，卡車駕駛載著軍官和那名戰俘倒車離開。布洛可上校沒搭便車，而是和靴子跟著卡車走了出去。鐵捲門重新關上，其中一名衛兵朝戰俘們大吼：「你們這些懶鬼，快去工作！」另一名衛兵走到一名女戰俘背後，用槍管戳了戳她的背。一名面容憔悴、戴著細框眼鏡的灰髮男子朝工作台走去，另一名年輕戰俘跟在後頭，其他戰俘也開始動作，只是由於心力交瘁而腳步遲緩。兩名衛兵見戰俘上工了，便坐在桌前開始玩牌。

麥克溜回剛才的樓梯井，上到屋頂再爬下梯子。回到地面之後，他再次躲在油罐後方生出溫暖的黑色皮毛。短時間內身體巨幅改變，讓他的關節啪啪作響，肌肉痠痛，但他已經預備再次狂奔。他從躲藏處出來，聞了聞空氣，在紛雜的氣味中聞到了布洛可髮油的檸檬香，立刻追了上去。

他繞過轉角，發現布洛可和靴子快步走在前方，便伏低身子跟在後頭。二十四個板條箱，他心想，用橡膠襯裡，是要拿來裝什麼？他之前想到箱子的大小差不多裝得下一枚小型砲彈、火箭或炸彈，跑道上那架運輸機一定是用來載這些箱子和預備放進箱裡的東西，送到鐵拳所在的地方。

麥克血脈賁張，充滿了殺人的渴望。雖然布洛可和靴子都帶著手槍，但要在這條小巷裡解決他們是易如反掌。咬斷靴子的脖子，朝他臉上吐痰，肯定大快人心，但麥克克制住自己。他的任務是找到鐵拳的位置，還有希爾德布蘭特創造了什麼駭人武器。先完成任務，再滿足渴望。

他尾隨兩人來到廠區中央一棟兩層樓混凝土碉堡前，窗戶同樣加了百葉窗。麥克望著布洛可和靴子走上金屬台階，從二樓進了碉堡，將門關上。麥克匍匐觀望，看他們會不會出來，但幾分鐘過去了，兩人都沒有現身。再過兩小時就要天亮，該回狼鎮了。

麥克回到剛才鑽進來的地方，把洞挖得更深一些，好讓人的身體可以通過。他用腳爪耙得泥土四濺，從圍籬底下鑽出廠區，跑進樹林。

那頭黃色母狼自以為狡猾，從樹叢裡鑽出來跟著他。麥克將她拋在後頭，想趁她靠近之前回到藏東西的地方，變回人形。

他穿好衣服，背起背包扛著槍站了起來，沿著道路奔回了狼鎮。契絲娜從頹圮的石牆後方起身，衝鋒槍瞄準逼近的人影，隨即看出是麥克。他臉上全是泥巴。

「我找到潛進去的路了。」他對她說：「我們走吧。」

第六章

麥克很快就明白，從狼鎮到工廠的路用人腿比用狼腿難走多了。他帶著契絲娜和拉撒利斯走在林中，聽見四周聲音不斷。黃狼帶夥伴來了。小咪留守鎮上，除了看船，還因為她太壯碩，會大大拖慢他們的速度。拉撒利斯只要一有聲響就驚惶失措，不管聲音是真是假，但麥克一直盯著他，不讓俄國佬有機會開保險，亂扣扳機。

麥克先鑽，接著是拉撒利斯。那傢伙趴在地上，口中唸唸有詞，說他天生傻蛋，但可不想蠢死。契絲娜最後爬，心想麥克怎麼有辦法不用鏟子挖出這麼個洞來。他們在小巷稍作停留，取出背包裡的彈匣和兩枚手榴彈，將彈匣放進大衣口袋，手榴彈綁在槍背帶上。接著他們再度出發，由麥克帶頭緊貼著牆走。

他帶他們走向戰俘工作的地方。兩名衛兵應該不難對付，可以從他們和戰俘口中問出廠區的細節，但他依然不敢大意，每一步都小心翼翼，如臨大敵。快到那棟建築時，麥克聽見有腳步聲靠近，立刻要契絲娜和拉撒利斯蹲低，自己則是蹲在巷口等待。一名士兵正要彎進小巷，麥克一見到那人的膝蓋，就奮力往前一撲，用槍托猛擊對方下巴。士兵凌空飛起，重重摔在地上，身體抽搐幾下就不動了。他們三人將士兵拖到凹門處，拉撒利斯拔出士兵的佩刀割了對方的喉嚨，將屍體像包裹一樣扔在門邊。他眼裡閃著殺氣，將刀收到厚大衣裡。

同一時間，狼鎮也是刀光劍影。小咪用她切鯨脂的彎刀將牛肉乾切成一口大小，拿起一塊放進嘴裡咀嚼，忽然聽見鎮上傳來狼嗥。

那叫聲尖銳淒厲，隨即化成短促的吠叫在碼頭迴盪。小咪不喜歡那叫聲。她拿起手電筒和彎刀，走向迷濛寒冷的屋外。碼頭沒有半點聲響，只有海浪沙沙拍打著堤防。小咪站在門口，目光緩緩從左往右看。那隻狼又發出聲音，這回是一連串兇惡的吠叫。小咪離開屋子朝碼頭走去，靴子踩得黑泥窸窣作響。她家人的屍骨就埋在這黑土之下。走到碼頭邊，小咪打開手電筒，見到了它。

一艘深灰色橡皮艇繫在她船旁邊，上頭有三副槳。

小咪用刀戳了橡皮艇十幾下。橡皮艇洩了氣，咕嚕嚕沉入水中。接著她邁開粗短的雙腿東倒西歪跑回屋子，一進門就聞到那些傢伙身上的香腸和啤酒味。她停下腳步，面對三頭更危險的野獸。三名納吹身穿黑色制服，其中一人舉著步槍唧唧咕咕說著話。小咪想，人的舌頭為何能發出這種聲音？另外兩名士兵臉上塗著黑色迷彩，同樣舉槍對著她。小咪知道這些傢伙發現他們到島上了，於是過來準備大開殺戒。

誰殺誰還不曉得呢。小咪咧嘴微笑，北歐人的冰藍雙眼炯炯發亮。她舉起彎刀，說了一聲「歡迎！」隨即撲了上去。

麥克、拉撒利斯和契絲娜爬到工房屋頂上，沿著通道走一小段下到樓梯井。拉撒利斯槍沒揹好，麥克朝俄國佬低喝一聲：「槍別亂指！」他帶兩人走過機器凌亂放置的房間，隨即看見兩名衛兵還在玩牌，完全沈浸其中。戰俘們敲敲鋸鋸製作板條箱，雖然出於納粹強迫，還是對自己的手藝感到自豪。

「待在這裡。」麥克告訴拉撒利斯和契絲娜，接著便朝衛兵靠近。其中一名戰俘掉了釘子，彎身撿拾的時候發現竟然有人趴在地上，嚇得低呼一聲，另一名戰俘立刻轉頭朝麥克的方向望來。

「Ace鐵支！」拿到一手好牌的衛兵將牌攤在桌上大喊：「來幹掉我啊！」

「遵命。」麥克說完從那人背後竄了出來，舉起槍托掃向他腦袋。衛兵哀號一聲跌下椅子，撲克牌散落一地。另一名衛兵伸手去拿靠在牆上的步槍，但衝鋒槍的槍管已經抵住他的喉嚨，讓他的手停在半空中。「起來。」麥克說：「雙手抱頭跪在地上。」

衛兵急忙照辦，深怕遲了。

契絲娜和拉撒利斯走了出來，拉撒利斯用鞋尖踢了踢昏倒在地上的衛兵的肋骨，衛兵低聲呻吟，他立刻補上一踹，讓衛兵又昏了過去。

「別殺我！」跪在地上的士兵哀求道：「拜託，我只是無名小卒！」

「放心，我們很快就會讓你變成無頭小卒！」拉撒利斯用刀抵著衛兵顫抖的喉結說道。

「割了他喉嚨就沒辦法問事情了。」契絲娜對俄國佬說。她舉起衝鋒槍對著衛兵的額頭，喀擦扳動槍機，士兵瞪大雙眼，嚇得泛出淚光。

「我想這下他會專心了。」麥克轉頭瞄了戰俘一眼，只見他們全都放下工作怔怔站著，像是被催眠一般，臉上既驚訝又困惑。「那些板條箱是要做什麼用的？」他問衛兵。

「我不知道。」

「你這個騙人的混球！」拉撒利斯握著刀微微使力，衛兵哀叫一聲，溫熱的鮮血滑下他的喉嚨。

「炸彈！幾十公斤的炸彈！我只知道這麼多！」

「二十四箱都是？一箱一枚炸彈？」

「對！沒錯！求求你不要殺我！」

「在這裡裝箱運走?用機場上那架運輸機？」

領子已經被血染紅的衛兵點了點頭。

「運到哪裡？」麥克繼續追問。

「我不知道。」拉撒利斯再次用力，衛兵倒抽一口氣。「我發誓真的不知道！」

麥克信了他。「炸彈裡有什麼？」

「炸藥啊，不然還有什麼？」

「別要嘴皮子。」契絲娜警告他，語氣犀利凶狠。「好好回答。」

「這傻子只是衛兵，什麼都不曉得。」

他們轉頭看是誰說話。只見那個戴細框眼鏡的憔悴灰髮戰俘上前幾步，用濃濃的匈牙利腔說：「炸彈裡裝的不是炸藥，是某種氣體。我在這裡待了半年，見識過它的威力。」

「我也見過。」麥克說：「會腐蝕皮膚。」

灰髮戰俘微微一笑，笑中帶著苦澀。「腐蝕皮膚。」他說：「唉，兄弟，比腐蝕皮膚還可怕。那東西跟癌症一樣，會吞噬皮肉。我知道，因為我燒過屍體，我的妻子也是犧牲者。」他眨了眨浮腫的眼睛。「但她已經到更好的地方去了。他們不讓我死，跟虐待我沒有兩樣。」他看了看手裡的鐵鎚，將它扔在地上，手用力在褲管上抹了抹。

「炸彈放在哪裡？」麥克問他。

「我不知道，廠區某個隱密的地點。大煙囪旁有一棟白色房子，有些人說那裡是製造氣體的地方。」

「有些人？」契絲娜問：「這裡到底有多少戰俘？」

「八十四人。不對，等一下。」他想了想。「丹諾卡兩天前死了，剩八十三個。我到島上的時候，這裡超過四百人，但現在……」他聳聳瘦弱的肩膀，望著麥克的眼睛說：「你是來救我們的？」

麥克不知道該如何回答，但決定誠實為上策。「不是。」

「喔。」灰髮戰俘點點頭說：「那就是為毒氣了，對吧？這就是你們來的原因？嗯，那很好。我們早就死了。要是那東西出了這裡，我想到就覺得——」

他話還沒說完，鐵捲門就被撞了一下。

麥克心臟猛跳，拉撒利斯嚇得一刀劃傷衛兵的喉嚨。契絲娜將槍口從衛兵額頭上移開，瞄準鐵捲門。衛兵額頭上留下了一個白圈。

那東西又撞了鐵捲門一次，麥克心想是槍托或警棍。接著有人開口：「喂，萊恩哈特，快點開門！」

士兵啞著嗓子說：「他在叫我。」

「才怪，他在說謊。」灰髮男說：「他是卡爾森，倒在地上的才是萊恩哈特。」

「萊恩哈特！」屋外的士兵大喊：「媽的，快點開門！我們知道那個漂亮妞兒在裡面！」

之前被槍戳背的女戰俘一頭黑髮，臉色跟紙一樣白，從桌上抓起圓頭鎚緊緊握在手中，關節因為用力發白。

「拜託，大方一點！」另一名士兵喊道：「別自己爽好不好？」

「叫他們離開。」契絲娜命令道，雖然眼神峰利，聲音卻帶著一絲緊張。

「不要。」麥克說：「這樣他們就會照我們的方式闖進來。起立！」卡爾森乖乖起身。「到門口去，快！」麥克走在衛兵後頭，契絲娜跟在一旁。麥克用槍抵著衛兵的脊骨。「叫他們等一下。」

「等一下！」卡爾森喊道。

「這才像話嘛！」屋外一名士兵說：「你們兩個混蛋以為可以在我們背後偷搞，是吧？」

鐵捲門是用飛輪操作，靠鍊滑輪上下。麥克站到門邊說：「慢慢把門拉起來。」契絲娜也站到一旁。卡爾森開始轉動飛輪，鐵捲門慢慢往上。

這時，在地上裝昏迷的萊恩哈特突然從拉撒利斯腳邊坐了起來，一手攫著骨折的胸口，另一手伸向牌桌旁的牆上。拉撒利斯驚呼一聲，將刀往下猛戳，刺進萊恩哈特的肩膀，但已經阻止不了萊恩哈特的下一步動作。

萊恩哈特一拳打向牆上連著電線的紅色按鈕，屋頂某處立刻警鈴大作。

警鈴響起時，鐵門已經捲起了四分之一。麥克看見四雙腳，立刻毫不遲疑地扳開保險，從門下向外掃射，撂倒了兩名士兵，讓他們痛得在地上打滾。卡爾森鬆開飛輪，鐵捲門開始下降，卡爾森試著從門下鑽出去，但契絲娜將他打成了蜂窩，鐵捲門直接壓在他屁股上。

拉撒利斯發狠拿刀不停猛戳萊恩哈特。德國人倒在地上，臉上皮開肉綻，但警鈴依然響個不停。這時一個人影從拉撒利斯身邊跑過，是那名黑髮女戰俘。她舉起鐵鎚將按鈕敲得粉碎，但開關已經啟動，警鈴不會停了。

「趁還能跑的時候快點逃吧。」灰髮戰俘喊道：「快走！」

沒時間多想了。警鈴會把廠裡的士兵統統引來。麥克奔向樓梯井，契絲娜落後他幾步，拉撒利斯殿後，三人才上到屋頂，已經有兩名士兵踩著通道朝他們奔來。麥克舉槍開火，契絲娜也是，子彈打在欄杆上，兩名士兵立刻匍匐掩蔽。步槍喀嚓作響，子彈從麥克他們頭上掃過。麥克看見另外兩名士兵從後方建築的通道逼近，其中一人舉槍射擊，子彈擦過契絲娜的厚大衣，打得鵝毛滿天飛舞。

麥克拿起手榴彈拔掉插銷，聽著保險絲滋滋作響，等士兵們靠近。一枚子彈砰的打在他身旁的欄杆上。他將手榴彈朝後面來的兩名士兵扔去，三秒鐘後只見一團白色火光，兩個面目全非的人形倒在通道上抽搐。拉撒利斯轉身朝前方兩名士兵衝去，同時連開了幾槍，打得鐵皮屋頂火花四濺。麥克發現後方通道又出現三名士兵。契絲娜喀嚓開火，士兵們趕緊蹲下，子彈砰的打在欄杆上。

屋頂已經變成蜂窩了。一枚子彈打在麥克左方屋頂鐵板上，有如火紅的煙蒂向上反彈，從他臉旁掃過，距離不到十五公分。這時契絲娜突然驚呼一聲坐在地上。「我中槍了！」她又痛又氣，咬牙切齒地說。「可惡！」她抓著右腳踝，手上都是血。

拉撒利斯先朝前面開槍，接著朝後面開槍，一名士兵哀號一聲，摔出欄杆跌落到六米下方的路上。麥克彎身去扶契絲娜，忽然感覺自己的厚大衣中了一槍。他們別無選擇，只能退回樓梯井了，繼續交火只會害他們碎屍萬段。

他將契絲娜拉起來往樓梯井走，一直到了門邊，她還在朝身後的士兵開槍。一枚子彈擊中拉撒利斯身旁的欄杆，碎片刺傷了他的下顎與臉頰。他一邊後退，一邊朝屋頂掃射。三人進到樓梯井後，子彈瘋狂打在門上，將門從門框上打了下來。麥克感覺左手一陣熱辣刺痛，發現手掌被子彈打穿了，整隻手麻了，手指不自覺抽搐。但他依然攙著契絲娜，三人從樓梯井退回到工房。兩名德軍進到樓梯井，還沒來得及瞄準就被拉撒利斯兩槍斃命。兩人滾落台階，更多士兵湧入樓梯井，幾秒鐘後一枚手榴彈扔了過來，砰的一聲巨響，發出強烈的火光與震波，但麥克他們已經進到廠房，戰俘們則是躲在機器和油桶後方。士兵匆匆走下煙霧瀰漫的樓梯間，朝廠房開槍。麥克回頭望了鐵捲門一眼，發現屋外一群士兵手指緊抓著鐵捲門邊緣使勁往上推，其餘士兵則是從底下的縫隙朝屋裡開槍。麥克鬆手放開契絲娜，替槍裝上新的彈匣。契絲娜跪坐在地，痛得滿臉大汗。麥克滿手是血，絕對是穿刺傷。他朝鐵捲門下方掃射，外頭的德軍立刻抱頭鼠竄。

警鈴聲停了。某人隔著槍聲尖聲大喊：「停火！不要開槍！」槍聲漸息，不久便完全停了。

麥克躲到半履帶起重機後方，契絲娜和俄國佬則是用油桶做掩護。麥克聽見幾名戰俘怕得嗚咽呻吟，還有幾名德軍將槍重新上膛。工房裡青煙瀰漫，帶著嗆鼻的火藥味。

沒多久，鐵捲門外傳來聲音，一個人用擴音器大喊：「男爵嗎？你和契絲娜沒戲唱了，立刻放下武器吧。」

麥克望向契絲娜，兩人四目交會。那人是耶芮克布洛可。他怎麼會知道？

「男爵？」布洛可繼續說道：「你不是笨人，絕對不是。你應該知道這棟樓已經被我們團團包圍，逃不出去了，你們遲早會被逮的。」他停頓片刻，讓麥克他們想清楚，接著又說：「契絲娜？親愛的？妳應該知道現在的處境，放下武器吧，我們好好聊聊。」

契絲娜望著腳踝那個發青的洞。她足痛欲裂，整隻厚羊毛襪被血浸濕，骨頭應該碎了。現在什麼處境，她清楚得很。

契絲娜卸下背包，將它打開。

「男爵，你真是太讓我吃驚了！」布洛可說：「我真想知道你是怎麼從法肯豪森脫逃的。我對你實在佩服得五體投地。」

麥克看見契絲娜伸手到背包裡，拿出了一個小蠟紙包。

是氰化物膠囊。

「別這樣！」拉撒利斯抓住她的胳膊說：「還有其他辦法！」

契絲娜搖搖頭，甩開拉撒利斯的手說：「你很清楚並沒有。」說完便要拆開膠囊藥包。

麥克匐匍到她身旁說道：「契絲娜！我們可以開槍闖出去，更何況我們手邊還有手榴彈！」

「我腳踝斷了，要怎麼出去？用爬的嗎？」

麥克抓住她的手腕，不讓她把膠囊放到嘴裡。「我背妳。」

契絲娜淺淺一笑，痛得眼神發黑。「是啊。」她說：「我知道你會。」她摸了摸他的臉頰，手指輕撫他的嘴唇。「但那只是白費力氣，不是嗎？不行，我絕不讓自己像動物一樣被人關著和虐待。我太清楚了，我曾經讓十幾個人——」

哐啷一聲，有東西落在五米外的地板上。麥克轉頭一看，心臟立刻狂跳，樓梯井的士兵朝工房裡扔了一枚手榴彈。

他們還來不及反應，手榴彈就爆炸了。

保險絲噴出火焰，接著啪的一聲發出強光，隨即竄出粉白色的煙。但麥克幾秒後就發現那不是煙，因為味道甜得噁心，像是柑橘的氣味。是化學氣體。

第二枚手榴彈也爆炸了，就在第一枚手榴彈附近。契絲娜雙眼刺痛流淚，舉起手將膠囊送向嘴邊。麥克顧不了那麼多了，一個巴掌將膠囊從她手中打掉。

毒氣有如薄紗罩了下來。拉撒利斯淚眼朦朧抽搐咳嗽，伸手揮打煙霧，掙扎著想站起來。麥克感覺肺部脹到極點，無法吸氣。他聽見契絲娜咳嗽哮喘，試著扶她起來。契絲娜緊摟著他，但他也沒氣了。煙霧太濃，根本看不清方向。是希爾德布蘭特的武器，他心裡這麼想著，眼睛被淚水和毒氣弄得視線模糊，整個人跪在地上。他聽見戰俘們也被毒氣害得不停咳嗽，接著一個人影從煙霧中朝他走來。是帶著防毒面具的士兵。他舉起步槍瞄準麥克的頭。

契絲娜癱倒在麥克身旁，不停抽搐。麥克趴在她身上，掙扎著想再站起來，可是毒氣奪走了他的力量。無論那是什麼毒氣，都威力驚人。麥克葛勒頓感覺爛熟的橘子味充斥鼻間，隨即失去了意識。

第七章

他們醒來發現自己置身牢中，只有一個鐵窗對著機場。麥克受傷的手纏了繃帶，他站在窗邊注視銀色的天光，發現巨型運輸機還在，炸彈還沒送走。

他們的武器、裝備和厚大衣都被拿走了。契絲娜的腳踝也纏了繃帶。她拆掉繃帶檢視傷口，發現已經消毒過，子彈也取出來了。不過，毒氣彈的餘威還在。他們依然唾液直流，發現牢房裡有一只桶子讓他們把口水吐在裡頭。麥克頭痛欲裂，而拉撒利斯則是全身癱軟，只能躺在鋪著薄墊的行軍床上，有如狂飲伏特加宿醉的傢伙愣愣望著天花板。

麥克在牢房裡來回走動，不時湊到牢門鐵窗邊往外看。走道空無一人。「嘿！」他大喊：「快拿水和食物來！」沒多久，一名衛兵出現了。他用淺藍色眼眸瞪了麥克一眼，接著便走開了。

不到一小時後，兩名衛兵拿了一壺水和漿糊般黏稠的燕麥粥過來。麥克他們吃完之後，兩名警衛再度出現，這回手上換成了衝鋒槍，要他們離開牢房。

麥克扶著契絲娜在走廊一跛一跛走著，拉撒利斯步伐凌亂，腦袋昏昏沉沉，膝蓋跟太妃糖一樣軟。衛兵帶他們離開機場旁的石造看守所，取道小巷進入化學廠，不久又走進另一棟較大的建築，離他們被逮的廠房不遠。

「不對，不對！」他們聽見一個男孩般的尖細聲音喊道：「運球！不是帶球跑！運球！」

他們來到了體育館，上了蠟的橡木地板光潔如鏡，兩旁是看臺和毛玻璃窗，一群瘦弱的戰俘正在爭搶籃球，衛兵們則是拿著步槍在一旁觀戰。哨音響了，在密閉空間裡震耳欲聾。「不對！」那個男孩般的聲音氣得聲嘶力竭：「藍隊犯規了！紅隊的球！」

戰俘分別戴著藍色和紅色的臂章。枯瘦如柴的身子套著寬鬆的灰制服，在球場上踉蹌顛簸，朝另一邊的籃框跑去。「運球！弗拉狄米爾！你是白痴嗎？」那傢伙站在場邊喊道。他身穿黑長褲和條紋裁判上衣，鬃毛般的金髮披垂到背後，身高超過兩米。「去搶球啊，提摩金！」他跺腳大喊：「你剛才明明能輕鬆得分！」

這已經不是瘋狂，而是荒謬了，麥克心想。而耶芮克布洛可就站在看臺上指揮戰俘，靴子則是坐在往上幾排的座位上，有如惡犬虎視眈眈。「嗨！」身高兩米的金髮男朝契絲娜喊道，跟馬一樣露齒微笑。他戴著圓框眼鏡，麥克推斷他不到廿三歲，深棕色眼眸閃閃發亮，散放著孩童般的神采。「早上吵得大家不得安寧的就是你們嗎？」

「沒錯，古斯塔夫，就是他們。」布洛可答道。

「喔。」古斯塔夫希爾德布蘭特博士笑容瞬間消逝，眼神也轉為陰沉。「你們把我吵醒了。」

希爾德布蘭特也許是化學武器天才，麥克心想，但不表示他人不蠢。那個巨無霸年輕人放下他們，回頭繼續朝戰俘大喊：「別停下來！繼續比賽！」

戰俘們踉踉蹌蹌朝球場另一頭跑去，其中幾人不小心絆倒了。

「過來。」布洛可指著他身旁的座位說道：「契絲娜，坐我旁邊好嗎？」契絲娜被槍抵著，乖乖坐到布洛可身旁。麥克坐在契絲娜旁邊，而拉撒利斯一如往常對眼前發生的一切感到困惑，坐在了麥克旁邊。兩名衛兵站在幾步之外。「哈囉，契絲娜。」布洛可伸手握著她的手說：「真高興見到妳——」

契絲娜朝他啐了一口。

布洛可露出銀牙，靴子站了起來，但布洛可說：「不用，沒事，沒關係。」於是那大塊頭又坐了回去。布洛可從口袋裡掏出手帕擦去臉上的唾沫。「真夠種。」他輕聲說道：「契絲娜，妳真的是德國人，只是不肯承認而已。」

「我是德國人。」她冷冷應和道：「但不是你這種德國人！」

布洛可沒有把手帕收回去，省得等下還要用。「輸和贏天差地遠，妳現在就是從地底講話。哇，好球！」他拍手稱讚，靴子也跟著拍手，希爾德布蘭特露出燦爛的笑容。「是我教他的！」那位瘋博士說。

比賽繼續進行，戰俘們心不在焉地爭球、運球，其中一人摔倒在地，氣喘如牛，希爾德布蘭特吼道：「起來！站起來！你是中鋒，非得繼續打不可！」

「求求你……我真的沒……」

「起來！」希爾德布蘭特的聲音不再孩子氣了，而是語帶威脅。「立刻站起來。你要繼續比賽，我說停才能停。」

「不行……我站不起來……」

步槍上膛，那名戰俘站起來了。比賽繼續。

「古斯塔夫──呃，希爾德布蘭特博士喜歡籃球。」布洛可向他們解釋。「他在一本美國雜誌上讀到的。我是搞不懂這個運動，我愛的是足球。但人各有所愛，對吧？」

「希爾德布蘭特博士指揮比賽真是鐵拳作風啊。」麥克說道。

「哎，別又來了！」布洛可臉上泛紅。「你還不嫌煩哪？」

「不煩，我還沒玩夠呢。」麥克決定直搗黃龍。「我只有一件事還搞不清楚。」他說，幾乎像閒聊一般。「就是空中堡壘停在哪裡。鐵拳是B-17轟炸機的代號，對吧？」

「男爵，你真是驚奇不斷呀！」布洛可面帶微笑，但目光提防。「你的腦袋永遠停不下來，是嗎？」

「因為我很想知道。」麥克催促道：「鐵拳到底在哪裡？」

布洛可沉默片刻，望著可憐的戰俘們在球場兩頭跑，希爾德布蘭特大聲斥責他們哪裡犯規，哪裡錯了。「鹿特丹附近。」他說：「一處德軍機場。」

鹿特丹，麥克心想，原來不是法國，是德國佔領的荷蘭，史卡帕島以南一千七百公里。知道自己沒有猜錯，讓他有些難受。

「不過話說回來，我要補充一點。」布洛可接著說：「你和你的朋友，還有坐你旁邊的那個大鬍子——我不認識他，也不想認識——會一直待在這座島上，直到計畫結束。我想你會發現史卡帕島比法肯豪森更難闖出去。喔，對了，契絲娜，變節是有來有往的事，對吧？妳的人搭上了鮑曼，我的人搭上了你們在烏斯克達接機的人。」他朝她冷冷一笑，令人不寒而慄。「其實我已經在史卡帕一週了，一邊處理事情，一邊等你們來。男爵，我很清楚你逃出法肯豪森會去哪裡，問題只是你多久會到。」他看見兩名戰俘撞在一起，籃球彈出場外，不禁縮了一下。「我在雷達上看到你們順利過了水雷區，真有你的。」

小咪！麥克心想，她怎麼樣了？

「我想你會發現這裡的看守所比法肯豪森的牢房寬多了。」上校說：「而且還能吹到新鮮的海風。」

「那你會在哪裡？屋頂曬太陽嗎？」

「並不會。」布洛可銀牙一閃。「男爵，我會忙著摧毀登陸的盟軍。」

他說得雲淡風輕，讓喉嚨緊繃的麥克忍不住回嘴道：「是嗎？你週末就打算做這件事？」

「我想應該不用整個週末，登陸行動大概六小時就會被瓦解了吧。英軍和美軍會爭著游回自己船上，搶得你死我活，而指揮官們則會驚惶失措。那天會是德意志帝國的光榮勝利，敵人遭遇空前的浩劫。而這一切，男爵，我們的弟兄完全不必耗費一槍一彈。」

麥克嗤之以鼻。「就因為鐵拳嗎？還有希爾德布蘭特的腐蝕性毒氣？廿四枚五十公斤炸彈阻擋不了幾千名士兵的。老實說，風還可能把毒氣吹到你們弟兄臉上。所以我很好奇，你是從哪間瘋人院出來的？」

布洛可瞪著他，臉頰肌肉抽搐。「錯了錯了！」他呵呵笑了，聲音可怕到極點。「喔，親愛的男爵，還有契絲娜，你們完全不曉得，對吧？你們以為炸彈會落在海峽這一岸嗎？」他仰天大笑。

麥克和契絲娜四目交會。他感覺恐懼有如千百隻蛇蠍在他腹中翻攪。

「你瞧，我們不曉得盟軍會在哪裡登陸，可能地點有十幾個。」他又笑了，一邊用手帕揩了揩眼淚。「天哪！真是太意外了！但你知道，在哪裡登陸根本沒差。只要今年進攻，時間就一定是接下來的兩到四週。一旦登陸開始。」布洛可說：「我們就會把那廿四枚炸彈扔在倫敦。」

「天哪。」麥克低呼道，完全可以想像那副景象。

德軍轟炸機絕對無法突破英國的空防。不列顛之戰後，皇家空軍已經變得太強、太有經驗了，德軍轟炸機根本靠近不了倫敦。

但美軍的「空中堡壘」就可以，尤其一架狀似剛從德國結束轟炸任務、機身全是彈孔的 B-17 轟炸機，說不定皇家空軍還會派戰機護送。英國的戰鬥機飛行員怎麼可能料想得到，那些彈孔和受創的痕跡全是出自柏林一名街頭畫家之手？

「那廿四枚炸彈。」布洛可說：「外層是高爆藥，內層是液體的卡內吉。卡內吉是古斯塔夫發明的氣體名稱。那東西真的很了不起，你得叫他說明方程式和化學符號給你聽，我是完全不懂，只曉得一旦吸入人體，就會激發體內促成壞死組織腐朽的細菌，讓它們大開殺戒，七到十二分鐘之內就會……該怎麼說呢……就會讓人從體內開始潰爛，胃、心臟、肺、動脈……無一倖免。」

麥克沒有說話。他見過相片，知道那是真的。

一名戰俘跌倒了，躺在球場上動也不動。「起來。」希爾德布蘭特用球鞋踢了踢那人的肋骨。「快點！我說起來！」戰俘依然毫無反應。希爾德布蘭特抬頭望著布洛可。「他壞掉了，幫我換一個人過來！」

「快去。」布洛可吩咐離他最近的衛兵，那士兵立刻衝出了體育館。

「紅隊先四個人打。」希爾德布蘭特大聲吹哨。「比賽繼續！」

「他真是高級人種的最佳範例。」麥克再次嘆為觀止。「蠢到不知道自己笨。」

「某方面來說，我想他真的笨。」上校附和道：「但說到化學武器，古斯塔夫希爾德布蘭特是天才，比他父親還高明。就拿卡內吉來說，那東西濃度高得很，廿四枚炸彈裡的量，粗估可以殺死三萬人，看風向和降雨而定。」

契絲娜心裡和麥克一樣震撼，但她撇開驚嚇穩住自己問道：「為什麼選擇倫敦？而不是直接攻擊搶灘的部隊？」

「因為，親愛的契絲娜，炸船效益太低了。目標很小，海上的風變幻莫測，而且卡內吉不大喜歡鈉，而海水裡鈉很多。」他拍拍她的手，契絲娜想抽開，但已經來不及了。「別擔心，我們很清楚自己在做什麼。」

麥克也很清楚。「你們打算攻擊倫敦，讓登陸部隊接到消息。士兵們知道毒氣的威力，一定會嚇得手足無措。」

「沒錯，他們會像小魚一樣拋下我們，爭著游回家去。」

登陸部隊一旦陷入驚慌，作戰就絕不會成功了。士兵們不可能不會知道倫敦出了什麼事，就算不是聽到電台廣播，也會聽到小道消息。麥克問道：「為什麼只用廿四枚炸彈，不是五十枚？」

「我們手上這架 B-17 只能裝載廿四枚炸彈，再說也夠用了。總之——」他聳聳肩接著說：「下一批卡內吉還沒提煉完成。那過程既漫長又昂貴，只要一丁點差錯就會毀了幾個月工夫。但我們會及時提煉完的，讓你們東邊的同志嘗嘗味道。」

換句話說，麥克心想，這廿四枚炸彈就是全部了。不過，這些毒氣用來摧毀登陸作戰，強化希特勒對歐洲的宰制已經綽綽有餘。

「對了，我們在倫敦是有攻擊目標的。」布洛可說：「炸彈會從國會街一路炸到特拉法加廣場，說不定還能炸到邱吉爾，看他還抽不抽那噁心的雪茄。」

又一名戰俘跪在了球場上。希爾德布蘭特攫住那人的白髮。「我不是叫你傳球給馬帝亞斯？我有叫你投籃嗎？」

「我們不會再見了。」布洛可對這群不速之客說：「這項任務之後，我還有其他任務要辦。再怎麼說，這次行動我可是大功臣。」他露出銀牙笑了。「契絲娜，妳真是傷了我的心。」他伸出修長的手指支起她下巴，臉上的笑消失了。契絲娜扭頭甩開他的手。「但妳是非常出色的演員。」他說：「我會永遠愛著電影裡的那個妳。衛兵，帶他們回牢房去吧。」

兩名士兵走上前來。拉撒利斯愣愣起身，麥克扶契絲娜起來。她身體的重量壓在受傷的腳踝上，痛得倒抽一口氣。「永別了，男爵。」布洛可說道。一旁的靴子無動於衷地望著。「我相信你和戰俘營的下一個指揮官一定處得很愉快的。」

他們走過球場邊緣，希爾德布蘭特博士吹哨暫停了比賽。他朝契絲娜咧嘴微笑，跟著她走了幾步。「妳知道，化學是未來。」他說：「它是力量、是元素，也是創造的核心，而妳就充滿了這樣的力量。」

「你也是。」契絲娜說，接著便倚著麥克一拐一拐走開了。她已經見到了未來，那裡只有徹底的瘋狂。

只要回到牢裡，他們就完了，還有三萬多名倫敦市民，甚至包括首相大人，以及登陸歐洲的作戰計畫，一切都會隨著他們被關回牢裡而終結。

麥克扶著契絲娜，心裡這麼想著。拉撒利斯走在前頭，衛兵則是跟在後面。他們在一條小巷裡，朝看守所走去。他不能再被關回去，絕對不行。他用英文對契絲娜說：「假裝跌倒。」

契絲娜立刻摔在地上，抓著腳踝呻吟。麥克彎身去扶，兩名士兵大聲命令他拉她起來。「妳對付得了一個嗎？」他問道，同樣用英文。契絲娜點點頭。這麼做是狗急跳牆，但他們已經走投無路了。他將契絲娜拉了起來，接著突然身體一扭，將她甩向距離較近的那名士兵。契絲娜張手朝士兵的眼睛抓去。

麥克抓住另一名士兵的步槍往上抬，雖然受傷的手痛得要命，但他還是抓著步槍不放。士兵差點掙脫了，但麥克用膝蓋猛踹對方跨下，士兵痛得彎腰喘氣，麥克趁勢奪走步槍，朝士兵頸後敲了下去。

拉撒利斯眨了眨眼，腦袋還因為毒氣手榴彈沒有清醒過來。他看見契絲娜用手指去抓士兵的眼睛，而士兵奮力想要擺脫。他遲疑地往前走了一步，突然傳來一聲槍響，一枚子彈打在他和契絲娜之間的路上。他停下腳步抬頭一望，發現天橋上站著另一名士兵。

麥克朝那名士兵開了一槍，但射偏了，受傷的手又麻痺了。另一名士兵咆哮一聲將契絲娜推開，契絲娜發出慘叫跌坐在地上，抓著受傷的腳踝。「快跑！」她朝麥克大喊：「快！」半盲的衛兵兩眼血絲，泛著淚光，舉槍瞄準麥克。一枚子彈從麥克頭上掃過，是天橋上的士兵。葛勒頓諾夫家的人跑了。

衛兵指了指眼睛，迷濛中見到有人逃了，便舉槍再次瞄準，摁下了扳機。

子彈還沒離槍，士兵就被人從背後撞了一下。他一個踉蹌往前仆倒，子彈射向了天空。拉撒利斯撲到他身上，試圖搶他的槍。

天橋上的士兵用準星鎖定了目標，開火射擊。

麥克腦側被東西擦了一下。是拳頭，他心想，鐵拳。不對，那東西很燙，像著火一樣。他又跑了三步才跌倒，慣性讓他仆在地上往前滑，撞進一堆垃圾桶和破板條箱之間。我的頭起火了，他心想。步槍呢？步槍不見了，不在他手裡。他伸手去按右邊太陽穴，感覺熱熱濕濕的。他腦袋昏昏沉沉，彷彿被剛才的撞擊攪成了漿糊。站起來，他催促自己，快跑，快……

他還沒起身，另一枚子彈就鏘的一聲打中了身旁不遠的垃圾桶。他站起來，陣陣抽搐讓他頭痛欲裂。他搖搖晃晃走過小巷，朝他覺得圍籬所在的方向去。圍籬。他得從底下鑽過去。他繞過轉角，差點撞上迎面而來的大卡車。卡車發出尖銳的煞車聲停了下來，但他已經靠著牆繼續跑，鼻子裡都是橡膠燃燒的臭味。他繞過另一個轉角，腳下失去平衡，整個人撞在了牆上。他跌倒在地，意識開始模糊，於是他爬進一處狹窄的門口，躺在地上痛得發抖。

他中槍了。麥克只知道這麼多。子彈擦過頭部，刮去了一塊皮肉和頭髮。契絲娜在哪裡？艾蕾克莎和蕾娜蒂呢？不對，錯了，那是在另一個世界，一個更美好的地方。拉撒利斯呢？他平安嗎？是不是跟威克托在一起？麥克搖搖頭，他的神智開始混沌，不向他吐實。火車遲了！我會追過它的，尼契塔！等著瞧吧！

他皮膚又刺又癢，空氣的味道糟透了。那是什麼刺鼻的臭味？他皮膚……他皮膚怎麼了？他看著自己的手，發現手掌在變，手指成了腳爪，繃帶也脫落了。他的脊椎喀嚓變形，關節劇烈疼痛，但比起著火似的腦袋，這點疼痛簡直跟按摩一樣舒服。

契絲娜！他差點喊了出來。她去哪裡了？他不能離開他。不行！不要！威克托！威克托會照顧她的，對吧？

他身體被一樣怪東西纏住，扣住了他的腿。有東西爬上他長滿黑色毛髮的背部，他也把它甩開了。那兩個東西跌在一旁，發出可怕的味道。人的味道。

他肌肉鼓脹隆起。他必須離開這恐怖的地方，免得被怪物發現。他在異世界裡，所有東西都毫無道理。圍籬。出了圍籬就是自由，他渴望自由。

但他拋下了某個人。不對，不是一個，是兩個。名字衝到了嘴邊，麥克開口要喊，但聲音又粗又啞，完全不成語言。他甩開纏住他後腿的沈重物體往前奔去，尋找出路。

他聞到自己的氣味。三名臉色蒼白兇惡的怪物瞥見他，其中一個嚇得尖叫，連狼都聽得出他在害怕。另一頭怪物舉起棍子，前端竄出火光。麥克迅即跳開，一道熱風掃過他頸後的毛髮。他繼續奔跑。

氣味帶他回到了圍籬下的地洞。為什麼這裡也有人的味道？麥克心想。這些味道很熟悉，是誰的味道？但森林在召喚他，答應保護他。他受了重傷，需要休息。他需要找一個地方縮起來舔舐傷口。

他抛下背後那個世界，頭也不回地鑽到圍籬底下，投向森林的懷抱。

第八章

麥克蜷縮在岩石間，黃色母狼過來嗅聞他的氣味。他一直舔著受傷的腳掌，腦袋抽痛時劇時緩，視線邊緣模糊不清，不過就算光線昏暗，他還是看得見她。母狼站在二十多米高的岩石上望著負傷的他，不久後又來了一頭深棕色的狼，然後是一頭灰色的獨眼狼。那兩頭狼來了又走了，只有黃色母狼一直守在原地。

後來——實際過了多久他不曉得，因為這段時間像是做夢一般——他聞到人類的味道。一共四個，他心想，可能更多。他們經過他藏身的地方，他聽見靴子沙沙踩過岩石的聲響，接著就走遠了，去找……

找什麼？他心裡問。食物？遮風避雨的地方？他不曉得。但那些人，那些白皮膚的怪物令他害怕，讓他決定躲開他們。

麥克發著燒沉沉睡去，卻被一聲爆炸給驚醒了。他睜開綠色眼眸愣愣張望，看見漆黑夜裡火光沖天。他們發現它了，就在碼頭。這個念頭折了回來，讓他滿頭霧水，心想自己怎麼會知道。那是誰的船？狼要船做什麼？

好奇心讓他站起身來，咬著牙緩緩爬上岩石朝碼頭去。黃狼跟在他旁邊，另一旁是一頭淺棕色的小狼，一路尖叫著下坡到了村莊。麥克望著房子，心裡浮現狼鎮兩個字。這名字取得很好，因為他聞到了同類的氣味。海堤後方火舌亂竄，人影在黑煙裡走動。他站在一棟石房子的轉角附近，望著怪物四處遊蕩，其中一個對另一個喊道：「你有看到他嗎，泰森？」

「報告中士，沒有！」另一頭怪物大聲答道：「連影子都沒看見！但我們找到了突擊隊和那個女的，在那裡。」他指著某個方向。

「嗯，要是他想躲來這裡，該死的狼群會解決他！」中士帶著一群人大步朝一頭走去，泰森往另一頭走。

麥克的綠色眼眸映著火光。他們在說誰？他心想。還有……為什麼他聽得懂他們的語言？這是個謎，等他腦袋不再抽痛之後一定要想個明白。現在他需要喝水和找地方睡覺。他走到雪融而成的水窪邊舔了點泥水，接著找了間房子，從開著的前門進去，躺在角落裡縮起身子保暖，將頭枕在掌上，閉上了眼睛。

後來，地板吱嘎一聲吵醒了他。麥克抬頭只見手電筒的強光刺眼，同時聽到一個聲音說：「天哪，這傢伙是跟誰打架了？」他站起來，尾巴對著牆壁，朝闖入者露出了獠牙，嚇得心跳加速。「別怕，別怕。」其中一頭怪物低聲道：「蘭納，賞牠一顆子彈。」

「少來！我才不想被受傷的狼咬破喉嚨！」蘭納往後退開，幾秒鐘後拿著手電筒的人也後退了。「他不在這裡！」蘭納朝著屋外的另一人大喊：「這裡狼太多，我要走了。」

頭顱沾血的黑狼回到角落，繼續睡覺。

他做了一個怪夢。他夢見自己身體改變，皮膚變白，外表變得跟怪物一樣，腳爪和尖牙都沒了，滿身的滑順黑毛也不見蹤影。他裸著身子進入了一個恐怖世界。正當他想用光滑的雙腿站起來（這在之前根本無法想像），夢魘卻突然破碎了，讓他醒了過來。

灰濛的破曉、飢餓。兩者形影不離。他起身出去覓食。頭雖然還痛，但已經舒緩不少。他肌肉嚴重瘀青，步伐不穩，但他會活下來的，只要找到肉吃就沒問題。他聞到了死屍的味道。就在附近，在狼鎮裡。

味道引他走入了另一間房子。他們就在屋裡。

四具人類屍體。一個是橘髮的壯碩女性，另外三個是男性，穿著黑色衣服，臉上抹著黑墨。他坐著檢視他們的姿勢。死去的女性身上至少有六個洞，雙手緊抓著其中一名男性的喉嚨。第二名男性宛如碎掉的玩偶倒在角落，張著嘴發出最後的喘息。第三名男性仰躺在翻倒的桌子邊，心臟上方插著一把獸角雕成的刀柄。

黑狼望著那把刀。他見過這把刀，在某個地方。他像是見到異象一般，眼前浮現某人的手放在桌上，而這把刀狠狠插在那手的手指之間。太深奧的謎了，他無法理解，於是將它拋到了腦後。

他從倒在角落的男性開始。臉頰的肉很軟，舌頭也是。正當他大快朵頤時，突然聞到另一頭狼的氣味，隨即是一聲警告般的低吼。他滿嘴是血，才剛轉頭，那頭深棕色的狼已經張牙舞爪撲了過來。

黑狼閃向一邊，但四條腿依然無力，瞬間失去平衡撞在了翻倒的桌子上。深棕色的狼伸出強有力的腳爪，差點抓住了他的前腿。另一頭紅琥珀色的狼從窗外跳進房裡，露出獠牙朝他奔來。

他知道自己躲不掉了，只要被牠們逮住，肯定會碎屍萬段。牠們不認識他，他也不認識牠們。他知道這是地盤之爭。他朝紅琥珀色的狼狠狠咬去，力道之強嚇得對方慌忙退後，但那頭發著麝香的深棕色公狼就沒那麼好嚇唬了。牠爪子一揮，他爬滿黑色毛髮的肋骨上就多了幾道血痕。雙方張嘴互咬，獠牙有如西洋劍對刺交鋒。兩頭狼撞在一起，胸貼著胸，試著靠蠻力撂倒對方。

他看到機會來了，一爪撕碎了棕狼的左耳。棕狼哀叫後退，佯裝閃到一側，隨即又目露兇光氣沖沖撲了上來。兩隻狼身體再度扭絞在一起，衝撞的力道讓雙方都岔了口氣。兩隻狼劇烈撕扯，在屋裡前後爭鬥，獠牙利爪狂揮亂舞，攫抓對方的喉嚨。

他頭顱右側被覆滿棕毛的強壯肩膀撞了一下，讓他痛得頭昏眼花，發出尖銳顫抖的哀號退到角落。他氣喘如牛，從鼻子噴出血來。棕狼打得興起，藏不住臉上的笑意。牠再次撲了過來，準備徹底解決他。

這時，一串急促沙啞的吠叫讓棕狼突然停止動作。

黃色母狼從門口進來，後面跟著那頭灰色的獨眼老狼。母狼衝過來將棕狼推開，舔了舔對方流血的耳朵，接著用肩膀將牠頂到一旁。

黑狼觀望著。他肌肉顫抖，再次感到劇烈的頭痛。他想讓他們知道自己絕對不會坐以待斃，於是吠了一聲，意思是「來吧！」這聲沙啞的吠叫讓黃色母狼動了動耳朵，坐下來望著他，目光中似乎帶著一絲敬意，對他的求生意志感到欽佩。

母狼看了他很久。老灰狼和棕狼舔了舔她的皮毛，淺棕色的小狼走進屋裡，緊張吠叫著。母狼拍了牠嘴巴一下，讓小狼安靜下來，接著像女王一般尾巴一甩轉頭離開，走到被刀刺死的男子身邊開始撕扯屍體。

總共五隻狼，黑狼心想，五隻。這數字讓他很不舒服。這是個黑暗的數字，讓他聞到了火。五。他腦中浮現一處海灘，士兵在浪中奮力朝岸上游去。一隻巨大的烏鴉掠過他們上空，堅定地朝西方飛去。那烏鴉有著玻璃作成的眼睛，嘴上塗著神秘的圖案。不對，他發現不是圖案，是字母。烏嘴上漆了字，鐵——

濃濃的血腥和肉味將他拉了回來。其他狼正在大快朵頤。黃色母狼抬起頭，朝他吠了一聲，意思是肉還很多，夠大家吃飽。

他將謎團拋到腦後，跟著吃了起來。但當棕狼和黃色母狼開始啃食橘髮女巨人的屍體，他突然渾身顫抖，走出屋外大吐特吐。

那天晚上星光燦爛，狼群飽餐一頓之後引吭高歌。他也加入了。起初有些畏縮，因為不曉得牠們的旋律，但牠們接受了他。於是他扯開嗓子，和他們齊聲唱和。儘管棕狼依然對他嗤之以鼻，但他現在是牠們的一員了。

日昇日落，又是一天過去。時間是心靈的幻術，蜷伏在狼鎮的懷抱裡，時間不具任何意義。他替牠們取了名字：領頭的黃色母狼是葛妲，外表比實際年輕許多。深棕狼叫鼠魔，以在屋裡追逐老鼠為樂。灰狼是獨眼，歌聲優美動人。腦袋有點不正常的小狼是汪汪，整天坐在岩石上做白日夢的是安珀。不久他便發現安珀有四頭小狼，是她和鼠魔生的。

某天夜裡下了一場驟雪，安珀在紛飛的雪中漫舞，追咬雪花，鼠魔和汪汪繞著她轉圈。雪花一碰到溫暖的土壤就融化成水，表示夏天快來了。

翌日清晨，他坐在岩石上享受葛妲替他舔去頭上血漬的親暱。這是用舌頭訴說的話語，暗示他可以上她。他慾火撩身，覺得她尾巴很美。正當他勃起準備滿足她的時候，忽然聽見引擎運轉的聲音。

他抬頭張望，見到一隻巨大的烏鴉飛上了天空。不對，他發現看錯了，烏鴉沒有引擎。是飛機，機翼大得驚人。看見它在銀白色的晨空中起飛，讓他直打哆嗦。那東西很可怕。他望著它往南飛去，喉嚨不禁發出一聲低嗚。它應該被攔下來，它肚子裡裝著死神，必須攔下它！他看了葛妲一眼，發現她渾然不覺。她怎麼會不懂呢？為什麼只有他懂？運輸機愈飛愈遠，他衝下石坡朝碼頭奔去，爬上海堤不停哀鳴，直到飛機消失在視線之外。

我失敗了，他心想。但他到底失敗了什麼，以致於心頭如此之痛？他必須放手。

但夢魘糾纏著他，怎麼也逃不脫。

夢魘中，他是人類，年輕天真，對世界一無所知。他跑過開滿黃花的原野，手裡抓著一根緊繃的絲線，線的尾端連著一面雪白的風箏，在藍天中迎風翻騰飛舞。一名人類女性高聲喊他，但他聽不懂那個名字。他望著風箏愈飛愈高，忽然一隻有著玻璃眼睛的烏鴉籠罩了天空，將風箏吞進牠的螺旋槳裡絞成無數碎片，吐沙一般射向空中。飛機漆成橄欖綠，機身滿是彈孔。絞斷的風箏線飄落地面，一層薄霧隨之罩下。霧氣在他四周繚繞，他吸了一口，皮膚立刻腐蝕，成了血淋淋的碎塊。他跪在地上，手和臂膀開了洞，而那名美麗的婦人踉蹌著朝他奔來，張開雙臂抱住了他。他看見她的臉成了一個滲血的凹洞。

此刻，他坐在艷陽高照的碼頭上，望著燒剩的船身。五，他心想，這個數字到底有什麼特別之處，讓他如此害怕？

那天過去了，照樣是吃喝、睡覺和曬太陽。那四具屍體已經被啃乾淨了，只剩下骨頭，為狼群奉獻了最後一餐。他蹲坐在地上，望著插在乾枯肋骨間的那把刀。刀鋒是彎的。他見過這把刀，在別的地方，被某人揮著插在兩根手指之間。小咪的遊戲，他心想。沒錯。但小咪是誰？

一架綠色機身漆滿彈孔的飛機，一張露出銀牙的惡魔面孔，一個有著巨大鐘樓的城市，一條蜿蜒流向海洋的大河，一位有著金髮和黃褐色眼眸的美麗女子，還有六之五。六之五。全都是影子。他頭好痛。他是狼，怎麼會知道這些事，又為何會在乎？

那把刀在呼喚他。他伸爪去拿，葛妲漫不經心望著他。他腳掌碰到刀把。他當然無法將刀拔起來。他憑什麼認為可以？

他開始留意日昇日落和時光的流逝。他發現白天變長了。六之五。無論六之五是什麼，它都快來了，他想到就不由得哀鳴和顫抖。他不再和狼群齊聲高歌，因為他心裡不再有歌，一顆心都被六之五纏繞著，片刻不得閒。他目光茫然迎接一個又一個破曉，然後回到屋裡望著那把插在骨骸上的刀，彷彿那是來自消逝世界的遺物。

六之五就快來了，他感覺得到，感覺它正答答靠近，無法攔阻。這一點不停咬噬他的內心，但其他的狼為何無動於衷？只有他如此糾結？

因為他和牠們不同，他察覺到。他從哪裡來？母親是誰？怎麼會來到這裡，來到狼鎮，一天天更接近六之五？

他和葛妲在海堤邊，一起在滿天星斗下吹著溫暖的海風，忽然聽見汪汪在石坡上發出一聲顫抖的長鳴。他們倆都不喜歡那聲音，感覺有危險靠近。接著汪汪開始不停急促狂吠，朝狼鎮發出警告。黑狼和葛妲立刻起身，豎耳諦聽那讓汪汪痛得尖叫的聲音。

是槍聲。葛妲只知道這聲音代表死亡，但黑狼知道那是施邁瑟衝鋒槍的聲響。

又一陣槍響過後，汪汪突然不叫了。鼠魔接棒嚎叫示警，安珀也跟著嗥叫。黑狼和葛妲跑進狼鎮，很快就聞到他們深惡痛絕的人味，一共四個，從石坡下到鎮上，用光線左右掃視前方，一有動靜或感覺到動靜就開槍。黑狼聞到別的氣味，並且認了出來，是烈酒。四人當中至少一人喝醉了，甚至統統酩酊大醉。

不久，他聽見他們口齒不清說道：「漢斯，我來替你做一件狼皮外套。對！就是這樣！做一件你見過最美的狼皮外套。」

「少來，不必了，你這個混帳！做給自己穿就好。」

他們哈哈大笑，舉起槍朝屋側掃射。「出來啊，你們這群毛怪！快點出來跟我們玩玩！」

「我要打一隻大的，岩石上那隻小的連做一頂皮帽都不夠。」

他們殺了汪汪。喝醉的納粹士兵因為無聊，竟然拿著衝鋒槍殺狼取樂。四名駐守化學廠的衛兵。

他心裡暗影騷動，有東西開始浮現，沉睡的記憶緩緩甦醒。他的頭殼抽痛，不是因為痛，而是因為想起了什麼。鐵拳，空中堡壘，六之五。

他記起來了，六之五是第六個月的第五天。六月五日，登陸作戰日。

他是狼，不是嗎？當然是！他有黑色毛皮，還有腳爪和獠牙。他是狼，而獵人們就快找上他和葛妲了。

一道光線從他身上掃過，隨即掃了回來。他們被燈光發現了。「你們看那兩隻！媽的，那毛皮多漂亮！黑的和黃的耶！」衝鋒槍喀嚓一響，一排子彈打在了葛妲身旁的地上，嚇得她驚惶失措，轉身就逃。黑狼追了上去，看見葛妲跑進了那間有著四副人骨的房子。

「別追丟了，漢斯！牠們的毛皮可以做成上好的外套！」士兵使勁動著不聽使喚的雙腿追了上來。「牠們跑進那裡去了！那間房子！」

葛妲背靠著牆，眼神驚恐，黑狼聞到士兵來到了屋外。「你到後面！」其中一名士兵大喊：「我們來個甕中捉鱉！」葛妲想從窗戶跳出去，但子彈打中了窗框，木屑四射。她跌回地上，黃色身軀瘋狂扭動。黑狼朝門口衝去，但被強光照瞎了眼睛。於是他只好退回屋內，一排子彈打在他頭上方的牆上，留下一堆彈孔。

「我們逮到牠們了！」一名士兵啞著嗓子說：「麥克斯，進去把牠們揪出來！」

「你這個混球，我才不去咧！要去你先去！」

「媽的！你這個膽小鬼！好吧，我去！艾爾文，你和約翰尼斯守著窗戶。」屋外喀嚓一聲，黑狼知道那是上彈匣的聲音。「我要進去了！」

葛妲再次想從窗戶逃脫，但又遭到一輪子彈攻擊，被木屑刺得遍體鱗傷。她摔回屋裡，口鼻汩汩出血。

「別再開槍了！」聲音沙啞的士兵說：「我進去把牠們兩個抓出來！」說完他便舉著手電筒，靠著血液裡的酒精壯膽，隨著燈光大步走向屋子。

黑狼知道他和葛妲沒希望了。他們不可能逃出去。再過不久，那名士兵就會出現在門口，手電筒就會照到他們。他們無路可逃。面對四名拿著衝鋒槍的人，獠牙和腳爪又有什麼用？

他望向那把彎刀。

腳掌伸向刀柄。

別讓我失望，他心想。很久很久以前，威克托這麼對他說。

他腳掌笨拙地去握刀柄，士兵的手電筒就要照進屋裡了。

威克托，老鼠，契絲娜，拉撒利斯，布洛可。這些名字和臉龐在黑狼心裡翻攪，有如竄離篝火的火花。

麥克葛勒頓。

回憶有如晴天霹靂打在他腦中。我不是狼，他心想，我是——

他腳掌變了，白皮膚露了出來，黑色毛皮不斷縮小，骨骼和肌腱發出潺濕的細小聲響開始移位。他手指握住刀把，將刀從骨骸裡拔了出來。葛妲嚇得低嗚，彷彿肺裡的空氣被人抽乾了一樣。

士兵停在門口。「讓你們見識見識老大的厲害！」他說完回頭瞄了麥克斯一眼。「看到沒有？

勇士才有辦法直搗狼窩。」

士兵用手電筒往屋內照，發現了那四具骸骨和黃狼。哈！那野獸在顫抖。但黑狼那混帳跑哪裡去了？他往屋裡走了兩步，準備一槍將黑狼轟得腦袋開花。

士兵走進屋內，麥克從門邊暗處出來，使盡全力將小咪的彎刀插進對方的咽喉。士兵被血嗆住，放開衝鋒槍和手電筒，雙手摀住割斷的氣管。麥克拾起衝鋒槍，踹了對方腹部一腳，將他從門口推了出去，接著舉槍攻擊另一名士兵的手電筒。子彈啪啪見血，屋外傳來一聲哀號。

「怎麼了？是誰在慘叫？」靠近屋後的士兵喊道：「麥克斯？漢斯？」

麥克走出屋外。他膝關節痠疼，脊椎不斷拉直。他走到屋子轉角瞄準兩盞手電筒的正上方，其中一人朝他撲來。他朝那名納粹士兵掃射，兩盞手電筒立刻熄了，兩名士兵仆倒在地。解決了。

麥克聽見身後傳來聲響，立刻轉頭戒備，毛孔滲出油膩的汗珠。

葛妲就在幾步之外，全身緊繃望著他。她露出獠牙低吼一聲，隨即轉身跑進黑暗之中了。

麥克知道她的意思。他不屬於她的世界。

他知道自己是誰了，還有得做什麼。運輸機已經將裝有卡內吉毒氣的炸彈載走，但機場上還有其他烏鴉——夜間戰鬥機。每架航程大約一千英里。只要找到鐵拳藏在哪裡，就能……

希望還來得及。今天是哪一天了？他不曉得。他匆匆從四具屍體身上扒了尺寸合適的衣服穿上，襯衫和夾克是其中一人的，長褲來自另一個人，靴子是第三個人。所有衣服都沾了血，但那也沒辦法。他在口袋塞滿彈匣，發現地板上有一頂灰色羊毛帽沒沾到血，便拾起來戴上。他手指摸到頭顱右側的長傷口和乾涸的血漬，子彈只差三公分就會打穿他腦袋了。

麥克將機槍繫在肩上，開始沿著馬路爬上石坡。六月五日，他想，已經過了嗎？他倒底在狼鎮待了幾天幾夜，以為自己是狼？一切都還像做夢。麥克加快腳步。首要任務是潛進化學廠，接著是到看守所救出契絲娜和拉撒利斯，之後才會知道自己失敗了沒有，倫敦市區是否已經因為他而屍橫遍野。

他聽見身後傳來一聲嗥叫，聲音飄忽顫抖。是葛妲。他沒有回頭。

他挺直上身，邁著雙腿迎向命運。

第九章

德軍填了他挖的地洞，但顯然鏟得漫不經心，土填得很不紮實，他只花了幾分鐘就將鬆軟的泥土挖了出來，再次從圍籬下方的洞裡鑽了過去。化學廠裡的心跳聲還在繼續，房舍上方的通道燈光閃耀。他走過小巷，朝機場邊的看守所走去。一名士兵從轉角彎了出來，和他正面相對。「嘿！有菸嗎？」士兵問。

「當然。」麥克讓士兵靠近，伸手到口袋裡假裝掏菸。「現在幾點？」

士兵看了看錶。「十二點四十二分。」他望著麥克皺眉道：「你應該刮鬍子了，要是被上尉看到，一定會——」他話沒說完，就發現麥克夾克上有血跡和彈孔，立刻瞪大了眼睛。麥克盯著他。

他用槍托重擊士兵的腹部，再狠擊對方頭顱，將屍體拖到化學原料桶之間，取下士兵的手錶，將屍體推進其中一只桶裡，蓋上蓋子，接著再次上路，並且加快了速度，幾乎用跑的。半夜十二點多，他心想，問題是日期呢？

看守所的門口沒有衛兵，但門裡有一名士兵雙腳跨在桌上，正在閉目養神。麥克將椅子踢開，抓著士兵狠狠往牆上撞，士兵還來不及醒來就又沉入了夢鄉。麥克從桌子後方的牆上拿了一串鑰匙，走過兩旁都是牢房的通道，臉上露出了冷笑。通道裡鼾聲震天，像是鋸木似的，肯定是某個大鬍子俄國佬的傑作。

麥克試了幾把鑰匙，想找出拉撒利斯的牢房，忽然聽見一聲驚呼。他望向走道對面第二個門，發現契絲娜就站在牢門鐵窗後，骯髒憔悴的臉上淚眼汪汪，想開口卻說不出話來，最後終於迸出一句：「你到底去哪裡了？」

「躲起來了。」他說著走向契絲娜的牢房，找到鑰匙，門鎖喀嚓一聲開了。牢門一開，契絲娜就撲進了他懷裡。他抱著顫抖的她，感覺她的身子和衣服都很髒，但至少沒被拷打。她發出令人心碎的抽泣，隨即想挽回一點面子。「沒事了。」他說著吻了她的唇。「我們會逃出這裡的。」

「喂，那也得先把我弄出來吧，你這個混蛋！」拉撒利斯在牢房裡吼道：「我們還以為你拋下我們自己跑了咧，可惡！」他滿頭髮茬像鳥巢一樣，目光炯炯閃著瘋狂。契絲娜接過衝鋒槍守住走道，麥克找到鑰匙開了門，讓俄國佬重獲自由。

拉撒利斯身上的味道比玫瑰還刺鼻。「老天！」他說：「我們根本不曉得你到底有沒有逃脫！還以為你可能被殺了呢！」

「他們盡力了。」他說完看了看錶，快一點了。「今天是幾月幾日？」

「我哪知道！」拉撒利斯說。

但契絲娜知道兩天供餐一次的規矩。「太遲了，麥克。」她說：「你離開了整整十五天。」

麥克望著契絲娜，不知道她是什麼意思。

「今天是六月六日。」她接著說道：「太遲了。」

太遲了，這話像錐子狠狠扎在他心裡。

「登陸日是昨天。」契絲娜說。她覺得有點頭重腳輕，必須抓著麥克的肩膀才能穩住自己。過去這廿四小時已經讓她精神耗損到了極限。「已經完了。」

「不可能！」麥克不可置信搖著頭說：「妳一定算錯了！我不可能變成……離開那麼久！」

「我沒算錯。」她抓起他的手腕看了看錶說：「現在是六月六日一點兩分了。」

「我們一定要想辦法知道現在的狀況。這裡絕對有無線電室。」

「的確有。」拉撒利斯說：「在隔壁的隔壁棟，油槽旁邊。」他說他曾經被逼著跟幾名戰俘到士兵營區附近去疏通溢出來的化糞池，難怪他衣服那麼難聞。雖然腰部以下浸在糞水裡，他還是從其他戰俘那裡打聽到了不少關於化學廠的情報，例如希爾德布蘭特幾乎以實驗室為家，而實驗室就在廠區中央，煙囪附近。油槽貯存的油是漫漫長冬替房舍提供暖氣用的，戰俘住在另外一個營區，離士兵營區不遠。另外，廠區裡還有軍械庫，以防游擊隊突襲，但拉撒利斯說他不曉得確切的位置。

「這傢伙的衣服你穿得下嗎？」麥克走到衛兵倒地的地方，問拉撒利斯。拉撒利斯說他試試看。契絲娜翻了翻辦公桌，找到一把手槍和子彈。過沒多久，拉撒利斯已經換好納粹制服，雖然襯衫肩膀太緊，褲子太長，皮帶更扣到最後一格，至少帽子尺寸剛好。他腳上依然套著他們離開德國時穿的靴子，即使上頭沾滿了屎糞，他還是沒有換掉。

他們朝無線電室出發。契絲娜雖然走得踉踉蹌蹌，但已經不需要人扶。麥克看見無線電塔頂閃著兩道燈光，警告往來的飛機，便帶兩人朝那方向走去。在小巷裡躲躲閃閃十五分鐘後，他們來到一棟石造小屋，同樣無人看守，但門是鎖著的。拉撒利斯用沾了糞水的靴子將門踹開，麥克找到電燈開關，只見無線電機用透明塑膠布罩著擺在桌上。契絲娜比麥克更熟悉德軍無線電，於是他站到一旁，看她打開電源，搜尋頻道。指針亮著微弱的綠光，小喇叭先是發出噪音，接著便截到微弱的人聲，用德文指示某艘軍艦的柴油引擎需要大修。接著契絲娜攔截到有人用挪威語討論捕撈鯖魚，可能是傳給英國的密電。契絲娜再換頻道，這回變成了管弦樂，小屋裡輓歌繚繞。

「如果盟軍登陸了，頻道上應該全是相關消息。」麥克說：「這是怎麼回事？」

契絲娜搖搖頭，繼續搜尋頻道。她找到奧斯陸的新聞電台，德語播音員語氣鏗鏘報導近日一批鐵礦出口，再現帝國榮耀，六點市政廳前開始發放牛奶配給，天氣依然不穩定，暴風雨機率百分之七十，現在讓我們繼續收聽葛哈德斯・卡多芬的悠揚樂曲……

「登陸的事呢？」拉撒利斯搔搔鬍鬚說：「要是真的在六月五——」

「或許還沒。」麥克望著契絲娜說：「或許取消或延後了。」

「那麼重要的事會延後，得有天大的理由。」

「說不定真的有，誰曉得會是什麼？但我不認為盟軍已經搶灘了。要是六月五日清晨登陸，每一個頻道應該都會提到。」

契絲娜知道麥克說得對。要是盟軍真的登陸了，頻道應該早就灌爆了，各方新聞和訊息蜂擁而至，但他們聽到的卻是再一般不過的早晨，只有輓歌和牛奶配給的新聞。

麥克很清楚接下來該怎麼做。「拉撒利斯，機場上那些夜間戰鬥機你會開嗎？」

「有翅膀的我都會開，但我建議那架多尼爾 217。那小姑娘油箱加滿可以飛一千英里，速度又快。我們要去哪裡？」

「先去叫醒希爾德布蘭特博士，找出鐵拳的精確位置。從這裡到鹿特丹要多久？航程大約一千英里。」

拉撒利斯皺起眉頭。「就算油箱加到滿出來，要飛到鹿特丹還是有點緊。」說完他想了想。「多尼爾極速三百多英里，但通常維持在兩百五十英里左右，看風勢而定……我猜大概五小時上下。」

變數太多了，麥克想，但又能如何？他們開始搜索屋子，在擺滿檔案櫃的另一個房間裡看到希爾德布蘭特工業集團史卡帕化學廠的地圖用圖釘釘在牆上，旁邊是希特勒的肖像。地圖上一個紅ㄨ標示無線電室，其他房舍分別註明工房、食堂、測試室、軍械庫、一號營房等等。研發實驗室離這裡大約一百米，軍械庫在機場對面，廠區另一頭，離這裡很遠。麥克取下地圖折好收進沾血的口袋，以防不時之需。

實驗室在大煙囱附近，白色長形建築，密密麻麻的管子連到其他小房舍。毛玻璃窄窗裡亮著燈，博士正在工作。實驗室屋頂上有一個大貯存槽，裡面是水、燃料或化學物質，麥克無法判斷。前門上了閂，並從裡面鎖上，但有鐵梯通往屋頂，於是他們便爬了上去。屋頂上有一扇天窗開著，拉撒利斯抓住麥克的腳，讓麥克湊到窗邊往下望。

三名白袍男子戴著白手套在一排長桌前忙活著，桌上擺著顯微鏡、試管架和其他設備。實驗室一頭立著四個密封大桶，有如巨型壓力鍋，心跳般的砰嗵聲就是來自這裡，麥克猜是電動引擎，負責攪拌成份不明的惡魔湯。離地六米左右有一條空中走道貫穿實驗室，通到大桶附近的壓力計，離天窗只有幾米。

其中一名白袍男子身高超過兩米，金色長髮戴著白帽，正用顯微鏡專注檢視一組玻片。

麥克離開天窗邊，大桶發出的心跳聲讓屋頂微微震動。「我要你們回到機場。」他告訴另外兩人，契絲娜正想反駁，但他用食指摁住她嘴唇。「你們聽好。拉撒利斯，要是飛機缺油，你和契絲娜就把油加滿。我記得看見機場有一輛油罐車，你有辦法做到嗎？」

「我都自己替飛機加油，我就是自己的地勤人員。」他聳聳肩說：「所以沒差。但飛機可能有衛兵守著。」

「我知道，等我搞定這邊，就會設法製造一點混亂，你們到時會知道的。」麥克看了看錶。一點卅二分。他摘下手錶交給契絲娜。「我三十分鐘內會回機場。」他保證道：「煙火秀一開始，你們就有機會替多尼爾加油了。」

「我要待在你這裡。」契絲娜說。

「拉撒利斯那邊更需要妳的協助。這沒得商量，快去機場吧。」

契絲娜是內行人，知道再辯是浪費時間，於是便跟拉撒利斯匆匆走過屋頂爬下了鐵梯。麥克將衝鋒槍繫在肩上，身體湊到天窗邊，伸手抓住實驗室天花板上一根鐵管，慢慢擺到空中通道的欄杆邊，跳上了通道。

他蹲低身子，觀察底下那三個人。希爾德布蘭特叫其中一人過來，要他看玻片上的東西，隨即猛搥桌子，破口大罵。那人垂著肩膀不敢吭聲，畏縮點頭。應該是實驗不順，麥克心想，真慘。

一滴水答的一聲落在他身旁。麥克抬頭一看，發現鐵管間有幾個噴嘴，其中一個在漏水。他伸出手掌接了幾滴湊到鼻前聞了聞，發現味道很鹹，接著舔了一口，是鹽水。從屋頂貯存槽來的，他心想，可能是海水。為什麼要貯存海水在實驗室屋頂上？

他想起布洛可曾經說過，卡內吉不大喜歡鈉，而海水裡鈉很多。也許鹽水會破壞卡內吉。要是如此，希爾德布蘭特架設貯存槽就是為了毒氣一旦外洩，可以直接從噴嘴潑灑鹽水，而且開關一定設在容易搆著的地方。麥克起身走向大桶附近的儀控面板，上頭一排紅色開關都扳成了「開啟」狀態。他開始關閉開關，砰嗵聲立刻變緩，然後停了下來。

一只燒杯砸在地上碎了，有人大吼一聲，是希爾德布蘭特。「你這白痴！」他咆哮道：「去把曝氣裝置重新打開！」

「統統不准動。」麥克舉起衝鋒槍朝他們走去：「希爾德布蘭特博士，我想跟你談一談。」

「拜託！快把開關打開！」

「我想知道鐵拳在哪裡，離鹿特丹很遠嗎？」

其中一名男子突然朝門口衝去，但沒三步就被麥克開槍擊中了。那人倒在地上，白袍上滲出血紅。

槍聲響徹實驗室，外頭肯定會有人聽到。時間不多了。麥克將冒著煙的槍口對準希爾德布蘭特說：「鐵拳在哪裡？」

「那個……」希爾德布蘭特短短噓了口氣，眼睛望著衝鋒槍的槍口。「在瓦森納的德軍機場，鹿特丹西北方三十公里左右的海邊。」他瞄了大桶一眼。「求求你……拜託！快把曝氣裝置打開！」

「要是我不開呢？卡內吉會毀掉嗎？」

「不行，它會——」

麥克聽見金屬變形的聲音。

「它還沒精煉，會爆炸！」希爾德布蘭特吼道，驚慌得結結巴巴。

麥克看了密封桶一眼，發現蓋子已經凸起，接縫處也起了鼓泡。天哪！他心想，桶子裡的東西竟然像酵母一樣在膨脹！

另一名實驗人員突然抓起一把椅子跑到窗邊，砸破玻璃往外大喊：「快來人啊！救——」

麥克一槍封了他的口。希爾德布蘭特舉起雙手。「求求你！快點打開開關！」

密封桶開始膨脹。麥克朝儀控面板走去，希爾德布蘭特趁機衝到窗邊，開始拚命設法將自己的巨大身軀擠出窗外。「衛兵！」他大吼道：「衛兵！」

麥克停下腳步，離面板不到三米。他轉身將槍對準了惡魔湯的發明人。子彈打爛了希爾德布蘭特的雙腿。他跌在地上痛得不停扭動。麥克換上新彈匣，準備做掉那傢伙。

其中一個密封大桶的接縫裂了。鉚釘劈啪彈落，一道濃稠的黃漿噴了出來，灑滿地板。實驗室警鈴聲大作，蓋過了古斯塔夫希爾德布蘭特的哀號。第二個密封大桶也像腫瘤一樣破了，地板又被一波黃色液體淹沒。麥克愣愣看著黃漿在通道下方漫流，摧枯拉朽般的推倒桌椅，看得既害怕又著迷。黃漿裡不時冒出深棕色的浮沫，有如油鍋滋滋作響。第三個密封大桶的爆炸力道更猛，蓋子直接射到了天花板。濃稠的黃漿湧出桶外，麥克朝天窗跑去。

外洩的化學物質已經不再是氣體，而是如穢水一般在地板上奔流。希爾德布蘭特焦急往牆邊爬去，想抓牆上的紅色飛輪。麥克明白那就是鹽水槽的開關。希爾德布蘭特回頭看了一眼，看見黃漿朝他湧來，嚇得喃喃自語。他伸手到牆上想抓住飛輪，手指搆著了，使勁轉了四分之一圈。

麥克聽見鹽水湧入鐵管的聲音，但下一秒黃漿已經淹沒了博士。強酸上身，古斯塔夫希爾德布蘭特高聲慘叫，身體有如灑了鹽巴的蛞蝓不停扭動，頭髮和臉上沾滿了卡內吉。他伸手抓眼，喉嚨發出淒厲的哀號，白皙的雙手上水泡不停浮現和爆裂。

噴嘴開始潑灑鹽水。水落之處，黃漿開始融化，發出嘶嘶的聲響，但對博士已經毫無助益了。希爾德布蘭特全身紅腫，覆滿水泡，倒在黃濁之中。他跪坐起來，臉上的皮肉開始溶解滑落。他張開嘴，發出無聲的慘叫。

麥克舉槍瞄準，摁下扳機，希爾德布蘭特的胸膛瞬間轟掉了大半，身體仆倒往前滑行，被打爆的肺部冒著白煙。

麥克將槍繫回肩上，踩上通道欄杆往上跳。

他抓住天花板上一根鐵管，攀著它回到天窗邊，接著肩膀肌肉使勁將自己抬上了屋頂。他從天窗往下看了一眼。卡內吉潑到鹽水開始蒸發，而希爾德布蘭特就像孤零零的水母，遺留在暴風雨後的沙灘上。

麥克起身朝鐵梯跑去，兩名士兵正從梯子往上爬。「卡內吉外洩了！」麥克佯裝驚惶大吼，那演技連契絲娜都會自嘆不如。兩名士兵立刻跳下鐵梯。地面上三名德軍正在撞門。「毒氣外洩了！」其中一人驚慌大喊，而且不是假裝。三人四散奔逃，扯開喉嚨大聲嚷嚷，警鈴繼續大響。

麥克看了看地圖，朝軍械庫跑去，見到士兵就高喊毒氣外洩了。幾分鐘後，他就聽見廠區裡到處傳出尖叫。所有人都曉得卡內吉的厲害，連衛兵也不例外。警鈴聲從四面八方傳來。他到軍械庫時，已經有五六名士兵衝進去拿了防毒面具往外跑。「卡內吉外洩了。」一名德軍瞪大眼睛跟他說：「C區的人都死了。」說完便戴上面具，抱著氧氣筒踉蹌離開了。麥克走進軍械庫，打開一箱手榴彈和一箱戰機用五〇機槍彈。「你！」一名軍官走進庫房說：「你在做什──」

麥克一槍斃了他，繼續幹活。他將裝手榴彈的箱子疊在裝機槍彈的箱子上，接著又拿了一箱手榴彈，打開箱子，拔掉兩枚手榴彈的插銷，將手榴彈放回去，然後拔腿就跑。

警鈴大作，拉撒利斯和契絲娜躲在機場旁的油罐車附近，一名衛兵倒在六米外，胸口被魯格槍的子彈打穿了一個洞。油罐車的泵浦喀喀作響，將油料從帆布軟管送進多尼爾夜間戰鬥機右翼的油箱裡。拉撒利斯發現戰機兩翼油箱都是七分滿，但他們只有現在能加油，而且航程又遠，所以還是非加不可。他抓著油管，感覺辛烷從他手下流過，契絲娜在一旁把風。三十米外有一間小鐵皮屋，是飛行員的戰情室。契絲娜破門而入，發現中了大獎：裡面有挪威、丹麥、荷蘭和德國境內所有德軍機場的位置圖。

夜空突然一亮，並傳出轟天巨響。她起先以為是閃電，後來發現是爆炸。她聽見槍砲聲，感覺像數百枚子彈齊發，接著又是一連串爆炸。她看見廠區另一頭竄出火舌，還有曳光彈的火光。一道熱風掃過機場，帶來濃濃的焦味。

「哇！」拉撒利斯說：「那傢伙說要搞混亂，還真不是開玩笑！」

契絲娜看了看錶。他在哪裡？「快出現吧。」她說：「拜託。」

過了不到十五分鐘，在持續的爆炸聲中，她聽見有人跑了過來。她立刻趴在水泥地上，舉起手槍警戒，接著便聽見他的聲音：「別開槍！是我！」

「謝天謝地！」她站起來說：「你炸了哪裡？」

「軍械庫。」爆炸瞬間他及時躲進小巷裡，但帽子吹跑了，上衣也幾乎被爆炸的強力氣流扯掉了。「拉撒利斯！還要多久？」

「三分鐘！我想加滿一點！」

三分鐘後加油完成，麥克架住油罐車的方向盤，讓車對準梅塞施密特 Bf-109 戰機的機翼駛去，接著便和契絲娜跑上了多尼爾戰鬥機。拉撒利斯坐進駕駛座，繫好安全帶，扳板手指說：「好了，等著瞧俄國佬怎麼駕馭德國戰機吧！」

螺旋槳轟隆作響，多尼爾戰鬥機猛然加速，脫離地面迎空飛去。

拉撒利斯在起火的廠區上空盤旋。「抓好！」他大喊：「讓我們做個了結吧！」他打開機槍開關，隨即急速俯衝。三人猛往後仰，身體牢牢壓在了座位上。

戰機朝巨型油槽飛去。第三次低空掃射先是激起一道紅光，隨即變成又橘又亮的火球。拉撒利斯拉昇高度，爆炸的氣流震得飛機劇烈搖晃。「哈！」他咧嘴開懷地說：「我終於回家了！」

拉撒利斯在史卡帕島上空繞行最後一圈，有如火堆上空盤旋的禿鷹，接著便掉頭朝荷蘭飛去。

第十章

耶芮克布洛可一直以為這天到來時，他會非常冷靜，就算冰塊握在手裡也不會融化。但就在六月六日清晨七點四十八分的此刻，他的兩隻手卻抖個不停。

灰色混凝土塔台裡，無線電通話員正緩緩撥轉頻道，噪音中不時冒出人聲，但不全是德語，顯示有些無線電發送器已經落到英國和美軍手上了。

還沒破曉前，就有零星回報指出諾曼第有人空降，還有幾座機場被盟軍戰機轟炸和掃射，而不到凌晨五點就有兩架戰鬥機從豪雨中呼嘯閃現，掃射了布洛可此刻所在的這棟建築，打碎了所有窗戶，還擊斃了一名信號官，在他背後牆上留下了血跡。這會兒血已經乾了。機場上三架梅塞施密特戰鬥機有一架全毀，一架機身佈滿彈孔，附近的庫房也嚴重受損。提歐馮法蘭克維茲就是在這裡作畫的。但感謝命運安排，停機棚毫髮無傷。

當太陽從雲間升起，帶著鹹味的強烈海風從英吉利海峽吹來，斷斷續續的無線電終於回報了：盟軍開始登陸作戰。

「給我拿喝的來。」布洛可對靴子說，魁梧的副官立刻旋開裝著白蘭地的保溫瓶遞給他。上校仰頭灌了一口，嗆辣的烈酒讓他眼眶泛淚，心跳加速。接著他豎耳傾聽，因為戰事升高，無線電通話員截到了更多聲音。看來盟軍正從十多處大舉搶灘，諾曼第沙灘的陣仗令人膽寒：數百艘運輸船、驅逐艦、巡洋艦和戰艦集結海上，不是飄著星條旗就是米字旗，天上更是佈滿數百架盟軍野馬、雷霆、閃電和噴火戰鬥機，低空掃射德軍據點，而空中堡壘和英國的轟炸機則是長驅直入，搗向德意志帝國的核心。

布洛可又灌了一口白蘭地。

他的命運之日，納粹德國的命運之日，終於來了。

他看了看塔台裡的另外六人，其中凡霍芬上尉和許瑞德中尉之前受過訓練，將是B-17轟炸機的正副駕駛。布洛可說：「走吧。」

凡霍芬俊俏的臉龐神情堅決，踩著碎玻璃走到牆邊，抓住牆上一根桿子毫不遲疑往下一拉，塔台屋頂立刻發出淒厲的鈴聲，凡霍芬和許瑞德帶著投彈手及領航員朝五十米外的停機棚奔去。

布洛可放下保溫瓶，和靴子離開塔台快步通過路面。離開史卡帕島後，他就住在機場七公里外的一處荷蘭邸宅裡，可以就近監督毒氣彈送上飛機和機組員的最後訓練。接下來他們從早到晚都做整點操練，現在該是驗收成果的時候了。

機組員從側門走進強化混凝土砌成的停機棚。布洛可和靴子朝停機棚走去，鉸鍊捲門開始上升，升到一半時，低沉的噗噗聲從棚裡傳了出來，隨即增大，從低吼變成了咆哮。捲門繼續上升，全開之後，脫韁的巨獸終於現身了。

投彈手所在的圓頂窗上畫了裂痕，就算近看也幾可亂真。橄欖綠機身上畫的彈孔邊緣泛灰，狀似裸露的鋼板，上方是希特勒被鐵拳攫住的漫畫，而用英文寫成的鐵拳兩字則是B-17機鼻的裝飾。這架巨無霸轟炸機從棚裡緩緩出現，四個螺旋槳轟隆旋轉。機腹和機頂的迴轉槍塔玻璃都像全碎了，其實是用油漆偽裝的。兩側機身散佈著假彈孔，一路延伸到巨大的尾翼。從數架墜毀的B-17轟炸機蒐集來的零件，在經過法蘭克維茲巧手偽裝後，重新組裝成了這頭巨獸，最後再加上美國空軍徽章，偽裝便大功告成了。

飛機的機槍砲塔只有兩座有人操作，並且裝了子彈，分別位於機腰兩側，但其實派不上用場，因為這趟任務基本上是自殺攻擊。盟軍戰機不會攔阻鐵拳往倫敦，但回程就另當別論了。凡霍芬和許瑞德都明白，也引以為傲，而他們的家人都會得到妥善的照顧。兩座機腰槍塔各有一個長方形開口，方便機槍轉動鎖定目標，但感覺不是很有說服力，最好……

嗯，這件事待會兒要處理一下。

駛出停機棚後，凡霍芬停下鐵拳。布洛可和靴子壓著帽子不讓螺旋槳鼓起的強風吹走，兩人一起走向機身右側的登機門。

忽然，布洛可察覺有動靜。他抬頭一看，發現一架飛機在機場上空盤旋。他一時驚惶，以為是另一波低空掃射，直到認出是多尼爾夜間戰鬥機，這才鬆了口氣。哪個白痴幹的蠢事？他不是不准任何飛機在這裡降落嗎？

其中一名機槍手過來開了登機門，兩人走進飛機，靴子低頭彎腰沿著狹窄的通道往前，耶芮克布洛可拔出手槍對準機槍手的頭連開兩槍，接著又轟掉了另一名機槍手的腦袋。他將兩人的屍體拖到槍塔擺好，讓血流到機身側面，而且從外面就能看見死掉的機槍手。

這樣就對了，他心想。

駕駛艙裡，凡霍芬鬆開煞車，轟炸機再次沿著跑道滑行。到了起飛點，飛機再度停下，正副機長檢查儀表和設備，靴子則在機艙後段的炸彈艙執行任務，取下廿四枚炸彈彈頭保險絲上的保護膠套，再用扳手將每個保險絲轉動四分之一圈，讓炸彈就定位。

布洛可已經走出鐵拳，在跑道一旁等靴子出來。完成偽裝的巨無霸飛機有如箭在弦上一般顫抖著。一旦卡內吉在倫敦街頭擴散，災情很快就會傳到諾曼第的登陸指揮官手上，再傳到士兵耳中，入夜前盟軍就會軍心渙散，棄甲而逃。喔，偉哉德意志，這是多大的榮耀啊！元首一定會手舞足——

布洛可喉嚨一緊。多尼爾戰機竟然降落了。

更糟的是，那名蠢駕駛還讓飛機加速朝鐵拳衝來！

布洛可跑到B-17轟炸機前方，瘋狂揮舞雙手。多尼爾戰機猛力煞車，冒出濃濃的橡膠焦味，雖然速度慢了，但還是朝轟炸機衝來，擋住了跑道。「你這個白痴，快點閃開！」布洛可大吼，一邊再次掏出魯格槍。「混蛋！離開跑道！」鐵拳的引擎在他背後轟隆咆哮，吹掉了他的帽子，捲進螺旋槳裡絞成了碎片。引擎不斷蓄積能量，空氣中飄著油味和熱風，布洛可舉槍對準朝他衝來的戰鬥機。那機長瘋了！管他是不是德國人，都一定要把他從跑道上趕——

他看見擋風玻璃後坐著的副機長，發現那人一頭金髮。

而機長滿面鬍鬚。他認得那兩張臉：是契絲娜和跟在她和男爵身邊的那個傢伙。他不曉得他們怎麼能來到這裡，但知道他們為什麼來，而這是不應該的。

布洛可氣得大吼，開始拚命開槍。

第一枚子彈打裂了契絲娜面前的擋風玻璃，第二枚打在機身上，第三枚打穿玻璃射中了拉撒利斯的鎖骨。俄國佬哀號一聲，玻璃碎片射向坐在後方的麥克。上校繼續朝擋風玻璃開槍，麥克伸手抓住門把，打開登機門跳下飛機，在機翼正下方朝布洛可上校全速奔去。戰鬥機和轟炸機的螺旋槳在跑道上吹起陣陣狂風。

布洛可還沒發現他下了飛機，他就已經撲上去了。布洛可倒抽一口氣，想朝麥克臉上開槍，但麥克一把抓住他的手腕，將槍往上抬。子彈砰的射向了天空。兩人在螺旋槳之間纏鬥，布洛可伸手去剜麥克的眼睛，麥克一拳打在他下巴上，打得他頭往後仰。布洛可抓著手槍，麥克抓著他的手腕，布洛可突然改變重心，想將麥克推向戰鬥機的螺旋槳，但麥克早就料到他的企圖，沒有讓他得逞。上校大聲咆哮，聲音被引擎聲蓋過，接著一個手刀打在麥克鼻子上。麥克雖然撇頭閃過，但臉側還是被劈了一下，讓他頭昏眼花。不過，他依然抓著上校的手，他將對方胳膊往後一彎，想讓槍脫手。布洛可勾住扳機的手指一麻，兩枚子彈從手槍槍口迸射而出，打穿了 B-17 轟炸機的引擎整流罩，離麥克的腦袋只有幾公分。彈孔處開始冒出黑煙。

麥克和布洛可繼續在螺旋槳之間纏鬥。強風呼嘯，威脅著將他們兩人扔進旋轉的葉片中。凡霍芬坐在鐵拳的駕駛艙裡，看見其中一具引擎竄出濃煙，他立刻放下煞車，飛機開始緩緩往前。靴子還在處理炸彈，發現飛機在動便抬起頭來，大聲吼道：「你在做什麼？」

布洛可一肘擊中麥克下巴，擺脫了對方的擒握。他舉起手槍，準備轟掉假男爵的腦袋，臉上露出勝利的微笑。但笑容一閃即逝，而且成了絕響。

因為下一秒麥克已經強力反撲，抓住他的膝蓋將他整個人舉起來往後推。雖然他開槍擦過麥克的背，但鐵拳的螺旋槳已經將他吞噬。

葉片將耶芮克布洛可的上半身絞成了血紅的肉泥。麥克抓著上校的下半身仆倒在螺旋槳下方的跑道上。轉眼間，布洛可只剩兩條腿和地面上的一攤血漬，銀色假牙哐啷彈出螺旋槳，上校一命嗚呼。

鐵拳衝到跑道盡頭，揚起機鼻離開了地面。雖然其中一具引擎冒著黑煙，凡霍芬還是調轉飛機，朝英國飛去。

兩分鐘後，多尼爾戰鬥機追了上來。正駕駛已經換成契絲娜，拉撒利斯一手摀著斷了的鎖骨，努力保持清醒。她看了看油錶，指針已經低過了紅線，兩翼油箱的警告燈閃個不停。風從擋風玻璃的裂縫灌進來吹在她臉上，契絲娜握著方向舵，繼續朝黑煙追去。

轟炸機爬升了五千呎左右轉為平飛。在陰沉沉的英吉利海峽上空，麥克站在強風不斷的機腰槍塔前，望著外頭冒煙的引擎。螺旋槳已經停止轉動，焦黑的整流罩不時竄出火花，但這一點損傷阻止不了鐵拳，甚至只是讓偽裝更加可信。他搜查死去機槍手的身體，但沒有找到武器。他直起身子，忽然覺得轟炸機開始加速，同時一樣東西咻的一聲從右舷機槍槍塔外飛了過去。

麥克探頭張望，發現是多尼爾戰鬥機。契絲娜在上方五百呎左右掉了頭。攻擊！他在心裡喊，擊沉這怪物！但她沒有開火，而他知道為什麼。她怕擊中他。木已成舟，想要解決鐵拳，只能靠他了。

他必須殺了正副駕駛，就算赤手空拳也得幹。時間每過一秒，鐵拳就更接近英國一步。他四下尋找武器。機槍雖然上了彈匣，但已經鎖在槍塔上。機艙內的設備都拆光了，只剩紅色的滅火器。

他正想繼續往前找，忽然看見又一架飛機從槍塔外飛過。不對，是兩架，而且朝多尼爾飛去。他心頭一涼，因為那兩架是英國的噴火戰鬥機。他看見曳光彈發出橘色閃光朝契絲娜追去。布洛可的偽裝生效了，噴火戰鬥機的飛行員以為他們在保護受創的美國空中堡壘。

契絲娜駕著多尼爾猛然轉向，避開了曳光彈。她擺動機翼，閃了著陸燈，但兩架噴火戰鬥機當然不可能離開，他們是來殲敵的。契絲娜感覺機身顫抖，聽見子彈射中了左翼，接著警鈴響起，表示油用完了。她朝海面俯衝，一架噴火緊追在後持續開火，多尼爾機身中彈，子彈打在翼肋上，發出冰雹般的聲響。多尼爾就快墜入海中。「抓好了！」契絲娜對拉撒利斯高喊，隨即猛拉方向舵，在戰機觸海之前將機頭拉高。契絲娜往前暴衝，身體被安全帶緊緊勒住，那力道大得簡直能劈筋斷骨。她頭撞到方向舵，差點暈了過去。她感覺嘴裡有血，發現自己咬到了舌頭。多尼爾在海上漂浮，兩架噴火戰鬥機在空中盤旋了一陣，隨即朝空中堡壘飛去。

射得好，她無奈地想。

拉撒利斯和契絲娜鬆開安全帶，水已經湧進駕駛艙。契絲娜站起來，肋骨一陣陣抽痛，但還是走到存放救生艇的地方。逃生門就在一旁，兩人合力將門推開。

麥克看見橘色救生艇在海上充氣膨脹，而不遠處已經有一艘英國驅逐艦正在接近墜海的戰機。兩架噴火戰鬥機繞了鐵拳幾圈，接著便守在它後方兩側。應該是要護送我們回家，麥克心想。他從右舷槍塔探頭出去，迎著強風拚命揮手。右側的噴火戰鬥機擺動機翼，向他致意。可惡！麥克氣得退回機艙，隨即聞到血腥味，發現自己雙手沾滿鮮血。是那具半掛在外的屍體。血都流到機身外了。

麥克再次探身出去，用手抹了更多血，接著在橄欖綠機身上畫了一個卐。

兩架噴火戰鬥機沒有反應，繼續守在原位。

麥克走投無路，心想只剩最後一個方法了。

他找到右舷機槍的保險，將它打開，槍管對準緩慢飛行的噴火戰鬥機，然後扣下扳機。子彈打穿了噴火戰鬥機的機身。麥克看見飛行員一臉驚詫地望著他。他轉動機槍繼續射擊，幾秒鐘後戰機引擎開始起火冒煙。戰機掉頭離去，雖然還在飛行員的控制之下，但已經不回來了。

抱歉了，兄弟，麥克心想。

他走到左舷機槍前，開始朝外頭開火，但另一架噴火戰鬥機的飛行員見到夥伴的遭遇，早已經把飛機拉高了。麥克射了幾輪子彈意思意思，但全射偏了——謝天謝地。

「那是什麼聲音？」凡霍芬在駕駛艙裡吼道。他看了看許瑞德，又看了看靴子。靴子臉色發白，因為他發現自己坐上了飛往倫敦的死亡班機。「聽起來像是我們的機槍！」凡霍芬從擋風玻璃望出去，發現一架噴火戰鬥機著了火朝海面飛去，另一架像激怒的黃蜂緊跟在後，嚇得他倒抽一口氣。

靴子知道上校已經把機槍手殺了。這是計畫的一部分，只是他們依然替機槍裝了子彈，好讓機上四人以為他們回程時能活過英吉利海峽。所以，是誰在後面操作機槍？

靴子離開駕駛艙，走過炸彈艙。卡內吉毒氣彈擺放整齊，已經準備妥當。

麥克繼續朝繞著他們的噴火戰鬥機開火，機槍在他手裡不停振動，最後終於如願以償：對方開始還以顏色。機槍子彈擊中鐵拳的機身，打得麥克身旁火光四射。麥克繼續開火，英國戰機高速盤旋。那傢伙火大了，準備大開殺戒，有問題之後再——

麥克聽見鞋釘摩擦金屬的聲音。

他往左看，發現靴子正沿通道朝他走近。那個大塊頭發現拿槍的人是麥克，突然停下腳步，氣得咬牙切齒，臉上又驚又怒，隨即目露兇光衝了過來。

麥克將槍往左轉，準備撂倒靴子，沒想到槍管太長，卡到槍塔窗框，沒辦法轉到定位。

靴子撲了上來。他揚腳一踹，麥克來不及自衛，腹部就中了大靴子，整個人飛了起來，落在通道上往後滑，無法呼吸。

噴火戰鬥機又是一輪掃射。靴子伸手想抓麥克，機槍子彈打穿鐵拳的機身，彈向兩人身旁。麥克踹了靴子右膝一腳，靴子痛得哀號，踉蹌倒退。凡霍芬讓轟炸機緩緩降低，躲避憤怒的噴火戰鬥機飛行員。靴子手抓膝蓋跪了下來，麥克在一旁拚命喘息。

噴火戰鬥機掉頭發動下一波攻擊，子彈射進了鐵拳的炸彈艙，其中一枚擊中翼樑反彈之後擦過了其中一枚毒氣彈的引信。引信冒出火花，機槍裡開始煙霧瀰漫。

靴子掙扎著想站起來，麥克一個勾拳打在他下巴上，讓他仰頭後退。但靴子壯碩如牛，下一秒就直起身子埋頭撲向麥克，兩人一起撞上艙壁。麥克掄拳猛擊靴子理成平頭的腦門，靴子狠狠攻擊麥克瘀青的腹部。噴火戰鬥機的機槍打穿了兩人身旁的艙壁，艙裡火花四濺。鐵拳一陣顫抖，右翼引擎開始冒煙。

飛機下降到一千英呎，凡霍芬將飛機拉平，噴火戰鬥機依然來回穿梭，鐵了心要將鐵拳擊落。許瑞德指著前方大喊：「你看！」英國陸地在他們眼前朦朧顯現，但第三個引擎也開始冒煙，逐漸喪失動力。凡霍芬猛催油門，讓鐵拳馬力全開，以三百六十公里的時速奔向英國，掃得海面揚起陣陣白浪。

麥克臉頰挨了一拳，跨下又被靴子用膝蓋頂了一腳。他彎身倒地，靴子掐住他的咽喉將他騰空舉起，腦袋重重撞了艙頂鐵板一下。麥克頭暈目眩，知道自己必須變身，思緒卻無法集中。這時，靴子又抓著他往上撞了艙頂一次，正準備抓著他撞第三次時，麥克用額頭猛撞靴子的臉，撞斷了對方的鼻子。靴子放開麥克踉蹌後退，鼻孔汩汩出血。但麥克還來不及再次攻擊，靴子已經一腳朝他肋骨踹來。麥克低身閃躲，靴子的腿勁幾乎都落在他肩上，讓他痛得咬牙喘氣。

噴火戰鬥機朝鐵拳迎面飛來，兩翼機槍不停開火，鐵拳的駕駛艙頓時玻璃和火焰齊飛。凡霍芬往前趴倒，胸口多了五六個彈孔。許瑞德斷了一條手臂，痛得扭動身體。一具引擎爆炸了，碎片打穿了駕駛艙。投彈手被金屬碎片弄瞎了眼，尖聲哀號。轟炸機朝海面俯衝，大火吞噬了受創的駕駛艙，蔓延到右翼。

靴子跛著腳走向努力甩掉疼痛的麥克，彎身抓住他的領子將他舉起來，朝他臉上就是一拳。麥克摔到地上撞到艙壁，滿嘴是血。

靴子再度揚起拳頭，準備再賞麥克臉上一拳。

但他還沒能揮拳，麥克已經翻身閃開，雙手摸到了滅火器。他解開固定帶，抓起滅火器朝靴子揮來的拳頭甩去。靴子的拳頭撞上滅火器，關節像火柴棒一樣應聲碎裂。接著麥克拿起滅火器又是一甩，像對付受傷的公羊一般打在靴子腹部上。魁梧的靴子無法呼吸，麥克再將滅火器往上一揮，擊中他的下巴。麥克聽見骨頭喀擦碎了，心裡一陣欣喜。靴子眼神痛苦，嘴唇裂了，伸手朝麥克抓來，想搶走滅火器。他用膝蓋猛踹麥克腰側，麥克跪在地上，靴子取走他手中的滅火器。

他舉起滅火器，打算讓麥克腦袋開花。麥克全身緊繃，準備在滅火器揮下來之前發力反撲。

這時，他忽然聽見噴火戰鬥機的機槍聲挾著風聲而來。刺眼的曳光彈從機身側面鑽進機艙，打中了艙壁。他看見靴子壯碩的胸口開了三個拳頭大的洞，接著一枚子彈鏘的一聲擊中滅火器，滅火器瞬間爆炸，有如小型的炸彈。

機艙裡金屬碎片四射，麥克趴在地上，聽見艙壁上的化學泡沫嘶嘶作響。他抬頭一看，發現靴子一手扶著機槍槍塔站立著。

他的另一隻手臂在幾米外，手掌還在抽動。靴子眨眨眼，不可思議看著那隻手。他放開槍塔，開始搖搖晃晃朝斷手走去。

他一走動，腸子便從腰側炸開的口子裡流了出來。紅色金屬碎片在傷口裡頭閃閃發亮，化學泡沫浸濕了他的衣服。靴子喉嚨側邊也開了一個洞，鮮血有如火紅的噴泉從斷裂的血管洶湧而出。他每走一步，力氣就減少一分，最後終於走到了。他低頭注視自己的斷手，接著轉頭望著麥克。

他就這麼站著死了。麥克起身走到他面前，伸出一根手指往他身上一推。靴子仆倒在地，動也不動。

麥克感覺自己就快昏過去了，但他往外瞥了一眼，發現轟炸機距離海面已經不到一百米，腦袋立刻清醒過來。他跨過靴子慘不忍睹的屍體，朝駕駛艙走去。

經過炸彈艙時，濃煙和嘶嘶聲讓他打了個冷顫。其中一枚卡內吉彈就要爆炸了。他繼續往前，發現機長已經喪命，副機長身負重傷，領航員正慌忙想穩住飛機。鐵拳持續下降，噴火戰鬥機在上空盤旋，英國海岸線已經不到十公里。麥克朝著驚惶害怕的領航員說：「立刻降落，快！」

領航員手忙腳亂弄著儀表板，關掉了動力，試著將機頭拉高，但鐵拳已經變成了殘廢的大鳥，轉眼又下降了一百英呎。麥克在駕駛座上等著，鐵拳轉眼間便衝入海裡，用盡了最後的氣力。沒想到衝擊力竟然不大。

海水淹沒了機翼。麥克不等領航員就直接往後跑去，經過炸彈艙來到機腰打開了登機門。沒時間找救生艇了，就算有也應該逃不過剛才的掃射。麥克跳進冰冷的英吉利海峽，全速游離轟炸機。

噴火戰鬥機低空掠過海面，飛過麥克上方，朝遠方的綠色大地飛去。

麥克不停游著，拚命拉開他和轟炸機的距離。他聽見滾燙的海面滋滋作響，飛機開始下沉。領航員或許逃出來了，或許沒有。麥克不敢放慢速度。鹽水刺痛他的傷口，讓他免於昏迷。他一划一動，慢慢遠離了飛機。隔了好一段距離，他聽見巨大的唰唰和咕嚕聲，回頭只見空中堡壘從尾翼開始沉入了水底。他看見仰起的機頭上畫著法蘭克維茲的作品，希特勒被鐵拳攫住。如果魚懂得欣賞藝術，一定會看得很開心。

鐵拳開始沉沒。海水從機槍槍塔灌了進去，讓轟炸機迅速下沉，轉眼間就消失了蹤影，只剩洶湧海面上翻騰的泡沫。麥克轉身朝岸邊游去。他身體愈來愈虛弱，感覺很想放棄。還沒，他告訴自己，再划一下。再一下，再划一下。蛙式顯然比狗爬式好。

他聽見引擎的鼓譟。一艘巡邏艇朝他駛來，船首站著兩名手拿步槍的男子，三角米字旗迎風擺動。

他回家了。

兩名男子將他撈起，替他裹上毛毯，給了他一杯跟狼尿一樣濃的熱茶。接著他們用槍指著他，等著上岸後將他交給有關當局。離碼頭還有一公里多時，麥克聽見遠方傳來「砰」的一聲悶響。他回頭一看，發現海面噴出一道巨大的水柱。顯然其中一枚卡內吉毒氣彈在海底爆炸了。水柱落回海面，海水翻騰了幾秒鐘，一切又恢復了平靜。

其實不全然。

麥克踏上碼頭，前方是一座漁村。他轉身面向大海，在海面上搜尋英國驅逐艦的影子。他知道驅逐艦很快就會出現。他甩了甩身子，頭髮和衣服上的水滴飛濺。即使背後有國民兵拿槍指著，他依然感覺欣喜若狂。

老實說，他興奮得好想狼嗥。

第十一部　意外狀況

第一章

他眼眶泛紅，臉色發白，感覺不是好事。

「恐怕全毀了。」馬丁鮑曼清了清喉嚨說：「希爾德布蘭特博士死了……計畫看來也沒有成果。」

他雙手握拳放在書桌上，又等了一會兒。腓特烈大帝的肖像在他背後，判官似的望著這一切。

「我們……推斷飛機根本沒有抵達倫敦。」鮑曼接著說。他不安地瞄了房裡另一個人一眼。那人滿頭灰髮，站得筆直，是一名陸軍元帥。「換句話說，沒有證據顯示卡內吉命中了目標。」

他沒有開口。一邊太陽穴的脈搏不停跳動。邊緣鍍金的窗戶外，六月六日的身影正逐漸籠罩柏林。房裡一面牆上掛著諾曼第的地圖，海灘用密碼標示著：猶他、奧馬哈、勾德、朱諾和史沃德。這些名字很快就會傳遍世界。地圖上畫滿向內陸推進的紅線和向內陸撤退的黑線，全是敗退的德軍。喔，真是叛徒！他望著黑線心裡這麼想著。

「計畫失敗了。」鮑曼說：「因為一些……意外狀況。」

「不對，不是這樣。」希特勒輕聲細氣答道：「是因為有人不夠相信，因為有人意志力不夠。叫布洛可來。」他聲音比剛才強硬了些：「耶芮克布洛可上校。我想見他，現在就見！」

「布洛可上校已經……離我們而去了。」

「這個叛徒！」希特勒差點從椅子上起身。「他跑去哪裡了？見到英國人就立刻投降了嗎？」

「布洛可上校過世了。」鮑曼說道。

「嗯，要是我像他那樣一敗塗地，我也會自殺。」希特勒站了起來，滿臉通紅，似乎眼帶淚光。「我就知道不該找他做事。他明明是輸家，卻裝得好像很厲害！全世界盡是這種貨色！」

「至少德國很多。」陸軍元帥壓低嗓子說。

「我只要想到這個計畫花了我這麼多錢和時間，就覺得噁心！」希特勒繞過桌子走到桌前。「所以布洛可自殺了？他是怎麼死的？吃藥還是飲彈自盡？」

「是……」鮑曼差點說是螺旋槳，但告訴元首實情只會自找麻煩，因為如此一來就得交代德國地下反抗組織（那些豬玀！）和破壞所有卡內吉的盟軍幹員，還有可恨的契絲娜凡朵恩。不行！不可以，最好維持原本的說法：盟軍轟炸機群襲擊了史卡帕島上的坦克和軍械庫，炸毀了化學毒氣。國家存亡之秋，元首有比實情更重要的事要擔憂。「飲彈自盡。」他說。

「嗯，至少省了我們一顆子彈，對吧？但那麼多心血和時間，還是浪費了！那些資金原本可以用來開發太陽能砲的！可是沒有，布洛可和他那幫人說服我改變了主意！我太容易相信人了，這是我的弱點！鮑曼，我覺得那傢伙可能根本是英國間諜！」

鮑曼聳聳肩。有時最好隨他去，這樣比較好應付。

「元首？」陸軍元帥指著諾曼第地圖說：「可以請您瞧瞧目前的情勢嗎？您可以發現英軍和加拿大部隊正在朝卡昂移動。而這裡——」他指著地圖上另一區說：「美軍正在朝卡朗唐逼近。我們的部隊太分散，無法同時應付兩邊。我想請問您該派哪一師去抵擋敵軍呢？」

希特勒沒有答腔。他望著前方，但不是看著地圖，不是地圖上的生死搏鬥，而是自己的水彩畫。他望著畫裡虛構的狼群。

「元首？」陸軍元帥催促道：「現在該怎麼處置？」

希特勒臉頰抽動，轉身離開畫作回到桌前，打開最上層抽屜，伸手到裡頭拿出了一把拆信刀。他眼神凝滯，步伐飄忽，彷彿夢遊般走回畫前，隨即一刀朝畫戳了下去，將畫裡的農舍和躲在暗處的狼劈成兩半，接著轉向下一幅水彩，將山泉和藏在石頭後方的狼戳成碎片。「騙人！」希特勒低低地說，將畫布撕得稀爛：「統統是謊言和欺騙！」

「元首？」陸軍元帥問道，但沒有人回答。馬丁鮑曼轉身走到窗邊，俯瞰窗外的千年帝國。拆信刀戳向了第三幅畫。一隻狼躲在滿山遍野的小白花中。「騙人。」元首語氣緊繃地說。刀鋒上下揮舞，畫布成了碎片落在他磨亮的皮鞋邊。「騙人！騙人！騙人！」

遠方傳來空襲警報，有如狼嗥般迴盪在殘破的城市上空，和之前空襲留下的煙塵混在一起。夜幕從東方緩緩捲來。

希特勒雙手摀耳，手上的拆信刀滑落到地毯上。

城郊火光閃現，鮑曼雙手遮眼抵擋爆炸的強光。希特勒隨著腳下的土地和殘餘的城市一齊顫抖，陸軍元帥遮住嘴巴，怕自己放聲尖叫。

第二章

大笨鐘敲了十一響。麥克葛勒頓心想，十一點在那地方是狼煙時刻，在這裡卻只是六月中旬一個晴朗的近午，而再勇敢的狼也不敢挑戰此刻倫敦的交通。

他站在窗邊俯瞰唐寧街，望著車潮沿著泰晤士河一路伸向特拉法加廣場。他感覺活力充沛，精神飽滿，每回死裡逃生都會讓他如此感受，至少一段時間。他穿著深藍西裝、白襯衫和藍條紋領帶，肋骨上貼著膠布，手掌還纏著繃帶，大腿依然不良於行，但一切都好。他很快又能跑跑跳跳，跟以前一樣快。

「你在想什麼？」她從後面走過來問道。

「喔，我在想今天天氣很好，很高興出院了，躺在床上看什麼都不太對。」

「這得看你躺的是什麼床了。」

麥克轉身望著她。契絲娜看起來神清氣爽，之前的傷痛在她臉上留下的痕跡早已一掃而空。呃，可能還有一點，人生總難盡如人意。「是啊。」他說道：「確實如此。」

辦公室的門開了，一名骨架粗大、身穿英國空軍上尉制服的大鼻子男走了進來。拉撒利斯長了頭髮，但鬍子還留著，只是修得很整齊。他跟肥皂一樣乾淨，甚至還飄著肥皂味。他穿著英國空軍外套，左臂和肩膀打了石膏，保護骨折的鎖骨。「哈囉！」他喊道，很高興見到他們，臉上露出了微笑。契絲娜發現俄國佬雖然長相粗獷，其實蠻俊俏的。「抱歉來遲了。」

「沒關係，現在顯然不是在打仗。」他們的會面時間是十一點整。「說到打仗，你該不會加入英國空軍了吧？」

「呃，我還是俄國空軍軍官。」他用母語答道：「但昨天獲頒榮譽上尉，還開了噴火。喔，噴火是戰鬥機的名字。我們俄國要是有噴火，早就——」他笑了笑，沒有說下去。「我一有機會就會回去。」他聳聳肩道：「就像我說的，我是天上一條龍。你們兩個呢？」

「我已經回到家了。」麥克說：「終於。契絲娜要去加州。」

「喔，對！」拉撒利斯試著用英語說：「加利佛尼牙？」

「沒錯。」契絲娜說。

「肥常好！妳是大敏星！」

「小角色也無妨，就算是特技飛行員都可以。」

「飛行員嗎？耶！」光是提到飛行員三個字，俄國佬臉上就浮現做夢般的表情。

麥克伸手握著契絲娜的手，轉頭俯瞰倫敦。倫敦很美，現在又更美了，因為再也不會有納粹戰機飛過。氣候惡劣讓登陸日從六月五日延到六日，從那天起已經有數十萬盟軍從諾曼第登陸，持續逼迫納粹退回德國境內。當然，戰爭尚未結束，把納粹逼回老巢之後還有許多考驗與難關，但他們已經邁出了第一步。反攻歐洲雖然耗費巨資，卻是莫大的成功。巴黎再過幾週就會解放，蓋比的故鄉很快就會重獲自由。

希特勒的進攻瓦解了，從現在起只有漫長的撤退。德國的戰爭機器將被（他可以這麼大膽認為嗎？）美國、英國和俄國的鐵拳擊斃。

陽光灑在臉上，麥克想起了這一路的經歷。他想起麥卡倫和蓋比，想起那些地下通道、卡蜜兒和老鼠，想起巴黎歌劇院屋頂上的酣戰，抵達柏林前的林中惡鬥，老鼠崩壞的房子和人生，還有那毫無意義的鐵十字勳章。他想起萊希克隆旅館，想起哈利山德勒的獵人列車，法肯豪森的牢房和飛往挪威的漫長航程。他想起小咪，還有那把帶血的彎刀。

他想起另一段經歷，在俄國。為了追逐風箏而踏進森林，從而走進一個充滿喜悅與哀傷、悲劇與勝利的世界，直到現在，直到永遠。

我是人還是獸？麥克現在知道自己真正屬於哪個世界。從他接受自己在人類世界擁有一席之地的那天起，他就實現了奇蹟。他覺得自己沒有讓威克托失望，甚至覺得威克托或許會以他為榮，就像父親以他的愛子為傲。

自由的活著，他心想。只要在這世界有一絲機會自由活著，他就不會放過。

秘書桌上的鈴聲響了。她是一名個頭嬌小的婦人，雙頰凹陷，下巴突出，翻領上別著一朵康乃馨。「三位可以進去了。」她對他們說，接著起身替他們打開通往內室的門。

房裡的男子從書桌前起身相迎。他身材和鬥牛犬一樣壯碩，告訴他們大夥兒都對他們讚譽有加，快請坐！他指著三張椅子說。授勛儀式將會低調舉行，這麼敏感的任務沒必要驚動報紙，你們說對吧？當然。

「我可以抽煙嗎？」他問契絲娜，契絲娜說請便，於是他從桌上的黃檀木煙盒裡拿出一隻他的招牌長雪茄點了火。「你們應該清楚自己為英國，應該說為全世界立下了不可磨滅的大功勞。你們有不少高官朋友，他們會好好照顧各位的。說到朋友！」他從書桌抽屜裡拿出一封蠟緘的信封。「這是你朋友要給你的，葛勒頓少校。」

麥克接過信封，認出上頭的蠟封，臉上淺淺一笑，隨即將信封收進外套口袋。

首相開始高談闊論，推斷登陸作戰的可能發展，並預言納粹到了夏末就會被逼回德國邊境。

德軍的化學武器作戰計畫一敗塗地，他說，不只因為鐵拳功虧一簣，還因為古斯塔夫希爾德布蘭特……呃……融化了。

麥克望著首相的臉，覺得自己非問不可。「對不起，首相先生？」

「是的，上校，請說。」

「您……您在德國不會有親戚吧？」

「沒有。」邱吉爾說：「當然沒有，怎麼了？」

「呃……我見到一個人跟您很像。」

「喔，那些該死的混蛋！」首相高聲咒罵，吐了一口濃煙。

當完首相的聽眾之後，三人走出官邸來到唐寧街上。一輛由空軍派來的車子停在門口等候拉撒利斯。他一手摟住契絲娜輕輕擁抱了她，接著抱著他的好兄弟。

「葛勒頓諾夫，好好照顧金髮小妞，知道沒有？」他雖然面帶微笑，眼眶卻有些濕潤。「有她在身邊，你比較紳士……也就是比較像英國人，不是俄國佬。」

「我會記住的。」麥克說，但心裡卻這麼想：拉撒利斯雖然是俄國佬，卻是出色的紳士。「你會去哪裡？」

拉撒利斯抬頭看了看無雲的藍天，露出害羞的微笑，拍拍麥克的肩膀，接著便像王室成員一般上了車。空軍司機將車駛離路邊，拉撒利斯朝麥克敬禮，接著車子便融入車流之中，消失不見了。

「我們去走走。」麥克說完牽起契絲娜的手，帶她朝特拉法加廣場走去。她依然有點跛，但腳踝正在康復，不會有後遺症。他喜歡契絲娜在身邊，很想帶她參觀他的家，誰曉得接下來會發生什麼？長久的關係？也許不會。他們正走向不同的道路，只是此刻手牽著手。至少現在……是甜蜜的。

「妳喜歡動物嗎？」他問她。

「什麼？」

「只是好奇問問。」

「呃……貓和狗我很喜歡，你是指什麼動物？」

「再大隻一點。」他說，但沒有繼續解釋。在離開倫敦的旅館之前，他不想嚇到契絲娜。「我想帶妳去參觀我的家，在威爾斯。妳會想去嗎？」

「跟你嗎？」她摁了摁他的手。「哪時出發？」

「很快。我家那裡很安靜，我們有很多時間可以講話。」

她又聽不懂了。「講話？講什麼？」

「喔……就一些神話和傳說。」他說。

契絲娜笑了。麥克葛勒頓真是她遇過最有趣，當然也是最特別的人。他挨著她的感覺讓她興奮。她說：「我們去你家就只有講話嗎？」

麥克在納爾遜子爵雕像下方停下來，雙手摟住契絲娜凡朵恩，然後吻了她。

兩人緊緊相擁，倫敦市民駐足觀望，但麥克和契絲娜都不在乎，雙唇宛如烈火般交纏翻騰，吻得麥克微微發癢。

他知道怎麼回事。光滑的黑色毛髮正沿著他脊椎竄出。他感覺背和肩膀都長出了毛髮，因為強烈的激情和愉悅刺激了他。但毛髮隨即退了回去，只剩皮膚輕微的搔癢。

嗯，這只是剛開始而已。

麥克吻了她的嘴角，她的體香鑽入了他的靈魂裡。那帶著肉桂和皮革味的香氣。他招了一輛計程車，兩人坐了進去，朝下榻的皮卡底里旅館出發。

途中他從口袋裡取出那封信，開了蠟封，將信拿了出來。裡面只有三個字，筆跡非常熟悉：新任務？

他將信收回信封裡，再放進口袋。他體內的人渴望平靜，體內的狼卻渴望行動。哪個會勝出？他不知道。

契絲娜頭靠著他的肩依偎著他。「有事情要處理嗎？」

「沒有。」麥克對她說：「不是今天。」

他們贏了一場仗，但戰爭還在繼續。

全文完

國家圖書館出版品預行編目資料

狼時刻／羅伯・麥肯曼(Robert McCammon)作；
穆卓芸譯.--初版.--新北市：鸚鵡螺文化，2020.12
冊；公分 (Kwaidan；5)
譯自：The Wolf's Hour
ISBN 978-986-94351-7-8(全套：平裝)

874.57　　109018360

鸚鵡螺文化

Kwaidan 005

狼時刻
The Wolf's Hour

作　　者—羅伯・麥肯曼
Robert McCammon
譯　　者—穆卓芸
選 書 人—陳宗琛
美術總監—Nemo

出版發行—鸚鵡螺文化事業有限公司
地　　址—新北市鶯歌區建國路85號11樓之7
電　　話—(02)86776481
傳　　真—(02)86780481
郵撥帳號—50169791號
戶　　名—鸚鵡螺文化事業有限公司
電子信箱—nautilusph@yahoo.com
總 經 銷—大和書報圖書股份有限公司
ISBN 978-986-94351-7-8
初版首刷—2020年12月
特 惠 價—新台幣499元